Métamorphose d'une femme

MARY ALICE MONROE

Métamorphose d'une femme

HARLEQUIN

LES BEST-SELLERS

Si vous achetez ce livre privé de tout ou partie de sa couverture, nous vous signalons qu'il est en vente irrégulière. Il est considéré comme « invendu » et l'éditeur comme l'auteur n'ont reçu aucun paiement pour ce livre « détérioré ».

Cet ouvrage a été publié en langue anglaise sous le titre :
GIRL IN THE MIRROR

Traduction française de
PIERRE-FRANÇOIS REIGNIER

Photographie de couverture :
Femme : PIX/ Joyce Tenneson

83-85, boulevard Vincent-Auriol, 75013 Paris — Tél. : 01 42 16 63 63
ISBN 2-280-16516-3 — ISSN 1248-511X

A Oscar Rogers Kruesi

REMERCIEMENTS

Chaque livre est un voyage. En tout premier lieu, je souhaite remercier mon agent, Karen Solem, d'avoir partagé la vision du voyage que j'envisageais, et de m'avoir tenu la main jusqu'à la destination finale. Je dois beaucoup à Julie Beard et à Diane Chamberlain, qui ont lu la première mouture du roman et m'ont résolument poussée dans la bonne direction. Pour ses encouragements et les conseils qu'elle m'a prodigués tout au long du chemin, je remercie Nora Roberts du fond du cœur. Marguerite Martino Abramson a bien voulu discuter avec moi presque quotidiennement, et pendant des mois, des thèmes de ce livre, et elle a porté sur mon travail un regard aigu pour lequel je ne la remercierai jamais assez. Je suis tout particulièrement reconnaissante envers Dianne Moggy et Amy Moore, chez MIRA, d'avoir cru en ce livre dès le début, et envers Randall Toye et Candy Lee pour leur indéfectible soutien. Martha Keenan, par la finesse de son travail éditorial, a gagné mon amitié la plus sincère. J'aimerais remercier enfin Marisel Vera de son aide pour les détails touchant à la culture hispanique, et Alice O'Neill qui a répondu à mes innombrables questions au sujet de l'univers hollywoodien. Pendant mes recherches, j'ai lu de nombreux ouvrages très inspirants, en particulier les travaux de Lucy Grealy, de Richard Rodriguez et d'Earl Shorris. Pour finir, ce livre n'aurait pu s'écrire sans l'aide immense, les recherches en médecine et le soutien des Drs Oscar et Markus Kruesi. Merci à tous, ce fut un voyage formidable.

PREMIÈRE PARTIE

La beauté réside dans le regard de l'autre.

Margaret Wolfe Hungerford

1.

Avril 1996

Dans ce monde que l'on disait n'être qu'un vaste théâtre, elle devrait d'ici à quelques instants jouer son rôle. Une fois de plus...

Charlotte, assise sur le canapé du salon privé attenant au studio de télévision, ferma les yeux en soupirant. A côté, les applaudissements nourris du public se mêlaient au générique qui lançait l'émission. Il n'était plus temps de reculer. Si, trahissant sa parole donnée, elle refusait maintenant cette heure d'interview à Vicki Ray, celle-ci le lui ferait payer cher, par des semaines sinon des mois de mauvaise presse. Or, elle avait eu son compte de commentaires négatifs dans les médias. Son plan était arrêté — grâce à Freddy, organisateur à la minutie compulsive, qui en avait réglé les moindres détails. Comment avait-il présenté les choses, déjà ? Ah oui. « L'émission, le mariage, l'opération. Bim, bam, boum. »

Boum ? Ça, on pouvait le dire, son cœur faisait boum dans sa poitrine ; il battait si fort qu'elle en éprouvait des vibrations douloureuses dans les tempes. Et quelle fournaise dans la pièce ! Portant une main à son front, elle s'aperçut avec effroi que ses doigts tremblaient. Ses lèvres étaient desséchées. Par pitié, supplia-t-elle tout en serrant le poing pour contenir sa fébrilité. Pourvu que les symptômes ne réapparaissent pas maintenant ! Un comprimé — peut-être lui fallait-il un autre comprimé. Elle ouvrit son sac à main, fouilla à l'intérieur. Oui, un comprimé, au cas où...

Trois petits coups vifs, à la porte, la firent sursauter.

— Charlotte ?

Le battant s'ouvrit sur Freddy Walen qui entra sans attendre de réponse. Instinctivement, Charlotte se recroquevilla au fond de son siège. Bien que de taille et de corpulence moyennes, cet homme avait de la prestance et de l'autorité. Ses yeux, aussi durs que le diamant qui ornait son auriculaire, la toisèrent d'un air possessif et glissèrent lentement sur son corps.

— Bien... Très bien, murmura-t-il, tout en caressant sa fine moustache taillée avec soin.

Charlotte savait ce qu'il appréciait par-dessus tout chez elle. Son long et gracieux cou d'albâtre, aujourd'hui dénué de bijou, ses cheveux d'or qui tombaient librement autour de ses épaules, et ses yeux, surtout, ses immenses yeux bleus, lumineux, à la brillance presque hypnotique. Freddy disait de son regard qu'il avait « un éclat solaire ». Quant à sa tenue... Freddy lui avait appris que le public attendait de Charlotte Godfrey qu'elle portât des vêtements à l'élégance raffinée, mais sobre. Or jamais elle ne décevait son public.

— Qu'est-ce que tu as dans la main ? demanda-t-il d'un ton autoritaire.

— Un calmant. J'en ai besoin, sinon je ne tiendrai pas le coup.

Elle baissa les yeux sur le petit comprimé blanc niché au creux de sa paume, puis affronta de nouveau le regard de Freddy. Elle ne chercha même pas à dissimuler son anxiété.

— Annule l'interview, implora-t-elle tout à trac. Je n'ai pas la force de la faire. Les symptômes sont revenus. Mes mains tremblent. Les cachets ne suffisent plus à me maintenir en état...

— Tu tiendras ! affirma-t-il avec brusquerie, puis il lui tapota l'épaule. Secoue-toi, Charlotte. C'est impossible d'annuler maintenant. Nous avons besoin de cette émission pour faire taire certaines rumeurs. Après ça nous n'aurons plus les médias sur le dos. Nous filerons pour l'Amérique du Sud, où tu seras bien soignée. Boucle l'émission, et nous déguerpissons. Je te le promets. Maintenant, avale ce comprimé.

Charlotte se leva et se servit de l'eau dans un gobelet en plastique.

— Je me méfie de Vicki Ray, marmonna-t-elle. C'est une coriace. Elle est diablement rusée. Qu'arrivera-t-il, si elle soupçonne que... ?

— Ça n'arrivera pas, l'interrompit Freddy. Vicki n'a aucune idée de ce qui t'arrive. Si elle se doutait de quoi que ce soit, je le saurais.

La voix pressante, inquiète, d'un assistant retentit derrière la porte :

— Madame Godfrey ? Etes-vous prête, maintenant ? L'émission démarre, on ne peut vraiment plus attendre !

Charlotte eut pitié de lui. Sa panique était compréhensible. Et il avait raison ; elle ne devait plus retarder le moment d'entrer en scène.

— Oui, bien sûr, répondit-elle après avoir avalé le comprimé dans une gorgée d'eau. Me voilà !

— N'oublie pas, ordonna Freddy en la prenant par les épaules. Ce n'est qu'un rôle comme un autre. Tiens-t'en au scénario, mon cœur, et tu feras merveille.

Charlotte repoussa ses mains.

— Ne dis pas de bêtises. Tu sais très bien qu'avec Vicki Ray il n'y a jamais de scénario.

Elle ouvrit la porte et se trouva nez à nez avec l'assistant, un jeune homme à l'expression affolée qui lui agrippa aussitôt le bras et l'entraîna dans le couloir au pas de charge. A grands gestes, il écartait sur leur passage la petite foule des employés du studio qui voulaient assister, eux aussi, à l'arrivée de la star. Tous ces gens la dévisageaient fixement, les yeux rêveurs. Charlotte était depuis bien longtemps immunisée contre ces mines fascinées. L'expérience lui avait appris à ne jamais s'en sentir flattée. Ses admirateurs ne savaient rien d'elle, au fond ; ils ignoraient tout de la femme qu'elle était derrière son visage parfait. Aussi marcha-t-elle entre ces premières rangées de fans en arborant un simple sourire de politesse.

A l'entrée du plateau, l'assistant lui fit signe de s'immobiliser. Vicki Ray se lançait dans son speech d'introduction. Elle parla des différents rôles que son invitée avait tenus au cinéma, s'extasiant sur la trajectoire fulgurante de sa carrière. Charlotte l'écouta avec intérêt, s'obligeant à devenir pour la caméra la femme décrite par la journaliste : une femme dont la beauté était déjà légendaire, une actrice phénoménale — et une recluse dans sa vie privée. La nouvelle Garbo.

Il y eut ensuite un instant de silence, juste de quoi lui permettre de porter une main à sa tempe pour en chasser une perle de sueur. Elle inspira profondément pour reprendre ses esprits, laissa ses mains retomber avec grâce contre ses hanches. Puis elle puisa en son for intérieur le sourire à la fois mystérieux, sensuel et sublime qui la distinguait entre toutes.

Le signal « Applaudissez » clignota. Simultanément, plusieurs faisceaux de lumière blanche convergèrent sur elle, la suivirent tandis qu'elle s'avançait sur le plateau. On aurait dit des projecteurs de poursuite braqués depuis les miradors d'une prison d'où l'évasion était impossible. D'une démarche souple, distinguée — étudiée —, elle traversa le sol étincelant du studio pour s'asseoir, au centre de la scène, dans un fauteuil de cuir blanc. Vicki Ray se tenait debout, de profil, un large sourire aux lèvres.

Sous l'éclairage brutal des spots, Charlotte avait le sentiment d'être un cobaye de laboratoire soumis à un examen d'une violence indécente. Elle porta son regard vers l'alignement de visages qui lui faisaient face. Dans les yeux des femmes brillait cette étincelle de jalousie qu'elle connaissait si bien ; ceux des hommes exprimaient du désir. C'est toujours pareil..., pensa-t-elle, accablée de nouveau par le poids douloureux de sa solitude. Ces gens ne me connaissent pas...

Puis, refoulant avec détermination la question de son identité profonde, Charlotte Godowski se coula dans le personnage qu'elle s'était créé de haute lutte et qu'elle jouait à la perfection : celui de Charlotte Godfrey. Si le procédé était fort pratique, il lui donnait l'impression, chaque fois qu'elle l'utilisait, de mourir un peu plus à elle-même. Néanmoins elle en avait besoin pour se protéger du monde. Il lui fallait une armure invulnérable, que personne ne pouvait forcer. Pas même Freddy. Surtout pas Freddy. Il n'y avait que Michael... Mais le simple fait d'évoquer son prénom la replongeait dans l'angoisse. Il ne fallait pas.

L'émission démarra en souplesse. Pendant la première moitié du programme, Vicki présenta plusieurs extraits de ses films. Charlotte les ponctua, avec l'enthousiasme requis, d'anecdotes « inédites » portant tout particulièrement sur ses séduisants partenaires masculins. Le public buvait du petit lait, sans se douter le moins du monde qu'elle menait un âpre combat contre les symptômes de la maladie qui la rongeait. Pour paraître détendue et sereine, elle s'obligeait à garder les mains bien à plat sur ses genoux, ne croisait jamais les jambes, parvenait même à rire « de bon cœur » aux questions parfois idiotes de l'auditoire — questions qui concernaient le plus souvent sa vie amoureuse surmédiatisée.

— De l'eau ! demanda-t-elle d'une voix presque suppliante quand arriva enfin la pause publicitaire.

Avec empressement, un assistant lui tendit un Perrier-citron qu'elle but en deux gorgées. Cela suffit tout juste à la désaltérer. Ses lèvres restaient inexorablement parcheminées. Et la fièvre la faisait suffoquer.

Tandis que clignotait le signal lumineux annonçant la reprise de l'émission, Charlotte s'essuya discrètement le front avec son mouchoir brodé, puis elle rassembla ses forces. A la dernière seconde, elle songea à capter le regard d'un cameraman en lui adressant un petit clin d'œil. L'homme lui rendit un sourire radieux. Freddy lui avait appris de nombreux trucs de ce genre pour obtenir les cadrages les plus avantageux. Tant mieux. Si elle en gardait le contrôle, cette mascarade serait plus facile à mener à son terme.

— Charlotte Godfrey, c'est avec un immense plaisir que nous vous retrouvons sur notre plateau, entonna Vicki. Nous allions parler de votre mariage, qui est imminent, avec Freddy Walen...

Elle se tourna vers la caméra en souriant et poursuivit :

— M. Walen, pour ceux qui l'ignorent encore, est non seulement le fiancé de notre invitée, mais aussi son agent.

— Oh, que dire... ? minauda Charlotte d'un ton suave, avec un petit geste coquet de la main. Freddy est un homme merveilleux. Il me soutient, il m'encourage. Il est avec moi quoi qu'il arrive...

Elle jeta un regard vers un côté du plateau. Freddy se tenait là, bien campé sur ses pieds largement écartés, les mains croisées devant sa poitrine, capitaine imperturbable d'un navire qui filait toujours droit, même dans les eaux tumultueuses de cette difficile période.

Il lui sourit. Avec son costume trois pièces anthracite et sa chevelure poivre et sel, il était impressionnant — presque redoutable. Charlotte savait qu'il écoutait avec attention chaque mot qu'elle prononçait. Elle lut dans ses yeux bleu pâle qu'il appréciait sa dernière réponse. Il ne semblait pas lui en vouloir de ne pas avoir ajouté qu'elle l'aimait.

— C'est M. Walen qui vous a découverte, n'est-ce pas ? On raconte qu'il est l'artisan de votre carrière.

Charlotte se carra au fond du fauteuil.

— Il a cru en mon talent, et, comme tout bon agent, il a su me conseiller. Cela n'a rien d'exceptionnel, n'est-ce pas ?

Vicki eut un sourire fin.

— Mais, en ce qui vous concerne, on dit que M. Walen gère votre carrière de manière obsessionnelle... et que vous lui avez tourné la tête.

Charlotte eut la présence d'esprit de rire.

— On dit cela ? Vraiment ?

— Que vous tourniez la tête aux hommes n'a rien d'étonnant, j'imagine, précisa Vicki, magnanime.

Le public gloussa et murmura son approbation. Charlotte tortilla doucement les épaules, feignant d'être amusée.

— Tous ces hommes, dans votre vie..., ajouta Vicki avec malice, en échangeant un clin d'œil avec le cameraman.

Charlotte savait à quoi cette allusion était due ; elle ne pouvait guère en faire le reproche à Vicki. Le responsable, c'était Freddy. Il avait façonné son image publique à la perfection, masquant sa timidité naturelle derrière l'aura d'une star assoiffée de solitude, lui organisant de nombreux rendez-vous « galants » avec des acteurs, souvent les partenaires de ses films, puis laissant filtrer aux oreilles des médias qu'elle avait des liaisons avec les uns ou les autres. C'était un truc publicitaire vieux comme le monde, mais que la presse et le public gobaient encore et toujours.

— Aujourd'hui, il n'y a plus que Freddy, affirma-t-elle d'une voix vibrante de sincérité. C'est l'homme qui me comble.

Le public la récompensa d'une salve d'applaudissements spontanée.

Elle n'eut même pas besoin de regarder Freddy pour savoir qu'il se tenait maintenant droit comme un i, la poitrine gonflée de fierté. Il aimait être mis ainsi en valeur, surtout quand le compliment flattait sa virilité.

— Votre beauté est de celles qui font les légendes, reprit Vicki. Mais certains considèrent qu'un physique aussi parfait que le vôtre est plutôt une malédiction. Je pense à Hélène de Troie, par exemple, et aussi à Marilyn Monroe...

Charlotte eut un instant d'hésitation. Sa beauté, une fois de plus évoquée... *Est-ce donc la seule chose qu'ils voient quand ils me regardent ? Personne ne décèle-t-il rien d'autre en moi qui soit aimable ?*

— Je ne crois pas que sa beauté ait été une malédiction pour Marilyn, répondit-elle prudemment. La malédiction, c'est le regard des autres qui n'ont pas su voir au-delà de sa beauté pour la prendre au sérieux.

— « Si elle est belle, c'est qu'elle est stupide ». C'est à ce cliché que vous pensez ?

— C'est parfois pénible de n'être apprécié que pour sa beauté. J'en sais quelque chose.

— Ne pourrait-on compatir de la même façon au sort des femmes laides ? demanda Vicki du tac au tac. C'est pénible d'être déprécié à cause de sa laideur...

Charlotte éprouva un vif pincement d'anxiété. Elle regarda ses mains, crispées sur sa jupe.

— Je suis sûre... Je suis sûre que le rêve secret de

toute femme laide, c'est que quelqu'un découvre sa beauté intérieure. Le salut par l'amour. N'est-ce pas là le principe fondamental des contes de fées ?

— Mais la vie n'est pas un conte de fées.

— Malheureusement non, acquiesça-t-elle, réprimant l'amertume qui l'envahissait. La légende comme la réalité prouvent que les hommes veulent des femmes belles, car elles leur confirment leur puissance et leur valeur. Dans ces conditions, le rêve d'amour des femmes laides ne peut jamais se réaliser. Une femme laide dépérit, comme un fruit se flétrit sur un arbre délaissé.

— Mais... la beauté passe, elle aussi, avec le temps, objecta la journaliste. Qu'arrive-t-il, alors ?

Charlotte refoula le nœud d'angoisse qui lui bloquait la gorge.

— On désespère de soi, je suppose.

— Donc la beauté est bel et bien une malédiction ?

— Je...

Elle songea de nouveau à Michael, et eut un soupir de résignation.

— Oui. Peut-être. Comme l'est la laideur.

— Je ne suis pas sûre d'être de votre avis, argumenta Vicki d'un ton plaisant. Je veux dire, les femmes ne sont-elles pas en train de changer ? Aujourd'hui on met en valeur leurs qualités intellectuelles, morales et psychologiques. Est-ce que ce ne sont pas ces qualités qui constituent leur véritable beauté ?

Charlotte avait envie d'approuver ce point de vue. Elle le voulait de tout son cœur. Elle repensa à ces jours de bonheur, dans le jardin, où elle croyait encore qu'une telle chose était possible. Comme une fleur en plein épanouissement, qui dévoile pétale après pétale le cœur de son être, elle s'était livrée entièrement — prête à tout abandonner pour l'idéal d'amour dont elle rêvait depuis toujours. Mais Michael avait écrasé cet idéal sous le talon de son mépris. Elle avait alors compris que personne ne l'aimerait pour son intelligence ou sa bonté. Sans beauté physique, aucun homme ne serait prêt à accorder la moindre chance à ses autres qualités.

— Plus ça change, plus c'est pareil, vous savez..., répondit-elle. Au fond, on demande toujours à une femme d'être séduisante...

— Approuvez-vous cet état de fait ? rétorqua Vicki.

Sa voix se faisait soudain plus brusque, presque agressive. Proche de la cinquantaine, Vicki Ray respirait la confiance en soi que procure une exceptionnelle réussite professionnelle. Cependant, Charlotte lisait dans ses yeux l'anxiété réprimée d'une femme qui se savait sur le déclin : elle ne pourrait pas plus conjurer les inévitables ravages du temps sur son apparence physique que leurs conséquences sur sa carrière de journaliste. Au top niveau des talk-shows diffusés par les grandes chaînes nationales, les places étaient chères et difficiles à conserver.

— Pensez-vous qu'aujourd'hui les femmes doivent faire tout ce qu'elles peuvent, je veux dire tout et n'importe quoi, pour être aussi séduisantes que possible ? insista Vicki.

Charlotte sentit ses paupières cligner à répétition, malgré elle, tandis qu'elle puisait dans son histoire personnelle pour affronter cette douloureuse question. *Tout... et n'importe quoi... pour la beauté ?*

— Oui, je le pense, affirma-t-elle, ses mots résonnant à ses oreilles comme un glas. Oui, absolument.

Elle entendit un murmure désapprobateur dans le public. Plusieurs femmes agitèrent la main avec vigueur. Manifestement ravie de cette réaction, Vicki se précipita pour tendre un micro à l'une d'elles.

— Et vous, alors, qu'avez-vous fait pour être aussi belle ? demanda la spectatrice.

Charlotte expira lentement, puis sourit. Elle avait envie

de dire qu'elle avait vendu son âme au diable. Mais, bien sûr, elle ne pouvait répondre une telle ignominie.

— Moi, je n'ai rien fait de particulier, mentit-elle d'un air faussement détaché.

Puis, se risquant à entrouvrir une porte sur la vérité, elle ajouta avec humour :

— Mais n'oubliez pas que je dois cette perfection à tout un bataillon de spécialistes en cosmétique qui s'évertuent à me rendre plus belle jour après jour !

La spectatrice pouffa. Son sourire prouvait qu'elle lui pardonnait son insolente beauté.

— Avez-vous toujours été aussi belle ? s'enquit Vicki, les yeux plissés, agitant le micro à bout de bras comme une matraque.

Puis elle eut un petit rire de gorge, l'air de dire : « Allons ! C'est le moment de passer aux aveux ! »

Charlotte crispa les doigts sur les accoudoirs du fauteuil.

— Eh bien...

— Ne vous levez-vous jamais le matin avec des valises sous les yeux ou un bouton sur le nez ?

Le public éclata de rire.

Elle joignit les mains devant sa poitrine et regarda le plafond. Elle avait l'impression qu'on lui tirait dessus à boulets rouges. Devait-elle leur révéler qu'elle se réveillait chaque jour en souffrant le martyre ? En sentant les fondations même de cette merveilleuse façade qu'était son visage se détruire irréversiblement ?

— Je suis comme tout le monde, répliqua-t-elle — regrettant amèrement que ce ne fût pas le cas.

— Etiez-vous une jolie petite fille, autrefois ?

Cette question acheva de déstabiliser Charlotte ; elle perdit subitement toute son assurance. Le vertige la saisit. Replongeant dans son passé, elle revit l'enfant qu'elle avait été : ses yeux tristes, sa silhouette maigrichonne, empotée, et encore et toujours ce visage... Un poids terrible l'entraîna vers le fond de sa mémoire, où elle retrouva la solitude noire qui avait marqué sa jeunesse. Elle se rappela comme elle se promenait à travers les beaux quartiers de Chicago, en attendant que sa mère ait terminé de faire le ménage dans les grosses villas bordées de pelouses. Il y avait tout un monde entre ces coins cossus et la cité où elle habitait, à l'ouest de la ville. Pourtant, elle appréciait de patienter ainsi. Elle aimait bien regarder par les fenêtres les gens assis à l'intérieur, au milieu de leurs jolis meubles. Elle croyait alors qu'ils avaient une chance inouïe de vivre dans un endroit où tout était tranquille et beau.

— Charlotte ? demanda Vicki d'une voix pressante.

Elle cligna des yeux.

— Quoi ? Oh, oui... J'essayais de rassembler mes souvenirs, répondit-elle, s'efforçant de reprendre sa contenance de star inébranlable.

Seigneur, ce comprimé qu'elle avait avalé tout à l'heure lui faisait un de ces effets ! Elle avait le cerveau en bouillie.

— Mais je... je ne me rappelle pas bien mon enfance, ajouta-t-elle. En tout cas pas le visage que j'avais.

Tous ces mensonges accumulés lui montaient à la tête. Combien de temps encore allait durer ce supplice ?

— De quoi vous souvenez-vous, alors ? s'enquit Vicki.

Charlotte soupira sans retenue.

— Hmm, de certains détails anodins. Voyons...

Elle se frotta le front du bout des doigts.

— J'étais un vrai rat de bibliothèque. J'aimais particulièrement Dickens. J'ai toujours rêvé d'avoir un jardin, et, bien sûr, je me rappelle nos jeux d'enfants...

Elle déglutit, avec peine tellement sa gorge se contractait, en se remémorant les jeux cruels dont elle avait si souvent été la victime.

Heureusement, Vicki eut la bonne idée de changer de sujet :

— Les médias colportent beaucoup de potins sur les célébrités. Mais vous, vous semblez en avoir plus que votre compte. Comme si vous les attiriez. Vous avez été en couverture de presque tous les magazines du pays, et la presse à scandales fait ses choux gras de votre vie privée.

— Je ne comprends pas pourquoi. Je mène une vie d'une simplicité confondante.

— L'explication, c'est peut-être que la presse est aiguillonnée par ce qu'elle ne comprend pas. Votre soif d'intimité est aussi légendaire que votre beauté, par exemple...

— Ah oui ? C'est pourtant simple. Je préfère rester seule avec moi-même. Qu'espèrent-ils tous trouver de si captivant, chez moi ? Quand je ne suis pas en tournage, j'arrache les mauvaises herbes dans mon jardin.

— Eh bien, pour commencer...

Vicki lui décocha un sourire implacable.

— ... on dit que vous avez été renvoyée de votre dernier film. Vrai ou faux ? La rumeur courait sur le plateau que vous avaliez des tonnes de médicaments. Peut-être même que vous souffriez de dépression nerveuse ?

Charlotte prit une profonde inspiration. Là encore, elle n'avait pas besoin de le regarder pour savoir que Freddy retenait son souffle, guettant sa réponse, calculant d'avance les risques que celle-ci ferait courir à sa carrière de star. Elle décida d'aller un peu dans le sens de la vérité — la tête haute.

— J'ai été malade, admit-elle, et elle vit les sourcils de Vicki se dresser dans l'espoir d'un scoop. J'ai eu une grippe extrêmement violente, qui m'est tombée dessus par surprise.

Le sourire de Vicki s'évanouit ; Charlotte comprit qu'elle ne croyait pas à son histoire.

— Ce rôle comptait beaucoup pour moi, ajouta-t-elle. Ma mère m'a appris que la maladie est une faiblesse qui doit être surmontée, et je faisais des efforts pour tenir le coup. Malheureusement, ma grippe a évolué en pneumonie, et...

Elle haussa doucement les épaules.

— On m'a dit que c'était très grave, et j'avoue que j'ai eu peur.

— Vous avez disparu sans crier gare, répliqua Vicki, le regard dur.

— Oui. Je n'avais pas le choix.

Le visage de Michael surgit de nouveau à son esprit. Ses caresses, ses yeux, son amour — ils la nourrissaient comme le soleil, la terre et l'air nourrissaient le jardin...

Elle sentit qu'elle reperdait contenance. Si seulement le sol avait pu s'ouvrir sous elle pour l'engloutir ! Elle commença de lever une main tremblante vers son visage, mais la lueur furieuse qu'elle perçut dans le regard de Freddy à la périphérie de son champ de vision lui fouetta les sens avant qu'elle ne se trahisse. Avec un gracieux mouvement du poignet, elle effleura de ses longs doigts un côté de son menton parfait.

Vicki, en vraie pro, attendait sa réponse avec patience.

— Je n'ai pas réellement *disparu*, précisa Charlotte d'un ton qu'elle espérait enjoué. Présenté ainsi, ça fait tellement... glamour ! J'ai juste passé quelque temps à la campagne, seule, pour recouvrer ma santé.

— Comme l'héroïne de *Camille*, le film qui vous a valu un Oscar ?

Charlotte rit doucement. Elle décida de reprendre le contrôle de l'interview.

— Oui, je crois qu'on peut dire cela. La vie imite l'art... ou vice versa, répondit-elle avec un large sourire. C'est donc pour des raisons de santé que j'ai moi-même demandé à interrompre le tournage. Les cachets qu'on m'a vue prendre sont des médicaments classiques, prescrits par mon généraliste. Et tout le monde sait que je prends des vitamines.

Elle agita les doigts avec coquetterie.

— Je vous jure, je trouve ça incroyable qu'on ne puisse plus prendre quelques vitamines sans se faire traiter d'accro aux médicaments, se lamenta-t-elle. Ou même de droguée, parce que j'ai aussi entendu ça, figurez-vous !

Vicki eut un petit sourire satisfait qui fit comprendre à Charlotte qu'elle n'allait plus la ménager. Elle voulait la forcer à jouer cartes sur table.

De nouveau, le désespoir la saisit. Elle eut le sentiment d'être piégée, contrainte. Et, dans son corps, la maladie faisait rage. La migraine lui martelait les tempes. Elle éprouvait des frissons glaciaux dans les membres. Elle serra les poings sur ses genoux, enfonçant ses ongles dans ses paumes. Elle avait pourtant prévenu Freddy : elle n'avait pas la force d'affronter cette interview. Seigneur, pria-t-elle avec ferveur, évitez que je tombe dans les pommes maintenant ! Pas en plein milieu d'une émission d'envergure nationale !

— Que répondez-vous à ceux qui prétendent que vous avez fait une dépression ? demanda Vicki.

Charlotte s'ordonna de tenir bon. Et offrit un sourire d'acier à son interlocutrice.

— Je pensais avoir été claire à ce sujet, répliqua-t-elle.

— Oh, vous ne niez quand même pas que votre rupture avec Brad Sommers vous a ébranlée ?

Cette fois, Charlotte rit de bon cœur. Les fuites organisées par Freddy à l'intention des médias avaient porté leurs fruits. Et elle pouvait en profiter.

— Vicki, allons ! minauda-t-elle. Vous vous moquez. Brad et moi sommes bons amis, voilà tout.

— Si ce n'est pas à cause de Brad, alors...

Vicki consulta rapidement ses fiches.

— ... qu'en est-il de Michael Mondragon ? s'enquit-elle, une lueur de triomphe dans les yeux. On raconte que, derrière les hauts murs d'enceinte de votre propriété, vous cachiez une liaison torride avec votre jardinier.

Charlotte s'avachit contre le dossier du fauteuil, abasourdie. Comment Vicki pouvait-elle connaître l'existence de Michael ? Comment osait-elle le traiter de *jardinier* ? Comment ! ? La nausée l'envahit ; un jet de bile acide lui remonta dans la gorge, l'obligeant à déglutir violemment — et marquant son visage, face à la caméra, d'une expression éperdue. Chacun voyait maintenant que la question de Vicki la déstabilisait.

Elle tourna la tête vers Freddy, l'implorant en silence de la secourir. Je t'en prie, avance-toi, supplia-t-elle des yeux. C'est toi qui as organisé cette émission. Et c'est toi qui m'as piégée !

Le cameraman accéda à son désir en braquant l'objectif sur Freddy, qui se tenait bien droit, les bras croisés sur la poitrine. Il arborait un sourire résolu, mais ses pupilles lançaient des éclairs. Bien sûr, il ne dit pas un mot. Charlotte frissonna. Une fois de plus, elle devait s'en tirer seule.

Vicki fit un signe discret au cameraman, qui revint sur elle.

— Michael ? bredouilla enfin Charlotte. Quel Michael ?

Elle se redressa dans le fauteuil. La fureur s'emparait d'elle tout à coup. Elle en voulait à Vicki d'avoir fouillé dans sa vie privée, à Freddy d'avoir laissé filtrer l'information, et elle s'en voulait de n'avoir pas le courage de quitter le plateau sur-le-champ.

— Moi, une liaison avec mon jardinier ? reprit-elle d'une voix outrée. Franchement, Vicki ! Vous allez trop loin !

Incapable de se retenir, elle porta une main devant ses

yeux. Les tremblements revenaient. Elle se sentait au bord de l'apoplexie. Pauvre Michael. S'il avait entendu ce qu'elle venait de dire, nul doute qu'il en était profondément blessé. Mais avait-elle le choix ?

Elle agrippa les accoudoirs du fauteuil, soutint le regard de la journaliste.

— C'est précisément à cause de ce genre de rumeurs absurdes que je préfère rester discrète sur ma vie privée, ajouta-t-elle, la colère lui redonnant quelque force. Quand Freddy et moi serons mariés, nous partirons en voyage, un long moment, loin des médias et du public, afin que je me refasse une santé de fer. A mon retour, je serai comme neuve, et prête à affronter n'importe quoi.

Vicki monta sur les gradins pour s'approcher du public. Une vieille dame à l'expression affable lui demanda le micro.

— Pouvons-nous espérer vous revoir bientôt dans un autre film ? s'enquit-elle avec gentillesse.

Charlotte bénit silencieusement cette admiratrice complaisante.

— Oh, oui ! répondit-elle avec un sourire radieux. Mon prochain projet m'enthousiasme énormément. Il s'agit du rôle titre dans une nouvelle adaptation du roman de Hardy, *Tess d'Uberville*.

— Encore un rôle très exigeant, la taquina Vicki. On sait que vous vous donnez entièrement à vos personnages, mais j'espère que vous ne vous laisserez pas mourir comme cette pauvre Tess ?

Tandis que le public gloussait, Charlotte retint sa respiration. Vicki soupçonnait-elle quelque chose ? Le Dr Harmon avait-il raison — contre l'avis de Freddy ? Qui devait-elle croire ? Il ne faisait aucun doute qu'elle sombrait de nouveau dans la maladie. A un degré encore jamais atteint, puisqu'il ne se passait plus un seul jour sans qu'elle perdît connaissance.

Elle fit un effort de concentration pour répondre. Sa vue commençait à se brouiller.

— Grand Dieu, j'espère bien que non ! protesta-t-elle avec un petit rire amusé.

Elle décocha un superbe sourire aux caméras.

— Et j'espère que vous pourrez tous venir voir ce film !

Vicki parut contente de sa réaction, et le public manifesta son approbation par de généreux applaudissements. L'atmosphère se détendit. Charlotte se renversa contre le dossier du fauteuil, jeta un œil à sa montre. C'était terminé. Elle avait passé le cap, surmonté cette émission sans révéler la vérité. Pendant quelques terribles minutes, elle avait cru que Vicki, alléchée par l'odeur du scoop, la pousserait à la confession — la sommerait de tout avouer comme un prévenu au tribunal. Quel formidable morceau de télévision cela aurait été, se dit-elle avec ironie. Rien moins que la fin d'une carrière de star !

Mais au diable ces considérations, pensa-t-elle, essayant de refouler la douleur qui lui tordait l'estomac. Dans un instant, elle pourrait rentrer chez elle, retrouver son grand lit à colonnes, se recroqueviller sous la couette, avaler une forte dose de ses calmants à base de plantes, et prier pour que la crise passe.

— Encore une question, annonça Vicki. Ce sera la dernière.

Au fond du studio, sur le dernier gradin, un homme se mit debout. Sa haute silhouette et ses larges épaules rappelèrent quelqu'un à Charlotte. Ses longs cheveux noirs, peignés en arrière et attachés en catogan, lui étaient également familiers. Un frisson glacial la saisit. Sa respiration se réduisit à un souffle ténu tandis que, plissant les yeux, luttant contre le halo aveuglant des projecteurs, elle essayait de concentrer son regard sur cet homme. Il descendait les marches, à présent ; il s'avançait vers le plateau. Charlotte frémit douloureusement. Plus il réduisait la distance entre eux, plus son désespoir grandissait.

Vicki, percevant que quelque chose d'extraordinaire était en train de se produire, suivit l'homme. D'un mouvement autoritaire du poignet, elle invita les agents de sécurité du studio à rester à leur place. En véritable maîtresse de son show, elle laissa la tension grimper. Dans un silence de plomb, les caméras et toutes les têtes des spectateurs se tournèrent les unes après les autres vers le bel homme aux cheveux de jais qui s'immobilisait maintenant au bord de la scène. Charlotte écarquilla les yeux. Elle le reconnaissait, bien sûr...

— Charlotte Godfrey, déclara-t-il d'une voix profonde, vibrant de conviction, tout ce que vous avez dit depuis le début de cette émission n'est qu'un tissu de mensonges !

Un murmure de stupéfaction traversa le studio. Pardessus la rumeur, Charlotte entendit Freddy exiger d'un ton furieux que cet « imbécile » soit viré du plateau.

Elle fixa les yeux de l'homme — noirs, intenses, hypnotiques. Elle ne trouvait pas de mots pour lui répondre. Elle n'avait aucune réplique préparée, aucun scénario pour la guider. La confusion la réduisait au silence. La haine qu'elle vouait à cet homme la privait de toute capacité à réagir. La haine ? Oh, oui... Et un autre sentiment, aussi, plus profond, plus insoutenable encore, qui la paralysait totalement : l'amour.

Car il n'y avait aucun homme qu'elle aimât davantage que Michael Mondragon.

Vicki avait repris la parole pour conclure l'émission, promettant au public hébété de le tenir informé des suites de cette « étonnante affaire ». En bordure de scène, Freddy était retenu par un agent de sécurité. Charlotte entendait ses cris outragés s'ajouter au vacarme qui régnait désormais dans le studio. Se drapant dans sa dignité de star, elle se mit debout en prenant appui sur le fauteuil. Puis, ayant recouvré son équilibre, elle tourna les talons et s'éloigna à grands pas, le front haut, fuyant les projecteurs aveuglants, les cris de Freddy et, surtout, surtout, l'attraction puissante que Michael Mondragon exerçait sur elle. Il l'apostropha d'un ton autoritaire, mais elle l'ignora. Elle quitta le plateau en courant presque et ne ralentit que lorsqu'elle parvint dans le salon qui lui était réservé.

— Ne laissez entrer personne, ordonna-t-elle au vigile posté devant la porte.

Il redressa les épaules et hocha la tête. Elle entra dans la pièce, verrouillant la serrure derrière elle.

Que faire, à présent ? se demanda-t-elle en se prenant la tête entre les mains. Ses joues étaient brûlantes de fièvre. Elle se mit à marcher de long en large. Que faire ? Saisir un objet au hasard pour le jeter contre le mur ? A quoi bon ? S'enfuir ? Mais pour aller où ?

La voix rugissante de Michael retentit soudain derrière la porte :

— Charlotte ! cria-t-il, et il frappa du poing sur le battant. Ouvre ! Il faut que nous parlions. Je ne te laisserai pas mourir ! Charlotte !

Puis la voix de Freddy s'éleva, l'exhortant de son côté à le laisser entrer. Elle se jeta sur le canapé, se couvrant les oreilles avec les mains.

— Allez-vous-en ! hurla-t-elle.

Dehors, les deux hommes commencèrent à se disputer avec hargne. Seigneur, allaient-ils se battre ? Elle entendait des bruits étouffés de lutte, des grognements menaçants. Et aussi les protestations effrayées de Vicki Ray.

— Allez-vous-en ! cria-t-elle encore — contre Freddy et Michael, contre tout le monde. Laissez-moi tranquille, je vous en prie !

Elle se recroquevilla sur le canapé, remontant ses

genoux contre sa poitrine. Elle frissonnait irrésistiblement. Tous les os de son corps la faisaient souffrir, ses moindres muscles la tiraillaient horriblement.

— Partez ! gémit-elle. Laissez-moi.

Sa fièvre s'intensifiait. Sa peau était en feu.

Elle ne pouvait pas continuer ainsi. Elle refusait de se laisser gouverner. Il n'était plus question qu'elle écoute Michael, ni Freddy d'ailleurs...

N'était-ce pas *son* visage, *sa* vie qui étaient en jeu ? Elle devait prendre sa décision seule. Elle devait réfléchir. Se souvenir... Retourner là où tout avait débuté.

Ses paupières pesaient comme du plomb sur ses yeux. Elle ne put les empêcher plus longtemps de se clore. Dès qu'elle cessa de résister, elle se sentit gagnée par une langueur sombre, brumeuse. Son esprit lança un appel au fantôme de l'enfant évoquée pendant l'émission. Tandis qu'elle s'enfonçait dans les ténèbres de sa mémoire, elle entendit la petite voix aiguë et lancinante d'une fillette qui affirmait : « Je te l'avais bien dit que ça finirait comme ça, je te l'avais bien dit... »

Septembre 1976

Charlotte était assise sur les gradins de bois situés au bord du grand terrain herbeux qui servait de cour de récréation. Elle balançait les pieds dans le vide, sa robe jaune voletant autour de ses genoux. Tout en chantonnant un petit air de sa composition, elle regardait ses camarades de maternelle courir en tous sens, rire, crier, bondir et jouer en groupe à des tas de jeux sympathiques : la marelle, la corde à sauter, l'élastique... Elle connaissait très bien tous ces jeux, mais, comme personne ne l'invitait à y prendre part, elle restait assise dans son coin, remuant les jambes, observant les autres avec résignation.

Tout à coup, deux filles de sa classe surgirent et, gloussant, allèrent se cacher derrière les gradins. Charlotte se redressa, frissonnante. Elle trouvait admirable la façon dont l'excitation rosissait leurs jolies petites joues. Elle adorait leur manière de jouer les conspiratrices terrorisées.

— Viens par là, Charlotte ! murmura l'une d'elles d'une voix stridente. Sinon ils vont te voir et ils vont deviner où on s'est cachées. Viiiite !

Charlotte sourit, ravie à l'idée de se joindre à elles. D'habitude, personne ne venait la chercher.

— Moi ? Vous voulez que je joue avec vous ?

— Mais oui, dépêche !

Elles souhaitaient vraiment jouer avec elle ! Charlotte ne se fit pas prier. Elle contourna les gradins de bois vert et s'accroupit à côté de ses camarades, tellement heureuse qu'elle plaqua les mains sur sa poitrine en soupirant d'aise. Elle alla même jusqu'à s'imaginer qu'aujourd'hui, exceptionnellement, ses joues étaient aussi jolies et aussi roses que celles des autres petites filles.

Quand les garçons — ils étaient trois — les aperçurent, ils les désignèrent du doigt et se ruèrent sur elles. Les fillettes détalèrent, poussant des hurlements d'effroi extasié.

Charlotte s'élança en même temps qu'elles, ses petits pieds filant avec légèreté sur l'herbe grasse du terrain. Son cœur battait à cent à l'heure. Quel bonheur ! Elle courait en compagnie de ses copines ! Et comme elle allait vite ! Elle sentait la brise secouer joyeusement l'ourlet de sa robe contre ses jambes.

Derrière son dos, elle entendait de lourds piétinements. Pleine de hardiesse, elle jeta un regard par-dessus son épaule. Elle savait déjà qu'elle était la meilleure élève de l'école ; maintenant elle découvrait aussi qu'elle courait plus vite que tout le monde. Le garçon qui la pourchassait rougissait et fronçait les sourcils d'un air très mécontent.

Charlotte éclata de rire et accéléra encore. Mais quelques instants plus tard, alors qu'elle commençait à se fatiguer, elle perçut un subtil changement dans l'atmosphère du jeu — dans l'attitude de ses camarades. Soudain, c'était *eux* contre *elle*. Au lieu d'un seul garçon, ils étaient tous les trois lancés à sa poursuite. Enervés de la voir leur échapper, ils unissaient leurs forces pour la rattraper. Où étaient passées les deux autres filles ?

— Hé ! Tu cours trop vite ! cria l'un des garçons avec rancœur.

— Elle vole, tu veux dire ! ajouta un autre.

— Normal, puisque c'est un moineau, précisa le troisième.

— Hé, Face de Moineau ! lancèrent-ils à l'unisson, et ils gloussèrent. Face de moineau ! Face de Moineau !

Charlotte lança un regard derrière elle. Ralentissant l'allure, ils se donnaient des coups de coude en rigolant comme des bossus. Puis ils se lancèrent de nouveau à sa poursuite en beuglant le sobriquet que lui valait son visage.

— A l'attaque ! On va capturer Face de Moineau !

La petite Charlotte Godowski détala à toutes jambes, fuyant ces garçons et le surnom cruel dont ils l'avaient gratifiée. C'était horrible d'être comme ça avec elle. Ils étaient méchants, méchants, méchants !

Face de Moineau ? Mais ça n'était pas ça, son nom ! Elle avait un joli prénom : Charlotte. Avait-elle vraiment la tête d'un moineau ? Peut-être, mais elle n'y pouvait rien. Son physique, ça n'était pas sa faute... Pourquoi la traitaient-ils de la sorte ? Ce surnom lui faisait du mal, et ils le savaient. Ils le répétaient quand même, sans arrêt, comme s'ils lui jetaient des pierres à la tête. Charlotte avait un petit peu peur, maintenant. Rassemblant son courage, elle accéléra en direction des gradins. Elle devait se cacher, comme tout à l'heure.

Ce fut une erreur, une grosse bêtise. Elle s'en aperçut à l'instant où elle se glissa derrière les bancs de bois et constata qu'elle était coincée par le grillage d'enceinte du terrain. Tels des chiens en meute, les garçons fondirent sur elle, l'un passant par la gauche, les deux autres par la droite. Ricanant, ils s'immobilisèrent. Elle était piégée.

D'instinct, Charlotte s'écarta du grillage pour se donner de l'espace, la possibilité de se mouvoir. Les garçons se rapprochèrent, respirant bruyamment. Leurs petites poitrines haletaient ; ils peinaient à reprendre leur souffle après cette chasse effrénée. Dans leurs yeux, elle lut tout le mépris qu'ils lui vouaient.

Ils l'encerclèrent. Elle sentait maintenant sur son visage leurs haleines sucrées, saturées de confiseries. Les baskets de Billy, le plus grand des trois, étaient sales ; il avait marché dans une crotte de chien dont l'odeur immonde remontait jusqu'à leurs narines. Charlotte frissonna, fronçant le nez. A travers les gradins, elle regarda les enfants qui jouaient sur le terrain. Leurs voix aiguës s'élevaient dans le ciel comme des gazouillis d'oiseaux. Sauf qu'eux, ils n'avaient pas un profil de moineau. Ils appartenaient à autre monde que le sien — le monde des enfants normaux. Soudain, elle se sentit très seule. Elle voulait retrouver sa maman, et la maîtresse, aussi. Où étaient les deux filles de tout à l'heure ? Elle n'aimait plus ce jeu. Elle ne voulait plus s'amuser comme ça.

— Bon, d'accord, bafouilla-t-elle, tendant les mains en avant. Vous avez gagné.

Elle rit, mais son rire sonna faux — trop haut perché. Les garçons se regardèrent en se dandinant nerveusement d'un pied sur l'autre. Puis Billy prit la parole d'un ton rauque :

— Si on t'attrape, on a le droit de baisser ta culotte.

Charlotte pâlit. Elle n'avait pas connaissance de cette règle-là. Jamais elle n'aurait joué à ce jeu si elle avait su que ça devait se terminer ainsi !

— Pas question, répliqua-t-elle en secouant la tête. Laisse-moi tranquille, Crotte aux pieds.

Elle regretta aussitôt cette insulte gratuite, qui lui était venue sans réfléchir. Les yeux de Billy devinrent mauvais.

— Heu... Je voulais pas te vexer, Billy, s'empressa-t-elle d'ajouter. Je regrette. D'accord ? S'il te plaît ? Je ne joue plus.

Billy prenait maintenant la tête de la bande. Il paraissait décidé à affirmer sa puissance.

— On va voir si elle est aussi moche en bas qu'en haut, grogna-t-il.

Charlotte cilla. Avait-elle bien entendu ? Non, c'était impossible. Elle regarda Billy avec effroi et incompréhension. *Moche ?* Pourquoi ce mot ? Sa maman lui disait tout le temps qu'elle était jolie. Hier soir encore, après l'avoir bordée dans son lit, elle avait prié le petit Jésus pour qu'elle devienne encore plus jolie. Personne ne lui avait dit qu'elle était moche. Bah ! Les garçons étaient méchants, voilà tout.

Et pourtant... Tout à coup, s'élevant d'une partie de son âme que Charlotte n'avait encore jamais osé visiter, une petite voix lui murmura qu'ils avaient raison, oui, elle était moche. Pour la première fois de sa vie, à cinq ans tout juste sonnés, Charlotte dut affronter la vérité fondamentale de son existence : elle était laide. D'une laideur indéniable et repoussante. Ses bras retombèrent mollement contre ses hanches. Elle regarda les trois garçons sans pouvoir cacher à quel point cette révélation la rendait vulnérable.

Profitant de sa faiblesse, ils se jetèrent sur elle. Ils la firent tomber à plat ventre et elle mordit la poussière. Charlotte paniqua. Elle se débattit de toutes ses forces, projetant au hasard contre ses assaillants ses longues jambes maigrelettes. Elle eut la satisfaction d'entendre quelques grognements de douleur et continua de lutter autant qu'elle put, mais ils étaient trop nombreux. De leurs petites mains poisseuses, ils la maintinrent fermement au sol. Elle se mit à pleurer.

— Non... S'il vous plaît! Non! implora-t-elle. Laissez-moi partir!

Leurs ongles râpeux lui griffèrent les cuisses tandis que, frénétiques, ils la retournaient et tiraient sa culotte de coton à fleurs roses sur ses jambes. Puis ils la regardèrent — la fixèrent en silence, bouche bée, stupéfaits de constater qu'ils avaient réellement fait ce qu'ils avaient eu l'intention de faire.

La cloche de l'école retentit. Les garçons sursautèrent. Effrayés par ce qu'ils venaient de voir, terrorisés par leur crime, ils s'écartèrent. Aussitôt Charlotte se recroquevilla, tirant sa robe jaune sur ses genoux. Puis elle se laissa retomber à plat ventre et éclata en sanglots. Elle haïssait ces garçons de tout son cœur. Puisant dans le jargon le plus sévère qu'une fillette de cinq ans pût posséder, elle hurla :

— Vous êtes des *brutes*!

Ils ne répondirent rien. Honteux de la bêtise qu'ils avaient commise, ils se contentaient de gratter le sol du bout du pied, se dandinaient gauchement. Charlotte vit les baskets de Billy maculées de crotte. Elle redressa le buste et croisa son regard. Aussitôt il fit volte-face, détala en direction du terrain de jeu, rejoignit les enfants de sa classe qui, déjà, entraient dans le bâtiment. Les deux autres l'imitèrent.

Charlotte était estomaquée. Elle avait l'impression que Billy avait été horrifié par ce qu'il avait vu. Son esprit d'enfant ne concevait pas que le garçon était tout simplement mortifié de culpabilité. Tout ce qu'elle pensa, ce fut qu'elle était peut-être vraiment moche — même là, en bas.

Ivre de désespoir, elle éclata en sanglots. Ses larmes ruisselèrent sur ses joues difformes et gouttèrent de son menton inexistant pour former un petit cratère humide dans la terre. Elle détestait les garçons. Ils étaient méchants, on ne pouvait pas leur faire confiance. Et elle n'aimait pas non plus les filles. Pourquoi ses deux camarades ne l'avaient-elles pas aidée ? A leur place, elle aurait volé à leur secours. Elles devaient bien savoir ce que c'était que de se retrouver seule, piégée...

Comme elle se relevait, elle aperçut un pissenlit dont la tige avait été cassée par la chaussure d'un des garçons. Elle se pencha sur la fleur abîmée et essaya de la redresser en tassant un cône de terre autour d'elle.

— Pauvre petite fleur, murmura-t-elle entre deux sanglots. Ma jolie petite fleur...

Charlotte ne retourna pas à l'école. Elle resta cachée derrière les gradins, jusqu'à ce que la maîtresse sorte et la gronde pour n'avoir pas respecté la cloche. Elle affirma alors qu'elle était malade, qu'elle voulait rentrer à la maison. L'institutrice, voyant son visage inondé de larmes, la crut. Ce n'était pas un mensonge bien terrible, mais Charlotte avoua en pensée à Dieu qu'elle regrettait quand même ce péché.

En revanche, elle ne regrettait pas de haïr les garçons. Et elle se fit la promesse solennelle que plus jamais elle ne laisserait aucun d'eux la blesser.

2.

Décembre 1991

Charlotte, épuisée par une répétition en costume de *Un chant de Noël* qui avait duré cinq longues heures, ouvrit la porte du petit trois pièces qu'elle partageait avec sa mère. La peinture s'écaillait autour de la clenche, et dans l'entrée une ampoule nue diffusait un halo de lumière lugubre. Un vrai logement de rêve, se dit-elle avec un soupir désabusé. Sans enlever ses mitaines, elle porta les mains à son cou, frotta sa gorge douloureuse. Quelle journée infernale ! Elle s'était éraillé la voix à force de répondre aux incessantes questions angoissées du metteur en scène, et à force de souffler leurs répliques aux acteurs — dont la plupart semblaient incapables de mémoriser leur texte. Elle ne comprenait pas pourquoi ils étaient tous si feignants. De son côté, elle connaissait par cœur, à la virgule près, les répliques de chacun des personnages de la pièce. Sa mémoire ne la trompait jamais. De sorte que la troupe entière reposait sur les épaules de cette bonne poire de Charlotte. Mais bon, sa mémoire n'expliquait qu'en partie qu'elle fût accablée de travail. En tant que régisseur, il lui incombait de veiller à la bonne marche du spectacle et de faciliter la tâche de tous ses participants. Elle excellait dans cette mission.

Son plus grand rêve aurait été de jouer un rôle sur scène pour de vrai, aussi mineur fût-il, mais elle n'avait aucun espoir de ce côté-là. Elle savait qu'il lui faudrait toujours rester dans l'ombre. Elle avait accepté cette fatalité depuis des années — de même qu'elle avait accepté la difformité de son visage, qui faisait d'elle un être à part.

Cependant, comme elle avait le théâtre et la scène dans le sang, elle se satisfaisait de bonne grâce d'une place de régisseur à mi-temps dans une petite troupe de quartier. Elle avait la charge de tous les aspects logistiques et techniques du spectacle, écopait des moindres problèmes, surtout ceux dont personne ne voulait. Ça n'était pas si mal, somme toute, pour une personne aussi insignifiante qu'elle. Elle gérait les costumes, les accessoires, elle rangeait les loges, elle tenait les textes à jour, elle devenait comédienne le temps d'une scène quand un acteur manquait à l'appel, elle arrondissait les angles entre les uns et les autres, et d'une façon générale elle manifestait en toutes circonstances une bonne humeur communicative. Elle se moquait bien de n'être qu'un rouage de coulisses, aussi important ce rouage fût-il. Non, non, ça ne la gênait pas. Avec la tête qu'elle avait, de toute façon, elle ne devait rien attendre d'autre de la vie. Et puis... ça ne l'empêchait pas de connaître de grandes satisfactions. Rien ne pouvait la priver du plaisir suprême qu'elle éprouvait pendant les représentations lorsque, dissimulée en coulisses, le front levé vers les projecteurs, elle murmurait pour elle-même les dialogues de la pièce avec tout le cœur et le talent qui manquaient si cruellement sur scène.

— Maman, je suis à la maison ! cria-t-elle en accrochant son manteau à la patère de l'entrée.

Elle alla droit à sa chambre, dont elle referma complètement la porte avant de mettre un disque sur sa chaîne. La perspective d'avoir quelques minutes de tranquillité rien qu'à elle, sans quiconque pour l'apostropher et réclamer son attention, la ravissait. Sitôt déshabillée, elle s'effondra sur son confortable lit, savourant la paix qu'il lui offrait, songeant qu'elle avait bien envie de ne pas en bouger jusqu'au lendemain matin, quand viendrait l'heure de se rendre à la messe.

La porte s'ouvrit sur sa mère, Helena, qui s'exclama avec son fort accent polonais :

— Ma petite chérie, tu rentres tellement trop tard !

Son expression trahissait une grande inquiétude. Elle n'aimait pas que son enfant unique revienne après la nuit tombée. Charlotte lui offrit un sourire rassurant. En signe de soulagement, les larges épaules de sa mère, déjà très voûtées par ses années de dur labeur en tant que femme de ménage, s'arrondirent un peu plus. A quarante-sept ans, Helena Godowski avait le visage aussi pâle, diaphane et craquelé que les pièces de son unique — et précieux — service en porcelaine. Mais elle était encore assez costaud pour soulever seule le buffet de bois sombre du living-room. Et sa force physique n'était rien en comparaison de la volonté de fer qui l'animait.

— Je sais, je sais, il est tard, répondit Charlotte. Je suis désolée.

Elle se leva et s'approcha de sa mère, tendant la main pour effacer d'une caresse les rides d'anxiété qui plissaient son front.

— Aujourd'hui la répétition a été du délire, ajouta-t-elle. J'ai dû rester jusqu'à ce que tout le monde soit sûr de son texte. C'est toujours pareil avant une première.

Elle passa les doigts dans sa chevelure, qu'elle secoua doucement.

— Je suis vannée. Ce soir, je vais me coucher de bonne heure.

— Te coucher ? Mais cela est impossible !

Helena brandit la boîte en plastique rose et violet qu'elle avait calée sous son bras.

— Ce soir, c'est grande fête pour toi ! poursuivit-elle avec enthousiasme. Tu vois, j'ai apporté le maquillage. Nous allons essayer quelque chose très joli, d'accord ?

— Oh, non ! se lamenta Charlotte.

Fermant les yeux, elle poussa un soupir de dépit. Son ventre se noua, tout à coup.

— La soirée de Noël de la société, grommela-t-elle. J'avais complètement oublié cette corvée. Ecoute, maman, je préfère rester à la maison. Ce soir, il y a *Un chant de Noël* à la télé. La version ancienne, avec Alastair Sim. C'est la meilleure de toutes. Et... je suis tellement fatiguée, conclut-elle dans un nouveau soupir.

— Les films ! marmonna Helena. Les films, le théâtre... C'est toujours même chose ! Tu regardes télévision la nuit, le jour, la nuit, le jour, et jamais tu sors, sauf pour cette maudite troupe de théâtre qui te paie même pas assez pour payer ticket du train. Cela est mauvais pour toi, Charlotte ! Tu dois vivre dans monde vrai. Tu ne dois pas rester cachée dans ta chambre. Avec cette façon-là, tu ne trouveras jamais un bon mari !

Helena se baissa pour ramasser les vêtements que Charlotte avait laissé tomber par terre, puis entreprit de les plier avec soin sur le lit.

— Tu sais, maman, je ne risque pas de trouver de mari à la fête de la société. Surtout pas un bon mari. Au mieux, je dégoterai un poivrot.

La simple idée de se rendre à cette soirée lui donnait la chair de poule. Une fois de plus, c'était certain, elle resterait assise toute seule sur une chaise, n'entendant parmi les convives que des murmures blessants au sujet de son physique.

Mais sa mère faisait une mine déconfite.

— Bon, d'accord, j'y vais, concéda-t-elle en frottant ses avant-bras glacés. Mais uniquement parce que M. Kopp a fait circuler une note nous donnant à tous l'ordre formel de venir, sous peine de...

— Ton patron, il est gentil, l'interrompit Helena. Il organise une belle soirée, c'est sûr. Tu t'amuseras, tu verras.

Le visage de Lou Kopp, que les employées de l'entreprise surnommaient « Mains baladeuses », surgit à l'esprit de Charlotte. Son patron appartenait à cette catégorie d'hommes concupiscents et vulgaires dont les femmes avaient tout à craindre.

— Oui, j'essaierai de m'amuser, acquiesça-t-elle, puis elle poussa un nouveau soupir de résignation. A condition que je trouve quelque chose à me mettre !

Elle ouvrit son placard, où régnait un lugubre et déprimant fouillis : vieilles chaussures, jupes, robes et chemisiers élimés, chapeaux poussiéreux, vêtements d'âges et d'époques divers. Helena ne jetait jamais rien. A ses yeux, toute chose pouvait servir encore au moins une fois.

Faire l'affaire. Voilà le mot d'ordre qui régissait l'existence de Charlotte et de sa mère. Leur appartement, par exemple. Il était petit et dénué de charme, mais situé sur une ligne de bus très pratique et d'un loyer modéré. Donc, comme tout le reste, il « faisait l'affaire ».

Si ce logement n'avait rien pour séduire, cependant, il était impeccablement tenu. Nulle tache ne déparait le vieux linoléum du living-room ou la moquette marron des chambres. Les jupes de Charlotte, bien que vieillottes, sentaient bon le propre, et il ne manquait jamais un bouton à ses chemisiers. Le Formica de la cuisine était peut-être d'un vert laid à mourir, mais il brillait comme un sou neuf. Et tous ceux qui entraient dans l'immeuble marquaient une pause dans le hall et penchaient la tête de côté en inspirant profondément pour humer les délicieuses odeurs de cuisine qui émanaient de l'appartement 2B.

— J'ai bon sentiment pour cette soirée. Tu rencontreras peut-être un homme, affirma Helena avec un petit sourire satisfait. J'ai prié saint Jude.

Charlotte roula des yeux, puis sortit une vieille robe de laine rouge de la penderie.

— La femme, elle a besoin d'un homme, continua Helena, qui semblait ne pas vouloir démordre de ce sujet. Lui, il la protège, il gagne l'argent. Elle, elle veille sur la maison et les enfants. Le mariage est sacré. C'est une bénédiction !

Helena renifla, et reprit d'une voix plus émue :

— J'ai prié pour toi. Pour que Dieu te donne bon mari. Je ne veux pas que tu restes seule, malheureuse.

Charlotte se figea, crispant les doigts sur le cintre qu'elle tenait à la main. Dans le miroir du placard, elle voyait celle que sa mère refusait de voir : une femme jeune — vingt ans tout juste —, mais laide et maigrichonne, condamnée à passer le restant de sa vie en vieille fille dans cet appartement minable. Et condamnée à se contenter d'un poste de comptable adjointe dans une société moyenne.

Elle glissa un bras autour des épaules d'Helena. Tout à coup, elle avait besoin du réconfort que lui procurait cette étreinte.

— Oh, maman... Ne te fais pas de souci pour moi. Je peux très bien m'occuper de moi-même, et de toi aussi, sans l'aide de personne. Nous ne sommes pas seules. Je t'aime.

Elle se pencha pour donner une bise sur la joue émaciée de sa mère. Celle-ci se crispa, lui tapota le bras et la repoussa doucement.

— Tu ferais mieux de te préparer, maintenant. Fais-toi belle, d'accord ?

Charlotte tressaillit.

— Belle... ? répéta-t-elle d'une voix sourde, ce simple mot lui faisant l'effet d'un coup de poignard en plein cœur. Mais maman...

Elle se tut. A quoi bon protester ?

Elle enfila la robe par-dessus sa tête. Quand elle la descendit sur son ventre, elle eut l'impression d'avoir mis un de ces corsets de l'époque victorienne qui comprimaient douloureusement le buste. La robe devait avoir rétréci, se dit-elle. Ou alors, c'est elle qui avait grossi sans s'en apercevoir. Mais c'était peu probable.

Levant les yeux, elle s'aperçut que sa mère la fixait en grimaçant.

— Cette robe tu ne peux pas porter ce soir ! s'exclama-t-elle.

— Elle est un peu étroite, je sais...

Charlotte tira sur le tissu pour essayer de donner du mou.

— Un peu étroite ? protesta Helena. Mais on voit tes... tes... Tu sais !

— Quoi donc ?

Charlotte se tourna vers le miroir. La robe moulait sa silhouette comme une seconde peau, soulignant les rondeurs pleines de ses seins... dans leurs plus secrets détails.

Sa mère devint aussi rouge que la robe, pointant un doigt nerveux sur elle.

— Les pointes ! Elles dépassent... comme des portemanteaux !

Charlotte s'empourpra. Ses tétons, en effet, saillaient effrontément sous le tissu. Un homme aurait pu y accrocher son chapeau. Mortifiée, elle arrondit les épaules en avant et rentra le torse. Evidemment cela ne changea rien ; ses seins ne disparaîtraient pas sous l'effet d'une simple contorsion ! Oh, Seigneur, pensa-t-elle avec consternation. Pourquoi fallait-il que la nature l'ait dotée d'une telle poitrine ?

Secouant la tête de dépit et d'exaspération, elle contempla encore sa silhouette dans le miroir. Des seins ronds et fermes, une taille de sylphide, de longues jambes fines. Elle avait un corps tel que rêvaient d'en avoir la plupart des femmes.

Sauf qu'elle n'était pas la plupart des femmes. Et son corps, elle le vivait comme une malédiction. Un cauchemar. Car il attirait le regard des hommes, les excitait — jusqu'à ce qu'ils lèvent les yeux vers son visage.

— Tu dois mettre autre chose, affirma sa mère.

— Je n'ai rien d'autre ! A part la vieille robe marron que je porte pour la messe, et il n'est pas question que j'aille à la soirée de mon entreprise avec une horreur pareille. Non, il vaut mieux que je reste ici. C'est plus simple.

— Non, non, tu y vas ! Une veste, peut-être ? Pour couvrir ta poitrine. Aguicher les hommes, c'est un péché.

Charlotte se renfrogna. Aguicher les hommes était bien la dernière chose qu'elle avait en tête. Elle sortit une veste de tailleur noire du placard et l'enfila par-dessus la robe. Aussitôt sa mère se décrispa.

— C'est bien, déclara-t-elle d'un ton approbateur. La veste, tu la portes très bien. Comme ton père.

— J'espère pour lui qu'il n'avait pas ma poitrine, grommela Charlotte.

— Ne parle pas comme ça de ton père ! C'était un homme bon. Un homme merveilleux, décréta Helena.

Elle frotta son pull d'une main vigoureuse, comme pour souligner son propos.

— A Varsovie, il appartenait à très bonne famille. Ils avaient un magnifique appartement, poursuivit-elle d'un air nostalgique. Et des serviteurs, aussi ! Sa mère, oh, c'était une vraie dame. Une dame qui n'a jamais été forcée de travailler.

Charlotte se détourna et retira la veste. Ce vêtement

n'allait pas très bien avec la robe, mais comme le reste il faudrait qu'il fasse l'affaire. Elle n'avait rien d'autre. Sa mère et elle étaient pauvres. Elles avaient toujours tiré le diable par le queue. A quoi bon se vanter d'être issue d'une famille qui avait été riche autrefois ? Ce n'était qu'une chimère idiote.

— Tu es tellement comme ton père, poursuivit sa mère d'une voix émue.

— Mais je ne lui ressemble pas, répliqua-t-elle. Il n'avait sûrement pas mon visage.

— Qu'en sais-tu de quel visage il avait ?

Charlotte haussa les épaules. C'est vrai, elle l'ignorait. Elle ne connaissait pas le portrait de son père. Enfant, déjà, elle s'étonnait que sa mère ne possédât aucune photographie de lui. A l'école tous ses camarades avaient des albums remplis d'images heureuses de leurs familles. Elle n'en avait pas une seule.

— Tu m'as dit qu'il était beau, lui ! rétorqua-t-elle.

Sa remarque flotta entre elles comme la menace d'une nouvelle confrontation.

— Tu as son intelligence, affirma Helena d'un ton patient, en triturant son pull. Et tu as son nez. Un nez droit et noble. Mais tu as mes yeux à moi. Ils sont aussi ceux de ta grand-mère Sophie.

Tandis que sa mère parlait, Charlotte fit lentement glisser son regard sur son reflet dans le miroir — sa poitrine généreuse, ses minces épaules, son long cou gracieux... puis son visage. Comme elle se risquait rarement à affronter cette vision, elle resta un instant pétrifiée de stupeur. Ses grands yeux bleus, d'un bleu très clair et très lumineux, ornés des sourcils à l'arc délicat, la dévisageaient fixement, écarquillés. Oui, c'étaient bien les yeux de sa mère. Et puis il y avait son nez, étroit et long, celui de son père, disait-on...

— Mais de qui, murmura-t-elle avec amertume, de qui

ai-je hérité ce menton en falaise effondrée, cette mâchoire de souris et cette bouche pendouillante ? Qui dois-je remercier pour ces traits dignes d'un artiste de l'horreur ?

— Chhhut, implora Helena, soudain livide. Ne dis pas ces choses. C'est Dieu qui t'a donné ton visage.

Charlotte refoula une repartie cinglante et baissa les yeux, mortifiée par la pensée insultante qui venait de lui traverser l'esprit au sujet de Dieu. Elle ne voulait pas bouleverser sa mère en sombrant dans une colère qui ne la mènerait à rien. Après tout, Helena Godowski avait-elle une autre solution que celle d'accepter la laideur de sa fille comme l'expression de la volonté du Tout-Puissant ? Charlotte elle-même priait quotidiennement pour réussir à tolérer le visage difforme qui était le sien.

— Un jour..., commença sa mère d'un ton solennel, et Charlotte sentit venir la phrase qui, dans ce foyer catholique et polonais, constituait une prière encore plus exaltée que le Notre Père. Un jour tu rencontreras quelqu'un. Un homme bon, il t'aimera pour tes qualités profondes. Car tu en as, ma chérie, tu es une fille qui mérite d'être aimée.

Pinçant les lèvres, Charlotte se détourna du miroir. Non, elle ne rencontrerait jamais ce fameux *quelqu'un*. Pas elle. Il n'y avait aucune chance que ce miracle se produise.

— Je n'arriverai pas à enfiler mon manteau par-dessus la veste, bafouilla-t-elle. Je vais l'emporter dans un sac et je la mettrai là-bas.

Sa mère regarda ses mains, qu'elle tenait croisées sur son ventre.

— Oui, murmura-t-elle. La veste, c'est très bien avec la robe. Les gentilles filles comme toi, elles ne sont pas aguicheuses.

Charlotte oublia la veste à l'appartement. Dans un coin de son esprit, elle voyait le vêtement de laine noire abandonné sur le tabouret de l'entrée. Comment avait-elle pu commettre une telle erreur ? se demanda-t-elle avec aigreur. Cet instant d'étourderie allait lui causer des heures de souffrance. C'était incroyable !

Elle décida de rentrer chez elle le plus tôt possible. Elle passerait à la soirée juste assez longtemps pour saluer son patron, puis elle s'éclipserait.

Au sommet d'un hôtel du centre-ville, elle sortit de l'ascenseur et se figea sur le seuil de la salle de réception louée par sa société. Devant elle se déployait un vaste plancher circulaire qui pivotait très lentement sur son axe pour offrir à tous les convives une vue à trois cent soixante degrés sur les gratte-ciel de Chicago et le lac Michigan. Le spectacle, au-delà des baies vitrées, était magnifique. Sur le parquet, deux cercles de tables rondes à la décoration criarde — bouquets de poinsettias artificiels rouges et verts, rubans assortis en satin trop brillant —, entouraient une piste de danse centrale surmontée d'une grosse sphère à miroirs.

— Venez ! Ne restez pas là-bas ! cria quelqu'un dans la foule.

Charlotte s'avança un pas hésitant, serrant d'une main nerveuse les revers de son manteau autour de son cou. En guise de musique, les haut-parleurs diffusaient un *Mon beau sapin* de circonstance, dans une version jazzy.

Tout le personnel de la compagnie assistait à cette soirée, depuis les hautes instances directoriales jusqu'aux plus humbles des gratte-papier. McNally & Kopp était une modeste société de comptabilité, mais il y avait quand même plus d'une centaine d'hommes et de femmes rassemblés ici pour fêter la Noël. Et, à en juger par les éclats de voix et les rires sonores qui fusaient de toutes parts, la plupart des invités en étaient déjà à leur deuxième verre, sinon au troisième.

Sur le côté de la salle, une brochette d'hommes en complet sombre s'alignait le long du bar. Entre deux gorgées d'alcool ou deux ricanements porcins, ils scrutaient l'assistance avec les yeux affamés de prédateurs en rut.

— Moineau !

Charlotte frissonna d'humiliation en s'entendant apostrophée par ce surnom haïssable qui la poursuivait depuis son enfance. Levant les yeux, elle vit Judy Riker, sa chef de service, venir à sa rencontre à grands pas. Elle portait une robe à paillettes rouges quasi transparente, tout juste retenue à ses épaules par des minibretelles. Oh la la, se dit Charlotte en souriant en son for intérieur. Sa mère aurait été scandalisée de constater à quel point les « Tu sais ! » de Judy s'offraient au regard de tous. Et surtout à celui des hommes accoudés au bar, qui n'en manquaient pas une miette. Quand Judy fut passée devant eux, Charlotte les vit se donner du coude et se parler à l'oreille en gloussant.

— J'allais partir, bafouilla-t-elle.

— Partir ? Absurde, répliqua Judy. Vous arrivez à peine. Venez. Et pour une fois ne faites pas tapisserie toute la soirée. Il est temps que vous vous amusiez un peu.

Devant l'insistance autoritaire de sa supérieure, Charlotte se résigna à retirer son manteau, qu'elle laissa au vestiaire.

— Eh bien, Moineau, comme elle est sexy, cette robe ! s'exclama Judy, dissimulant à peine son étonnement. Et le rouge vous va bien. Vous devriez en porter plus souvent, plutôt que de vous cantonner au noir et au gris que vous avez tout le temps sur le dos. Vous savez qu'on me demande souvent si vous êtes en deuil. Avec vos cheveux blonds, le rouge est évidemment votre couleur de prédilection.

— C'est Noël, répondit simplement Charlotte, le feu aux joues.

— Alors joyeux Noël, Face de Moineau ! Venez prendre un verre, maintenant. Radins comme ils sont à la direction, le bar est payant. Pour une fois j'avais espéré qu'ils se seraient fait violence en offrant les boissons. Mais je suis trop naïve. Enfin ! C'est ma tournée. Allons nous en jeter un.

Judy lui offrit un verre de vin blanc, puis, avec l'efficacité méthodique qui la caractérisait, lui désigna sur le plan de salle la place qui lui était assignée à l'une des tables rondes. Puis, ayant rempli sa mission d'hôtesse, elle disparut dans la foule. De nouveau seule — pour ne pas changer —, Charlotte crispa les doigts autour de son verre comme si elle se retenait à une bouée de sauvetage. Elle étudia sur le plan le chemin à suivre pour gagner sa table. Son cœur lui descendit alors dans les talons : elle devait longer le bar sur toute sa longueur !

Charlotte avait découvert très tôt qu'un visage laid suscite autant de commentaires chez les hommes qu'un visage plaisant. Peut-être même davantage. Par conséquent elle avait appris à cacher sa laideur. Arrondissant les épaules, elle pencha la tête pour faire tomber ses cheveux devant son visage. C'était une manœuvre de camouflage qu'elle maîtrisait parfaitement. Puis elle s'imagina qu'elle était sur scène, prit ses marques sur le sol, point de départ et point d'arrivée, et se mit à marcher au rythme entraînant d'une version instrumentale de *Vive le Vent*.

Comme elle passait devant le bar, les hommes cessèrent subitement de chahuter. Ils firent silence. Elle retint son souffle et supplia le grand saint Antoine de la protéger des sarcasmes. Pressant le pas, ses doigts étreignant furieusement son verre, elle parvint à sa table, s'assit aussitôt sur le siège en vinyle noir. Alors qu'elle marmonnait une prière de remerciement à saint Antoine, elle vit un homme venir dans sa direction en titubant. Sa respiration se bloqua dans sa gorge. Elle détourna la tête.

— Pardonnez-moi, mais... on se connaît ? demanda-t-il d'une voix pâteuse.

C'était son patron — le grand patron, Lou Kopp. Un frisson glacial la saisit de la tête aux pieds. Elle se ratatina sur sa chaise en portant les mains à son visage.

— C'est pas encore gagné, Lou ! cria d'un ton gouailleur un des hommes près du bar.

Charlotte avait l'impression d'être prise au piège, comme un animal sans défense. Mais ses longues années d'humiliation et de honte lui avaient appris à ne jamais montrer sa peur. Prenant une profonde inspiration, elle baissa les mains et leva lentement la tête vers lui. Dans le mouvement, ses cheveux s'écartèrent de son visage. L'expression de Lou Kopp passa instantanément de l'enthousiasme à la confusion, puis à la stupéfaction dégoûtée. Son sourire se volatilisa.

— Qu'est-ce que... ? marmonna-t-il.

Charlotte tressaillit comme s'il l'avait frappée.

— Je m'appelle Charlotte Godowski, répondit-elle, s'obligeant à parler avec fermeté. Vous vous souvenez peut-être de moi, monsieur Kopp ? Je suis comptable dans votre société.

Les hommes du bar hurlèrent de rire.

— Wouaou ! C'est ton jour de chance, Lou !

— Eh ! Mais c'est Noël, pas Halloween !

— Tu chasses le Moineau, maintenant, Lou ?

Après chaque saillie, ils s'égosillaient dans une salve de rire gras et aviné. Charlotte en avait le cœur déchiré.

Pour se défendre, elle fit semblant de n'entendre ni ces hommes, ni les soupirs de sympathie peinée des femmes qui se trouvaient à proximité. Mais, en son for intérieur, elle était anéantie. Si seulement elle avait pu disparaître, s'enfuir dans le néant !

Lou Kopp retourna en titubant vers le bar, où il fut accueilli par ses congénères à grand renfort de claques amicales sur le dos. Voilà, se dit-elle avec désespoir, ce soir les choses se passaient comme d'habitude. La fête n'en était pas une pour elle. Cela avait été ainsi à toutes les réceptions auxquelles elle s'était rendue. Les garçons, aussi méchants aujourd'hui qu'autrefois à la cantine ou sur le terrain de sport, avaient trouvé en elle une cible idéale contre laquelle dégorger toute la frustration qu'éveillaient en eux les jolies filles qui les snobaient.

Charlotte se mit debout, la nuque raide. Ravalant sa fierté, elle passa au pas de charge devant les soûlards massés au bar. Riant comme des bossus, ils la sifflèrent tandis qu'elle s'éloignait.

Judy Riker la rattrapa près de la porte.

— Charlotte, je ne sais pas quoi dire. Peut-être que si...

— Non, je vous en prie, l'interrompit-elle en levant une main. Joyeux Noël, Judy. Bonne soirée.

Elle n'eut pas la force de faire monter un sourire à ses lèvres. Tournant les talons, elle récupéra son manteau au vestiaire, l'enfila par-dessus sa robe rouge — qu'elle détestait maintenant plus que jamais —, puis appuya sur le bouton de l'ascenseur. Par chance, le carillon annonçant l'arrivée de la cabine retentit aussitôt. Elle y pénétra rapidement, pressa la touche du rez-de-chaussée et, soulagée de se retrouver enfin seule, poussa un profond soupir. Mais, alors que les portes se refermaient en chuintant, un homme se précipita vers elle. Les battants métalliques rebondirent sur ses épaules, reculèrent, puis se refermèrent derrière lui.

Levant les yeux, Charlotte reconnut Lou Kopp.

— Vous allez au parking ? demanda-t-il en appuyant sur le bouton du sous-sol.

Elle ne répondit rien. Son cœur battait tout à coup la chamade ; sa respiration devenait pénible. A présent elle était piégée pour de bon ! En silence, elle se mit à prier : *Je vous salue Marie, pleine de grâce...*

— Ecoutez..., marmonna-t-il d'un ton embarrassé. Pour ce qui vient de se passer...

Le Seigneur est avec vous, vous êtes bénie entre toutes les femmes, et Jésus, le fruit de vos entrailles, est béni...

— Je vous demande pardon.

Elle interrompit sa prière. Pardon ? Il avait demandé *pardon* ?

— Heu... nous nous sommes vraiment mal comportés, reprit-il. Certains de ces types sont très éméchés... Non pas que ça les excuse en aucune façon, évidemment. Mais... moi qui suis votre patron, j'assume toute la responsabilité de ce qui est arrivé. Je vous le demande, mademoiselle Goz... Godz... Enfin, je vous prie d'accepter mes excuses.

Charlotte hésita, scrutant le visage de son interlocuteur. Si l'on s'en tenait aux critères de beauté classiques, Lou Kopp n'était pas un bel homme. Il était même franchement repoussant. Bien qu'inapproprié, *vicieux* était le mot qui venait à l'esprit pour définir son physique. Cependant, il avait ses yeux pour le sauver. D'un bleu radieux, ils pétillaient agréablement quand il souriait, comme c'était le cas maintenant. « Tu es bien la dernière personne qui puisse juger de l'apparence d'une personne », s'admonesta-t-elle. Elle accepta ses excuses d'un hochement de tête.

— Comment puis-je... réparer l'affront que vous avez subi ?

— Vous avez demandé pardon, répliqua-t-elle en soutenant son regard. Cela me suffit.

— Non, ça ne suffit pas. Que diriez-vous d'un verre ? Ça vous tente ?

— Non. Merci.

— Par quel moyen rentrez-vous chez vous ?

— En taxi. Ce n'est pas loin.

Elle mentait pour se débarrasser de lui. En fait, elle prévoyait tout bonnement de prendre le train.

— Une veille de Noël, à cette heure ? Vous ne trouverez pas de taxi, affirma-t-il. Aucune chance. Hé, vous savez quoi ? Je vais vous reconduire chez vous. Qu'est-ce que vous en dites ? C'est le moins que je puisse faire, non ?

— Ce n'est pas nécessaire, objecta-t-elle, gênée par cette proposition.

— Mais si. Je vais vous conduire. Ça ne me dérange pas du tout. D'ailleurs, ajouta-t-il avec un sourire qui se voulait sûrement complice, je suis votre patron. A moi de prendre soin de mes employés, non ?

Elle n'eut pas le temps de répondre. L'ascenseur s'immobilisa au dixième étage, les portes s'ouvrirent. Un homme grand et large d'épaules, vêtu d'un élégant manteau de laine bleu marine, pénétra dans la cabine — qui parut se rapetisser brusquement. Aussitôt Charlotte se sentit comme hypnotisée par sa très forte présence.

Elle l'observa discrètement. Il avait la plus belle peau qui se puisse rêver. Lisse et douce probablement, et d'une riche teinte ocre foncé. Ses pommettes étaient hautes et délicatement saillantes. Il avait le nez maya, un nez large, solide, qui lui donnait un air distingué, presque patricien. Ses cheveux noirs et épais tombaient bien en dessous de sa nuque, sous le col blanc de sa chemise de couturier ; tirés en arrière sur son large front, ils étaient peignés avec soin. Mais le plus frappant, chez lui, c'était qu'il avait la prestance d'un *gentleman*, ce quelque chose d'indéfinissable qui met toujours une femme à l'aise, en confiance. Et il sentait divinement bon. La fragrance de son after-shave au santal embaumait l'atmosphère confinée du petit ascenseur.

Tandis que la cabine descendait, il resta immobile, tenant ses longs doigts bronzés — sans alliance — joints devant sa poitrine. Lou Kopp, lui, tripotait des pièces de monnaie au fond de sa poche. Quand ils parvinrent au hall du rez-de-chaussée, l'homme sortit puis se tourna pour retenir les battants ouverts. Touchée par ce geste chevaleresque, Charlotte faisait un pas en avant lorsque Lou Kopp l'agrippa par le bras. Elle se figea. Les yeux noirs de l'inconnu se rivèrent sur elle, puis se posèrent un instant sur la main de Lou avant de revenir sur elle.

— Vouliez-vous sortir de cet ascenseur ? demanda-t-il.

Il s'exprimait d'une voix mesurée et polie, mais qui signifiait clairement à Charlotte qu'il l'aiderait si elle en avait besoin.

— J'ai promis que je vous reconduisais chez vous, intervint Lou d'un ton insistant, en crispant les doigts sur son bras.

Lou Kopp était son patron. Elle s'inclina automatiquement devant l'autorité qu'il représentait.

— Merci, répondit-elle à l'inconnu. Ça va bien.

L'homme riva ses yeux sur les siens, plissant les paupières. Sans un mot de plus, il hocha poliment la tête et recula, laissant les portes de l'ascenseur se refermer entre eux.

— Saleté de Latino, marmonna Lou. Pour qui il se prend, celui-là ?

Il ne se prend pour personne, pensa Charlotte en fixant les pointes de ses chaussures, il est juste lui-même. Elle réprima un soupir. Tout à coup, elle se sentait incroyablement, désespérément seule.

Ils descendirent au sous-sol sans échanger un mot. Puis c'est en silence qu'elle suivit Lou Kopp dans le parking, où régnait une atmosphère lugubre. Entre les murs de béton apparent couverts de graffitis planait une odeur pestilentielle d'essence et de gaz d'échappement. Des néons trop épars diffusaient sur les lieux une lumière sombre, peu rassurante. Quant à la température, elle était polaire. En un instant, Charlotte fut glacée jusqu'aux os.

Ils arrivèrent devant une imposante berline grise, une

Oldsmobile, garée dans un angle du parking. Lou Kopp ouvrit les portières, s'assit au volant. Charlotte prit place à côté de lui.

Il tourna la clé de contact. Le moteur toussa, hoqueta, démarra presque et cala — vaincu par le froid.

— Bon sang, qu'est-ce que ça caille ! s'exclama Lou. Je peux à peine poser les mains sur le volant.

Sans répondre, Charlotte recroquevilla ses orteils frigorifiés dans ses chaussures.

Enfin, le moteur se décida à partir. Il crachota, crissa, rugit, et la voiture trembla furieusement comme s'ébroue une bête fauve arrachée de force à son hibernation.

— Ah ! Les américaines, ça c'est de la bagnole ! déclara Lou avec un gloussement de triomphe, tout en se frottant vigoureusement les mains.

Les bouffées de vapeur blanche qui jaillissaient d'entre ses lèvres portaient avec elles une vilaine odeur d'alcool. Charlotte enfouit le nez dans le col de son manteau. Elle glissa ses mains congelées à l'intérieur de ses manches. Cette nuit, Chicago endurait un de ces froids qui brûlent douloureusement les narines et la gorge à chaque respiration.

— Glagla, hein ? reprit Lou en la regardant, une lueur étrange dans les pupilles. Avec le vent qu'il fait, la température va descendre à moins vingt. Facile.

— On dirait bien, oui, répondit-elle timidement.

Elle frissonna — à la fois de froid et d'inquiétude. Dans ce parking, il faisait beaucoup trop sombre à son goût. L'éclairage sinistre donnait à leur peau une teinte cendreuse, maladive.

— Peut-être qu'il vaudrait mieux attendre dans le hall de l'immeuble que le moteur soit chaud ? suggéra-t-elle.

— Mais non ! répliqua Lou avec un petit rire patient.

Il plongea la main dans la poche de son manteau et en sortit une flasque argentée, dont il dévissa le bouchon.

— Faut toujours avoir des munitions sur soi, affirma-t-il en lui lançant un clin d'œil. Du cognac, voilà qui va bien nous réchauffer. Hein ?

Charlotte secoua la tête en signe de refus.

Une expression de mécontentement passa un instant sur le visage de Lou. Puis il eut un petit haussement d'épaules et porta la flasque à ses lèvres pour boire une gorgée d'alcool. Il poussa un long soupir.

— Vous n'allez tout de même pas imaginer que j'essaie de vous soûler, ma petite ? Hein ?

— Bien sûr que non, monsieur Kopp, s'empressa-t-elle de répondre, embarrassée à l'idée de passer pour une fille bégueule.

Il n'avait évidemment aucune raison d'essayer de la faire boire. Aucun homme ne risquait d'avoir envie de jouer à cela avec elle.

— J'essaie juste de vous réchauffer un peu. C'est Noël. On mérite bien ça, non ?

Il porta de nouveau la flasque à sa bouche, but goulûment.

— Un peu de musique ? proposa-t-il, et il alluma la radio.

La mélodie de *Mon beau sapin*, cette fois dans une version traditionnelle, emplit l'habitacle.

— Le moteur n'est pas assez chaud ? demanda Charlotte d'une voix tendue, en agrippant la poignée de sa portière.

— Non. Il ne tourne pas encore au ralenti. Faut dire que, dehors, il fait plus froid que dans une mamelle de sorcière, comme disait ma grand-mère.

Les yeux de Lou Kopp glissèrent sur sa poitrine.

— Ça me fait penser..., ajouta-t-il d'un ton suave, que c'est une drôlement chouette robe que vous avez là.

Charlotte se ratatina au fond de la banquette.

— Je dois avouer que je ne vous avais jamais remarquée, poursuivit-il. Mais vous êtes une fille vraiment plaisante, vous savez ? Vraiment séduisante. Comment vous vous appelez, déjà ?

— Charlotte. Charlotte Godowski.

— Charlotte... Charlotte..., répéta-t-il d'une voix rêveuse, comme s'il se délectait de ce nom. Charlotte... surnommée Face de Moineau, ou Moineau, c'est bien ça ?

Elle détourna la tête vers la vitre, y aperçut le reflet de son profil d'oiseau.

— Eh ! reprit Lou d'un air quelque peu scandalisé. Pourquoi diable on vous surnomme de cette façon alors que vous avez un si joli prénom ? Charlotte... C'est tellement... je sais pas, moi... Il est charmant, il est élégant, votre prénom, vous voyez ?

— Mais il ne correspond pas du tout à mon physique.

— Non ! s'insurgea-t-il. Z'avez aucune raison de dire ça !

Charlotte fut étonnée de l'entendre prendre sa défense. Son compliment un peu maladroit lui faisait autant de bien qu'une averse à une plante desséchée. Elle lâcha la portière, se détendit, esquissa un sourire.

— Qui est-ce qui vous l'a donné, ce surnom ? demanda-t-il.

— Un petit garçon, il y a très longtemps, marmonna-t-elle. Depuis, il ne m'a plus quittée.

Attrapez Face de Moineau ! En un éclair, elle se remémora tous les moments de son enfance où ce quolibet blessant avait rassemblé garçons et filles contre elle.

Lou soupira doucement.

— Enfin... Moineau, c'est pas trop méchant. C'est même presque... affectueux, non ?

Elle ne répondit rien. Il sortit un gobelet en plastique de la boîte à gants, y versa une rasade d'alcool.

— Tenez, dit-il en le lui tendant avec un sourire amical. Joyeux Noël, Moineau.

Il se comportait correctement avec elle. A vrai dire, il était gentil. Charlotte se demanda si elle ne s'était pas méprise sur son compte. Peut-être qu'il était comme elle, au fond — taquiné et tourmenté par ses collègues, solitaire, cherchant juste une âme sœur pour passer le mieux possible cette soirée de fête.

Le frisson de l'aventure la saisit.

— Oui, joyeux Noël, acquiesça-t-elle.

Elle saisit le gobelet en souriant.

— Vous avez un sourire sacrément charmant, Moineau, murmura-t-il.

A ce compliment, le premier vrai compliment qu'elle ait jamais reçu, son cœur se figea ; elle sentit une rougeur brûlante lui envahir les joues. Inclinant la tête, elle porta le gobelet à ses lèvres, priant pour ne pas avoir l'air d'un oiseau plongeant le bec dans un abreuvoir. Le cognac, doux au palais, lui embrasa le ventre, diffusant une vague de chaleur dans tout son corps.

— Vous voyez ? J'avais raison, non ? s'enthousiasma Lou. Je vous disais bien que ça vous fouetterait les sangs.

Il emplit de nouveau le gobelet.

— Allez, un peu plus. Faut faire circuler les fluides, comme on dit.

Charlotte sourit et but encore, en fermant les yeux. Elle aimait bien cet alcool. Il avait un goût de fruit et de feu, un goût magique qui lui chatouillait le nez et lui picotait le ventre. Elle rouvrit les yeux. Lou la couvait d'un regard tendre. Elle scruta avec indulgence ses traits peu avenants, y cherchant des signes d'intégrité et de bonté qui lui avaient peut-être échappé jusque-là. Certes, il n'était pas bel homme, il n'avait même pas un physique agréable. Mais en aucun cas elle n'espérait attirer l'attention d'un homme séduisant. Si le cœur de Lou était bon, ne devait-elle pas s'en satisfaire ?

— Est-ce que vous ne commencez pas à vous réchauffer, maintenant ? s'enquit-il. Pourquoi ne vous débarrassez-vous pas de ce gros manteau ? Ça donnera meilleure ambiance à notre petite fête privée.

— Non, répliqua-t-elle du tac au tac. J'ai encore froid.

— Alors je vais vous réchauffer, affirma-t-il en se penchant vers elle.

Il posa sa bouche contre la sienne, et la soudaineté de ce geste prit Charlotte par surprise. Elle en fut d'abord paralysée, et incapable de la moindre pensée. Puis elle prit conscience de ce qui se passait. *Seigneur ! Un homme était en train de l'embrasser ! Pour de vrai !* Toute sa vie, elle avait imaginé l'expérience éminemment exaltante que devait constituer le fait d'unir ses lèvres à celles d'un homme. Et, maintenant, cela lui arrivait, *à elle*. Elle qui avait fini par se résoudre à l'idée qu'elle ne connaîtrait jamais ce miracle !

Bien sûr, elle aurait peut-être dû l'arrêter, le repousser — mais quel mal y avait-il à accepter un baiser ?

Le parking, la voiture, la nuit. Un cadre froid et anonyme, mais protecteur aussi, où la vieille fille qu'elle était pouvait commencer à analyser ses émotions avec un détachement volontaire. Les lèvres de Lou étaient sèches, gercées, et elles avaient un trop fort goût d'alcool. Cependant, leur contact n'était pas désagréable, convint-elle. Elle se détendit de plus en plus. Puis elle éprouva une sensation bizarre, un fourmillement puissant qui se répandit en vagues dans son corps comme l'avait fait le cognac. Elle ressentit comme un embrasement au creux du ventre puis, oui, plus bas, à cet endroit intime... Charlotte frissonna. Elle avait l'impression de se dévergonder. Mais tant pis. Cela l'exaltait de vivre ce baiser, un véritable baiser — enfin !

Lou s'écarta d'elle en poussant un gros soupir de contentement.

— Maintenant, comme ceci, murmura-t-il en ouvrant le manteau de Charlotte et en l'écartant de ses épaules.

Il se rapprocha de nouveau, se serra tout contre elle. Il lui sourit affectueusement. Elle lui rendit son sourire.

— Tu devrais porter des robes de ce genre plus souvent, conseilla-t-il d'une voix admirative. Pour mettre ton corps en valeur. Pour les mettre en valeur, eux aussi...

Le regard de Lou descendit sur sa poitrine. Il se redressa un peu et prit ses seins dans ses mains, soupesant leurs rondeurs pleines à travers le tissu de la robe. Il poussa un soupir rauque.

— Oh, comme ils sont gros, s'extasia-t-il. Et en plus il n'y a qu'eux, là-dedans. On se demandait si t'avais un soutien-gorge rembourré.

Il posa de nouveau sa bouche sur la sienne, sans cesser de la peloter. Charlotte songea confusément qu'il méritait son surnom de Mains Baladeuses. Un flot de sensations nouvelles, inconnues, la submergeait, et elle se demanda si elle devait mettre un terme à tout cela. Mais elle ne faisait rien de mal, n'est-ce pas ? Au bureau, elle entendait souvent ses collègues parler de ce genre de choses. Il n'y avait rien d'extraordinaire à ce qu'un homme et une femme échangent des baisers et quelques caresses. Pourquoi n'aurait-elle pas le droit de vivre cela, elle aussi ?

Tout à coup, Lou s'écarta d'elle et défit la boucle de sa ceinture. Tandis qu'une lame d'air froid descendait entre eux, Charlotte le vit triturer sa braguette. Cela lui remit brutalement les idées en place. Elle se rendit compte qu'ils étaient allés trop loin. Il n'était pas question qu'elle fasse quoi que ce soit avec cet homme, qui justifie qu'il baisse sa braguette.

— Je crois que nous devrions arrêter, déclara-t-elle avec fermeté, en se rasseyant correctement dans le siège.

— Non... non, pas tout de suite. On n'a même pas commencé à s'amuser.

La fermeture Eclair du pantalon de Lou Kopp émit un sifflement sonore dans l'obscurité.

— J'ai dit stop, répliqua-t-elle d'une voix sèche.

— Hé, cocotte, t'excite pas ! Tu es une petite sauvageonne, toi, hein ? Mais je vais te donner ce que tu veux, fais-moi confiance.

Il saisit sa main et la tira vers son pénis, qu'il la força à étreindre.

— Tu sens ça ? Hein ? Qu'est-ce t'en dis ? Dure comme la pierre, cocotte, et rien que pour toi. Oh, ouais, ça va te plaire. Ça te fera un sacré chouette cadeau de Noël.

Poussant un cri d'effroi, Charlotte arracha sa main à celle de Lou. Où était passée l'étincelle de gentillesse qu'elle avait cru déceler dans ses yeux ? Comment avait-elle pu être naïve au point de se laisser embrasser, alors qu'elle savait devoir se méfier de cet homme ? Subitement, la magie s'évanouissait et Lou Kopp se métamorphosait en un salopard lubrique. La peur supplanta le plaisir dans son corps avec une rapidité foudroyante.

Il lui empoigna les genoux pour la forcer à ouvrir les cuisses. Elle se débattit, résista, mais il était trop fort. Implacable, il lui écarta les jambes en grand, remontant la robe sur ses hanches. Quand il glissa les doigts sous l'élastique de sa culotte, Charlotte eut l'impression qu'elle allait mourir.

Elle cria. Il plaqua une main sur sa bouche.

— Je parie que je suis le premier, railla-t-il. Hein ?

Elle fit des yeux ronds comme des soucoupes ; il éclata de rire.

— C'est bien ce que je pensais. J'étais sûr qu'il y avait pas foule autour de toi. T'as un corps de déesse, cocotte, mais je te jure, tu mériterais que je t'enfile un sac sur la tête.

Des larmes envahirent les yeux de Charlotte. Elle éprouvait une douleur à l'âme que nulle souffrance physique n'aurait pu égaler.

— Pleure pas, cocotte. Ça va te plaire, je te dis.

Ouvrant son pantalon et son caleçon en grand, il sortit complètement sa verge. Elle était grosse, impressionnante. Voyant qu'elle écarquillait encore les yeux, il partit d'un gros rire vulgaire.

Charlotte lui agrippa le bras. Elle se pencha et lui mordit la main avec férocité, plantant ses dents dans sa chair aussi profondément qu'elle le pouvait. Puis elle rejeta la tête en arrière.

— Ne me touchez pas ! hurla-t-elle.

Il la frappa. Le poing serré, en plein ventre. Avec une telle brutalité que sa vision se troubla.

— Boucle-la, salope ! grogna-t-il. Tu ferais bien d'obéir, sinon tu perds ton boulot. D'ailleurs t'es tellement moche que tu devrais même me payer pour le cadeau que je vais te faire.

Il tira sa culotte autour de ses fesses, puis la descendit sur ses jambes. Ivre de terreur, Charlotte eut le sentiment de se détacher d'elle-même. Elle repensa soudain au jour où, à l'école maternelle, un garçon lui avait arraché son slip de la même façon. Et voilà que cela se reproduisait ! La même horreur. La même peur. La même honte. Elle était piégée dans cette voiture pestilentielle, au fond de ce parking miteux, et Lou Kopp allait lui faire subir l'indicible...

Un déclic se produisit en elle, quelque part. Pourquoi ne réagissait-elle pas ? Sa colère, son effroi et sa honte ne l'avaient jamais vraiment quittée depuis cette fois où elle avait mordu la poussière derrière les gradins de l'école. Quinze ans qu'elle ressassait ce souvenir, regrettant de ne pas s'être débattue avec plus d'ardeur, de n'avoir pas crié plus fort. Après cela, les moqueries cruelles et les railleries des garçons, elle les avait encaissées en silence, sans protester. Pourtant... Ne s'était-elle pas fait une promesse solennelle, ce jour-là ? Ne s'était-elle pas juré de ne plus jamais laisser quiconque lui faire du mal ? Oui, exactement !

Son angoisse reflua. Un frisson de détermination presque électrique lui fouetta les sens.

Elle ouvrit les yeux pour voir Lou Kopp se racler la gorge et cracher dans sa paume.

— Là, grogna-t-il. Avec un peu de jus, ça ira comme dans du beurre.

Stimulée par la fureur et l'indignation, Charlotte devint invincible. Elle serra le poing.

— Noon ! hurla-t-elle, et d'un crochet du droit elle le frappa à la joue, de toutes ses forces.

Lou poussa un cri rauque, se renversa en arrière et porta la main dans laquelle il avait craché à sa mâchoire. Profitant de ce qu'il était affaibli, Charlotte replia la jambe droite puis, avec une vigueur puisée à la source même de son désespoir, la détendit pour taper son agresseur à l'endroit dont il avait été si fier quelques instants plus tôt. Il s'égosilla de douleur et se plia en deux.

Sans perdre une seconde, Charlotte ouvrit la portière. Elle s'éjecta de la voiture, perdant ses chaussures dans le mouvement et s'étalant de tout son long sur le sol glacial. Elle se redressa tant bien que mal, remonta sa culotte sur ses jambes, saisit son sac à main et courut, pieds nus, vers la sortie du parking. Comme elle s'éloignait, elle risqua un regard par-dessus son épaule, vers Lou Kopp. Il continuait de gémir et de crier, courbé en deux sur le siège. Comme un fauve blessé hurlant à la mort.

Tandis qu'elle approchait de la porte de la rue, Charlotte éprouva un pincement de culpabilité. Elle le refoula aussitôt. Elle n'avait rien à se reprocher. *Elle s'était défendue !* Elle avait lutté. Plus jamais elle ne laisserait quiconque abuser d'elle. Et fini les jérémiades ! Désormais, plus question de s'apitoyer sur son sort. Elle allait se battre !

Débouchant sur le trottoir, elle avala une grande goulée d'air qui la revigora. Le froid glacial lui brûla la poitrine, la purifiant, lui éclaircissant les idées — attirant son regard vers les étoiles qui scintillaient dans le ciel au-dessus de sa tête. Les épaules droites, son manteau et son sac serrés contre sa poitrine, elle leva la tête.

— Je ne suis pas insignifiante, cria-t-elle au firmament. Je *compte*, moi aussi !

Puis, scrutant les astres, elle apostropha directement Dieu.

— Je n'accepte pas le sort auquel tu m'as condamnée, déclara-t-elle d'une voix vibrante de conviction. Je jure devant tout ce qui est sacré que je trouverai le moyen de changer le cours de mon destin. Et, si tu as la moindre pitié pour moi, moi qui suis la plus laide de tes créations, tu ne m'en empêcheras pas.

Bouleversée par les sentiments nouveaux qui l'animaient et qui exigeaient d'être exprimés, elle prit une profonde inspiration.

— Et si tu essaies de m'arrêter, ajouta-t-elle en brandissant le poing, je me dresserai contre toi !

3.

Au moment de sortir de l'hôtel, Michael Mondragon s'immobilisa et se retourna. L'expression qu'il avait lue dans les yeux de la jeune femme tandis que les portes de l'ascenseur se refermaient le tarabustait. Il revoyait ses doigts qui trituraient un bouton de son manteau, ses épaules un peu voûtées, ses pieds en dedans. C'était là l'attitude de certaines femmes, avait-il observé, quand elles étaient nerveuses, inquiètes, ou même apeurées. Son intuition lui disait qu'il aurait dû insister, s'assurer qu'elle ne risquait rien. Mais elle avait répondu qu'elle allait bien. Il n'avait pas le droit de s'ingérer davantage dans ses affaires ; cela aurait été très inconvenant.

Le regard mauvais que lui avait jeté l'homme qui l'accompagnait avait évidemment pour but de le renvoyer dans ses filets. Michael renifla. Il connaissait ces bonshommes-là : des fumiers qui ne pensaient qu'à s'envoyer en l'air avec des proies faciles. C'était la raison principale pour laquelle il s'en voulait d'avoir laissé cette jeune femme manifestement inexpérimentée avec lui. D'autant qu'elle avait quelque chose de particulier... Pas de la beauté, non, évidemment... Pas avec ce menton absent, cette mâchoire en biseau ! Mais elle avait des yeux magnifiques, adorables, des yeux de star du cinéma muet, ouverts sur son âme, pleins d'innocence — une innocence convoitée par les salauds comme ce type. Et défendue, protégée par les hommes comme lui.

Michael expira profondément, essayant de refouler son sentiment de culpabilité. Elle avait dit qu'elle allait bien, se répéta-t-il. Aujourd'hui, les femmes savaient ce qu'elles voulaient et n'appréciaient pas qu'on s'impose à elles, aussi galamment que ce fût.

— Il vaut toujours mieux rester à sa place, marmonna-t-il et, chassant le doute de son esprit, il poussa la porte de verre donnant sur la rue.

Il fut accueilli par une bourrasque violente et glaciale venue du Lac Michigan. Il en eut un instant le souffle coupé. Ses cheveux se mirent à voleter furieusement autour de sa tête.

— Maudit climat du nord, grommela-t-il en les attachant tant bien que mal avec un élastique.

Chicago méritait décidément son surnom de Ville du Vent. Près du lac, comme ici, les rafales pouvaient même faire chanceler un homme aussi costaud que lui. Jamais il ne s'y habituerait.

Il remonta son col, rentra la tête dans les épaules et fourra les mains dans ses poches avant de se joindre aux quelques téméraires qui s'étaient aventurés sur le trottoir par cette nuit polaire. Songeant aux chaudes brises de la Californie de son enfance, il effleura des doigts l'enveloppe nichée au fond de son manteau.

Il marchait au pas de charge, droit sur Michigan Avenue où, avec beaucoup de chance, il pourrait attraper un taxi. Il venait de quitter la réception de mariage d'un collègue architecte. Frank et son épouse paraissaient si heureux, si certains de vouloir passer le reste de leur vie ensemble ! Leur bonheur lui procurait un sentiment de vide, soulignait en quelque sorte sa propre existence creuse. Et la brutalité de cette prise de conscience ravivait en lui une autre question, encore plus douloureuse...

Il toucha de nouveau l'enveloppe dans sa poche. Cette lettre — de son père — était parvenue ce matin à son bureau. Il l'avait gardée sur lui toute la journée, la relisant à plusieurs reprises. Depuis qu'il avait quitté la maison familiale, son père ne lui avait pas écrit plus de trois lettres. Généralement, c'était sa mère qui se chargeait du courrier. Elle parlait et écrivait mieux l'anglais que son époux, et elle ne demandait qu'à se faire le relais de ses idées et opinions. « Ton père et moi sommes fiers de tes bons résultats à l'université. » « Ton père t'envoie tout son amour. » « Ton père et moi nous nous demandons pourquoi tu ne viens pas à la maison plus souvent. »

Son père, donc, avait rarement pris le stylo pour écrire. Michael ne lui en voulait d'ailleurs pas le moins du monde. Il savait qu'après avoir manié la bêche toute la journée Luis Mondragon était trop fatigué le soir pour glisser un crayon entre ses grands doigts usés et calleux.

Sa toute première lettre, Michael l'avait reçue lorsque l'article qu'il avait écrit sur la Constitution avait été publié dans le journal de l'université de Californie. La seconde, c'était quand il avait achevé ses études.

Un grand moment que celui-là, il fallait le dire.

— Diplômé de l'Université ! s'était extasiée sa mère, le torse gonflé de fierté.

Le premier. Il était le premier Mondragon à connaître un tel succès. Afin de fêter l'événement, la famille s'était réunie pour un immense banquet empli de rires et de chansons. Tous les Mexicains de leur entourage, familial ou non, étaient heureux pour lui. Il n'y avait guère que leurs voisins « gringos », les petits Blancs californiens de souche, qui l'avaient gratifié de regards jaloux et agressifs.

Et aujourd'hui, cette troisième lettre. Une vraie bombe. Car cette fois son père lui demandait de revenir à la maison.

« Mes mains, écrivait-il, elles vont mal. Elles travaillent pas comme je veux. Les clients, ils protestent, mécontents. Beaucoup d'hommes, jeunes, forts, ils arrivent, ils ont beaucoup idées nouvelles. Ha ! Ils connaissent mal la terre. Ils ne savent rien aux plantes. Mais ils font les beaux dessins pour *los gringos*, et *los gringos* ils savent encore moins aux plantes.

« J'ai besoin de toi, *maintenant*, poursuivait-il. Pour aider la famille. Tu sais faire les beaux dessins. Tu parles bon anglais. Plus important, tu connais la terre. J'ai besoin de toi. *Tu*. Miguel. Mon fils. »

Michael frissonna tandis qu'une rafale cinglante lui fouettait le visage. *Mi padre*. Il aimait son père. Luis lui manquait. Ce qu'il lui demandait dans cette lettre, cependant, c'était rien moins que d'abandonner sa carrière d'architecte et de rentrer en Californie. Luis avait fondé une entreprise d'horticulture trente ans plus tôt, et il voulait que son fils la reprenne. En somme, il l'exhortait à revenir à ses racines.

Fermant les yeux, Michael essaya de refouler ses souvenirs. Les racines. La terre. La crasse sous les ongles. Il grimaça. *Madre de Dios*, jura-t-il en lui-même. Que lui importaient ces racines-là ? Il était architecte. Il bâtissait des gratte-ciel. Il s'élevait toujours plus haut vers le ciel. Dans le but de s'éloigner du sol. D'oublier l'époque où il était considéré comme un petit manœuvre latino de rien du tout. N'était-ce pas pour cela qu'il avait quitté la Californie ? Pour couper ces racines ? Pour rompre avec la culture qui le maintenait le nez dans la terre ?

Michael leva son visage vers le ciel et poussa un rire amer dans le vent furieux. Quel idiot il faisait ! De telles racines ne se coupaient pas, évidemment. Il rentrerait chez lui. Il le savait bien. Pareilles à celles du sumac vénéneux, les racines de sa famille envahissaient toute sa vie. Et elles plongeaient trop profondément en lui pour qu'il les arrache. Il aurait beau lutter comme un damné, il resterait toujours mexicain. Ou hispano-américain, selon le terme que l'on préférait employer. Voilà ce qu'il était, autant par la culture que par le sang. Et puis, il était un homme. Il obéissait au credo du *machismo*. Un mâle mexicain ne montrait pas de signe de faiblesse, ne pleurait pas quand il avait mal. Par-dessus tout, il faisait honneur à son père. Il ne reniait pas la famille.

Il ne reniait pas ses origines.

Le cabinet du Dr Jacob Harmon, situé sur Michigan Avenue, était somptueux, impressionnant — à la mesure de sa réputation. La décoration de la salle d'attente alliait la sobriété de lignes épurées et de couleurs apaisantes au raffinement des matières les plus nobles. Assise tout au bord d'un fauteuil de cuir gris perle, Charlotte n'osait toucher à rien. Mais ses yeux ne manquaient aucun détail, ni les immenses bouquets de fleurs tropicales dans les superbes vases de cristal, ni les objets d'art africain, ni les branches d'eucalyptus nouées par du papier d'argent, sur une console de verre, sans doute placées là pour les fêtes et qui diffusaient une délicieuse fragrance dans la pièce. Ni les tableaux, aux murs, qui devaient être des originaux — rien à voir avec les reproductions bon marché et les posters mal punaisés de chez McNally & Kopp. Ni le large éventail de magazines de mode glissés dans des couvertures plastique et rangés avec soin sur la table basse devant elle. Tout cela lui donnait le sentiment d'avoir sonné à la bonne porte. Même si dans ce cadre luxueux elle se sentait très, très mal à l'aise. Posé à côté d'elle, son manteau de laine bleu rapiécé contrastait péniblement avec l'atmosphère du lieu. Elle avait honte rien qu'à le regarder.

— Mademoiselle Godowski ? Si vous voulez bien me suivre...

La secrétaire médicale, une jeune femme brune à la beauté époustouflante, la fit entrer dans une petite salle aux murs rose pâle, où elle lui posa de nombreuses questions pour constituer son dossier personnel. Ensuite, elle la guida le long d'un couloir à la moquette anthracite jusqu'au bureau du Dr Harmon, où elle la pria de prendre un siège et de patienter. Charlotte se sentait de plus en plus nerveuse. Cette pièce toute de verre et de chrome étincelant avait quelque chose de glacial. Elle espérait que cette décoration ne reflétait pas la personnalité du praticien. L'entretien qui approchait lui faisait peur. Elle savait que l'examen psychologique auquel la soumettrait le Dr Harmon était aussi important que l'examen physique pour déterminer si elle pouvait subir une opération.

Or, il fallait absolument qu'elle se fasse opérer.

L'attente lui parut interminable. Enfin la porte du couloir s'ouvrit sur le Dr Harmon, qui pénétra dans le bureau d'un pas énergique, sa blouse blanche grande ouverte se soulevant derrière lui comme une cape dans la tempête. Il était suivi par une autre jeune femme à la plastique parfaite.

Charlotte en resta bouche bée. Le médecin ressemblait à un adolescent — ou même à un jeune garçon. Il était petit, menu, et sa peau paraissait d'une douceur extraordinaire pour un homme adulte. Quel âge pouvait-il bien avoir ? se demanda-t-elle. Et surtout, combien d'opérations avait-il pratiquées ?

Le Dr Harmon lui jeta un regard bref, mais perçant, avant de s'asseoir derrière son immense table de travail, ce qui le fit paraître encore plus petit. Son assistante, avec des gestes attentionnés, peut-être même un tantinet serviles, s'approcha pour poser devant lui le dossier que sa collègue avait rempli. Puis elle quitta la pièce.

La consultation commençait. Charlotte sentit son cœur s'emballer. Elle se carra au fond de son fauteuil, essayant de ne pas avoir l'air trop godiche, et fixa le Dr Harmon avec curiosité. Il ne la regardait pas, semblait ne faire aucun cas d'elle. Le dossier entre les mains, il en tournait les pages d'un doigt précis et efficace. Charlotte constata qu'il avait de belles mains — et jugea que c'était sans doute bon signe pour un chirurgien esthétique.

Enfin, il reposa lentement le dossier et leva les yeux. Elle tressaillit intérieurement sous l'intensité du regard dont il la gratifia. Ignorée un instant plus tôt, elle devenait soudain le centre de son attention ; il n'existait plus qu'elle dans la pièce. Elle s'aperçut qu'il scrutait son visage dans les moindres détails, observant millimètre par millimètre ses yeux, son nez, ses lèvres, la ligne grotesque de sa mâchoire et de son menton. Elle ne fit pas un geste. Elle n'était plus du tout gênée, car le Dr Harmon ne la dévisageait pas, contrairement à la majorité des gens, comme un monstre de foire. Il l'étudiait avec la concentration froide, dénuée de toute émotion, d'un clinicien.

Puis, tout à coup, son expression changea. Une lueur plus chaude passa dans ses pupilles, et un léger sourire, très professionnel, trouva poliment sa place sur son visage. Charlotte se redressa. L'entretien démarrait pour de bon.

— Bonjour, mademoiselle...

Il consulta le dossier.

— Godowski, conclut-elle.

— Ah, oui. Merci. Mademoiselle Godowski. Sur le plan général, vous êtes en bonne santé. Je vous ferai tout à l'heure quelques prises de sang en vue de diverses analyses, mais je n'envisage guère de complications.

Il la regarda de nouveau, avec une expression bienveillante.

— Bien. Et si vous me disiez avec vos mots à vous ce

que vous attendez de moi ? suggéra-t-il en croisant posément les mains devant lui sur la table.

Charlotte le dévisagea fixement. Il avait des joues si poupines qu'elle se demanda s'il y poussait de la barbe. Que pouvait-elle bien répondre à sa question ?

— Je... je..., balbutia-t-elle, et elle détourna les yeux. Je pense que c'est assez évident, non ?

Le Dr Harmon ne se départit pas de son paisible demi-sourire. Et ne cessa de la toiser d'un air patient.

Elle crispa les poings sur ses genoux. Diable, que pouvait-elle dire qu'il ne sût déjà ?

Il pencha la tête de côté, signe qu'il attendait une réponse plus précise.

Charlotte prit une grande inspiration, puis lâcha la vérité profonde qui la motivait.

— Je veux être belle.

Il fronça les sourcils et pinça les lèvres.

— Je vois, répliqua-t-il.

Elle rougit jusqu'aux oreilles. Evidemment qu'il *voyait* ! Il l'avait percée à jour dès la première seconde, et sans doute la prenait-il pour une cinglée. Elle se tortilla sur son siège, au comble de l'embarras, mortifiée d'avoir livré son secret le plus intime à cet inconnu.

— Ce que je veux dire, plutôt..., rectifia-t-elle en tiraillant nerveusement sa robe entre ses doigts, c'est que... enfin... j'aimerais bien être un peu plus jolie. Si c'est possible.

En prononçant ces mots, elle entendit sa mère lui marteler, comme une litanie de la persuasion : « Tu es jolie, et nous allons te faire encore plus jolie, d'accord ? »

L'expression du Dr Harmon s'emplit de compassion.

— Cela peut s'envisager, concéda-t-il. En réalité, c'est tout à fait possible.

De nouveau, il la scruta quelques instants comme un artiste peintre une toile vierge, puis ajouta :

— Je peux vous proposer certaines modifications, mais avant cela j'aimerais connaître vos désirs. Quelles améliorations souhaitez-vous, précisément ?

Charlotte cilla. Sa gorge se noua. Avait-elle bien entendu ? Il n'avait pas ri d'elle. Il n'avait pas répondu que son rêve était irréalisable. Il avait même dit « tout à fait possible ». Avait-il idée de l'espoir qu'il venait de lui donner à travers ces simples mots ?

Son cœur battait la chamade dans sa poitrine. Elle se passa la langue sur les lèvres.

— Eh bien... je pense... voyons...

Elle s'interrompit. « Allons ! s'intima-t-elle. Exprime-toi clairement ! » Levant les yeux pour soutenir le regard du Dr Harmon, elle reprit :

— Mon menton. C'est le plus important.

— Oui ? Votre menton ? Eh bien ?

— Je veux un menton, déclara-t-elle avec davantage d'aplomb. Un vrai menton qui soit le prolongement naturel de mes joues et forme une avancée arrondie sous ma bouche. Et, maintenant que j'en parle, j'aimerais avoir des joues normales, aussi, avec une vraie mâchoire. Des joues qui soient à angle droit avec mon cou. Bref je veux un bas de visage qui soit une entité réelle... humaine. Je ne veux plus de ce profil d'oiseau.

— Et le reste ? Votre nez, vos yeux, vos pommettes ?

Charlotte réfléchit un instant.

— Pas besoin de les changer. C'est Dieu qui m'a donné ces traits-là. Ils sont le reflet de ma mère et de mon père, et je les accepte comme faisant partie de moi.

— Très bien.

Il sourit plus largement. Charlotte éprouva un soulagement immense. Manifestement elle avait bien répondu. Elle réussit à se détendre un peu, à dénouer ses mains qu'elle posa à plat sur ses genoux. Elle était certaine que le Dr Harmon, avec son regard de faucon, ne manquait pas le moindre de ses gestes.

— Depuis quand avez-vous le malheur de vivre avec cette difformité faciale ? demanda-t-il.

Elle eut un haussement d'épaules.

— Depuis toujours. Je pensais autrefois qu'en me donnant cette tête-là Dieu m'avait joué un tour.

— C'est une curieuse façon de voir les choses.

— Quand j'étais petite fille, je croyais que Dieu nous fabriquait tous séparément les uns des autres, à la manière d'un sculpteur. A part mon visage, j'ai un physique correct...

Elle rougit et laissa échapper un petit rire.

— Alors j'imaginais que Dieu avait manqué de temps et qu'il s'était dit : « Bon, c'est pas grave, je la laisse comme ça sans finir son menton, et basta ! »

Un sourire amusé, mais absolument pas moqueur, apparut sur les lèvres du chirurgien. Charlotte apprécia sa réaction.

— Ce n'était qu'un raisonnement d'enfant, je sais, précisa-t-elle. Mais je n'ai encore trouvé aucune autre explication. Tout ça me paraît terriblement... injuste.

Elle marqua une pause, choisissant ses mots avec soin, avant de poursuivre, en toute sincérité :

— Je ne cherche pas à me métamorphoser, docteur Harmon. Je ne veux pas tout changer. Je vous demande juste de terminer ce que Dieu a laissé en plan.

Il hocha imperceptiblement la tête. Charlotte eut l'impression qu'il était touché par ce qu'elle venait de dire. En tout cas, il était intéressé. Dans ses yeux brillait une indiscutable lueur de curiosité.

Le silence s'établit. Pendant un long moment, le praticien se contenta de la dévisager attentivement. Charlotte commença à se sentir mal à l'aise.

— Je suis heureux d'entendre que vous ne voulez pas tout changer en vous, déclara-t-il enfin. Ce serait irréaliste. Votre problème, c'est un défaut congénital de la partie inférieure du visage. Il s'agit d'une anomalie très rare. Les modifications à apporter à votre visage exigeront un processus long et pénible. Votre mandibule sera coupée et repositionnée, des greffes d'os seront à envisager, et, dans les cas extrêmes comme le vôtre, où déplacer l'os ne suffit pas, on insère des implants en silicone rigide pour augmenter la taille et l'avancée de la mâchoire et du menton. Peut-être faudra-t-il aussi travailler en collaboration avec un orthodontiste. Quoi qu'il en soit, l'intervention est faisable, et, en toute franchise, permettez-moi d'ajouter que vous vous adressez à la bonne personne. Je suis spécialisé dans la chirurgie craniofaciale.

— C'est ce qu'on m'a dit. Il paraît aussi que vous êtes le meilleur.

Une étincelle de satisfaction passa dans les iris du Dr Harmon, mais il eut l'élégance de ne pas relever le compliment.

— Que pense votre famille de cette opération ?

— Ma famille ?

Il jeta un coup d'œil au dossier.

— Il est écrit ici que vous vivez avec votre mère.

— C'est exact.

— Y a-t-il une autre personne qui compte, dans votre vie ? Une personne très importante ?

Charlotte soupira.

— Non, je n'ai que ma mère.

Il haussa un sourcil, lui intimant de poursuivre.

— Je ne lui en ai pas encore parlé, admit-elle.

— Pourquoi ?

— Je ne pense pas qu'elle approuvera mon choix.

— Parfois, la famille ne comprend pas à quel point le patient a besoin de son opération de chirurgie plastique. Cependant, il faut que vous lui en parliez, ne serait-ce que pour déterminer dans quelle mesure elle vous soutiendra au cours de cette épreuve.

— Je suis capable de passer le cap seule, affirma-t-elle.

— Mademoiselle Godowski, répliqua-t-il posément. Après une opération chirurgicale, tout patient subit un stress psychologique et physique qui peut considérablement affecter son humeur comme son équilibre mental. C'est une conséquence très naturelle...

— Je suis forte. J'ai beaucoup d'endurance. Je suis très équilibrée.

— Il n'empêche qu'après l'intervention nombre de personnes se sentent déprimées pendant un certain temps. Vous aurez besoin de soutien. Je vous encourage à parler à votre mère. Avec honnêteté et franchise.

Charlotte se soumit à ses arguments d'un hochement de tête.

— Vous me ferez part de sa réaction ?

Elle acquiesça de nouveau.

— Et si elle s'oppose à votre projet ? renchérit le Dr Harmon. Que ferez-vous ?

Elle soutint son regard sans fléchir.

— Cela ne changera rien à ma décision.

Il plissa les yeux.

— Cette opération est à ce point importante pour vous ?

— Oui. Elle compte plus que tout, affirma-t-elle, s'interdisant de faiblir devant le regard inquisiteur du chirurgien.

— Pourquoi ? insista-t-il. Et pourquoi aujourd'hui ? D'ordinaire, les femmes qui naissent avec votre visage se font opérer au plus tard à l'adolescence. Vous avez...

Il consulta de nouveau son dossier.

— ... vingt ans. Qu'est-ce qui vous a décidée à venir me voir seulement maintenant ?

L'image de Lou Kopp dans la voiture, au fond du parking, traversa l'esprit de Charlotte. Elle ne pouvait parler de cela au Dr Harmon, bien sûr. De toute façon, Kopp n'était pas la raison principale de sa démarche. En vérité, il n'était même qu'un déclencheur. La goutte qui fait déborder le vase, comme dit l'expression populaire.

— Je pense qu'il m'a fallu plus longtemps pour grandir que ces autres femmes, répondit-elle d'une voix mal assurée.

Puis, songeant à ses chimères d'autrefois, elle ajouta :

— Avant, je pensais que la beauté n'existait que dans le regard de l'autre — celui qui vous regarde. Je pouvais ainsi espérer qu'un jour quelqu'un verrait au-delà de mon physique et apprécierait la personne que je suis au fond de moi.

Elle baissa les yeux.

— J'ai fini par comprendre qu'avec la tête que j'ai personne ne me donnera jamais la moindre chance, conclut-elle.

— Par donner une chance, vous voulez dire... ?

— M'aimer.

— Ah, je comprends.

Le Dr Harmon tapota ses doigts les uns contre les autres et expira longuement, du bout des lèvres.

— Et vous espérez que cette opération aura pour résultat de vous faire aimer ?

Charlotte perçut aussitôt le piège qu'il lui tendait.

— Non, répliqua-t-elle. Je sais bien que ce n'est pas mon visage seul qui me vaudra l'amour d'un homme. C'est pour cela que j'ai utilisé le mot « chance ». Tout ce que je désire, c'est une chance de pouvoir être aimée.

— C'est une position qui se défend tout à fait, approuva-t-il. Donc, à part le problème de votre visage, diriez-vous que d'une façon générale vous menez une existence satisfaisante ?

Elle eut un sourire contraint.

— Pour être tout à fait honnête avec vous, non. Mon visage m'a rendu la vie très difficile.

— Avez-vous jamais consulté un psychiatre, ou un quelconque autre professionnel de la psychologie ?

— Je suis laide, pas folle, rétorqua-t-elle, puis elle soupira. Je sais bien que vous êtes obligé de me poser toutes ces questions, docteur Harmon. Mais franchement... Je ne vous demande pas une simple amélioration, comme un lifting ou un remodelage de mon nez. Je souffre d'une grave difformité congénitale, qui légitime une opération. Vous l'avez dit vous-même. Je suis en bonne santé. Je fais de l'exercice, je mange équilibré et n'ai à ma connaissance aucune maladie particulière. Je suis la candidate idéale. Et, si ma vie est triste, elle n'en est pas moins stable. Elle ne renferme aucun secret honteux ou scandaleux. Je vous assure que je ne suis pas folle.

— Il ne s'agit absolument pas de suggérer que vous l'êtes, affirma-t-il d'un ton convaincant. Mais vous devez comprendre qu'une opération comme celle-ci, qui modifiera radicalement votre physique, exigera de votre part des ajustements d'ordre psychologique. Il vous faudra du temps, des semaines sinon des mois, pour accepter votre nouvelle apparence. Vous aurez peut-être même le sentiment de changer de personnalité.

— Cela ne me fait pas peur. Je suis prête à changer. Il y a vingt ans que j'attends ça.

Le Dr Harmon l'écoutait avec attention. Charlotte voyait à sa façon d'incliner un peu la tête de côté et de se frotter le menton qu'il analysait très consciencieusement sa candidature.

Il referma le dossier sur la table.

— Très bien, mademoiselle Godowski. Votre détermination vous aidera à surmonter cette épreuve, j'en suis persuadé, affirma-t-il.

Le regard dont il la gratifia alors ne renfermait nulle chaleur, mais Charlotte n'était pas venue ici pour cela. Ce qui brillait à présent dans les yeux du Dr Jacob Harmon, c'était l'assurance toute-puissante et la fierté d'un praticien expert dans son domaine, qui avait pris une décision ferme, qui savait qu'il pouvait satisfaire sa patiente — et y parvenir mieux que personne. Charlotte se redressa dans le fauteuil. Elle avait peine à cacher son enthousiasme.

— Une dernière question, mademoiselle Godowski, et nous en aurons terminé pour aujourd'hui, reprit-il gentiment. Dites-moi... Pensez-vous que cette intervention changera votre vie ?

Elle soutint son regard et lui répondit exactement ce qu'il voulait entendre.

— Je ne pense pas qu'elle la changera. Mais elle l'améliorera indiscutablement.

Le Dr Harmon eut un franc sourire. Charlotte comprit qu'elle avait réussi l'examen. Et, quand le sourire de son interlocuteur s'élargit encore, elle sut qu'elle avait même vingt sur vingt.

— Très bien, dit-il en posant son stylo et en se redressant à son tour sur son siège. En ce cas, je ne vois aucune raison de ne pas procéder à l'opération.

Bien installé dans son luxueux fauteuil de travail de cuir noir, Jacob Harmon examinait à l'écran de l'ordinateur un des schémas qu'il avait conçus pour le visage de Charlotte. Sur la table, à côté de lui, s'étalaient une multitude de photographies de son visage et de son corps qu'il avait prises au cours de la semaine précédente, ainsi que des radiographies et divers résultats d'analyses. Il agrandit l'image au maximum et, d'un mouvement aisé de la souris, fit défiler dans la fenêtre les amples collines de ses pommettes, puis les grottes béantes de ses narines, puis, plus au nord, les immenses lacs bleus de ses yeux et la plaine infinie de son front. Il entra quelques chiffres au pavé numérique et cliqua pour avoir de nouveau le visage en plein écran. Et là, il frissonna de plaisir en découvrant dans toute sa perspective la mâchoire qu'il avait imaginée pour la jeune femme, ainsi que la courbe résultante de ses lèvres et le triomphe absolu que représenterait son nouveau menton, à la fois délicat, fier, et ultraféminin.

Charlotte lui avait posé un défi exemplaire. Il l'avait relevé avec d'autant plus d'enthousiasme qu'elle avait un corps... inouï. Le simple fait de penser à son corps le tétanisait. S'il n'avait été sûr du contraire, il aurait juré qu'elle avait déjà été remodelée par une armada de plasticiens. Ce corps était idéal : symétrie, proportions, équilibre. Même sa peau était parfaite, douce comme la soie, d'une belle teinte d'albâtre rosé.

Cependant, Charlotte avait quelque chose d'autre qui l'avait poussé, lui, à rechercher pour son visage la perfection absolue. C'était dans ses yeux. Elle possédait là une beauté d'un ordre sublime, qui transcendait l'apparence de ses traits. Oui, les yeux de Charlotte l'hypnotisaient. Car, derrière le voile de sa timidité, ils renfermaient un profond mystère.

Il fallait leur donner un visage à leur mesure.

Jacob se pencha de nouveau sur le clavier avec entrain. Ses doigts couraient tout seuls sur les touches. D'un point de vue chirurgical, il savait ce qui devait être fait. Désormais commençait l'œuvre de l'artiste. Franchir cette ligne qui séparait l'un de l'autre, voilà ce qui donnait à son métier toute sa grandeur, toute sa poésie, voilà ce qui faisait la différence entre les gens comme lui et les simples techniciens de la plastique. Il pouffa en lui-même, ravi de se concevoir comme un artiste obsédé par le désir de créer un chef-d'œuvre.

Car il s'agissait bien de cela. Charlotte serait son chef-d'œuvre suprême. Cette fille voulait être belle ? Il allait la rendre plus belle encore qu'elle ne l'avait jamais rêvé.

L'entretien que Charlotte eut une semaine plus tard avec M. McNally, son employeur, grand patron de la société McNally & Kopp, fut bref et efficace. Tandis qu'elle lui expliquait la raison pour laquelle elle démissionnait, elle vit son visage rubicond pâlir et se crisper. Quand elle entra dans les détails les plus sordides, il pinça les lèvres et ses yeux s'emplirent de fureur. A la fin de la conversation, M. McNally ne convoqua pas Lou Kopp dans son bureau, comme elle l'avait craint. Il lui assura calmement qu'elle n'aurait à subir aucun désagrément supplémentaire de leur part, avant de lui demander si elle voulait un taxi pour rentrer chez elle.

Dès que Charlotte fut sortie de son bureau, McNally décrocha son téléphone et composa le numéro de son avocat.

— George, commença-t-il d'un ton rageur, Kopp a recommencé ses frasques ! Je viens d'avoir une fille dans mon bureau qui menace de porter plainte pour harcèlement sexuel.

Au bout de la ligne, il entendit un long soupir désapprobateur.

— Qu'est-ce qu'il a fait, cette fois ?

McNally lui raconta rapidement les faits, sans omettre la menace brandie par Kopp de licencier Charlotte si elle résistait à ses avances.

— Je crois qu'il vaudrait mieux régler cette histoire vite et bien, conseilla l'avocat d'une voix monocorde. Et sans trop tergiverser. Si ça s'ébruite alors que l'autre affaire du même type n'est pas encore passée en jugement, nous sommes fichus.

⁂

Deux jours plus tard, Charlotte était au comble de la joie. Le montant que M. McNally lui proposait pour régler leur différend à l'amiable couvrirait entièrement le coût de son opération. Son avocat lui avait conseillé d'exiger davantage, mais elle ne voulait pas se montrer trop vénale. A vrai dire, elle était tellement ravie par la somme offerte qu'elle dut se retenir de remercier son ex-employeur.

— Je vous demanderai encore une dernière chose, dit-elle tandis qu'ils se serraient la main devant les ascenseurs.

McNally haussa un sourcil perplexe.

— Je veux avoir l'assurance que M. Kopp ne harcèlera plus jamais quiconque, déclara-t-elle. Il y a trop longtemps qu'il menace les femmes de cette compagnie.

— Je pense que nous saurons faire le nécessaire, affirma-t-il avec un léger sourire.

Cette réponse suffisait à Charlotte. Elle ne réclamait pas la peau de son agresseur. Cependant, elle fut profondément heureuse d'apprendre quelques semaines plus tard que M. Kopp avait quitté la société pour « convenance personnelle ».

4.

Le 24 décembre en fin d'après-midi, Michael engagea sur l'autoroute 5 la Mustang décapotable qu'il venait de louer à la sortie de l'aéroport. Une agréable mélodie de Noël s'élevait de la radio. Etendant le bras en travers de la banquette, il se mit à siffloter joyeusement. Il fallait bien l'admettre : pour passer les fêtes rien ne valait le retour au bercail. La perspective d'arriver à la maison à temps pour le dîner de réveillon préparé par sa mère, que tout le monde appelait *Mama*, le rendait très heureux.

Tandis qu'il s'éloignait de la grisaille tentaculaire, uniformément plate de Los Angeles, et s'approchait de la verdure ondoyante des collines et vallées où se nichait la propriété Mondragon, la tension du long voyage s'évanouissait, sa nuque et ses épaules se dénouaient peu à peu. Chicago lui paraissait maintenant à des millions et des millions de kilomètres. Au bout d'une petite heure de trajet, il quitta l'autoroute pour s'engager sur une route secondaire, puis bifurqua de nouveau vers une cantonale étroite — une de ces voies de campagne que les gens de la région étaient quasiment les seuls à emprunter. Les touristes, qui s'en tenaient aux grands axes, venaient rarement par là. Aussi étaient-elles toujours divinement tranquilles, ces petites routes sinueuses qui le menaient chez lui, passant par de minuscules villages, longeant des fermes de taille modeste, traversant d'impressionnantes forêts de sapins, de cèdres, de pins parasol... Michael rit en lui-même en se rappelant qu'il savait les noms de tous les arbres de la région — et de l'ensemble de la végétation, à vrai dire. Mais bon, vu l'activité de l'entreprise familiale, c'était plutôt normal !

La route prit un virage abrupt, puis s'inclina en pente douce. Il pénétrait à présent dans la luxuriante vallée où s'étendait le domaine Mondragon. Ici, il se sentait vraiment chez lui. La pluie était tombée dans la journée ; comme la chaussée était encore glissante, il ralentit l'allure. Un splendide manteau pourpre de sauge nouvelle couvrait tout un flanc de colline. Une brise fraîche, parfumée des mille senteurs de la nature, lui caressait délicieusement le visage. Le sourire aux lèvres, il roula avec aisance sur cette route qu'il connaissait par cœur. Combien de fois y était-il passé durant l'adolescence, quand il travaillait avec son père, allant et venant de la pépinière Mondragon aux jardins des banlieues résidentielles du sud de la Californie ? Des centaines, bien sûr...

Cette période, pensa-t-il, lui laissait des souvenirs agréables, qui défilaient maintenant dans sa mémoire comme les repères familiers qu'il contemplait tout au long du ruban de bitume ondulant. Oui, des souvenirs bien agréables.

A l'un de ses points de vue favoris, sur une butte, il arrêta la voiture, coupa le moteur. Le crépuscule descendait sur la vallée. Les oiseaux se lançaient leurs chants nocturnes. La vallée s'offrait généreusement au regard, ouverte et savoureuse comme une belle femme. Il emplit ses poumons d'air, gonflant la poitrine. Seigneur, comme elle sentait bon, aussi !

Au creux de la vallée, la végétation se dressait fièrement vers le ciel, comme si elle cherchait à toucher les nuages pâles et filandreux du soir — « les franges des robes des anges », comme il disait étant gosse. Michael avait toujours eu l'impression qu'ici, à cet endroit presque mystique, et à cette heure paisible, il se trouvait à la porte du paradis.

Il soupira, passant une main dans ses épais cheveux. Que de vieux souvenirs se ravivaient en lui, tout à coup ! C'était ici qu'il avait connu l'amour pour la première fois, à l'arrière d'une des camionnettes Mondragon. Ici qu'il avait pris la décision de s'opposer à sa famille et de demander une bourse d'études à Harvard. Ici qu'il s'était juré qu'un jour il quitterait ces montagnes pour ne plus jamais y revenir.

Et il était bel et bien parti. La vie qu'il menait désormais à Chicago l'éloignait plus sûrement de sa famille latino-américaine que les quelques milliers de kilomètres qui les séparaient physiquement. Entre ici et là-bas, il y avait tout un monde de différence. Pourtant... Pourtant quelle ironie, si l'on y songeait ! Quelle que soit la distance qu'il mettait entre lui et les siens, quels que soient les efforts qu'il produisait pour changer et ne plus être un « latino », il suffisait qu'il revienne ici pour se voir inexorablement retomber dans les vieilles habitudes de son enfance, de son milieu. Il ignorait comment l'expliquer, mais il savait qu'en franchissant les portes de la propriété Mondragon il ne serait plus M. Michael Mondragon, diplômé de Harvard avec félicitations du jury, devenu à la force du poignet membre d'un célèbre cabinet d'architectes de Chicago ; il oublierait qu'il avait gagné en un an plus d'argent que son père ne pouvait rêver d'en toucher en dix. Dans quelques minutes, il redeviendrait le pauvre petit Miguel, fils d'immigré et immigré lui-même ; et, aux yeux de la famille, l'excentrique rêveur qui avait osé quitter le foyer traditionnel pour un monde hostile et lointain.

Il crispa la main sur le levier de vitesse — sa main douce, aux ongles impeccables, si différente de celle de son père. Il serra les dents avec détermination. Il avait travaillé trop dur, il avait fait trop de chemin pour accepter ce rôle. Quand il se trouverait face à Luis, à sa mère, à sa sœur et à son frère, il leur montrerait qui il était. Il le fallait, une fois pour toutes.

Michael contempla en silence les lueurs déclinantes du crépuscule, puis secoua la tête tandis qu'un sourire doux-amer lui montait aux lèvres.

Il n'était pas sûr, cependant, que sa famille l'entendrait et le comprendrait. Essayer de leur ouvrir les yeux, c'était à peu près aussi hasardeux que de vouloir attraper les franges des robes des anges qui dérivaient là-haut, dans le ciel...

Dès qu'il parvint à la lisière de la propriété, il constata à certains signes révélateurs que l'entreprise était effectivement, comme le lui avait annoncé Luis, dans une très mauvaise passe. Les corps de bâtiments, hangars et serres, étaient en piètre état ; les plantations éparses, rabougries, n'avaient ni le lustre ni la vigueur qui faisaient autrefois la réputation de la Pépinière Mondragon. Fronçant les sourcils, il continua de rouler, longeant des champs de clématites et de plantes vivaces, puis il grimpa l'allée sinueuse qui menait, cent mètres au-dessus de la route, à la maison de ses parents. Le pick-up de son père, un Chevrolet de 1989, était garé sur le côté, flanqué de plusieurs voitures américaines plus récentes. Michael reconnut la jarretière de mariage de sa sœur accrochée au rétroviseur intérieur d'une Mercury.

La maison aux murs en crépi blanc cassé, au toit de tuiles rouges, n'avait pas changé. La porte d'entrée, que sa mère avait voulue d'un jaune vif et accueillant, s'ornait pour la Noël de rameaux de pin frais et de houx. Aux fenêtres, derrière les rideaux de dentelle cousus par

Mama, brillait une lumière chaleureuse. A l'intérieur Papa jouait de la musique Mariachi. Michael sentit son cœur battre soudain plus fort dans sa poitrine. D'anxiété ? se demanda-t-il un instant. Puis il comprit. C'était l'enthousiasme qui l'animait maintenant. La joie de retrouver sa famille.

A peine coupait-il le moteur que la porte de la maison s'ouvrit à la volée sur son père, qui s'avança sous la véranda, les bras grands ouverts, un immense sourire illuminant son visage buriné. Michael éprouva un pincement de plaisir enfantin à l'idée que ses parents avaient guetté son arrivée. Il descendit de voiture et monta les marches du perron.

— Le voilà ! s'exclama Luis de sa voix puissante, pareille à un roulement de tonnerre. Venez, tout le monde ! Miguel, il est à la maison ! Enfin !

Derrière lui s'élevèrent les cris d'allégresse de sa mère et de sa sœur Rosa, puis ceux des enfants de celle-ci, qui tous se précipitèrent sous la véranda. Moins empressé, son frère Bobby s'approcha, comme à son habitude, d'une démarche nonchalante. Tandis qu'il les embrassait l'un après l'autre, Michael perçut sur leurs vêtements, dans leurs cheveux, et même sur leur peau, l'odeur caractéristique et entêtante de la Noël chez les Mexicains — un cocktail savoureux de chocolat noir, de vanille et d'orange.

En pénétrant dans la maison, il fut tenté d'en faire le tour, d'examiner les chambres et les placards, de voir s'il s'y trouvait encore une pièce pour lui. Il se sentait soudain nerveux. Il avait l'impression de ne pas avoir sa place ici. C'était d'autant plus étrange que la famille se regroupa fébrilement autour de lui, parlant avec enthousiasme, évoquant des événements d'autrefois — forcément adoucis par la distance du temps et du souvenir —, le félicitant sur sa bonne mine et son superbe costume.

Curieux... Tous lui faisaient le meilleur accueil et lui, il avait envie de fuir !

Au bout de quelques minutes, la conversation se tarit, devint plus conventionnelle, mais Michael se dit que c'était normal. Après tout, il y avait plusieurs années qu'il n'était pas revenu chez lui ; il était à la fois un membre du clan et un étranger. Cela créait entre eux une gêne qu'il leur faudrait un peu de temps pour dépasser.

Si son oreille mexicaine se réveilla naturellement aux sonorités chantantes de l'espagnol, langue officielle de la famille qu'il comprenait parfaitement, il eut cependant du mal à se remettre à le parler. Ses lèvres butaient sur certaines syllabes, et, du coup, ses réponses manquaient de naturel. A cause de cela, dire qu'il était un extraterrestre chez lui n'était pas vraiment exagéré.

— Le petit Francisco parle mieux l'espagnol que son oncle Miguel, observa Mama d'un air taquin.

Michael fut piqué au vif par cette remarque, mais il se contenta de sourire aimablement. L'air de rien, sa mère évoquait là une vieille querelle qui remontait au temps où, adolescent, il fréquentait un collège catholique à majorité blanche : un soir, pendant le dîner, il avait annoncé qu'il ne s'exprimerait désormais plus qu'en anglais, comme les sœurs le lui avaient ordonné. Sa mère, bien que blessée et confuse, avait accueilli cette déclaration avec soumission. Si les sœurs le disaient, il fallait respecter leur volonté. Son père, en revanche, avait réagi très violemment, lui ordonnant de regagner sa chambre sur-le-champ. Michael ne se l'était pas fait dire deux fois ; de toute façon il préférait être seul. Cet épisode avait marqué le début de la dégradation de sa relation avec sa famille. Par la suite, la distance entre eux et lui n'avait fait que croître...

Ce soir, cependant, Michael constatait que Luis ne manifestait nulle animosité à son égard. Bien au contraire. Il le regardait avec des yeux brillants de fierté et de joie.

— Rosa, dit-il soudain d'un ton autoritaire à sa fille cadette. Calme tes enfants ! Ils font trop de bruit. Je veux parler seul et tranquille un moment avec Miguel.

Michael se laissa entraîner jusqu'à la cuisine, une des pièces les plus importantes de la maison. Sa mère les accompagna. Quand il eut fermé la porte sur eux, son père marqua un temps d'arrêt, puis soupira.

— Ah, un peu de tranquillité ! marmonna-t-il. Si je pouvais prendre pour moi l'énergie de ces bambinos, je vivrais pour l'éternité ! Mais...

Il haussa les épaules, levant les paumes en l'air.

— ... en attendant, je me contente d'une petite bière, ajouta-t-il à l'adresse de sa femme qui ouvrit aussitôt le frigo.

— Merci, Mama, dit Michael en prenant la canette qu'elle lui tendait.

Il inspira profondément. Les odeurs des plats mexicains préparés par sa mère, les rires des enfants et les discussions des adultes dans la pièce voisine, le cadre familier de cette maison, tout cela était comme un baume apaisant, qui lui redonnait — malgré ses doutes et ses craintes — un véritable sentiment d'appartenance. Finalement, il était quand même ici chez lui. Il n'importait guère, après tout, qu'ils aient encore du mal à communiquer les uns avec les autres.

— Comme ça sent bon ! s'exclama-t-il d'un air enchanté. Mama, je suis sûr que tu as encore préparé un festin.

Marta ne répondit rien, mais ses joues rosirent de plaisir. Elle tourna modestement le dos pour se pencher sur son immense cuisinière, où mijotaient plusieurs casseroles.

A l'instar de son père, Michael s'accouda au plan de

travail central, continuant de humer en silence les délicieuses odeurs qui emplissaient la cuisine. Ils burent quelques gorgées de bière, puis Luis entama la conversation. Après des mois et des mois de séparation, bien sûr, ce n'était pas chose aisée.

— Alors..., commença-t-il d'une voix gênée, en détournant les yeux. Comment... comment tu vas, mon fils ?

— Bien... bien, répondit Michael, espérant que son intonation ne trahissait aucun embarras vis-à-vis de son père, qu'il ne voulait surtout pas vexer. Ça va très bien.

— Tu fais quoi, à Chicago ?

Il haussa les épaules.

— La routine, la routine. Le maire veut avoir plus d'arbres dans la ville, alors, quand on termine un immeuble, on lui plante de beaux arbres.

Luis porta encore sa canette à ses lèvres, puis il eut un petit rire.

— Tu plantes encore quelque chose, donc ? Je suis content d'entendre ça, observa-t-il.

Ils bavardèrent un moment en s'en tenant à des sujets anodins ; Marta intervenait de temps en temps par une remarque plaisante qui aidait à détendre l'atmosphère. Cependant, Michael se rendait bien compte que son père était tiraillé entre son envie de dire ce qu'il avait sur le cœur et la crainte de donner à son fils le sentiment de le harceler sans même lui avoir laissé le temps de poser ses bagages.

Luis était un homme de haute stature, large d'épaules, avec de grandes mains puissantes et une voix digne de son gabarit. Le voir se dandiner d'un pied sur l'autre comme il faisait et bredouiller des phrases banales, c'était comme regarder un éléphant chercher son chemin dans un magasin de porcelaine. Michael décida de lui faciliter la tâche. Il choisit même d'aller droit au but.

— La pépinière a l'air drôlement mal en point, déclara-t-il tout à trac.

La surprise se peignit sur le visage de Luis, puis le soulagement. Il hocha vigoureusement la tête.

— Oui, oui, c'est vrai ! approuva-t-il. La sécheresse, l'année dernière, tu sais, oh la la... Nous avons perdu beaucoup, et ce qui reste...

Il écarta les bras et soupira d'un air tragique.

— ... ce qui reste ne va pas bien, reprit-il. Saleté de sécheresse. L'herbe brûlait comme si c'était le feu de l'enfer, et les clients téléphonaient pour dire « Pas la peine de venir tondre ». Pas de travail, pas d'argent, tu sais bien, Miguel ! Mais eux, ils s'en fichent ! « Pas la peine de venir tondre », voilà tout ce qu'ils disent.

Il secoua la tête.

— La pépinière, elle est presque morte, conclut-il d'un ton lugubre.

— J'ai entendu parler de cette période de sécheresse ; il paraît que ça a été terrible. Je suis désolé que tu aies été si durement touché.

Luis haussa les épaules.

— C'est la volonté de Dieu, marmonna-t-il.

— Peut-être...

Michael but une longue gorgée de bière. Il préférait éviter d'entamer un débat sur la religion. Dans la maisonnée Mondragon, la volonté de Dieu justifiait toujours les aléas de la vie, aussi catastrophiques fussent-ils. C'était ainsi ; il fallait se soumettre au Seigneur.

— Comment Manuel s'en sort-il ? demanda-t-il.

Manuel était son beau-frère. Il ne le connaissait pas très bien, mais voyait en lui un gars honnête et gentil. Il se disait aussi parfois que Manuel devait être un saint pour réussir à vivre avec une femme aussi caractérielle que sa sœur Rosa.

Son père eut une moue évasive.

— Pour tondre les pelouses, ça va. Les hommes l'aiment bien, mais...

Luis se frotta la joue et haussa encore les épaules.

— Le problème, c'est pas seulement la sécheresse, reprit-il. Manuel, il est incapable de dessiner des jardins comme les gens veulent aujourd'hui. Ils veulent quelque chose de spécial, tu comprends ? Si tu sais dessiner, tu peux aussi vendre les plantes. Des fois je dessine gratis, juste pour avoir le client...

— Je vois ce que tu veux dire, Papa. C'est une pratique commerciale courante, aujourd'hui. Mais pourquoi n'as-tu pas engagé un paysagiste professionnel ?

— Pourquoi je dois engager quelqu'un puisque mon fils est le meilleur ? rétorqua Luis.

Michael s'efforça de dissimuler son agacement.

— Peut-être parce que je suis architecte et que je vis à Chicago ? répondit-il d'un ton patient. Papa, je construis des gratte-ciel, des immeubles... qui montent jusqu'au ciel.

Il baissa les yeux.

— Je ne travaille plus la terre, ajouta-t-il.

— *Madre de Dios* ! Comment tu peux aimer travailler loin de la terre ? Pourquoi tu veux le béton à Chicago puisque tu as la bonne terre de Californie ? Cette terre si belle, si précieuse ! Je ne comprends pas !

Le ton outré de Luis dissimulait mal son dépit, et Michael en eut le cœur serré pour lui. Son père était un homme fier, qui avait des convictions bien arrêtées. Orphelin de naissance, élevé à la dure par une branche lointaine de sa famille à Mexico, il avait émigré vers les Etats-Unis à vingt-deux ans parce qu'un oncle célibataire lui avait laissé en héritage un petit lopin de terre en Californie. Dès l'instant où il avait découvert cette vallée fertile, Luis Mondragon avait fait de son exploitation le but de sa vie. Il s'y était donné tout entier, dédaignant les propositions alléchantes des promoteurs et autres financiers qui convoitaient sa terre, croyant de toute son âme à l'avenir meilleur qu'il se construisait ici. Pari risqué pour un Mexicain sans le sou qui avait à charge une femme et trois enfants en bas âge, mais pari tenu.

Au bout de quelques années, à force d'économies et d'efforts, Luis avait réussi à installer sa famille dans une banlieue résidentielle proche de Los Angeles, et il avait créé une modeste société spécialisée dans l'entretien des pelouses. Il trimait alors comme un esclave dans les jardins de ses riches clients, sept jours sur sept, de l'aube au couchant, sans se ménager. Luis détestait les banlieues, il n'aimait que « sa » vallée, mais Marta avait exigé qu'ils habitent là quelques années au moins, afin de pouvoir envoyer les enfants dans les bonnes écoles « gringo », où les sœurs leur enseigneraient les mêmes choses qu'aux petits garçons et petites filles blancs. De toute façon, ils n'avaient guère le choix. C'était dans les banlieues que se trouvait l'argent, pas ailleurs, et il avait tout intérêt à s'implanter dans ce milieu. Ce choix n'avait heureusement pas tardé à porter ses fruits. Les clients aimaient Luis, pour son intelligence, son caractère affirmé, son ardeur à la tâche. La société de tonte des pelouses avait vite prospéré. En entrant dans l'adolescence, les enfants avaient été mis à contribution ; pour un salaire ridicule, ils l'aidaient à tailler les haies, à passer la tondeuse. L'entreprise était devenue une affaire familiale dont Luis tirait une immense fierté.

Si ce dernier rechignait à dépenser son argent, il était très généreux de son savoir. Il avait nourri ses deux fils de son talent de jardinier, leur enseignant tous les secrets de la terre, des fleurs et des arbres. Quand, enfin, il avait pu ouvrir sa propre pépinière, il n'avait tout d'abord produit que quelques plantes sélectionnées, celles que la clientèle était susceptible d'acheter. Puis, peu à peu, grâce à ses yeux pétillants et à son rire contagieux, il avait incité les gens à « essayer quelque chose d'un peu différent, OK ? » Fleur après fleur, arbuste après arbuste, à force de volonté et de labeur, Luis avait assuré une solide réputation à la Pépinière Mondragon. Et Michael savait que cela lui brisait le cœur de voir cette œuvre, l'œuvre de toute sa vie, réduite à néant par la chaleur excessive d'un été, la sécheresse et la compétition commerciale.

En le dévisageant, il s'apercevait aussi pour la première fois que les épreuves avaient creusé quelques rides supplémentaires dans les traits magnifiques de son père.

— Qu'est-ce que tu attends de moi, Papa ? demanda-t-il simplement.

Luis le fixa un moment avec attention, sinon avec méfiance, puis il se détendit, tandis qu'un sourire ravi lui venait aux lèvres.

— Ah, Miguel. Tu es un vrai fils. *Sí!* Je me retrouve en toi ! s'exclama-t-il en le serrant dans ses bras.

Michael s'arracha à son étreinte étouffante. Tout son être se rebellait contre cette comparaison. Il n'était pas comme son père. Pas du tout !

— Papa, ce n'est pas...

— Tu vois, Marta ? l'interrompit Luis, glissant d'autorité un bras autour de ses épaules, écrasant sa protestation sous la force de sa volonté. J'avais bien dit que mon fils, il m'aidera. J'ai *un* bon fils, tu vois !

Par-dessus la tête de son père, Michael croisa le regard de Marta.

— Non, Luis, répliqua-t-elle d'un ton monocorde. Tu as *deux* bons fils.

Quand le festin fut prêt, la famille se rassembla autour de la longue table de bois sombre, sur laquelle Marta déposa fièrement les plats préférés des Mondragon pour la Noël. Du Ceviche, des pieds de porc rôtis dans une généreuse sauce au piment, de la polenta, du riz complet. Et, pour le dessert, pas moins de quatre gâteaux maison aux fraises et à la crème.

— Assieds-toi, maintenant, Marta ! ordonna Luis comme elle retournait pour la énième fois dans la cuisine. Tu cours comme un lapin. Assez ! Je me fatigue rien qu'à te regarder. Assieds-toi ! Il est temps de manger.

Claquant sa langue contre son palais avec agacement, Marta parcourut la table des yeux pour s'assurer qu'il n'y manquait ni sel ni poivre, ni beurre ni sauce, puis elle prit place à côté de Luis.

Tandis que le maître de maison disait la prière, Michael regarda les visages des personnes attablées autour de lui. Sa famille offrait un condensé de l'histoire riche et variée du Mexique. Son père était un homme encore viril et séduisant, à la peau tannée par le soleil. Ses épais cheveux noirs étaient striés de belles mèches grises assorties à ses sourcils broussailleux. Sa mère, elle, avait la peau aussi claire et lumineuse que celle de la Madone de l'église où elle se rendait chaque dimanche. Sa chevelure châtaine, attachée en un chignon modeste au bas de sa nuque, mettait en valeur les traits délicats, presque aristocratiques, qu'elle avait hérités de ses ancêtres espagnols.

Son frère Bobby était celui des trois enfants qui ressemblait le plus à Marta. Il avait les cheveux aussi blonds qu'elle les avait eus autrefois, la peau aussi pâle, la silhouette aussi fine. Son sourire, toujours malicieux, souvent ironique, ajoutait des fossettes enjôleuses à son visage d'une beauté presque féminine. Sa sœur avait aussi la peau claire. Mais, à son éternel regret, elle était grande et large d'épaules, comme leur père ; Rosa était une femme puissante capable de conduire des machines imposantes et d'abattre une journée de travail digne d'un homme. Luis avait souvent reproché à Marta, non sans une certaine amertume, d'avoir mélangé les gènes entre Bobby et Rosa.

Quant à lui, Michael, on aurait presque pu dire qu'il était d'origine indienne. Dès l'enfance, il avait compris qu'il possédait une beauté différente de celle des autres membres de la famille. Il avait la peau très brune, les cheveux noirs et épais, et ses traits taillés à la serpe évoquaient la statuaire maya. Des trois bambinos Mondragon, il était le seul à avoir été rudoyé par les garçons blancs des banlieues résidentielles à la sortie de l'école.

Luis, qui présidait à table, se mit debout en levant son verre de vin.

— Nous ne sommes pas toujours ensemble à Noël, commença-t-il. Mais aujourd'hui, heureusement, nous sommes comme une famille doit être.

Ses yeux noirs glissèrent sur chacun des membres du clan et s'arrêtèrent sur Michael, qui soutint son regard quelques instants.

— *A la familia!* conclut Luis.

— A la famille! répondit Michael en anglais, et il s'aperçut du coin de l'œil que Bobby lui jetait un clin d'œil amusé.

Le repas débuta dans la bonne humeur, tout le monde se régalant et félicitant Mama pour ses excellentes préparations.

— Tu as l'air en forme, Michael, observa Bobby un peu plus tard.

Michael le vit parcourir des yeux sa veste noire, sa chemise de coton blanc et sa cravate de soie aux motifs raffinés. Bobby avait toujours eu du goût pour les beaux vêtements. Autrefois, quand ils étaient adolescents, il se moquait sans pitié de ceux — comme Michael — qui ne savaient pas s'habiller.

— Armani, n'est-ce pas? ajouta-t-il avec un hochement de tête approbateur. Mais où sont passés tes vieux pantalons élimés, tes chaussettes dépareillées et... Bon sang, tu te rappelles ta veste de cuir ?

— Bien sûr, répondit Michael avec un sourire nostalgique. Je l'ai toujours, d'ailleurs.

Dans sa jeunesse il avait toujours porté des chemises, même en plein été, de façon que sa peau très brune ne s'assombrisse pas davantage. Il se souvenait comme il avait chaud et comme il suait quand il travaillait à la pépinière — pendant que les autres garçons, à la peau plus claire, couraient et s'amusaient librement en T-shirt. Vers quinze ou seize ans, il avait économisé sou après sou pour pouvoir s'acheter cette veste de cuir qui était devenue pour lui comme une seconde peau.

— C'est que je l'aime, cette veste ! ajouta-t-il avec humour.

— Peut-être, mais celle que tu avais sur le dos en arrivant est bien plus attrayante. *Los gringos* de Chicago ont enfin réussi à t'apprendre l'élégance, si je comprends bien ?

Michael sourit, refusant de mordre à l'hameçon. En vérité, il se fichait de la façon dont il était habillé. Du moment que ses vêtements étaient noirs et de bonne coupe, il se considérait satisfait. S'il achetait aujourd'hui Armani ou d'autres marques de prestige, c'était uniquement parce que ses collègues et clients n'en attendaient pas moins d'un architecte de son niveau.

Ce qui le tracassait beaucoup, en revanche, c'était la pâleur et la maigreur de son frère. La chemise de Bobby tombait sur ses épaules comme sur un cintre métallique.

— Est-ce que ça va bien, grand frère ? demanda-t-il d'un ton qui trahissait son inquiétude, en se penchant vers lui.

Une lueur d'anxiété apparut dans les yeux de Bobby, puis s'évanouit.

— J'ai eu la grippe, répliqua-t-il avec un sourire détaché, avant de tourner la tête vers leur mère. Un sale virus qui traîne dans la région.

— *Sí*, c'est terrible, renchérit Marta. Tout le monde l'a eue. Encore un de ces affreux nouveaux virus. Chinois, il paraît !

Elle se signa.

— Sois prudent, Miguel, de ne pas l'attraper toi aussi.

— Ha ! fit Bobby en riant aux éclats. Ne t'inquiète pas, Mama...

Luis lui jeta un regard incendiaire qui le fit taire instantanément. Bobby parut aussitôt se recroqueviller en lui-même. Michael soupira intérieurement. Pour la seconde fois de la soirée, il constatait que son père nourrissait un véritable ressentiment à l'encontre de son aîné. Il trouvait cela injuste.

Après que les quatre gâteaux eurent été servis et que le café fut versé dans les tasses, la famille se rassembla autour du sapin, comme à chaque réveillon de Noël, pour la distribution des cadeaux que les parents offraient aux enfants.

— Bobby, tu es l'aîné. Tu aides le Père Noël, ordonna Luis.

— Avec plaisir, papa, répondit Bobby d'un ton enthousiaste qui prouvait que le fils ne gardait pas rancune au père.

Michael regarda avec émotion son frère aîné enfiler une capuche rouge à liseré de coton blanc, puis pousser des « Oh la la » chaleureux et admiratifs tandis qu'il commençait à offrir des cadeaux. Même s'il faisait un Père Noël trop maigrichon, Bobby était largement à la hauteur de ce rôle. Son neveu et sa nièce piaffaient de plaisir.

— Assez ! aboya Luis. Ne sois pas imbécile, cesse de gesticuler.

Bobby tressaillit, mais ne répondit pas. Il sourit aimablement.

— Dieu nous bénisse, les uns comme les autres, déclara-t-il avec dans la voix une touche d'ironie qui, Michael en eut la certitude, masquait un chagrin réel. Même toi, vieux ronchon.

Luis s'agita dans son fauteuil en grommelant.

Bobby continua la distribution avec enthousiasme, agitant les cadeaux devant les yeux des enfants avant de les leur donner, les exhortant à deviner ce que chaque paquet pouvait contenir.

Tout le monde poussa des Oh et des Ah rieurs pendant que les gamins déballaient leurs trésors. Tout le monde sauf le père de famille, qui observait la scène comme un roi sur son trône, avec une expression distante et songeuse.

Quand Maria Elena et Cisco eurent fini de déballer leurs nouveaux jouets, les adultes jetèrent des coups d'œil discrets aux quelques paquets qui restaient sous l'arbre. Comme du temps où ils étaient gosses, ils se demandaient quels cadeaux leurs parents avaient choisis pour eux cette année.

Un silence presque religieux tomba sur la pièce au moment où Bobby, sur un signe du père, ouvrit un paquet dont il sortit la montre de gousset de leur grand-oncle, cet oncle si vénéré qui avait légué à Luis la première terre californienne de la famille. Rosa et Manuel furent également surpris et ravis de découvrir dans une grosse boîte à leur nom le service en porcelaine qui se trouvait dans la famille de Marta depuis plusieurs générations. Frères et sœurs écarquillèrent les yeux. Ce n'étaient pas là les cadeaux classiques, tels qu'un appareil photo, un pull ou un disque. Ce soir, les parents leur transmettaient les quelques trésors familiaux qu'ils possédaient. Le moment était important.

A présent, tous les yeux se tournaient vers lui, Michael. Bobby se pencha vers le sapin, mais il n'y restait plus aucun paquet.

— Pauvre Tío Miguel, il n'a pas de cadeau, se lamenta Maria Elena en lui étreignant le bras de sa petite main maigrelette.

— C'est sûrement parce que je n'ai pas été un gentil garçon cette année, répondit-il d'un ton enjoué, avant de tapoter l'épaule de la fillette.

Il affichait un sourire détaché, mais en son for intérieur il éprouvait une violente déception. Ainsi, ses parents l'avaient oublié...

Et, soudain, Luis se leva. D'une démarche cérémonieuse, il s'approcha de la cheminée. Il saisit une enveloppe sur le manteau, puis, après un temps d'arrêt sans doute destiné à souligner son effet, il la lui tendit. Une expression d'immense fierté se peignit sur ses traits.

Perplexe, Michael scruta le visage de son père, avant de tourner les yeux vers Bobby, Rosa et Manuel. Ils arboraient une mine curieuse... et circonspecte. Apparemment, personne ne savait ce que cette enveloppe renfermait.

Avec un hochement de tête reconnaissant, il prit l'enveloppe des mains de son père et l'ouvrit. Un document notarié s'y trouvait, qu'il lut en diagonale. Il sentit alors le sang refluer de ses joues.

— C'est une donation de la pépinière... à mon nom..., bafouilla-t-il.

— Je suis homme de parole. Je t'ai demandé de venir en Californie pour m'aider, et tu es venu. Il est venu ! s'exclama Luis à l'attention de la famille tout entière. Il a prouvé qu'il est bon fils, et maintenant il va prouver qu'il est un Mondragon. Il rebâtira l'honneur de notre famille dans la vallée. Michael dessinera les jardins des clients, nous recommencerons tout, ensemble, comme une vraie famille. Cela emplit mon vieux cœur d'une grande joie !

Michael écarquilla les yeux, stupéfait. Luis posa une main sur son épaule avec autant de solennité qu'un roi appuyant son épée sur l'épaule d'un nouveau chevalier.

— Avec cette donation, je te transmets la terre, l'entreprise, tout ! En toi, Miguel, je place l'avenir des Mondragon.

Le poids de ce cadeau accabla Michael. Ce document impliquait des engagements et des décisions dont il ne voulait pas. Il l'obligeait à une loyauté aussi indéfectible que détestable envers sa famille, il lui imposait aussi des devoirs tacites insoutenables, tels que celui de se marier, de s'établir définitivement sur cette terre, de s'assurer un héritier.

Levant les yeux vers son père, il vit à son expression que Luis était déterminé à voir tout cela se réaliser.

Rosa fut la première à rompre le silence. Sa colère et son ressentiment éclatèrent sans retenue dans sa voix.

— Papa, comment peux-tu être aussi injuste ? protesta-t-elle avec véhémence. Manuel et moi, nous travaillons pour toi depuis toujours, comme des esclaves. Il y a si longtemps que Miguel est parti d'ici... Nous pensions...

— Vous pensiez quoi, *querida* ? l'interrompit Luis d'un ton acide.

Lentement, il pivota vers sa fille, tournant le dos à son gendre Manuel. Il souriait, mais ses yeux lançaient des éclairs.

— Tu seras toujours dans l'entreprise. Mais toi, tu ne portes pas le nom de Mondragon. Ton fils, il n'a pas le nom de Mondragon. Tu dois comprendre.

Rosa devint rouge pivoine ; elle fusilla son mari du regard.

— Dis quelque chose, Manuel ! s'emporta-t-elle. Pourquoi tu restes toujours assis comme ça avec ton air de chien battu, pourquoi c'est toujours moi qui fais les choses à ta place ?

Manuel s'empourpra. La mâchoire crispée, il se leva sans un mot et sortit de la pièce.

Rosa se tourna alors vers Bobby.

— Et toi, Roberto ? grogna-t-elle. Tu n'as rien à dire ?

Bobby pâlit, mais il haussa les épaules en portant son verre à ses lèvres.

— Papa peut faire ce qu'il veut de sa terre. Et...

Il but du vin.

— ... et il semble qu'il veuille la donner à Michael, conclut-il calmement. Je comprends.

— Tu es le fils aîné ! hurla-t-elle. C'est à toi que la propriété devrait revenir !

Michael aperçut une lueur de chagrin dans les yeux de Bobby — une lueur qu'il noya rapidement dans une nouvelle gorgée de vin.

— Je suis artiste peintre, Rosa. Je fais des peintures murales. A quoi me servirait d'hériter d'une pépinière ?

— Taisez-vous, tous ! intervint Michael en se plaçant au centre de la pièce.

Il tressaillit d'effroi en prenant conscience qu'il venait de s'exprimer sur le même ton autoritaire que Luis.

D'un regard intense, il signifia à Rosa de se calmer, puis se tourna vers son père. Plongeant ses yeux dans les siens, il lui rendit le document.

— Papa, c'est un très grand honneur que tu me fais...

Il marqua une pause.

— Un trop grand honneur, conclut-il.

— Tu es *fuerte*, non ? répliqua Luis en repoussant sa main. Tu es fort ! Ton cœur et ta tête, ils sont forts !

Il lui donna une tape vigoureuse sur l'épaule, et Michael eut honte de la joie profonde que lui inspirait l'attitude de son père à son égard.

— Tu ne me tourneras pas le dos, conclut Luis. Tu aideras la famille, non ?

— Je t'aiderai. Tu as besoin de moi, je sais, et je ferai

mon possible... Mais je ne te demande pas tout cela en échange...

— Demander ? Miguel, je te donne ! Tout ! L'entreprise d'entretien de pelouses, la pépinière, la source, tout ! Je te donne la liberté. Si tu es maître chez toi, tu es maître de ta vie. Tu as personne pour te dire quoi faire, pour te dominer. Avec ce que je te donne, un homme doué comme toi peut devenir riche.

Il exagérait, mais dans une certaine mesure Michael savait qu'il avait raison. La propriété valait aujourd'hui beaucoup d'argent, et l'eau de la source, si elle était exploitée, pourrait engendrer d'énormes bénéfices. Quoi qu'il en soit, la valeur de ce cadeau le tétanisait. Le prix à payer était trop élevé.

— *Gracias*, Papa. Sincèrement. Mais j'ai quand même besoin de réfléchir.

— Réfléchir ? Réfléchir ?

Les yeux de Luis s'ouvrirent en grand, débordant de dépit et de honte. Il ne comprenait pas que son cadeau, qui représentait ce qu'il avait de plus cher au monde, soit ainsi repoussé. Il fendit l'air avec le tranchant de la main, comme s'il donnait un coup de machette.

— Toi, tu réfléchis trop, marmonna-t-il. Tu réfléchis tellement que tu ne vois plus avec ton cœur. Et ton cœur est dur comme la pierre !

Michael se figea. Son père et lui se dévisagèrent pardessus le gouffre d'incompréhension désormais si familier qui s'était creusé entre eux ces dernières années. Leurs discussions finissaient le plus souvent ainsi.

Luis se tourna brusquement vers le sapin de Noël. La guirlande rouge et verte qui clignotait contrastait bizarrement avec ses cheveux poivre et sel. Ses yeux s'emplirent de mélancolie. Michael avait l'impression de contempler un puissant taureau juste après l'estocade finale.

— Papa..., commença-t-il.

Luis l'interrompit d'un geste las. Il lança un regard aigre en direction de Marta, comme s'il lui reprochait ce qui venait de se passer. Assise les mains croisées sur son tablier, une expression peinée sur le visage, elle ne répondit rien. Haussant brusquement les épaules, Luis fit volte-face et sortit de la pièce au pas de charge.

— Alors, petit frère, tu penses que c'est normal, tout ça ? demanda soudain Rosa d'une voix suraiguë. C'est pour ça que tu es revenu ? Pour tout prendre ?

— Rosa ! s'exclama Marta, horrifiée.

Michael, bien qu'attristé et vexé par la rancœur que sa sœur lui témoignait, s'intima l'ordre de garder son calme. Elle était blessée, elle aussi, et elle souffrait d'être ignorée par son père. Pauvre Rosa, se dit-il. Elle ne se contenterait jamais de tenir le rôle traditionnel qui incombait à la femme dans la culture mexicaine — même si leur mère leur donnait l'exemple d'une épouse heureuse et satisfaite de son sort. Ambitieuse, déterminée, Rosa avait d'autres exigences.

Cependant, rien ne justifiait qu'elle l'agressât comme elle venait de le faire.

— Primo, commença-t-il d'une voix posée mais ferme, si je suis revenu c'est uniquement parce que Papa me l'a demandé. Secundo, je ne veux pas de ce cadeau. Tu me l'as entendu dire, n'est-ce pas ? Alors rentre-toi ça dans la tête !

Il soupira, s'efforçant de ne pas s'énerver.

— Tertio, et là écoute-moi bien, *hermana*, reprit-il d'un ton plus sec. Si, au lieu de t'acharner à détruire ton mari, tu utilisais ton énergie à l'aider et à le soutenir, peut-être Manuel serait-il capable de reprendre l'entreprise à ma place !

« Dans la situation actuelle, poursuivit-il, Papa a raison. Je suis bel et bien le seul de cette famille qui puisse faire redémarrer la pépinière. Tiens ta langue de vipère assez longtemps pour y réfléchir, et tu t'apercevras que c'est la vérité. Je ne suis pas venu pour prendre quoi que ce soit à quiconque. Je suis venu aider la famille. Et j'ai l'intention d'honorer cette promesse. Mais, quand ce sera terminé, je repartirai...

Il soupira.

— Manifestement, rien n'a changé dans cette maison. Je suis encore le « pobre negrito » à vos yeux. Celui qui ne mérite rien. Pourtant, Rosa, depuis que je suis parti d'ici j'ai appris une chose très importante : tout ce pour quoi je travaille dur, je le mérite. Donc je ne me laisse plus marcher sur les pieds. Il va falloir que tu t'y fasses.

Michael scruta les visages de Rosa, de sa mère et de Bobby. Manifestement troublés, ils ne répondirent pas. Il sortit du living-room pour retrouver son père.

Luis était sous la véranda, accoudé à la rambarde. Il contemplait sa propriété illuminée par le clair de lune. Sa chère pépinière, à laquelle il avait tout sacrifié. Michael savait qu'en rejetant son cadeau il avait donné à son père l'impression de le rejeter, lui. Etait-ce le cas ? se demanda-t-il en embrassant du regard la terre fertile qui s'étendait devant lui. Que rejetait-il, en fait ? Son père, ou la terre... ?

— Je vais passer un an ici, déclara-t-il. Je ferai cela pour toi et pour Mama. Parce que je vous aime.

— Un an, c'est pas assez. On ne bâtit rien de bon en si peu de temps. Deux ans. Il me faut deux ans. Là, ce sera suffisant.

Michael se crispa. S'il s'absentait deux années de Chicago, il mettrait en péril sa carrière, son avenir, tout ce pour quoi il s'était battu. Cependant, il devait l'admettre, son père avait raison. Deux ans, c'était ce qu'il fallait pour relancer l'entreprise.

— Entendu, acquiesça-t-il. A condition que tu promettes de ne rien me réclamer de plus.

Il glissa fermement le document notarié entre les doigts de son père.

Luis tourna la tête et le dévisagea avec attention, plongeant ses yeux dans les siens. Ce qu'il vit dut le satisfaire, car il hocha soudain la tête et s'empara des papiers.

— Quand commences-tu ? demanda-t-il.

— En mars. Ce sera le bon moment pour répondre aux premières commandes de printemps.

— C'est trop tard ! Je commence la saison dans deux semaines. Il faudra dessiner...

— Tu m'enverras tous les renseignements nécessaires par fax à Chicago, l'interrompit-il. Je ferai les schémas là-bas.

Un rire puissant et joyeux fusa de la gorge de son père, qui le prit dans ses bras, étreignant virilement ses épaules.

— Comment je peux perdre ? s'exclama-t-il d'une voix émue. Je connais ma terre. Elle est comme une femme douce et généreuse, toute fertile et parfumée. Tu planteras tes graines en elle et elle t'attachera à elle. Tu vois ? Je te connais, toi aussi. Tu es mon fils. Tu es un *macho*. Tu ne tourneras pas le dos à celle que tu aimes plus que personne au monde.

A Chicago, l'église de l'Ascension étincelait de mille feux et vibrait sous les chants exaltés de la foule réunie pour la messe de minuit. Bien que la nef fût bondée, Charlotte et Helena étaient assises sur un banc réservé non loin du chœur — un privilège qu'elles avaient acquis en décorant l'église la journée durant. Charlotte couvait d'un regard possessif les longs rubans de coton blanc orné de broderies vertes, les six magnifiques sapins égayés de loupiotes blanches, les dizaines de vases de fleurs rouges et blanches répartis çà et là dans l'église.

— C'est magnifique, observa-t-elle avec un soupir ému.

Le père Frank, debout à la chaire, leur lança un clin d'œil approbateur.

Cette année, pour la Noël, Charlotte sentait toute sa vie pivoter autour d'un seul mot, d'une seule idée : la beauté. Quelques jours plus tôt, le Dr Harmon lui avait présenté son projet final pour son visage. Tremblante, elle avait contemplé les schémas avec émerveillement.

— Je n'arrive pas à croire que je vais être cette femme-là, avait-elle murmuré, le souffle court.

— N'en doutez pas. Je peux le faire, avait-il affirmé.

— Mais le nez... vous l'avez changé, non ? Ce n'est plus le mien.

— Celui-là sera aussi le vôtre, avait répliqué le praticien avec aplomb. Il convient mieux à votre nouveau visage.

— Je ne sais pas... Ma mère n'appréciera pas de me voir à ce point transformée.

— Mais vous-même, mademoiselle Godowski, qu'en pensez-vous ? Il n'y a que votre avis qui compte.

Elle avait laissé ses yeux glisser sur la courbe magnifique de la joue qu'il avait conçue pour elle.

— J'adore, avait-elle avoué.

Ensuite, elle avait couvert une partie du visage avec une feuille de papier, pour n'en laisser paraître que les yeux.

— Est-ce encore moi ? avait-elle bafouillé.

— Bien sûr que oui. C'est très intelligent de votre part de ne regarder que vos yeux, Charlotte. Car ce sont eux qui révèlent celle que vous êtes vraiment.

« Je me demande si c'est le cas », avait-elle alors pensé en son for intérieur. Quoi qu'il en soit, elle avait accepté le projet du praticien, sans parler à sa mère de la modification apportée à son nez. Son nouveau visage était un cadeau qu'elle se faisait à elle-même. Le cadeau qu'elle offrait à sa mère, c'était son nouvel emploi : le Dr Harmon lui avait gentiment offert le poste de comptable à son cabinet, et ce pour un salaire substantiel. Désormais sa mère n'aurait plus de problème d'argent. Charlotte avait prévu de lui annoncer la nouvelle ce soir, après la messe.

Le chœur entonna un cantique de Noël qui parlait de joie et de beauté pour le monde entier. Charlotte se mit à chanter à tue-tête, en pensant du fond du cœur chaque mot qu'elle prononçait. Son monde à elle était beau, en effet, plein de joie et d'espoir.

Ce qu'elle ne savait pas encore très bien, en revanche, c'était comment elle ferait pour accepter tant de bonheur.

5.

Trois mois plus tard, Charlotte, allongée sur un lit d'hôpital, parfaitement immobile, vivait les minutes qu'elle comptait déjà parmi les plus importantes de son existence : avec des gestes précis et méthodiques, le Dr Harmon retirait les bandages qui entouraient sa tête. Comme s'il était un grand prêtre, et elle, une momie ressuscitée, pensa-t-elle en le regardant à travers la fente ménagée pour ses yeux dans le pansement. Quatre étudiants en chirurgie plastique d'une trentaine d'années — trois hommes et une femme — se tenaient autour du lit, penchés sur elle, la dévisageant avec attention. Elle les connaissait bien ; ils étaient souvent venus à son chevet au cours des jours passés, en groupe ou individuellement, pour s'assurer de sa bonne condition physique, lui poser des questions de routine, remplir sa feuille de température. Cependant, le Dr Harmon était toujours resté son interlocuteur privilégié. Personne ne contestait l'autorité de ce praticien surdoué. Charlotte avait en outre cru comprendre, à travers certains commentaires des infirmières ou des étudiants, que le chirurgien la considérait comme sa plus belle œuvre. Sans doute cela expliquait-il qu'elle fût si bien traitée par tout son personnel. Entre les murs de sa clinique, elle était choyée comme une reine.

Deux semaines s'étaient écoulées depuis son opération.

Deux semaines d'âpres discussions avec sa mère pour la convaincre qu'elle avait pris la bonne décision, une décision qui n'avait rien d'immoral. Deux semaines de prière pour que l'opération soit un succès — et d'inquiétude, à se demander si elle avait seulement le droit de prier maintenant qu'elle s'était « dressée contre la volonté de Dieu », comme l'affirmait Helena... A cette pensée, Charlotte éprouva de nouveau, comme si souvent depuis quelque temps, une désagréable poussée de rancœur. Elle refusait d'être l'agneau sacrificiel de sa mère. C'était tellement facile pour Helena de prendre sa laideur en pitié et de condamner son désir de changer de visage ! Elle était jolie, elle ! Elle n'avait jamais souffert de son physique !

Peu importait le jugement de sa mère, de toute façon. Elle n'était tout simplement plus capable d'accepter sa laideur comme l'expression de la volonté divine. Ou plutôt, elle considérait que Dieu lui avait donné la vie qu'elle avait, et qu'il ne tenait qu'à elle d'en tirer le meilleur parti. A n'importe quel prix.

Courage, se dit-elle en tapotant nerveusement l'armature métallique du lit avec le bout du pied. Le moment de vérité était tout proche. Plus d'attente angoissée, désormais. Tandis que le Dr Harmon retirait les derniers bandages autour de sa tête, une odeur douceâtre de sang séché lui chatouilla les narines. Privée de la gangue protectrice du pansement, sa mâchoire se mit à la tirailler douloureusement ; ses terminaisons nerveuses lui picotaient l'épiderme. Dans sa poitrine, son cœur se mit à battre la chamade.

— C'est presque terminé, marmonna le Dr Harmon. Encore une minute...

Les secondes s'égrenèrent à une lenteur insoutenable tandis qu'il saisissait entre ses doigts délicats la dernière bandelette de coton sur son nez.

Lorsque, enfin, son visage fut complètement libéré,

Charlotte eut d'abord l'impression d'avoir la chair à vif, comme si on lui avait arraché la peau. Le Dr Harmon l'examina soigneusement sous tous les angles. Quand il la touchait, même délicatement, elle éprouvait une vive sensation de brûlure. Mais elle ne se plaignit pas ; elle avait une entière confiance en lui.

Une fois ce premier examen terminé, le praticien lui prit le visage entre les mains. Curieusement, ses paumes lui procurèrent une agréable impression de fraîcheur. Il la fixa intensément, et Charlotte crut que le temps s'arrêtait. Elle plongea ses yeux dans les siens, y cherchant un signe de contentement, de déception ou de colère — n'importe quoi. Mais ses pupilles pâles n'exprimaient nulle émotion.

— Etes-vous prête ? demanda-t-il d'un ton quelque peu paternaliste.

Sa gorge était si contractée qu'elle fut incapable de répondre. D'un geste hésitant elle porta les doigts à sa joue pour la palper. Sa peau était douce et légèrement humide. Non — elle paraissait enflée et molle comme la surface d'un ballon à moitié dégonflé. Malgré ce désagrément, elle décela sous sa main la ligne très nette d'une vraie joue, d'une mâchoire normale, puis la saillie délicatement courbée d'un os qui ne pouvait être qu'un menton.

Elle jeta un regard vers sa mère, en quête d'une réaction. Helena regardait par terre, clignant des yeux et remuant les lèvres en silence. Elle semblait consternée.

Charlotte déglutit. Sa gorge était aussi sèche et râpeuse que du papier de verre.

— Miroir, ordonna le Dr Harmon à une infirmière.

Charlotte tenta de sourire. En vain. Elle n'arrivait pas à contrôler les muscles de son visage tuméfié. Elle prit une profonde inspiration, avant d'essayer de se redresser en position assise, ce qui lui demanda un effort herculéen.

La chambre tournoyait autour d'elle et la nausée l'envahissait, mais elle s'intima l'ordre de ne pas flancher. Il fallait qu'elle soit assise. C'était indispensable. Elle s'apprêtait à rencontrer une personne encore inconnue d'elle, mais qui allait beaucoup compter dans sa vie. Pas question de l'accueillir vautrée sur le matelas.

— Bien, reprit doucement le praticien. Souvenez-vous, Charlotte, que vous allez voir un visage encore enflé et couvert d'ecchymoses. Tout cela disparaîtra au bout de quelque temps. Peu à peu votre visage redeviendra normal.

Elle éprouva soudain une forte poussée d'anxiété. Le Dr Harmon semblait très tendu. Quelque chose s'était-il mal passé durant l'opération ? Elle voulut parler, mais les incisions pratiquées à l'intérieur de sa bouche, et les cicatrices qui en résultaient, rendaient son élocution difficile.

— Normal ? réussit-elle à bafouiller.

— Le Dr Harmon a fait un travail splendide, intervint l'un des étudiants. Mais il est encore trop tôt pour se prononcer définitivement.

— De... de quoi j'ai l'air ?

— Regardez donc par vous-même, suggéra le chirurgien en lui tendant le miroir.

Charlotte tint l'objet à plat sur ses genoux un long moment, tentant de rassembler son courage. Puis elle leva le miroir, regarda en tout premier lieu son front et ses yeux. Ces vieux compagnons de route n'avaient pas changé. Enfin, lentement, avec hésitation, elle inclina la glace...

— Charlotte ?

Le Dr Harmon se pencha vers elle.

— Ça va ?

Non, non, ça n'allait pas du tout ! Elle était terrifiée. Lâchant le miroir, elle se laissa retomber en arrière sur le lit et ferma les yeux. Le monde tourbillonnait furieusement autour d'elle, à croire que son esprit avait quitté son corps et flottait au-dessus d'elle, ou dans quelque dimension parallèle, ne sachant trop s'il devait regagner cette enveloppe charnelle ou la fuir à tout jamais. Elle songea confusément qu'elle vivait une expérience semblable à celle que racontent les gens qui ont été un jour dans le coma : le choix qu'ils ont eu entre le retour à la vie, et l'abandon à la mort.

N'était-elle pas morte, en un sens ? N'était-elle pas devenue une sorte d'âme errante, perdue ?

Une chose était sûre : la Charlotte d'autrefois n'existait plus.

Tout en triturant les grains de son chapelet entre ses doigts, Helena se pencha vers le lit sur lequel reposait sa fille endormie. Il était très tard ; seule une petite veilleuse diffusait un halo ténu dans la chambre enténébrée. Dans une pièce voisine, quelqu'un poussait une plainte sourde et lancinante dont les infirmières ne semblaient guère s'inquiéter. Elles allaient et venaient dans le couloir, se préparant au changement d'équipe de 23 heures. Quand elles passaient devant la lucarne de verre de la porte, leurs ombres noires glissaient sur les murs comme des spectres grotesques. L'atmosphère, dans toute la clinique, sentait la solitude angoissée et la souffrance. Les patients s'efforçaient de dormir, ou simplement de passer la nuit le moins mal possible.

Helena frissonna et se signa. Elle détestait les hôpitaux ; elle aurait préféré mourir dans la rue plutôt que de se retrouver ici comme malade. Dans le couloir, derrière la porte, deux infirmières parlaient maintenant à voix basse de Charlotte : pansements retirés aujourd'hui... tuméfactions normales... analgésique à la demande de la jeune femme. Ayant échangé ces informations professionnelles, elles s'éloignèrent en gloussant. Helena n'entendait plus que des murmures amusés. Elle se renfrogna. Ces deux-là devaient se gausser de la métamorphose de Charlotte. Tout le monde semblait n'avoir que cette affaire à la bouche, à la clinique !

Elle tira sa chaise plus près du lit et approcha son visage de celui de Charlotte. Où était passée sa fille ? Elle ne la reconnaissait plus, sous ces nouveaux traits ! Elle serra le poing. Qui avait le droit de la transformer ainsi ? Sûrement pas ce médecin prétentieux et intransigeant, ce Dr Harmon ! Un violent pincement de culpabilité la saisit tandis que lui revenait à la mémoire l'entretien qu'elle avait eu avec le praticien avant l'opération. Ratatinée sur son siège, elle repensait à la colère à peine réprimée qu'elle avait lue dans ses yeux.

— Pourquoi n'avez-vous pas fait opérer Charlotte plus tôt ? avait-il demandé d'un ton accusateur. Les techniques de chirurgie réparatrice existent depuis longtemps. Il ne fait aucun doute qu'on aurait pu lui épargner des années de...

Il s'était interrompu en agitant nerveusement la main, l'air de chercher le mot juste pour exprimer ce que Charlotte avait enduré. Puis il avait soupiré et pincé les lèvres, comme si la souffrance psychologique de sa patiente était indescriptible.

Helena lui avait répondu en bredouillant qu'elle n'avait jamais eu l'argent nécessaire, qu'elle n'avait pas d'assurance maladie à la hauteur du problème, qu'elle ignorait même qu'une opération était possible. Le Dr Harmon avait secoué la tête en la toisant d'un regard sévère.

— C'est pourtant vrai, murmura-t-elle à sa fille endormie, en crispant les doigts sur la couverture d'hôpital. Même si je me suis trompée, même si j'ai eu tort, je n'ai pas menti. J'ai dit la vérité, je ne savais pas...

Un désespoir aveuglant la submergea, lui nouant la

gorge. Elle baissa la tête, appuya le front contre la main de sa fille. Comme cette petite vérité cachait mal la Grande Vérité, cependant ! La vérité d'entre toutes les vérités, celle pour laquelle Dieu l'avait punie. Car il savait, Lui, qu'elle avait péché. Et, en châtiment de son crime, il avait infligé un terrible sort à sa fille...

— C'est moi qui ai péché, Seigneur. Pas Charlotte, supplia-t-elle dans un murmure rauque. C'est moi qu'il fallait punir... Peut-être aurais-je dû tout lui dire, je le reconnais. Mais comment ?

Elle se prit le visage entre les mains — ses mains abîmées par les ménages —, et se mit à pleurer en silence.

— J'ai péché... j'ai péché..., bafouilla-t-elle. J'ai péché. Et Frederic aussi, il y a longtemps... si longtemps...

Ce fut un coup de foudre. A l'instant où elle posa les yeux sur Frederic Walenski, Helena sut qu'elle l'aimait. Elle avait alors vingt-six ans, n'était pas encore mariée, et vivait coupée du monde dans la ferme de ses parents. L'avenir ne lui souriait pas. La vie était dure, en Pologne, à la fin des années soixante. Très dure. Les prix ne cessaient de grimper, les salaires dégringolaient, l'économie ne tenait pas debout. C'était une époque où Helena et sa famille étaient bien contentes quand elles avaient de quoi manger deux fois par jour et nourrir le bétail.

Son village se trouvait au pied des Carpates. Le week-end, les jeunes gens et les jeunes filles des villes y venaient pour faire de la marche ou juste prendre un bol d'air. Helena n'avait pas l'habitude de flirter, et elle ne cherchait jamais à attirer l'attention des hommes qui passaient devant chez elle. Frederic, cependant, était différent. D'emblée, elle avait aimé sa silhouette trapue qui dégageait une impression de force, ses épais cheveux blonds coiffés en arrière et ses grands yeux audacieux. Ses manières altières, presque arrogantes, évoquaient pour Helena la ville dans ce qu'elle a de plus excitant : ses privilèges, sa modernité, ses plaisirs — un univers inconnu de son village de province.

Elle avait aperçu Frederic pour la première fois alors qu'il consultait une carte de la région avec un groupe d'amis. Chacun d'eux avait un sac à dos à ses pieds. Ils se disputaient au sujet du chemin à emprunter. Soudain, ce séduisant jeune homme avait jeté un regard dans sa direction. Helena, bien que choquée par sa propre témérité, n'avait pas détourné les yeux. Il avait légèrement incliné la tête en lui offrant un sourire langoureux. Tétanisée, elle n'avait plus fait un geste. Elle éprouvait tout à coup un flot de sensations inouïes, comme on en évoquait dans les livres qu'elle lisait en cachette de ses parents.

Tomber amoureux était chose aisée dans les montagnes. L'atmosphère, là-haut, était légère et douce, enivrante — sans commune mesure avec les brumes industrielles des villes et les remugles de la politique révolutionnaire qu'on y menait. Pendant plusieurs semaines, Frederic vint chaque week-end lui faire la cour. Helena finit par accepter ses baisers. Il était tellement différent des hommes qu'elle connaissait ! Contrairement à elle, qui n'avait fréquenté que les bancs de l'école communale, Frederic était un intellectuel ; il étudiait la philosophie à l'université de Varsovie. Alors qu'elle était passive sur le plan politique, soumise aux préceptes du Parti, il était passionnément anticommuniste. Il nourrissait des projets contestataires et fréquentait des activistes qui dénonçaient les attaques du gouvernement contre l'église et la liberté intellectuelle. Les soirs d'été, après lui avoir fait l'amour dans le foin frais de la grange, il la prenait dans ses bras et lui parlait d'avenir, un avenir radieux dans une Pologne nouvelle. En décembre, alors qu'ils reposaient enlacés devant un feu crépitant, il lui avait murmuré à l'oreille qu'il l'aimait. Helena, ivre de bonheur, l'avait cru sur parole.

A la fin de ce même mois de décembre 1970, le rêve avait viré au cauchemar. Elle ignorait ce qui s'était vraiment passé. Lorsqu'il lui avait téléphoné de Varsovie pour la dernière fois, Frederic paraissait frénétique, oscillant entre l'exaltation et la terreur. Il ne lui avait donné que des explications succinctes, évoquant une certaine émeute soulevée par des ouvriers à cause de la hausse des prix, et puis des coups de feu, un attentat à la bombe. Il devait partir, avait-il ajouté. Le plus vite possible. Grâce à sa famille, qui avait des relations, il avait la possibilité de franchir la frontière rapidement.

Tremblante, elle avait ouvert la bouche pour demander ce qu'elle devait faire. Il l'avait interrompue.

— Je dois y aller, maintenant, Helena, avait-il déclaré d'un ton pressant. Je dois filer. Tout de suite, sinon je risque d'être attrapé par la police.

— Non ! Non, Frederic, tu ne dois pas partir.

— Je te ferai venir en Amérique. Bientôt. Je m'arrangerai pour que tu me rejoignes.

Helena avait crispé la main sur le combiné. Son cœur battait à tout rompre.

— Non ! Je viens avec toi. J'arrive !

— Au revoir, Helena.

La communication avait été coupée. En reposant le combiné, Helena avait été saisie par un cruel, lugubre pressentiment.

Elle avait attendu des nouvelles de Frederic avec autant de loyauté et de patience qu'une épouse dont l'homme est parti à la guerre. C'était ainsi qu'elle voyait les choses : par les liens d'amour qui les unissaient, ils étaient mari et femme aussi sûrement que s'ils avaient été bénis par le prêtre. Chaque jour, elle se précipitait à la boîte aux lettres, et chaque jour, comme elle n'y trouvait aucune missive de Frederic, elle versait un torrent de larmes. Il n'envoya pas même une carte postale pour lui dire qu'il était bien arrivé et avait hâte de la revoir. Au début, elle se persuada qu'il n'écrivait pas parce qu'il avait peur que la police ne retrouve sa trace. Mais, plus les mois passaient, plus elle désespérait.

Car, pendant ce temps, un enfant grandissait en elle.

— Tu fais honte à la famille ! cria sa mère quand sa grossesse devint évidente aux yeux de tous.

Catholiques fervents, ses parents ne purent endurer la disgrâce qu'elle leur infligeait. Ils l'envoyèrent chez les sœurs du Saint-Sacrement à Varsovie.

Là, les nonnes se montrèrent extrêmement gentilles et compatissantes à son égard. Les yeux débordant de ferveur religieuse, elles affirmaient que Dieu pardonnerait son péché de fornication si elle priait fort, très fort, se repentait et jurait de ne plus jamais faillir. Pendant les deux mois qui suivirent son arrivée à Varsovie, Helena retrouva la paix de l'âme, et adora chaque jour un peu plus le bébé qui poussait dans son ventre.

Puis, un jour, le père Oziemblowski, le prêtre de son village, vint lui rendre visite.

— J'ai de bonnes nouvelles ! annonça-t-il d'un ton enjoué.

Il expliqua qu'il avait trouvé une famille prête à adopter le bébé. Après la naissance, Helena rentrerait discrètement chez elle, et on ne parlerait plus jamais de ce regrettable épisode.

— Tu dois suivre nos conseils, ajouta le prêtre avec fermeté. Pour le bien de ton enfant, sinon pour le tien.

Helena l'écoutait, les yeux écarquillés. Elle ne protesta pas, mais, dans son cœur, elle avait envie de hurler. Abandonner l'enfant de Frederic ? Impensable ! Son bébé n'était pas un bâtard. Si Frederic avait encore été ici, ils auraient été mariés, à l'église, sous l'œil bienveillant de Dieu. Son instinct maternel s'aiguisa subitement, la poussant à réfléchir — à trouver une solution.

Profitant d'un moment où les religieuses ne la surveillaient pas, elle s'éclipsa du couvent et prit le bus jusqu'au quartier le plus ancien de la ville. Elle descendit dans une avenue flanquée d'un côté par un grand parc public où fleurissaient de splendides arbres, de l'autre par des vieux immeubles de quatre étages, très délabrés, mais dont les façades imposantes prouvaient qu'ils avaient compté autrefois parmi les plus somptueux de Varsovie. L'appartement Walenski se trouvait dans l'un de ces bâtiments. Helena frappa à la porte du second étage. Au bout de quelques instants, une femme petite et trapue vint ouvrir. Helena reconnut aussitôt en elle le port altier, presque aristocratique, qu'elle avait toujours admiré chez Frederic. Mme Walenski avait aussi le même nez droit que son fils.

— Je suis une amie de Frederic, expliqua-t-elle d'une voix hésitante, en se disant que son imperméable trop large et rapiécé rendait improbable une telle relation. J'espérais que vous pourriez m'aider à le trouver. C'est urgent.

Son interlocutrice l'enveloppa d'un regard suspicieux.

— J'ignore où mon fils se trouve, répliqua-t-elle, et elle commença de refermer la porte.

— Attendez ! protesta Helena en repoussant le battant. Un instant, s'il vous plaît. Ce que j'ai à vous annoncer ne peut se dire qu'en privé.

Mme Walenski eut une mine sceptique. Dans ses yeux plissés, Helena ne lut que de la froideur.

— Les inconnus n'entrent pas chez moi. De quoi s'agit-il ?

Les pieds campés sur le seuil de l'appartement, Helena s'ordonna de ne pas se laisser intimider. Elle déboutonna son pardessus et en écarta les pans, dévoilant un ventre arrondi par une grossesse de cinq mois. Elle se sentait indigne de l'environnement dans lequel elle se trouvait, elle avait honte de sa fâcheuse situation, mais pour son bébé, pour Frederic, elle refusait de renoncer.

— Je porte l'enfant de Frederic, bafouilla-t-elle.

— Vous mentez, rétorqua Mme Walenski, et, d'un geste aussi brusque que rapide, elle la tira dans le vestibule en claquant la porte sur elles. Croyez-vous être la première fille à essayer de piéger mon fils d'une façon aussi lamentable ?

Elle lui fit signe de la suivre et pénétra dans le salon à grands pas. Helena s'y avança sur des jambes de coton, comme si elle marchait dans un rêve. L'appartement, d'une splendeur inouïe, vaste comme un palais, offrait un contraste saisissant avec la ferme délabrée dans laquelle sa famille s'entassait. Elle était si impressionnée qu'elle ne réussit pas à en avoir une vue d'ensemble, mais en remarqua simplement certains détails précis : la pendule en or sur la cheminée de marbre, l'épais tapis d'Orient, le lustre de cristal aux dimensions princières. Que pouvait-on bien ressentir quand on était la maîtresse d'une telle maison ? se demanda-t-elle. Si elle avait épousé Frederic, aurait-elle vécu ici, elle aussi ?

— Dites-moi qui vous êtes, ordonna Mme Walenski d'une voix autoritaire.

— Je m'appelle Helena Godowski. Je vous assure que je n'essaie pas de piéger votre fils. Je porte son enfant. Votre petit-fils, ou petite-fille. Frederic m'a promis qu'il m'enverrait de quoi le rejoindre en Amérique, et il ne l'a pas encore fait. Comme vous le voyez, je ne peux plus attendre. Ma famille me rejette, je n'ai personne pour m'aider. Les religieuses prévoient de confier mon enfant à une famille adoptive, et je ne veux pas... Frederic ne vous a donc jamais parlé de moi ?

Son interlocutrice, qui s'était assise dans un fauteuil, clignait des yeux avec lassitude.

— Non, jamais. Que voulez-vous ?

— Je veux Frederic. Je veux être avec lui.

— C'est impossible, ma pauvre petite ! J'ignore où il se trouve. Sincèrement, je n'en ai aucune idée. Il ne peut pas m'écrire. La police le recherche. Vous comprenez cela, n'est-ce pas ? Vous ne voulez pas qu'il aille en prison, tout de même ? Vous ne lui souhaitez pas un tel sort ?

— Non, non, bien sûr que non, assura Helena.

Une joie profonde l'envahissait, à présent. Si Frederic n'avait pas la possibilité d'entrer en contact avec sa propre mère, il pouvait encore moins la joindre, elle. Mais il ne l'avait pas oubliée ! Il l'aimait ! Elle en était certaine.

— J'aime Frederic, affirma-t-elle. Jamais je ne lui causerai le moindre tort. Vous devez me croire.

Les épaules de Mme Walenski s'affaissèrent. Elle hocha doucement la tête, les yeux emplis de tristesse. Helena perçut de la compassion dans son regard.

— J'ai besoin d'aide, insista-t-elle, et elle toucha son ventre avant d'ajouter dans un murmure : Frederic ne sait pas que je suis enceinte. Il est parti avant que je n'en sois sûre. Avant que je ne puisse le prévenir.

Elle fit un pas vers la grand-mère de son enfant.

— S'il vous plaît... Si vous me disiez juste le nom de la ville d'Amérique où il se trouve, je suis convaincue que je le retrouverais. Je vous en prie, faites-moi confiance.

Pendant quelques longues secondes, le regard de Mme Walenski se perdit dans le lointain. Elle avait porté une main à sa joue et semblait absorbée dans ses pensées.

— Je vous crois, répondit-elle enfin. Mais, maintenant, c'est à vous de me croire, Helena. Voilà... Tout ce que je sais, c'est qu'il s'est rendu dans une ville appelée

Chicago, dans l'Etat de l'Illinois. Il y a là-bas beaucoup d'immigrés polonais.

— Peut-être pourriez-vous me donner les noms des membres de votre famille qui s'y trouvent ? Ou de vos amis ? suggéra-t-elle. Pour que je puisse appeler quelqu'un à mon arrivée. Je ne connais personne en Amérique, et je suis déjà enceinte de cinq mois. Il me faut un peu d'aide.

— Je vous donnerai une lettre que vous présenterez à une de mes amies. Elle vous aidera. Je vous donnerai aussi de l'argent pour le billet d'avion. Achetez un aller simple, bien sûr...

La mère de Frederic soupira doucement.

— Et vous aurez de quoi partir du bon pied en Amérique, conclut-elle.

— Oh, merci ! Merci ! s'exclama Helena, portant les mains à son visage pour masquer les larmes de soulagement qui montaient à ses yeux.

La générosité de Mme Walenski, à laquelle elle ne s'attendait pas, lui donnait le vertige.

— Ne me remerciez pas, répondit son interlocutrice d'un ton las. Vous ne connaissez pas mon fils comme je le connais.

Elle soupira encore, crispant les mains sur les accoudoirs de son fauteuil.

— Frederic est un garçon égoïste, ajouta-t-elle. Peut-être est-ce ma faute... Je l'ai trop gâté.

Elle tripota un instant le petit rubis du pendentif qui ornait son oreille, puis se leva.

— Si... si vous deviez le retrouver, reprit-elle d'un air hésitant, je vous en prie, mettez-vous bien en tête qu'il ne vous accueillera pas à bras ouverts. Je ne dis pas cela pour vous faire mal, mais voyez-vous... vous n'êtes pas la première jeune fille qu'il ait placée dans cette... situation. Quand il veut quelque chose, Frederic ne recule devant rien pour l'avoir. Il est déterminé jusqu'à l'obsession... et parfois jusqu'à la cruauté. Il tient cela de son père. L'autre fille était originaire d'un petit village, comme vous...

Helena détourna les yeux, essayant de dissimuler l'effroi qui la saisissait.

— Pas une seule fois il n'a cité votre nom en ma présence, continua Mme Walenski. Comprenez-vous ce que j'essaie de vous dire ?

— Je dois le retrouver, assura-t-elle d'une voix fêlée.

— Bien sûr, bien sûr... Je vais faire le nécessaire pour que vous partiez bientôt. A une seule condition, cependant. Promettez-moi que, si vous ne trouvez pas Frederic, vous ne déclarerez pas votre enfant sous le nom de Walenski.

Cette requête insensée lui coupa le souffle.

— Mais l'enfant est bien de...

— J'insiste sur ce point, trancha son interlocutrice.

Helena baissa la tête.

— C'est promis, murmura-t-elle, sachant qu'avec ces deux mots elle privait son enfant de l'héritage auquel les liens du sang lui donnaient droit.

Mme Walenski tint parole. Moins d'un mois après leur rencontre, Helena débarquait à Chicago. Elle découvrit très vite qu'une femme seule, dans un pays inconnu dont elle ne parle pas la langue, ne se fait pas d'amis — surtout une jeune femme en fin de grossesse. Tout ce que sa lettre d'introduction lui valut, ce fut un emploi de babysitter qui lui permit de gagner juste de quoi se loger et manger.

Chaque fois qu'elle avait une minute de libre, elle cherchait Frederic.

Elle le chercha partout, quémandant l'aide de la communauté polonaise de Chicago — une communauté heureusement très soudée et solidaire —, demandant à tous ceux qu'elle rencontrait s'ils avaient entendu parler d'un certain Frederic Walenski originaire de Varsovie. Un jour, un homme lui dit l'avoir rencontré peu après son arrivée aux USA, mais ne l'avoir jamais revu. La plupart des gens pensaient qu'il devait avoir quitté la ville.

Quand elle perdit les eaux, Helena se rendit compte avec angoisse qu'elle allait accoucher sans mari, sans mère, sans même une amie à son côté. Son rêve de retrouver Frederic à temps pour la naissance de leur enfant se volatilisait sous le poids douloureux de la réalité. Elle comprit tout à coup avec une lucidité affreuse qu'elle était seule, complètement, désespérément seule.

— Parlez-vous l'anglais ? lui demanda l'infirmière de l'hôpital du Comté en s'exprimant très fort et très lentement.

— Non... pas... anglais, bafouilla Helena, les lèvres desséchées par la panique.

L'infirmière leva les yeux au ciel.

— Oh, Seigneur ! marmonna-t-elle. Un premier accouchement, et elle ne cause pas l'anglais. Ça va pas être du gâteau. Mais ne vous tracassez pas, ma jolie. Je vais bien m'occuper de vous.

Helena fut transportée sur un brancard dans un long couloir dont la peinture du plafond s'écaillait dangereusement, et où résonnaient les plaintes des femmes en travail. On la fit entrer dans une petite salle aux murs vert pâle. Là, un homme et deux femmes habillés en uniforme de médecin se penchèrent sur elle, palpant son ventre, lui écartant les jambes, touchant de leurs mains froides et brusques l'endroit le plus intime de sa personne. Elle se sentait affreusement seule, terrifiée, vulnérable. Mais elle reprit courage en songeant qu'elle devait être forte pour le bien de son bébé.

Les douleurs déferlaient sur elle par vagues, à présent — des vagues hautes comme des immeubles, qui roulaient tout le long de sa colonne vertébrale pour s'écraser au bas de son dos et lui pétrir les reins. L'écran lumineux de l'étrange machine reliée à son ventre par un câble dessinait des crêtes et des vallées abruptes, tandis que son bip-bip-bip strident lui martelait les oreilles. La sueur ruisselait sur son front. Sainte mère de Dieu, pourquoi ne l'avait-on pas prévenue que la souffrance était à ce point terrible ? Etait-ce la même chose pour chaque femme, ou s'agissait-il d'une punition spéciale, juste pour elle ? Hélas, elle ne pouvait poser la question à personne.

Soudain, elle éprouva un besoin aussi étrange qu'irrésistible de pousser entre ses jambes.

— Mon bébé arrive ! cria-t-elle en polonais. Vite ! Il arrive !

Aussitôt toute l'équipe médicale se pressa autour d'elle ; une des femmes s'exprimait rapidement, d'un ton autoritaire. Serrant les dents, Helena poussa et poussa encore, au point que le souffle lui manqua et que des étoiles scintillantes envahirent son champ de vision. Par de grands gestes, les médecins l'encouragèrent à continuer. Elle poussa de toutes ses forces, comme un animal enragé.

— Frederic ! hurla-t-elle.

Puis, tout à coup, la douleur s'évanouit et une sensation de soulagement intense se répandit à travers son corps. Le silence se fit dans la salle. Elle entendit un petit cri vigoureux, le premier cri de son bébé. Elle essaya de se redresser sur les coudes mais retomba en arrière d'épuisement. Des larmes de joie lui vinrent aux yeux tandis que l'homme et les deux femmes se penchaient sur son enfant en parlant avec animation, puis lui tournaient le dos. Helena reprit son souffle, murmurant qu'elle voulait tenir son nouveau-né dans ses bras. Elle eut l'impression d'attendre une éternité avant que la sage-femme s'approche d'elle et lui glisse dans les bras un bébé étroitement langé des pieds jusqu'au cou.

Helena frissonna de terreur quand elle aperçut le visage de son enfant qui dépassait de la petite couverture rose. Ce visage était tout ridé, violacé, et ses grands yeux bleus cillaient d'un air hagard. Elle savait que tout cela était normal. Cependant, quelque chose clochait... Helena réprima un gémissement de dépit. Le menton et la mâchoire inférieure du bébé... C'était comme s'ils n'existaient pas ! Sous ses petites lèvres, il n'y avait pas d'os qui pointait en avant, et pas de ligne de mandibule — rien qu'une pente de chair molle qui tombait presque à pic vers son cou !

Helena lança un regard implorant aux médecins qui se tenaient près d'elle. Leurs yeux débordaient de compassion et d'embarras. Frénétique, elle écarta la couverture et dénoua les langes pour examiner le reste du corps du bébé. Mis à nu, exposé au froid, celui-ci commença à crier et à gesticuler tandis qu'elle le dévorait des yeux. Son corps avait l'air normal. Bras, jambes, ventre... Dix doigts, dix orteils... Et c'était une fille.

Helena releva les yeux vers le menton difforme de son enfant. Hélas, elle ne rêvait pas. Cette horrible malformation était bien réelle. Elle ne disparaîtrait pas avec le temps comme les rides de naissance qui marquaient son front et ses joues, elle ne changerait pas comme son petit nez qui, Helena le savait déjà, serait celui de Frederic.

Ainsi... en fin de compte, Dieu ne lui avait pas pardonné. Elle détourna la tête, se mit à pleurer en silence. La sage-femme et ses collègues lui tapotèrent le bras, marmonnant quelques mots d'encouragement. Pourquoi ne la laissaient-ils pas seule ? Ne comprenaient-ils donc rien ? Ce bébé anormal, c'était sa punition — sa croix à porter pour le péché d'être tombée enceinte hors des liens sacrés du mariage.

La seule consolation qu'elle pouvait trouver désormais dans sa situation, c'était qu'elle avait l'enfant de Frederic. Elle n'était pas totalement seule.

⁂

Vingt ans plus tard, Helena examinait de nouveau entre les murs d'un hôpital le visage de sa fille. Son nouveau visage. Un visage inconnu, étranger, se dit-elle pour la énième fois. On avait travesti son enfant, et cela lui brisait le cœur !

Les cicatrices étaient habilement dissimulées. Bientôt, elles deviendraient invisibles et il ne resterait plus aucune trace de la tromperie qui avait été mise en œuvre pour créer ces traits parfaits. C'était contre nature ! Son nez d'avant, le nez de Frederic... Il n'y avait même plus cela ! Où es-tu, Frederic ? se lamenta-t-elle. Où es-tu ?

Maintenant, pensa-t-elle avec amertume, je suis vraiment seule.

En Californie, le soleil printanier cognait fort sur la nuque de Michael tandis qu'il regardait ses vingt-deux employés arriver à la propriété pour démarrer la nouvelle saison. Les deux tiers de ces hommes étaient des Américains de souche, âgés de vingt à cinquante ans, la plupart mariés et pères de famille. Les autres étaient des Mexicains ; ils se tenaient un peu à l'écart, séparés de leurs collègues par la barrière de la langue et par les différences culturelles. Ceux-là travaillaient à la pépinière Mondragon depuis longtemps, et Michael savait qu'ils auraient du mal à l'accepter, lui, comme patron à la place de Luis.

Certains de ces hommes avaient plus d'expérience que lui, cela ne faisait aucun doute. Aussi loin que remontait sa mémoire, ils étaient au service de son père. Quelques autres, en revanche, étaient des débutants, qu'il faudrait former petit à petit. Cisco, son neveu, en faisait partie. Bien qu'il n'eût que neuf ans, il avait demandé à être embauché à la pépinière. Michael avait accepté, en lui offrant un vrai salaire. Il savait que Luis serait enchanté de voir la jeune génération prendre sa place dans l'entreprise familiale.

De toute façon, se dit Michael, jeunes ou vieux, apprentis ou experts, citoyens américains ou immigrés, tout cela n'avait aucune importance. Du moment qu'ils abattaient une bonne journée de travail, ils touchaient un bon salaire et étaient sûrs d'être réembauchés le lendemain. C'était une règle simple, que tous acceptaient volontiers. Aussi pouvait-il à présent s'avancer vers eux et commencer de leur expliquer ses projets pour la pépinière — des projets qui impliquaient certains changements dans leurs habitudes de travail. Tous savaient qu'il était un Mondragon. Et Luis leur avait clairement signifié que c'était lui, Michael Mondragon, qui tenait désormais les rênes. Il ne lui restait plus qu'à se montrer convaincant, digne de sa position de chef.

Tandis qu'il parlait, il s'aperçut que Bobby traduisait ses propos à l'intention des Mexicains, qui le fixaient avec attention. Il en éprouva un malaise qu'il ne connaissait que trop bien : que de fois n'avait-il pas constaté qu'il ne parlait pas assez bien la langue des siens pour communiquer avec eux.

— Tu as bien tout expliqué ! le complimenta Luis quand il eut terminé, tandis que les équipes se constituaient pour entamer la journée. Tu es *El Patron*, maintenant. Bravo !

Une expression de joyeuse fièreté se lisait sur le visage de son père. Ses yeux brillaient presque aussi fort que le soleil au-dessus de leurs têtes.

— Mais maintenant tu commences le plus difficile, ajouta-t-il. Maintenant tu dois travailler avec tes hommes. Bouger tes mains trop douces, hé ? La pelle, le râteau. Faire un vrai travail !

Luis lui donna une tape sur le dos et éclata de rire.

Puis, interpellant le contremaître, il s'éloigna à grands pas.

Michael s'aperçut que Bobby l'observait avec un sourire en coin. Il s'approcha de lui.

— Tu t'amuses bien, on dirait ?

— Pas mal, répondit Bobby en gloussant. J'avoue que je préfère ne pas être à ta place. Je ne m'y vois vraiment pas.

Michael regarda son frère. Sa silhouette trop mince, son pantalon de toile légère qui voletait sous la brise autour de ses jambes... Lui non plus, il ne voyait pas Bobby à sa place.

— Je dessine les projets de jardin et je dirige l'entreprise, répliqua-t-il d'un ton maussade. Papa se met le doigt dans l'œil s'il pense que je vais manier la pelle comme nos employés. Jamais plus je ne veux avoir les ongles sales.

Il se passa une main sur la nuque, où il percevait la morsure naissante d'un coup de soleil. Il se maudit en silence d'avoir oublié de prendre un chapeau.

— Comme il te plaira, *bracero* !

Bobby retira son panama à large bord, le lui posa sur la tête, puis s'éloigna en riant.

A la fin de la journée, Michael entra en clopinant dans le bureau de la Pépinière Mondragon, une main plaquée au creux des reins, une grimace de souffrance déformant ses traits. Il avait l'impression d'avoir cent ans.

Bobby, assis devant l'ordinateur, leva les yeux vers lui. Un sourire mi-ironique, mi-compatissant lui monta aux lèvres.

— Hé, *El Patron* ! Je croyais que tu refusais de faire le boulot pénible, le taquina-t-il en renversant sa chaise sur ses pieds arrière.

— Pff... Il y avait une énorme souche à arrach...

Michael agita la main.

— Laisse tomber. Donne-moi une bière, s'il te plaît.

Bobby se leva, sortit une bouteille du petit réfrigérateur, qu'il ouvrit avant de la lui tendre. Michael but avidement. Le breuvage frais fit un bien immense à sa gorge desséchée.

Il soupira profondément.

— J'avais oublié ce que c'était que de bosser comme ça, marmonna-t-il.

Il s'épongea le front d'un revers de manche. Il but encore, puis esquissa un sourire embarrassé.

— C'est bizarre, tu sais..., ajouta-t-il. Mais j'avoue que j'ai aimé me servir de mon corps de cette façon.

Il tituba jusqu'au vieux canapé au fond du bureau, et s'y effondra, allongeant les jambes en travers des coussins.

— Regarde mes mains, grogna-t-il en levant les paumes.

La pelle et la hache qu'il avait maniées toute la journée lui avaient donné des ampoules énormes. Il sourit en se rappelant le moment où un ouvrier âgé, un vieux de la vieille comme il disait, s'était approché pour lui expliquer qu'il s'y prenait très mal avec ses outils ; puis il lui avait montré comment économiser ses forces et épargner son dos.

Michael engloutit sa bière en quelques rasades. Il laissa sa main retomber sur le côté, la bouteille oscillant au bout de ses doigts juste au-dessus du parquet.

— Tu devrais rentrer à la maison et prendre un bain chaud, suggéra Bobby. Tu le mérites, *bracero*. Et tu en as besoin. Tu sens le fauve.

— Ouais, ouais, j'y vais. Mais, avant, je ferme les yeux une minute. Rien qu'une petite minute.

A peine eut-il prononcé ces mots que ses doigts se détendirent sur le goulot de la bouteille, qui roula sur le sol. Il s'endormit instantanément.

Bobby se leva, ramassa la bouteille et replia le bras de son frère sur son ventre. Il sourit tendrement en apercevant la boue qui souillait les ongles — ce matin si impeccables — de Michael.

— Bienvenue à la maison, *El Patron*, murmura-t-il.

DEUXIÈME PARTIE

Elle est Beauté et elle marche, elle est comme la nuit,
Nuit de terres sans nuage et de voûte étoilée ;
Le meilleur des ténèbres et de l'obscurité
Se rencontre dans son visage, dans ses yeux aussi.

George Gordon Byron, Lord Byron

6.

Une longue et pénible année de convalescence s'achevait pour Charlotte. Entre les interventions chirurgicales de réajustement, les séances d'orthodontie et les tonnes de médicaments qu'elle avait dû ingurgiter, elle n'avait vécu pendant douze mois que pour la métamorphose de son visage. Peu après l'opération principale, elle avait connu une brève mais intense période d'angoisse : sa peau réagissait mal aux sutures. Mais elle avait enduré cette épreuve comme les autres, sans se plaindre, ne songeant qu'au jour où elle pourrait engager la seconde phase de son plan.

Et ce jour était enfin arrivé.

— Où ! ? s'exclama sa mère dans son fort accent polonais. Où tu pars ?

Charlotte se figea, ses mains oscillant au-dessus de l'évier de la cuisine. De l'eau savonneuse ruisselait sur son avant-bras, mouillant les manches de son chemisier. Elle tourna la tête avec prudence. Sa mère la fusillait du regard ; ses épaules tremblaient sous l'effet de la colère.

Charlotte serra l'éponge entre ses doigts pour l'essorer.

— En Ca... Californie, balbutia-t-elle.

— Sais-tu la distance qu'il y a entre la Californie et Chicago ? C'est si loin ! De toute ta vie ! De ta mère !

Helena claqua rageusement son torchon à rayures

bleues et blanches contre sa cuisse, comme si elle maniait un fouet. Effrayée, Charlotte détourna les yeux pour fixer une bulle de savon qui glissait sur un bol en porcelaine blanche au bord de l'évier.

— Tu ne sais pas ce que c'est de quitter sa maison pour un long voyage ! s'indigna Helena. Partir seule, c'est difficile, c'est terrible pour une jeune femme. Les gens, ils veulent profiter de toi.

Charlotte regarda de nouveau sa mère. Ses yeux étaient rouges de dépit et de fureur.

— Tu as perdu la tête ! conclut-elle d'une voix hystérique.

— Je... je ne serai pas seule. Le Dr Harmon m'a donné le nom et l'adresse d'un agent très important, à Hollywood. Et il va écrire une lettre d'introduction pour moi.

— Encore le Dr Harmon ? rétorqua Helena d'un ton plein de haine, le nom du praticien jaillissant de sa bouche comme une insulte. Tu parles toujours, toujours, toujours du Dr Harmon !

— Maman, s'il te plaît. Ne revenons pas là-dessus...

— Son opinion est plus importante que la mienne ? Tu te moques de mon opinion, aujourd'hui, hein ? Je suis seulement ta mère. Je t'ai juste donné la vie, je suis bonne uniquement à te nourrir, à te loger. Je n'ai pas le droit d'avoir une opinion ! Tu changes ton visage, tu changes ton métier, et maintenant tu veux changer l'endroit où tu vis ? En Californie !

Elle poussa un grognement hargneux, secoua la tête en posant les mains sur ses hanches.

— Une lettre d'introduction ? Ha ! Tu parles !

Charlotte sentit la volonté de sa mère l'écraser, l'étouffer — comme d'habitude. Elle s'efforça d'y résister.

— J'ai toujours voulu devenir actrice, répliqua-t-elle.

Helena se fouetta de nouveau la cuisse avec le torchon.

— Tu n'es pas une actrice, Charlotte. Tu peux seulement aider les acteurs, au théâtre. Cesse de rêver. Pourquoi tu n'es pas heureuse comme comptable ? C'est un bon métier. C'est bien assez pour les gens comme nous. Actrice ! Tu ne peux pas faire des choses comme cette folie.

— Mais si, maman, j'en suis capable ! Pourquoi me dis-tu toujours ce que je peux faire et ce que je ne peux pas faire ?

— Je te connais. Je ne veux pas que tu souffres. Tu n'es pas actrice.

— Je veux quand même essayer, s'obstina Charlotte.

Helena jeta le torchon sur la table de cuisine en Formica.

— Non ! assena-t-elle d'un ton qui n'admettait pas de réplique. C'est hors de question.

Elle se redressa de toute sa hauteur.

— Je t'interdis de partir en Californie. Là-bas, ils font des films contre Dieu et ils vivent comme des démons.

Elle essuya ses larges mains sur son tablier, l'air dégoûté, comme si le seul fait de prononcer le mot Californie lui répugnait. Puis elle plissa les yeux.

— Et tu vas jeter cette liste idiote cachée dans ta chambre, reprit-elle. Oui, oui, je l'ai vue ! Tu as écrit que tu veux *tout* changer dans ta vie. C'est ridicule !

Charlotte pâlit. Elle revit en pensée la liste qu'elle avait dressée dans le secret de sa chambre, rien que pour elle. Sa liste de souhaits, d'objectifs à atteindre, de rêves.

Tout à coup, sa petite chambre et cet appartement qu'elle détestait de plus en plus lui parurent se rapetisser, l'enfermer comme dans un piège.

— Tu fouilles dans mes affaires, maintenant ? s'insurgea-t-elle. C'est... C'est... Ça ne te concerne pas ! C'est inexcusable ! Je ne suis pas une enfant. Comment as-tu osé faire une chose pareille ?

— Je te préviens, Charlotte, rétorqua Helena, ne

hausse pas la voix contre moi. Je suis ta mère ! Je suis chez moi ! Chez moi je fais ce que je veux !

Charlotte sentit une rage sourde l'envahir. Depuis qu'elle était en âge de travailler, elle avait donné l'intégralité de sa paie à sa mère. Et elle l'avait fait de bon cœur. Si c'était pour s'entendre dire qu'elle n'avait même pas droit à un peu d'intimité dans sa propre chambre ! Qu'elle n'avait pas la liberté de prendre elle-même les décisions qui concernaient sa propre vie !

Elle ferma les yeux. Seigneur, comme cela faisait mal ! Elle avait l'impression d'être violée. Cette liste, c'était un de ses plus précieux secrets. Autrement, il n'y avait que...

Elle s'empourpra. Mon Dieu..., se dit-elle. Dans le tiroir de sa table, il y avait aussi son journal intime, qu'elle tenait depuis des années et des années. Sortant les mains de l'eau de vaisselle tiède et graisseuse, elle se tourna pour affronter le regard inflexible de sa mère.

— Tu as lu mon journal ? demanda-t-elle d'un ton accusateur.

La réponse à sa question s'inscrivit clairement dans les pupilles pâles d'Helena. Sa culpabilité se révéla dans la rougeur qui envahit ses joues, et aussi dans sa façon de taper nerveusement du pied sur le lino.

Charlotte prit appui au bord de l'évier. Elle se sentait mal, tout à coup, elle avait la nausée. Séchant rapidement ses mains avec un torchon, elle murmura d'une voix entrecoupée :

— Alors... tu sais ce qui m'est arrivé avec Lou Kopp ?

— Ah, c'est affreux. Quel méchant homme. J'espère que ça t'a donné une bonne leçon.

Charlotte n'en crut pas ses oreilles.

— Donné une leçon ? répéta-t-elle. Mais... mais... Tout ce que ça m'a appris, c'est à ne plus jamais laisser personne profiter de moi. *Personne*, tu entends, maman ?

Les yeux d'Helena devinrent glacials. Charlotte trembla sous la force de la fureur qui la saisit alors.

— Je ne supporte plus d'être ici ! cria-t-elle. J'ai pris ma décision. Je pars en Californie !

— Catin ! Ingrate ! hurla sa mère, avec une telle véhémence que Charlotte recula contre le mur. Tu me tournes le dos, alors ? Après tout ce que j'ai enduré pour toi ?

— Enduré... ? Mais...

— Tu as été ma punition, poursuivit Helena d'une voix larmoyante. Je l'ai su dès le premier instant où j'ai vu ton visage. Mais est-ce que je t'ai tourné le dos, moi ? Jamais !

— *Ta* punition ? protesta Charlotte, médusée. Maman, comment *mon* visage peut-il être *ta* punition ? C'est moi qui ai souffert. Pas toi !

— Tu ne sais rien ! Tu ne sais rien du tout !

Sa mère baissa les yeux, l'air hésitant. Charlotte eut l'impression qu'elle voulait s'expliquer, mais qu'elle se demandait si elle devait parler ou se taire. Et soudain, la rancœur et la colère l'emportant apparemment sur la pudeur, Helena s'avança vers elle.

— Tu crois que tu sais tout ? lança-t-elle d'un ton accusateur. Tu veux changer ta vie, c'est ça ? Alors tu vas entendre toute la vérité !

Charlotte frémit en son for intérieur. Elle devinait que sa mère allait lui dire des choses douloureuses, blessantes.

— Ton père, il ne m'a jamais épousée. A cause de toi, j'ai dû abandonner ma famille, ma terre natale. J'ai tout quitté pour venir ici. Seule. Pour t'avoir, toi ! Je ne connaissais personne, je ne parlais pas anglais, je n'avais pas de métier. J'ai souffert, Charlotte, oui j'ai souffert !

Elle se prit le visage dans les mains et fondit en larmes.

— Ton visage, c'était la punition de mon péché, ajouta-t-elle entre deux sanglots. Le péché d'avoir un enfant sans la bénédiction du mariage.

Charlotte plaqua les mains sur le mur derrière elle pour

ne pas chanceler. Ces révélations lui donnaient le tournis. Il lui semblait que son univers s'écroulait soudain, tandis qu'en arrière-plan, sur une musique macabre, une voix accusatrice lui criait : « Bâtarde ! Bâtarde ! » Elle ferma les yeux, essayant de se ressaisir.

— C'est pour ça que j'avais dit non à l'opération, gémit Helena. Il faut que la volonté de Dieu soit faite.

Charlotte s'écarta du mur, se dirigea en titubant vers la porte de la cuisine.

— La volonté de Dieu ? protesta-t-elle d'une voix étranglée. Et la mienne ? C'est ma volonté qui importe, pas celle de Dieu !

— Si tu vas en Californie, hurla Helena tandis qu'elle franchissait le seuil de la pièce, ne reviens jamais ! Si tu pars, tu n'es plus une Godowski !

Charlotte s'immobilisa, tourna lentement sur elle-même, et soutint le regard inflexible de sa mère. Elle se sentait vidée, meurtrie, désespérée. Mais aussi plus déterminée qu'elle n'aurait su l'exprimer.

— Manifestement, je ne suis de toute façon pas une Godowski, répliqua-t-elle avec un calme qui la surprit elle-même. En fait, je ne sais pas qui je suis. Mais je t'assure, maman, que j'ai bien l'intention de le découvrir.

Charlotte arriva deux jours plus tard à Los Angeles. En descendant du taxi, son sac à main serré sous le bras, elle se demanda si les passants qu'elle croisait sur le trottoir entendaient les battements effrénés de son cœur et remarquaient son anxiété sur son visage. Elle jeta un coup d'œil à la carte de visite écornée qu'elle avait gardée dans sa poche. Oui, elle était à la bonne adresse. Les bureaux de l'agent Freddy Walen se trouvaient ici.

Le fantôme de la petite fille qu'elle avait été autrefois surgit tout à coup à son esprit, faisant vaciller sa détermination, lui murmurant qu'elle nourrissait un rêve bien trop gros, bien trop inaccessible pour elle. *Pour qui te prends-tu, Charlotte ? Tu n'y arriveras jamais !*

Elle se mordit la lèvre, rejeta la tête en arrière pour regarder l'imposant immeuble de granite et de verre devant lequel elle se tenait. Pour qui elle se prenait ? Mais c'était justement pour répondre à cette question qu'elle était venue ! Refoulant ses doutes désagréables, elle entra dans le bâtiment à grands pas, traversa un hall tout de marbre blanc, et monta par l'ascenseur au dernier étage. Là, une plaque de cuivre étincelante lui confirma qu'elle pénétrait dans les bureaux de Freddy Walen. Dans le vestibule, la standardiste, une jeune femme à la poitrine opulente et aux lèvres pulpeuses, la toisa d'un regard peu amène.

— J'ai rendez-vous avec M. Walen, annonça timidement Charlotte.

— Votre nom ?

Charlotte s'encouragea à prononcer le nouveau nom qu'elle s'était choisi. Elle craignait que son interlocutrice ne lève les yeux au ciel avec un sourire ironique. Ou pis, n'éclate de rire.

— Charlotte Godfrey.

— Vous pouvez entrer, répondit la standardiste d'une voix monocorde, en désignant une double porte noire sur sa droite. Il vous attend.

Le cœur de Charlotte se remit à battre à cent à l'heure. Un trac épouvantable l'envahit. Reste calme, s'ordonna-t-elle, résolue à garder le contrôle d'elle-même. Tu es prête. Tu *peux* y arriver. Elle tira sur les pans de sa veste de tailleur, redressa le menton, puis frappa trois petits coups à la porte de Walen. Puis elle la poussa sans attendre de réponse.

Avec ses fauteuils et son canapé de cuir marron, sa large table de travail de bois noir et sa moquette anthracite, le bureau de l'agent avait un caractère indiscutablement masculin. Un sac de golf reposait contre le canapé, et des coupes d'argent sans doute remportées à des compétitions de golf étaient disposées çà et là dans la pièce — sur la table basse, par terre, sur des étagères. La première pensée qui traversa l'esprit de Charlotte fut que Freddy Walen devait être un homme extrêmement égocentrique.

Elle fit glisser son regard sur les photographies soigneusement encadrées qui tapissaient les murs. Sans doute les artistes que l'agent représentait ou avait représentés dans le passé. Comme elle possédait une excellente culture cinématographique, elle put identifier la plupart des acteurs. Il y avait là quelques visages autrefois très célèbres mais qu'on ne voyait plus sur les écrans, soit parce que les personnes étaient décédées, soit parce qu'elles étaient sorties du circuit. Il y avait aussi un certain nombre d'acteurs contemporains de second plan dont les traits lui étaient connus mais dont elle ne retrouvait pas les noms. Cependant, Freddy Walen ne semblait compter dans son écurie ni Winona Ryder, ni Brad Pitt, ni aucun des jeunes acteurs très en vue ces temps-ci.

Hmm, intéressant, se dit-elle en son for intérieur. Reportant son attention sur l'aménagement de la pièce, elle remarqua d'autres détails révélateurs : le cuir du canapé était un peu rapiécé ; des moutons de poussière traînaient dans les recoins ; les plantes grasses, près de la fenêtre, se mouraient. Ce bureau était celui d'un agent de seconde zone, ou de quelqu'un dont la carrière avait pris une mauvaise pente. Pas celui d'un roi de Hollywood.

— Bienvenue en Californie, mademoiselle Godfrey, déclara une voix grave et profonde dans son dos.

Tournant la tête, Charlotte aperçut un homme au large torse, proche de la cinquantaine, adossé au mur avec nonchalance. Il la couvait d'un regard perçant. Il était séduisant, doté de traits splendides — mais il faisait un peu vieux beau. Le genre d'homme à porter des mocassins, des pantalons en flanelle de bonne coupe et des pulls en cachemire moulants pour mettre en valeur sa poitrine et ses bras musclés.

— Asseyez-vous, ordonna-t-il.

Son ton autoritaire fit tressaillir Charlotte, qui sentit ses joues s'empourprer. Elle s'exhorta de nouveau à garder son calme. Joue ton rôle jusqu'au bout, se dit-elle en se dirigeant vers le canapé avec une aisance et une élégance que Grace Kelly elle-même aurait enviées. En pensée, cependant, elle voyait ce que Walen ne pouvait manquer de remarquer : les revers trop larges de sa veste de tailleur démodée; ses escarpins élimés. La veille, elle avait envisagé d'acheter de nouvelles chaussures, mais avait jugé préférable de manger à sa faim. Quoi qu'il en soit, elle se déplaça à travers le bureau comme si elle avait des vêtements de haute couture sur le dos. « L'important, songeat-elle en se rappelant un article lu dans un magazine, ce n'est pas ce que vous portez, mais la façon dont vous le portez. »

Le coussin du canapé gémit lorsqu'elle s'y assit, comme pour rappeler son grand âge et sa lassitude. Elle tira discrètement sa jupe sous ses jambes. Pas question de transpirer ou de sentir le cuir adhérer à sa peau nue.

Un sourire plissa les lèvres de Walen; les pointes de sa moustache sombre se relevèrent. Charlotte se demanda s'il avait deviné qu'elle s'efforçait de bien jouer la comédie de l'actrice en herbe. Elle l'observa plus attentivement. Il avait les cheveux blonds, parsemés de mèches grises, coiffés en arrière. Elle songea que c'étaient surtout ses épais sourcils et sa moustache qui lui conféraient une certaine autorité. Et son nez, aussi : droit et grand, il lui donnait un air impérieux.

Comme il s'avançait vers elle, Charlotte fut également intimidée par son regard intense.

— Vous êtes grande, vous avez un magnifique visage et vous avez une belle dentition, déclara-t-il en guise d'introduction.

Il s'assit à côté d'elle, tout au bout du canapé, appuyant le dos contre l'accoudoir et allongeant le bras sur le dossier. L'aisance avec laquelle il s'installa dans cette position acheva de décontenancer Charlotte.

— Mais vous avez de grands pieds et vous marchez comme un homme, ajouta-t-il.

Il agita mollement la main.

— L'un dans l'autre, je dirais que je suis d'accord avec Harmon. Vous avez du potentiel.

Charlotte en resta bouche bée. Tout à coup, son cerveau se paralysait ; elle n'arrivait plus à réfléchir. Elle ne voyait plus qu'une chose : ses trop grands pieds !

— Vous êtes de Chicago, c'est cela ? Il y a un très bon théâtre, là-bas. La lettre de Harmon précise que vous avez participé à plusieurs spectacles dans des petites compagnies.

— Oui, c'est exact.

Plus ou moins, ajouta-t-elle en pensée, crispant malgré elle les mains sur ses genoux.

— Vous avez pris des cours, suivi une formation particulière ?

— Bien sûr. J'ai un C.V. complet, si vous voulez...

Charlotte se pencha pour ouvrir son sac à main.

— Mettez-le sur la table basse. Je le lirai plus tard.

Pendant quelques instants, il continua de la dévisager l'air pensif, tout en se massant la joue avec sa paume. Puis il lui posa un certain nombre de questions sur les rôles qu'elle avait joués, son répertoire, ses méthodes de travail. Des questions auxquelles elle s'était préparée pendant le vol entre Chicago et L.A. Elle répondit en choisissant bien ses mots, s'efforçant d'être précise sans en dire trop. Quant à son opération de chirurgie esthétique, le Dr Harmon et elle étaient tombés d'accord pour garder le secret sur sa métamorphose. Elle ne voulait pas devenir un monstre de foire. Le Dr Harmon l'avait avertie que, si les échotiers de Hollywood découvraient la vérité, ils ne la prendraient jamais au sérieux en tant qu'actrice car ils consacreraient toute leur énergie à chercher des cicatrices sur son visage.

— Et, jusqu'à ce jour, vous avez gagné votre vie en travaillant comme comptable chez Jacob Harmon? s'enquit Freddy Walen.

Charlotte se mordit la lèvre. Se doutait-il de quelque chose? Elle fixa ses yeux. Non, cela ne semblait pas être le cas. De toute façon elle était résolue à ne pas lui dévoiler la vérité.

— Allons, allons, ce n'est pas le moment d'avoir peur, ironisa-t-il, prenant manifestement son hésitation pour de la timidité.

— Je n'ai pas peur, monsieur Walen, assura-t-elle en relevant le menton.

— Freddy.

— Freddy, entendu.

Un sourire malicieux releva de nouveau les coins de sa moustache.

— Vous avez aussi une belle voix. Extrêmement sexy.

Elle se renversa contre le dossier du siège, volontairement, pour créer une distance supplémentaire entre eux. Aujourd'hui, la plupart des hommes qu'elle rencontrait tentaient de lui plaire. Jeunes ou vieux, ils s'excitaient comme des loups en sa présence. Néanmoins, Freddy ne lorgnait pas ses seins et ne cherchait pas à se rapprocher d'elle. Il la toisait d'une façon qui lui rappelait le Dr Harmon — d'un œil froid et clinique, strictement professionnel, comme s'il cherchait à jauger le sujet en profondeur, sans rien laisser passer.

— On me l'a déjà dit, répondit-elle d'un ton poli.

— Je m'en doute. On a souvent dû vous couvrir de compliments variés... sur tous les aspects de votre physique.

Le sourire de Freddy s'évanouit ; son expression se fit sérieuse.

— Mais peu importe que l'épicier du coin ou votre petit copain d'enfance, ou même le prêtre de votre paroisse pensent que vous êtes la huitième merveille du monde. Ce qui compte, dans cette ville, c'est que la bonne personne, c'est-à-dire une personne qui a des relations, pense que vous valez le coup et vous présente à d'autres personnes qui ont des relations. Ici, tout dépend du réseau. Et...

Il croisa les jambes, joignit les mains devant sa poitrine. Puis il la regarda comme s'il lui lançait un défi.

— ... si vous avez du talent, ça facilite les choses, conclut-il.

Charlotte plongea ses yeux dans les siens sans fléchir, lui signifiant en silence qu'elle était prête à relever le défi. Sur ce dernier point, elle avait totalement confiance en elle-même.

— J'ai du talent, affirma-t-elle.

Leurs regards se rivèrent l'un à l'autre.

Il était sincèrement intéressé.

Elle était ambitieuse.

Il avait les ressources.

Elle avait les capacités.

Il y eut un déclic entre eux.

Freddy se frotta le menton quelques instants, puis il décrocha le téléphone sur la table basse, appela sa secrétaire.

— Melanie Ward a-t-elle trouvé une nouvelle colocataire... ? Non ? Alors écoute-moi bien : tu l'appelles immédiatement et tu lui dis que j'en ai une pour elle. Mlle Charlotte Godfrey... Ouais, la jeune dame qui est ici.

Explique la situation à Mel et dis-lui que nous serons chez elle en fin d'après-midi... Bien. Tu t'en occupes immédiatement !

Charlotte écouta cette conversation avec plaisir et soulagement. Même si Walen refusait de devenir son agent, la lettre du Dr Harmon lui avait au moins permis de trouver un endroit où loger.

— Je vous ai déniché une jolie petite maison, annonça son interlocuteur en raccrochant. C'est une location, au nord de la ville, dans les collines. Il faudra que vous louiez aussi une voiture. A L.A., de toute façon, vous n'y couperez pas. Melanie est un peu fofolle, mais c'est une fille honnête et fiable. C'est une de mes clientes. Elle est dans le métier depuis longtemps. Elle manque peut-être de finesse sur le plan intellectuel, mais elle a du génie dans bien d'autres domaines où vous avez beaucoup de choses à apprendre. La publicité, les castings, les gens qu'il faut connaître ou éviter, ce genre de choses, vous voyez... Sinon, il faut avouer que sa carrière bat de l'aile, ces derniers temps.

Il haussa les épaules.

— Les starlettes ont la vie dure, quand elles arrivent à un certain âge. C'est pour ça qu'elle a besoin d'une colocataire. Ça tombe bien pour vous deux.

— Je vois. Merci...

Elle s'éclaircit la voix. Elle devait maintenant poser une question un peu embarrassante.

— Pardonnez-moi, mais à combien s'élève le loyer ?

— Ne vous tracassez pas. C'est arrangé avec Jacob.

— Le Dr Harmon ? Pourquoi... ?

Elle se tut, stupéfaite. C'était la première fois qu'elle entendait parler d'un tel arrangement. Mais sa fierté et son esprit d'indépendance lui interdisaient d'accepter cela.

— Non, reprit-elle d'un ton sec. C'est hors de question. Je ne...

— Ne vous emballez pas, mon cœur. Ce genre d'accord est courant.

Charlotte décida de mettre les points sur les i une fois pour toutes. Que Walen comprenne bien qu'elle ne tomberait dans aucun piège. Et en tout cas qu'il ne s'imagine pas qu'elle était prête à s'allonger pour réussir dans le métier d'actrice !

— Pas avec moi, rétorqua-t-elle. Je paierai moi-même mon loyer. C'est comme ça et pas autrement, désolée.

L'agent pencha la tête de côté et la dévisagea encore. Ses pupilles prirent de nouveau cette lueur particulière que Charlotte leur avait vue à deux reprises depuis le début de l'entretien, une lueur qui exprimait de l'amusement, de la curiosité... et un autre sentiment qu'elle n'arrivait pas à identifier.

— Comme vous voudrez, répondit-il d'un air détaché. Vous réglerez cette question avec Melanie, en ce cas.

Elle hocha la tête, affichant une expression confiante. Mais, en son for intérieur, elle était bouleversée par la tournure que la conversation avait failli prendre.

— Merci, Freddy. A présent..., continua-t-elle, si je peux me permettre de solliciter encore votre aide, je... j'ai besoin d'un travail. Immédiatement. N'importe quel travail, du moment qu'il est honnête et me vaudra un salaire correct. Je suis comptable de formation, et je suis en mesure de vous fournir de très bonnes références. Mais à défaut je peux faire n'importe quoi. Du secrétariat, répondre au téléphone...

— Qu'est-ce que c'est que ce bla-bla ? l'interrompit-il d'un ton agacé. Où vous croyez-vous, dans une agence d'intérim ? Vous êtes venue me voir en tant qu'actrice, et moi je suis agent de cinéma. Etes-vous actrice, oui ou non ?

— Bien sûr, assura-t-elle. C'est juste que... Eh bien, je pensais...

Elle prit une profonde inspiration, avant d'ajouter :

— Je ne me fais pas d'illusions, et je sais qu'il faudra du temps avant que...

Walen leva une main pour lui intimer le silence. Un sourire narquois plissa ses lèvres.

— Les illusions, c'est ma spécialité, déclara-t-il. Alors laissez-moi faire.

Il se redressa, se pencha en avant en posant les coudes sur ses genoux. Il la fixa encore, avec un intérêt manifeste, sans aucune retenue. Mais pas de manière concupiscente. Plutôt de la façon dont elle avait vu un jour des parieurs, sur un hippodrome, jauger les chevaux avant le départ de la course. Non, rectifia-t-elle aussitôt, pas de cette façon non plus, car Freddy Walen n'était pas un joueur. C'était plutôt un manipulateur. Et aussi un ambitieux qui ne reculait devant rien pour atteindre ses objectifs. Oui, se dit-elle, entrevoyant un début de réponse à la question qu'elle se posait à son sujet depuis un moment. Ce regard dont il la gratifiait, c'était le regard d'un homme qui voit s'ouvrir devant lui des possibilités, des perspectives infinies et fascinantes, et qui est prêt à les saisir. Il croyait en elle !

— Répondez-moi franchement, mademoiselle Godfrey. Aimez-vous travailler ? Travailler dur ?

— Je suis une travailleuse acharnée, affirma-t-elle avec sincérité.

— Bien, parce que les projets que j'envisage pour vous ne demanderont pas seulement de longues heures de dur labeur, mais un engagement total de votre part. Un dévouement complet à votre carrière. Etes-vous prête à relever ce défi, mademoiselle Godfrey ?

Charlotte était prête, oui — et depuis longtemps. Le cœur gonflé d'exaltation, elle hocha la tête.

— Donnez-moi vos mains, ordonna-t-il.

Il tendit le bras vers elle. Une ferveur intense se lisait

maintenant dans ses yeux. Charlotte hésita une fraction de seconde, puis se pencha en avant et posa ses mains dans la sienne. Il avait une grande paume, très douce, et de longs doigts fins, qui étreignirent les siens comme un étau inexorable. Elle sentit alors un lien puissant s'établir entre cet homme et elle. Ce fut comme si un courant électrique jaillissait entre eux.

— Vous avez la flamme, murmura-t-il. La flamme des gagnantes.

Il plissa les yeux, comme s'il contemplait quelque lointaine image intérieure. Puis, serrant ses mains plus fort encore, il reprit la parole avec enthousiasme :

— Vous devrez apprendre à marcher, à parler, à vous habiller, à sourire... Oui, surtout à sourire, précisa-t-il. Il vous faut un sourire raffiné et séducteur, qui s'accordera à merveille avec votre voix un peu rauque.

De sa main libre, il lui tapota le genou, presque affectueusement.

— Avec vous, je peux créer quelque chose d'unique. D'exceptionnel, conclut-il.

Charlotte n'en revenait pas d'entendre de tels compliments. Son émotion dut se voir sur son visage, car tout à coup Freddy éclata de rire.

— Vous rougissez ! Avez-vous peur ?

— Non.

Il plissa les yeux.

— Quel âge avez-vous ?

— Vingt et un ans.

— Ah, l'âge du consentement ! Non, ne froncez pas les sourcils. J'ai pour ma part l'âge d'être votre père. Mais je ne le suis pas. Je suis un homme d'affaires et mes produits, ce sont les acteurs. Pour moi vous êtes un investissement. A ma mort, on se souviendra que je vous ai donnée au monde. Croyez-vous que j'en sois capable ? Avez-vous confiance ?

Elle avait confiance. Totalement. Mais ce qu'elle avait peine à croire, c'était qu'un tel miracle puisse se produire si vite après le miracle que le Dr Harmon avait réalisé sur son visage. Pour la seconde fois de sa vie, un homme voulait la transformer, la porter au pinacle.

La joie et l'espoir que cette rencontre faisaient naître en elle lui coupaient le souffle. Incapable d'articuler un seul mot, elle hocha la tête.

Freddy plongea ses yeux dans les siens, nouant leurs doigts ensemble.

— Vous devez me promettre qu'à partir d'aujourd'hui vous ferez tout ce que je vous dirai. Jurez-le.

— Je le jure, répondit-elle sans hésitation.

Elle savait, évidemment, qu'il n'aurait jamais fait cette offre à la Charlotte Godowski de Chicago — femme laide, femme repoussoir. Celle-là, personne n'en voulait. Des propositions comme il venait de lui en faire ne venaient qu'aux femmes belles et déterminées comme Charlotte Godfrey.

— Ce genre d'accord transcende le simple cadre d'un contrat juridique, précisa-t-il. C'est un engagement total. Du cœur et de l'âme.

Charlotte avait envie, impulsivement, de saisir la perche qu'il lui tendait. Mais elle savait qu'elle devait se tenir sur ses gardes — faire preuve de prudence et de bon sens pour se protéger contre sa nature trop romanesque, trop exaltée.

— Vous me demandez de faire le grand saut de la foi, Freddy. Alors disons que je ne suis pas croyante. Comme vous dites, nous ne sommes là que pour faire des affaires ensemble.

Walen eut un large sourire. Il appréciait manifestement son intelligence et sa franchise.

— Mademoiselle Godfrey, quelqu'un aurait-il déjà essayé de vous abuser pour que vous soyez si... réservée ?

— Plus que vous ne le croyez, Freddy. Si vous voulez bien, contentons-nous de dire que nous nous lions par consentement mutuel.

Il rit de bon cœur et lui tendit la main.

— Marché conclu ?

— Marché conclu, répondit-elle en serrant sa main avec vigueur.

— On va casser la baraque, mon cœur, assura-t-il dans un sourire ravi, sans lâcher sa main. Mon boulot, maintenant, c'est de vous conduire au sommet !

Charlotte était assise sur le siège passager de la voiture de Freddy. Filant à bonne allure sur l'autoroute, ils avaient quitté le centre-ville, passé les premières banlieues résidentielles, puis ils avaient bifurqué sur une route secondaire pour grimper les collines pentues et verdoyantes du nord de Los Angeles. Ils se dirigeaient vers la maison qu'elle pourrait bientôt considérer comme son port d'attache en Californie. La puissante Mercedes négociait en souplesse les innombrables virages de la route, longeant d'imposants cyprès et des sapins immenses. Enfin, après quarante minutes de trajet, Freddy s'engagea sur une allée de terre noire à peine assez large pour la grosse voiture. Ils gravirent une côte en pente raide sur une cinquantaine de mètres, débouchant sur un petit espace de stationnement gravillonné, où Freddy coupa le moteur et tira le frein à main. A la fois enthousiaste et anxieuse, Charlotte sentit son cœur s'emballer. Respirant profondément, elle regarda autour d'elle.

Devant, sur une éminence qui dominait la vallée, se dressait un pavillon dans le style des années soixante — époque où la demande immobilière était immense —, c'est-à-dire construit à la va-vite et avec des matériaux peu coûteux. A voir les murs en crépi beige clair, on avait l'impression que la maison avait été aspergée de fromage fondu. Devant la porte d'entrée il y avait une large pergola de bois, toute vermoulue, colonisée par des branches noueuses de glycine, qui penchait dangereusement comme si elle hésitait à s'effondrer. Le terrain environnant, du moins ce que Charlotte en voyait, tenait plus du terrain vague que du jardin. Une herbe haute et drue, entrecoupée de broussailles et de chiendent, y poussait aussi loin que le regard portait.

— Nous y voilà, annonça Freddy d'un ton légèrement ironique. Ça n'a pas très bonne mine, j'en conviens, mais c'est une maison tout ce qu'il y a de convenable pour démarrer à L.A. Allons-y voir de plus près.

En s'engageant sur l'étroite allée de gravier qui menait au perron, Charlotte s'aperçut que la propriété était décidément très mal entretenue. La peinture jaune des fenêtres — petites, carrées, dénuées de charme — s'écaillait piteusement, des gravats et des déchets végétaux jonchaient la terrasse qu'on apercevait sur le côté de la maison, le grillage de la porte-moustiquaire était déchiré et tordu.

Si elle avait espéré mieux, Charlotte aurait pu être très déçue par tant de médiocrité. Mais elle arrivait en Californie sans préjugés, avec la seule envie de réussir sa vie. Et, aux yeux d'une fille qui avait passé toute son existence dans un appartement miteux au bord d'une grande artère urbaine, cette maison inondée de soleil, à flanc de colline, était tout simplement une *vraie* maison. Elle inspira profondément. Les premières odeurs du printemps étaient déjà dans l'atmosphère. Les oiseaux chantaient dans les arbres ponctués de jeunes pousses. La végétation n'était pas belle, mais elle était vigoureuse et pleine de promesses. Charlotte songea qu'ici elle se sentait la bienvenue. De sa main gauche elle étreignit avec confiance la poignée de sa valise. De la droite, elle serra son bouquet de marguerites contre son cœur.

Freddy frappa du poing sur la porte, trois fois de suite. Au bout d'un petit moment, une femme sexy, très vamp, à la chevelure couleur citrouille et aux grands yeux noisette, ouvrit le battant en grand. Quand elle aperçut Freddy, elle s'appuya d'une épaule contre le chambranle, prenant une pose volontairement provocante. Charlotte constata que sous son T-shirt trop large elle avait la taille fine, et une silhouette aux formes très féminines.

— Freddy... ça fait un bail, susurra-t-elle.

— Melanie Ward, répliqua-t-il sèchement, je te présente Charlotte Godfrey.

Charlotte offrit un sourire poli à la maîtresse de maison, en songeant avec ironie qu'à défaut d'être galant Freddy avait le mérite d'aller droit au but.

— Alors c'est toi ma nouvelle colocataire, marmonna Melanie en haussant un sourcil et en la toisant sans vergogne des pieds à la tête.

Elle avait une voix quelque peu irréelle — très haut perchée et légèrement voilée, comme si elle soufflait les mots plus qu'elle ne les prononçait.

— Depuis que j'ai quitté la fac, je n'ai jamais cohabité avec une fille, ajouta-t-elle d'un ton sceptique. Et ne me demande pas à quand remonte cette époque. Je n'accorde aucune importance à l'âge des gens, y compris au mien.

Sur cette affirmation définitive, elle ouvrit la porte-moustiquaire et tendit la main. Ses ongles, très longs, étaient vernis de rouge. Elle portait trois bagues assez clinquantes, dont une au pouce. Charlotte lui serra la main d'un air cordial.

— Bienvenue à L.A, ajouta Melanie.

Charlotte supposa que cette femme était plus vieille qu'elle — et qu'elle avait sans doute une bonne expérience de la vie et du monde. Mais elle aurait été bien en peine de deviner son âge réel. Melanie était une superbe créature — habillée comme si elle sortait tout juste d'une séance d'aérobic. Son corps, à faire se pâmer n'importe quel homme normalement constitué, paraissait aussi ferme et vigoureux que celui d'une jeune fille. Cependant, son visage, ses yeux bordés de minuscules rides et son expression même trahissaient une vie aventureuse, et annonçaient que le poids des années ne tarderait pas à sonner le glas de son apparente fraîcheur.

Et, soudain, Charlotte eut le plaisir de déceler dans ses pupilles une lueur chaude et accueillante, qui ne pouvait venir que d'une âme généreuse.

Rassurée, elle posa sa valise et offrit en retour un sourire enthousiaste à Melanie.

— Merci infiniment, répondit-elle. Je suis heureuse de faire ta connaissance.

Melanie, manifestement désarçonnée par sa réaction, plissa les lèvres d'un air intrigué.

— Il faut que je te fasse ton thème, déclara-t-elle avec conviction.

— Mon thème ?

— Ton horoscope. Tu sais, les Gémeaux, le Bélier... l'alignement de la lune et des planètes. Les astres ne mentent jamais. Contrairement aux hommes, conclut-elle en jetant un regard accusateur en direction de Freddy.

— Ouais, rétorqua celui-ci. Et moi je vais attraper le cancer à rester planté ici au soleil. Alors si ça ne vous ennuie pas, les filles, vous vous remettrez à vos salades New Age quand je serai parti, OK ? Maintenant je dois aller passer des coups de fil importants.

Melanie fit claquer sa langue contre son palais avec agacement. Freddy haussa les épaules.

— Charlotte, il y a deux ou trois pistes que je veux explorer immédiatement, annonça-t-il. Je reviens te voir dans quelques jours. Nous parlerons de l'organisation de ta vie à L.A. D'ici là, Melanie va te mettre au parfum, t'aider à prendre tes marques... D'accord, Mel ?

— Mais oui, Freddy. Bien sûr.

— Tout va aller pour le mieux, mon cœur, je te le promets, ajouta-t-il et, en s'éloignant vers la voiture, il lança : prends bien soin d'elle, Mel ! Je te la confie !

Melanie siffla entre ses lèvres. Charlotte se sentit gênée par le regard à la fois envieux et émerveillé dont elle l'enveloppa.

— Eh bien... J'ai l'impression que ce rapace ne va plus te lâcher.

Charlotte cligna des yeux. Tout à coup, le décalage horaire, le stress causé par son départ de Chicago et les longues heures sans sommeil qu'elle venait d'accumuler pesaient sur ses épaules aussi férocement que le soleil californien.

— Viens, ma jolie, reprit Melanie. Entre donc, et fais comme chez toi. On dirait que tu as besoin de repos. Tu veux boire quelque chose ?

Elle fit un pas de côté, l'invitant à pénétrer dans la maison.

— Tiens, c'est pour toi..., murmura Charlotte.

Elle lui tendit le modeste bouquet de marguerites qu'elle avait acheté en sortant de l'immeuble de Freddy.

— Je n'avais pas beaucoup d'argent, ajouta-t-elle en guise d'excuse, mais je ne voulais pas arriver les mains vides. J'ai peur qu'elles soient un peu fanées.

L'expression de Melanie s'adoucit. Elle caressa les pétales des marguerites du bout des doigts, l'air ému.

— Je ne me rappelle même pas la dernière fois qu'on m'a offert des fleurs...

Elle les porta à son nez. Charlotte savait que les marguerites n'avaient pas d'odeur ; elle regretta de n'avoir pas acheté des roses.

— Tu sais quoi, Godfrey ? reprit Melanie avec un petit sourire rusé. Je crois que, tout compte fait, ça va très bien se passer entre nous.

7.

Charlotte n'aurait jamais soupçonné que le temps pût filer à cette allure. Printemps, été, automne, hiver, une année complète passa, durant laquelle elle travailla avec acharnement pour Freddy Walen. Mais cela lui plaisait. Elle souhaitait prouver à son agent qu'elle se donnait à fond. Qu'elle était une gagneuse. Jusqu'à son opération, elle avait eu avec son indiscutable laideur une excuse toute trouvée pour justifier ses échecs, ses atermoiements, ses craintes, ses défauts. Maintenant elle n'avait plus le choix : sa beauté la contraignait à foncer. Tant mieux. Sa beauté, comme Charlotte commençait à s'en rendre compte, l'obligeait aussi à comprendre une chose encore plus essentielle : en fin de compte, ce qui lui vaudrait le succès ce n'était pas tant son apparence physique — même si elle comptait beaucoup — que sa détermination, son intelligence, sa volonté de réussir. Dans cette prise de conscience résidait peut-être le plus grand bouleversement de son existence.

Chaque matin elle se levait à 6 heures, avalait une tasse de café et un petit pain au lait, puis se rendait à Los Angeles dans sa voiture de location. Là, elle suivait tout un éventail de cours : dramaturgie, diction, gymnastique, maquillage, etc. Elle avait déjà eu l'occasion de jouer un tout petit rôle en studio ou de faire simplement de la figuration. Parfois elle avait rendez-vous avec Freddy à son bureau. Il travaillait d'arrache-pied pour lui décrocher des contrats, aussi mineurs fussent-ils, qui lui permettraient d'acquérir de l'expérience, de se roder au métier. Peu à peu elle se fit connaître et apprécier en collaborant pour des cachets insignifiants à plusieurs petits films — productions indépendantes, séries Z, documentaires.

Au début de l'hiver, Freddy lui avait aussi dégoté des troisièmes rôles dans deux films à gros budgets. Finalement, elle gagnait assez d'argent pour payer ses traites, et parvenait même à faire de petites économies.

Son amitié avec Melanie se renforçait chaque jour. Elles n'avaient qu'un seul point de désaccord : Melanie adorait sortir, voir du monde, « s'éclater ». Pas Charlotte. Quand elle avait du temps libre, elle préférait rester à la maison plutôt que de se rendre à des fêtes ou aller dans des bars. L'idée de rencontrer des gens, surtout des hommes, l'intimidait encore. Elle ne pouvait oublier que, récemment encore, la quasi-totalité de la gent masculine la regardait en la persiflant, en l'accablant de remarques désagréables. Non, vraiment, elle préférait profiter seule de ses loisirs. C'était là une situation qu'elle connaissait bien. La maison, un livre, la tranquillité du soir, le fait de savoir qu'elle avait un but dans la vie — voilà les très chers amis qu'elle avait besoin de retrouver à la fin de ses épuisantes journées.

Quoi qu'il en soit, chaque jour elle remerciait le ciel de lui avoir envoyé sa nouvelle amie. Melanie était le rayon de soleil qui chassait les ombres de son existence. Elle l'aidait à garder les pieds sur terre, elle la faisait rire en lui racontant quelques-unes de ces blagues pour initiés que seules les vraies copines peuvent partager, elle lui montrait les pas de danse à la mode, elle l'emmenait chiner dans les boutiques, elle lui vernissait les ongles. Elle l'aidait de toutes les façons imaginables, en somme, à éviter de se renfermer dans sa coquille.

Ainsi passèrent les semaines et les mois de sa première année en Californie. Charlotte concentrait toute son énergie à apprendre le métier d'actrice, se préparait tout entière, sur le plan physique et mental, pour le contrat juteux qui, selon son agent, ne manquerait pas de se présenter.

Et, au bout de onze mois, le miracle se produisit.

— J'ai un rôle d'enfer pour toi ! Tout est arrangé ! lui annonça un Freddy survolté au téléphone. Et c'est un vrai rôle, mon cœur, pas un bref passage sur le plateau et ciao à la prochaine. Ecoute bien. Voilà de quoi il s'agit. La préproduction du film était déjà terminée, mais au dernier moment il y a eu du mouvement dans le casting. L'un des principaux rôles s'est libéré, et il faut remplir ce vide en urgence. Je te le dis comme je te le dis, Charlotte, tous les agents dignes de ce nom à Hollywood se sont mis sur les rangs. Mais on a du pot. Aujourd'hui, c'est mon vieux copain Dave Dolezal qui tient les rênes de Miramax. Il veut te rencontrer.

Charlotte sourit en imaginant la mine extasiée de Freddy à l'autre bout du fil.

— Il veut te voir en chair et en os, précisa-t-il. On a prévu de dîner ensemble demain soir.

Elle écarquilla les yeux, stupéfaite.

— Demain ? Mais... mais... c'est tellement... soudain !

— Dans cette ville, mon cœur, soit tu saisis les occasions à la volée, au moment où elles se présentent, soit tu les perds.

— Mais qu'est-ce que je fais pour me préparer ? objecta-t-elle. Comment je m'habille ?

— Ça, c'est mon boulot. J'ai tout organisé pour te faire belle. Tu auras une tenue splendide de chez Giorgio. Mais là, je dois filer. J'appelais juste pour t'annoncer la bonne nouvelle. Maintenant respire calmement et ne te tracasse pas. Tout ce que tu dois faire, c'est mettre toutes les chances de ton côté pour passer à l'action dès demain matin à la première heure. J'envoie une voiture te chercher. Ce soir, ni alcool ni rien d'autre. Même pas question de fêter l'événement. Je ne veux pas te retrouver avec le visage bouffi, tu entends ? Demain est un grand jour !

— Un dîner avec Dave Dolezal ? s'écria Melanie de sa voix si sensuelle qu'elle en paraissait presque irréelle.

Elles se trouvaient dans la salle de bains, où Melanie lui apprenait à recourber ses cils avec un objet qui évoquait un instrument de torture plus qu'un outil de beauté, de l'avis de Charlotte.

La pièce dans laquelle elles se tenaient était un temple dédié à la beauté artificielle. On y trouvait tout ce qui pouvait s'imaginer en matière de cosmétiques et de produits conçus pour avantager le physique de la femme. Crèmes, rouges à lèvres, fards, blushs, pinces à sourcils, pots de vitamines, épilateurs, pinceaux, faux ongles et autres vernis — Melanie avait absolument tout !

— Ce type est un gros, gros calibre, expliqua cette dernière. Je ne peux pas dire ce qu'il te réserve, mais tel que je connais Freddy, il ne te proposerait pas une entrevue avec lui s'il n'était sûr d'obtenir une audition pour un rôle.

En entendant son amie lui confirmer qu'elle arrivait à un tournant de sa carrière, Charlotte se sentit tout à coup prise de vertige. Vacillant sur ses jambes, elle prit appui sur le bord du lavabo.

Melanie tira dans sa direction un tabouret matelassé en velours pourpre et l'invita à s'y asseoir. Charlotte obtempéra, glissant ses mains entre ses genoux, respirant profondément.

— Calme-toi, ma jolie, l'exhorta gentiment son amie.

Tu es toute pâle. Fais les exercices de respiration que je t'ai appris. Moi je vais te préparer une infusion pour apaiser ton système nerveux.

Elle revint quelques minutes plus tard avec une tasse de tisane à la camomille adoucie d'une cuiller de miel.

— Tiens, bois ça. Pendant ce temps, je vais peut-être te mettre un peu de fard à joues, qu'est-ce que tu en penses ? Tu as une tête de déterrée.

Charlotte sirota le breuvage fumant avec plaisir. L'infusion lui faisait un bien fou.

— Il faut absolument que tu restes cool, insista Melanie. Et je t'en prie, pour une fois ne gaspille pas ton énergie à essayer de rationaliser ce qui t'arrive et ce que tu ressens. Ici, c'est Hollywood ! On vit sans filet. Laisse-toi aller et prends les choses comme elles viennent.

— Je préfère savoir à quoi m'attendre, en général. Etre prête, bafouilla Charlotte. Tu te rends compte que je bosse comme une folle pour ce rendez-vous depuis un an, et... Et, maintenant que ça vient, j'ai l'impression que je vais vomir !

Elle eut un petit rire nerveux.

— Je me sens comme autrefois, à l'école, quand la maîtresse nous infligeait un contrôle surprise sur un sujet que je n'avais pas préparé.

Melanie gloussa.

— Ça, je comprends tout à fait. Je fais souvent un rêve dans ce genre-là. Je suis à la porte de la classe, des bouquins et des cahiers plein les bras. Je dois entrer, mais je n'arrive pas à me décider, tu vois ? Je suis comme... pétrifiée de terreur, à l'idée que je n'ai pas assez travaillé, que je ne suis pas prête.

Elle haussa les épaules.

— Si je rêve ça, c'est sûrement parce que je n'ai jamais beaucoup travaillé à l'école. Et aussi parce que dans la vie réelle j'ai souvent connu ce genre de situation.

— Pas moi. J'étais la meilleure élève de la classe. Une vraie fayote.

Melanie lui tapota affectueusement le dos.

— Ça, je m'en doutais un peu, ironisa-t-elle. Quoi qu'il en soit, c'est le moment de foncer, ma jolie. Bienvenue à Hollywood, où rien ne se passe comme on l'avait prévu.

Charlotte avala une gorgée de thé. Son amie entreprit de lui appliquer du fard sur les pommettes.

— Si c'était moi qui avais rendez-vous avec les huiles des studios, reprit-elle sur le ton de l'autodérision, je me mettrais à la diète pour perdre mes trois kilos de trop, et je me teindrais cinq fois les cheveux avant de trouver la bonne couleur. Bon sang, j'appellerais même mon chirurgien esthétique pour qu'il me rafistole vite fait un ou deux trucs !

Charlotte tressaillit.

— Pourquoi dis-tu ça ? Tu... tu as déjà eu recours à la chirurgie esthétique ?

Melanie éclata de rire. Elle fouilla dans ses coffrets d'ombres à paupières, à la recherche d'une nuance de marron.

— Moi ? Bien sûr ! Tu veux rire ? Ce que le bon Dieu ne m'a pas donné, je me le suis payé moi-même. Et, à mon âge, je préfère pouvoir me dire que j'ai les moyens de me défendre contre le poids du temps.

Elle saisit un blush dans un autre coffret, et, d'un geste désinvolte, se mit un peu de rose sur les joues.

— Je me souviens de la première fois où j'ai eu du succès...

Une expression dépitée passa brièvement sur son visage. Elle agita négligemment la main.

— Bof, fit-elle. Mon histoire n'a aucun intérêt.

— Mais si. Parle-m'en, s'il te plaît, insista Charlotte.

Elle pivota sur le tabouret pour s'adosser au lavabo.

Elle ne savait quasiment rien de la carrière de son amie, hormis le fait qu'elle était sur la pente descendante. Comme Freddy l'avait impitoyablement résumé, « son quart d'heure était passé ».

— Non, pas maintenant, rétorqua Melanie. Je ne veux pas ressasser ces vieux souvenirs.

Sa voix se durcissait. Charlotte sentit qu'elle était troublée. Mais elle s'efforçait de cacher son embarras derrière un sourire enthousiaste.

— Ecoute, ma jolie. Ce soir, voyons la vie avec optimisme et ne parlons pas de moi. En ce moment, d'ailleurs, j'ai déjà bien assez de mal à ne pas te haïr d'être aussi belle et aussi douée que tu l'es. N'en rajoutons pas.

Charlotte baissa les yeux.

— Pardon. Je ne voulais pas être indiscrète.

Melanie referma sa boîte de fards à paupières.

— Ne t'excuse pas, répondit-elle. Mon histoire est assez banale, somme toute...

Elle s'assit en face d'elle.

— Bon, d'accord, reprit-elle en soupirant. Allons-y. Autant que tu saches la vérité. Au début, quand je suis arrivée ici, j'ai eu pas mal de rôles. J'ai même joué des personnages très intéressants. Mais, au fil des ans, les contrats se sont faits de plus en plus rares, et...

Elle cligna des yeux.

— ... aujourd'hui, je n'ai plus la cote. Tu sais, Charlotte, la plupart des acteurs vivent au jour le jour, tant bien que mal, en prenant les rôles là où ils se présentent. Nous, les petits, on n'a guère le loisir de choisir ce qui nous plaît. Surtout quand on a pour agent un type comme Freddy, qui se fiche éperdument de ce que je deviens. Aujourd'hui je suis prête à accepter n'importe quoi, pour n'importe quel cachet. Et en plus je dirais merci !

Melanie haussa les épaules. Elle se passa une main dans les cheveux, les tirant en arrière, ce qui eut pour effet de faire ressortir ses yeux — et les petites rides qui les cernaient.

— Des hauts et des bas, l'euphorie puis la dépression, voilà ce qui fait le métier d'acteur pour la majorité d'entre nous, ajouta Melanie. La seule constante, c'est la trouille du chômage, et donc de la déchéance. Mais bon ! Avec des petits trucs par-ci par-là, on tient le coup.

Charlotte regrettait d'avoir abordé le sujet. Elle était mortifiée d'avoir forcé Melanie à se mettre à nu.

— Oh, tu sais, je me monte sûrement la tête, répondit-elle d'une voix modeste. Freddy a beau m'annoncer des projets grandioses, ça ne veut pas dire que j'y arriverai...

— Mais si, ne dis pas de bêtises ! rétorqua son amie.

Elle prit une profonde inspiration, puis ouvrit en grand ses paupières lourdement fardées pour soutenir son regard.

— Dès l'instant où je t'ai vue sur le pas de ma porte, avec tes grands yeux pleins d'innocence et ta figure d'ange, j'ai su que tu deviendrais une star. Freddy a pensé la même chose. Et bientôt tu auras le monde à tes pieds.

Face à ce compliment abrupt, Charlotte frissonna de peur et de plaisir mêlés.

Melanie pointa un doigt sur elle.

— Mais n'oublie jamais ceci, copine. Quand tu seras là-haut, au top, les hommes se pâmeront sûrement devant toi, mais les femmes comploteront pour te poignarder dans le dos. La beauté, c'est le pouvoir. Surtout dans cette ville. Alors profite de ta beauté tant que tu peux et aussi fort que tu peux. Parce que ça ne dure pas éternellement.

— Bon sang ce que tu es belle ! s'exclama Freddy d'un ton admiratif, le lendemain après-midi, en entrant dans le salon de coiffure où il avait fait conduire Charlotte deux heures plus tôt. On dirait l'héroïne d'un film de James Ivory ! Tu es sublime !

Trois coiffeurs s'activaient autour de la jeune femme. Freddy les considéra avec dédain. Il savait que, dès que Charlotte et lui auraient quitté les lieux, ces imbéciles se chamailleraient comme des diables pour décider qui d'entre eux était le vrai responsable de la transformation de cette fille belle, mais gauche et sans apprêt, en une déesse incomparable. Et, dès demain, la rumeur courrait en ville qu'une nouvelle star était née. Heureusement, on dirait aussi que Freddy Walen en était le créateur.

Il devait admettre qu'ils avaient fait un travail épatant, pour ne pas dire miraculeux. Les longs cheveux blonds et sages de Charlotte avaient été légèrement coupés et, grâce à une permanente, de larges et souples boucles tombaient à présent sur ses épaules. Cette coiffure classique évoquerait à beaucoup le souvenir de stars comme Lauren Bacall ou Greta Garbo. Freddy considérait cela comme un point positif, non seulement parce que c'était dans l'esprit du Hollywood d'aujourd'hui, mais aussi parce que la nouvelle allure de Charlotte lui apportait cette note de sophistication éthérée qui semblait dire « on regarde, mais on ne touche pas ». En outre, personne ne manquerait de remarquer que seule une femme à la beauté aussi absolue et incontestable que Charlotte Godfrey pouvait arborer un tel look.

— Vraiment classe, reprit-il avec un sourire approbateur. Maintenant, redresse les épaules et relève un peu le menton. N'oublie pas : si tu veux que les gens voient une star en toi, tu dois marcher, respirer, te comporter en star. Si tu es avachie et mollassonne, on pensera que tu n'as aucune confiance en toi, ou même que tu es une rien du tout. Lève-toi, Charlotte... Marche de long en large... C'est bien, oui... Haut, le menton ! insista-t-il d'un ton autoritaire tandis qu'elle arpentait la moquette du salon.

Il sourit. Sa future oscarisée se déplaçait avec l'énergie gracieuse d'une pouliche de race.

— Bravo ! l'encouragea-t-il, et il lui fit signe de revenir vers lui. Tu apprends vite. Ça me plaît.

Il lui prit le bras et l'entraîna dans l'arrière-salle du salon de coiffure, ordinairement réservée aux employés.

Charlotte regarda autour d'elle. Le mobilier disparate de cette petite pièce miteuse, au linoléum élimé, datait à coup sûr des années cinquante ou soixante. Cela lui rappelait la salle de repos chez McNally & Kopp. Elle soupira. Ainsi, quelle que soit l'entreprise — et même dans les entreprises ultrachic comme ce salon de coiffure —, les subalternes étaient souvent contraints de prendre leur pause dans un environnement déprimant.

— Nous devons accélérer la cadence, déclara Freddy d'une voix soudain tendue. Nous avons pris du retard sur l'emploi du temps. Heureusement, le dîner est repoussé à 7 heures. Dolezal vient avec plusieurs de ses comparses.

Il consulta l'imposante Rolex qui ornait son poignet et se renfrogna.

— Mince, marmonna-t-il. Nous n'aurons pas le temps de rentrer à l'hôtel avant le restau. Bon, enlève tes chaussures et détends-toi ici un petit moment. Je me suis arrangé avec André, cette pièce est à notre entière disposition. J'ai aussi commandé quelques plats qui vont arriver...

— Des plats ? Tu viens de dire que nous allions dîner.

— Non. Nous allons à un rendez-vous d'affaires. Grosse différence. L'aspect alimentaire y sera négligeable. *Doit* être négligeable, insista-t-il. Ce soir je ne veux pas que tu penses à ce que tu manges. Je veux que tu te concentres sur les questions qui te seront posées et sur ta manière de te comporter. Souviens-toi, quand tu assistes à des soirées importantes ou à des repas comme celui-là, tu es actrice et tu joues un rôle.

Freddy se mit à faire les cent pas devant elle, en joignant les mains devant sa poitrine. C'était là un signal que Charlotte connaissait bien : Freddy allait entamer un des longs sermons dont il l'abreuvait épisodiquement depuis un an. Elle ôta ses chaussures, s'installa dans le fauteuil le plus confortable de la pièce.

— Quand nous serons au restaurant, ne mange pas ! assena-t-il. Et ne bois surtout pas. Touille un peu tes aliments dans l'assiette, et, s'il le faut vraiment, avales-en une ou deux bouchées. Quand je t'emmènerai à des soirées en ville, en revanche, il faudra que tu grignotes davantage, bien sûr, pour ne pas insulter la maîtresse de maison. Mais, en règle générale, il vaut mieux donner à croire que ta principale nourriture, c'est ton art. Dans tous les cas, et là fais très attention : ne mange jamais quand tu es uniquement avec des femmes. Contente-toi de les regarder dans les yeux, de les flatter, de leur dire qu'elles sont belles...

Freddy brandit un doigt menaçant dans sa direction.

— Et ne flirte jamais, jamais avec leurs maris ! Crois-moi, ça ne peut que t'attirer des ennuis.

Charlotte tourna un instant la tête vers la fenêtre. Ces recommandations la mettaient mal à l'aise. Elle s'efforça de reporter son regard sur Freddy.

— Tout ça me paraît tellement artificiel, protesta-t-elle. Tellement faux. Pourquoi ne puis-je pas simplement être moi-même ?

— Parce que, mon cœur, ces femmes seront forcément jalouses de toi, répondit-il d'un ton patient. Et tu dois faire tout ton possible pour t'épargner leur hostilité. Une beauté aussi fracassante que la tienne a de quoi déranger l'espèce féminine dans son ensemble, tu en conviendras.

Elle se tapota les lèvres du bout du doigt. Les propos de Melanie lui revenaient à l'esprit. Si la beauté était un pouvoir — surtout à Hollywood —, alors elle devait en effet se montrer très prudente. Dieu savait pourtant que ce n'était pas par soif de pouvoir qu'elle avait voulu changer de visage ! Le problème, c'était qu'elle ne savait pas encore très bien le rôle que sa beauté allait jouer dans sa vie. Tout était trop nouveau, trop différent d'avant... Subitement, on la remarquait, on la courtisait, on la désirait. Sa beauté avait fait d'elle... quelqu'un. Un personnage.

Mais elle ne lui avait pas donné d'identité, ni même apporté de satisfaction. Charlotte avait toujours l'impression, comme autrefois, de dériver, sans port d'attache. Et d'avoir désespérément besoin d'une ancre, d'un point de repère solide.

Pour le moment, Freddy était cette ancre. Elle se concentra de nouveau sur ses paroles, l'écoutant plus attentivement pour assimiler ses conseils.

— Garde tes distances avec les gens, quels qu'ils soient. C'est une ligne de conduite qui t'épargnera bien des tracas, poursuivit-il. Et reste avec moi, toujours près de moi. Ne fais confiance à personne en dehors de moi, et n'aie pas d'amis intimes.

— Et Melanie ?

— Melanie... hmm, d'accord. Je lui fais confiance. Elle est discrète, et elle saura te conseiller pour les petits pépins ponctuels, s'il y en a. Mais, pour les gros problèmes et les décisions importantes, c'est à moi exclusivement que tu t'adresses.

— Toi, oui, je sais que je peux avoir confiance...

— La seule personne à qui tu puisses te fier totalement, sans aucune hésitation, c'est moi ! martela-t-il.

Charlotte acquiesça. Elle devait reconnaître qu'il avait raison sur ce point.

— Quand arrive le dîner ? demanda-t-elle. Je suis morte de faim.

— Dans une minute, ne te tracasse pas. Bon, où en

étais-je ? Ah oui. Garde tes distances avec les gens que tu rencontres, donc, et n'accepte l'aide de personne. Je te fournirai tout ce dont tu auras besoin. Protège et renforce ton indépendance. Réagis vite, et bien. Sois toujours en mouvement. Pierre qui roule n'amasse pas mousse, si tu vois ce que je veux dire. Quand tu reçois une invitation, parle-m'en. Je te dirai à quelles soirées tu dois te rendre, et celles que tu as intérêt à éviter.

Charlotte frissonna soudain de tout son corps. Le souvenir de certaines soirées du passé surgissait à son esprit. Des soirées où l'on se moquait d'elle, où elle était harcelée sans merci...

— Promets-moi que tu m'accompagneras toujours, murmura-t-elle d'une voix presque suppliante.

Freddy la considéra d'un air interloqué. Il s'approcha d'elle et prit ses mains dans les siennes.

— Mon cœur... Mon cœur, tu n'as pas peur, n'est-ce pas ?

Elle secoua timidement la tête.

Freddy fut saisi par l'émotion qu'il lut dans les yeux de la jeune femme. Et, en contemplant ses pupilles magnifiques, d'un bleu si vif, si lumineux, il repensa tout à coup aux cieux céruléens et aux nuages cotonneux de sa terre natale. Il se remémora les œufs de rouge-gorge qu'il allait chercher dans les nids quand il était gosse. Il se souvint de beaucoup d'autres choses...

Il fronça les sourcils. Qu'est-ce qui lui arrivait, bon sang ? Son attachement à cette fille virait à l'obsession. C'était inquiétant. Irritant. Mais il ne pouvait s'en empêcher. Comme elle, il s'était engagé à vivre cette aventure jusqu'au bout — sans limite et sans frein.

— Ne te fais aucun souci, répondit-il, étonné par la tendresse qu'il éprouvait soudain pour Charlotte. Je serai toujours là pour toi.

⁂

Cinq jours plus tard, Charlotte était assise sur un tabouret dans la semi-obscurité d'une immense salle de projection des studios Universal dont l'écran avait été relevé. Elle se trouvait là pour une audition en vue d'un rôle dans le film *Les Pionniers*. Son épais maquillage lui tiraillait le visage, la robe victorienne corsetée qu'on lui avait ordonné de mettre l'étouffait et entravait ses mouvements. Malgré l'air conditionné, elle suffoquait.

Tout autour d'elle, sur la scène, il y avait des projecteurs, des caméras et une multitude d'autres appareils. Sur le parquet, de longs et gros câbles s'entremêlaient comme des pythons endormis. Elle ne comprenait pas pourquoi une simple audition nécessitait un tel équipement, mais bon, Freddy lui avait dit de ne pas se soucier de ces détails. En ce moment, il était en train de parlementer avec Josef Werner, le chef opérateur. Il lui avait présenté cet homme un moment plus tôt, après lui avoir murmuré à l'oreille qu'il était très important de bien s'entendre avec les cameramen. Maintenant il négociait pour elle le meilleur angle de prise de vue et l'éclairage idéal.

Charlotte avait les mains moites, et elle avait beau boire et reboire de l'eau, sa bouche restait sèche comme un désert. La veille au soir, alors qu'elle s'était longuement préparée à une scène et à un rôle précis pour l'audition, les producteurs avaient subitement annoncé qu'ils voulaient lui faire jouer un autre personnage. Elle en concevait une angoisse terrible. Freddy, en revanche, était enchanté : les décideurs du studio s'étaient tellement amourachés d'elle pendant le dîner qu'ils lui offraient un rôle plus important que celui qu'ils avaient initialement prévu ! Charlotte avait trouvé Dave Dolezal parfaitement détestable. Ses joues couperosées par l'alcool et ses tactiques de drague subtiles comme des portes de prison faisaient de lui l'un des types les plus répugnants qu'elle eût jamais rencontrés. Elle avait pris si peu de plaisir à cette soirée qu'elle n'avait eu aucun mal à suivre les recommandations de Freddy : sourire poliment, répondre aux questions d'un air détaché, se contenter de touiller ses aliments dans son assiette... Elle avait cependant eu plus de difficulté à se retenir de planter sa fourchette dans les doigts boudinés de Dave chaque fois qu'il essayait de lui tripoter la main.

Quoi qu'il en soit, Freddy avait été ravi par l'attitude du producteur. Après le dîner, il lui avait assuré que c'était « une chance inouïe d'être bien vu d'un tel bonhomme. »

Et, pour avoir la cote, fallait-il aussi passer dans son lit ? avait-elle failli rétorquer.

Elle avait reçu son nouveau texte la veille au soir, par coursier express. Même si elle avait dû produire un très gros effort pour étudier la scène en quelques heures — et même si elle avait la trouille —, elle ne regrettait pas véritablement ce changement. Elle se sentait beaucoup plus proche de ce personnage que de l'autre. Son héroïne s'appelait Celeste. C'était une jeune femme belle et fragile, qui était mariée à une brute épaisse, un grand bourgeois possessif et jaloux qui la retenait quasiment prisonnière à l'intérieur de leur propriété. C'était un petit rôle, mais pas un rôle anodin. Freddy le qualifiait de « beau tremplin ». Le genre de rôle à vous mettre en valeur sur un générique, aux côtés des grandes stars.

— O.K., allons-y ! annonça le metteur en scène.

Charlotte n'entendit soudain plus que son cœur, qui battait à tout rompre. Mais elle réussit à quitter son tabouret et, d'une démarche à peu près assurée, à se diriger vers le centre de la scène. Ses bras et ses jambes lui semblaient peser des tonnes, sa nuque était raide comme un poteau d'acier.

Quand elle arriva entre les caméras, hélas, elle ne trouva pas ses marques. Sa vision se troublait, le sol tournoyait sous ses pieds. Elle porta une main à son front, essayant de se ressaisir.

Freddy dut percevoir qu'elle paniquait, car il s'avança vers elle et la guida gentiment jusqu'à l'endroit où elle devait se placer, lui murmurant des mots de réconfort, la soutenant avec autant de délicatesse qu'un jockey conduisant son pur-sang vers la piste de course.

Puis il la prit par les épaules et plongea ses yeux dans les siens.

— Il n'y a que deux choses auxquelles tu dois penser, déclara-t-il d'un ton ferme. D'abord, n'oublie pas l'époque à laquelle vit ton personnage. Nous sommes en 1897, à New York, dans un monde régi par la morale victorienne, et tu es immensément riche. Ensuite, tu dois penser à Celeste. Qui est-elle ? La réponse est très simple, Charlotte. Cette femme, c'est *toi*.

— Alors je ne sais pas qui c'est, bredouilla-t-elle, au comble de la terreur.

Il la secoua rudement.

— Tu es Celeste ! assena-t-il. Tu es Celeste !

Charlotte cilla. Soudain, une lueur de compréhension venait de se faire jour dans son esprit...

— Dégagez le plateau. On tourne ! cria le metteur en scène.

— Tu vas y arriver, murmura Freddy.

Il la regarda intensément, et répéta :

— Tu vas y arriver.

Puis il la lâcha.

Charlotte ferma les yeux. Elle fit le vide dans son esprit. Les caméras, les projecteurs, Freddy, Josef, elle s'efforça d'oublier l'environnement dans lequel elle se trouvait. Puis elle s'enfonça dans les ténèbres veloutées de son intimité la plus profonde, jusqu'à cet endroit secret de son être où Charlotte Godowski se sentait le plus à l'aise et le plus en sécurité. C'était en ce lieu très privé qu'elle emmagasinait ses lectures et ses musiques préférées, ses souvenirs les plus précieux, ses meilleurs rêves. C'était là qu'elle se réfugiait durant l'enfance quand on la raillait, à l'adolescence quand on l'insultait, à l'âge adulte quand on la repoussait, là qu'elle allait pour retrouver la source de ce qu'elle avait de plus unique et de plus vrai en tant que personne.

Elle se rendit alors compte, dans un éclair de lucidité, que c'était de ces éléments disparates, si précautionneusement protégés au cœur d'elle-même, de ces éléments accumulés depuis tant d'années, que lui viendrait sa force d'actrice. C'était là qu'elle trouverait son inspiration.

Elle se sentit soudain libérée, légère, confiante. Elle connaissait si bien cette partie d'elle-même ! Oui, elle pouvait y arriver ! Un petit sourire lui monta aux lèvres. Peu importait le style de sa coiffure ou l'étroitesse de son costume. Quand les caméras se mettraient à tourner, le personnage qu'elle jouait ne dépendrait en fin de compte que d'elle-même.

Charlotte Godowski plongea plus profondément encore en son for intérieur, rapetissant, rapetissant jusqu'à disparaître. Elle savait faire cela mieux que personne : elle l'avait fait toute sa vie. Puis, lentement, elle laissa le personnage de Celeste émerger. Elle ouvrit les yeux et ses paupières papillottèrent comme si elle s'éveillait d'un profond sommeil. Tranquillement, elle prit position entre les projecteurs. Son attitude, ses gestes, sa voix, son intonation, tout cela n'appartenait plus qu'à Celeste, uniquement à Celeste.

Un silence absolu se fit sur le plateau, comme si tous les témoins de la scène sentaient qu'ils allaient assister à une métamorphose remarquable. Le metteur en scène donna le top de départ, les caméras ronronnèrent. De sa belle voix limpide, Celeste prit la parole.

⁂

Freddy visionna les rushes avec Sam Bonnard, le metteur en scène, Dave Dolezal et quelques autres — dont Josef Werner qui avait insisté pour être présent. Dès l'apparition de Charlotte, un murmure de stupeur collectif s'éleva dans la salle, suivi d'un silence captivé. Sur la pellicule, Charlotte avait encore plus de présence qu'au naturel. Cela tenait peut-être à son teint. Sa peau avait cette qualité lumineuse qui est l'apanage de quelques rares élues : Greta Garbo, Marilyn Monroe, Uma Thurman. Les caméras semblaient l'adorer; elle crevait l'écran. Sa voix était douce et enivrante. Il émanait de toute sa personne une sensualité, pour ne pas dire un érotisme torride. En même temps, elle n'était qu'innocence et pureté... Tout cela faisait un cocktail dévastateur. En regardant les hommes rassemblés autour de lui dans la pièce, Freddy constata que Charlotte avait le même effet sur eux tous : ils fixaient l'écran d'un air presque hagard; certains s'agitaient nerveusement sur leur siège.

Freddy fixa l'écran en souriant. Son cœur débordait de joie. Il avait envie de rire aux éclats. Charlotte était celle qu'il attendait depuis toujours. Son intuition ne l'avait pas trahi. Elle avait tout — la beauté *et* le talent. Elle allait devenir une grande, une très grande star.

Et, pour l'approcher, il faudrait d'abord passer par lui, Freddy Walen.

Freddy entra dans sa vaste maison de style méditerranéen, verrouilla la porte derrière lui et laissa tomber son attaché-case par terre. Le bruit résonna sourdement à travers l'immense living-room vide. Il passa dans la cuisine — aussi impeccable et blanche qu'un bloc opératoire —, fourra dans le micro-ondes un plat surgelé à faible teneur en calories, se servit un scotch *on the rocks*. Puis il se dirigea droit vers le téléphone, où il composa un numéro qu'il savait évidemment par cœur. Une chose essentielle, dans ce métier : être le plus rapide. Après deux sonneries et l'intervention d'une secrétaire, il fut mis en communication avec John LaMonica, grosse pointure de l'industrie cinématographique.

— Je l'ai vue, déclara celui-ci. Je la veux.

Freddy sourit et fit tournoyer les glaçons dans son verre.

— Tout le monde la veut, John, répondit-il d'un ton désinvolte.

— Je vous offre une option ferme sur un premier film, répliqua LaMonica avec enthousiasme. Un coursier express est en train de vous porter la proposition de contrat. Lisez-le, et nous déjeunerons à La Scala. J'ai réuni de gros capitaux pour ce projet. Les plus grands investisseurs sont sur les rangs. Michael Bay assurera la mise en scène. Et tenez-vous bien : on envisage Schwarzenegger dans le premier rôle masculin. La préproduction démarre ces jours-ci. Nous sommes déjà d'accord. Nous aimerions que Charlotte joue Nancy.

— Nancy ? Qui diable est Nancy ? Je ne comprends pas, John.

— Nancy est le premier rôle féminin, rétorqua le producteur d'un ton plein de morgue.

Freddy s'assit sur une petite chaise en métal branlante, à côté de la table de cuisine en fer forgé et mosaïques — deux des très rares pièces de mobilier que sa femme lui avait laissées après le divorce. Cette garce avait tout raflé : leurs économies, les meubles, la maison de campagne dans le nord, et jusqu'au moindre objet — vaisselle ou bibelot, livres ou œuvres d'art — qu'ils avaient acquis ensemble pendant leurs dix années de mariage. Lui, il avait gardé la maison et réussi à préserver son équilibre psychique. Cela aurait pu être pire.

Freddy se passa une main sur le visage. Quelle importance, toutes ces conneries, désormais ? Maintenant il avait Charlotte Godfrey !

— Vous avez le financement ? demanda-t-il.

— Comme je l'ai dit. Des investisseurs très fiables, genre Corée du Sud et Allemagne. Ecoutez, Freddy, lisez le scénario, voyez mon offre de contrat. Vous comprendrez pourquoi Charlotte est parfaite pour le rôle. Si Garbo vivait encore, nous l'aurions engagée. Mais cette fille... Bon sang, elle est peut-être encore meilleure !

John le flattait en portant sa cliente aux nues. Rien d'inhabituel. Dans ce métier il était courant de se faire un peu de lèche mutuellement. Freddy sourit, savourant son plaisir. Il y avait bien longtemps que Hollywood ne s'était pas montré aussi empressé à son égard.

— Entendu, je vais y jeter un œil, acquiesça-t-il. S'il vous a emballé et s'il plaît aussi à Arnold, je suis sûr que c'est un bon projet. Je vous appelle dès que j'ai terminé ma lecture.

Il raccrocha, croisa les bras sur la table, y appuya la tête. Il était fatigué, et il soufflait comme s'il avait couru dix kilomètres en pente raide. Il ôta ses lunettes de soleil, se massa l'arête du nez, puis adressa une courte, mais fervente prière de remerciement à Dieu pour lui avoir envoyé Charlotte Godfrey. LaMonica s'intéressait à elle ? Punaise ! Il avait presque envie d'en chialer.

D'un bon coup de pied, il envoya valser sa seconde chaise en métal à travers la pièce. Au diable ce mobilier minable ! se dit-il, ivre de joie. Au diable son ex-femme ! Et au diable aussi son nouvel époux plein aux as qui venait de l'engrosser pour la seconde fois. Ali n'avait pas perdu de temps pour se remettre en ménage, encore moins pour pondre des mômes...

Freddy avala une gorgée de scotch, grimaça tandis qu'une vague brûlante lui glissait dans la poitrine. Ouais ! C'était ça qu'Ali voulait ! Depuis toujours. Des mômes !

Et c'était la seule chose qu'il n'avait jamais pu lui donner. A cause d'un accident, dans sa jeunesse, qui lui avait causé une blessure gravissime à l'entrejambe, il était définitivement, irrémédiablement impuissant.

Pendant des années, Ali avait été très chic par rapport à ce problème, il fallait le reconnaître. Elle avait vraiment essayé de faire fonctionner leur mariage. Et, en de rares occasions, comme ce soir, quand il réussissait à oublier son amertume, il pouvait lui pardonner de l'avoir laissé tomber...

Un bip aigu l'avertit que sa Pasta Alfredo était prête dans le micro-ondes. Il saisit un gant, sortit la petite barquette orange du four et alla s'asseoir dans l'unique fauteuil de son living-room. Il avala une bouchée d'Alfredo, puis se força à en goûter une seconde. Mais les nouilles surcuites et gluantes de ce plat n'étaient pas à la hauteur de cette grande journée. Posant la barquette par terre, il reprit son verre de scotch en main. Voilà ce qu'il fallait pour fêter dignement l'événement !

Il revit soudain les yeux clairs de Charlotte en gros plan sur l'écran de projection. Il gloussa de ravissement. Désormais, il avait un avenir. Après sa monstrueuse traversée du désert, il pouvait de nouveau rêver. Dix ans plus tôt, cette maison de la taille d'un petit château était astiquée comme un sou neuf, décorée comme un palais. Ali et lui y donnaient des soirées mémorables. Aujourd'hui elle avait besoin d'un bon ravalement. Il lui en coûtait presque tous ses revenus rien que pour la maintenir en mauvais état.

Peu importait. Si tout se passait comme il l'espérait, il ferait sauter de nouveau les bouchons de champagne dans cette pièce même. Il devait juste patienter encore un peu pour traire sa nouvelle vache à lait. Il rit de plus belle. Seigneur, elle avait les pis qu'il fallait, ça on pouvait le dire ! Ensuite, fini d'éviter les créanciers de l'électricité, du gaz et de l'eau. D'ailleurs, plus besoin de fermer les robinets à fond, d'éteindre les lumières partout et de faire copain-copain avec les réparateurs d'électroménager — il remplacerait tous ses appareils ! Et il achèterait du nouveau mobilier, aussi. Punaise ! Peut-être même qu'il s'offrirait les services d'un de ces décorateurs d'intérieur qu'Ali affectionnait tant.

Il se renversa contre le dossier élimé du fauteuil et regarda par la fenêtre, faisant lentement tourner les glaçons dans son verre. En bas, dans la rue, une grosse nounou à tresses blondes poussait vigoureusement un berceau de style anglais, tandis qu'à son côté une petite fille s'échinait sur un tricycle pastel. C'était une jolie petite fille, avec de longues nattes blondes ; sa robe en vichy sautillait gaiement sur ses jambes potelées au rythme de ses coups de pédale. Freddy éprouva un intense pincement de dépit à l'idée qu'Ali et lui n'aient jamais pu avoir d'enfant. C'était une douleur ancienne, familière — mais qu'il n'avait pas ressentie depuis longtemps. Il aimait les enfants, et il aimait se dire qu'il aurait été un bon père si seulement il en avait eu l'occasion. En mélangeant le sang allemand d'Ali et son sang polonais, ils auraient fait une petite fille assez semblable à celle-ci... Mais bon ! Cet accident stupide l'avait éjecté de la course. On ne pouvait revenir sur le passé.

Il termina son whisky d'un trait, puis se leva pour fermer les stores vénitiens de la fenêtre. Pas question de recommencer à t'apitoyer sur lui-même, se dit-il. Dans cette ville, les perdants étaient vite repérés — et laminés. Seuls survivaient les meilleurs, les supermen capables de conclure avec panache des contrats juteux. Pour cela, il avait l'intelligence, les contacts, et la volonté nécessaires. Par-dessus tout, il avait une gentille petite fille rien qu'à lui.

Il avait Charlotte Godfrey.

8.

La vie était tellement belle ! Elle lui apportait tant de satisfactions ! Charlotte sourit. Que souhaiter de plus, désormais ? Rien... En tout cas rien d'important. Elle ferma les yeux, savourant sur son visage la caresse de la brise tiède de ce début d'été. A coup sûr rien d'important aujourd'hui, se dit-elle encore. Car aujourd'hui elle se sentait comblée, heureuse d'être enfin en congé.

Freddy lui avait accordé de longues vacances qui dureraient jusqu'à la fin de l'été. Pour la première fois depuis une éternité elle n'avait ni cours, ni essayages, ni auditions. Et elle avait la ferme intention de profiter de sa liberté et de s'amuser, sans autre motivation que de se faire plaisir.

Aujourd'hui, elle allait commencer son jardin.

Elle appuya sur l'accélérateur de la petite décapotable vert amande qu'elle venait de s'acheter. Elle était pressée d'arriver à la pépinière. Et puis... elle avait envie de mettre de la distance entre elle-même et la chose nouvelle, plutôt étrange, que sa vie était en train de devenir.

Le second rôle qu'elle avait joué dans le long métrage *Les Pionniers* constituait un formidable tremplin pour sa carrière, comme aimait à le répéter Freddy. Elle avait été submergée de compliments de la part du metteur en scène et de l'ensemble de l'équipe, y compris ses collègues acteurs. Bien que la sortie du film ne fût prévue que dans plusieurs mois, Freddy affirmait que son nom courait déjà sur toutes les lèvres à Hollywood, et il lui avait décroché son premier rôle-titre dans une production indépendante.

Signer un gros contrat dans un immense bureau directorial, serrer des mains, rire quand le bouchon de champagne saute, circuler en limousine dans une ville que vous sentez prête à vous porter en triomphe... Seigneur ! Comme tout se précipitait. Elle en avait encore le tournis.

Première conséquence de son succès, elle avait maintenant de l'argent. Pas une fortune, certes, mais largement de quoi entamer l'existence qu'elle s'était imaginée en arrivant à Los Angeles. Elle tapota son sac à main posé à côté d'elle, ravie à l'idée qu'il renfermait une confortable liasse de gros billets. Quelle révolution quand on pensait à l'époque où elle peinait à puiser un maigre dollar dans son porte-monnaie !

Saisie par un sentiment de joyeuse plénitude comme elle n'en avait jamais connu, elle rit à gorge déployée. En quittant l'autoroute pour s'engager sur une route secondaire, elle songea de nouveau comme c'était bon de s'éloigner de la ville, de ses préoccupations professionnelles, de Freddy et du prochain film qu'elle tournerait. Aujourd'hui, la journée était à elle, rien qu'à elle, et elle n'avait d'autre projet que de penser à ses fleurs, de profiter du soleil qui caressait son visage et de chanter à tue-tête sur l'air de *La Traviata* qui passait sur son lecteur CD.

Quand elle avait fait part à Melanie de son souhait de planter des fleurs dans le jardin, son amie l'avait traitée de folle. « Pourquoi arranger cette baraque, avait-elle assené en guise d'argument, alors que tu n'en es même pas propriétaire ? En plus tu vas lui donner plus de valeur qu'elle n'en a maintenant, et ça va nous augmenter le loyer. » Charlotte avait rétorqué qu'elle s'en fichait. Si le loyer grimpait, elle paierait volontiers la différence. Ça en valait la peine. Elle voulait transformer le terrain vague infesté de mauvaises herbes qui bordait la maison en un vrai jardin fleuri, qu'elle aurait plaisir à entretenir et où elle se sentirait bien.

Elle avait choisi une pépinière dans les pages jaunes. La Pépinière Mondragon l'avait attirée pour l'unique raison que ce nom lui paraissait de bon augure. Elle allait bientôt y arriver. Depuis qu'elle avait quitté l'autoroute, des petits panneaux verts et blancs fraîchement repeints, plantés au bord de la chaussée, lui indiquaient la direction à suivre.

Quand elle entra dans l'immense serre de l'entreprise Mondragon, elle commença par déambuler entre les innombrables rangées de fleurs et de plantes proposées à la vente. Elle ignorait les noms de la plupart, mais refusait de se laisser décourager par ce détail. Dotée d'une bonne mémoire, elle apprenait vite, surtout dans les domaines qu'elle aimait. En y mettant le temps nécessaire, elle surmonterait les difficultés — sans doute multiples — qui se présenteraient à l'apprenti-jardinier qu'elle était. Elle restait convaincue qu'elle avait bien fait de venir dans cette pépinière, qu'il s'y trouvait exactement ce dont elle avait besoin.

Elle caressait du bout des doigts les petites feuilles douces et odorantes d'un rosier, lorsque, levant les yeux vers le bout de l'allée, elle le vit.

Lui.

Il était entourée par trois femmes qui, une fleur en pot à la main, avaient les yeux rivés sur son beau visage. Il semblait attentionné, patient, gentil : cela se voyait à son sourire et à sa façon de pencher la tête de côté quand l'une des femmes parlait, comme s'il ne voulait pas manquer une seule syllabe de ce qu'elle disait. Ses longs cheveux noirs qui lui tombaient dans le dos contrastaient avec sa chemise d'un blanc immaculé, dont le col, déboutonné, laissait paraître la naissance de son torse... Et sa peau, que même à distance Charlotte devinait douce comme la soie, avait la couleur ocre brun dont elle se souvenait si bien.

Quelque part dans la serre, un oiseau gazouilla. Elle se demanda confusément si c'était en réponse au long soupir d'extase qui lui avait échappé.

L'homme leva les yeux à son tour et regarda dans sa direction une fraction de seconde, puis reporta son attention sur les trois femmes.

Charlotte retint son souffle.

Lentement, les sourcils froncés comme si quelque chose l'intriguait, il tourna de nouveau la tête vers elle. Son front se plissa ; on aurait dit qu'il essayait de se rappeler où il l'avait déjà vue.

Charlotte était soudain incapable de faire un seul geste. Ses jambes, ses bras, même sa bouche et ses yeux s'étaient paralysés. C'était bien lui. L'inconnu qu'elle avait croisé dans l'ascenseur, à Chicago, lors de cette nuit glaciale, fatidique, de décembre. Elle frissonna de tout son corps. Il lui semblait confusément que tout ce qu'elle avait vécu depuis ce soir-là, toutes ses décisions, tous les tours et détours de son existence n'avaient eu d'autre raison d'être que de l'amener ici, à cette minute précise.

Il ne paraissait pas la reconnaître. Cependant, elle eut la certitude qu'il percevait lui aussi le lien étrange qui les unissait, car il la dévisagea avec une expression de franc émerveillement qu'elle était certaine, pour sa part, d'avoir sur le visage.

Il inclina la tête et cilla. *Qui es-tu ?*

Elle sourit. *Oui, c'est moi.*

Les trois femmes, comprenant qu'elles avaient perdu son attention, se turent et jetèrent vers elle des regards curieux. Charlotte ne les voyait pas vraiment. Ces femmes, la serre, les autres clients, tout cela n'était plus qu'un décor flou, un arrière-plan lointain à l'action qui se jouait entre elle et *lui*. Pendant un moment, une seconde ou une heure, ils se dévisagèrent...

Puis il s'excusa auprès de ces dames, ignorant leurs grimaces de désappointement, et fit signe à un vendeur de prendre le relais auprès d'elles. Il vint alors à sa rencontre.

Elle se figea. Son cœur s'emballa, battant de plus en plus fort à ses tempes à mesure qu'il se rapprochait. Il avait les cheveux encore plus longs qu'autrefois. De ses yeux émanait une lueur de détermination qu'accentuait la ligne sérieuse de ses épais sourcils bruns. Il lui faisait l'effet d'une vague puissante roulant inexorablement sur elle pour la submerger.

Il s'immobilisa devant elle.

— On se connaît ? demanda-t-il de sa voix profonde, au timbre chaud, dont Charlotte se souvenait comme si elle l'avait entendue la veille.

Sa question était celle qu'aurait posée le premier dragueur venu. Dans sa bouche à lui, pourtant, elle sonnait comme une invitation pleine de promesses. Charlotte baissa les yeux, fixant le gravier de l'allée. Devait-elle répondre oui et expliquer toute son histoire — Chicago, leur première rencontre, l'opération ? Ou valait-il mieux simplement dire non et repartir sur une nouvelle base ?

Elle lui offrit un timide sourire.

— Non, on ne se connaît pas.

Ses grands yeux noirs la dévisagèrent fixement.

— Je pensais pourtant... Il y a quelque chose...

Il secoua la tête, l'air embarrassé.

— Peu importe. Je m'appelle Michael, reprit-il en lui tendant la main. Michael Mondragon.

Elle regarda autour d'eux, associant mentalement ce séduisant homme à la pépinière qui portait son nom. Elle lui serra la main.

— Charlotte, répondit-elle en souriant plus largement. Charlotte Godfrey.

La paume de Michael était large et solide, un peu calleuse. Comme ils se lâchaient — lentement —, le frôlement de leurs doigts la fit intensément frissonner. Combien de fois, durant ses longues nuits de solitude à Chicago, s'était-elle demandé ce qu'elle éprouverait au contact de ces mains-là ? Se doutait-il qu'à l'époque, et de nouveau maintenant, elle les sentait presque étreindre et caresser son corps ? Non, bien sûr...

Il glissa les doigts dans les poches arrière de son jean.

— Bien, mademoiselle Godfrey. Comment puis-je vous être utile ?

Une lueur d'intérêt brillait encore dans ses yeux, mais son comportement restait poli, très convenable. Elle se souvenait de la galanterie dont il avait fait preuve envers elle dans l'ascenseur. Ce soir-là, elle avait refusé son aide. Aujourd'hui, elle n'avait aucune raison de ne pas l'accepter.

— Oui. Merci... J'apprécierais beaucoup que vous m'aidiez à choisir quelques fleurs.

Elle se tourna vers un lis blanc en pot dont elle effleura la tige du bout de l'index.

— Voudriez-vous que nous fassions le tour de la pépinière ? proposa-t-il en désignant l'allée qui s'étendait devant eux.

Elle acquiesça, et ils se mirent à marcher d'un pas tranquille entre les rangées de plantes que Charlotte avait déjà longées un moment plus tôt. Tous deux sentaient qu'ils vivaient des instants uniques. Et tous deux essayaient de faire comme si ce n'était pas le cas.

Michael lui présenta diverses fleurs, qu'il décrivit en détail en l'invitant à les toucher, à les sentir ; on aurait même dit qu'il l'invitait à les aimer autant que lui les aimait. Elle était impressionnée par sa connaissance de l'horticulture. Comme elle lui en faisait la remarque, observait d'un air admiratif qu'aucune fleur n'avait de secret pour lui, il rit et lui montra des petites languettes de plastique blanc fichées dans la terre à côté de chaque plante.

— Je triche avec ça, précisa-t-il en tirant une de ces languettes d'un pot. Vous voyez... Il y a là le nom de la fleur, y compris son nom scientifique, et les instructions à suivre pour l'entretenir. Eau, engrais, ensoleillement, tout le tintouin...

Charlotte pouffa.

— Voilà qui me rassure. Même une fille aussi ignorante que moi est capable de comprendre ce que signifie le dessin d'un soleil plein ou d'un demi-soleil.

— Dois-je en déduire que vous ne connaissez pas grand-chose en matière de jardinage ? demanda-t-il avec un sourire complice.

— Je n'y connais rien de rien, vous voulez dire ! Mais j'apprends vite. J'ai un joli petit terrain bien exposé au soleil, qui à mon avis a du potentiel. J'adorerais y faire pousser quelques fleurs. Vous comprenez, c'est la première fois de ma vie que j'ai un jardin...

— Je ne demande pas mieux que de vous aider. Quel genre de plantes vous intéresse ? Vous voulez plutôt des vivaces ou des annuelles ?

— Ça veut dire soleil plein, ou demi-soleil ?

Il rit.

— Non, ça n'a rien à voir, expliqua-t-il patiemment. Les annuelles vivent le temps d'une saison, puis meurent. Les vivaces refleurissent chaque année. Puisque c'est la première saison que vous passez dans votre jardin, je vous recommanderais plutôt de prendre en majorité des plantes annuelles. Elles vous apporteront de la couleur, des parfums, un vrai plaisir des sens, tout en vous laissant la possibilité d'apprendre à mieux connaître votre jardin pour l'année prochaine.

— Je me rends compte que j'étais un peu naïve en arrivant ici, confessa-t-elle tandis que leur tour de la serre s'achevait. Je croyais que c'était facile, qu'il suffisait de venir à la pépinière, de choisir ce qui vous plaît, un peu comme on choisit une robe, puis de rentrer mettre les fleurs en terre et de laisser la nature faire le reste.

Elle eut une moue d'autodérision.

— A l'heure qu'il est, vous devez avoir compris que je suis votre pire cauchemar de cliente.

— Il y a des cauchemars qui ne me déran...

Il haussa les épaules.

— Jardiner n'est pas si difficile que vous l'imaginez, reprit-il d'un ton détaché. Il faut juste que vous décidiez par où commencer.

— Que me suggérez-vous ?

Il sourit.

— D'abord, que nous prenions rendez-vous pour que je voie votre terrain. Où habitez-vous ?

Ils convinrent que Michael viendrait chez elle le lendemain matin. A peine se séparaient-ils que Charlotte languissait déjà de le revoir. En quittant la pépinière, elle se rendit directement à la bibliothèque de son quartier, en ressortit une heure plus tard avec une grosse pile de livres sur le jardinage. Des ouvrages pleins de photographies en couleurs des plantes et des fleurs que Michael serait susceptible de lui proposer.

Arrivée à la maison, elle prit place à la table de la cuisine avec un sandwich au thon et une grande tasse de café, et fit ce qu'elle n'avait pas fait depuis des années : du bachotage. Elle n'avait aucune envie de montrer à Michael Mondragon qu'elle n'était pas fichue de faire la différence entre un pétunia et un bégonia.

La nuit durant, elle se tourna et se retourna dans son lit.

Certes elle avait de quoi être nerveuse : de toute sa vie, jamais un homme n'était venu lui rendre visite chez elle. Elle essaya de se calmer en se répétant que la visite de Michael n'était pas un rendez-vous galant. Il venait pour affaires, bon sang ! Mais rien à faire : la seule perspective de recevoir M. Mondragon chez elle, parce qu'elle constituerait une invasion de son intimité à laquelle elle n'était pas habituée, suffisait à la priver de sommeil.

Quand les premiers rayons du soleil filtrèrent enfin à travers ses rideaux, elle était quasi hystérique. Elle se força à rester allongée encore une heure, somnolant vaguement, puis s'habilla et passa dans la cuisine. Melanie, qui s'y trouvait déjà, lui demanda pourquoi elle se levait si tôt alors qu'elle était en vacances. Charlotte expliqua succinctement qu'elle attendait Michael Mondragon, de la pépinière du même nom, en vue de planter quelques fleurs dans le jardin.

Melanie renifla.

— On dirait que ça te travaille, ce rencard, observa-t-elle d'un ton moqueur.

Charlotte se passa une main dans les cheveux.

— Hmm... J'espère juste que ça va bien se passer.

Melanie haussa les épaules et sortit sur la terrasse. Elle portait un Bikini-string rose fluo, si mini qu'il couvrait à peine ce qu'il y avait à couvrir. Elle avait un flacon de lotion solaire dans une main, un grand thé glacé dans l'autre, et tenait un livre de poche calé sous son bras. Manifestement, sa matinée était programmée.

— En tout cas, rappelle-toi que c'est ta lubie à toi, pas la mienne ! lança-t-elle d'une voix cassante en prenant place dans une chaise longue. Je te préviens, il n'est pas question que je me mette à quatre pattes dans la terre pour impressionner ton copain le petit jardinier !

Charlotte fut piquée au vif par l'agressivité de Melanie. Michael Mondragon ne méritait pas qu'on le traite de

« petit jardinier » ; il était tellement plus que cela. Elle soupira en son for intérieur. Melanie devenait décidément bien hargneuse, ces derniers temps...

S'avançant sur la terrasse, Charlotte observa son amie, qui appliquait maintenant de la crème solaire sur son corps sculptural — et déjà très bronzé. Melanie avait récemment changé de teinture, optant pour un blond cuivré que Charlotte jugeait étrangement proche de sa couleur à elle. Ces dernières semaines, Melanie lui empruntait aussi de plus en plus souvent des vêtements, et ceux qu'elle s'achetait étaient dans le même style, à la fois sobre et élégant, que les siens. Ils tranchaient carrément avec les tenues moulantes, plutôt provocantes, qui définissaient la Melanie habituelle.

Charlotte se frotta la nuque, où elle percevait déjà la morsure de l'implacable soleil californien. Peut-être ses craintes étaient-elles justifiées. Melanie, dont la carrière était en chute libre, jalousait son récent succès. Et elle devenait odieuse.

Hélas, cette situation les mettait toutes les deux sous pression, les empêchant de s'amuser avec la désinvolture d'avant. Elles ne dansaient plus guère ensemble dans le salon comme elles l'avaient fait autrefois.

— Ça t'ennuie que j'aie envie d'arranger le jardin ? s'enquit-elle. Je ne veux surtout pas te contraindre à quoi que ce soit dans ta propre maison, tu sais...

— Non, non, ne dis pas de sottises. Tu es autant chez toi que moi. Davantage, même, si on pense à tout ce que tu fais comme ménage et comme rangement dans cette baraque.

Melanie prit une profonde inspiration.

— Désolée de m'être énervée, ma chérie. Si tu as envie de planter des jolies fleurs, vas-y ! Mais moi ça ne me dit rien d'arracher des mauvaises herbes. Les fleurs, les bestioles, l'arrosage, ce n'est pas mon truc. La cuisine, par contre, c'est autre chose...

Elle tourna soudain la tête, tendant l'oreille.

— On sonne, reprit-elle en se coiffant d'un chapeau de paille. Ça doit être ton jardinier.

Charlotte tressaillit. Mince, se dit-elle. Elle n'avait plus le temps de passer la petite robe qu'elle avait choisie au milieu de la nuit, ni de terminer de se coiffer, ni même de se laver les mains. La sonnette retentit de nouveau. Oh, tant pis, pensa-t-elle encore en traversant la maison. Elle accueillerait Michael en jean et en T-shirt. Quelle importance, de toute façon ? Ce n'était pas un rendez-vous galant.

Après avoir repris son souffle, elle ouvrit la porte en grand et plaqua sur ses lèvres un sourire poli qui, espérait-elle, ne trahissait pas trop sa joie.

Mais elle sentit son cœur s'emballer sitôt qu'elle vit Michael. Elle éprouvait tout à coup la même exaltation qu'autrefois, dans son enfance, lorsqu'elle ouvrait un paquet de Noël pour constater que le cadeau dont elle avait rêvé se trouvait bien là. Avec ses cheveux noirs, ses yeux comme deux perles d'onyx, son teint très halé, sa large carrure, il était incroyablement séduisant. Il portait un jean et une chemise blanche à manches longues — tenue qui semblait être son « uniforme » de travail. Charlotte décida que cette tenue lui allait à merveille.

Constatant qu'il la scrutait d'un regard intense, elle sentit ses joues s'empourprer.

— Vous êtes en avance, observa-t-elle d'un ton agréable.

— J'espère que cela ne vous dérange pas ? Nous ne savions pas exactement combien de temps il nous faudrait pour venir.

Charlotte eut le sentiment qu'il se retenait de préciser qu'il avait hâte d'arriver. Mais peut-être prenait-elle ses désirs pour des réalités...

— Non, non, bien sûr, bafouilla-t-elle. Je vous attendais.

Elle recroquevilla les orteils dans ses baskets. Savait-il seulement à quel point il la troublait ?

— Mon frère est ici avec moi pour m'aider à prendre des mesures. Il est déjà passé derrière la maison pour voir le terrain, précisa-t-il en indiquant le jardin d'un geste vague.

Charlotte dissimula sa déception. Elle avait espéré qu'ils prendraient d'abord le temps de s'asseoir pour discuter de leur projet en partageant une tasse de café et les beignets qu'elle avait achetés spécialement pour lui la veille. Elle s'était imaginée lui montrant tous les livres qu'elle avait lus, désignant les photos de ses fleurs préférées, dont elle connaissait maintenant tous les noms. « Vous apprenez vite », aurait-il observé. Elle aurait fait la modeste. Peut-être même auraient-ils échangé un rire complice, apprenant ainsi à un peu mieux se connaître. « Va savoir pourquoi j'espère toujours des choses impossibles ! se dit-elle avec agacement tandis qu'ils contournaient la maison. Quelle romantique invétérée je fais ! »

Elle suivit Michael jusqu'au terrain, derrière le pavillon. Un homme grand, élancé, très mince — pour ne pas dire maigre —, coiffé d'un chapeau à large bord, se tenait là, à l'ombre d'un cyprès, les mains dans les poches. Quand Michael l'apostropha, il leva les yeux et vint à leur rencontre. Charlotte constata que sa peau, bien que halée, était beaucoup plus claire que celle de Michael. Cependant, son teint avait aussi une pâleur anormale — malsaine. Et de larges cernes noirs bordaient ses yeux. Il semblait malade.

Quoi qu'il en soit, le sourire qu'il lui offrit quand elle arriva à sa hauteur était franc et chaleureux.

— Je vous présente mon frère, Bobby Mondragon, annonça Michael, avant de se tourner vers ce dernier. Notre nouvelle cliente, Charlotte Godfrey.

Bobby tendit le bras vers elle. Sa main était étonnamment douce pour un jardinier.

— Ah oui, mademoiselle Godfrey..., répondit-il d'un ton amusé, qui laissait entendre qu'il avait déjà largement entendu parler d'elle.

Michael fronça les sourcils. Bobby coula un regard ironique vers lui, avant d'ajouter :

— Je suis ravi de faire votre connaissance.

Charlotte lui rendit poliment le compliment — en se demandant de quoi les deux frères avaient bien pu parler ce matin dans leur camionnette.

— Est-ce vous qui dessinerez le jardin ? demanda-t-elle à Bobby.

— Grands dieux, non ! Je laisse la charge de cette noble mission à Miguel, précisa-t-il d'un air aimable. Je préfère utiliser ce que les nonnes appelaient autrefois très pompeusement ma « patte d'artiste » pour jeter des flaques de peinture sur les murs des immeubles abandonnés de notre ville.

— Ne l'écoutez pas, intervint Michael en regardant son frère avec affection. Bobby adore son métier de muraliste. Et je suis fier de pouvoir dire qu'il compte parmi les meilleurs. Sa carrière est en plein essor. Pour cet été, la ville lui a déjà passé commande de deux nouveaux murals à réaliser sur des bâtiments administratifs.

— Quel genre de murals peignez-vous ?

— Ni des cacti, ni des coyotes sur fond de désert, répliqua Bobby d'un ton badin. Disons que je suis à mi-chemin entre les tagueurs du dimanche et Picasso.

Michael secoua la tête en riant.

— Bon. Mettons-nous au travail, maintenant.

Pendant la demi-heure qui suivit, les deux frères Mondragon arpentèrent le terrain en tous sens, prenant des mesures, discutant de l'emplacement idéal de certains arbres, déterminant les meilleures positions des parterres de fleurs, essayant de concevoir un projet qui couperait au maximum le jardin de la rue adjacente et y ferait naître une agréable sensation d'intimité. Charlotte, qui les écoutait avec attention et donnait par moments son avis sur tel ou tel point de détail, éprouvait une profonde exaltation. Enfin, elle allait avoir le havre fleuri dont elle avait tant rêvé ! Michael, derrière le masque d'un professionnalisme détaché et concentré, semblait partager son enthousiasme. Par contraste, Bobby paraissait blasé, lointain. Charlotte eut l'impression qu'il n'était venu que pour faire plaisir à son frère.

Plus tard, Michael continua de travailler seul. Il nota dans un carnet les mouvements du soleil par rapport au jardin, il préleva des échantillons de terre, il essaya de s'imprégner de l'atmosphère des lieux — notamment de la façon dont la maison trouvait sa place dans le terrain qui l'environnait. Pour cela, il grimpa sur un petit talus d'où il put jouir d'une vue d'ensemble sur la propriété. Devant lui s'étendait le vaste plateau herbeux qu'il s'apprêtait à transformer en éden pour Charlotte ; celui-ci menait en pente douce à la petite maison perchée sur son piton rocheux. Cette perspective stimula intensément son imagination. Il se rendit compte que le paysage qu'il devait créer dans le jardin ne l'intéressait qu'en ce qu'il permettait de mettre en valeur le pavillon.

Michael soupira en son for intérieur. Son travail d'architecte lui manquait beaucoup. Il avait envie de compas et de plans, de ciment, de béton, de bois et de tuile. Hélas, son père le retenait avec opiniâtreté. Après les deux années qu'il venait de lui consacrer, Michael se sentait de plus en plus absorbé dans l'entreprise familiale. Déjà, Luis avait réussi à lui arracher une saison de présence supplémentaire.

— Construis-toi une maison ici ! insistait son père. Marie-toi. Fais de beaux enfants mexicains.

Michael se tourna pour regarder Charlotte, qui tenait une extrémité du décamètre d'arpenteur tandis que Bobby le déployait sur le sol. Il sentit soudain son cœur chavirer. Il voulait repartir, mais... cette jeune femme avait de quoi le retenir en Californie, il fallait l'admettre.

Il détourna les yeux, fixa encore la maison. Qu'importe son attirance pour Charlotte, il ne reviendrait jamais sur sa décision : il donnait encore une saison à son père, puis il retournerait à Chicago — où son cabinet d'architecte, qui l'attendait avec impatience, lui avait promis qu'il s'élèverait dans la carrière aussi vite que les gratte-ciel qu'il dessinerait...

Charlotte leva les yeux et aperçut Michael debout sur le talus. Ses cheveux flottaient au vent derrière ses larges épaules. Il contemplait le terrain d'un air à la fois concentré et passionné. Il était... magnifique.

— Il semble adorer son métier, lança-t-elle à l'adresse de Bobby.

Celui-ci eut un sourire ironique.

— Son métier ? répéta-t-il d'un ton amusé. Oui, je suppose qu'il l'adore. C'est dommage pour lui, d'ailleurs.

Charlotte le considéra avec étonnement.

Bobby s'approcha d'elle, glissant son crayon noir dans sa poche de chemise. Il entreprit de replier le décamètre.

— Nous avons terminé de ce côté, annonça-t-il. Allons voir ce que mijote notre Homme de la Renaissance.

Charlotte le suivit, perplexe. *C'est dommage pour lui...* Que voulait-il dire par là ?

— Eh ! cria Bobby à l'adresse de Michael.

— Vous avez un terrain splendide... et une maison relativement abominable, observa ce dernier quand ils le rejoignirent. Mais vous pourriez en faire quelque chose de très correct.

Charlotte eut un haussement d'épaules.

— Non, je ne peux rien en faire. Je ne la possède pas, rectifia-t-elle. La propriétaire est une vieille veuve un peu grincheuse, qui la garde par sentimentalisme. Mais elle ne veut effectuer aucune réparation, ni même lui donner un coup de peinture.

— Dommage. On ne trouve plus guère de propriétés comme celle-ci, dans le coin.

— Oublie la maison, intervint Bobby. La dame n'a pas demandé les services d'un architecte. Elle veut juste un beau jardin.

— Je comprends, concéda Michael en secouant la tête. C'est juste que... je n'ai pas pu m'empêcher de mentionner ce qui me paraît si évident. C'était une idée en l'air.

Charlotte le regarda. Il lui offrit un sourire langoureux. Elle frissonna.

— Mon frère est architecte, précisa Bobby. Le saviez-vous ?

— Architecte ? répéta Charlotte, étonnée. Je croyais...

— Aujourd'hui, je conçois des jardins et je dirige la pépinière, répliqua Michael d'un ton ferme, qui mettait un point final à la discussion.

Il fusilla son frère du regard, comme pour le sommer de ne pas insister sur le sujet.

— Oui, il est architecte, renchérit Bobby en pouffant. Mais il est surtout têtu comme une mule.

Charlotte sourit. Bobby semblait prendre un malin plaisir à taquiner son frère. Et plus Michael avait l'air embarrassé, plus il en rajoutait. Elle appréciait cet homme. Son intelligence — manifestement très vive — et son humour lui donnaient un charme fou.

— Je m'en souviendrai, promit-elle en lançant un clin d'œil à Bobby.

Ils rirent tous deux de bon cœur, et Michael finit par les imiter.

— Voulez-vous boire quelque chose ? proposa-t-elle. Du café, de l'eau ? Autre chose ?

— De l'eau, ce sera parfait, répondit Michael.

Elle les invita à la suivre vers la maison, en passant par la terrasse. Elle se figea sur le seuil de la cuisine, les yeux écarquillés. Melanie était en train d'éplucher une laitue au-dessus de l'évier. Elle était encore en Bikini. Son incroyable corps, tout bronzé et luisant de crème solaire, s'offrait au regard comme une invitation à la luxure.

Michael toussa en pénétrant dans la pièce.

Melanie tourna la tête et sourit. Elle semblait totalement à l'aise.

— Désolée de te déranger, marmonna Charlotte. Nous ne faisons que passer.

Son amie ne répondit rien. Elle toisait sans vergogne les deux hommes séduisants qui lui faisaient face. Ceux-ci la dévisagèrent dans un silence tendu.

— Ce sont les messieurs de la pépinière, précisa Charlotte. Michael et Bobby Mondragon. Je t'avais dit qu'ils venaient ce matin.

Le regard de Melanie se fixa sur Michael. Elle se détourna de l'évier en cambrant le dos pour mettre en valeur sa généreuse poitrine et les courbes très féminines de ses hanches.

— Eh bien... Bonjour bonjour, susurra-t-elle de sa voix hypersensuelle. Alors comme ça... c'est vous les jardiniers ?

Charlotte vit Michael se crisper. Il pinça les lèvres comme pour réprimer une repartie cinglante.

Bobby, qui semblait prendre la chose avec humour, fit une courte révérence dont Melanie ne dut pas soupçonner l'ironie.

Charlotte songea que le moment était venu de proposer à boire. Elle ouvrait la bouche lorsque Melanie poussa un profond soupir et déclara :

— J'ai dit à Charlotte que, d'après moi, c'était ridicule de vous faire venir jusqu'ici rien que pour dessiner un ou deux parterres de fleurs. Elle a des idées de grandeur plein la tête, vous savez, mais elle ne se rend pas bien compte où elle met les pieds.

— Tandis que vous, vous ne vous y trompez pas..., observa Bobby avec un fin sourire.

— Exactement. Vous ai-je dit qu'autrefois j'avais un immense jardin ? Avec une piscine ?

— Vous avez bien de la chance, répondit Bobby d'un ton tout à fait cordial. Nous avons d'excellents fabricants de piscine à recommander, si vous êtes intéressée.

— Non, rétorqua Melanie avec un petit froncement de sourcils. Nous ne voulons pas investir autant d'argent dans cette maison. Nous sommes toutes les deux, comment dire... de passage. J'espère que Charlotte ne vous a pas donné de fausse impression. Voyez-vous, nous sommes entre deux tournages...

Charlotte vit Michael se tourner vers elle, l'air étonné.

— Vous êtes actrices ? demanda-t-il en les regardant tour à tour.

— Je suis Melanie Ward. Vous ne me reconnaissez pas ? marmonna Melanie d'une voix qui trahissait un indiscutable dépit.

— Votre visage m'est familier, acquiesça Bobby. Mais j'avoue que je vais rarement au cinéma.

Le visage de Melanie se décomposa.

— Mon amie a joué dans d'innombrables films, intervint Charlotte pour essayer d'arranger la situation. C'est surtout une actrice de genre. Son visage est célèbre. N'avez-vous jamais regardé la série *Les cinglées* ?

— Oh, si, bien sûr, répondit Bobby avec un sourire ténu.

Tout le monde comprit qu'il mentait par politesse. Un silence gêné tomba sur la pièce.

Charlotte s'aperçut que Michael ne cessait de la fixer d'un air interrogateur.

— Je débute dans le métier, précisa-t-elle. J'ai tourné

dans quelques petits films. Aucun n'est encore sorti. Je suis une parfaite inconnue.

Melanie renifla.

— Ne l'écoutez pas, elle est trop modeste ! assena-t-elle d'un ton plein de fierté. En septembre, elle démarre le tournage de son premier grand rôle. Et elle va devenir une star.

Michael hocha lentement la tête, l'air songeur. Charlotte se demanda ce qu'il pensait de ces révélations.

— En septembre ? répéta-t-il. Alors j'imagine que vous avez hâte que votre jardin soit planté. Pour en profiter au maximum cet été. Je vais travailler immédiatement sur notre projet et je vous appelle, disons... demain ?

— Demain ce sera parfait, approuva-t-elle.

Melanie poussa un grognement très peu féminin. D'un geste agacé, elle remit ses lunettes de soleil sur son nez.

— Je l'ai déjà dit et je le redirai, je ne comprends pas pourquoi vous vous donnez tant de peine. Cette maison ne nous appartient même pas !

— C'est ce qu'on m'a dit, répliqua calmement Michael. Cependant, je crois être en mesure de concevoir un jardin qui entrera dans le budget de Mlle Godfrey.

Ignorant Melanie, il se tourna de nouveau vers Charlotte. Il la regardait en souriant, comme s'il n'y avait qu'elle dans la pièce.

— Et j'aurai plaisir à la satisfaire, conclut-il.

Après avoir raccompagné les deux frères Mondragon à leur camionnette, Charlotte retourna dans la cuisine. Elle voulait demander à Melanie ce qu'elle pensait de Michael. Elle avait vu dans ses yeux qu'elle le trouvait séduisant. Cela la réjouissait. Malgré la tension et la gêne qui avaient marqué leur discussion dans la cuisine, elle avait hâte de partager ses impressions avec son amie.

N'était-ce pas ainsi que les choses se passaient entre sœurs ou entre bonnes copines ? En tout cas, elle avait souvent vu échanger ce genre de confidences au cinéma.

Melanie n'était pas dans la cuisine, ni sur la terrasse. Charlotte monta à l'étage. La porte de sa chambre était entrouverte. Elle s'en approcha — et s'immobilisa, stupéfaite.

Melanie se tenait devant le miroir en pied de son placard, observant son corps sous toutes les coutures. Remontant les mains sur son ventre, jusqu'à sa poitrine, elle couvrit ses amples seins de ses paumes tandis qu'elle rentrait le ventre et cambrait les hanches. Puis elle pivota de droite à gauche, haussant une épaule, abaissant l'autre, les joues creusées et les lèvres plissées en une moue sexy.

Charlotte retint son souffle et s'écarta de la porte. Le sang lui monta au visage. Elle avait l'horrible sentiment d'avoir violé l'intimité de son amie. Elle reculait discrètement quand elle vit Melanie expirer profondément en laissant ses bras retomber le long de son corps. Comme si elle se dégonflait à la façon d'une baudruche percée, ses épaules s'avachirent, ses seins et son ventre s'affaissèrent, son menton tomba sur sa poitrine et sa bouche se pinça en une grimace de dépit. Elle se figea devant le miroir, respirant sourdement. Et, tout à coup, elle se prit le visage dans les mains et éclata en sanglots.

Charlotte s'éloigna sur la pointe des pieds. Elle avait le cœur lourd. Elle comprenait bien le désarroi de Melanie.

Car elle connaissait mieux que personne la douleur de ne pas aimer son propre reflet.

Dans la camionnette, Bobby s'amusait comme un fou à taquiner son petit frère. Il vantait avec lyrisme la beauté de Charlotte, son port altier, sa douceur, sa candeur, disant absolument tout ce qui lui venait à l'esprit et riant de la réaction de Michael, qui tour à tour soupirait d'agacement ou pouffait de plaisir. Ce petit jeu fraternel, ils y avaient souvent joué, autrefois, du temps où Michael sortait avec des tas de filles du lycée, dont aucune ne restait bien longtemps sa petite amie.

— *Madre de Dios*, quel visage d'ange elle a, cette Charlotte ! s'exclama Bobby avec ravissement. Ces grands yeux lumineux, d'une coloration si exquise ! J'adorerais la peindre sur un de mes murals.

Il éclata de rire.

— Tu penses qu'elle accepterait de poser nue ?

Michael se renfrogna, s'agitant nerveusement sur le siège.

— Surveille la route, marmonna-t-il. Et tiens ta langue. Non, arrête-toi ici. Je vais conduire à ta place.

— Pas question, gringo. Tu as l'esprit fixé sur cette jolie petite gringa, et je ne veux pas céder le volant à un homme dont les mains sont enfiévrées par le désir.

Il lança un clin d'œil à son frère.

— Un désir peut-être exacerbé par la vue de Mme Melanie... ? ajouta-t-il avec perfidie.

— Crétin.

Bobby siffla entre ses dents.

— Sacrée nana, celle-là, tu ne trouves pas ? Si j'étais joueur, j'aurais parié cinq dollars qu'elle enlèverait son Bikini avant qu'on s'en aille. Je les aurais perdus, mais...

— De justesse. Il s'en est fallu de peu.

Bobby éclata de nouveau de rire. Michael secoua la tête d'un air dégoûté.

— Je ne supporte pas ce genre de femme. Tellement évidentes, tellement grossières. Quand tu vois une fille dans cette tenue, qu'est-ce qui te reste à imaginer, à désirer ?

— Oh, ça, tu sais ! ironisa Bobby. Je pourrais te dire qu'au contraire une fille pareille ça stimule l'imagination. Dans le registre porno, bien sûr.

Il sourit.

— Si je comprends bien, alors, la merveilleuse Charlotte titille davantage ton imagination ? Tu la vois dans les situations les plus coquines... ?

Michael le fusilla du regard.

— Ah, je vois, reprit Bobby en gloussant. On ne rigole pas avec cette petite, c'est ça ? Pas touche à la pureté de Charlotte Godfrey ! Hmm... Très intéressant. La flèche de Cupidon aurait-elle enfin touché ton cœur de grand nigaud ?

Il réfléchit un instant.

— Ça ne va pas enchanter Papa, poursuivit-il. Tu sais qu'il est fermement décidé à te voir épouser une gentille fille mexicaine et produire toute une nichée de petits Mexicains.

Michael pouffa.

— Oh, non, répliqua-t-il. Pas question. C'est *toi* l'aîné des Mondragon. Pas moi. C'est à toi de faire ce boulot-là.

Michael fronça les sourcils. Bobby s'était renfrogné, tout à coup, et semblait se replier dans sa coquille. Ses mains se crispèrent sur le volant, ses lèvres se pincèrent. Ils roulèrent quelques minutes dans un silence tendu. Bobby alluma une cigarette et lui jeta un regard troublé. Enfin, une expression résignée se peignit sur son visage.

— Si quelqu'un doit produire des bébés Mondragon, déclara-t-il d'une voix faussement désinvolte, il faudra que ce soit toi, *hermano*. Parce que moi, c'est impossible.

Il marqua un temps d'arrêt, tira une longue bouffée de sa cigarette.

— Je suis gay.

Michael sentit ses poumons se vider comme s'il avait reçu un coup de poing en pleine poitrine. Sa gorge s'assécha brutalement. Les yeux écarquillés, il regarda droit devant lui, essayant d'analyser la myriade d'émotions qui fusaient dans son esprit. Il se répéta encore et encore les trois mots de Bobby : « je suis gay ». Mais ces mots lui paraissaient... irréels. Il se rendit compte qu'il n'arrivait pas à les accepter. Pas Bobby ! lui criait une petite voix en son for intérieur. Pas un Mondragon !

Pourtant, il devait admettre qu'il n'était pas vraiment surpris. La petite voix qui s'insurgeait contre cette homosexualité lui paraissait absurde. Ne s'était-il pas toujours plus ou moins posé des questions au sujet de son frère ?

Bobby était... excentrique. Il avait ce qu'on pouvait appeler de la classe, mais un peu comme on l'aurait dit d'une femme. Il avait des goûts très prononcés. Il était très cultivé — caractéristique plutôt rare dans le milieu agricole mexicain...

Michael soupira. Il n'était pas honnête avec lui-même. Même s'il avait toujours eu des soupçons, il avait aussi et surtout toujours refusé d'affronter la vérité. A trente et un ans, Bobby n'avait pas de petite amie. Et alors ? Il suffisait de se dire qu'il n'était pas pressé de se marier. Ou, à la limite, qu'il n'aimait pas le sexe. N'importe quel membre de la famille Mondragon, Michael y compris, serait convenu qu'il valait mieux être « asexué » qu'homosexuel. Le hic, c'était que personne n'osait jamais faire allusion à ce problème. On ne parlait pas de telles choses. Les secrets de cette nature, il valait mieux ne pas les étaler au grand jour.

Les kilomètres défilèrent dans un silence pesant. Michael sentait son cerveau s'engourdir de plus en plus. Il ne cessait de ressasser les signes, tous les signes qu'il avait perçus — et jamais su interpréter : le maniérisme de Bobby, l'intonation très douce de sa voix, le fait qu'il avait de nombreuses amies, mais aucune petite amie, sa façon de s'habiller... Leur père avait remarqué tout cela, lui aussi. Il se moquait des complets aux couleurs vives de Bobby, de ses souliers de cuir, de l'attention qu'il portait aux moindres détails de sa tenue. Comment Papa l'appelait-il, déjà ? Le « petit monsieur » ? Mais il disait toujours cela avec une pointe de fierté, car, s'il critiquait ses vêtements, il était quand même content que son fils ait de l'allure. Il appréciait qu'un Mexicain en remontre aux gringos. Papa aimait par-dessus tout l'écharpe que Bobby portait souvent autour du cou. Il croyait que c'était une sorte de bandana chic. Quel idiot il faisait ! Ce foulard, c'était un carré Hermès !

Tous les signes s'étaient accumulés au fil des ans, comme des pièces de puzzle. Mais Michael n'avait jamais pris le temps de les assembler. Ni eu le courage d'affronter l'image qu'ils constituaient.

— Papa est-il au courant ? demanda-t-il.

— Qu'est-ce que tu crois ? rétorqua Bobby. Tu n'as pas remarqué que papa et moi nous sommes...

Il tira une longue bouffée de sa cigarette.

— ... *incommunicado* ?

Michael hocha la tête et se racla la gorge. Sa langue lui semblait pâteuse ; il avait peine à articuler.

— Je sais, bafouilla-t-il. Papa n'a jamais été très facile à vivre. J'imagine qu'il t'en veut encore de n'avoir pas repris l'affaire après lui.

— Ça tu peux le dire, il était furax ! répliqua Bobby, son ton plein d'ironie masquant mal l'amertume qui se lisait dans ses yeux. Et il l'est toujours... C'est dommage.

Il pompa encore sur sa cigarette.

— Papa et moi nous étions proches, dans le passé. Il était fier de mes murals, surtout de ceux qui mettaient en valeur la culture mexicaine. Quand il les montrait à ses amis, ça me rendait heureux, tu vois ? C'était une façon de me dire que mon travail avait de l'importance, même si je ne bossais pas pour l'entreprise familiale.

Il haussa les épaules.

— Mais je crois qu'il s'imaginait qu'en atteignant l'âge adulte j'abandonnerais les murals. Comme si mes peintures n'étaient qu'un gentil passe-temps d'ado.

— Tu ne lui as pas dit... ? insista Michael.

— Quoi ? Que je suis homo ? Jésus ! Je t'ai dit que je suis gay, Michael, pas cinglé !

— Il devrait le savoir. Ce n'est pas une chose dont il faut avoir honte.

Bobby éclata de rire.

— Tu penses que si je ne lui dis pas c'est parce que j'ai *honte* ? Tu joues au naïf, ou tu l'es vraiment ? répliqua-t-il. Je suis gay, point barre. Je suis ce que je suis. Je n'ai aucun problème avec ça. Mais papa...

Son expression s'emplit de rancœur.

— Tu es né dans la même famille que moi. Que penses-tu qu'il arriverait si je le lui disais ?

— Je ne peux même pas l'imaginer, convint Michael.

— Moi si. Pour commencer, il ne me croirait pas. Il ne *m'entendrait* même pas. Et, quand enfin il comprendrait, sa première impulsion serait probablement de me battre jusqu'au sang. Pour faire sortir le démon de mon corps.

— Je ne le laisserais jamais te frapper.

— Nom de Dieu, Michael ! rétorqua Bobby. La question n'est pas là ! Je ne veux pas que tu me protèges. Je suis un homme, moi aussi. Je n'ai pas besoin de toi pour me défendre contre mon propre père !

Il s'énervait tant que la camionnette fit une embardée, mordant le gravier de l'accotement.

— Calme-toi, l'exhorta Michael en tendant le bras pour agripper le volant.

Son frère était pivoine, et il respirait bruyamment. Il ralentit l'allure. Pendant une minute, il ne dit rien. Puis il reprit d'une voix plus posée :

— Je ne veux pas que tu le dises à Papa.

— D'accord. Je ne dirai rien.

— Jure-le.

— J'ai dit que je me tairais.

— Promets-le.

Michael soupira.

— *Sí, Roberto. Yo te promiso.*

Il se massa l'arête du nez.

— C'est à toi de décider ce genre de choses, ajouta-t-il. Mais c'est... dommage que tu ne puisses plus parler ouvertement à ton propre père.

— Parler ouvertement à ton propre père ! répéta Bobby d'un air narquois. Et quand ce miracle a-t-il jamais été possible ?

— Je ne sais pas, admit Michael.

Bobby quitta l'autoroute à la sortie habituelle. Quand ils furent engagés sur la route secondaire qui menait à leur vallée, il alluma une autre cigarette.

— Et Mama ? Le sait-elle ? demanda Michael avec douceur.

Bobby parut décontenancé par la question.

— Nous n'en avons jamais parlé, évidemment. Mais maintenant, quand nous nous retrouvons en famille pour les déjeuners du dimanche, les anniversaires, les jours fériés ou je ne sais quoi encore, elle ne me pose plus de questions sur les filles. Elle a des soupçons, j'en suis convaincu, mais jamais elle ne fourrera son nez là-dedans. Elle a peur de la vérité. Non, petit frère, elle ne me demandera jamais si je suis gay. Mama ne veut savoir qu'une seule chose : est-ce que je vais encore à l'église ? Est-ce que je me confesse de temps en temps ?

Il poussa un petit rire nerveux.

— La sodomie est un péché, tu sais ? Un péché mortel !

Michael ne vit pas le moindre humour dans cette remarque.

— Nos parents se sont mis de telles œillères qu'ils ne risquent même plus de voir la vérité, poursuivit Bobby d'un ton las. Encore moins de l'accepter. Pour eux c'est plus simple de se dire que je suis un dingo, un artiste bon à rien et un peu trop maniéré.

— Roberto..., protesta Michael.

— Je suis très sérieux, l'interrompit son frère. Sais-tu qu'ils ne sont jamais venus me rendre visite à mon appartement. Pas une seule fois !

D'un geste plein de colère réprimée, il porta sa cigarette à ses lèvres, tira dessus, exhala lentement la fumée par les narines.

— C'est pourtant un chouette appartement. De mes fenêtres, j'ai une très belle vue sur la mer, reprit-il d'un ton mélancolique.

Michael sentit que son frère était au bord des larmes. Il aurait voulu le réconforter, mais... il ne savait quoi dire.

Ils arrivèrent à la pépinière dans un silence de plomb. Michael avait honte de lui-même, comme s'il avait failli à Bobby. Il se disait qu'il aurait dû être là pour lui, pour le protéger, comme il l'avait toujours fait. Il se demandait ce que son frère avait dû endurer au cours des années passées, pendant que lui, il était à l'autre bout du pays. Avait-il été victime de discrimination ? S'était-on moqué de lui ? Avait-il subi... de pires humiliations encore ? On racontait que des gays se faisaient parfois tabasser pour le seul fait qu'ils aimaient les hommes...

Il regarda Bobby, qui fixait la route droit devant lui. Un masque impénétrable était tombé sur ses traits. Michael éprouva une immense poussée de compassion envers lui. Bobby était son frère. Son frère unique. Il irait lui rendre visite chez lui, pour voir son appartement, décida-t-il. Il rencontrerait ses amis. Il admirerait la vue sur la mer, de ses fenêtres.

Bobby tourna la tête. Comme s'il avait lu dans ses pensées, son expression troublée s'évanouit, et un sourire fin plissa ses lèvres. Puis, à la façon de leur père, il se pencha vers lui et glissa un bras vigoureux autour de ses épaules, geste d'affection aussi naturel que viril.

Michael tressaillit à son contact. Cela ne dura qu'une fraction de seconde. C'était un simple réflexe, un mouvement involontaire, un sursaut de rien du tout — mais que Bobby prit très mal. Il s'écarta de lui, le visage décomposé, comme s'il avait été giflé.

Michael était horrifié. Il n'avait pas voulu réagir ainsi.

— Bobby... non, fit-il, tendant la main vers lui tandis que son frère reculait, ouvrait sa portière.

Il lui agrippa l'épaule. Bobby le repoussa.

— Je suis désolé si je te dégoûte, marmonna-t-il.

Michael se frappa le front avec la paume, en se maudissant d'avoir été si stupide.

Il sortit du véhicule et courut après son frère.

— Bobby !

— Laisse-moi tranquille ! Fous-moi la paix !

— Bon sang, mais attends ! cria-t-il en le rattrapant.

Comme il ne s'arrêtait pas, Michael lui empoigna le bras, l'obligeant à s'immobiliser. Les yeux de Bobby lançaient des éclairs. Son expression n'était qu'hostilité.

— Je regrette, mais... qu'est-ce que tu croyais ? marmonna Michael. Tu t'attendais à ce que je sourie et que je dise « Oh, génial. T'es gay. Allons boire un coup ensemble » ?

— Ouais. Exactement !

— Tu délires ou quoi ? Tu savais que ça ne se passerait pas comme ça.

— Ouais. Je le savais, malheureusement. Et c'est d'autant plus dommage. Traite-moi d'optimiste ou de naïf si ça te chante, mais j'avais espéré que toi, mon frère, tu te montrerais un peu plus tolérant que le reste de la famille. Merde, j'ignorais que tu avais la phobie des pédés ! conclut Bobby d'une voix étranglée de chagrin.

Michael regarda ses pieds, honteux.

— Je n'ai pas peur, tu te trompes, répliqua-t-il calmement. Je suis juste un type qui n'était pas préparé à entendre son frère lui faire cette révélation aujourd'hui.

Bobby le considéra d'un air navré. Il porta une main à ses lèvres, cligna des yeux, puis soupira.

— Eh bien moi, je suis juste un type qui se trouve être gay. C'est ton problème si tu as du mal à l'accepter. Pas le mien.

Il tourna les talons et s'éloigna sur le sentier de gravier, avant de disparaître derrière l'un des bâtiments de la pépinière.

9.

Le lendemain, quand elle se réveilla, Charlotte trouva Michael Mondragon en train d'arpenter le terrain sous la fenêtre de sa chambre. Elle venait juste d'écarter le rideau pour regarder le ciel, lorsqu'elle l'aperçut, vêtu comme à son habitude d'un jean et d'une chemise blanche. Un petit cri de surprise mêlée de plaisir s'échappa de ses lèvres, et elle laissa le rideau retomber. Heureusement qu'il lui tournait le dos, songea-t-elle, car elle était toute nue.

Tout en se répétant que la façon dont elle s'habillait importait peu, elle hésita tout de même devant son placard avant de choisir une robe fourreau vert menthe, très simple, au décolleté assez osé mais pas aguicheur. Puis elle enfila des sandales, se passa le visage à l'eau froide et sortit rapidement retrouver Michael.

Ce dernier sourit en voyant approcher la jeune femme. Tout à coup, il lui semblait que la journée s'illuminait d'une promesse exquise. Avec ses longs cheveux blonds flottant au vent et ses jambes de sylphide qui n'en finissaient pas sous sa courte robe d'été, on aurait dit une apparition céleste. Elle marchait d'un pas à la fois gracieux et énergique. Quand elle s'immobilisa devant lui, il fut profondément ému par l'enthousiasme qui pétillait dans ses yeux.

— Bonjour, murmura-t-elle en chassant une mèche de

cheveux de son front. Ne me dites pas que vous avez déjà terminé les croquis ?

Il sourit encore. Charlotte avait ce matin un petit air mutin qu'il trouvait infiniment séduisant.

— Si, répondit-il. Il fallait faire vite, puisque vous partez en tournage dans quelques semaines. Désolé, j'aurais dû vous appeler, mais... Comme j'ai passé une bonne partie de la nuit à travailler sur notre projet, j'ai décidé de venir ici directement au lever du jour. Je ne pensais pas que vous seriez levée si tôt.

— Je me réveille à l'instant...

Il joignit les mains derrière son dos et se redressa, essayant de ne pas trop laisser voir la joie qu'il éprouvait à la retrouver, à la contempler.

— Eh bien montrez-moi ce que vous avez, suggéra-t-elle. Je meurs de curiosité.

Il commença de dérouler ses croquis. Le vent secoua rudement les grandes feuilles de papier entre ses mains.

— On n'y arrivera jamais ici, observa Charlotte. Allons à l'intérieur. De toute façon, j'ai besoin d'un bon café. Ça vous tente ?

— Enormément.

— Comment le prenez-vous ?

— Bien tassé, et noir, s'il vous plaît.

Charlotte ouvrit la marche. Evidemment un homme comme lui aimait le café noir ! se dit-elle, amusée. Elle jeta un regard par-dessus son épaule. Il la suivait, les yeux fixés sur elle. Elle sourit. Aujourd'hui encore, ses cheveux de jais étaient attachés derrière sa nuque. Cela mettait en valeur son beau visage viril.

Tout en se félicitant d'avoir songé à ranger la cuisine après le passage de l'ouragan Melanie — qui avait préparé la veille au soir de somptueuses lasagnes —, Charlotte mit bientôt le café en route. Michael déroula ses dessins sur la table centrale de bois brut, calant les coins et les bords des feuilles avec divers ustensiles. Le pot à sucre atterrit à côté d'un magnolia, une fourchette bordait une rangée de rhododendrons, une cuiller accompagnait un parterre de plantes vivaces, une salière chapeautait quelques pins d'Australie. Tandis que la cafetière gargouillait, Charlotte s'assit sur une chaise, le coude sur la table et le menton appuyé sur la paume, contemplant le croquis comme un enfant admire un merveilleux livre d'images.

Le projet de Michael était fabuleux. Sous sa plume, le terrain bêtement rectangulaire et infesté de mauvaises herbes se métamorphosait en un jardin sublime où les lignes droites et les courbes s'entrecroisaient gracieusement, chacune délimitant un massif de vivaces, un parterre d'annuelles, un bouquet d'arbustes ou un ruban de pelouse, le tout sillonné d'un agréable sentier où Charlotte devinait déjà qu'il ferait divinement bon se promener. Elle était ébahie.

— Je me rends bien compte que vous ne m'en aviez pas demandé tant, précisa Michael. Mais ne vous tracassez pas. Si j'aime mettre sur le papier ce que mon imagination me dicte, je ne cherche pas pour autant à pousser à la dépense. Vous ne choisirez que ce que vous voulez et pouvez vous offrir.

— Oh, je ne suis pas inquiète, murmura-t-elle sans cesser de contempler le croquis. Je suis simplement... subjuguée. J'ai peine à croire qu'il s'agisse là de mon jardin. C'est merveilleux.

Elle regarda Michael. Ses yeux brillaient de contentement.

— Le secret, c'est d'utiliser l'espace disponible de façon à la fois logique et créative, expliqua-t-il. On n'a pas besoin d'un très grand terrain pour avoir le sentiment de posséder un chez-soi satisfaisant et beau.

Charlotte comprenait cela parfaitement. Elle avait toujours rêvé de posséder un chez-elle satisfaisant et beau — aussi petit fût-il.

Michael précisa qu'il avait dessiné plusieurs projets différents. Elle les passa en revue l'un après l'autre. Comme elle soulevait l'avant-dernière feuille, elle eut la surprise de trouver un plan de la maison — qui paraissait transformée. Elle tira la feuille de sous la pile.

— Qu'est-ce que c'est ?

— Zut. Vous n'étiez pas censée voir ça, répondit-il en essayant de lui prendre le dessin des mains.

— Non, s'il vous plaît, laissez-moi regarder. J'aimerais beaucoup voir ce que vous avez imaginé pour la maison.

Elle eut un petit haussement d'épaules.

— Même si ça n'a aucune chance de se concrétiser, précisa-t-elle.

Michael poussa un soupir résigné et l'aida à caler le dessin avec les ustensiles. Elle se pencha dessus tandis qu'il s'écartait de la table, annonçant qu'il servirait lui-même le café.

Là encore, son projet était admirable. Il avait élargi la terrasse pour l'orienter en partie vers le jardin, en partie vers la vallée, il avait redessiné les fenêtres, agrandi le rez-de-chaussée, changé la couleur des murs extérieurs... Tout cela donnait de l'élégance et de l'ampleur à la petite maison tristounette d'aujourd'hui. Une fois de plus, Charlotte en resta bouche bée.

Michael revint auprès d'elle, posant une tasse à portée de sa main. Elle remarqua que la peau de ses avant-bras musculeux et bronzés était couverte de minuscules éraflures — sans doute causées par les épines des rosiers de la pépinière.

— Je n'ai pas pu m'en empêcher, expliqua-t-il, l'air gêné. Les changements à apporter à cette maison me semblent tellement évidents que...

Il fit glisser sa paume au-dessus de la feuille, souriant comme si le croquis qu'il voyait là lui tenait très à cœur.

— Je sais que vous êtes ici en location, mais... j'ai voulu dessiner ça pour mon propre plaisir. Il y a un bail que je n'ai pas fait mon travail d'architecte. Ça me manque.

Charlotte hocha la tête. Elle comprenait maintenant que c'était la maison, et non le jardin, qui le motivait le plus.

— Pourquoi avez-vous abandonné l'architecture ?

Le visage de Michael s'assombrit. Il recouvrit le croquis de la maison avec l'un des projets de jardin.

— Oh, je n'ai rien abandonné, répliqua-t-il. Je dirige l'entreprise de mon père quelque temps, pour aider la famille, voilà tout.

Il marqua une pause, puis ajouta :

— Parfois la famille passe avant le reste.

L'attachement qu'il manifestait ainsi envers les siens et sa réticence évidente à parler de sa vie privée touchèrent beaucoup Charlotte. Michael Mondragon était un homme à la fois généreux, pudique et discret, qui n'aimait guère se mettre en avant. Ces qualités trouvaient en elle un écho profond ; elle était là parfaitement en phase avec lui. A travers ces quelques confidences, elle sentait des liens profonds se tisser entre elle et Michael. Mais lui ? Avait-il la même impression, de son côté ?

— Dessinez-vous des maisons ? s'enquit-elle.

— Je peux le faire, répondit-il en toute modestie, tandis que son expression devenait rêveuse. Mais je préfère les gratte-ciel. Bâtir un immeuble qui paraît s'envoler vers l'azur, c'est... grisant. Exaltant.

— Vous travaillez avec la terre et vous travaillez avec le ciel, observa Charlotte. Ça fait de vous un monsieur assez impressionnant.

Michael sourit. Curieusement, cette femme semblait le comprendre. Baissant les yeux sur les croquis, il murmura :

— Et vous, alors...

— Quoi donc ?

— Vous allez devenir une star du cinéma. Ça aussi, c'est plutôt impressionnant.

— Bah ! fit-elle en triturant le coin d'une feuille à dessin. J'ai eu beaucoup de chance, vous savez. J'ai toujours rêvé d'être actrice, mais je ne pensais vraiment pas y arriver un jour...

Michael la considéra d'un air intrigué. Que voulait-elle dire par là ?

— J'étais une enfant affreuse, précisa-t-elle. Très, très repoussante.

Il s'assit à côté d'elle.

— Les femmes belles disent toujours qu'elles étaient affreuses dans leur enfance, répliqua-t-il. Pourquoi cela ? Je n'arrive pas à le comprendre.

Il la regarda droit dans les yeux. Elle paraissait gênée, tout à coup. Curieux...

— Je ne peux imaginer que vous ayez jamais été laide, ajouta-t-il d'un ton plus léger. Je parie même que vous êtes née aussi sublime que vous l'êtes aujourd'hui.

Charlotte plaqua un sourire poli sur ses lèvres et détourna les yeux.

— Croyez-moi, j'étais vraiment laide, marmonna-t-elle.

— Alors vous êtes le vilain canard métamorphosé en cygne, c'est cela ? objecta-t-il d'un ton sceptique.

— Quelque chose dans le genre, oui.

Elle le regarda de nouveau.

— Pourquoi est-ce si difficile à croire ? reprit-elle. Quand vous me dites que vous pouvez transformer cet affreux terrain en un jardin magnifique, vous attendez que je vous croie, n'est-ce pas ?

Il leva une main en signe de reddition.

— Vous avez gagné. Je veux bien admettre, puisque vous le dites, que vous ayez été une enfant très laide.

A ces mots, Charlotte sentit son cœur s'emballer. Elle eut soudain envie d'être totalement honnête avec Michael, de lui confier : « oui, c'est la stricte vérité, j'étais horrible », et de lui raconter son enfance solitaire, les railleries, la cruauté dont elle avait été victime. L'opération qu'elle avait subie. Peut-être, aussi, leur rencontre à Chicago, dans l'ascenseur. Elle était encore laide, à cette époque. Mais se souviendrait-il d'elle ?

Impossible, pensa-t-elle. Michael ne devait pas savoir tout cela. Si elle se confiait à lui, il la considérerait comme une espèce de monstre. La décision qu'elle avait prise à Chicago cette nuit-là signifiait que Charlotte Godowski n'était plus. Aujourd'hui elle était Charlotte Godfrey. Et Charlotte Godfrey était la femme que Michael Mondragon connaissait. Il n'y avait rien à ajouter. Refoulant la fille timide et gênée — et laide — de son passé au fond d'elle-même, Charlotte se concentra sur le projet de jardin étalé sur la table.

— J'aimerais avoir un magnolia sous la fenêtre de ma chambre, pour le voir dès mon réveil pendant la floraison, murmura-t-elle. Ma mère adorait le magnolia.

Michael se pencha en avant pour retoucher rapidement le croquis, déplaçant l'arbre en quelques coups de gomme et de crayon. Elle l'observa en silence. Ils se tenaient maintenant si près l'un de l'autre que, pendant qu'il dessinait, sa manche de chemise lui effleura la joue. Elle en éprouva un voluptueux frisson dans tout le corps.

— Voilà, annonça-t-il. Maintenant, je pense que vous devriez conserver des vivaces au moins... ici... ici... et ici.

Charlotte eut peine à se ressaisir. La proximité de cet homme la mettait dans un état... dont elle n'avait vraiment pas l'habitude ! Ses joues s'échauffaient, elle éprouvait des palpitations dans la poitrine. Michael se rendait-il compte de l'effet qu'il avait sur elle ? Elle espérait que non !

— Ça paraît si facile, à vous regarder, observa-t-elle d'une voix rauque. Moi, je n'ai jamais su dessiner. Pas même une simple marguerite.

Il la considéra quelques instants, puis sourit.

— Où avez-vous passé votre enfance ? demanda-t-il d'un ton amical.

Elle se redressa sur sa chaise. La question la décontenançait un petit peu.

— A... Chicago, répondit-elle avec prudence.

— Sans blague ? Le monde est petit. Où ça ?

— Oh...

Charlotte passa mentalement en revue plusieurs quartiers bourgeois. Elle s'arrêta sur un de ceux où sa mère faisait des ménages.

— A l'ouest, dans une zone résidentielle, répondit-elle évasivement.

— Lequel ?

Charlotte se renfrogna. Michael était décidément tenace. Qu'arriverait-il si elle disait : « Oh, en réalité, j'habitais à l'ouest, certes, mais sur Harlem Avenue, dans un de ces immeubles qui feraient horreur à un architecte comme vous. Juste à côté du Burger King et de la roulotte de Stella la Visionnaire. Elle vous lit votre avenir pour deux dollars, si ça vous tente... » Comment réagirait-il ?

Elle leva les yeux vers lui. Il attendait une réponse. N'avait-elle pas décidé que Charlotte Godowski n'existait plus ? En ce cas, Charlotte Godfrey avait besoin d'un passé...

— Oak Park, mentit-elle avec aplomb. C'est une commune indépendante de Chicago, en fait. On y arrive par la voie rapide Eisenhower.

— Bien sûr, je connais, approuva-t-il. Le musée Frank

Lloyd Wright est là-bas. Et on peut aussi y admirer certaines des plus belles maisons qu'il a dessinées.

Il jeta un regard sur sa main gauche, sans doute pour s'assurer qu'elle n'avait pas d'alliance, puis il demanda d'un ton détaché :

— Vous viviez seule ?

— Non.

Elle réprima un sourire en voyant les sourcils de Michael se plisser.

— Je vivais avec ma mère, précisa-t-elle. Je suis restée avec elle jusqu'à mon départ pour la Californie. Elle avait besoin de moi, et je ne me sentais pas de la laisser seule.

La joie envahit le visage de Michael. Manifestement il appréciait qu'elle se soit montrée si dévouée envers sa mère.

— Et vous ? demanda-t-elle.

— J'habite dans le centre-ville. Je possède un loft sur Printer's Row.

Elle hocha la tête.

— C'est un quartier vraiment bien. Plein d'artistes. Très chic.

— Très pratique, surtout, parce que proche des musées et de la bibliothèque. C'est ce qui a motivé mon choix avant toute autre considération.

Elle sentit à son expression qu'il ne disait pas cela pour l'impressionner. Il était lui-même, tout simplement.

— Chicago doit vous manquer. Comme votre métier, observa-t-elle.

Il haussa les épaules.

— Votre mère doit vous manquer, non ?

— Oui... Oui...

Elle formula rapidement une réponse plus étoffée.

— Je suis heureuse pour elle, parce que depuis mon départ elle est redevenue très active. Elle a beaucoup d'amis. Elle possédait une charmante maison, qu'elle avait héritée de son père, mais elle l'a vendue. Elle ne voulait pas rester seule dans un pavillon si plein de souvenirs. Maintenant, elle vit en appartement, dans une résidence vraiment sympa. Elle a à disposition tout ce qu'on peut souhaiter à son âge. Des ascenseurs, les commerces à proximité, l'église à deux pas... Et puis tous ses amis vivent dans le quartier. Comme vous pouvez l'imaginer, elle mène une vie tranquille, sans histoire, et elle ne s'ennuie jamais !

Charlotte se toucha le front du bout des doigts. Etaient-ce ses mensonges qui lui donnaient la migraine ?

— Je suis sûre que je ne lui manque guère, conclut-elle.

— J'ai du mal à le croire. Je suis même certain du contraire.

Craignant de s'effondrer en larmes si la conversation continuait sur ce sujet, Charlotte détourna la tête et but une gorgée de café. Elle cligna des yeux.

— Voyons ce jardin d'un peu plus près, déclara-t-elle en se penchant sur le croquis.

Elle désigna un massif de l'index.

— Si je comprends bien, nous avons les annuelles ici, et là, près de la porte d'entrée... le magnolia ici... un bout de pelouse, oui, d'accord... quelques ifs par là, et... Oh, oui, j'ai très envie d'avoir des lis. Marché conclu. Combien tout cela coûtera-t-il ?

Elle soutint le regard de Michael pour lui faire comprendre que leur discussion d'ordre privé devait en rester là. Pour le moment du moins.

— Main-d'œuvre comprise, bien sûr, ajouta-t-elle. Avec tout ce qu'il vous faut comme matériel, terreau, tourbe, etc. pour mettre le terrain à niveau. Même s'il est modeste, je veux un jardin éclatant de santé. Pour lui donner toutes ses chances.

Michael se demandait ce qu'il avait bien pu dire pour

la rendre tout à coup si froide, si distante. Il n'avait pas eu l'intention de la brusquer. Et il pensait avoir su faire preuve de retenue. Quoi qu'il en soit, il était impressionné par sa capacité à prendre des décisions rapides et sûres. Son jugement était bon. Elle avait choisi pour le jardin exactement ce qu'il lui aurait conseillé si elle avait demandé son aide.

— Comme dit mon père, c'est trois dollars de labeur pour un dollar de fleur ! répondit-il d'un ton enjoué.

Il nota rapidement quelques chiffres sur le croquis. Charlotte l'observait attentivement. Leurs têtes se touchaient presque. Les cheveux de la jeune femme sentaient bon le shampooing frais. Il ferma un instant les yeux, inspira avec délectation, puis s'éclaircit la voix.

— Voulez-vous que je vous laisse ces croquis pour que vous réfléchissiez ? Vous pourrez m'appeler à la pépinière, si vous avez la moindre question. Ou préférez-vous que Bobby vous téléphone ?

— Non. Je préfère que vous restiez.

Leurs regards se rivèrent l'un à l'autre. Charlotte constata avec stupéfaction qu'elle n'était pas la seule à se sentir nerveuse. La lueur qui brillait dans les yeux de Michael prouvait qu'il était... intimidé ? Comme c'était étonnant... Jamais elle n'aurait pensé qu'un homme comme lui puisse se sentir mal à l'aise en présence d'une femme — surtout une femme aussi timorée qu'elle l'était ! Elle posa une main sur son bras.

— Restez, si cela vous est possible, reprit-elle. J'aimerais que vous m'expliquiez en détail comment vous allez planter ce jardin. Nous avons tout le temps. J'ai des pains au lait pour accompagner le café. Avez-vous pris votre petit déjeuner ?

La matinée passa très rapidement. Ils revirent tout le projet de jardin, jusqu'à ce que Charlotte en soit entièrement satisfaite. Michael nota la liste des fleurs annuelles qu'elle voulait avoir, lui suggéra quelques nouveaux aménagements pour les plantes vivaces, approuva son choix de rhododendrons pour le massif près de la porte d'entrée. Il avait déjà décidé qu'il abattrait lui-même une bonne partie du travail, à ses propres frais. Cela lui donnerait une excuse pour venir ici, pour être près d'elle.

— Je souhaiterais ajouter un dernier détail à notre projet, précisa Charlotte alors que la pendule de la cuisine indiquait 11 heures.

— Oui ?

— J'aimerais que vous plantiez un petit potager pour Melanie. Avec des tomates, des herbes aromatiques...

Michael pencha la tête, étonné.

— Melanie ? Mais... je l'ai entendue affirmer qu'elle ne voulait pas entendre parler de ce jardin.

— Les fleurs et les arbres, ça ne l'intéresse pas, en effet. Mais elle adore cuisiner, et j'ai envie de lui offrir un petit quelque chose rien que pour elle. Il faudrait un potager simple, qui ne lui demande pas trop de travail, précisa Charlotte avec un demi-sourire. Melanie aurait horreur d'abîmer ses mains si impeccablement manucurées !

Michael sourit à son tour.

— Je ferai ce que vous voulez, d'accord.

Il prit quelques notes rapides sur la feuille à dessins.

— Vous formez un couple étrange, toutes les deux, reprit-il. Vous êtes... très différentes l'une de l'autre.

— C'est vrai, acquiesça Charlotte d'un air songeur. Melanie est une fille assez... fantasque. Vous avez pu constater, aussi, qu'elle est du genre décomplexée. Mais elle a un cœur d'or, et elle sait faire preuve d'une gentillesse et d'une générosité inouïes. En plus, elle a beaucoup plus d'expérience que moi et me donne de précieux conseils, notamment sur le métier d'actrice. Elle m'aide beaucoup.

La jeune femme baissa les yeux.

— Je crois que vous ne l'avez pas vue sous son meilleur jour, conclut-elle.

Michael pouffa.

— Oh, je l'ai quand même vue sous un jour assez flatteur, observa-t-il avec un clin d'œil complice.

Bien sûr, il faisait allusion à la tenue très légère de Melanie. Charlotte le comprit parfaitement. Elle rit à son tour.

— J'ai une idée, reprit-il en tapotant le bout de son crayon sur le papier. Que diriez-vous d'installer des jardinières sur la terrasse ? Sur le pourtour, par exemple. C'est rapide à mettre en place, facile à entretenir, et très agréable à regarder. Je crois que cela plairait à votre amie.

— Excellente idée ! acquiesça Charlotte avec enthousiasme. Comme ça, elle pourra sortir de la cuisine et couper ses tomates d'un simple coup de ciseaux, sans risquer de s'abîmer un ongle.

— C'est entendu, alors.

Michael jeta un coup d'œil sur la pendule.

— Je vais devoir y aller, ajouta-t-il. J'ai plusieurs autres rendez-vous aujourd'hui...

Il regarda la jeune femme avec hésitation. Puis il se lança :

— Que diriez-vous de rediscuter de tout cela un peu plus tard dans la journée... ou ce soir... en dînant ensemble, par exemple. Je passerais vous prendre vers... disons 7 heures ?

Elle le regarda fixement, comme si elle n'arrivait pas à croire qu'il lui eût réellement fait cette proposition. Elle saisit sa tasse de café et en but une longue gorgée. Michael s'émut de voir sa main trembloter.

— Vous n'êtes pas obligé, répondit-elle. Je ne vous demande pas de me consacrer toutes vos journées sous prétexte que j'ai hâte d'avoir ce jardin.

Michael saisit sa main et contempla ses longs doigts fins, aux ongles parfaitement ovales. Sans vernis, sans prétention — comme elle.

— C'est un plaisir pour moi, pas une contrainte, dit-il en lui caressant doucement les doigts du bout du pouce.

Puis, esquissant un sourire malicieux, il ajouta :

— Et j'espère que nous ne parlerons pas que de mon travail.

Ce soir-là, Michael vint la chercher non pas dans la camionnette rouge ornée du sigle en lettres d'or de la Pépinière Mondragon, mais dans une décapotable noire aux lignes racées. Cette voiture, comme il le lui expliqua tandis qu'ils roulaient en direction de Los Angeles, c'était un petit plaisir qu'il s'accordait pour compenser le fait d'avoir renoncé à ses projets personnels le temps d'aider sa famille. Tout en l'écoutant, Charlotte passa la main sur le cuir souple, couleur crème, du siège baquet. Ce contact, la voix profonde de Michael, la douceur de la brise du soir qui lui balayait le visage, faisant voleter son écharpe de soie derrière sa nuque, tout cela contribuait à éveiller en elle des pensées... sensuelles. Inhabituelles. Dangereuses.

Michael l'emmena au La Luna, un charmant restaurant italien situé au bord de l'océan Pacifique, d'où l'on pouvait admirer le spectacle magnifique du crépuscule.

Le maître d'hôtel, qui le connaissait fort bien, l'accueillit avec un large sourire. Quand il vit Charlotte à son côté, il plissa les lèvres en signe d'admiration et annonça avec empressement qu'il leur avait réservé sa meilleure table, face à la mer.

A peine s'y installaient-ils que deux serveurs se précipitèrent vers eux — ou plutôt vers Charlotte, qu'ils dévoraient des yeux. Le premier lui présenta un menu en lorgnant son décolleté. Le second, qui avait dix-huit ans tout au plus, affichait la mine d'un amoureux transi. Il lui servit un grand verre d'eau avec des glaçons en se penchant un peu trop vers sa chevelure. Quand il déplia sa serviette et voulut l'étaler sur ses genoux, Michael lui ordonna de décamper.

— Je suis désolé, dit-il tandis que le jeune serveur s'éloignait. Ce n'est pas tous les jours qu'ils voient une femme aussi belle que vous.

— Ce n'est pas votre faute. Mais j'avoue que je ne suis pas très habituée à être aussi... choyée.

Il haussa les sourcils, perplexe. Puis il sourit.

— Ah, oui, je vois. Le vilain canard d'autrefois a du mal à se voir en cygne.

Il appela le sommelier, qui leur apporta promptement une bouteille de Pinot Grigio. Michael le goûta, avant de prendre la bouteille pour servir lui-même Charlotte. Elle but lentement, ses longs doigts aux ongles de nacre tenant avec délicatesse le pied du verre. Sur son splendide visage, les bougies du centre de table diffusaient une lueur chaude. De nouveau, Michael éprouva une intense bouffée de désir pour elle. Et pas seulement du désir ; il avait envie de la connaître, de partager des choses avec elle... Il se répéta qu'il devait faire très attention à ce qui lui arrivait avec cette femme.

Les serveurs déposèrent bientôt devant eux tout un assortiment de plats italiens savoureusement parfumés. Des pâtes en sauce, des aubergines grillées, des poivrons et des courgettes arrosés d'huile d'olive vierge et de romarin, du saucisson, divers fromages au goût puissant.

Charlotte savourait ce repas avec délectation. Elle adorait les plats, le cadre du restaurant, l'atmosphère intime qui s'était créée autour de leur table. Et, pendant qu'ils dînaient, elle lui raconta des histoires sur sa vie.

Des histoires, oui, car c'était bien de cela qu'il s'agissait. Elle s'inventait une vie de pure fiction, assaisonnée de détails aussi relevés et épicés que les aliments qu'ils avaient dans leurs assiettes. Sa mère, veuve depuis très longtemps, vivait de la rente que lui avait laissée son homme d'affaires de mari. Que faisait-elle de son temps libre ? Elle s'adonnait surtout à sa passion pour la peinture. On la disait très douée, des artistes de renom l'avaient parrainée. Non, Michael ne pouvait pas connaître son travail, car elle refusait d'exposer dans les galeries ; pour l'avoir vue, il fallait être dans le circuit de l'art. Quant à son père... Il était décédé quand elle était encore enfant, mais elle se souvenait bien de lui. Il était très beau, et extrêmement gentil. Elle l'aimait beaucoup. Comme il ne restait plus grand-chose de la petite fortune qu'il avait léguée, sa mère se montrait quand même assez prudente.

Charlotte raconta ensuite à Michael à quel point elle aimait jouer la comédie. Elle repartit alors pour un nouveau tour de mensonges : elle avait interprété les rôles principaux de toutes les pièces qu'ils avaient montées au collège et au lycée. Aimait-il Shakespeare ? Elle avait joué tant de ses personnages féminins ! Juliette, Ophélie, Viola...

Les bougies faiblissaient qu'elle s'étalait encore sur l'histoire de sa vie. Une musique douce passait en arrière-plan dans le restaurant. Michael lui posa des questions — auxquelles elle répondit prudemment, en y injectant toujours un détail amusant, comme le jour où elle avait manqué son entrée en scène, laissant Roméo seul sur son balcon, ou les moments où son père la regardait courir et danser frénétiquement au milieu du salon tandis qu'il jouait une rhapsodie hongroise au piano... Le vieux Steinway de la famille, bien sûr.

Et durant tout le temps qu'elle parla, si Charlotte Godowski frissonnait d'effroi en son for intérieur, Charlotte Godfrey, elle, prenait vie, gagnait en substance au rythme des mots. Ces récits comblaient les énormes béances de son existence. Et, avec le temps, ils en deviendraient le véritable socle.

Car après tout, pensa Charlotte, qu'est-ce qu'un *souvenir*? Ceux qu'elle racontait maintenant étaient-ils à ce point différents des souvenirs sélectifs que toute personne se crée inconsciemment quand elle visionne les films en Super 8 de son enfance — des images de Papy allongé sur la couverture de pique-nique ; de Papa, les cheveux encore bien fournis, en train de ratisser des feuilles mortes dans le jardin ; de Maman, si mince et si jolie le matin de Noël... Toutes ces images correspondent-elles vraiment à la réalité ?

Elle ne faisait pour sa part que prendre l'initiative. Les histoires qu'elle imaginait ce soir deviendraient ses propres souvenirs sélectifs, voilà tout.

Michael se sentait divinement bien. Ecouter Charlotte lui procurait un immense plaisir. Il aimait sa voix grave et veloutée à la fois. Il aimait les nombreux petits gestes et les mimiques qui ponctuaient son discours. Il adorait quand elle tendait le bras et lui tapotait la manche pour souligner un point précis de son histoire. Il appréciait surtout la façon dont elle oubliait sa main sur la sienne, la caressant sans s'en apercevoir quand elle évoquait quelque épisode particulièrement intense de sa jeunesse. De temps en temps, lorsqu'il avait posé une question et qu'elle réfléchissait, il percevait une note de tristesse dans ses yeux. Mais, dès qu'elle rouvrait la bouche, ses pupilles brillaient de nouveau de cette lueur sensuelle qui le bouleversait tant. Dans ces moments, aussi, elle le regardait fixement, avec attention, comme si elle attribuait beaucoup d'importance à ses réactions.

Quand les bougies furent près de s'éteindre, ne diffusant plus qu'un faible halo ambré, Michael songea qu'il avait beaucoup de chance d'avoir rencontré cette jeune femme. Il était aussi et surtout terriblement excité.

On leur servit une vasque de fruits frais et des chocolats. La nuit était tombée, il faisait noir dehors, Charlotte et lui avaient bu une bouteille de vin entière. Les bougies s'éteignirent.

— Je ne peux plus rien avaler, annonça-t-elle en se renversant en arrière et en tapotant son ventre plat. Je suis repue.

— Une petite prune, tout de même ? insista-t-il.

Soupirant doucement, elle prit le fruit qu'il lui tendait. Leurs doigts se frôlèrent, éveillant en Michael un frisson électrisant. Elle porta la prune bien mûre à sa bouche. Il écarquilla malgré lui les yeux quand elle mordit dans sa chair douce, léchant avec la pointe de sa petite langue rose les gouttelettes de jus qui perlaient à ses lèvres. Et tout cela avec une simplicité, une innocence incroyables.

Pour se ressaisir — se calmer —, il réclama l'addition au serveur. Puis, ayant réglé la note, il tendit une main à Charlotte.

— On y va ? proposa-t-il.

Elle hocha la tête. Après s'être essuyé la bouche avec sa serviette, qu'elle posa sur la table, elle se leva gracieusement, en soutenant son regard. Michael espéra que l'émotion qui l'étreignait n'était pas trop visible sur son visage.

Ils roulèrent jusque chez elle dans un silence paisible. L'atmosphère, à cette heure du soir, fleurait bon le pin et le chèvrefeuille sauvage. Dans le ciel, par-delà la frondaison des arbres, les étoiles brillaient fort. Dans la végétation environnant la route, les insectes nocturnes les accompagnaient de leur chant intimiste.

Chez Charlotte, Michael gara la voiture devant la pergola et coupa le moteur. Il n'osait la regarder, ni dire un mot. Mais, comme il l'entendait s'agiter nerveusement sur le siège, il s'obligea à tourner la tête. Elle fixait la maison par-delà le pare-brise. Le clair de lune illuminait son visage, soulignant la perfection de ses traits. La couleur de ses lèvres rappelait à Michael les prunes mûres qu'ils avaient prises au dessert. Il n'avait guère de difficulté à s'imaginer leur chaleur, leur douceur. Ses longs bras fins étaient repliés devant sa poitrine — crispés. Sous le tissu de sa robe d'été, il devinait les contours de ses jambes et de ses hanches. Tous ses sens la voulaient, exigeaient qu'il la prenne dans ses bras et savoure la merveilleuse promesse qu'était cette femme.

Cependant, son intuition lui disait aussi qu'elle était stressée, peut-être même apeurée. Qu'elle s'attendait à ce qu'il fasse un geste vers elle — et que cette perspective la terrifiait. Comme elle dénouait les bras, il tendit la main et la posa par-dessus la sienne. Elle sursauta, poussant un soupir aigu. Michael la lâcha aussitôt. Il ouvrit sa portière, descendit de voiture. Il remarqua le soulagement qui teinta l'expression de la jeune femme tandis qu'il l'invitait à descendre du véhicule, puis l'accompagnait jusqu'au seuil de la maison. Les gravillons de l'allée crissaient sous leurs semelles, fracassant le silence tendu qui était tombé entre eux.

Devant la porte, Michael s'immobilisa, scrutant le visage de Charlotte. Il comprit qu'elle ne l'inviterait pas à entrer.

— Il fait noir dans la maison, observa-t-il. Melanie dort déjà ?

— Peut-être vaut-il mieux se dire bonsoir ici, répondit-elle d'une voix rauque. Pour ne pas la réveiller.

Elle lui tendit la main. Michael songea qu'elle était l'image même de la pudeur et de la retenue.

— Merci pour cette charmante soirée, ajouta-t-elle.

Une amère déception le prit à la gorge. Seigneur, il avait tellement envie d'elle ! Il mourait de désir, à vrai dire — et il remerciait les ténèbres qui dissimulaient la preuve physique de ce désir.

— Vous savez..., commença-t-il en retenant sa main dans la sienne, vous savez que je dois revenir demain pour commencer les travaux dans votre jardin ?

Elle eut un sourire embarrassé.

— Vous êtes payé pour ça, comme vous dites vous-même.

Michael soupira en lui-même. Que lui arrivait-il, bon sang ? Il se sentait plus timide qu'un collégien, mal à l'aise, incapable de prolonger la conversation. Mais c'était sans doute parce qu'il n'avait plus qu'une idée en tête, qui l'obsédait : il voulait un baiser d'adieu.

Charlotte toussa doucement.

— Bon... Je suppose que vous avez sommeil.

Il se pencha en avant, presque à la toucher, laissant ses lèvres osciller juste au-dessus des siennes.

— Je ne suis pas du tout fatigué.

Il se montrait trop empressé, comme un adolescent surexcité — mais tant pis !

Charlotte parut perdre toute sa contenance. Ses yeux allaient furieusement de droite et de gauche, ses pommettes s'empourprèrent. Elle aussi, elle était paralysée de timidité.

— Charlotte, murmura-t-il en lui caressant doucement la joue du bout des doigts. Pourquoi avez-vous peur de moi ?

Elle baissa la tête, mais il l'obligea à la relever et à le regarder dans les yeux. Une lueur ambiguë irradiait maintenant de ses pupilles — Michael y lut de la peur, et aussi... Oui, du désir ! L'envie d'être unie à lui. C'était évident.

Il sourit. Son propre désir rugit. Il se serra contre elle.

— Charlotte, je ne vous ferai aucun mal, chuchota-t-il.

Elle recula contre la porte. Il ne renonça pas. Lentement, il se rapprocha d'elle. Il plongea ses yeux dans les siens, pour la rassurer, pour qu'elle ne s'effarouche pas davantage. Leurs respirations à tous deux s'accélérèrent. Puis ils furent de nouveau si près l'un de l'autre que leurs souffles se mêlèrent. Michael trembla quand le parfum enivrant de la jeune femme envahit ses narines. Elle haleta, il attendit une fraction de seconde encore... Puis, d'un mouvement souple, il l'enlaça et posa ses lèvres sur les siennes.

D'abord, il se contenta d'une simple pression de sa bouche sur la bouche douce de Charlotte. Une simple amorce de baiser, sans rien de provocant. Ils demeurèrent ainsi quelques secondes merveilleuses. Non seulement elle ne le repoussait pas, mais il sentit sa frayeur refluer. Elle se détendit contre lui. Il pressa un peu plus fort ses lèvres sur les siennes, mais en retenant encore le désir fou qui montait en lui. Quelle bouche tremblait le plus, la sienne ou celle de Charlotte ? Il n'aurait su le dire. Lentement, il leva une main qu'il glissa sur sa joue, l'incita à redresser un petit peu la tête, puis il risqua la pointe de sa langue entre les lèvres veloutées de la jeune femme. Elle gémit, doucement, et s'ouvrit à lui.

Michael fut incapable de se refréner plus longtemps. Son esprit s'embruma. Il l'étreignit avec ardeur et but à ses lèvres comme un homme ivre. Il se serra contre elle, la pressant contre la porte, lui donnant à sentir la force concrète de son envie. Elle trembla entre ses bras. Parce qu'elle aimait ce baiser ? Il l'espérait comme il n'avait rien espéré de sa vie. Frénétique, il lui caressa le dos, le creux des reins, laissa ses paumes glisser jusqu'aux adorables courbes de ses fesses. Puis, remontant les mains vers ses épaules, il la serra fort, lèvres, poitrine, hanches unies aux siennes comme s'ils ne devaient jamais plus se séparer.

Il entendit un gémissement sourd — un soupir doux et

aigu qui perça le brouillard de sa passion comme le premier rayon de soleil perce les ténèbres de l'aube. Il rompit le sceau de leurs lèvres, relâcha son étreinte sur Charlotte. Il s'écarta, lui donnant de l'espace pour respirer, s'efforçant lui-même de reprendre son souffle. Une lame d'air frais s'interposa entre eux.

Il fixa la jeune femme. La lumière était si faible, là, contre la porte, qu'il distinguait à peine son visage. Il voyait cependant qu'elle détournait les yeux. Et elle paraissait si... confuse qu'il se demanda un instant si elle jouait la comédie. Il avait beau s'être comporté comme un ado, il était loin de manquer d'expérience en matière de femmes. Pourquoi réagissait-elle ainsi, maintenant, alors qu'elle avait répondu à son baiser avec fougue ?

— Charlotte ? Ça ne va pas ? murmura-t-il.

Elle le regarda. Il constata avec stupéfaction — et aussi avec quelque autre émotion troublante qu'il n'arrivait pas à identifier — que sa confusion était réelle et sincère. Ses grands yeux écarquillés ne dissimulaient rien. Elle semblait effrayée, et même méfiante à l'égard du désir qu'il manifestait pour elle. Il la voulut à ce moment comme il n'avait jamais voulu aucune autre femme. Et, parce qu'il comprenait que le sentiment qui l'animait dépassait la simple convoitise charnelle, il trouva en lui la force de renoncer à elle pour ce soir.

— Il est tard, ajouta-t-il. Je vous laisse.

Elle acquiesça d'un faible hochement de tête.

— On se voit demain ? reprit-il.

— Oui, s'il vous plaît... Ça me fera très plaisir.

Michael se retint de préciser qu'il avait hâte de revenir.

— J'arriverai tôt, précisa-t-il quand même. Vers 9 heures, ça ira ?

— Je vous attendrai.

Elle l'attendrait, se répéta-t-il avec délice. D'ici là, cependant, il doutait de réussir à s'endormir. Jamais il n'avait été aussi... secoué par une femme.

Et elle... Elle se tenait là, superbe, modeste, si calme, si sereine dans la certitude de son incroyable beauté...

Un doute pernicieux vint soudain le titiller. Se laissait-il mener par le bout du nez ? Derrière sa retenue affichée, Charlotte était peut-être une séductrice. Une tentatrice. Combien d'hommes avait-elle fait souffrir ? Comment ? Jusqu'où ?

Peu importait. Il était comme drogué par elle — déjà. Quelle que fût la Charlotte qui se révélerait à lui à l'avenir, il ne pourrait s'en passer.

Michael la contempla encore un instant. Il n'avait pas envie que la soirée s'achève là, mais il ne voyait pas quoi dire ou faire pour retarder davantage leur séparation. Le silence s'installait et, avec lui, un certain malaise.

— Bonne nuit, dit-il, avant de se tourner pour partir.

— Michael ! chuchota-t-elle, d'une voix si ténue qu'il douta presque de l'avoir entendue.

Baissant les yeux, il vit la main de Charlotte sur sa manche. Il lui fit de nouveau face.

— Avez-vous déjà eu le sentiment... ? commença-t-elle, puis elle se tut, baissant les yeux.

— Charlotte... ? Que... ?

Elle l'interrompit alors sur un ton précipité.

— Avez-vous déjà eu le sentiment qu'un changement minuscule pouvait survenir — et, avec ce petit changement, c'est comme si une pièce maîtresse pivotait et modifiait votre existence, de sorte que tout semble se mettre en place... tout est différent ?

— Oui, répondit-il, émerveillé. Oui, Charlotte.

Se doutait-elle que c'était exactement ce qu'il avait ressenti quand il l'avait vue pour la première fois à la pépinière ? Alors cela signifiait peut-être que ce qui arrivait maintenant était écrit d'avance. Prédestiné. Son père le rappelant en Californie. Son travail à la pépinière. Tout cela pour l'amener à sa rencontre avec Charlotte. Ici même, à cet instant précis.

— Oui, répéta-t-il. Je crois absolument que c'est possible.

Elle sourit. Tendant la main vers lui, elle posa la paume sur son cœur. Il couvrit ses doigts sous les siens.

— J'espérais que vous diriez cela, Michael, murmura-t-elle. S'il vous plaît, je voudrais que vous restiez.

10.

Charlotte précéda Michael dans la maison. Nul bruit ne troublait le silence paisible de la nuit. Il faisait noir, sauf dans la cuisine dont la porte était entrebâillée.

— Melanie ? s'enquit-il.

Elle poussa le battant.

— Non, elle n'est pas ici, murmura-t-elle.

Michael prit doucement sa main dans la sienne et l'étreignit.

Elle l'entraîna vers sa chambre. Le chemin lui parut long, très long. C'était le voyage de toute une vie : vingt-deux ans d'existence qui l'avaient conduite ici... D'un côté, son cœur battait à tout rompre, et elle avait hâte d'être là-haut, sur le lit, dans les bras de Michael. D'un autre côté, son esprit se rebellait encore ; resté sur le seuil de la maison, il repoussait Michael, niant ce qui se passait entre eux. Non, non ! protestait son cœur. N'aie pas peur ! Accepte ! C'est ton tour de connaître l'amour physique, c'est le bon moment. Et Michael est l'homme qu'il te faut.

Charlotte frissonna à cette dernière pensée. Michael, en effet, était l'homme de sa vie. Elle le savait déjà, avec une certitude absolue. Les autres hommes ne comptaient pas — tous ceux-là qui ne lui jetaient que des regards d'admiration concupiscente, qui ne s'attachaient qu'à son apparence. Seul Michael importait. Tout en lui la captivait, dans les moindres détails. Elle aimait son expression attentive et tendre à la fois, quand il l'écoutait parler. Elle aimait sa façon décontractée et en même temps très masculine de se tenir assis sur sa chaise. Elle aimait comme ses yeux pétillaient sous ses épais sourcils. Elle aimait le voir pencher la tête de côté en signe de perplexité, elle aimait le voir saisir son verre entre ses doigts virils... Oui, elle adorait particulièrement cela. Elle avait presque eu le vertige rien qu'à regarder son index tracer une ligne humide sur le voile de condensation de son verre à eau.

C'est à ce moment-là qu'elle avait compris à quel point elle avait envie de lui. Véritablement, profondément envie. Comme une femme a envie d'un homme, par une belle soirée d'été, dans un restaurant romantique, avec le vin, le halo des bougies, l'intimité de la conversation... Bien sûr, à peine avait-elle pris conscience de son désir qu'elle avait éprouvé une bouffée de frayeur à l'idée qu'ils couchent ensemble cette nuit — qu'elle devienne femme. Mais la passion qui l'animait était plus forte que la peur.

Quand il l'avait embrassée, son anxiété avait achevé de se dissiper. Elle lui avait rendu son baiser en se répétant avec une conviction toujours croissante qu'elle ne voulait plus retarder le moment de se donner à l'homme qu'elle avait choisi.

En pénétrant dans sa chambre enténébrée, elle tendit le bras vers l'interrupteur du plafonnier. Michael retint son geste, saisissant sa main. Il porta doucement ses doigts à ses lèvres, les embrassa l'un après l'autre. Charlotte eut l'impression que ses jambes se dérobaient sous elle.

— Tes mains sont glacées, murmura-t-il. As-tu froid ?

Elle secoua la tête.

— Attends..., ajouta-t-il.

Il s'approcha de la fenêtre et écarta les rideaux. La

lumière pâle de la lune envahit la pièce, soulignant la blancheur de la chemise de Michael. Il se tourna. Le blanc de ses yeux ressortait sur son visage très mat. En soutenant son regard, Charlotte comprit qu'il voulait s'offrir à elle sans rien garder de lui-même. Il se donnerait entièrement à leur étreinte. Elle éprouva un pincement de culpabilité. Pouvait-elle en dire autant, de son côté ? se demanda-t-elle en songeant à tous les mensonges qu'elle lui avait servis pendant le dîner. Il faudrait qu'elle soit honnête, décida-t-elle. Elle lui révélerait bientôt la vérité.

Le grincement d'une braguette en mouvement rompit le silence. Charlotte tressaillit. Tout à coup, le souvenir de Lou Kopp surgissait à son esprit. *Dure comme la pierre, cocotte, et rien que pour toi... Ça te fera un sacré chouette cadeau de Noël...* Elle se détourna.

Michael s'approcha d'elle.

Elle s'écarta brusquement, se retenant de crier.

— Charlotte ? chuchota-t-il d'une voix intriguée.

Il la prit tout doucement par les épaules et la fit pivoter vers lui. Elle ne résista pas. Michael était magnifique dans sa nudité. Son corps mince et musclé, sa large poitrine, sa peau couleur d'ambre, ses épais cheveux noirs tombant sur ses épaules... Il était superbe.

— Charlotte, tu trembles... Viens contre moi, *querida*, offrit-il d'un ton rassurant.

Elle fixa son visage, où se lisait sa gentillesse sans limite. Le spectre de Lou Kopp s'évanouit. Elle se réfugia entre ses bras, et il l'enlaça tendrement.

— Michael..., murmura-t-elle, ses lèvres effleurant l'agréable toison de son torse.

Sous sa paume, elle sentit son cœur d'homme battre puissamment.

— Il faut que je te dise..., ajouta-t-elle.

Il l'embrassa sur le front, sur les joues, dans le cou, lui procurant des frissons savoureux dans tout le corps.

— Quoi donc, ma chérie ?

— Jamais je n'ai fait... ce que nous allons faire.

Il se figea, relevant vivement la tête. Puis il la regarda droit dans les yeux.

— Que dis-tu ? Tu n'as jamais...

— Non. Je n'ai jamais fait l'amour. Je suis vierge.

Il cilla, comme s'il n'en croyait pas ses oreilles. Enfin, un léger sourire étira ses lèvres. Charlotte s'aperçut qu'il était à la fois stupéfait et enchanté par ce qu'il entendait.

— Jamais je ne m'en serais douté, confia-t-il. Tu... tu es sûre ?

Elle gloussa.

— Tout à fait sûre.

Il rit à son tour.

— Non, ce n'est pas ça, objecta-t-il. Je voulais dire, es-tu sûre que tu as envie ? De faire l'amour. Ce soir. Avec moi.

Elle prit le visage de Michael entre ses mains, plongeant ses yeux dans les siens.

— Oh, oui, je le veux, murmura-t-elle. Mais... c'est juste que je ne sais pas très bien quoi faire. Comment te rendre heureux, et...

Elle pouffa.

— ... je crois que je suis nerveuse. Je suis prête, j'ai envie, je pense en être capable... Mais j'ai un peu peur, conclut-elle en toute franchise.

Il la serra au creux de ses bras, l'invitant à appuyer la tête contre sa poitrine. Il l'embrassa sur le front. Ils s'étreignirent ainsi, affectueusement, simplement, pendant quelques instants. A présent, Charlotte se sentait bien. Michael la protégeait ; il la chérissait ; il la libérait.

— Nous ferons l'amour lentement, murmura-t-il.

Elle sentit ses doigts trembler un peu tandis qu'il lui caressait le visage, suivant du bout des doigts la courbe de sa joue. Avec une infinie douceur, il défit les innombrables petits boutons de sa robe, dégrafa son soutien-gorge de dentelle, lui ôta sa culotte de soie. Charlotte frissonna encore. Se laisser guider ainsi par Michael lui donnait l'impression de participer à un ballet dirigé par un grand chorégraphe. Tandis qu'il la déshabillait, ses mains douces et viriles ne quittèrent jamais son corps, ne brisèrent pas le lien tendre qui les unissait.

Quand elle fut nue, il la conduisit jusqu'à son lit, où il l'invita à s'étendre. Sans lâcher sa main, il la contempla d'un regard intense.

Troublée, elle baissa les yeux.

— Sais-tu à quel point tu es belle ? murmura-t-il.

Il tint sa promesse de lui faire l'amour lentement. Charlotte sentait qu'il refrénait son ardeur, qu'il mesurait ses gestes pour son bien à elle. Agenouillé sur le drap, il l'embrassait divinement, couvrant ses épaules, son ventre, ses seins de baisers qui soulevaient en elle des vagues de plaisir de plus en plus puissantes.

Elle était inexpérimentée, certes, mais pas au point de ne pas se rendre compte qu'il se montrait excessivement attentionné à son égard. Quelle différence avec Lou Kopp... ! se dit-elle, avant de chasser vigoureusement cette pensée. Non, non, elle ne voulait plus jamais songer à ce salaud.

— Michael, susurra-t-elle, rien que pour le bonheur de prononcer son nom.

Il lui répondit en scellant leurs lèvres, tandis que leurs langues se disaient tous les secrets de leur attirance l'un pour l'autre. Charlotte se força à se détendre totalement, à laisser les sensations l'envahir tandis que les mains expertes de Michael exploraient son corps, enveloppaient ses seins, glissaient sur son ventre plat, puis plus bas encore, pour caresser ses jambes. Elle haleta quand il toucha le creux de sa féminité.

— Ne crains rien, mon amour, chuchota-t-il. Je ne te ferai aucun mal. Nous avons tout le temps...

Les doigts de Michael trouvèrent un point tellement sensible de son intimité qu'elle cambra le dos sous l'effet de la surprise. Il la caressa là avec une infinie tendresse, absorbant ses gémissements entre ses lèvres. Elle avait l'impression qu'un feu liquide coulait de cet endroit pour se répandre à travers ses veines, inondant le centre de son être. Sans y prendre garde, elle commença de remuer les hanches au rythme de ses caresses, encore et encore. Elle était à la fois prise de vertige et de plus en plus concentrée sur le plaisir qui montait en elle en spirale. En tornade. Quand elle connut son premier orgasme, ce fut comme si elle sortait d'elle-même et devenait lumière.

— Michael ! cria-t-elle.

Michael luttait de toutes ses forces pour contenir son ardeur. Il avait senti Charlotte se contracter pendant que la jouissance déferlait sur elle. Il l'avait entendue soupirer d'aise. Il était presque aveuglé par les flammes de désir brut qui rugissaient en lui. Ce feu dévorait sa raison, le livrait tout entier à son envie d'exploser à son tour de plaisir, le poussait à la prendre maintenant. Mais il devait se contenir. Dans un râle sourd, il ferma les yeux pour se concentrer et se répéta : *Attends, attends encore... Pour elle.*

Son désir reflua un tout petit peu ; il réussit à reprendre le contrôle de lui-même. Aussi bouleversante fût son attirance pour la jeune femme, il tenait à ne pas précipiter les choses. Il voulait que cette union soit parfaite pour Charlotte. Leur étreinte était beaucoup, beaucoup plus qu'une simple aventure sexuelle. C'était un cadeau. Il avait connu beaucoup de femmes, mais Charlotte était la première qui n'eût jamais connu d'homme. Il savait par ouïdire ce que cela impliquait. Il y aurait une douleur forte, et un peu de sang. Puis elle se souviendrait... éternellement de lui.

A cette pensée, un sentiment nouveau, assez étrange,

se fit jour en lui : celui d'une immense fierté. Il contempla le visage de Charlotte, si pâle, si adorable, ainsi que ses yeux débordant de confiance et cependant effrayés. Il sentit la fierté lui gonfler la poitrine et faire bouillir son sang. Oui, elle se souviendrait de lui, se promit-il. Pour toujours et à jamais. Elle serait sa femme.

Il inclina la tête, unit sa bouche à celle de Charlotte, savourant la douceur de cette femme extraordinaire, dont il se savait déjà amoureux. Il l'embrassa encore, avec passion, sur la joue, le cou, les seins, jusqu'à l'entendre de nouveau gémir. Il n'y aurait jamais que *lui*, se jura-t-il, qui la verrait ainsi. Il posa la main sur son sexe moite, l'excita. Elle se raidit, mais son corps était chaud et souple. Elle est prête, se dit-il, le cœur battant la chamade.

— Dis-moi que tu me veux, murmura-t-il d'une voix entrecoupée.

Charlotte ouvrit les yeux et le regarda avec une intensité qui l'émoustilla au plus haut point. Elle fixa sa virilité, une expression incertaine sur le visage.

— Tu dois me le dire, insista-t-il. Si tu me veux...

— Je te veux ! cria-t-elle, levant un bras pour l'enlacer.

Michael lisait encore de la peur dans ses pupilles. Mais le moment était venu. Il s'allongea sur elle, l'invitant à relever ses longues jambes autour de ses hanches. Pour lui causer le moins de souffrance possible, il vint en elle très lentement, s'arrêtant quand il sentit une résistance. Il plongea alors ses yeux dans les siens et sourit. Patienta. Enfin, elle lui offrit un sourire timide qui l'assurait de sa volonté d'aller jusqu'au bout de leur étreinte.

Il la pénétra. Elle poussa un cri aigu et enfouit le visage au creux de son épaule.

— *Querida...*, murmura-t-il, et il l'embrassa.

Il attendit quelques instants qu'elle se détende. Puis il

commença de bouger en elle, imprimant peu à peu à leurs corps unis un mouvement régulier de va-et-vient. Elle était si chaude et si étroite, et il s'était contenu si longtemps qu'il sentait maintenant le plaisir monter en lui comme une déferlante irrésistible.

Charlotte étreignit Michael. Un sentiment de pur bonheur la saisissait. « C'est parfait, se dit-elle. Je me donne à lui de mon plein gré. Jamais je ne regretterai cet instant... »

Accueillir Michael en elle lui procurait une sensation délicieusement étrange. Elle n'avait aucune expérience passée à laquelle comparer cette union. Quand il entrait en elle, c'était comme s'il touchait son cœur, puis montait encore plus haut, jusqu'à son esprit, y oblitérant toute pensée, l'entraînant dans un univers de sensations pures. Elle aimait l'odeur mâle de sa peau, elle aimait le contact râpeux du chaume de sa joue contre sa joue tendre de femme. Il attisait sans répit le feu qui crépitait en elle, et la petite braise qui restait de son premier orgasme se ravivait, devenait de plus en plus incandescente. Charlotte sentait des pans entiers de son passé se consumer sous la flamme de la passion. La fille laide, la fille timide, la fille incertaine, toutes se recroquevillaient sur elles-mêmes et se réduisaient en cendres.

« Viens, viens encore plus fort, Michael ! » implorait-elle en elle-même, arquant le dos pour mieux accueillir ses mouvements en elle. Fais brûler tout cela, fais s'évanouir à jamais ces souvenirs. Fais que je sois une femme neuve. Une femme complète. *Ta femme*.

Soudain, quelque chose se produisit en elle. Un frisson brûlant la parcourut de la tête aux pieds. Et son corps se volatilisa. Une myriade d'étincelles crépita devant ses yeux. Elle cria le nom de Michael tandis qu'un plaisir inouï, une extase, prenait possession de tout son être.

Michael perçut l'ampleur de l'orgasme de Charlotte.

Alors, dans un râle de soulagement, il lâcha prise. Il vint en elle dans un spasme violent. Le plaisir le submergea, effaçant en lui jusqu'au souvenir de toutes celles qui avaient précédé son amante. Il était comme purifié ; il avait l'impression d'avoir retrouvé sa virginité. Jamais faire l'amour ne lui avait procuré un tel sentiment d'absolue perfection.

Dans un cri rauque, il s'effondra sur Charlotte — épuisé, repu, heureux.

Pendant un long moment, ils ne firent pas un geste, ne dirent pas un mot. Leurs respirations s'apaisèrent. Il se redressa, caressa le visage de Charlotte pour écarter une mèche de cheveux tombée devant ses yeux.

— Michael, murmura-t-elle d'une voix ténue. Je me sens...

Elle se tut, se mordit la lèvre.

— Je me sens... comme si je venais d'être baptisée, reprit-elle d'un ton émerveillé.

— Baptisée dans le fleuve de la passion, ajouta-t-il en souriant.

Il s'allongea à côté d'elle. Attrapant le drap froissé, il le tira sur eux. Puis ils s'enlacèrent tendrement.

— Dors, maintenant, Charlotte, lui chuchota-t-il à l'oreille. Demain commence une vie nouvelle.

Quand Charlotte se réveilla le lendemain, le soleil inondait la pièce. Elle avait mal partout, mais c'était une douleur d'un genre délicieux. Sa peau lui semblait plus douce, ses lèvres plus pleines, ses seins plus fermes que la veille. Elle bâilla et cilla, se força à garder les yeux ouverts. Elle se sentait un peu désorientée, comme si elle s'éveillait dans un lieu inconnu.

Soudain, le souvenir de ce qui s'était passé pendant la nuit lui revint à la mémoire. Elle écarquilla les yeux.

— Michael...

Elle se tourna sur le lit. Il n'était pas là. L'anxiété la gagna aussitôt. Il ne pouvait pas l'avoir abandonnée comme ça... Si ? Elle avait entendu dire que certains hommes n'aiment pas se réveiller à côté de leur partenaire d'un soir. Seigneur, non, pensa-t-elle avec effroi, passant une main nerveuse dans ses cheveux emmêlés. Michael considérait-il ce qu'ils avaient partagé comme une aventure sans lendemain ? Elle refusait de le croire. L'oreiller voisin du sien portait encore l'empreinte de la tête de Michael, les draps étaient imprégnés de son odeur. Mais ils étaient froids...

Charlotte sentit sa gorge se nouer.

— Michael ? cria-t-elle.

Pas de réponse.

Elle se leva, enfila rapidement un peignoir et descendit dans la cuisine. Pas de Michael. Il n'était pas sur la terrasse non plus. Ni dans le living-room. Elle ouvrit la porte d'entrée de la maison. Sa voiture avait disparu. Il était parti !

Un frisson glacial la saisit. Elle croisa les bras sur sa poitrine. Quelle idiote elle était ! se maudit-elle, donnant un coup de pied dans un caillou qui valdingua jusqu'au bout de l'allée. Cette nuit, entre ses bras, elle s'était sentie belle. Aimée. Chérie. Qu'est-ce qui ne collait pas, chez elle ? C'était quoi, son problème ? Pourquoi ne pouvait-elle se faire aimer de personne ? Mais... Elle connaissait la réponse à cette question, n'est-ce pas ? On ne l'aimait pas parce qu'elle n'était qu'une coquille vide. Quand elle s'était ouverte à lui, le laissant la toucher au plus profond de son intimité, Michael avait dû sentir à quel point elle était creuse et inintéressante. Comment expliquer autrement qu'il ait filé à l'anglaise ? Sans même lui laisser un mot d'adieu !

Séchant ses yeux, elle se tourna pour entrer dans la

maison. Mais, alors qu'elle poussait la porte, elle entendit le gravier de l'allée crisser, du côté de la rue. Deux petits coups de Klaxon enjoués fendirent l'air matinal.

Elle fit volte-face et écarquilla les yeux en voyant la camionnette rouge de Michael grimper l'allée dans un rugissement de moteur. Le plateau, à l'arrière, débordait de fleurs. Charlotte aperçut un magnolia rose, des buissons aux bourgeons jaunes, tout un kaléidoscope de plantes annuelles et vivaces. Et ce n'était pas tout ! A la suite de Michael arrivaient deux autres véhicules chargés d'outils, de sacs de terre — et d'hommes, qui tous portaient un T-shirt vert signé « Pépinière Mondragon ».

Michael bondit de la camionnette, se précipita vers elle, lui enlaça la taille d'un bras et lui donna un vigoureux baiser sur la bouche. Quand il la lâcha, il lui tendit l'énorme bouquet de fleurs qu'il tenait dans sa main libre.

— J'espérais te trouver encore endormie, annonça-t-il. Je voulais être là quand tu ouvrirais les yeux.

L'émotion qui la tenaillait était trop forte. Charlotte ne put retenir ses larmes. Elle étreignit Michael par le cou et le serra fort.

— Oh, Michael, murmura-t-elle en reniflant. Ce qui compte, c'est que je te voie ici, maintenant. Je suis tellement heureuse !

— Il y a autre chose que je veux que tu voies. Viens, regarde ce que j'ai apporté.

Pour la seconde fois depuis son réveil, elle s'essuya les yeux. Michael l'entraîna vers la camionnette. Il était excité comme un gamin devant un sapin de Noël.

Il ordonna à ses employés de baisser les côtés du plateau pour en offrir toute la cargaison au regard. Charlotte put constater que ces hommes lui obéissaient avec diligence et respect. Elle devina aussi à travers leur attitude qu'ils aimaient Michael, dont ils acceptaient pleinement l'autorité naturelle.

Elle ne cacha pas sa stupeur en découvrant les innombrables cagettes et pots de fleurs qu'ils avaient entrepris de décharger du véhicule.

— Mais... mais... Il y en a tellement, Michael ! s'exclama-t-elle avec ravissement.

— Et ce n'est qu'un début. Attends-moi, s'il te plaît, je reviens.

Ayant pris ses feuilles à dessin dans l'habitacle, il fit signe à ses hommes de le suivre jusqu'à la lisière du terrain qu'ils allaient transformer en jardin. Il déroula les croquis. Puis, pendant quelques minutes, il donna des instructions précises à ses employés concernant la disposition des différentes variétés de fleurs et de plantes. Charlotte remarqua qu'il leur parlait à tous les six en espagnol, répondant avec aisance à leurs questions, soulevant parfois parmi eux un rire enjoué — probablement l'effet de quelque plaisanterie. Elle ne put s'empêcher d'admirer son efficacité, d'être fière de la façon dont il tenait la barre de son entreprise. Son équipe était si bien organisée que, moins d'une demi-heure après son arrivée, elle commençait déjà les travaux !

— Tu as apporté beaucoup plus de fleurs que ce que je t'avais commandé, observa-t-elle quand il revint près d'elle.

— J'espère que tu m'autorises à te faire des cadeaux, répondit-il avec un sourire malicieux.

— Mais il y en a tellement..., insista-t-elle. Et moi je ne t'ai rien donné.

Il s'approcha d'elle, l'enlaça pour lui caresser le dos. Elle trembla en se rappelant qu'elle était nue sous son peignoir. Il l'embrassa sur la bouche.

— Le cadeau que tu m'as donné cette nuit est le plus précieux que j'aie jamais reçu, murmura-t-il d'une voix rauque.

Cette confidence émut profondément Charlotte. Elle

acheva aussi de dissiper les doutes qu'elle avait nourris au sujet de leur histoire à son réveil. Un sourire enchanté aux lèvres, elle se hissa sur la pointe des pieds pour lui chuchoter à l'oreille :

— J'ai été heureuse de te faire ce cadeau. Et j'ai très envie de recommencer bientôt...

— *Dios*, fit-il en la serrant fort dans ses bras. Comme tu me l'avais dit, *querida*, tu apprends vite ! Hier soir innocente, ce matin tentatrice.

— J'ai eu un bon professeur.

— Alors je te donnerai ce soir une nouvelle leçon, mon amour. Mais pour le moment...

Il caressa un instant les rondeurs de ses fesses, fermant les yeux.

— ... Malheureusement, je dois travailler avec mes hommes, ajouta-t-il. Si nous voulons avoir fini ton jardin rapidement, pour que tu en profites avant de partir tourner ton film, il faut s'y mettre tout de suite. Et puis...

Son regard glissa langoureusement sur elle.

— Je te conseille de rentrer t'habiller. Ce serait dommage de tuer tous ces gentils gars rien que parce qu'ils ne peuvent pas s'empêcher de te reluquer.

Michael éclata de rire. Charlotte, qui n'était manifestement pas habituée à ce genre de taquineries, était devenue rouge pivoine. Il adorait ce trait de caractère — comme tous les autres qu'il connaissait déjà, et ceux qu'il découvrirait dans l'avenir. Sa pudeur était touchante, et presque aussi excitante que les formes féminines qu'épousait son peignoir en éponge. Par de nombreux aspects, Charlotte était sans doute restée la petite fille gauche et impressionnable qu'elle avait apparemment été dans l'enfance. Mais elle avait aussi une maturité qui ne laissait de le stupéfier, ainsi qu'une profondeur de vue, une sagesse étonnantes chez une jeune femme de son âge. En un mot, elle était captivante. Michael doutait de jamais se lasser d'elle.

Inclinant la tête, il l'embrassa sur les lèvres.

— O.K., arrêtez ça, les enfants ! Vous allez déclencher une mutinerie ! cria une voix familière derrière son dos.

Charlotte rit. Bobby venait d'arriver dans un quatrième véhicule Mondragon. Il marchait à leur rencontre en souriant. Aujourd'hui, outre son immense panama, il portait un pantalon de lin clair et une chemise menthe en tissu léger — une tenue peu adaptée au labeur du jardinier. Mais Charlotte se rappelait l'avoir entendu dire qu'il ne participait aux chantiers qu'en qualité de « conseiller ».

— Ils vous regardent comme les loups de Tex Avery, observa Bobby à son intention.

Elle rit encore, amusée par sa remarque. Puis elle l'invita à la tutoyer ; c'était plus simple ainsi.

Michael, curieusement, semblait soudain distant — presque froid.

— C'est gentil de passer, Bobby, marmonna-t-il.

Elle cilla, étonnée. Pourquoi tant de tension entre les deux frères ?

— Va leur dire de s'occuper de leur travail, s'il te plaît. J'arrive, conclut-il d'un ton sec.

Le sourire de Bobby se durcit.

— C'est toi le patron.

Il tira sur le bord de son chapeau, puis, avec beaucoup d'élégance, s'inclina devant elle en lui lançant un clin d'œil. Puis il s'éloigna rapidement.

— Mince ! jura Michael, les mains sur les hanches.

— Que se passe-t-il ?

— Rien, répliqua-t-il. A présent je dois aller m'occuper du jardin, d'accord ?

Il lui donna un baiser chaste.

— A plus tard, mon amour, ajouta-t-il.

Elle suivit Michael du regard tandis qu'il se dirigeait à grands pas énergiques. Que s'était-il donc passé entre les deux frères, se demanda-t-elle, pour qu'une telle distance se soit installée entre eux ?

⁂

Les hommes rangèrent les outils dans les camionnettes et s'en allèrent aussitôt. Après la longue et dure journée de travail qu'ils venaient de passer, ils étaient tous pressés de rentrer chez eux. Bobby fut le dernier à partir. Comme Charlotte s'approchait pour lui dire au revoir, il lui tendit un pot en terre cuite contenant un plant de roses.

— Des roses jaunes, en signe d'amitié, expliqua-t-il de son ton toujours un peu ironique. Je laisse à Roméo le soin de t'offrir des roses rouges. Des beautés parfaites à longue tige, comme toi. Tu remarqueras que j'ai pris la liberté de créer un petit massif de ces roses jaunes là-bas, au bord de la terrasse, précisa-t-il avec un geste de la main. C'est un emplacement parfait pour cette variété, et tu pourras profiter de leur parfum quand tu seras assise à la terrasse.

Il l'embrassa sur les deux joues.

— Bienvenue en Californie.

— Ne pars pas tout de suite, protesta-t-elle. Je m'apprêtais à servir du vin. Reste avec nous pour en prendre un verre, tu veux bien ?

En prononçant ces derniers mots, elle lança un regard intense à Michael, le mettant au défi de la contredire. Il ne réagit pas.

Bobby jeta un coup d'œil vers son frère. Il s'empourpra.

— Non, je ne reste pas, mais merci quand même, répondit-il. C'est vendredi. J'ai des projets pour la soirée et je dois filer.

Il prenait un air désinvolte, mais Charlotte voyait bien qu'il était embarrassé. Elle comprit que ce n'était pas la peine d'insister.

Après le départ de Bobby, elle apporta sur la terrasse deux verres de vin blanc frais et une barquette de fraises qu'elle avait achetées au supermarché spécialement pour ce soir. Devant eux, le ciel se parait d'un éventail somptueux de flèches orange, roses et pourpres, qui s'accordait à merveille avec les fleurs déjà plantées dans le jardin.

Et quel jardin ! Michael lui avait fait un cadeau magnifique. Charlotte savait déjà que, chaque fois qu'elle s'y promènerait ou le regarderait, son cœur chavirerait d'amour pour l'homme qui l'avait conçu.

Le terrain vague d'hier était transformé en un jardin paradisiaque, organisé et exubérant à la fois, riche de mille couleurs. Le savant mélange de fleurs, d'arbustes, d'arbres et de buissons concocté par Michael donnait un tableau époustouflant. Un moment plus tôt, il l'avait prise par la main et guidée à travers son œuvre. Elle avait été ébahie par la façon dont il avait choisi de mêler les courbes et les droites, qui s'entrelaçaient les unes aux autres. L'ensemble adoucissait merveilleusement les lignes un peu austères de l'environnement urbain et de la maison.

Sur la terrasse, comme promis, Michael avait placé plusieurs immenses bacs ocre pour le potager de Melanie. La brise portait aux narines de Charlotte les fragrances des herbes aromatiques, ainsi que celles du rosier de Bobby.

— Tu m'as comblée, murmura-t-elle. Tu as réalisé mon rêve...

Elle sourit avec malice.

— Mais est-ce que tu en fais toujours plus que ce qu'on te demande ? Est-ce que tu es toujours comme ça ?

— Seulement pour toi. J'ai l'intention de te gâter tellement qu'aucun homme ne risquera plus de vouloir de toi.

— Tu as gagné d'avance. C'est moi qui ne voudrais pas d'eux.

— Hmm. Il faudra quand même que je sois prudent, observa-t-il avec humour.

— Non, tu en as déjà fait assez. Si cela continue, on va dire que je suis une femme entretenue. Et Mme Delaney cherchera à augmenter le loyer.

Il haussa les épaules avec nonchalance et fit tourner le vin dans son verre.

— Tu n'auras qu'à lui dire que, dans ce jardin, il y a principalement des plantes annuelles. Si tu pars, le jardin redeviendra un champ de vilaines herbes. En fait, elle devrait plutôt abaisser le loyer... pour te remercier d'avoir arrangé la propriété.

— Ça ne m'intéresse pas. Je suis trop heureuse pour me soucier du montant que je paie à cette femme.

— Moi aussi, je suis heureux, répondit-il d'une voix douce.

Le cœur empli de joie, Charlotte vit dans ses yeux qu'il pensait vraiment ce qu'il disait.

TROISIÈME PARTIE

Si l'amour naît de la Beauté, comme la Beauté il périra.

John Donne

11.

Ainsi c'est donc ça, l'amour, se répétait souvent Charlotte avec ravissement.

Durant tout l'été, elle ne vécut et ne respira que pour Michael Mondragon. Elle avait son nom sur le bout de la langue dès le lever du soleil, et son nom emplissait ses rêves durant la nuit. La passion la rendait radieuse. Melanie lui disait qu'elle avait le teint magnifique. Bien sûr, c'était autant parce qu'elle était heureuse que parce qu'elle passait tous les jours un long moment dans le jardin à soigner ses fleurs. Mais, là aussi, tout la ramenait à Michael. Quand elle plongeait ses mains dans la riche terre noire, elle se voyait caresser les cheveux de jais de son amant. En arrosant un massif, elle s'imaginait avec lui sous la douche, riant et frissonnant tandis qu'ils s'amusaient comme des gosses avec l'eau et se donnaient des baisers langoureux. Jamais elle ne s'était sentie aussi vivante. Il lui semblait que tous ses sens étaient stimulés, aiguisés par l'amour. L'air lui paraissait plus délicieusement odorant qu'auparavant, les oiseaux chantaient plus gaiement, chaque chose avait une saveur nouvelle et unique.

Par-dessus tout, Charlotte commençait à penser que la femme qu'elle voyait dans le miroir n'était pas une imposture. Elle s'acceptait de mieux en mieux. Surtout après qu'ils avaient fait l'amour, après que Michael l'avait caressée sur tout le corps et emportée dans un tourbillon de plaisir intense. A ces moments-là, quand elle se regardait dans la glace, elle appréciait réellement le visage qu'elle y voyait sourire.

Car c'était le visage que Michael aimait.

Il venait chez elle en fin d'après-midi, après sa journée de travail. Ils passaient d'abord un moment dans le jardin ; Michael lui expliquait comment soigner telle ou telle plante, comment tailler un massif pour lui donner de l'ampleur, ainsi que mille autres détails qu'elle assimilait avec enthousiasme. Puis elle lui préparait à dîner, et il restait toute la nuit.

Michael était un amant insatiable et un incurable romantique. Derrière la façade de l'homme réservé, presque taciturne, qu'il affichait habituellement, elle avait découvert en lui une douceur et une gentillesse inouïes. Elle aimait se dire que c'était là une facette de lui-même qu'il préférait ne révéler qu'à ses intimes. Elle adorait l'observer tandis qu'il coupait des légumes dans la cuisine — avec un véritable savoir-faire — tout en parlant d'un ton animé, sinon exalté, des sujets les plus divers. Elle s'amusait parfois à l'idée que le stoïque Michael Mondragon pouvait soulever de véritables débats entre eux après leurs intenses ébats amoureux. Comme les fleurs du jardin plantaient leurs racines dans la terre pour s'y épanouir, Charlotte se voyait chaque jour davantage planter les racines de son existence dans cet homme fascinant. Son amour pour lui était tout. Elle n'imaginait pas d'avenir sans lui. Et elle ne concevait pas de pouvoir jamais s'attacher davantage à un être humain.

Pour cette raison, les mensonges qu'elle avait dressés entre eux dès le début de leur relation lui devenaient insupportables. Hélas, la situation allait en empirant. Plus Michael s'ouvrait à elle, moins elle réussissait à lui avouer la vérité au sujet de sa famille, de son passé... La nuit, après l'amour, il aimait la prendre dans ses bras pour discuter. Il tapotait les oreillers derrière leurs deux têtes, puis ils s'enlaçaient, et il la caressait tendrement du bout des doigts, sur la nuque, la poitrine et les épaules, tout en parlant de sa famille, de sa conception de la vie, de ses projets. Dans ces moments-là, elle sentait le poids de ses mensonges l'accabler — et menacer leur relation.

Michael évoqua quelques épisodes de la vie de son père, par exemple quand Luis avait traversé à pied le fleuve qui sépare le Mexique des Etats-Unis, lors d'une nuit sans étoiles. A la moitié du Rio Grande, là où le courant était le plus fort, alors qu'il avait de l'eau presque jusqu'à la taille, il avait croisé une femme enceinte qui essayait désespérément de gagner la Californie. Elle serrait un enfant de trois ans entre ses bras. Luis avait porté ce dernier sur ses épaules jusqu'à la rive, puis, au mépris du danger, était retourné aider la femme.

Michael lui raconta aussi comment chaque samedi, quand il était gosse, sa mère avait tenté d'éclaircir la peau trop sombre de son visage en y appliquant pendant une heure une crème à base de blanc d'œuf et de jus de citron. Marta considérait comme un échec regrettable, précisa Michael avec un sourire désabusé, que sa potion n'ait jamais agi sur lui. A l'adolescence, il avait refusé de poursuivre ce « traitement ».

Allongée contre sa poitrine, Charlotte adorait entendre le rire de Michael gronder dans ses poumons quand il parlait de Rosa, sa sœur, un vrai garçon manqué qui refusait de porter une robe, d'apprendre à cuisiner ou de suivre des cours de danse comme toutes les filles. Rosa, précisa-t-il, aimait le café noir et serré, ne disait pas non à un cigare, surtout si c'était un Havane, avait un don naturel pour les maths et les sciences, et était plus « costaud » que beaucoup d'hommes qu'il connaissait. Malheureusement pour elle, comme elle était une femme, ses parents avaient toujours refusé qu'elle fasse des études supérieures. Dans la culture mexicaine, une telle perte de temps était impensable pour une fille — dont le premier rôle dans la vie était de s'occuper de sa famille. Aussi Rosa avait-elle épousé Manuel peu après être sortie du lycée, et ils travaillaient tous deux aujourd'hui dans l'entreprise de leur père.

Charlotte essaya d'interroger Michael sur son frère. Là, elle se heurta à un mur. Pour une raison qu'elle ne s'expliquait pas, Michael refusait de parler de Bobby. Elle n'insista pas.

Il avait des centaines d'histoires à raconter — sur sa famille, son enfance, ses années de fac, sa vie à Chicago. Il avait des opinions bien arrêtées sur les sujets les plus divers : l'environnement, la politique, la religion, les rapports entre les hommes et les femmes. Charlotte n'hésitait jamais à lui donner son avis personnel, et constatait avec plaisir qu'il l'écoutait attentivement. Pour sa part, elle ne doutait pas de la pertinence de son propre jugement. C'était normal, vu que durant la plus grande partie de sa vie elle n'avait pu compter que sur ses qualités intellectuelles pour se faire respecter. Sa laideur l'avait contrainte à s'affirmer grâce à ses capacités d'analyse et de réflexion. Maintenant que sa beauté tendait à faire de l'ombre à son intelligence, elle appréciait d'autant plus de partager ses idées avec Michael, de soulever avec lui de véritables débats d'idées où chacun défendait son point de vue avec ferveur, parfois même avec emportement... Puis ils finissaient souvent par se bagarrer gentiment, pour arriver à faire de nouveau l'amour...

Quand il l'interrogeait sur son enfance, cependant, elle frissonnait d'anxiété et éludait la question d'un simple « il n'y a pas grand-chose à raconter, je t'ai déjà dit l'essentiel ».

Un soir, elle fut très près de lui dire la vérité. Elle faillit avouer que le visage qu'il aimait avait été créé par la main de l'homme, et non par Dieu. Qu'elle n'avait plus de relations avec sa mère, que son enfance avait été difficile, qu'elle avait beaucoup souffert. Que le Cygne d'aujourd'hui était réellement le Vilain Canard d'autrefois.

Mais, comme elle ouvrait la bouche pour s'expliquer, Michael lui redit dans un murmure ému à quel point il aimait son visage, sa beauté parfaite. Elle pinça les lèvres. Que penserait-il d'elle si elle dévoilait la vérité? se demanda-t-elle avec horreur. Il considérerait qu'elle n'était pas réelle. Qu'elle était une sorte de monstre. Elle ne put se résoudre à parler. Et le mensonge continua. Plus les jours passaient, plus il pesait sur sa conscience.

A la fin de l'été, alors qu'elle travaillait dans le jardin, elle décida de s'ouvrir à Michael, en toute franchise. Mais quand? Quel était le meilleur moment? Elle réfléchit intensément. Aujourd'hui c'était son dernier jour de congé. Elle partait le lendemain à l'autre bout du pays, dans le Maine, pour commencer le tournage de *Un jour en automne*. Ils n'avaient plus qu'une soirée avant leur séparation — qui durerait près de deux mois. Elle ne voulait pas gâcher ces derniers instants de bonheur. Et puis... Leur amour n'était-il pas trop neuf pour subir l'épreuve de la vérité? Ne valait-il pas mieux attendre quelque temps encore, afin de savoir ce qu'il allait advenir d'eux? Elle décida qu'elle dirait tout à Michael à son retour.

— Tu devrais porter des gants, sinon tu vas avoir des cals aux mains.

Charlotte sursauta en entendant la voix profonde de Michael dans son dos. Elle se redressa. Un frisson chaud lui parcourut tout le corps.

— Tu m'as fait peur, murmura-t-elle. Je ne t'ai pas entendu approcher.

— Tu avais l'air d'être à des millions de kilomètres d'ici.

Elle trembla encore en le regardant. Chaque soir, chaque fois qu'elle retrouvait Michael, c'était ainsi. Le simple fait de le voir la bouleversait.

— Pas vraiment. Je pensais à toi...

Cet aveu parut le combler. Un large sourire illumina son visage. Il la prit dans ses bras avec douceur, et ils se dirent dans un baiser l'amour tendre et profond qu'ils éprouvaient l'un pour l'autre.

Freddy avait hâte de parler à Charlotte. Le tournage de *Un jour en automne* s'annonçait bien ; tout était prêt pour accueillir la future star dans le Maine ; il avait lui-même veillé à ce que ce film serve au mieux les intérêts de sa pouliche. Et pour la suite... Un large sourire lui monta aux lèvres. Il avait déjà un autre projet dans sa manche. Il voulait déjà lui annoncer la bonne nouvelle. C'était un très gros contrat, avec un cachet substantiel à la clé, qui éclipserait tout ce qu'elle avait pu faire auparavant. Il s'agissait une nouvelle fois d'un film d'époque, en costume. La beauté « classique » de Charlotte convenait idéalement à ce genre de rôle. Cet atout ajouté à son immense talent faisait qu'elle pouvait prétendre à toute une gamme de personnages interdits à d'autres actrices, même parmi les plus célèbres du moment.

Après le film historique, il y aurait peut-être ce projet d'adaptation de roman que LaMonica lui avait envoyé la veille. Une histoire complètement délirante, du genre *Pulp Fiction*, avec de l'action, du sentiment, de l'humour et, surtout, des personnages mémorables. Si le metteur en scène était à la hauteur du projet, il y avait fort à parier que ça déboucherait sur un immense succès.

⁂

Freddy arrivait droit d'une réunion de travail avec LaMonica. Celle-ci avait commencé dans son bureau autour d'un café et de quelques beignets, s'était poursuivie pour le déjeuner au Ma Maison, avant de s'achever au Polo Lounge pour le cocktail. Dans ce bouquin, il y avait un rôle susceptible de propulser Charlotte au sommet. La question était de savoir combien le producteur était prêt à payer pour l'avoir.

— Nous sommes aussi en discussion avec Uma Thurman, lui avait répété LaMonica à plusieurs reprises.

— Ouais, avait-il répliqué. Et nous, nous sommes en discussion avec Begelman pour un autre projet, tout aussi conséquent.

Ils se livraient là à un véritable jeu de stratégie, déplaçant leurs pions comme des généraux en campagne, chacun voulant tirer le maximum pour son camp. Freddy savait que, pour ce film, LaMonica souhaitait à la fois mettre en valeur le scénariste-adaptateur et le metteur en scène, et engager pour le rôle principal une actrice peu connue mais marquante. Charlotte était cette perle rare.

Il riait aux éclats tandis qu'il se garait devant la maison de Charlotte et tirait le frein à main.

— Je te dis qu'il n'y a pas mieux que ma petite chérie, LaMonica ! s'exclama-t-il d'une voix enjouée.

Après des heures de discussion, le producteur et lui étaient tombés d'accord. Le contrat était pratiquement conclu, il ne restait qu'à régler certains détails. Ensuite, une signature de Charlotte en bas de page, et paf ! Encore un coup de maître de Freddy Walen.

Il saisit la bouteille de Dom Pérignon sur le siège passager, sortit de la voiture en claquant la portière et se dirigea vers la maison à grands pas, en courant presque. Il se sentait léger, léger, comme si on l'avait gonflé à l'hélium pour lui permettre de s'envoler.

Il sonna à la porte, trépignant d'impatience. Comme on ne lui répondait pas, il fit le tour de la maison.

Et, tout à coup, il s'arrêta, regardant autour de lui avec curiosité. Quelque chose avait changé, ici, depuis sa dernière visite... La propriété avait bien meilleure allure qu'avant... Que se passait-il ? Il plissa les yeux. Les volets et la porte d'entrée avaient été repeints en turquoise. D'agréables buissons fleuris bordaient les murs et... Pardi, il marchait à présent sur un joli petit sentier de gravier qui n'existait pas autrefois.

Il passa le coin de la maison et s'immobilisa de nouveau, bouche bée. Le terrain vague dont il avait le souvenir, ce terrain minable infesté de mauvaises herbes, était métamorphosé. C'était comme si la fée de Cendrillon, celle qui avait changé la citrouille en carrosse, était venue faire un petit tour ici avec sa baguette magique et...

— Bon sang ! s'exclama-t-il, ébahi.

Les mains sur les hanches, il embrassa du regard les parterres de fleurs, les buissons, les jeunes arbres et les allées qui sillonnaient l'ensemble. Ce jardin était un vrai paradis en modèle réduit. Mais comment tout ce bazar était-il arrivé ici ? Les deux filles avaient-elles touché l'héritage d'un admirateur secret ?

Freddy entendit un léger rire de gorge. Il tourna la tête dans la direction de la terrasse. Agenouillée devant un splendide massif de rosiers roses, Charlotte maniait un outil de jardinage. A côté d'elle se trouvait un homme aux longs cheveux noirs, à la peau très mate. Sans doute le jardinier. Freddy sentit son cœur faire un bond dans sa poitrine. Avec son chemisier à fleurs tendu sur sa poitrine, son chapeau de paille et ses adorables bouclettes blondes qui tombaient en cascade derrière sa nuque, Charlotte offrait le plus charmant des spectacles dont il pût rêver.

Il s'apprêtait à lui faire signe et à l'apostropher joyeusement, lorsqu'il la vit lever les yeux vers le jardinier, et, avec un sourire énamouré, tendre le bras pour retirer d'un geste délicat une feuille de rosier prise dans ses cheveux noirs. Ses doigts oscillèrent près de sa tempe, puis caressèrent sa joue tandis qu'elle plongeait son regard dans le sien. L'homme pencha la tête pour l'embrasser sur la bouche.

Pétrifié de stupeur, Freddy écarquilla les yeux. Il sentit ses poumons se vider subitement, comme s'il avait reçu un coup en plein ventre. Que se passait-il, nom d'un chien ? Il continua un moment d'observer Charlotte et l'inconnu, s'efforçant de raisonner. Il comprenait, à la rigueur, qu'elle ait envie de folâtrer avec son jardinier. Ici, à Los Angeles, toutes les bonnes femmes fantasmaient sur ces jeunes mecs bronzés et larges d'épaules qui taillaient leurs massifs, nettoyaient leurs piscines... Charlotte était une jeune femme de premier choix, qui pouvait s'offrir n'importe qui. Elle n'avait pas à s'abaisser de la sorte. Mais bon. Elle était jeune, elle avait le droit de s'envoyer en l'air avec un bellâtre hispanique pour se faire un peu d'expérience. A la limite.

Le hic, c'était qu'elle avait l'expression ravie, tendre, exaltée d'une femme amoureuse. Et ces deux-là se cajolaient comme des adolescents découvrant la passion ! Qu'est-ce que c'était que ce délire ?

Freddy sentit la colère l'envahir. Son sang ne fit qu'un tour. Ce truc-là était inadmissible. Il n'était pas question qu'il reste planté là sans rien faire, à regarder son investissement se fourvoyer en compagnie d'un abruti de Latino. Crispant les doigts sur le goulot du champagne, il s'avança vers eux.

— Charlotte ! cria-t-il d'un ton enjoué. Viens voir Papa, ma chérie. J'ai de grandes nouvelles !

Charlotte se redressa d'un bond. Freddy eut le plaisir de voir ses joues s'empourprer. Elle paraissait gênée.

« Ouais, ma jolie, songea-t-il avec amertume, je t'ai prise la main dans le sac et tu es dans tes petits souliers. » Il la rejoignit d'un pas nonchalant. Sans un mot, il l'enlaça et la serra longtemps, avec suffisamment de familiarité pour montrer au jardinier qu'il n'était pas qu'une simple connaissance.

Charlotte s'écarta de lui et baissa les yeux. Sur sa droite, Freddy vit le jeune homme — qui avait décidément la peau très foncée et des traits à faire se pâmer toute la population féminine de la région — froncer les sourcils d'un air mécontent. Il se tenait droit, le torse bombé. Il semblait sûr de lui, confiant dans sa large carrure et ses épaules musculeuses. Freddy se dit qu'il ressemblait à un matador, et le méprisa instantanément pour le charme et la puissance brute qui émanaient de sa personne.

— Freddy..., commença Charlotte d'une voix nerveuse. Je te présente Michael Mondragon. De la pépinière Mondragon.

Freddy s'alarma. Pépinière Mondragon ? Alors c'était de là que venaient les fleurs et tout le bataclan... Mince, se dit-il en regardant autour de lui. Qu'est-ce qu'elle avait bien pu faire, la chérie, pour mériter tout ça ?

Il toisa le jardinier d'un regard méprisant, sans le saluer.

— Hmm, je vois, marmonna-t-il.

Charlotte rougit. Le jeune homme le fixa d'un regard plein de fureur. Pour achever de l'insulter, Freddy lui tourna le dos.

— J'ai besoin de te parler. En privé, déclara-t-il à l'adresse de Charlotte.

Il désigna le Latino d'un hochement de tête dédaigneux.

— Dis à ton jardinier de déguerpir. Il est temps qu'il disparaisse.

— Mon jardinier ? répéta-t-elle, confuse. Mais ce n'est pas...

— J'ai peur que vous n'interprétiez mal la situation, intervint le jeune homme d'une voix sourde, menaçante.

Freddy lui fit de nouveau face, en pivotant sur lui-même avec une lenteur insolente. Il le considéra d'un air patient et ricana. Ce truc ne manquait jamais d'intimider ses interlocuteurs. Freddy l'avait appris dans sa jeunesse auprès d'un nabab du cinéma petit et chauve à qui personne ne résistait.

— Ah ? fit-il d'une voix supérieurement hautaine, pour enfoncer le clou. Et qu'est-ce qui vous fait croire, *mon bonhomme*, que « j'interprète » la situation ?

Contrairement à ce que Freddy espérait, l'homme ne sembla pas impressionné par sa prestation. Au contraire, il esquissa un sourire à la fois amusé et mauvais qui le mit très mal à l'aise.

— Je n'ai nullement l'intention de partir. Je viens d'arriver, répliqua-t-il. J'ai des relations d'ordre privé avec Mlle Godfrey. C'est vous, me semble-t-il, qui devriez vous en tenir aux heures de bureau pour lui rendre visite.

Il regarda un instant le soleil rougissant qui disparaissait derrière l'horizon.

— Comme il est déjà tard, reprit-il, ayez l'obligeance de dire à Charlotte ce que vous avez à lui dire, puis de partir. Nous allions dîner et vous n'êtes pas invité.

Freddy sentit les beignets de son petit déjeuner avec LaMonica, les moules marinières du déjeuner et toutes les cacahuètes qu'il avait grignotées avec le Martini en fin d'après-midi tourbillonner dans ses tripes et lui remonter dans la gorge. Sa colère explosa. Il fit un pas en avant et donna une brusque bourrade à son interlocuteur.

— Ecoute, fumier, tu mérites que je te...

Il n'eut pas le temps de terminer sa phrase. En un

éclair, le jeune homme le saisit par les revers de sa veste. Il se pencha vers lui, son visage oscillant tout près du sien. Ses yeux lançaient des éclairs.

— Ne me parlez plus jamais sur ce ton, ordonna-t-il d'une voix qui laissait entendre qu'il n'hésiterait pas à l'étriper.

— Michael, s'il te plaît, cria Charlotte en lui agrippant le bras, les yeux brillants de panique. Je t'en prie, laisse-le !

Freddy éprouva un atroce pincement de honte en entendant la jeune femme implorer sa grâce. Mais il s'efforça de n'en rien laisser paraître. De toute façon, il n'avait pas le choix. Le jardinier le serrait si fort à la gorge qu'il commençait à avoir de la peine à respirer. Dans son cœur, cependant, il se promettait déjà de se venger de ce salopard.

L'homme prit une profonde inspiration et le lâcha. Il eut alors ce geste des deux mains si caractéristique des Hispaniques : une petit torsion brusque des poignets, pleine de dégoût, signe qu'ils rejetaient l'adversaire comme une serpillière usagée parce qu'ils craignaient de se salir s'ils le touchaient plus longtemps.

— N'attaquez jamais un homme si vous n'êtes pas de taille à lui résister, marmonna-t-il.

Il lui tourna le dos et s'éloigna de quelques pas, comme un matador ignorant le taureau blessé auquel il vient de donner l'estocade.

Freddy vacilla sous l'humiliation.

— Freddy ! s'exclama Charlotte. Est-ce que ça va ?

La sollicitude de la jeune femme acheva de le déstabiliser, et le rendit fou de rage.

— Ouais, ça va ! rétorqua-t-il en la repoussant d'un coup de coude, avant de remettre sa cravate en place. Qu'est-ce que tu crois ? Que ce salopard de Monsieur Muscle m'impressionne ?

Il remonta ses manches de chemise sur ses avant-bras.

— Débarrasse-toi de lui avant que j'appelle la police.

— Mais je ne peux pas...

— Fiche-le dehors, j'ai dit ! hurla-t-il.

Le Latino fit volte-face, les poings serrés, et s'avança de nouveau vers lui.

Charlotte s'interposa, lui barrant le passage.

— Freddy, cesse de le provoquer, cria-t-elle par-dessus son épaule. Va dans la maison. J'arrive. Je dois parler à Michael une minute. S'il te plaît, Freddy ! Fais ça pour moi !

Il se pencha pour ramasser le champagne dans l'herbe, songeant avec rancœur que la bouteille avait été tellement secouée qu'ils ne pourraient plus l'ouvrir ce soir — sous peine de voir le mousseux leur exploser à la figure. Ivre de colère, il se dirigea à pas lourds vers la maison.

De la fenêtre de la cuisine, il vit Charlotte parler avec animation au jeune homme, tout en caressant le devant de sa chemise. Merde ! pensa-t-il en frappant du poing sur la table. Si elle mettait tant d'ardeur à apaiser ce fils de pute, c'est que c'était sérieux. Il devait mettre un terme à cette histoire. Et vite ! Il se frotta la joue, sentant le chaume de sa barbe naissante sous sa paume — résultat d'une longue, d'une très longue journée de négociation pour assurer l'avenir de cette fille. Et son propre avenir. Pas question de laisser un jardinier hispanique bousiller tout ça ! Il frappa encore du poing sur la table. La colère et la frustration commençaient à l'aveugler. Il s'intima l'ordre de se calmer. Maintenant, il devait réfléchir et trouver le moyen de passer à la contre-attaque.

O.K., se dit-il. D'abord, elle partait demain en tournage, à l'autre bout du pays. Loin de ce Latin Lover à quatre sous. En deux mois d'absence, elle avait le temps de l'oublier. Mais pour être sûr qu'il ne reviendrait pas à la charge... Freddy fronça les sourcils. Il allait devoir la mettre en couple avec des gars célèbres, quelque acteur au physique d'Adonis qui lui ferait oublier ce sale morceau de barbaque hispanique. Elle aimait les bruns ? Hmm... Peut-être Johnny Depp, alors... Ouais. Il ressemblait pas mal à ce Michael, et ce qu'il n'avait pas en corpulence, il l'avait en stature. Charlotte, elle, était grande et svelte. Le genre de nana que Depp appréciait. Ça pouvait fonctionner.

Comme il reportait son regard sur le jardin, il vit Mondragon se pencher et embrasser Charlotte avec ferveur sur la bouche, tandis que ses mains l'étreignaient de manière possessive. Freddy se renfrogna, le cœur lourd de dépit. Il ferma les yeux et essaya d'imaginer ce qu'il éprouverait à caresser le corps de Charlotte, à laisser ses doigts glisser sur ses courbes sensuelles. Le désir l'envahit, le posséda tout entier — douleur sourde qui n'était pour lui qu'une malédiction.

Son intuition l'avertit que quelqu'un se trouvait derrière lui. Il fit volte-face et cilla, perplexe. Seigneur... Avait-il des visions, tout à coup ? Dans l'embrasure de la porte se tenait un double de Charlotte Godfrey — dans une version plus petite, quoique dotée de formes plus généreuses encore que l'original. La femme qu'il contemplait portait un ensemble de soie beige clair, très simple et très élégant, pareil à ceux que Charlotte affectionnait. Comme elle s'avançait dans la pièce enténébrée, il remarqua que ses cheveux étaient blond cuivré, coiffés dans le même style que ceux de Charlotte. Et... Bon sang, elle portait aux pieds des tennis Charles Jourdan pareilles à celles qu'il avait lui-même achetées à sa pouliche à Beverly Hills. Stupéfait, il jeta un regard vers la fenêtre. Dans le jardin, Charlotte continuait de gesticuler avec le Roi du Mambo. Et ici... Marchant à sa rencontre, il y avait cette autre Charlotte, ronde et sensuelle...

— Freddy, murmura-t-elle en s'immobilisant devant lui.

Il fronça les sourcils. C'était Melanie Ward — et ce n'était pas elle. Elle avait changé la couleur de ses cheveux, son maquillage, ses vêtements... Elle s'était entièrement relookée pour imiter Charlotte Godfrey !

Il la toisa d'un regard langoureux, plein de concupiscence. Curieusement, elle le laissa faire. Il la dévorait des yeux, la tension montait entre eux, et elle n'essayait pas de rompre le charme. A la plus complète surprise de Freddy, elle en rajouta même pour l'émoustiller. S'adossant au mur, elle plissa coquettement les lèvres, cambra le dos pour mettre sa généreuse poitrine en valeur, remua des hanches avec sensualité. Toutes choses qu'il avait rêvé de voir Charlotte Godfrey faire pour lui, mais sans oser l'espérer sérieusement, bien sûr.

Freddy détailla encore Melanie. Ses cheveux étaient plus foncés que ceux de Charlotte, et sa peau n'était pas aussi parfaite. Mais, s'il se laissait porter par son imagination, il pouvait croire que c'était bien Charlotte qui se trouvait là, devant lui. Comme s'il regardait une doublure dans un film.

Il s'approcha d'elle, la prit dans ses bras et l'embrassa avec ardeur — avec la même passion débridée que celle dont il avait été témoin entre Mondragon et Charlotte. Melanie poussa un petit gémissement sourd, qui l'incita à prolonger l'étreinte. De nouveau, il était comme aveuglé par toute la fureur, la frustration et la honte qu'il avait éprouvées face au jardinier hispanique. Il saisit tout à coup une jambe de Melanie, la releva en la pliant autour de sa hanche et plaqua la jeune femme avec rudesse contre le mur. Sa nuque cogna la paroi, mais elle continua de l'embrasser, se frottant fiévreusement contre lui, l'incitant à l'enlacer plus fort encore. Il s'échina à apaiser sur elle toute la violence qu'il avait accumulée depuis son arrivée à la maison. Il la serra comme s'il voulait se fondre en elle. Melanie haletait, à présent, et ses doigts trituraient la boucle de son ceinturon. Il la laissa faire. Arrachant ses lèvres aux siennes, il enfouit le visage dans son cou et la couvrit là de baisers torrides.

La main de Melanie descendit vers son entrejambe, cherchant à le caresser. Puis elle se figea. Freddy redressa la tête. Elle le regardait d'un air étonné.

Elle s'agenouilla et baissa sa braguette. Il lui saisit les mains pour l'empêcher d'aller plus loin.

— Freddy, laisse-moi faire ! protesta-t-elle d'une voix implorante. Donne-moi une chance...

Le ventre noué par l'effroi, il agrippa ses mains et la fit se redresser — avec tant de brusquerie qu'elle poussa un hurlement de douleur. Puis il s'écarta d'elle ; il imita le geste plein de dégoût que Michael avait eu vis-à-vis de lui.

Il remonta sa braguette, maudissant Melanie, se maudissant lui-même, maudissant le destin qui l'avait privé de sa virilité. Plissant les yeux, il soutint le regard de Melanie tandis que leurs respirations s'apaisaient. Sa jupe et sa veste étaient froissées, tordues autour de ses hanches. Le mascara et le rouge à lèvres bavaient sur son visage. Comment diable avait-il pu croire que cette fille était Charlotte ? Elle n'en était qu'une copie grossière et sans attrait.

Freddy grimaça. Soudain, il détestait Melanie de tout son cœur. Il la détestait de l'avoir tenté, de l'avoir entraîné dans ce jeu minable.

— Freddy ? murmura-t-elle, des larmes dans les yeux.

Elle le dévisageait d'un air perplexe. Elle cherchait une explication. Combien de fois avait-il vu ce regard dans les yeux des femmes qui voulaient lui plaire, l'exciter ? Elles pensaient toutes que c'était leur faute à elles si cela ne marchait pas. Mieux valait qu'elles voient les choses ainsi.

— Il ne s'est rien passé, déclara-t-il avec aplomb. Tu comprends ? Je ne sais pas ce qui m'a pris...

Les yeux de Melanie se durcirent, tout à coup. Elle fixa son entrejambe, renifla, puis se redressa.

— Ah ouais ? répliqua-t-elle. Pourquoi tu me sors ces salades ? Qu'est-ce qui t'arrive, Freddy ? Je ne suis pas assez bien pour toi ? Il n'y a que la vraie Godfrey qui puisse te faire bander ?

Ce dernier mot le tétanisa.

— La ferme ! hurla-t-il. Tais-toi, je te dis !

Melanie le dévisagea longuement. Puis, soudain, ses yeux s'arrondirent. Elle avait compris. Un sourire méchant plissa ses lèvres.

— Oh, je vois, je vois..., susurra-t-elle. Ce n'est ni à cause de moi, ni à cause de Charlotte. Hein, Freddy ? L'une comme l'autre, nous pourrions nous frotter contre toi comme des chattes en chaleur, ça n'y changerait rien, n'est-ce pas ? J'avais entendu dire ça à ton sujet, mais je n'y croyais pas.

Il tressaillit.

— Entendu dire quoi ? rétorqua-t-il.

— Que tu ne peux pas dresser ton petit soldat.

Elle éclata de rire.

— Si j'avais su ! ajouta-t-elle d'un ton narquois. Je ne me serais pas donné tant de peine.

Freddy lui tourna le dos — pour cacher la panique qui envahissait ses yeux. Son impuissance, c'était un secret qu'il avait payé cher. Son ex-femme, Ali, avait juré de se taire, à condition qu'il lui donne tout ce qu'il avait. Si Hollywood apprenait cela, on se moquerait de lui, on le considérerait comme un faible. Il serait exclu du cercle des initiés. Il ne pouvait laisser une telle chose se produire ! Pas maintenant, alors qu'il était si près de revenir parmi les grands.

— Tu oublies qui je suis, répliqua-t-il d'une voix glaciale. Ferme-la, et je t'aurai un rôle dans le nouveau film que j'ai décroché pour Charlotte. Je vais faire en sorte d'avoir deux contrats en un. Mais, si tu parles de ce qui vient de se passer, ta carrière est terminée. Et tu sais qu'elle n'est déjà pas dans une très bonne passe...

— Va te faire voir, Freddy !

Il regarda par-dessus son épaule. Melanie avait baissé la tête. Elle semblait réfléchir à sa proposition.

Il patienta, reportant son attention sur le jardin. Charlotte raccompagnait Mondragon vers l'avant de la maison. Une rafale de vent emporta soudain son chapeau de paille. Elle courut après en riant comme une collégienne.

— O.K., murmura Melanie d'un ton maussade. Marché conclu.

Freddy ne l'écoutait plus. Il était de nouveau rongé par la jalousie qu'il ressentait à l'égard de cet homme — jeune, beau, grand, et surtout puissant, qui saisissait maintenant la main de Charlotte, la tirait vers lui, l'embrassait sur le front. Seul un homme totalement certain de sa virilité pouvait faire trembler une femme comme Charlotte paraissait trembler sous ce simple baiser.

Depuis vingt ans, Freddy enrageait d'avoir été victime de cet accident insensé qui l'avait privé de sexualité. Maintenant, cette rage qui le rongeait comme un cancer avait une cible : la virilité trop manifeste de Michael Mondragon.

12.

Les rouges, les oranges, les ors somptueux de l'été indien avaient disparu. Comme Charlotte, la belle saison s'en était allée. Michael marchait d'un pas lourd dans les feuilles mortes, le cœur sans joie. Le paysage d'automne et le ciel gris qui s'offraient à sa vue résumaient bien ce que sa vie était devenue.

Charlotte lui manquait plus qu'il n'aurait su l'exprimer. En partant, elle avait emporté avec elle une partie de lui-même — la meilleure partie. Leur amour s'était épanoui durant les mois d'été, l'emplissant de bonheur, mais, maintenant qu'elle n'était plus là, il se sentait aussi sec et désespéré que les feuilles qui tombaient devant ses yeux pour s'échouer sur le sol.

Il embrassa du regard la pépinière, fermée depuis la veille pour la période hivernale. Jusqu'en avril, ils n'auraient quasiment pas de clients. Un calme étrange régnait déjà sur la propriété. Michael nota dans un coin de son esprit qu'il lui faudrait démonter le stand de vente qu'il avait installé non loin de la sortie de l'autoroute. Durant tout l'été, un employé saisonnier y avait vendu des fleurs séchées, des fruits et quelques objets d'artisanat fabriqués par des femmes de la région. Ça aussi, c'est fini jusqu'au printemps.

Continuant à marcher, il passa devant les granges, où

l'on avait déjà commencé à ranger le matériel horticole, longea une serre, traversa un champ, puis, lassé de cette promenade qui ne le distrayait guère, regagna le chemin qui remontait jusqu'à la pittoresque maison de ses parents. Il fit une halte sous la véranda, pour admirer la vue sur la vallée.

Son père avait bâti cette demeure pour sa famille quinze ans plus tôt, après que Roberto, Rosa et lui, Miguel, avaient achevé leur éducation dans leur lycée catholique. C'était une maison modeste et heureuse. On y entendait souvent jouer de la musique mexicaine, et la cuisine savoureuse de Mama y diffusait tous les jours de délicieuses odeurs que les convives saluaient dans la langue chantante et ensoleillée de leurs ancêtres. Depuis que Michael avait repris l'entreprise familiale, son père était un homme radieux. Il se détendait devant la télévision, parlait aussi de partir en vacances avec Marta — les premières vacances de leur vie. Les sillons d'inquiétude qui creusaient son front autrefois s'étaient enfin dissipés. Quant à Mama, elle riait plus souvent, elle aussi, et elle prenait le temps de jouer avec ses petits-enfants.

De même que les saisons s'achèvent, cependant, Michael savait que la longue période qu'il avait accordée à sa famille touchait à sa fin. Il avait décidé de partir bientôt, de retourner à Chicago — à son métier et à sa vie. Il en était grand temps. Il comptait être là-bas avant les premières neiges. Restait à l'annoncer à son père.

Il emplit ses poumons d'air frais, épousseta sa veste, à laquelle s'étaient accrochées quelques petites feuilles mortes, puis, ayant frappé ses bottes l'une contre l'autre pour en faire tomber la boue, il entra dans la maison. Les enfants l'accueillirent par de chaleureux cris de bienvenue en espagnol.

Maria Elena lui attrapa les mains et l'entraîna vers la cheminée.

— Regarde, *Tío* Miguel ! déclara-t-elle, le visage rouge d'excitation. Abuelo Luis a allumé le premier feu de la saison.

— En mon honneur ! précisa Cisco, bombant fièrement son petit torse. Pour mon anniversaire !

Mama avait mis des châtaignes à griller dans l'âtre. Leur odeur emplissait déjà la pièce. Papa et Manuel étaient assis à la grande table, sirotant une bière et jouant aux cartes. Dans la cuisine, Mama et Rosa préparaient le dîner. Ce soir on fêterait les onze ans de Cisco en petit comité. Mais il n'était pas rare qu'un oncle, une tante, des neveux ou des nièces du Mexique ou de Californie se joignent à eux pour le repas. Tout membre de la famille était le bienvenu dans cette maison.

Bobby n'était pas encore arrivé. Michael se frotta les mains devant la cheminée, regardant les flammes l'air pensif. L'été durant, son frère avait gardé ses distances non seulement avec lui, mais avec toute la famille. Bobby craignait sans doute qu'il ne le trahisse, ou ne fasse accidentellement allusion à son homosexualité. Pour éliminer ce risque, il ne venait que très rarement à la maison. Michael le déplorait, souffrait de constater que son aîné ne lui faisait pas confiance. Et il lui en voulait de peiner Mama et Papa, qui ne comprenaient pas que la famille ne soit pas toujours réunie pour les déjeuners du dimanche.

Marta apporta un plat fumant sur la table.

— Où est Roberto ? demanda-t-elle d'un ton inquiet, en jetant un regard vers la porte. Il y a plusieurs semaines qu'il n'est pas venu. Quand même...

— Il va arriver, Mama, cria Rosa de la cuisine d'un ton rassurant. Il sait que c'est l'anniversaire de Cisco. Il ne manquera pas cette fête.

— Tu crois ça ? marmonna Papa. Ce fils-là, il n'a aucun *respeto*. Il aime juste sa vie de sauvage, avec ses amis artistes, à Los Angeles. Sortir la nuit, aller dans les bars ! C'est un bon à rien. S'il vient, je lui conseille de filer doux. Quel exemple il donne aux *bambinos* ! Manuel et Rosa, eux, ils savent leur montrer le respect de la famille !

Il se tourna subitement vers Marta, qui s'était approchée de la fenêtre.

— Ne reste pas là ! ordonna-t-il. Tu vois bien qu'il est un mauvais fils !

— *Les fenêtres obscures de l'âme en cette vie...*, marmonna Michael.

Luis le regarda avec méfiance.

— Qu'est-ce que tu racontes là, dans ton anglais ? rétorqua-t-il.

— Bobby est un homme adulte, et il a le droit d'avoir les amis qu'il veut, déclara calmement Michael en reportant son attention sur le feu. Puisque tu tiens tant à parler de respect dans cette maison, je pense que nous devrions tous le respecter suffisamment pour accepter la façon de vivre qu'il s'est choisie.

Michael avait conscience de s'engager sur un terrain dangereux. Il devait se montrer très prudent, afin que la conversation ne dégénère pas en confrontation. Comme cela arrivait quelquefois.

Son père haussa les épaules, l'air agacé.

— Il choisit des artistes comme amis, mais il ne choisit pas nous, sa famille ! rétorqua-t-il d'une voix tonitruante, en se tapant la poitrine. Il est comme un étranger avec ses parents !

— Il est comme il a toujours été, intervint doucement Marta. Bobby est un bon fils, un fils loyal.

— Loyal ? répéta Luis d'un ton outré. Tu perds la tête ! Est-ce qu'il est avec nous, maintenant, pour l'anniversaire de Cisco ? Est-ce qu'il travaille ici, dans l'entreprise de la famille, comme son frère et sa sœur ? Non ! Ce monsieur, il *décide* de nous aider quand il le veut bien ! Et seulement l'été ! Pourquoi ? Oh, pas parce que nous avons besoin de lui. Juste parce que lui, il a besoin d'argent ! Et, le reste de l'année, il *décide* de vivre en ville et de peindre des murals avec ses amis qui ont les cheveux violets et les mains douces comme des mains de femme. Je n'ai pas élevé mon fils de cette façon. Il est l'aîné, mais il se comporte comme un petit dernier. Bah !

Michael secoua la tête.

— Non, Papa. Arrête. Ça suffit.

— Quoi ? explosa Luis. Quoi ? Mais je dis la vérité ! Toi, tu es *fuerte* et *formal*, non ?

Michael se tourna vers les enfants.

— Cisco, Maria, allez regarder la télévision quelques minutes. Je dois parler à grand-père.

Il devait annoncer maintenant à son père qu'il allait partir — et lui rappeler si nécessaire qu'il n'avait jamais caché son intention de retourner à Chicago. Il voyait bien que Luis espérait le retenir. Qu'il lui faisait une sorte de chantage affectif pour le forcer à rester. Michael soupira en lui-même. Sa décision allait provoquer un séisme terrible dans la famille. Mais c'était inévitable.

— Je ne veux pas regarder la télévision, protesta Cisco, renfrogné, en s'approchant pour lui agripper le bras. Je veux rester avec toi, *Tío* Miguel.

Manuel leva les yeux de ses cartes et parla sèchement à l'enfant en espagnol, lui ordonnant de laisser son oncle tranquille. Cisco leva le menton.

— Je reste si je veux ! affirma-t-il. C'est mon anniversaire.

Michael sourit en son for intérieur. Un tel acte de rébellion aurait été impensable quand il avait l'âge du garçon.

Manuel s'empourpra, jeta ses cartes sur la table et se leva brusquement. Cisco poussa un petit cri d'effroi. Instinctivement, Michael glissa une main protectrice autour de ses épaules. Puis, baissant les yeux sur ses petits bras maigres, il y remarqua plusieurs ecchymoses — des marques de coups de ceinturon. Hélas, le petit semblait faire les frais du caractère tempétueux de Manuel.

— O.K. ! Ça n'a pas d'importance, déclara-t-il d'une voix apaisante, essayant de refouler la flambée de colère qui l'envahissait.

Il exécrait la violence contre les enfants, ayant lui-même senti la morsure du martinet dans sa jeunesse. Et il s'était juré de ne jamais infliger un tel supplice à quiconque à l'âge adulte.

— Il répond encore à son père, ce gosse ? s'emporta Rosa dans la cuisine. Tu vas voir si je viens te chauffer les oreilles !

Michael sentit Cisco frissonner de peur contre lui. La fureur de Rosa ne valait peut-être pas mieux que celle de son époux.

— Ne t'en occupe pas ! répliqua-t-il à sa sœur, avant de se tourner vers Manuel. Je vais lui lire une histoire pendant que tu termines ta partie de cartes. Je parlerai à Papa plus tard.

— Comme tu voudras...

Manuel toisa son fils d'un regard noir.

— Tu dois respecter la parole des grandes personnes, ajouta-t-il d'un ton menaçant.

— Assez ! s'énerva Luis en agitant la main pour signifier à Manuel de se rasseoir. Fichez-nous la paix, vous tous ! Nous sommes en train de jouer aux cartes. Marta, dépêche-toi de préparer le dîner. J'ai faim. Après, nous couperons le beau gâteau, d'accord ? Et je sortirai des cigares pour l'anniversaire de ton fils. Viens, Manuel, terminons la partie. Laisse les enfants aux femmes.

— Rosa ! cria Manuel à l'adresse de sa femme — en pâle imitation de son beau-père. Sois une bonne épouse, pour une fois, et rajoute des châtaignes sur la grille pour les enfants. Et mets de la musique, tu veux bien ?

Rosa, qui se tenait à présent sur le seuil de la cuisine, fusilla son mari du regard. Mais, par respect pour son père, elle fit ce qui lui était demandé.

Michael sentit l'enfant se détendre sous son bras.

— Cisco, petit vaurien, lui murmura-t-il à l'oreille en pouffant. Veille à tenir ta langue devant tes parents.

Il ne faisait aucun doute que le garçon paierait plus tard son insolence de quelques coups de ceinturon. Mais Michael savait que Cisco ne sentirait même pas la douleur. Combien de fois son père et lui avaient-ils joué des scènes similaires ?

Et tout à l'heure, pensa-t-il en regardant Luis, ils recommenceraient, une fois de plus, quand viendrait le moment de parler de son départ. Oh, pas en échangeant des coups, bien sûr. Mais les blessures intérieures qu'ils s'infligeraient les feraient tous deux profondément souffrir...

La porte de la maison s'ouvrit à la volée.

— *Feliz Cumpleaños !* s'exclama Bobby en brandissant une grosse boîte à bout de bras. Où se trouve le gentil garçon dont on fête l'anniversaire ce soir ?

Cisco se précipita vers Bobby pour voir son cadeau.

— Une Nintendo ! s'exclama-t-il avec ravissement. Wouaou ! Merci, *Tío* Roberto !

Une mélodie mexicaine s'éleva des enceintes de la chaîne hi-fi. Marta applaudit avec enthousiasme. Cisco, soutenu par sa sœur Maria Elena, demanda s'il pouvait ouvrir son cadeau tout de suite. Comme les adultes consentaient en riant, *Tío* Roberto aida les petits à déballer la Nintendo. L'atmosphère se détendit enfin. Bobby avait réussi son entrée en scène, et le dîner serait servi sous peu. Pendant deux ou trois heures, tout irait pour le mieux dans le meilleur des mondes. Le séisme qui venait de secouer les Mondragon ne méritait qu'un petit deux ou trois sur l'échelle de Richter, songea Michael avec ironie.

Il ne s'agissait que d'un drame mineur — surtout en comparaison de celui qui les attendait.

Après le dîner, Manuel annonça qu'il devait s'absenter un moment pour porter un devis chez un client. Michael le suivit dehors. Il ferma avec soin la porte de la maison derrière lui.

— Une seconde, je voudrais te dire un mot ! l'apostropha-t-il en le rattrapant près de sa Mercury rouge.

Manuel, qui insérait la clé dans la serrure, jeta un regard surpris par-dessus son épaule. Il acquiesça d'un hochement de tête respectueux. Michael supposa que c'était parce qu'il était son patron.

— Je voudrais te parler de Cisco, précisa-t-il.

Manuel eut un sourire qui ressemblait un peu à une grimace.

— Ce petit, il n'est pas facile ! marmonna-t-il. A peine onze ans, et il répond déjà à tout le monde !

Il pouffa.

— C'est peut-être parce qu'il a appris trop de choses à l'école, ajouta-t-il.

Michael dévisagea son beau-frère. Manuel semblait fier de son fils. Raison de plus pour qu'il se comporte décemment envers lui.

— Je trouve qu'il a trop de marques de coups, déclara-t-il.

Le visage de son interlocuteur s'assombrit.

— Ecoute-moi, Manuel, poursuivit-il d'un ton ferme. Je sais que tu penses que ça ne me regarde pas, mais moi je décide que ça me concerne. Je ne veux plus voir d'ecchymoses sur le corps de ce garçon. Ni sur celui de la petite Maria Elena. Si ça se reproduit, tu me rendras des comptes.

Manuel rougit. Ses yeux s'emplirent de fureur et de ressentiment. Manifestement, il n'appréciait pas de s'entendre donner une telle leçon.

— Je sais que ces enfants ont besoin de discipline, reprit Michael, les mains sur les hanches. Mais, si tu dois les taper, donne-leur simplement une fessée. Ne les frappe pas avec un ceinturon ou un martinet, qui sont des armes de trouillard. Cisco et Maria Elena sont la chair de ta chair, pas des ânes !

Le visage de Manuel se durcit encore, mais il ne répondit rien. Il hocha la tête, une seule fois, brusquement, puis ouvrit la portière de sa voiture. Il s'assit au volant et démarra en trombe. Michael regarda les phares arrière de la Mercury disparaître au bas de l'allée.

Derrière son dos, il entendit le pas traînant de Bobby, qui venait vers lui.

— Qu'est-ce qui se passe ?

— Oh, j'essayais juste d'en finir avec certaines vieilles habitudes, répondit Michael, et il lui rapporta en quelques mots son échange avec Manuel.

Bobby soutint son regard un instant, puis tourna les yeux vers la terre des Mondragon qui s'étendait devant eux sous le manteau de la nuit.

— A propos de vieilles habitudes... Rosa m'a raconté ce que tu as dit tout à l'heure à Papa, marmonna-t-il. A mon sujet...

Il s'éclaircit la voix.

— Merci, *hermano*.

— Je t'en prie, ce n'est rien.

Bobby poussa un soupir las.

— Ah, Michael... Ecoute comme nous nous parlons ! Nous sommes tellement *formal*, se plaignit-il, puis il poussa un petit rire ironique. Toi, je peux le comprendre. Tu as toujours été laconique. Mais moi ? Moi qui aimais bavarder pour le simple plaisir de bavarder. Je deviens aussi muet que toi !

Michael esquissa un sourire. Etre *formal*, dans la culture mexicaine, cela signifiait être sérieux, posé, et, surtout, ne pas parler pour ne rien dire. Les femmes, même si elles pouvaient parfois se montrer très spirituelles, jacassaient beaucoup. Les hommes, eux, avaient certes le droit d'échanger des plaisanteries et de discuter de choses et d'autres, mais, dans l'ensemble, ils évitaient les commérages. Quand ils ouvraient la bouche, ils l'ouvraient utilement.

— Non, tu te trompes, répliqua Michael avec humour. Si je parle peu, c'est uniquement parce que je ne maîtrise pas l'espagnol aussi bien que vous tous.

Son frère pouffa. Ils savaient tous deux que ce n'était pas vrai. Depuis deux ans et demi qu'il était revenu en Californie, Michael avait fait de grands progrès en espagnol. Parce qu'il avait accepté de s'y remettre. En fait, il s'exprimait maintenant dans cette langue aussi bien que le reste de sa famille.

Bobby lui tapota l'épaule.

— J'ai entendu dire que tu avais cité un vers de Blake, ce soir. Je suis heureux d'apprendre que tu n'as pas perdu ton temps, dans cette prestigieuse université de la côte Est où tu as fait tes études !

— C'est aussi Rosa qui te l'a dit ?

Les yeux de Bobby pétillèrent d'amusement.

— Non, Papa. Il m'a tiré à part pour me demander ce que tu entendais par ces « fenêtres obscures de l'âme ». J'ai failli éclater de rire, mais je me suis retenu et je lui ai répondu que je ne comprenais pas ce que cela signifiait.

Ils rirent de bon cœur. Quand ils se calmèrent, Bobby écarta les bras théâtralement.

— *« Les fenêtres obscures de l'âme en cette vie Gauchissent les Cieux de pôle en pôle, Et vous amènent à croire à ce qui est mensonge, Quand vous voyez avec, non pas à travers l'œil. »*, déclama-t-il d'un ton vibrant de conviction. William Blake !

Il marqua une pause, souriant, avant d'ajouter :

— Ces vers m'ont toujours fait penser à Papa.

Michael soupira doucement.

— Bobby, je suis désolé.

— Pourquoi ? Parce que Papa et moi sommes des étrangers l'un pour l'autre ?

— Non. Parce que le fossé s'est creusé entre toi et moi. Je le regrette de tout mon cœur.

— Hé, mec ! protesta Bobby d'un air qui se voulait désinvolte. Ce n'est pas ta faute.

— Qui est responsable, alors ? répliqua Michael, et il haussa les épaules. Si, je pense que c'est ma faute. Même si toi, ensuite, tu ne m'as pas facilité les choses. Et je te présente mes excuses...

Il donna un petit coup de pied dans les gravillons devant lui.

— J'aurais dû te demander pardon depuis longtemps, reprit-il, mais... je ne savais pas quoi dire. Ni quoi faire. J'avais le sentiment... Pardonne-moi si ça te choque, mais pendant un certain temps j'ai eu le sentiment d'avoir manqué à mes devoirs envers toi. J'avais même des pensées vraiment idiotes. Par exemple que j'aurais dû sortir davantage avec toi.

Il poussa un petit rire d'autodérision.

— Que j'aurais dû te présenter des filles, ajouta-t-il. J'ai compris ces dernières semaines à quel point j'ai été bête de voir les choses ainsi.

Bobby prit une profonde inspiration.

— Michael... Michael..., murmura-t-il. Quand nous étions gosses, lorsque toi tu rêvais de petites filles, je rêvais de petits garçons.

Michael leva les yeux pour regarder un nuage dériver lentement en direction du croissant de lune.

— Ce soir, Mama a affirmé devant Papa que tu es celui que tu as toujours été, confia-t-il. Ça m'a paru être la voix de la sagesse. Je ne sais pas pourquoi j'ai eu tant de mal à accepter l'idée que tu es gay. Mais je veux que tu saches que, maintenant, je... j'ai compris. Et ça ne change rien entre nous. Tu es mon frère. Je t'aime.

Une émotion profonde envahit les yeux de son aîné. Michael fit un pas vers lui, et ils s'étreignirent, effaçant en silence les problèmes que leurs différences avaient fait surgir entre eux, ne songeant qu'à ce qu'ils avaient à partager, à leur amour fraternel, à leur famille, à leur envie d'être proches l'un de l'autre. Michael rêvait à une femme, Bobby vivait peut-être avec un homme. Quelle importance cela avait-il ?

Ils se serrèrent un long moment, puis Bobby s'écarta de lui et poussa un rire enjoué qui s'éleva haut et clair dans la nuit.

— Comment va Charlotte ? demanda-t-il.

Michael perdit son sourire. Subitement, il se remémorait la scène tendue qui avait précédé le départ de Charlotte pour l'aéroport.

— Elle est partie en tournage, marmonna-t-il. Elle a un rôle important dans un film historique intitulé *Un jour en automne*. Elle va enfin pouvoir donner la preuve de son talent. Ce projet l'enthousiasme énormément, et les producteurs sont tellement charmés qu'elle touche un cachet royal. Ensuite... Le prochain film est déjà programmé.

Il marqua un temps d'arrêt, secouant la tête avec dépit.

— Cette fois, elle sera pour de bon en tête d'affiche, conclut-il, ajoutant en pensée qu'il ignorait quand la jeune femme et lui se reverraient.

— Wouaou ! fit Bobby d'un air admiratif. Sa carrière est lancée. Combien de temps sera-t-elle absente, cette fois ?

— Je ne sais pas trop. Elle est partie depuis plus d'un mois. Elle devrait rentrer le mois prochain, peut-être, ou celui d'après...

Bobby le considéra d'un air soucieux.

— Tu sais, ça m'ennuie d'évoquer ce genre de chose, mais... est-ce que tout va bien, entre vous ? demanda-t-il. Je veux dire, je l'ai vue en photo dans des magazines en compagnie de bellâtres... Vous êtes encore ensemble, ou pas, tous les deux ?

Michael hocha brusquement la tête.

— Tout ça, c'est de la publicité. Son agent l'exhibe au milieu de toutes ces grosses pointures du cinéma pour qu'elle soit remarquée par les médias. Ça fait parler d'elle, tu vois ?

Il jura entre ses dents.

— Et ça marche, faut l'avouer, reprit-il. Dans son nouveau film, elle a pour partenaire Brad Sommers, la coqueluche des adolescentes. Elle m'a expliqué que Walen avait fait en sorte qu'on les voie ensemble parce que c'est bon pour sa carrière. Rien de bien méchant, mais...

Il soupira. La discussion ravivait en lui une douleur aussi tenace qu'importune.

— Ça ne me plaît pas, ajouta-t-il d'une voix sourde. Je la crois quand elle dit que ce n'est que du business, bien sûr... Mais ne nous mentons pas. Il s'agit de Charlotte Godfrey, pas d'une starlette de plage. Tous ces types avec lesquels elle est acoquinée déploient sans doute tous leurs charmes pour la séduire. Je tuerai le premier qui posera la main sur elle...

— Du calme, frérot ! l'exhorta Bobby d'un ton apaisant. Ta jalousie ne fera que te causer des ennuis.

Il monta les marches de la véranda, puis s'accouda à la rambarde, face à la propriété. Michael le suivit en soupirant.

— Charlotte compte beaucoup pour toi ? demanda doucement Bobby.

— Qu'est-ce que tu crois ? répliqua-t-il.

— Pourquoi n'es-tu pas avec elle, alors ? Pourquoi tu

ne vas pas lui rendre visite sur le lieu de tournage ? Et pourquoi tu ne l'accompagnes pas à toutes les soirées auxquelles les magazines disent qu'elle participe ? Tu ne crois pas qu'elle préférerait être à ton bras plutôt qu'à celui de Brad Sommers ou d'un autre acteur ?

— Son agent, Freddy Walen, est un vrai fumier, pesta Michael. Il fait tout ce qui est en son pouvoir pour retourner Charlotte contre moi. Je ne sais pas si c'est juste parce qu'il est jaloux, ou par racisme. Dans les deux cas, je ne suis pas sur sa liste des prétendants acceptables.

— Il ne veut pas que sa jolie star sorte avec un Latino, c'est ça ?

Michael s'empourpra. Ainsi formulée, la question le mettait mal à l'aise. Combien de fois avait-il été rejeté au cours de sa vie parce qu'il était d'origine mexicaine ? Heureusement, Bobby eut le tact de ne pas insister sur ce point.

— Tout ce qui importe, c'est ce que Charlotte pense, déclara son frère. Or, elle ne me paraît pas du genre à se laisser facilement gouverner.

— Sauf par ce type, Freddy Walen. Il exerce un contrôle inimaginable sur elle. Ça me rend dingue. Elle l'écoute docilement, et elle fait tout ce qu'il veut qu'elle fasse. Il paraît qu'ils ont un pacte.

— Un pacte ? Hmm, c'est classique, entre une actrice ambitieuse et son mentor. Mais à mon avis, petit frère, ce Walen n'est pas un adversaire, et ce qui se passe entre eux ne t'empêche pas d'avoir une relation sérieuse avec elle. Accroche-toi. Tiens bon !

— O.K. ! acquiesça Michael. C'est bien mon intention. Mais tout ne dépend pas que de moi, tout de même ?

— Bien sûr que si. Bats-toi pour la garder. Tu sais quoi ? J'ai l'impression que tu continues de te dévaloriser en tant que fils d'immigré, et que tu n'es toujours pas certain de mériter ces jolies blondes de la bourgeoisie protestante qui te plaisent tant.

Michael sourit.

— Charlotte est catholique.

— Tant mieux. Un bon point pour son entrée dans la famille, approuva Bobby. Mais ça ne change rien à l'affaire. Tu dois lui montrer que tu tiens à elle !

Michael se renfrogna.

— Comment se bat-on contre la célébrité, la fortune, des millions de fans hystériques et un agent qui fait barrage ?

— Ta meilleure arme, cher frère, c'est l'amour. Rien que l'amour.

— Hmm... J'aimerais bien.

— Où est-elle, en ce moment ?

— Dans le Maine. Quelque part au bord de l'Atlantique.

— Va la retrouver, ordonna Bobby. Offre-lui un vrai moment de bonheur. Comble-la, qu'elle n'oublie jamais ce que vous partagez l'un avec l'autre. Et sois un amant romantique, frérot. C'est de romantisme que les femmes ont besoin.

Michael fit la moue.

— Je ne sais pas trop, protesta-t-il. Ce n'est pas mon style.

Bobby poussa un soupir de frustration.

— Libre à toi. Ton style, comme tu dis, c'est de rester les fesses sur ta chaise et les bras croisés, à attendre le déluge. Tu es tellement barbant, Michael, à toujours être patient et raisonnable ! Tu aimes Charlotte ? Mais cours après elle, alors !

Michael réprima un sourire. Il savait que tout ce qu'il pourrait objecter à Bobby ne ferait que l'inciter à poursuivre son laïus. Or, il avait pris le parti de la réserve et de la discrétion, et décidé de laisser Charlotte revenir à lui...

De toute façon, dans l'immédiat, il avait d'autres problèmes à régler.

— La semaine dernière, déclara-t-il d'un ton ferme, pour faire comprendre à Bobby qu'il tenait à changer de sujet, j'ai eu le patron de mon cabinet d'architectes au téléphone. Il m'a prévenu qu'il ne pourrait plus me garder ma place après la fin de cette année. C'est compréhensible. La compétition est féroce, et mon absence commence à peser sur le travail de l'équipe.

Il baissa les yeux.

— Si Charlotte et moi nous devons continuer ensemble, précisa-t-il, nous trouverons un moyen de nous retrouver quelque part entre la Californie et Chicago.

— Alors, ça y est, tu pars ? répliqua Bobby d'une voix blanche. Quand... quand as-tu pris ta décision ? Je pensais, enfin... Nous supposions tous que tu resterais.

Michael soutint le regard de son frère.

— Rester ? Ici ? Je ne vois pas pourquoi vous vous êtes mis cette idée dans la tête. A mon arrivée, j'ai dit très clairement que je resterais deux ans. Dans quelques semaines, la troisième saison aura passé. J'ai largement tenu ma promesse.

Il repensa à la conversation téléphonique qu'il avait eue l'avant-veille avec un de ses collègues de Chicago. Todd lui avait donné le vertige en décrivant le projet colossal auquel il lui proposait de collaborer.

— Mon cabinet a signé un énorme contrat pour construire un nouvel ensemble résidentiel dans le quartier de North River. Ils veulent que j'y participe. C'est un programme très important, une chance incroyable, précisa-t-il d'un ton exalté. Je ne peux pas refuser ça. J'ai pensé partir après Noël. Ou un peu plus tôt, en fonction de la réaction de Papa.

Bobby ne répondit rien. Il avait l'air troublé, tout à coup. Michael fronça les sourcils.

— Qu'y a-t-il ? Tu n'es pas à ce point désolé que je parte, tout de même ? Tu ne viens plus beaucoup par ici, de toute façon, observa-t-il. Non, je ne manquerai à personne. Surtout pas à Rosa ! Tu sais comme elle a hâte de me voir déguerpir.

Son frère se balança d'un pied sur l'autre.

— J'espérais que tu resterais. J'aime bien que tu sois le patron, ici. Et je... je voulais te demander de m'embaucher pour cet hiver.

— Quoi ? Tu supportes à peine d'être ici en été ! Tu ne travailles à la pépinière que pour arrondir tes fins de mois. Sais-tu à quel point les travaux d'hiver sont pénibles ? Je ne comprends pas. Qu'y a-t-il, Bobby ? Tes murals ne te rapportent plus assez.

Bobby esquissa un sourire piteux.

— Es-tu capable d'encaisser encore un secret, frérot ?

Michael eut un lugubre pressentiment. Son ventre se noua.

— Ai-je le choix ? rétorqua-t-il.

— Oui, répondit Bobby d'un air grave. Absolument.

Il réprima un soupir. En vérité, il n'avait aucune envie qu'on lui fasse de confidence en ce moment. Il avait bien assez de ses propres problèmes !

Mais le regard de Bobby trahissait maintenant un profond désarroi — une peur indicible qui lui glaça les sangs.

Michael se rapprocha de son frère, posa une main sur son épaule.

— *Dígame*, Roberto, ordonna-t-il dans la langue de leur enfance.

Bobby ferma les yeux.

— Je suis séropositif.

Michael éprouva soudain une sensation d'engourdissement immense, qui déferla sur lui comme une vague irrésistible. Il eut l'impression de perdre pied dans la réalité. Confusément, il songea qu'on ressentait sans doute quelque chose de semblable quand on recevait une balle dans le corps. Une vive brûlure. Puis un frisson pareil à une décharge électrique. Puis la douleur — intense, atroce.

— Tu as le sida? répondit-il d'une voix qu'il espérait ferme, en fixant ses mains sur la rambarde. Très franchement, je ne suis pas bien sûr de savoir ce que ça signifie.

— Ne nous voilons pas la face. Le sida, ce n'est pas la grippe. Je n'ai pas attrapé cette maladie en ma baladant dans la rue. Tu as déjà vu une grippe réduire un homme en excellente condition physique à un quasi-squelette qui marche comme un vieillard? conclut Bobby d'un ton qui se voulait désinvolte.

— Tu es séropositif... Mais... la maladie n'est pas déclarée, c'est ça?

— Oh, si. Elle est tout ce qu'il y a de plus déclarée, crois-moi.

Michael avait de la peine à respirer. La confession de Bobby le bouleversait tellement que ses poumons semblaient se paralyser.

— Alors, c'était bien ça, murmura-t-il. Je m'étais posé la question, Bobby. Je crois que je m'en doutais, plus ou moins consciemment. Mais j'espérais me tromper...

Au cours des derniers mois, il avait vu la santé de son frère se dégrader. Ses cheveux se clairsemaient, il maigrissait à vue d'œil, il paraissait toujours fatigué — épuisé. Leur mère avait beau l'implorer de « manger plus ! », son état avait inexorablement empiré. En un seul été, il avait vieilli de plusieurs années.

— Cette épidémie est une vraie peste, reprit Bobby d'une voix sourde. Mon compagnon est mort au printemps. Et des amis, aussi... J'ai tellement d'amis qui sont morts du sida! Des gens que je fréquentais régulièrement... Ils ont disparu, tout simplement. Parfois, j'essaie de m'imaginer qu'ils ont juste déménagé, tu sais? Mais non. En fait ils sont partis pour de bon.

Tout à coup, Michael sentit la panique lui nouer les tripes.

— J'ai entendu parler de nouvelles thérapies, protesta-t-il. La recherche avance, n'est-ce pas ? On peut sauver les malades ?

— Ouais... Il y a des traitements expérimentaux, en effet. On parle même de cas de rémissions miraculeuses.

— Nous t'aurons ces traitements, affirma-t-il avec détermination. Nous essaierons tout, nous verrons les meilleurs spécialistes. Je me fiche du prix que ça coûtera.

Bobby esquissa un sourire.

— Ça me fait plaisir de t'entendre dire « nous », Michael. Merci..., balbutia-t-il. Mais, tu sais, c'est loin d'être gagné. J'ai des amis qui avalent des poignées entières de médicaments chaque jour et qui finissent quand même par mourir. Ils sont tous tellement terrifiés à l'idée de disparaître !

Bobby renifla.

— Pour moi c'est différent. Parfois je suis terrifié à l'idée de survivre. Parce que vivre dans l'état où je suis...

Sa voix se perdit dans un murmure. Michael ne sut que répondre. Il n'avait pas de point de comparaison pour comprendre les souffrances de Bobby. Aucun de ses amis n'était atteint du sida. Aucun de ses amis n'était gay. Il ne voyait pas comment raccourcir la distance qui séparait son mode de vie hétérosexuel des horreurs que son frère endurait en tant qu'homosexuel frappé par le sida.

En fait, il se rendait compte tout à coup qu'il ne savait quasiment rien de la vie de son aîné.

— Comment s'appelait-il ? Ton compagnon ? demanda-t-il.

— Scott, répondit doucement Bobby. Merci d'avoir posé la question.

Il se racla la gorge.

— Sa maladie a duré longtemps, reprit-il d'une voix rauque. Quand il est mort, il ne pesait plus que cinquante kilos. Il était défiguré. Tu aurais dû le voir avant...

Comme il était beau ! Il faisait de l'athlétisme, il mangeait équilibré, et il aimait danser toute la nuit...

Michael glissa un bras autour des épaules de Bobby, qui appuya son front contre sa poitrine.

— Je l'ai soigné de mon mieux, ajouta-t-il dans un sanglot.

Il se redressa et se sécha rapidement les yeux. Michael sentit qu'il ne voulait plus évoquer cette triste histoire.

— Tu veux savoir ses derniers mots ? reprit Bobby d'un ton plus dur. « Dis à mon père que je le hais ».

Michael soutint son regard. Il hocha doucement la tête. Il comprenait que, quoi qu'il arrive, jamais son frère ne demanderait à Luis de l'aider.

— Qu'est-ce que je peux faire, moi ? s'enquit-il.

— Rien. Toi, tu retournes à Chicago.

— Viens avec moi. Tu peindras des murals là-bas. Je t'aiderai à trouver des contrats.

— Ah, Miguel...

Bobby soupira.

— Je ne peux plus peindre. Je suis trop faible. Tu n'imagines pas l'énergie qu'il faut pour peindre des murals.

Il baissa les yeux sur ses longs doigts décharnés, squelettiques. Ses ongles étaient râpeux, grignotés. Michael se souvint qu'autrefois Bobby était fier de ses belles mains. Il en eut le cœur serré pour lui.

— Je ne vais pas bien du tout, ajouta son aîné en regardant au loin, les paupières à demi closes, comme s'il essayait de voir le bout d'un très long tunnel. Ma vie se désagrège. J'ai perdu presque tous mes clients. Désormais je n'ai plus la force de faire quoi que ce soit. Pas même de lire. Je digère mal ce que je mange. Moi qui étais un vrai gourmet, tout ce que je peux avaler maintenant c'est de la soupe à la tomate Campbell's et du pain sec. Mes dents sont en piteux état, et mon haleine est affreuse. Aucun de mes vêtements ne me va plus, mais je n'ai pas de quoi en acheter de nouveaux. Oui, je suis vraiment mal en point...

Michael frissonna d'effroi en voyant le désespoir qui envahissait l'expression de son frère.

— Je ne ferai pas semblant de savoir ce que tu vis, mais... tu dois continuer à te battre, répondit-il. Nous t'aurons le meilleur traitement qui existe. Tu auras les thérapies expérimentales. Ne renonce pas. Je serai là pour toi. Tu n'endureras pas ça tout seul.

Bobby agita nerveusement la main.

— Ça va, ça va, marmonna-t-il. J'ai des amis. Je fais partie d'un groupe de soutien. Je m'en tirerai. Ne te tracasse pas pour moi.

— Evidemment que je m'inquiète pour toi ! protesta Michael. Comment fais-tu pour payer tes médicaments en ce moment ? Ils sont très chers, non ?

— Ça, on peut le dire. J'ai vendu à peu près tout ce que j'avais. Scott m'avait laissé un peu d'argent, mais j'ai déjà presque tout grignoté. La semaine dernière j'ai même mis mon appartement en vente. J'espère en tirer un bon prix.

De mes fenêtres, j'ai une belle vue sur la mer...

— Mama t'accueillera dans la maison. Et moi je t'enverrai de l'argent.

— Quoi ? Tu veux que je vive avec Papa ? Je ne suis pas assez fort pour ça. Je mourrais si je devais revenir ici cohabiter avec lui.

— Où iras-tu, alors ? protesta Michael d'un ton impatient.

— Oublie tout ça, petit frère. Ce ne sont pas tes affaires. Tu vas à Chicago, et moi je me débrouillerai.

Michael prit appui sur la rambarde de la véranda. La maladie de Bobby pesait lourdement sur ses épaules. Mais, maintenant, il devait prendre une décision radicale...

C'était difficile. Cette nécessité d'agir, de faire un choix qui changerait le cours de leurs vies à tous les deux le secouait rudement, lui donnait le vertige.

En aucune façon il ne pouvait abandonner son frère maintenant. Il n'avait pas le droit de le laisser seul face à sa détresse une seconde fois. Il resterait donc ici, en Californie ; il donnerait un travail à Bobby ; il s'occuperait de lui, l'aiderait à lutter contre sa maladie.

Menso, idiot ! se dit-il en lui-même, et il éclata de rire en levant le visage vers le ciel nocturne. Cette décision, ce n'était pas lui qui la prenait. Pas du tout ! C'était le destin, tout bêtement, qui le remettait sur les rails, le forçant à avancer, un pied devant l'autre, sur la seule voie possible. Tout à coup, le temps n'avait plus aucune signification. Qu'est-ce que c'était, un an ? Deux ans ? Trois ans ? Une vie entière ? Qu'importait le lieu où il passait ces années-là ? La Californie ou Chicago — on s'en fichait ! Ce qui comptait, c'était la façon dont il emploierait tout ce temps.

Sans un mot, il prit son frère dans ses bras, lui donnant dans le dos de vigoureuses tapes, en signe d'affection profonde. Il se sentait résigné, et il ne regrettait rien. Il éprouvait même une certaine exaltation.

Il avait cru autrefois que l'homosexualité de Bobby les éloignerait l'un de l'autre. Mais non ! En fait, ils étaient maintenant plus proches que jamais.

— Bobby, murmura-t-il en le serrant avec force. Tu viens de faire de ton père le plus heureux des hommes.

— Mes fils ! s'exclama Luis avec ravissement, les bras grands ouverts. Comme je suis content ! Ha ! Attention, le monde ! Rien ne pourra arrêter les Mondragon ! Maintenant que nous sommes unis, toute la famille ensemble, nous sommes indestructibles !

Il s'approcha d'eux, les étreignit virilement l'un après l'autre.

— Tu vois, Marta ? reprit-il en riant. La Vierge a entendu tes prières !

Michael sourit tandis que son père glissait un bras autour de ses épaules.

— D'abord, un fils revient, reprit Luis, puis il donna une accolade à Bobby. Et maintenant, mon autre fils !

Les yeux de Bobby s'emplirent de larmes. Luis, submergé par son émotion — émotion exacerbée par le champagne qu'il avait bu en fin de repas —, se mit à sangloter sans retenue, un sourire radieux illuminant son vieux visage.

Marta, qui se tenait près d'eux, hochait vigoureusement la tête, manifestement trop bouleversée pour dire un seul mot. Des larmes de joie roulaient sur ses joues tandis que les trois hommes de sa vie s'embrassaient.

Manuel vida sa bière d'un trait, jeta ses cartes sur la table d'un geste sec. Il se leva et sortit de la maison. Rosa lâcha le torchon qu'elle tenait à la main, avant de disparaître dans la cuisine.

Alarmé par son air furieux, Michael la suivit. Il la trouva en train d'enfiler son manteau.

— Tu as une fois de plus l'impression d'être tenue à l'écart, c'est ça ? demanda-t-il sans préambule.

— Ce n'est pas une impression, c'est un fait ! Rien ne changera jamais, dans cette maison.

Elle le fusilla du regard.

— Il n'y a jamais eu que deux enfants dans cette famille, reprit-elle d'un ton plein de rancœur. Roberto et Miguel, les fils adorés. Moi, je suis née pour aider Mama dans la cuisine.

— Ce n'est pas une fatalité, Rosa.

— Quoi ? Qu'est-ce que tu dis ? se récria-t-elle, le chagrin se mêlant à la colère dans sa voix. Tu étais censé partir, Michael ! Tu avais promis de partir au bout de deux ans ! Pourquoi tu as changé d'avis ? Pourquoi faut-il que tu restes et que tu nous gâches encore la vie, à Manuel et à moi ?

— Je reste à cause de certaines circonstances... particulières, répondit-il calmement. Il y a beaucoup de choses que tu ne peux pas comprendre, mais je te promets que je ne suis pas ici pour te rendre la vie plus difficile.

— Qu'est-ce que tu en sais ?

Elle se sécha les yeux et renifla.

— Va au diable, Michael ! Et Bobby aussi. Et Papa. Laissez-moi tranquille !

— Rosa...

— J'ai dit : laisse-moi tranquille ! hurla-t-elle. Contente-toi de nous verser nos salaires à la bonne date, *El Patron* !

Michael soupira en lui-même. « Eh bien, songea-t-il avec ironie en se passant une main sur le visage. On peut dire que nous sommes une famille vraiment géniale ! »

Il posa les mains sur ses hanches. Bon, il ne fallait pas se voiler la face. Il resterait ici, en Californie, jusqu'à la saint-glinglin. Voilà, c'était dit. Et il avait un sacré boulot devant lui. Ne serait-ce que pour se réconcilier avec Rosa, et faire en sorte que tous les membres de la famille s'entendent à peu près bien. Tout cela lui demanderait énormément d'énergie. Il avait donc besoin de reprendre quelques forces avant de se lancer.

La moue renfrognée qui plissait ses lèvres se changea en sourire. L'idée évoquée par Bobby tout à l'heure lui revenait à l'esprit. Faire un geste romantique envers Charlotte. Lui prouver son amour...

Et pourquoi pas, bon sang ? pensa-t-il. S'il acceptait d'endurer des mois d'enfer ici, il méritait au moins quelques jours de paradis... là-bas.

13.

Pour la sixième fois ce jour-là, Charlotte mourut.

— Coupez ! Coupez !

Le metteur en scène retira la casquette de base-ball qui couvrait son épaisse tignasse bouclée et s'épongea le front d'un revers de manche.

— Prends une pause, Charlotte. Nous réessaierons dans quelques minutes.

Il parlait d'une voix sourde, les dents serrées. Pivotant sur lui-même avec une grimace de fauve assoiffé de sang, il fit face à Melanie, qui se dandinait nerveusement sur ses talons hauts.

Comme Charlotte, Melanie était vêtue d'un habit de femme de chambre du XIXᵉ siècle. Comme Charlotte, elle transpirait désagréablement dans ce costume étroit en laine noire et coton blanc. Il fallait dire que cette journée d'automne était particulièrement chaude. Contrairement à Charlotte, Melanie n'était pas capable de supporter son inconfort sans se plaindre.

Hélas, il n'y avait pas que ses jérémiades qui la rendaient insupportable aujourd'hui.

— Melanie, tu es nulle ! Et tu es une imbécile ! cria le metteur en scène, d'un ton si agressif qu'un murmure d'effroi s'éleva sur le plateau.

D'ordinaire, George Berman était un metteur en scène

affable et accommodant, qui encourageait les acteurs à jouer leur personnage comme ils le sentaient. Melanie, néanmoins, était venue à bout de sa patience. De même qu'elle avait réussi à exaspérer les cameramen, les maquilleurs et les costumiers, bref toute l'équipe de tournage. Son jeu se résumait en un mot, un seul : lamentable.

Elle n'avait pourtant qu'un tout petit rôle ! Deux courtes répliques au début du film, et quatre mots à prononcer dans la scène de la mort de Charlotte, qu'ils filmaient en ce moment. N'empêche, cela semblait au-dessus de ses capacités. Charlotte soupira. George n'arrangeait certes pas la situation en traitant Melanie d'imbécile après l'échec de la dernière prise, mais on ne pouvait guère lui en tenir rigueur. Pourquoi Melanie était-elle si médiocre ? Elle n'avait qu'à se précipiter vers le personnage qu'incarnait Charlotte juste après que celle-ci avait été abattue d'un coup de revolver par son amant, et la tenir dans ses bras tandis qu'elle rendait l'âme. Charlotte s'était déjà laissée choir cinq fois en deux heures sur le dallage du jardin — elle commençait à avoir mal aux jambes.

George apostropha les costumiers, agitant la main en direction de Melanie avec une moue de dégoût.

— Quand elle sort de la maison, on dirait une coco-girl débarquant dans une émission de variétés ! explosa-t-il. Enlevez-lui ses talons... Quoi ? Je m'en fiche qu'elle soit pieds nus ! Tout ce que je veux, c'est qu'elle arrête de tortiller du cul comme si elle se trémoussait sur une scène ! Débrouillez-vous !

Entourée par deux costumiers, Melanie s'éloigna vers les loges, marmonnant des excuses à l'attention de George, de Charlotte, de tout le monde.

Charlotte poussa un profond soupir. Elle alla se mettre à l'ombre d'un vieil érable, magnifique dans les teintes or et rouges de sa parure d'octobre. L'automne dans le

Maine était une saison éblouissante. Elle s'adossa au tronc rugueux de l'arbre, reprit son souffle et frotta doucement les ecchymoses qu'elle sentait apparaître sur sa jambe et son bras. Des élancements douloureux commençaient de lui labourer les tempes — annonçant une migraine qui pouvait la tarauder pendant plusieurs jours d'affilée. Ces derniers temps, elle avait de plus en plus souvent mal à la tête, et aucun médicament ne parvenait à la calmer. Charlotte était lasse. Elle pensait chaque jour avec davantage d'impatience que ce dont elle avait besoin, c'était de rentrer chez elle — de retrouver Michael et la paix qu'elle éprouvait toujours entre ses bras.

Elle avait eu à peine une minute pour souffler qu'une armada d'assistants l'encerclèrent. Une costumière épousseta son habit de bonne, un coiffeur s'assura que les épingles de son chignon n'avaient pas bougé, deux maquilleurs s'attaquèrent à ses joues et à ses paupières. Il y avait aussi un jeune homme timide dont l'unique mission consistait à s'assurer qu'elle buvait au moins deux litres d'eau dans la journée. Freddy avait insisté là-dessus depuis que les maux de tête avaient fait leur apparition.

— Oh la la, ma pauvre chérie ! se lamenta un maquilleur en appliquant de la poudre sur son bras. Si tu voyais les bleus que tu commences à avoir ! Tu ne pourrais pas demander à George de tomber sur l'herbe, plutôt que sur ces vilaines dalles de pierre ? Si ça continue comme ça, tu vas virer au bleu et noir. Ou alors il faut que ta copine réussisse presto à jouer la scène, tu vois ce que je veux dire...

Charlotte ferma les yeux et essaya de ne pas éprouver d'exaspération contre Melanie. Son amie était malheureuse, c'était évident. Depuis une semaine qu'elle était arrivée dans le Maine, elle n'avait fait que se plaindre. Elle était mécontente de n'avoir que deux scènes à jouer.

Elle cherchait noise à tout le monde. Par-dessus tout, elle lui reprochait ouvertement, et avec de plus en plus de virulence, d'avoir un rôle plus important que le sien.

Le film était presque bouclé, mais pour cette scène tout allait de travers. Melanie était incapable de trouver ses marques ; elle trébuchait, se trémoussait comme une danseuse de french cancan. Elle refusait de comprendre qu'il s'agissait d'un film d'époque mélodramatique, et que cette scène représentait le point culminant de l'amour tragique — car non partagé — entre la magnifique femme de chambre que jouait Charlotte et l'étudiant de la haute société interprété par Brad Sommers, lequel étudiant ne l'avait séduite que pour profiter de ses charmes. Melanie se comportait comme si elles avaient des rôles de pensionnaires excitées.

Charlotte interrompit le cours de ses réflexions en voyant George venir à sa rencontre.

— Je ne pense pas que Melanie soit capable de jouer la scène, déclara-t-il en faisant tournoyer sa casquette dans sa main. Ecoute... Je sais que vous êtes amies, et que Walen la protège. Mais je ne peux plus me permettre ce genre de cafouillages.

— Donne-lui une dernière chance, supplia-t-elle. S'il te plaît, George. Melanie n'a pas travaillé depuis plus d'un an. Elle a désespérément besoin de ce film.

En guise de réponse, le metteur en scène la toisa d'un regard brûlant. Depuis le premier jour de tournage, il essayait de la séduire. Oubliant le dégoût qu'il lui inspirait, ne songeant qu'à sauver Melanie, elle fit un pas en avant et posa une main sur la poitrine de son interlocuteur.

— Tu veux bien ? susurra-t-elle. On fait encore une prise ? La dernière ?

Il couvrit sa main de la sienne, son expression s'attendrissant peu à peu. Melanie avait raison : la beauté était un pouvoir. Et le pouvoir que lui conférait sa beauté ne laissait d'étonner Charlotte. Elle commençait juste à apprendre à s'en servir — et ne s'en tirait d'ailleurs pas trop mal.

— Tu n'es pas fatiguée ? demanda George, plein de sollicitude.

Elle secoua la tête. Tant pis pour la douloureuse ecchymose à la cuisse que sa dernière chute sur le dallage lui avait value. Tant pis pour sa migraine.

— Je tiendrai le coup, assura-t-elle en battant des cils. Laisse-moi une minute pour me rafraîchir, et je serai prête à mourir une nouvelle fois. Pour toi.

Les yeux de George s'embrumèrent.

— Tu es époustouflante, tu sais, murmura-t-il. Peu d'actrices seraient capables de bosser de 6 heures du mat' à 6 heures du soir sans rouspéter.

Il étreignit sa main. Son regard devenait incandescent. Charlotte se sentit gênée.

— Ça te dit qu'on dîne ensemble quand on aura bouclé la scène ? proposa-t-il. Un bon repas, ça te ferait du bien, tu ne crois pas ?

Les assistants qui entouraient Charlotte levèrent les yeux au ciel.

— Oh, merci, George... Mais après une journée pareille je serai vannée. Je pense que je vais commander un bol de soupe dans la cuisine de l'hôtel et m'écrouler. Demain soir, peut-être... ?

Il ne chercha pas à dissimuler sa déception. Il lâcha sa main et hocha lourdement la tête, l'air terrassé. Ces grands messieurs de Hollywood sont décidément bien fragiles, songea-t-elle avec amusement.

— Cinq minutes ! cria-t-il à la cantonade. La lumière est encore bonne. Pas question de la perdre. On se dépêche !

En s'éloignant, il croisa Melanie qui sortait de la loge

des costumiers. Il poussa un grognement moqueur en voyant les chaussures plates, trop grandes pour elle, qu'on lui avait prêtées.

— Il me déteste, gémit-elle.

— Non, répondit Charlotte d'un ton apaisant. Mais il déteste ta façon de courir, Mel.

Elle toucha l'épaule de son amie. Sous la laine épaisse du costume, Melanie transpirait à grosses gouttes.

— Quand tu cours vers moi, reprit-elle, fais comme si tu étais un homme. Guide-toi avec les épaules, et ne remue pas tant les hanches.

— Et pourquoi pas ? répliqua Melanie. Ma démarche, c'est un de mes points forts.

Charlotte ferma les yeux, et massa ses paupières closes du pouce et de l'index pour évacuer un peu de sa nervosité.

— Pourquoi pas ? répéta-t-elle. Parce que tu es une femme de ménage du XIXe siècle qui vient d'assister au meurtre de son amie en pleine rue. Si cela se passait pour de vrai aujourd'hui, est-ce que tu jouerais les coquettes, est-ce que tu te dandinerais comme tu le fais ? Non ! Tu serais terrifiée, catastrophée ! Mets-toi ça dans la tête et cours comme si tu étais horrifiée par ce que tu vois.

Melanie s'écarta d'elle brusquement, l'air vexé.

— C'est exactement ce que je fais, affirma-t-elle. Ce n'est pas parce que tu ne t'y prendrais pas comme moi que ma manière est mauvaise.

Charlotte soupira. Melanie était aveuglée par son ressentiment et son dépit. Et personne n'y pouvait rien.

— On refait une prise ! cria George. Immédiatement !

Trop tard. Désormais Melanie était seule avec elle-même. Déjà elle se dirigeait vers ses marques au sol en jouant des hanches comme une vamp. Son obstination ne faisait que précipiter la chute de sa carrière. C'était dur d'assister à cela sans pouvoir agir. Mais Charlotte savait que Melanie n'était plus en mesure d'écouter ses mises en garde ou ses conseils. Il n'y avait plus aucun moyen de la sauver, se dit-elle avec un profond sentiment de frustration.

Charlotte détourna les yeux. A présent, il était temps d'oublier Melanie et de reprendre le travail. Tandis qu'une maquilleuse accourait pour essuyer une perle de transpiration sur son front, elle ferma les yeux. Elle se concentra sur elle-même, plongeant au cœur de son être, puis invoqua le personnage de la jeune bonne qu'elle interprétait : Laura.

Quand elle rouvrit les yeux, Melanie lui était sortie de l'esprit. Les dizaines de techniciens et d'assistants réunis sur le plateau, les caméras et les machines, tout cela avait disparu. Elle s'avança d'un pas tranquille jusqu'à ses marques, au milieu de la cour de l'université, embrassa d'un regard serein les façades couvertes de lierre des vieux bâtiments du XVIIIe siècle qui l'entouraient, les attelages à cheval, les robes élaborées, les costumes des figurants, les innombrables accessoires du tournage. Laura entra plus intensément dans l'atmosphère du film. Ah, oui, elle y était, maintenant...

Laura quittait l'université en toute hâte. Son amant, qui avait refusé de l'épouser, la cherchait partout. Elle craignait pour sa vie.

Le calme tomba sur le plateau ; les caméras commencèrent de tourner. Charles, l'amant de Laura, apparut. Une expression folle, meurtrière, marquait son beau visage. Il s'avançait vers elle en brandissant un pistolet. Elle hurla. Il fit feu et elle s'effondra par terre — sans même grimacer lorsque sa hanche heurta le dallage à l'endroit même où elle avait déjà une ecchymose. Elle s'étendit par terre, immobile, tandis que Charles prenait la fuite. Soudain, la voix hystérique de George perça la brume de sa concentration :

— Imbécile ! Fichez-la dehors !

⁂

Ce soir-là, Charlotte chercha Melanie d'un bout à l'autre de l'hôtel que la production avait investi pour la durée du tournage. En vain. Son amie n'était ni dans sa chambre, ni dans aucun des endroits où les acteurs et les techniciens traînaient après la journée de travail : le restaurant, le bar, le sauna, et autres lieux de détente. Où diable était-elle passée ? Il y avait bien la petite ville universitaire située à quelques kilomètres de l'hôtel... Mais il était plus de vingt et une heures ; tout y était fermé depuis longtemps. Il était peu probable que Melanie se soit rendue là-bas.

Charlotte avait un mauvais pressentiment. Une petite voix lui intimait de retrouver au plus vite son amie. Après l'échec de la dernière prise, George l'avait éjectée du film. Il l'avait licenciée de son propre chef, avant même d'en parler à la production. Freddy devait arriver incessamment de L.A. pour régler la situation. Prévoyant que ce dernier allait accabler son amie de reproches, Charlotte tenait à parler à Melanie d'abord. Ce dont l'actrice déchue avait besoin, en cet instant, c'était d'un vrai soutien amical.

Elle inspecta une seconde fois tous les couloirs du Gaslight Hotel — un établissement qui avait connu de meilleurs jours. Avec ses papiers peints délavés et ses moquettes râpeuses, il y régnait une atmosphère lugubre. Pressant le pas, elle jeta un coup d'œil dans la petite pièce où s'alignaient divers distributeurs automatiques de boissons et de confiseries. Pas de Melanie. Elle retourna vers le salon-bar, une vaste pièce à la décoration miteuse dont les seules touches de gaieté étaient des enseignes au néon murales vantant des marques de bières américaines. L'équipe du film se trouvait là presque au complet. Certains jouaient au billard, d'autres au poker, d'autres sirotaient un verre en bavardant pour tromper l'ennui.

— Quelqu'un a vu Melanie Ward ? demanda-t-elle.

Quelques commentaires railleurs fusèrent à travers le salon, et l'assemblée éclata de rire. Melanie avait réussi à se faire détester d'à peu près tout le monde. Puis une maquilleuse intervint pour préciser qu'elle pensait l'avoir vue partir en direction de la plage. Frissonnant d'appréhension, Charlotte sortit en hâte par la porte de derrière.

L'hôtel était situé au bord d'une vaste plage à laquelle on accédait, depuis la terrasse arrière, par une volée de marches de bois décrépites. En fait de plage, songea Charlotte dans un soupir, il s'agissait plutôt d'une sinistre langue de sable sale, jonchée d'algues, de brisures de coquillages, de déchets divers, et où l'on était assailli par une violente odeur de poisson pourri. L'air marin, glacial et fortement salé, lui picota les joues, s'infiltra dans son chandail trop mince. Elle croisa les bras sur sa poitrine, plissa les yeux pour scruter les ténèbres. Les étoiles qui tapissaient le ciel scintillaient à la surface de l'océan comme des diamants.

Charlotte regarda autour d'elle. Pas de Melanie sur la terrasse, ni sur le sable devant l'hôtel. Elle descendit les marches et s'avança sur la plage déserte et obscure. Elle arrivait au bord de l'eau lorsqu'elle aperçut un mouvement à la périphérie de son champ de vision, sur sa gauche, à une trentaine de mètres. Elle cilla. Là-bas, oui... Elle distinguait une tête blonde, illuminée par le clair de lune, et une silhouette... enveloppée d'un large tissu noir qui flottait au vent. Sans doute le costume de femme de chambre. Elle était assise sur un morceau de bois flotté et paraissait contempler l'océan.

— Melanie ! cria Charlotte en agitant la main.

Son amie tourna la tête vers elle, puis se leva lentement.

Charlotte éprouva un vif soulagement. Elle l'avait retrouvée. Maintenant, il fallait juste qu'elle lui parle.

Melanie regarda de nouveau la mer. Tout à coup elle se mit à marcher d'un pas tranquille vers le rivage. Elle ne s'arrêta pas quand ses pieds entrèrent en contact avec l'eau. Elle avançait droit devant elle, comme si elle était en transe. Ses chevilles disparurent sous le voile liquide et noir de l'Atlantique, puis ses mollets, puis ses genoux... La jupe de son costume ondulait autour d'elle comme une corolle.

— Melanie ! cria Charlotte d'une voix rauque de panique.

Son amie ne répondit pas. Elle continuait de s'enfoncer dans l'océan sans même tourner la tête vers elle.

Charlotte courut de toutes ses forces, concentrant son regard sur la chevelure claire de Melanie pour ne pas la perdre de vue dans l'immensité ténébreuse de la mer.

— Votre nom, monsieur ?

— Michael Mondragon.

Il posa son sac de voyage et étira les épaules, embrassant du regard le hall du Gaslight Hotel. Jamais il n'aurait cru qu'une production hollywoodienne pût loger dans un endroit aussi miteux.

Le réceptionniste le considéra avec suspicion.

— Je regrette, monsieur, mais l'établissement est réservé à l'équipe de tournage et aux acteurs de *Un jour en automne*. Vous n'êtes pas sur la liste.

Michael fronça les sourcils, agacé par la pointe de condescendance qui teintait la voix de son interlocuteur. Ce jeune homme était manifestement très, très fier d'être associé à la création d'un film — même à un niveau aussi modeste que le sien. Michael le toisa d'un regard dur, destiné à lui montrer qu'il ne s'en laisserait pas conter.

— Je suis un ami de Mlle Godfrey.

Le réceptionniste eut un sourire suffisant.

— Encore une fois, je regrette. Vous ne pouvez être admis ici tant que je n'aurai pas parlé personnellement à Mlle Godfrey pour obtenir son accord.

— Parfait, répliqua Michael d'un ton sec, avant qu'on ne lui suggère d'aller dans un autre hôtel. Pouvez-vous me dire où elle se trouve ?

Le visage rond du jeune homme s'empourpra de plaisir.

— Je n'ai pas la liberté de vous communiquer cette information, monsieur.

Imbécile, se dit Michael en lui-même. Puis il soupira. Il avait horreur de ce genre de petit jeu.

— Je comprends, déclara-t-il en griffonnant quelques mots sur une carte de visite. Auriez-vous l'obligeance de lui transmettre ce message ? Merci. Y a-t-il un bar où je puisse l'attendre ?

Le réceptionniste accepta son mot avec une expression plus soucieuse. Il commençait manifestement à se dire que Michael était peut-être vraiment un ami de Mlle Godfrey, et qu'il avait fait une grosse erreur en le prenant de haut. Tout à coup, il devint tout sourire, lui proposant d'un ton presque servile de garder son bagage derrière le comptoir, avant de lui tendre un jeton pour qu'il se fasse servir une boisson gratuite au bar.

Michael le remercia et se dirigea vers le salon d'un pas nonchalant. Un épais nuage de fumée de cigarette planait dans la pièce. Il décida qu'il préférait faire un tour dehors plutôt que de boire un verre. Glissant le jeton dans sa poche, il sortit sur la terrasse arrière de l'hôtel.

Charlotte avait beau s'époumoner pour l'implorer de revenir vers le rivage, Melanie ne cessait de s'enfoncer dans l'eau, qui avait recouvert son bassin et montait maintenant jusqu'à sa taille. Les vagues la ballottaient déjà, l'océan ne tarderait pas à la submerger. Il n'y avait qu'une solution. Frénétiquement, Charlotte retira ses chaussures et ôta son chandail, puis s'avança dans la mer. L'eau était si glaciale qu'elle en eut le souffle coupé. Mais elle ne renonça pas. Serrant les dents, elle marcha aussi vite qu'elle le pouvait dans le sable vaseux du fond de l'océan, brassant l'eau avec ses mains pour faciliter sa progression. Devant, dans les ténèbres, Melanie ne cessait de s'éloigner. L'eau la recouvrait maintenant jusqu'aux épaules.

Elle l'atteignit juste à l'instant où sa tête disparaissait sous la surface. Melanie avait sans doute gardé ses chaussures ; elle coulait à pic. Charlotte retint son souffle et plongea en canard, agitant fébrilement les mains devant elle pour essayer d'agripper son amie par n'importe quelle partie de son corps. L'eau était tellement froide qu'elle éprouvait une brûlure cuisante dans les poumons, et ses membres commençaient à s'engourdir. La panique la saisit. Elle n'aurait pas de seconde chance. Si elle n'attrapait pas Melanie tout de suite, ce serait terminé. Par pitié, songea-t-elle. Seigneur...

Soudain, quelque chose frôla ses doigts. Tendant la main, elle agrippa une pleine poignée de tissu. Elle tira fermement dessus et réussit à saisir un bras de Melanie. Elle la tira, avalant de l'air à grandes goulées. Ses poumons étaient en feu. A côté d'elle, Melanie toussait et se débattait. Elle s'agitait tant que sa main heurta la joue de Charlotte, lui procurant une douleur aiguë qui se répercuta à travers son cerveau.

— Melanie, arrête ! hurla-t-elle. C'est moi ! Calme-toi !

Mais son amie ne semblait pas l'entendre.

— Non, non, non ! criait-elle en gesticulant de plus belle. Laissez-moi ! Je veux mourir !

Charlotte eut tout à coup très peur. Elle était à bout de forces. Sa mâchoire lui faisait mal là où Melanie l'avait frappée. Le froid la tétanisait. Elle ne pourrait plus tenir très longtemps.

En arrivant sur la plage, Michael remonta son col. Un vent glacial, mordant, soufflait de l'Atlantique. La nuit n'était guère accueillante. Le climat du Maine lui rappelait Chicago. Bon sang, il avait oublié à quel point l'automne dans le nord du pays pouvait être sévère. Il s'apprêtait à retourner vers l'hôtel quand il entendit un hurlement, quelque part sur la plage. Il releva le menton et scruta des yeux la langue de sable qui s'étendait devant lui. Il ne vit personne. Tendant l'oreille, il patienta un instant. Un hurlement aigu fendit de nouveau l'air. Cela venait de la mer. Michael se mit à courir de toutes ses forces sur le sable, dans la direction du cri. Comme il se rapprochait du rivage, il aperçut deux têtes qui dépassaient de la surface de l'eau. Il accéléra. C'étaient deux femmes. Elles semblaient se battre, ou tout du moins s'agiter furieusement l'une contre l'autre. Michael frémit. Il avait entendu dire qu'un noyé, s'il paniquait, pouvait entraîner avec lui la personne qui essayait de le secourir. Manifestement, c'était ce qui était en train de se passer là... Il plissa les yeux. Curieusement, ces femmes lui rappelaient...

Son cœur explosa tout à coup dans sa poitrine. Une terreur aveuglante lui noua la gorge.

— Charlotte ! hurla-t-il. Charlotte ! Mon Dieu, non !

Il retira sa veste et ses chaussures et plongea dans l'océan, fendant les vagues à grandes brassées puissantes. Par chance, elles n'étaient pas très loin du rivage. Il agrippa Charlotte par les épaules, l'écartant des mains furieuses de Melanie qui essayait de la griffer.

— Michael ! cria-t-elle d'une voix faible. Michael, je vais bien ! Empêche-la de se noyer. Sauve-la !

Melanie toussait au point de s'étrangler. Ses yeux étaient ronds de frayeur. Michael comprit ce qui s'était passé.

— Retourne vers la plage, ordonna-t-il à Charlotte.

Elle secoua la tête d'un air hésitant.

— Tout de suite ! ajouta-t-il d'un ton qui n'admettait pas de réplique. Va sur le rivage. L'eau est glaciale. Tu peux y arriver ? Réponds !

— Oui..., balbutia-t-elle. D'accord...

Elle se tourna et nagea fébrilement en direction de la plage.

Michael tendit les bras vers Melanie. Comme elle le repoussait, essayant de le frapper, hurlant qu'elle voulait qu'on la laisse tranquille, il serra le poing et la cogna au menton pour la sonner. Puis, agrippant son corps inerte par le cou et les épaules, il nagea aussi vite qu'il put vers la plage. Quand il fut en sécurité sur le sable, il allongea doucement Melanie et s'écroula à côté de Charlotte, le souffle court, le cœur battant à cent à l'heure dans sa poitrine.

Melanie se remit à tousser, mais elle ne bougea pas, n'essaya pas de retourner vers l'eau. Pendant un long moment, aucun d'eux ne parla. Ils étaient tous trois en état de choc, paralysés de stupeur à l'idée de ce qui avait failli se produire.

Michael se pencha vers Charlotte et la prit dans ses bras. Elle tremblait convulsivement, de froid et de peur sans doute. Quand il prit conscience qu'elle avait frôlé la mort, il eut l'impression que son esprit se vidait. Il comprit alors qu'il tenait à cette femme plus qu'à sa propre vie.

— Tu es ici, murmura-t-elle d'un ton à la fois étonné et émerveillé. Tu es ici, Michael...

Il l'étreignit avec ardeur. L'amour qu'il éprouvait pour elle emplissait soudain tout son être, s'ancrait en lui comme jamais aucun autre sentiment ne l'avait habité.

— Je serai toujours ici, répondit-il. Toujours avec toi...

— Pourquoi ne m'avez-vous pas laissée mourir ? gémit Melanie. Pourquoi êtes-vous là ?

Michael releva la tête. Melanie grelottait de froid, elle aussi. Et ses larmes de désespoir se mêlaient aux gouttes d'eau salée qui ruisselaient de son front sur son visage.

Charlotte s'écarta de Michael et entoura d'un bras ferme les épaules de son amie.

— Il n'est pas question que je te laisse en finir avec la vie de cette façon, affirma-t-elle doucement. On ne se tue pas pour un film, Mel. Surtout quand on a la vie devant soi.

— La vie devant soi ? protesta Melanie. Mais... je n'ai plus rien à vivre, Charlotte. C'est fini... fini...

Elle frissonna, et une terrible angoisse envahit son regard.

— Je n'ai personne, ajouta-t-elle dans un murmure rauque. Personne pour me soutenir...

— Mais si ! objecta Charlotte avec conviction. Je t'aime, Mel. Je suis ton amie. Je serai toujours là pour toi. Tu as tout à attendre de la vie.

Melanie pleura un moment entre ses bras, le corps secoué de tremblements convulsifs. Puis, soudain, elle se sécha le visage, se redressa en titubant, repoussa la main que lui tendait Michael, et s'éloigna d'une démarche incertaine, tirant sa robe de laine noire derrière elle dans le sable.

Elle fit volte-face. Son mascara coulait sur ses joues, des mèches de cheveux tombaient devant ses yeux. Elle regarda autour d'elle d'un air éperdu.

— J'ai tellement honte ! cria-t-elle d'une voix suraiguë. J'ai tellement honte !

Elle tomba à genoux en éclatant de nouveau en sanglots.

Charlotte s'approcha d'elle et glissa un bras autour de ses épaules.

— Allons nous réchauffer à l'intérieur. Nous parlerons plus tard.

Elle leva les yeux vers Michael. Il se tenait debout dans le noir, grand et fort, les yeux fixés sur elle, attentif et disponible. A cet instant, elle l'aima davantage qu'elle n'aurait jamais cru pouvoir aimer.

Leurs regards se croisèrent. Sans même qu'elle ait besoin de parler, Michael comprit ce qu'elle attendait de lui. Il déposa doucement sa veste sur les épaules de Melanie, ramassa leurs chaussures, puis ils retournèrent à l'hôtel. Traversant rapidement les couloirs, ignorant les questions des quelques curieux qui se trouvaient là, ils emmenèrent Melanie dans la chambre de Charlotte.

Beaucoup plus tard, quand Melanie eut pris un bain très chaud, eut enfilé une chemise de nuit en coton, se fut mise au lit, Charlotte lui apporta une tisane avec une cuiller de miel. Elle remonta les couvertures sous son menton et s'assit à côté d'elle au bord du matelas. Melanie paraissait vidée, totalement déprimée, petite poupée fragile piétinée par la vie, et qui avait grand besoin d'aide.

— J'ai encore l'impression d'être dans l'eau, murmura-t-elle d'un ton dépité, les yeux emplis de désespoir. Je me sens couler dans l'eau froide.

— Non, non, murmura Charlotte en lui prenant la main. C'est fini, maintenant. Je suis là. Tiens bon, ma chérie.

Melanie secoua la tête.

— Pourquoi est-ce que tu as fait ça ? demanda-t-elle. Tu as risqué ta vie. Pourquoi ? Tu ne me connais pas si bien que ça, après tout ! Tu ne me dois rien.

— Tu es ma meilleure amie, répondit simplement Charlotte.

Des larmes envahirent les yeux de Melanie. Elle tendit le bras pour poser sa tasse sur la table de nuit.

— Je n'arrive pas à y croire, gémit-elle. J'ai failli te tuer...

— Chut, ne pense plus à ça, objecta Charlotte en lui caressant le front. Tu étais paniquée. Tu ne te rendais plus compte de ce que tu faisais.

Elle offrit un sourire encourageant à son amie.

— Mais le suicide n'est pas une solution, Mel, ajouta-t-elle d'une voix ferme. Tu le sais, n'est-ce pas ?

— J'ai beaucoup plus peur d'être seule que de mourir.

— Tu n'es pas seule. Je serai toujours là pour toi. Si on a des amis c'est bien pour qu'ils nous soutiennent dans les moments difficiles, non ?

Melanie baissa la tête, crispant les doigts sur le drap.

— Les amis..., marmonna-t-elle. Mais quelle amie je fais, moi !

— Tu es une amie merveilleuse. Tu es drôle, spontanée. Tu as le cœur gros comme une maison. Et... tu as la meilleure trousse de maquillage que j'aie jamais vue, conclut-elle en souriant de nouveau.

Melanie haussa les épaules. Charlotte lui caressa la joue, l'invitant à la regarder.

— Tu te souviens comme j'étais nunuche et timide quand on s'est rencontrées ? reprit-elle. Tu m'as appris à prendre la vie avec légèreté. A rire de moi-même, aussi. Je sais que je peux toujours compter sur toi. Et tout te dire, sans avoir à en craindre les conséquences. Je peux rire, pleurer, jurer comme un charretier si j'en ai envie, je peux grignoter tout un paquet de chips ou dévorer un litre de glace... et quand même me sentir bien, en sécurité. Je sais que, si je t'appelle à l'aide, tu viendras dans la seconde. Tu m'as appris le sens du mot amitié, Melanie...

Elle étreignit sa main.

— Tu m'as sauvée, je t'ai sauvée, ajouta-t-elle d'un ton ému. Je dirai que nous sommes quittes.

Melanie posa sa main libre sur la sienne et la serra. Sa lèvre inférieure tremblotait. Elle se mit à la mordiller.

— Je sais que ces derniers temps j'ai été une vraie garce, confessa-t-elle. Je le regrette de tout mon cœur, Charlotte. Tu sais... Tout a commencé à se casser la figure en même temps, dans ma vie. Mon physique, ma carrière, mon ambition... j'ai tout perdu. Et, pendant que je coulais, j'ai vu ta vie se transformer en un vrai conte de fées... J'étais tellement jalouse ! Ce n'était pas ta faute, je sais bien, mais je ne pouvais pas m'en empêcher. Tu as Michael. Tu as du talent. Tu deviens une star. Tu es belle... Ta beauté... Je crois que c'est ça qui me rend le plus jalouse.

— Tais-toi, objecta doucement Charlotte. Tu n'as aucune explication à me donner.

— Si. Je le veux.

Melanie eut un sourire désabusé.

— Etre belle, pour moi, c'est très important. J'aime avoir de l'allure et attirer les regards des hommes. Du temps où je séduisais facilement, je ne me souciais guère de ce problème. Mais maintenant... je me regarde dans le miroir, et je n'arrive pas à croire ce que je vois. Ma peau se relâche, j'ai de vilaines rides autour des yeux. J'ai l'air fatiguée. Et ce qui me terrifie le plus, c'est de savoir que j'aurais beau changer de coiffure, me faire lifter le visage, remodeler le ventre ou je ne sais quoi encore, je resterais une femme d'âge mûr au physique déclinant.

Melanie soupira.

— Ma carrière est finie. Je suis seule. Je suis incapable d'avoir une relation durable avec un homme. J'ai tellement peur, Charlotte !

— Tu n'es pas seule, Melanie, protesta-t-elle avec conviction, j'aimerais que tu te mettes ça dans la tête ! Et ce n'est pas parce que tu vieillis que ton existence est foutue. C'est de la folie de se tenir ce genre de raisonnement. Nous vieillissons tous. C'est la vie !

— Facile à dire, à ton âge. Quand j'avais vingt-trois ans, moi non plus je ne pensais jamais à ces problèmes-là. Enfin j'y pensais mais je me persuadais que je serais toujours séduisante. Que je paraîtrais toujours dix ans de moins que mon âge réel, en tout cas. « Ne jamais dire son âge », c'était ma devise. Eh bien je peux te le dire, copine. Aujourd'hui j'ai quarante ans. Ça vient beaucoup plus vite que tu ne crois. Un jour tu te regarderas dans le miroir et tu ne reconnaîtras plus le visage qu'il te renverra. Et tu te diras : mince, c'est à qui cette tête-là ? Qu'est-ce que tu crois que tu feras, alors... ?

Charlotte détourna les yeux. Elle comprenait très bien ce que Melanie voulait dire — bien mieux que celle-ci l'imaginait.

— Oh, mon Dieu, gémit encore Melanie en se prenant la tête entre les mains. Pour quelle raison devrais-je continuer à vivre ? Ma vie n'a été qu'un chapelet de relations vouées à l'échec, d'aventures sexuelles insignifiantes. J'ai même renoncé à l'espoir de rencontrer quelqu'un qui puisse m'aimer.

Elle renifla et se frotta les yeux.

— Il n'y a que toi qui m'aimes, Charlotte. Tu me répètes que je suis ta seule amie... Tu veux savoir la vérité ? Tu es la seule véritable amie que j'aie jamais eue.

Charlotte prit Melanie dans ses bras, et elles s'étreignirent avec force, se disant en silence toute l'affection qu'elles se vouaient mutuellement. Charlotte se remémora les avertissements du Dr Harmon, qui lui avait recommandé de ne jamais parler de son opération à quiconque. Si son secret était éventé, sa carrière serait terminée. Freddy la laisserait tomber aussitôt. Et Michael ? se demanda-t-elle avec une pointe d'anxiété. Comment réagirait-il, lui ?

Elle jeta un regard vers la porte du salon, où Michael l'attendait. La cruelle ironie du dilemme qui se présentait à elle fit croître son angoisse. La vérité à Melanie, les mensonges à Michael ? Non, décida-t-elle avec conviction, elle avouerait tout à Michael. Dès qu'elle aurait parlé à Melanie, elle le rejoindrait, s'allongerait contre lui, le serrerait dans ses bras et allégerait leur relation du poids de la supercherie dont elle était seule responsable.

Mais pour commencer... Melanie. Charlotte la regarda avec attention. Son amie avait les yeux rouges et bouffis à force d'avoir pleuré ; elle crispait nerveusement les doigts sur son mouchoir. Elle était au comble du désespoir. Charlotte résolut de lui parler maintenant. Elle prenait un risque, certes, mais il lui semblait que c'était une bonne chose pour elles deux. Ignorant la voix de la prudence, qui l'exhortait à se taire, elle s'assit en tailleur sur le lit et prit une profonde inspiration.

— Melanie, je voudrais te raconter quelque chose à mon sujet...

Trois heures plus tard, Charlotte remonta la couverture sous le menton de son amie, baissa la lumière au variateur. Melanie avait sombré dans un paisible sommeil. Ayant pris deux couvertures dans l'armoire, elle sortit de la chambre sur la pointe des pieds.

Michael était étendu sur le canapé. Il dormait profondément, le scénario de *Un jour en automne* ouvert sur sa poitrine. Il était si beau que rien qu'à le regarder Charlotte eut le cœur tout retourné. L'amour qu'elle lui vouait le rendait-il encore plus beau ? se demanda-t-elle en s'approchant doucement de lui. Ses longs cheveux noirs encadraient son visage. Ses lèvres pleines étaient entrouvertes. Elle avait envie de l'embrasser. Et aussi de s'allonger contre lui et de s'abandonner à la sécurité et à la tranquillité qu'elle trouvait entre ses bras.

Mais elle était épuisée et il fallait absolument qu'elle

se repose. Dans quelques courtes heures, dès que l'aube se lèverait, elle devrait rassembler ses forces pour tourner une scène d'amour avec Brad Sommers, puis tourner de nouveau deux scènes avec la remplaçante de Melanie... Quelle plaie, songea-t-elle. Si elle s'était écoutée, elle aurait verrouillé les portes, débranché le téléphone et se serait effondrée sur le canapé avec Michael.

Elle ferma les yeux et prit appui contre le mur. La fatigue et le poids de ses responsabilités l'accablaient tant qu'elle chancelait. Mais bon... Son engagement professionnel passait en premier. George ne lui pardonnerait jamais s'il n'avait pas ses trois scènes dans la boîte demain soir.

Puisant dans ses dernières forces, elle tira le scénario d'entre les doigts de Michael, étala une couverture sur lui. Puis elle ne put résister au plaisir de l'embrasser sur la bouche et de frotter sa joue contre la sienne. Dans son sommeil il poussa un gémissement de contentement. Charlotte sourit. Elle n'était pas seule au monde. Elle avait deux personnes très chères dans sa vie : sa meilleure amie et l'homme qu'elle aimait de toute son âme.

Confortablement installée dans le grand fauteuil de cuir face au canapé, elle s'enroula dans la seconde couverture et s'endormit.

Cette nuit-là, elle rêva de sa mère. Elle vécut une scène intense où elle retrouvait Helena, se réconciliait avec elle. Quand le téléphone sonna pour la réveiller, elle constata avec surprise que ses joues ruisselaient de larmes.

En milieu de matinée, Michael se tenait en bordure du plateau, observant les techniciens qui allaient et venaient en tous sens pour préparer la scène d'amour. Le décor représentait la chambre du riche étudiant joué par Brad Sommers. Charlotte était allongée sur un lit à baldaquin.

A sa demande expresse, l'équipe avait été réduite au minimum ; toutes les personnes inutiles devaient patienter à l'extérieur. Michael savait qu'elle était nerveuse à l'idée de s'exhiber presque nue et de feindre la passion avec un acteur qu'elle n'appréciait pas particulièrement.

— Je ne serai pas nue, rassure-toi, lui avait-elle affirmé quand il avait insisté pour assister au tournage. Mais... tu n'as pas peur d'avoir un peu de mal à regarder tout ça ?

Michael ne pouvait le nier. S'il avait voulu rester, c'était pour deux raisons aussi idiotes que contradictoires. D'une part il était cloué à sa place par une sorte de curiosité perverse contre laquelle il était incapable de lutter. D'autre part, eh bien... il voulait vérifier par ses propres yeux qu'il ne se passerait rien d'inconvenant entre Charlotte et cet homme.

La préparation du tournage était un spectacle à elle seule. Michael était fasciné. Le metteur en scène, survolté, criait des ordres en agitant sa casquette comme une arme, exhortant les uns et les autres à se « bouger les fesses ». La dépression qui arrivait sur le Maine apportait du froid et de la pluie. On craignait même des chutes de neige. Ils devaient se dépêcher, d'autant que George tenait à tourner en une journée, avant que le mauvais temps ne s'installe, deux scènes avec la remplaçante de Melanie.

Michael s'aperçut soudain que le metteur en scène le dévisageait avec attention. Il soutint son regard. Curieusement, George Bergman le considérait d'un air mauvais, presque agressif. Détournant la tête, il se dirigea vers le lit. Michael le regarda parler aux acteurs avec animation, sans doute pour leur donner des instructions de dernière minute. Puis, comme Charlotte se redressait afin de permettre à une coiffeuse d'arranger ses cheveux, Michael vit le metteur en scène se pencher vers Brad Sommers et

LA GARANTIE HARLEQUIN

- Vous gardez la possibilité d'interrompre les envois à tout moment.
- Vos cadeaux sont à vous dans tous les cas.
- Si, après avoir lu vos romans gratuits, vous n'étiez pas séduite, vous pourriez changer d'avis et annuler les futurs envois.
- Cette offre est sans risque.

DÉTACHEZ SELON LES POINTILLÉS ET POSTEZ AUJOURD'HUI MÊME

Oui, veuillez m'envoyer **2 livres gratuits** choisis parmi les plus beaux romans de la collection *Les Best-Sellers* et **mon cadeau** : un pendentif cristal. J'ai noté que sans avis contraire de ma part, vous m'enverrez ensuite 3 romans de plus de 300 pages au format de poche, de la collection *Les Best-Sellers* à consulter. Il en sera ainsi tous les deux mois tant que je le voudrai. Chaque livre me sera proposé au prix exceptionnel de 32,80 F. La participation aux frais de port n'est que de 7,10 F par envoi. Je n'ai aucune obligation d'achat et je peux retourner les livres sans rien vous devoir ou annuler tout envoi, à ma guise. Dans tous les cas, je conserverai mon cadeau.

Mme ○ **Mlle** ○ **2503 E0AE01**

Nom

Prénom

Adresse

Code postal **Ville**

Date d'anniversaire 19

N° de téléphone

Cette offre est valable en France métropolitaine uniquement et jusqu'au 31 juillet 2000 à raison d'une demande par foyer. Prix susceptibles de changement. Réservé aux lectrices de plus de 18 ans qui ne sont pas déjà abonnées.

Conformément à la loi Informatique et Liberté du 6 janvier 1978, vous disposez d'un droit d'accès et de rectification aux données personnelles vous concernant. Vos réponses sont indispensables pour mieux vous servir. Par notre intermédiaire, vous pouvez être amenée à recevoir des propositions d'autres entreprises. Si vous ne le souhaitez pas, il suffit de nous écrire en nous indiquant vos noms, prénom, adresse et si possible votre référence client à : Service Lectrices - Cédap/Harlequin - BP 77 - 94239 CACHAN cedex. Le Service Lectrices est à votre écoute du lundi au jeudi de 9 h à 18 h et le vendredi de 9 h à 17 h au : 01 45 82 47 47. Votre colis gratuit vous parviendra 20 jours environ après réception de cette carte.

Ne pas affranchir

Service Lectrices
Cédap / HARLEQUIN
Libre réponse N° 51850
94239 CACHAN CEDEX

lui murmurer quelque chose à l'oreille. L'acteur balaya le plateau du regard et s'arrêta sur lui ; il hocha lentement la tête. Michael eut alors l'étrange impression que leur échange avait un rapport avec lui.

Bergman alla se poster près de la caméra et réclama le silence. Puis la scène démarra.

Michael contempla Charlotte. Il avait peine à se retenir de se précipiter vers elle pour couvrir ses épaules satinées, éjecter l'acteur du lit et emmener la femme qu'il aimait très loin d'ici, n'importe où pourvu que tous ces gens ne puissent plus la dévorer de leurs yeux pleins d'envie. Elle portait une chemise de nuit blanche brodée de fleurs roses, avec de longs rubans fins qui mettaient ses seins en valeur. Le vêtement tombait sur ses bras, dévoilant ses épaules et son cou d'albâtre, ainsi que la naissance d'un sein.

Les cernes noirs qui bordaient ses yeux quand le téléphone les avait réveillés à cinq heures et demie ce matin avaient disparu sous la main experte des maquilleurs. Sa chevelure d'or s'étalait autour de son visage comme une auréole. Ses longs bras minces étaient relevés au-dessus de sa tête dans une posture langoureuse, conçue pour éveiller le désir des spectateurs. Michael en avait la gorge nouée. Ses cheveux, son visage, son corps — tout en elle était si merveilleux qu'il avait presque peine à en croire ses yeux.

Il la voyait là, sous les lumières des projecteurs, comme il avait rêvé de la voir durant ces derniers mois, depuis qu'elle était partie. Comme il aurait voulu la voir la nuit dernière. Le problème, c'était que l'homme allongé près d'elle était un autre que lui. Les bras qui l'étreignaient, les mains qui caressaient à présent ses joues, glissant sur son cou en direction de sa poitrine, n'étaient pas les siennes. Michael savait que ce n'était qu'un film — un rôle. Mais la scène n'en était pas moins exaspérante, douloureuse à regarder.

L'acteur murmurait de fervents mots d'amour. A en croire l'expression rêveuse qui se peignait sur le visage de Charlotte, Michael aurait juré qu'elle appréciait ce qu'elle entendait. Ses yeux s'embrumaient, et sa poitrine haletait comme si elle prenait un plaisir croissant à leur étreinte. En observant tout cela, Michael sentit son propre corps s'éveiller au désir. Il se maudit de s'exciter de la sorte comme le premier voyeur venu. Et il éprouva une rancœur de plus en plus forte contre l'homme qui caressait et embrassait la femme qu'il aimait.

Ce qui le rendait furieux par-dessus tout, c'était de savoir que cet acteur était physiquement émoustillé. Cela se voyait aux frissons qui agitaient ses mains, à la rougeur de ses joues, à la ferveur qu'il mettait dans ses baisers.

Michael regarda autour de lui. Il constata avec horreur et dégoût que tous les hommes présents sur le plateau arboraient la même expression ravie. Ils respiraient la bouche ouverte ; l'un d'eux s'humectait même les lèvres !

Michael serra les poings. Son sang de Latin se mit à bouillir dans ses veines. Il avait bien envie de débrancher la caméra, d'étrangler l'acteur à mains nues et d'emmener Charlotte loin d'ici, pour affirmer son emprise sur elle avec sa propre bouche, son propre corps. Mais il s'efforça de refouler ces pulsions, d'ignorer la brûlure de la jalousie qui le tiraillait.

La scène d'amour prit alors une tournure... étrange. Pétrifié de stupeur, Michael vit tout à coup l'acteur déchirer sauvagement la chemise de nuit de Charlotte. Elle se débattit, mais d'un mouvement aisé il s'assit à califourchon sur elle et tira complètement le drap, dévoilant au regard de tous les seins ronds de la jeune femme. Leurs pointes sombres étaient érigées.

Michael retint le cri qui enflait dans sa gorge, tourna les talons et quitta le plateau pour chercher refuge dans le vent du nord froid et mordant.

⁂

La scène s'acheva quelques instants après le départ de Michael Mondragon. Le metteur en scène cria « Coupez ! », l'équipe soupira et applaudit. Charlotte repoussa vigoureusement Brad et se recroquevilla sur elle-même en s'enveloppant dans le drap.

Freddy Walen, qui se tenait dans un recoin obscur du plateau, eut un large sourire. Il avait savouré chaque instant qui passait en voyant le visage du jardinier se convulser de fureur et de dépit. Il avait failli pousser un cri de joie quand son rival avait détalé comme un animal blessé.

C'était parfait, se dit-il. La scène d'amour était tombée à pic. Un type dans la situation de Mondragon ne pouvait réagir que de deux façons : soit se ronger de jalousie et se mettre en rogne, soit bomber le torse en regardant d'autres hommes désirer sa femme. Le jardinier avait choisi la jalousie, et tant mieux. Un homme disposé à ce genre d'émotions violentes était toujours plus facile à manipuler qu'un homme qui gardait son sang-froid.

Freddy quitta le plateau et sortit du splendide bâtiment où le tournage avait lieu. Il sourit de plus belle en apercevant Mondragon devant la porte, les mains fourrées au fond des poches, une expression angoissée sur le visage.

— Qu'est-ce que vous fichez ici ? demanda-t-il d'un ton volontairement agressif.

Mondragon lui jeta un bref regard, pinça les lèvres d'un air menaçant.

— Qu'est-ce que vous me voulez, Walen ? Laissez-moi en paix.

— Pourquoi traînez-vous autour de Charlotte ? Elle travaille. Elle fait un boulot dans lequel vous n'avez pas de place. Ce qui se passe ici ne vous concerne pas, si vous voyez ce que je veux dire.

— Tout ce qu'elle fait ici me concerne, répliqua calmement le jardinier.

Freddy commença à s'énerver. L'assurance et la morgue de ce jeune homme l'exaspéraient.

— J'ai un message pour vous de la part du metteur en scène, déclara-t-il. Il ne veut plus vous voir sur le plateau.

Mondragon se tourna soudain vers lui en se redressant de toute sa hauteur. Freddy s'ordonna de ne pas bouger. Ils se fusillèrent du regard.

— Et moi, j'ai un message pour ce salopard, répondit le jardinier d'une voix vibrante de colère. Vous lui direz que j'ai lu le scénario et que nulle part il n'était question que Sommers déchire la chemise de nuit de Charlotte. Vous préciserez que, s'il tient à garder son nez en un seul morceau, il a intérêt à respecter le scénario. Je ne le dirai pas deux fois.

Sans attendre de réponse, Mondragon fit volte-face et s'éloigna.

Freddy sourit, satisfait. Ce fumier de Latino était furieux. Cela lui suffisait pour le moment.

Il retourna sur le plateau, curieux de voir comment allait Charlotte. Pour rien au monde il ne l'aurait avoué à Mondragon, mais il s'était lui aussi irrité de ce qui s'était passé pendant la scène d'amour. Et il avait bien l'intention de réclamer une explication à George.

— Tu as été splendide, mon cœur ! s'exclama-t-il avec ravissement en s'approchant de Charlotte.

Elle cilla, étonnée.

— Freddy ? Quand es-tu arrivé ?

— Juste à temps pour voir la scène.

Un assistant apportait un peignoir pour Charlotte. Il le lui arracha des mains et aida l'actrice à l'enfiler.

— Tiens, il ne faut pas que tu prennes froid. Tu as une pause de deux heures avant de tourner les deux prochaines scènes. Ensuite, tout est terminé. J'ai vu les rushes. Tu es parfaite, rien moins que parfaite. Ce film va magnifiquement servir ta carrière.

Charlotte semblait à peine l'écouter. Elle scrutait le plateau. En quête de Mondragon, sans doute.

— Il est parti, marmonna-t-il.

Elle tourna subitement la tête vers lui.

— Qui ? Michael ?

— Ouais. Je crois qu'il n'a pas supporté ce qu'il a vu, et je dois dire que je le comprends. Toi et Brad vous formez un joli couple. Dis-moi... les étincelles qu'on a vu jaillir entre vous, c'est pour de vrai ?

Elle eut une moue dégoûtée.

— Sois sérieux, Freddy ! rétorqua-t-elle. Je ne supporte pas Brad Sommers. Tu as vu comme ce salopard m'a agressée pendant la scène ?

— Ne t'inquiète pas pour ça. Je vais m'en occuper.

— Tu as intérêt !

— Calme-toi, mon cœur. Sommers est amoureux de toi, et je t'assure que ce n'est pas parce que je vous ai collés ensemble pour les beaux yeux des médias.

— Je m'en contrefiche ! s'emporta-t-elle. Figure-toi que moi, je ne ressens rien pour lui. Pas même de la sympathie. Je l'exècre. Et je suis furieuse qu'il m'ait déshabillée comme il l'a fait pendant la scène d'amour. Ce n'était pas dans le scénario, il n'avait pas le droit. Fais-le prévenir que, si jamais il recommence, je lui ficherai mon pied dans les parties, et tellement fort qu'il ne s'en remettra pas de sitôt. Je ne te dirai même pas comment il a essayé de me tripoter sous les draps. Heureusement que Michael n'a pas vu ça, parce que je crois qu'il aurait pu le tuer.

Elle regarda de nouveau le plateau d'un air inquiet.

— Où as-tu dit qu'il était parti ?

— Peu importe, Charlotte...

Il lui agrippa le bras, plongeant ses yeux dans les siens.

— Je croyais que nous étions d'accord, pour Mondragon ? reprit-il d'un ton ferme. Ce type n'est pas bon pour ta carrière. Il n'est pas bon pour toi. Ce n'est pas ton genre.

Elle se dégagea brusquement de son étreinte.

— Et c'est quoi mon genre, selon toi ?

— Quelqu'un comme Brad Sommers. Quelqu'un qui a de la classe. Quelqu'un comme toi. O.K., je l'admets, Mondragon est un homme séduisant, charmeur, et je comprends que tu aies eu envie de t'amuser un peu avec lui. Mais maintenant ça suffit. Laisse-le tomber. Nous n'avons pas besoin d'un guignol de son espèce...

Charlotte le foudroya du regard. Ses yeux étaient si pleins de rage que Freddy eut malgré lui un mouvement de recul.

— Je ne l'ai pas choisi pour « m'amuser », comme tu dis ! rétorqua-t-elle. Michael Mondragon est l'homme que j'aime, et je ne tolérerai plus que tu l'insultes. Comprends-moi bien, Freddy. Tu gères ma carrière, pas ma vie privée. Je n'ai pas à te demander la permission de vivre comme je l'entends. Et je n'ai pas l'intention de rester ici à écouter encore un de tes interminables monologues sur la manière de gérer ma carrière. Jusqu'à présent j'ai fait tout ce que tu m'as demandé, et je l'ai bien fait. Je respecte ma part du contrat.

Elle pointa un doigt sur lui.

— A toi de respecter la tienne ! assena-t-elle. Maintenant, si tu veux bien m'excuser, je vais me changer pour retrouver Michael.

Elle s'éloigna de quelques pas, et se retourna.

— Une dernière chose, au fait. Fiche la paix à Melanie. Elle n'est pas en forme, et elle n'a pas non plus besoin de tes sermons.

Freddy serra les poings. L'attitude de Charlotte l'exaspérait. Il n'aimait pas du tout être ainsi remis à sa place. Il avait bien envie de la gifler — ou de la punir d'une façon ou d'une autre. L'affection qu'elle portait à Melanie Ward lui en donnait l'occasion.

— Je ne ferai aucun sermon à Melanie, cria-t-il, parce qu'à partir d'aujourd'hui je ne suis plus son agent ! Je laisse tomber cette imbécile !

Au lieu de soupirer de dépit et de venir implorer sa clémence, comme il l'avait espéré, Charlotte sourit.

— Parfait. C'est la meilleure chose qui pouvait lui arriver ! répliqua-t-elle, et elle tourna les talons.

Charlotte s'habilla en hâte, puis sortit à la recherche de Michael. Elle le trouva au bout d'une demi-heure, derrière les bâtiments qui servaient de cadre à *Un jour en automne*. Il marchait lentement sur le sentier menant à un petit bois. Il avait l'air extrêmement tendu.

— Pourquoi ne m'as-tu pas attendue ? demanda-t-elle d'une voix mal assurée. Je te cherche partout depuis...

Charlotte se tut. Michael regardait dans le vague, la mine renfrognée. Sa colère était presque palpable.

— J'avais besoin d'air, marmonna-t-il.

Elle soupira.

— Je t'avais dit de ne pas regarder. Tu vois bien que ce n'était pas une bonne idée.

Les yeux de Michael s'emplirent soudain de dépit, et même de chagrin. Elle leva une main vers son visage, lui caressa la joue.

— J'ignorais que ça me ferait tant de mal de voir cet homme te... faire l'amour, murmura-t-il. Et de te voir répondre à ses caresses...

— Mais non ! se récria-t-elle. Pas du tout ! Pourquoi dis-tu cela, Michael ?

Il haussa les épaules.

— Ce n'était pas moi qui étais dans ce lit, mais Laura, mon personnage, insista-t-elle avec fermeté. Michael, regarde-moi s'il te plaît... Je suis une actrice. Jouer des scènes d'amour, cela fait partie de mon travail, et je dois l'accepter. Quant à toi, tu ne peux pas réagir de façon aussi... excessive.

— Ah oui ? fit-il.

Sans prévenir, il la prit dans ses bras et l'attira contre lui, unissant ses lèvres aux siennes.

Ils s'enlacèrent, s'étreignirent avec toute la fougue qu'ils avaient réprimée la nuit, alors qu'ils n'avaient pas pu trouver un moment à eux, toute la passion qu'ils avaient ressentie l'un pour l'autre lorsque Charlotte tournait la scène d'amour un moment plus tôt. Leur désir rugit entre eux, embrasant leurs sens.

— Tu es à moi, n'est-ce pas ? murmura-t-il dans un souffle rauque, en redressant la tête.

Charlotte frissonna. Son instinct le plus primitif exigeait d'elle qu'elle acquiesce, qu'elle désigne cet homme comme son compagnon choisi, pour toujours.

— Oui, oui, Michael ! répondit-elle, lui offrant son âme et son cœur.

Il s'écarta d'elle. Ses yeux la dévorèrent avec impatience. Elle trembla de plaisir. Elle aimait ce désir féroce et tout-puissant qui les animait, les électrisait, n'emplissait plus leur esprit que d'une seule idée : faire l'amour. Elle savait déjà, depuis cet été, que cette flamme pouvait surgir n'importe quand — sur une simple caresse, un regard appuyé, un mot tendre ou même un sourire. Combien de fois s'étaient-ils donnés l'un à l'autre dans cet élan spontané et délicieux qui les menait à la plus pure des jouissances ?

Ils regardèrent autour d'eux. Sur leur droite, à l'entrée du chemin, quelques membres de l'équipe de tournage discutaient. Sur la gauche, le sentier s'enfonçait au cœur de la forêt. Michael lui prit la main et l'entraîna dans cette direction d'un pas énergique.

Charlotte marcha à côté de lui le sourire aux lèvres, un intense frisson d'anticipation lui parcourant le dos.

Michael scruta les bois à la recherche d'un endroit isolé, à l'écart du sentier. Enfin, il sembla trouver ce qu'il voulait. Il obliqua soudain vers un immense massif de buissons à feuillages doux dans lequel était ménagée une sorte de grotte naturelle — par chance assez profonde.

Dès qu'ils furent à l'abri des regards, Michael la prit dans ses bras, l'adossant au mur de végétation, et se serra contre elle. Elle gémit en sentant la virilité de son amant contre son aine.

Michael n'y tenait plus. Son désir pour Charlotte le possédait tout entier. Il écarta les pans du manteau qu'elle portait et glissa les mains sous son pull. Quand ses paumes fraîches entrèrent en contact avec la douceur soyeuse de sa peau, il la sentit arquer le dos et se laisser aller contre lui en soupirant d'aise. Il la caressa avec fièvre. Il voulait la toucher partout — couvrir chaque coin de peau effleuré par Sommers pendant le tournage. Il voulait brûler avec sa propre peau toute trace que cet homme aurait pu laisser sur le corps de la jeune femme. Ayant dégrafé son soutien-gorge, il prit ses seins ronds et fermes au creux de ses mains. Quand il sentit leurs pointes se durcir, il ne put réprimer un grognement de bonheur.

Il l'embrassa encore. Elle lui rendit son étreinte comme il en avait envie, comme il l'attendait de la femme qu'il aimait et qu'il considérait comme sienne. Il ne percevait nulle résistance, nulle hésitation en Charlotte. Uniquement du désir et de l'abandon.

Mais cela n'allait pas assez vite. Il la voulait, maintenant. Il voulait qu'ils se prennent, aillent jusqu'au bout. Il voulait la posséder tout entière.

Avec des gestes précipités, ils se déshabillèrent mutuellement, tirant sur leurs vêtements, les arrachant presque pour s'unir enfin.

— Viens, Michael. Maintenant !

Il glissa les mains derrière ses fesses, la souleva et vint en elle. Charlotte noua ses bras autour de sa nuque. Ensemble, ils commencèrent de tanguer, haletant, gémissant sous le plaisir qui montait en eux. Michael accéléra ses mouvements tandis que la jeune femme criait pour l'inciter à la prendre plus fort, plus vite encore. Puis il la sentit se contracter sur lui et elle laissa échapper un râle d'extase qui le fit basculer à son tour vers la jouissance. Il donna une ultime poussée, s'abandonna en elle.

Ils restèrent sans bouger un long moment, se balançant lentement l'un contre l'autre. Leurs respirations s'apaisèrent. Dans les arbres au-dessus de leurs têtes, des oiseaux gazouillaient joyeusement comme pour les féliciter de s'être donné tant de bonheur.

Michael déposa tout doucement Charlotte sur ses pieds, sans la lâcher. Il la fixa intensément. Elle esquissa un sourire timide.

— Je t'aime, dit-il simplement, avec une conviction totale.

Charlotte soutint son regard.

— Moi aussi, je t'aime.

Ils sourirent. Ils savaient tous deux ce que leur étreinte signifiait. Ici, dans ce cadre naturel, Michael l'avait choisie pour femme, et elle avait accepté d'être sienne.

Michael retourna en Californie dans l'après-midi. Alors que l'avion planait très haut au-dessus de la couverture nuageuse, il tomba subitement sur un trou d'air. Des secousses violentes ébranlèrent la cabine, obligeant Michael à se repositionner dans son fauteuil. Comme il levait le bras, il perçut l'odeur du parfum de Charlotte, qui imprégnait encore sa peau et ses vêtements. Le souvenir des dernières minutes qu'ils avaient passées ensemble afflua aussitôt à sa mémoire : leurs adieux, le magnifique visage de Charlotte levé vers le sien, son regard débordant d'amour et de désir... Ces pensées l'émoustillaient et il sourit. Il espérait que, quand elle jouerait sa prochaine scène avec Sommers, elle aurait encore sur elle la senteur de l'incroyable étreinte qu'ils avaient partagée dans les bois.

Son sourire s'élargit. L'acte sexuel était parfois si... primitif ! Mais il aimait cette sensation d'être un animal empli de désir, un mâle qui cherchait à marquer son territoire. Et maintenant, même s'il repartait à l'autre bout du continent, sa femme portait la marque indélébile de leur union.

Il se renversa en arrière contre le siège. Il était serein. Il faisait entièrement confiance à Charlotte. Ni Brad Sommers, ni Freddy Walen, ni aucun autre homme ne pourrait la lui voler.

14.

Quand le tournage fut achevé quelques jours plus tard, Charlotte ne retourna pas immédiatement en Californie. Elle fit d'abord un crochet par New York pour y rencontrer un conseiller financier qui lui avait été recommandé par le producteur du film. Elle n'avait pas beaucoup d'argent à investir, en comparaison des grosses fortunes de Hollywood. Dans son univers à elle, cependant, la somme qui lui restait une fois qu'elle avait payé son agent, ses impôts et ses frais courants constituait un joli petit magot. Elle désirait le placer et le voir fructifier. Ces dernières semaines, le regard qu'elle portait sur sa vie avait évolué. L'étrange coïncidence entre la tentative de suicide de Melanie et la déclaration d'amour de Michael lui avait montré à quel point l'existence était précieuse, bien sûr, mais surtout fragile et éphémère. Elle avait résolu que, si elle ne pouvait maîtriser le destin de son amie ou celui de sa relation avec Michael, elle devait au moins essayer de renforcer les bases de son quotidien, notamment en faisant fructifier les cachets que lui rapportait son métier.

Sa visite chez Bessemer Trust dura deux heures. Elle se constitua un portefeuille où la plus grosse partie de son capital était placée dans des opérations à haut risque qui doubleraient rapidement sa mise — ou la feraient fondre comme neige au soleil si la bourse s'effondrait. Kenneth Clark, son interlocuteur, se montra surpris par son sens aigu de la gestion financière et son habileté à manipuler les chiffres. Elle, de son côté, ne s'en étonnait guère. Après tout, elle avait longtemps travaillé dans la comptabilité au sens le plus large du terme.

De retour en Californie, elle continua sur sa lancée. En tout premier lieu, elle demanda un rendez-vous à Mme Delaney, la veuve septuagénaire qui possédait la maison qu'elle partageait avec Melanie. Au début, celle-ci refusa catégoriquement ; c'était une personne malheureuse et irritable, qui reprochait à la terre entière de l'avoir maltraitée. Charlotte ne doutait cependant pas de réussir à l'amadouer. Elles se promenèrent un long moment dans le jardin de la vieille dame. Charlotte l'aida à arroser ses massifs de fleurs, la félicita pour ses plantations, et joua avec ses deux scottish-terriers. Mme Delaney, qui avait rarement de la visite — elle ne voyait en fait quasiment personne en dehors de sa femme de ménage — se décrispa petit à petit. Charlotte avait un peu l'impression de se trouver avec sa propre mère ; elle se montra patiente avec elle, lui laissant le temps d'exprimer ses frustrations et de pester contre les membres de sa famille, tous détestables à l'en croire. Finalement, elle orienta la conversation sur des sujets plus agréables à la vieille dame, tels que les animaux domestiques, le jardinage, les programmes de télévision ou sa collection de porcelaines japonaises.

Après que le thé fut servi, la vieille dame accepta de lui vendre le petit pavillon d'après-guerre sis sur les hauteurs de Los Angeles.

— Tu as fait quoi ? s'exclama Melanie en portant les mains à son visage.

— J'ai acheté la maison, répondit Charlotte avec une désinvolture feinte, avant de poser son sac à main sur la console de l'entrée.

En voyant la mine abasourdie de son amie, elle éclata de rire. Elle s'approcha d'elle et la serra dans ses bras.

— C'est génial ! s'extasia Melanie. Je n'en reviens pas.

Les mains jointes, elles se mirent à danser et à pousser des cris de joie en virevoltant à travers la maison.

— Comment as-tu réussi à convaincre cette vieille bique de vendre ? demanda ensuite Melanie.

— Tu sais... Elle a l'air désagréable au premier abord, mais en réalité elle est vraiment gentille. Elle m'a fait penser à ma mère par bien des aspects. Une existence difficile, des tonnes de déceptions... il y a là de quoi rendre amer n'importe qui. Au fond, elle se fichait de la maison. Elle la gardait par habitude, ne sachant trop quoi en faire. Elle a bien assez d'argent pour vivre. Elle est juste très, très solitaire. Je pense que nous devrions l'inviter de temps en temps pour le thé, ou même pour une partie de rami. Elle adore jouer aux cartes. Ma mère aussi aime les cartes...

En évoquant sa mère, Charlotte éprouva tout à coup un violent pincement de dépit et de nostalgie. Chaque mois, elle lui envoyait un chèque substantiel accompagné d'une longue lettre où elle l'informait de l'évolution de sa vie et de sa carrière. Elle lui racontait ses rêves, ses espoirs et ses succès. Chaque fois, elle la suppliait de venir vivre avec elle en Californie et d'accepter de ne plus travailler, de prendre la retraite qu'elle méritait.

Helena ne lui répondait jamais. En revanche elle lui retournait ses chèques, qu'elle refusait obstinément d'encaisser.

— Eh bien ! Toi, quand t'as une idée derrière la tête..., observa Melanie avec admiration, en posant les mains sur ses hanches rondes. Mais j'avais vu ça dès le début dans ton thème astral, tu sais. Tu es Lion jusqu'au bout des ongles.

Charlotte pouffa.

— Je suis une femme, je suis une lionne, entendez-moi rugir ! s'exclama-t-elle.

Elles éclatèrent de rire. Quand elles se furent calmées, Charlotte se dirigea vers la console, y saisit un sac en plastique, puis revint vers son amie.

— Maintenant, passons aux choses sérieuses, déclara-t-elle avec un large sourire. Aujourd'hui, j'ai fait un saut quelque part... pour toi.

Elle sortit du sac une brochure qu'elle tendit à Melanie.

— Qu'est-ce que c'est ? marmonna celle-ci en se mordant la lèvre.

Elle passa dans la cuisine, suivie de Charlotte, et s'assit devant la table pour feuilleter la brochure. Ses yeux s'arrondirent.

— Une école de cuisine ? marmonna-t-elle. Tu n'imagines pas que je vais reprendre des études à mon âge ?

Elle jeta la brochure sur la table.

— C'est ridicule, assena-t-elle. Je suis trop vieille pour retourner étudier. On se ficherait de moi !

— Trop vieille ? répéta Charlotte d'un ton ironique. A ton âge ? Est-ce bien Melanie Ward qui parle ainsi ?

— Non, ce n'est pas la même Melanie. Et tu le sais bien, répliqua son amie d'un air désabusé. Je suis vieille, c'est un fait. Mon corps n'en peut plus de tous les assauts que je lui fais subir pour l'entretenir. Et, dans ma tête, c'est pareil. Oui, mon âge me pose un problème. L'âge c'est le pire de tous les problèmes.

— Non ! protesta Charlotte. L'âge n'a rien à voir avec ce que je te propose. Rien ne t'empêche de reprendre des études. Il y a des tas d'hommes et de femmes qui retournent à l'école à quarante ans. Et même plus tard encore ! A notre époque il est courant que les gens changent de carrière au moins deux fois dans leur vie. Toi, tu n'as eu qu'une seule carrière, si je ne me trompe. Est-ce qu'il ne serait pas temps que tu ouvres la porte à la suivante ?

— Je ne peux pas, rétorqua Melanie d'un ton qui trahissait un profond désarroi. Tu me connais. Je ne suis pas une intellectuelle. Chez moi, tout est dans le physique.

— Encore une fois, tu te trompes, affirma-t-elle. Melanie, tu vois toujours le verre à moitié vide. Il est temps que tu regardes le bon côté des choses. Que tu mettes ta vie dans une perspective plus positive.

— Pourquoi est-ce que je ne suis pas une optimiste-née, comme toi ? Oui, ma chérie, pour moi, le verre est bel et bien à moitié vide. La plupart du temps, en tout cas. Et parfois, il est sec comme un désert.

— On devient optimiste, on ne naît pas optimiste, objecta-t-elle. Tu ne peux pas toujours changer les circonstances de ta vie, mais tu peux changer la façon dont tu réagis à ces circonstances. Par exemple, tu fréquentes trop de gens déprimés, qui t'influencent dans le mauvais sens. Force-toi à passer du temps avec des personnes plus enthousiastes.

— De ce côté-là, je suis servie : j'ai ma copine Charlotte, répondit Melanie en haussant les épaules. Ton enthousiasme me suffit largement.

Elle saisit la brochure et la feuilleta d'un geste machinal.

— Je te vois venir, reprit-elle. Tu vas me suggérer de dresser une liste de tout ce que je devrais faire pour améliorer ma vie. Toi et tes listes, je te jure...

— Exactement, acquiesça Charlotte. Je suis la reine des listes, tu as raison. Mon jour préféré de l'année, c'est la Saint-Sylvestre. Tu sais pourquoi ? Parce que c'est le jour où je peux dresser une énorme liste de résolutions pour l'année à venir.

— Je sais bien ce que tu essaies de me dire...

Charlotte glissa un bras autour de ses épaules.

— Essaie, s'il te plaît. Imaginons qu'aujourd'hui ce soit notre Saint-Sylvestre personnelle. Le 9 novembre, jour où nous avons acheté la maison, nous...

— Nous ? l'interrompit Melanie, perplexe.

— Absolument. Nous. Voilà, dressons une liste de tout ce que nous voudrions réaliser pour la maison et pour nous-mêmes. Repeindre cette cuisine, par exemple. Ranger les placards. Commencer ce fameux régime qu'on évoque depuis si longtemps...

Elle lança un clin d'œil à Melanie.

— Et s'inscrire à l'école de cuisine, conclut-elle.

— Tu es trop futée, ma chérie. Championne de l'optimisme, et rusée comme un renard ! répliqua Melanie en pouffant.

Charlotte rit à son tour. Elle était ravie. En dépit des protestations de son amie, elle avait réussi à susciter sa curiosité — et même son intérêt. Elle sortit une bouteille de Chardonnay du réfrigérateur. Tandis qu'elle la débouchait, elle observa Melanie qui tournait et retournait la brochure entre ses mains d'un air suspicieux. Elle réprima un cri de triomphe quand son amie l'ouvrit enfin et se mit à examiner les photographies de l'école.

Melanie se pencha plus avant sur les pages en papier glacé de la brochure.

— Hé ! s'exclama-t-elle en désignant l'un des clichés. Ce type n'est pas mal du tout. Viens voir.

Charlotte posa deux verres de vin sur la table et regarda la photographie.

— Cinquante ans bien sonnés, affirma-t-elle.

— Tu crois ?

— Tu vérifies par toi-même. Allez, Melanie... Tout ce que je te demande, c'est d'aller voir cette école de plus près. Pour moi.

Melanie saisit son verre, but une gorgée de blanc. Elle fronça les sourcils.

— Même si j'acceptais d'y aller... les frais d'inscription doivent être énormes. Je n'ai pas d'argent.

— Je te prêterai ce qu'il faut.

— Oh, non ! Ça, pas question. Je ne veux pas rentrer là-dedans.

— Ce n'est pas grand-chose. Je vais toucher un énorme cachet pour mon prochain film. Pourquoi ne pourrais-je pas l'utiliser pour me faire plaisir et aider ma meilleure amie ? Cela dit, j'envisage aussi cela comme un excellent investissement. J'ai assez savouré ta cuisine, depuis des mois, pour savoir que tu as du talent. Tu as un avenir en tant que chef. Je parierais ma vie là-dessus. J'aimerais aussi parier mon argent.

— Je ne sais pas trop, Charlotte..., bafouilla Melanie. Le pari est vraiment très risqué.

— Tu me connais, je suis extrêmement prudente avec mon argent. Je n'ai jamais fait de mauvais investissement, et je n'ai pas l'intention de commencer maintenant.

Melanie sourit faiblement.

— Merci. J'apprécie beaucoup d'entendre tout ça. Et je reconnais que je suis intéressée. Je serais folle de refuser, vu que je n'ai aucune autre perspective pour l'avenir. Mais qui sait si je serai jamais capable de te rembourser ? Ah ! Si seulement j'avais économisé, autrefois, quand j'avais de l'argent ! Bon sang, quand je pense à tout le fric que j'ai gaspillé, ça me rend malade !

— Tu vois ? Le verre est encore à moitié vide, répliqua Charlotte d'un ton narquois.

Elle s'assit en face de Melanie.

— Sérieusement, reprit-elle. Te prêter de l'argent ne me pose aucun problème. Nous verrons comment tu me rembourseras quand tu auras terminé ta formation.

Elle but une gorgée de vin.

— J'espère que tu feras alors quelque chose d'excitant, reprit-elle. Ouvrir un restaurant, par exemple. Je pourrai récupérer agréablement ma mise en savourant de bons plats.

Les lèvres charnues de Melanie se plissèrent en une moue songeuse. Ses pupilles se mirent à briller.

— Pendant que je serai à l'école, je peux aussi m'occuper du ménage, des courses et de la cuisine. Ce sera comme un loyer en nature, proposa-t-elle avant d'éclater de rire. Seigneur, je n'arrive pas à croire que c'est moi qui dis ça. Moi, faire le ménage ! Je ne veux même pas imaginer l'état de mes ongles. Mais je suis capable de le faire, tu sais. Tu m'as beaucoup appris, ma chérie, surtout en matière de nettoyage des cuvettes de W.-C.

Elle pianota du bout des doigts sur la table.

— Je pourrais aussi me charger d'autres tâches ménagères, comme le repassage...

Charlotte leva une main, riant à son tour.

— Admettons. Mais, avant que tu ne te transformes en fée du logis, mettons au point un plan de financement de tes études qui ne fera pas de toi mon esclave personnelle.

Elle marqua une pause, pour reprendre d'un ton plus grave :

— Je ne veux surtout pas que cette histoire risque de gâcher notre amitié.

— Non. Moi non plus, approuva Melanie.

— Je repars bientôt en tournée de promotion, puis j'enchaîne sur mon prochain film. Je serai absente pendant des semaines, sinon des mois. Maintenant que je suis propriétaire, je détesterai me dire que cette maison n'est pas entretenue.

Elle sourit.

— Ça te plairait d'être gardienne de maison ?

Melanie gloussa.

— Pourquoi pas ?

— Alors ça veut dire que tu iras à l'école de cuisine ? demanda Charlotte.

Elle tendit la main. Melanie la saisit.

— Quand Dieu ferme une porte, il ouvre une fenêtre, répondit-elle. C'est ce que disait toujours ma grand-mère.

Elles se serrèrent vigoureusement la main, scellant leur accord, puis elles se levèrent et s'étreignirent. Melanie se laissa retomber sur sa chaise en reniflant.

— Et moi qui te prenais pour une grippe-sou, marmonna-t-elle. A te voir toujours éteindre les lumières, garder les coupons de réduction pour l'épicerie, vivre de trois fois rien, je croyais que tu étais radine. Mais tu es tout le contraire. Tu es une des personnes les plus généreuses que je connaisse.

— C'est vrai, j'avoue que dans la vie quotidienne je n'aime pas gaspiller. Ça me permet de pouvoir dépenser sans compter pour les choses et les gens qui comptent vraiment. Comme toi.

Charlotte soupira doucement. Maintenant que l'affaire était réglée, elle sentait la fatigue qu'elle avait réprimée toute la journée lui tomber dessus comme une chape de plomb. Elle fit signe à Melanie de la suivre et passa dans le salon. Elle se laissa choir sur le canapé en se renversant contre les coussins. Elle avait mal dans les articulations, ainsi que dans les bras et les jambes. Sa migraine la reprenait. Son corps exigeait qu'elle prenne du temps pour se reposer.

— Tu as l'air vannée, observa Melanie en s'asseyant à côté d'elle.

— Je le suis.

— Tu as pris tes vitamines ?

— Ça va aller. Ne te tracasse pas. C'est juste que j'ai vraiment beaucoup travaillé ces derniers temps...

Melanie lui caressa le front.

— Tu n'as pas bonne mine, Charlotte. Je me fais du souci pour toi. En plus j'ai l'impression que tu as perdu du poids.

— Un ou deux kilos, c'est tout.

— Plutôt quatre ou cinq, tu veux dire, objecta son amie d'un ton accusateur. Tes maux de tête sont-ils revenus ?

— Oui, acquiesça-t-elle dans un soupir. Ces temps-ci, j'en ai de plus en plus souvent. Les docteurs prétendent que ce sont des migraines tout ce qu'il y a de plus classiques. Je n'en suis pas si sûre, parce que... il n'y a pas que ça. Mes articulations me font mal, aussi, à certains endroits très précis.

Charlotte baissa les yeux. La douleur osseuse la plus violente qui l'accablait se situait à la mâchoire — là où Melanie l'avait frappée, dans l'eau, quand elle se débattait. Mais elle préféra ne pas en parler. Elle jugeait inutile de culpabiliser Melanie.

— Maintenant je comprends pourquoi Mme Delaney et toi vous vous êtes si bien entendues, observa Melanie d'un air amusé. Vous avez dû passer l'après-midi à comparer vos petits bobos.

— Exactement, approuva Charlotte.

Elle s'étendit en travers du canapé, ôta ses chaussures en poussant sur les talons, puis tira sur elle le plaid à carreaux que sa mère lui avait tricoté quand elle était petite.

— Tu veux bien baisser un peu la lumière, s'il te plaît, Mel ? J'ai besoin de souffler un petit moment avant que Michael n'arrive. Je n'ai pas envie de l'accueillir en boitillant et en grimaçant comme une vieille mémé.

Melanie hocha la tête, scrutant le visage de son amie. Elle soupira en elle-même. Elle avait la certitude que Charlotte serait aussi belle à quarante ans qu'elle l'était aujourd'hui — à sa façon très personnelle et inimitable. C'était cette beauté foudroyante et intemporelle que Melanie enviait plus que n'importe quoi...

Mais sa beauté intérieure était plus grande, plus impressionnante encore. Quand elle songeait aux souffrances que son amie avait endurées dans son enfance, Melanie avait honte de ses propres petits malheurs. Et elle voulait prendre exemple sur elle. Si Charlotte avait trouvé le courage d'aller au-devant des incroyables changements qu'elle avait connus dans sa vie, ne pouvait-elle elle-même essayer d'apporter quelques petites transformations dans la sienne ?

Plus tard, en fin de soirée, Charlotte était assise avec Michael devant la cheminée. Elle admirait les flammes qui crépitaient dans l'âtre. C'était le premier feu de la saison, et le premier feu qu'elle allumait dans la maison dont elle était maintenant propriétaire.

Plus tôt, ils avaient ri et trinqué joyeusement au champagne en compagnie de Melanie. Ils avaient porté un toast à la maison et à l'avenir de son amie dans l'art culinaire. Puis Melanie avait annoncé qu'il y avait au Biograph un nouveau film qu'elle « mourait d'envie » de voir ; elle était sortie en précisant d'un ton très appuyé qu'elle ne rentrerait à coup sûr pas avant minuit ou même 2 heures du matin.

Michael lui avait alors fait l'amour divinement, en la couvrant de compliments savoureux sur sa beauté, sur la façon dont sa peau luisait à la lumière des flammes, sur le bonheur qu'il éprouvait à simplement la serrer dans ses bras. Ils avaient joui plusieurs fois, se prouvant en actes à quel point ils s'étaient manqué l'un à l'autre pendant qu'elle était dans le Maine.

Ensuite, ils s'étaient enlacés tendrement, heureux et confiants, sûrs de ce qu'ils partageaient et de l'avenir qu'ils envisageaient ensemble. Charlotte était installée devant Michael, entre ses jambes. Il caressait doucement son ventre ou sa poitrine. Elle sentait son souffle chaud dans sa nuque. Elle savourait le contact de son corps viril qui l'entourait, la protégeait, éveillait en elle une sensualité merveilleuse.

— Michael..., murmura-t-elle, tu crois que nous serons toujours aussi heureux ?

— Bien sûr. Je ne vois pas ce qui pourrait nous en empêcher.

— Nos séparations ne nous facilitent pas la vie. Mon prochain film va m'obliger à passer plusieurs mois en France.

Il poussa un soupir de mécontentement.

— C'est la basse saison, à la pépinière. Je pourrai aller te voir là-bas.

— Oui, mais... seulement si tu me promets de ne pas assister aux tournages des scènes d'amour, précisa-t-elle d'un ton enjoué, pour détendre l'atmosphère.

Michael marmonna quelque chose en espagnol, resserra son étreinte autour de sa poitrine. Charlotte frissonna tandis qu'il frottait doucement sa joue contre sa nuque.

— Que sont devenus les dessins que tu avais faits pour la maison ? demanda-t-elle. Tu sais, les croquis que tu m'avais montrés au moment où nous parlions du projet pour le jardin.

— Je les ai encore, murmura-t-il tout près de son oreille, avant de lui donner un tendre baiser. Je ne jette jamais mes croquis. Laisse-moi deviner... Maintenant que tu es propriétaire, tu as des visions de grandeur pour la maison ?

Elle sourit.

— Disons que j'ai envie d'améliorer mon investissement. Je crois me rappeler que tu avais qualifié cette maison de « cabane », en précisant que tu pouvais la transformer en palais. Pour qu'elle soit au même standing que le jardin.

Elle se tourna entre les bras de Michael pour le regarder.

— Je voudrais que tu le fasses, reprit-elle. Vraiment. J'avais adoré tes croquis. Et je m'étais promis de les utiliser si j'en avais un jour les moyens. Souvent, tu sais, quand je suis dans le jardin et que j'observe la maison, je m'imagine ce qu'elle pourrait devenir grâce à toi...

Elle pouffa.

— Mais j'apporte tout de même quelques modifications à ton projet.

— Ah oui ? Toi, tu changes mon projet ? répliqua-t-il en riant.

— Parfaitement.

Elle eut une moue coquette.

— Je laisse mon imagination vagabonder. A l'intérieur, par exemple, je veux une salle de bains avec de grands miroirs et une baignoire ronde qui fait des bulles. Je veux aussi une coiffeuse comme on en voit dans les magazines. Non, deux ! Il en faut une pour Melanie, aussi. Je sais que c'est idiot, Michael, mais il y a des choses que je veux avoir, et je les veux maintenant. J'en ai assez d'attendre. La plus grande partie de ma vie j'ai attendu de pouvoir satisfaire mes désirs. Ça suffit...

— Pourquoi maintenant ? l'interrompit-il, sourcils froncés. Pendant les mois à venir, tu ne seras même pas chez toi une semaine !

Une profonde frustration teintait la voix de Michael. Charlotte lui prit le visage entre les mains.

— Raison de plus pour que j'aie une maison qui me ressemble. Un vrai chez-moi, que je serais heureuse de retrouver, expliqua-t-elle. Tu vois, je pensais autrefois que faire des films était une chose merveilleusement romantique, qui pouvait emplir toute une vie. J'imaginais des lieux de tournages fascinants, des hôtels de luxe, des soirées prestigieuses. C'est le cas, parfois. Mais la plupart du temps, c'est plutôt logement en caravane, nourriture de cantine, levée et pomponnée à l'aube, couchée tard le soir, des masses de répliques à apprendre par cœur... Sans oublier la publicité, les interviews, le harcèlement des fans...

Elle soupira doucement.

— Et la solitude, conclut-elle. Tu comprends, Michael... Quand je suis seule, à ces moments-là, j'ai besoin de penser à cette maison, ma maison, et de pouvoir me dire que tu as conçu pour moi, ici, quelque chose d'unique. Je me suis aperçue que c'est ce qui importe le plus dans ma vie, et me permet de bien faire mon métier.

— Je comprends.

— Et cela ferait du bien à Mel de participer au projet, ajouta-t-elle.

Michael sourit.

— Je suis sûre qu'elle aura des tas de bonnes idées pour la cuisine.

— Oui ! approuva-t-elle avec enthousiasme. Je veux que Melanie ait la cuisine de ses rêves. Elle se sentira moins seule en mon absence si elle a cela pour s'occuper.

Elle caressa la joue de Michael.

— Tu veilleras sur elle pendant que je serai partie, n'est-ce pas ?

— Oui, bien sûr, répondit-il sur le ton de l'évidence, puis il secoua la tête. C'est tout toi, ça, de t'inquiéter pour les autres. Mais qui veillera sur toi, Charlotte ?

— Ça, c'est le boulot de Freddy. Il s'occupe de moi comme une mère poule.

Michael se renfrogna.

— Je déteste ce type. Ne te fie pas à lui. A ses yeux, tu n'es qu'un tiroir-caisse, Charlotte, pas une amie.

Elle posa un doigt sur les lèvres de son amant.

— Chhhut, fit-elle d'un ton apaisant. J'ai besoin de vous deux. Et je te demande la même chose qu'à lui. Ne me dis pas ce que j'ai à faire. Freddy est mon agent. Il se défonce pour moi. Sans lui, je ne serais pas où je suis.

Elle prit une profonde inspiration.

— Ma carrière compte beaucoup pour moi, précisa-t-elle. Je m'y donne à fond. Et j'ai... scellé un pacte avec Freddy. Nos efforts commencent à porter leurs fruits. Je ne veux rien voir se dresser en travers de ma route.

— Rien ni personne, c'est bien ça ? rétorqua-t-il.

Charlotte cilla.

— Non... non. Je t'aime, Michael. Je ne vois pas pourquoi ma carrière devrait entrer en conflit avec ce que nous vivons ensemble. Essaie de comprendre mes motivations, ce à quoi j'aspire. Tu ne peux pas être jaloux de ma carrière.

— Ah oui ?

Il s'écarta d'elle, saisit sa flûte à champagne et la vida d'un trait.

— Peut-être que nos carrières ne sont pas ce qu'il y a de plus important.

Elle le regarda avec perplexité. Une lueur étrange brillait dans ses yeux.

— Que veux-tu dire ? demanda-t-elle. Explique-toi...

D'une voix rauque, Michael lui parla de Bobby et de son combat contre le sida, puis il lui annonça sa décision de rester en Californie, en tout cas aussi longtemps qu'il le faudrait pour que son frère se refasse une santé si c'était possible. Ou pour l'aider à affronter la mort.

— Ma carrière me paraît beaucoup moins importante qu'autrefois, conclut-il. Alors, quand je t'entends insinuer que tu serais prête à abandonner notre relation au nom de ta carrière, évidemment je m'inquiète. Est-ce que je compte si peu pour toi, Charlotte ?

— Je n'ai pas dit ça ! se récria-t-elle. Tu te trompes, Michael. Nos parcours ne sont pas comparables...

— Bien sûr que si, répliqua-t-il.

— Non, pas du tout. Toi, tu es déjà architecte. Ta formation est terminée. Tu peux bâtir n'importe où, n'importe quand. Ce n'est pas pareil dans ma profession. Soit je m'engage maintenant pour réussir dans le métier, soit je perds la chance qui se présente à moi. Je n'en aurai pas une seconde.

— La vie est une succession d'opportunités, Charlotte. Ne te voile pas la face en te persuadant que tu es à un croisement de ta vie et que si tu prends la mauvaise direction tout sera fichu.

Il se rapprocha d'elle, prit ses mains entre les siennes.

— Ce qui compte, Charlotte, c'est ce qu'il y a entre nous. L'amour. L'honnêteté. La confiance absolue. Ça n'arrive pas tous les jours, une histoire comme la nôtre. Il faut la protéger, la cultiver, comme une plante dans un jardin.

— Je suis d'accord, Michael. Mais ma carrière importe beaucoup, elle aussi. Pourquoi devrais-je choisir entre elle et toi ? C'est absurde.

— Autrefois, je considérais que ma carrière d'architecte à Chicago passait avant tout. Puis je suis revenu ici, en Californie, et je me suis rendu compte que, pour atteindre mon but, j'avais renoncé à beaucoup de valeurs très importantes. J'avais payé un prix très lourd pour mon ambition. Mon frère et moi nous étions devenus étrangers l'un à l'autre. Il ne m'a même pas appelé quand il a appris qu'il était mourant ! Comment crois-tu que j'aie pris la nouvelle, l'autre jour ? Quelle importance peut bien avoir ma carrière quand je découvre que mon frère a de gros ennuis ? Est-ce que je peux l'abandonner au moment où il a le plus besoin de moi ?

Un profond chagrin se peignit sur le visage de Michael. Charlotte l'enlaça.

— Le pire, c'est qu'il est obligé de mentir à notre famille, reprit-il. Mon père et ma mère refusent de voir son homosexualité. Ils ignorent qu'il est malade du sida. Il n'arrive pas à le leur dire, car il a peur d'être rejeté. Je suis le seul à savoir...

Il secoua la tête, poussa un profond soupir.

— J'ai horreur de vivre dans le mensonge. Nous formons une famille. Nous devrions pouvoir nous dire la vérité les uns aux autres sans en craindre les conséquences.

A ces mots, Charlotte sentit sa gorge se nouer. Elle aussi, elle devait dire la vérité à Michael. Maintenant. Sinon il ne lui pardonnerait jamais.

— Tu n'en veux pas à Bobby de t'avoir révélé tout cela ? De t'avoir causé de la peine ? De t'imposer ses problèmes ?

— Bien sûr que non. Il a été honnête. C'est à mes parents que j'en veux de faire souffrir leur fils en l'obligeant à se taire.

Charlotte frissonna. Son cœur battait la chamade. Elle se serra contre Michael, s'armant de courage pour parler.

— Michael, je...

Elle se mordit la lèvre.

— Oui ? demanda-t-il en lui soulevant le menton pour plonger ses yeux dans les siens.

La frayeur la paralysa. Elle renonça.

— Je t'aime, murmura-t-elle.

L'expression de Michael s'adoucit. Il eut un large sourire.

— Attends ici, ordonna-t-il.

Il se leva et alla récupérer ses vêtements, qui gisaient par terre à l'autre bout du salon.

Charlotte le regarda se déplacer, nu, à travers la pièce. Il était tellement beau. Elle l'aimait si fort. Et il lui rendait son amour. Pourquoi n'était-elle pas capable de lui dire la vérité ?

Il se courba en deux pour plonger la main dans la

poche de sa veste, et en sortit un écrin de bijoutier. Puis il revint vers elle, s'assit et la prit entre ses bras.

— Je n'avais pas prévu que ça se passerait exactement comme ça, mais...

Il ouvrit l'écrin.

— Dans le Maine, quand j'ai failli te perdre, j'ai compris que tu étais la femme de ma vie. Acceptes-tu de porter cette bague, Charlotte ? Acceptes-tu de m'épouser ?

Charlotte regarda fixement le splendide diamant serti dans un anneau d'or que Michael tenait entre ses doigts. Son esprit se mit à battre la campagne. Elle n'avait pas pensé devoir prendre cette décision si tôt. Tout allait tellement vite ! Trop vite, peut-être. Elle n'avait pas encore dit la vérité à Michael sur son passé. Il avait le droit de savoir, avant de s'engager, n'est-ce pas ? Mais lui parler maintenant, c'était risquer qu'il ne l'aime plus, qu'il la rejette...

Ce qui compte, Charlotte, c'est ce qu'il y a entre nous. L'amour. L'honnêteté. La confiance absolue. Ça n'arrive pas tous les jours, une histoire comme la nôtre.

Elle l'aimait. Il l'aimait aussi. Mais il ignorait que l'amour qu'il lui vouait rapprochait les deux Charlotte, celle d'autrefois et celle d'aujourd'hui. Il ne savait pas qu'avec lui, elle était complète. Il ne connaissait que Charlotte Godfrey.

Pourtant... n'était-ce pas mieux ainsi ? Après tout, cette situation n'empêchait pas Charlotte Godfrey d'être honnête avec lui. A partir de maintenant, et pour toujours...

N'avait-elle pas le droit de succomber au bonheur qu'il lui offrait ?

— Oui, répondit-elle, les larmes aux yeux. Bien sûr que j'accepte.

Un sourire ému aux lèvres, Michael lui passa la bague au doigt. Puis il la serra passionnément dans ses bras.

Elle l'enlaça aussi, savourant toute la joie que lui procuraient ces instants exceptionnels. Ces instants-là, elle voulait les mettre à l'abri dans un coin particulier de son esprit pour les retrouver et les revivre plus tard, à sa guise. Regardant par-dessus l'épaule de Michael, elle tendit la main et admira sa bague de fiançailles.

— Mme Michael Mondragon, murmura-t-elle. Charlotte Mondragon. Mme Mondragon...

Elle éclata de rire.

— Mon dragon ! C'est idiot, mais je n'y avais encore jamais pensé. Voilà comment je vais t'appeler, Michael. Mon dragon. Parce que c'est ce que tu es — mon dragon.

— Pourquoi ?

— Parce que, comme tous les dragons, tu me poses des défis et tu m'obliges à agir avec courage.

Elle l'embrassa tendrement sur la bouche.

— Et, comme les dragons, tu me permets de rêver et de chercher à réaliser mes rêves.

Michael l'étreignit avec passion.

— J'espérais que j'étais ton dragon parce que j'allumais des brasiers en toi.

Elle rit de nouveau. Puis elle remonta ses bras autour de la nuque de son amant, lui tendit ses lèvres — et fit en sorte de lui prouver que, sur ce dernier point, il n'avait pas tort.

Le téléphone sonna quatre fois avant que la voix d'Helena ne s'élève dans l'écouteur.

— Allô ?

— Maman ? Maman, c'est moi, Charlotte.

Pour toute réponse, elle n'entendit qu'un halètement sourd. Elle crispa les doigts sur le combiné et ferma les yeux, priant pour que sa mère accepte de lui parler.

— J'ai une bonne nouvelle à t'annoncer, reprit-elle. Je vais me marier ! Es-tu heureuse, maman ? J'ai enfin trouvé l'homme qui me convient. Il est merveilleux. Gentil. Travailleur. Il fera un bon mari, maman. Nous voulons nous marier à l'église.

Comme elle n'obtenait toujours aucune réponse, elle s'empressa de combler le silence.

— J'ai aussi acheté une maison. Tu ne trouves pas ça merveilleux ? Tu pourrais venir vivre avec moi. Avec nous.

Helena ne répondait toujours rien. Le silence s'étira. Charlotte serrait si fort le combiné qu'elle en avait mal à la main.

— Je t'en prie, dis quelque chose, maman ! implora-t-elle. S'il te plaît. Tu me manques tellement...

Sa voix se brisa. Des larmes envahirent ses yeux.

— Maman ?

Un léger cliquetis retentit dans l'écouteur. La communication avait été coupée. Charlotte reposa le combiné sur le support, se prit le visage entre les mains et éclata en sanglots.

En son for intérieur, Freddy bouillonnait de rage. Charlotte venait de lui montrer sa bague de fiançailles et de lui annoncer son projet de mariage. Cette fois, cependant, il eut la prudence de ne pas manifester sa colère. Charlotte devait bientôt entamer le tournage de son premier grand rôle, et son film *Les Pionniers*, qui venait de sortir en salle, lui valait des louanges exceptionnelles de la part de la critique. On racontait déjà dans tout Hollywood qu'elle était brillante dans *Un jour en automne*, pourtant à l'état de montage. On parlait d'elle de plus en plus. Elle était sur la liste des acteurs les plus en vue. Les propositions de contrats affluaient.

Le plus gros coup de Freddy, à ce jour, était ce remake de *Camille*, dont le tournage devait démarrer prochainement. Joel Schaeffer, metteur en scène de grand talent, avait exigé que Charlotte joue Marguerite — évinçant au passage des stars confirmées comme Ryder, Thurman et Stone. C'était un rôle taillé sur mesure pour Charlotte. Et Schaeffer avait assez de génie pour s'en être rendu compte.

Par conséquent, Freddy tenait à ce qu'elle soit heureuse, confiante, sereine. Il voulait d'autant moins la bouleverser qu'il savait sa santé plus fragile ces derniers temps. Inutile de lui dire maintenant ce qu'il pensait de ce fumier de Mondragon.

Rien ne l'empêchait, cependant, de prendre certaines précautions.

— Ecoute-moi, mon cœur..., commença-t-il d'un ton grave. Je ne t'ai jamais donné de mauvais conseil, n'est-ce pas ?

Charlotte hocha distraitement la tête, sans quitter des yeux le diamant qu'elle portait à l'annulaire.

— Il ne faut pas annoncer tes fiançailles tout de suite, ajouta-t-il.

Charlotte haussa les épaules.

— Tu veux rire ?

— Non, je suis très sérieux. Le moment serait vraiment mal choisi.

— Je ne vois pas pourquoi, rétorqua-t-elle.

Freddy lutta contre la panique qui l'envahissait. Charlotte semblait bien décidée à aller au bout de sa lubie. Il devait se montrer très ferme.

— Nous avons un pacte, toi et moi. Je remplis ma part du contrat, à toi d'être à la hauteur de la tienne, affirma-t-il. Je t'avais dit que ce serait dur. Je t'avais dit que tu devrais toujours me faire confiance. Tu m'as donné ta main. Tu as juré de m'obéir.

Les sourcils délicats de Charlotte se plissèrent. Elle le regarda avec perplexité.

— Oui, je me souviens. Et... ?

Freddy réprima un sourire. Il la tenait. Cette fille était trop honnête pour revenir sur sa parole. Il n'avait qu'à en profiter.

— Tout ce que je te demande, c'est d'attendre quelque temps. Ton prochain film va péter la baraque. Dis à ton matador que les fiançailles sont reportées à... plus tard.

Elle releva le menton.

— Non, sûrement pas.

— Enlève la bague, au moins ! Nom de Dieu, Charlotte ! s'exclama-t-il. Belle comme tu es, tu pourrais avoir une bague trois fois plus grosse que celle-là. Quatre fois plus grosse !

Charlotte considéra tendrement le diamant qui ornait son doigt. Freddy fulmina. A voir son air, il savait ce qu'elle était en train de se dire : « Peut-être, mais moi je n'en veux pas d'autre que celle-là... »

Elle soupira.

— Je la porterai autour du cou, alors. A une chaîne. Mais je n'annulerai pas mes fiançailles. Ne compte pas là-dessus.

Freddy comprit qu'il devait céder. Pour le moment. Charlotte était tellement éprise de ce Latino à deux sous qu'il devait agir avec prudence. Aucune importance. Il n'avait pas gagné cette bataille contre Mondragon, mais il avait la ferme intention de gagner la guerre.

15.

Assis à sa table de travail, Freddy écoutait son interlocuteur au téléphone en fronçant les sourcils. Dehors, un resplendissant soleil de mai brillait sur Wilshire Boulevard, mais il n'y prêtait aucune attention. De même qu'il se fichait des femmes, toutes plus belles les unes que les autres, qui passaient sous ses fenêtres d'un pas nonchalant. Dans son esprit, il ne voyait qu'un visage, un seul, celui qui l'obsédait du matin au soir et dont il rêvait souvent dans son sommeil. Celui de Charlotte Godfrey. Et en cet instant il l'imaginait d'autant mieux, sa jeune star, que c'était d'elle qu'il était en train de parler. Son correspondant se trouvait en France, où le tournage de *Camille* touchait presque à sa fin ; il venait de lui annoncer des nouvelles peu réjouissantes.

— Comment ça, elle ne va pas bien ? s'emporta Freddy. C'est quoi son problème ? Un homme ?

Si c'était ça, tant mieux ! Il espérait de tout cœur que Charlotte se déciderait enfin à fricoter avec l'un des nombreux acteurs qu'il présentait lui-même aux médias comme ses chevaliers servants. Et il la féliciterait si elle tombait dans les bras d'un des jeunes Français qui jouaient à ses côtés. Hé ! Il fallait bien que cette petite s'essaie un jour ou l'autre au *french lover*, n'est-ce pas ?

N'importe qui, pourvu que ce ne soit pas cet abruti de Mondragon.

— Non, ce n'est pas un homme, répondit Jean-Luc. En tout cas pas celui qui vous tracasse.

Freddy se renfrogna. Il n'aimait pas quand Charlotte partait en tournage à des milliers de kilomètres de L.A., surtout dans un village isolé du fin fond de la Provence. Heureusement qu'il avait Jean-Luc. Il avait engagé ce Français costaud et affable pour la tenir à l'œil. Officiellement, c'était son garde du corps. En fait, le travail de Jean-Luc consistait à être les yeux et les oreilles de Freddy en France, à lui rapporter en détail les activités de Charlotte — et, surtout, à empêcher un certain Michael Mondragon d'entrer en contact avec elle.

— Vous en êtes certain ? grommela-t-il.

— Je fais mon travail correctement, vous pouvez compter là-dessus, répliqua Jean-Luc. Mais j'avoue que ce Mondragon est persévérant. Acharné, même. Il l'appelle au téléphone et lui écrit presque chaque jour. Et maintenant il envoie aussi des fleurs. Chaque matin. Les coups de fil et le courrier, je les bloque. Les fleurs, je les passe à la script-girl. Ça lui plaît. Elle pense que c'est de ma part.

— Ouais. Qu'importe. Du moment que Godfrey n'en entend pas parler, faites comme vous voulez.

Freddy soupira.

— Alors c'est quoi, le problème ?

— Elle est malade, je crois.

Il se redressa dans son fauteuil.

— Comment ça, malade ?

— Les médecins d'ici ne savent pas ce qui lui arrive. Elle a des maux de tête et des douleurs dans le ventre. Et elle est morte de fatigue.

Freddy tapa du poing sur son bureau. Mince ! Il avait espéré qu'après plusieurs mois d'éloignement dans un pays étranger et le tournage inoubliable d'un film promis au succès la passion de Charlotte pour Mondragon s'éteindrait. Manifestement, il n'en était rien. Ce type lui manquait tellement qu'elle en tombait malade. Bon sang ! Ce n'était vraiment pas le moment. Il ne fallait surtout pas qu'elle craque maintenant. Les enjeux de ce film étaient trop élevés pour qu'un bellâtre basané fiche tout en l'air dans la cervelle de sa protégée !

— Je vais voir ce que je peux faire, déclara-t-il. En attendant, ne la lâchez pas d'une semelle. Qu'elle n'ait aucun souci. Et qu'elle ne parle jamais à Mondragon, pigé ?

L'été approchait, et avec lui la chaleur sèche qui accablerait le sud de la Californie pendant les trois mois suivants. La pépinière marchait bien. Le travail de printemps, accompli tandis que les jours rallongeaient, que le vent restait frais et que les pluies d'avril et de mai abreuvaient la terre, portait déjà ses fruits. La fertile propriété Mondragon livrait de belles fleurs, des plantes robustes, des fruits savoureux. Michael sourit en embrassant du regard l'étendue ondoyante de son domaine. Oui, cette année la récolte serait riche et généreuse. Il aimait cela. Il appréciait de constater que son labeur lui assurait ici un avenir tranquille.

Il ne lui manquait désormais qu'une chose. La plus importante. Fonder une famille à lui, avec Charlotte. Mais ça, songea-t-il en soupirant, c'était une autre histoire... Sinon une chimère. Il préférait ne pas y penser.

Le printemps était aussi l'époque idéale pour arrondir certains angles. Michael s'efforçait de se réconcilier avec Rosa ; sa sœur lui parlait à présent sans l'invectiver systématiquement ; c'était encourageant.

Avec son père, tout allait bien. Luis s'adoucissait, en

partie parce qu'il vieillissait, en partie parce qu'il était rassuré de voir que ses fils prenaient complètement en charge l'entreprise familiale.

Pour Bobby, Michael était en train de construire de ses propres mains un bungalow de trois pièces, tout de bois. Il voulait que son frère possède un endroit à lui, à la fois assez près de la maison familiale pour être aidé en cas de besoin — si sa maladie devait s'aggraver —, et suffisamment à l'écart pour que son intimité soit préservée.

Michael s'épongea le front d'un revers de manche et regarda avec satisfaction le bungalow, auquel ne manquaient plus que les finitions. Il l'avait bâti au sommet d'une petite colline, en bordure de la propriété, près de la forêt. C'était un bon emplacement, d'où l'on avait une vue spectaculaire sur la vallée. Les murs extérieurs en rondins lui donnaient un aspect solide et sain que Michael considérait comme un bon présage.

Un « Salut ! » joyeux retentit soudain derrière son dos, du côté du chemin. Michael se tourna pour voir Bobby marcher à sa rencontre, venant de la maison des parents. Il sourit. La santé de son frère s'était nettement améliorée au cours des dernières semaines. Il avait repris du poids, son visage s'était étoffé, ses joues avaient de bonnes couleurs. Son père avait raison quand il clamait de sa voix tonitruante : « Ce petit a enfin de la viande sur les os ! »

— Tu as bonne mine, frérot, observa Michael. Comment te sens-tu aujourd'hui ?

— Gavé ! répondit Bobby en riant et en se frottant le ventre. Mama vient de me forcer à manger comme trois hommes. A ton avis, combien de piments peut-on absorber avant d'avoir un trou à l'estomac ? J'ai eu beau protester, elle n'en a pas démordu. « Le piment, il tue les germes ! », dit-elle.

Michael rit à son tour. Puis ils se regardèrent en silence. Tous deux savaient que ce n'étaient pas les piments qui tuaient les « germes ». Si Bobby recouvrait sa santé, c'était avant tout grâce à la trithérapie. Les dernières analyses montraient que le virus était de moins en moins présent dans son sang. On estimait qu'il y avait maintenant de bonnes chances pour qu'il se stabilise à un niveau qui lui permettrait de mener une vie normale.

Mais le traitement était lourd et pénible, et il n'avait agi qu'au bout de plusieurs mois. En sus de la bonne cuisine épicée de Mama, Bobby absorbait des poignées entières de médicaments, ainsi que des vitamines et divers compléments à bases de minéraux ou de plantes. Durant l'hiver, il avait constamment souffert de nausées. La fatigue l'avait cloué sur son lit presque en permanence. Il avait cependant réussi à faire bonne figure devant la famille, ne laissant voir sa souffrance qu'à Michael. Puis, au début du printemps, il avait commencé à se sentir mieux. Sa santé avait franchi un cap positif. En reprenant ses forces, il avait recouvré sa bonne humeur et sa joie de vivre.

Michael savait que Bobby ne pourrait jamais lui rembourser les vingt mille dollars annuels que coûtaient la trithérapie et les soins annexes, mais cela n'avait aucune importance.

— Tu me donnes un coup de main ? demanda Michael. Cette fichue maison est pour toi, après tout. Il faut bien que tu bosses un peu pour la mériter.

— Oh, non, *hermano* ! protesta Bobby en pouffant. Il n'est pas question que j'accepte un cadeau pareil. Le bungalow est pour toi. Mais je veux bien t'aider à le terminer. Bon, lequel de ces outils est un marteau ?

— Très drôle.

Michael lui tendit un marteau.

— Ecoute, Bobby... Moi, je ne suis pas du tout sûr de vouloir prendre racine ici, expliqua-t-il en soutenant le regard de son frère. Cette maison est à toi, point final.

Bobby fronça les sourcils. Il s'avança vers la glacière, en sortit deux bières qu'il décapsula.

— Je croyais que tu aimais la vie que tu mènes ici ? Tout va tellement bien, maintenant ! L'entreprise commence à récolter les fruits des efforts que tu as fournis depuis trois ans. Tu as gagné des dizaines et des dizaines de nouveaux clients. Depuis le début du printemps, le téléphone sonne sans arrêt...

Il eut un sourire malicieux, avant d'ajouter :

— Toutes les ménagères des banlieues résidentielles réclament les services du beau M. Mondragon.

— Ah oui ? C'est drôle, je n'ai jamais entendu dire ça...

— Charlotte me décapiterait si je t'en parlais. Alors je transmets ces messages à Papa. Il pense que c'est lui que toutes ces femmes désirent.

Michael éclata de rire. Il but une longue gorgée de la bière fraîche que Bobby lui avait tendue.

— Hmm, ça fait du bien de boire un coup, confia-t-il. J'avais la gorge en feu.

— Ça ne m'étonne pas. Tu bosses comme un esclave.

Michael haussa les épaules.

— J'ai pas mal de temps à tuer, marmonna-t-il.

Il but encore. Ses dernières paroles ravivaient en lui la souffrance que lui procurait l'absence de Charlotte. Il s'efforça de refouler ce sentiment.

Bobby parut comprendre ce qu'il éprouvait. Il eut la délicatesse de ramener la conversation sur un sujet moins douloureux.

— Tu peux être fier de toi, Miguel. Regarde la propriété ! Regarde le miracle que tu as accompli ici.

— L'entreprise ne marche pas mal, en effet, admit Michael modestement.

— Pas mal ? La pépinière est en pleine expansion ! Tu as plus que doublé le chiffre d'affaires, et il grimpe aussi régulièrement que les plants de maïs dans ce champ, précisa Bobby en pointant un doigt en contrebas du chemin. Rosa et Manuel devraient se prosterner à tes pieds.

Michael haussa les épaules. Bobby le dévisagea d'un air perplexe.

— Tout cela ne te procure-t-il aucune satisfaction? demanda-t-il doucement.

— C'est une bonne question. La nuit, parfois, je me promène dans la propriété. Je vois les jeunes arbres qui poussent avec vigueur, j'admire nos fleurs, je me penche pour toucher une jeune pousse tout juste sortie de terre... et je me dis « oui, c'est bien. La vie est belle... »

— Mais...?

Michael retira l'élastique qui attachait ses cheveux derrière sa nuque. Il soupira.

— Mais je me demande quand même ce que je fiche ici, avoua-t-il. Je suis architecte. J'ai passé ma vie à me fabriquer une vraie carrière, j'ai travaillé dur à la fac, j'ai tout planifié pour m'échapper d'ici. Je pensais...

Il désigna la vallée, la propriété, d'un geste large.

— Je pensais que je valais mieux que tout ça.

Bobby renâcla.

— Tu parles comme un vrai snob.

— Quoi? Qu'est-ce que tu veux dire, là?

— Qui t'a jamais donné à penser que tu étais trop bien pour travailler la terre?

— Oh, personne...

Michael baissa les yeux.

— Si je reste ici, j'aurai raté ma vie. C'est l'impression que j'ai, en tout cas.

— Fascinant, répliqua Bobby d'un ton ironique. Tu penses donc que les succès que tu remportes ici, à la pépinière, ne sont pas dignes de toi? Mais qu'est-ce que tu as dans la tête, frérot?

Michael se mordit la lèvre. Il ne savait que répondre. Il

se demandait même pourquoi il avait exprimé ses doutes devant son frère.

— J'ignore moi-même... ce que j'ai dans la tête, marmonna-t-il. Laisse tomber.

Bobby s'approcha de lui et lui tapota affectueusement l'épaule.

— Je dois y aller. J'ai promis à Papa de l'accompagner à la ferme de Melton pour rapporter des poulets. Mama veut continuer à m'engraisser, conclut-il en pouffant.

Son expression se fit plus sérieuse.

— Je comprends tes doutes, Michael, reprit-il. Mais je voudrais juste te dire que... d'une certaine façon, la maladie m'a ouvert les yeux. Je ne suis plus condamné à mourir demain, mais je ne suis pas non plus guéri. Je sais que chaque jour que je vis pourrait être le dernier. Ça aide beaucoup à relativiser les choses. Réussir sa vie, rater sa vie... franchement je ne sais plus trop ce que ça signifie. Je considère seulement qu'il y a la vie, au jour le jour, et le plaisir qu'on peut en tirer en travaillant, en se délassant, en étant avec les siens, en apprenant à accepter son sort... Voilà. A plus tard, frérot.

Bobby tourna les talons et s'éloigna sur le chemin.

Michael termina sa bière en le regardant s'éloigner. Puis il s'assit sur un rondin de bois, face à la vallée. Il fronça les sourcils. N'était-il qu'un snob, comme Bobby l'affirmait ? Peut-être bien... Il avait fréquenté les meilleures universités : Harvard, Wharton, Oxford. Pendant toutes ces années, il avait accumulé des connaissances, acquis de l'assurance. Par-dessus tout, il avait fait siennes les idées des autres — les érudits, les professeurs, les hommes et les femmes éduqués qu'il côtoyait. Et il en était arrivé à considérer cette communauté comme sa famille.

En revenant en Californie, cependant, il s'était rendu

compte qu'il se trompait. Tous ces gens n'avaient aucun rapport avec sa famille. Les mines austères des professeurs n'éveillaient rien en lui qui pût être comparé aux tendres sentiments que lui inspiraient les visages aimés des Mondragon. Une poignée de main polie entre collègues ne valait pas une étreinte entre membres d'une même famille.

Pourquoi pensait-il qu'il ratait sa vie s'il ne se consacrait pas tout entier à l'architecture ? Etait-ce parce qu'il s'agissait d'un métier intellectuel, et qu'on lui avait toujours assené que le travail intellectuel était supérieur au travail manuel ? Lui-même, d'ailleurs, ne pouvait s'empêcher de voir les choses ainsi ! Exploiter les ressources de son cerveau était plus estimable que de trimer avec ses mains...

Pourtant, ne tirait-il pas autant de satisfaction à construire ce bungalow de bois à mains nues qu'il en avait à imaginer un bâtiment sur le papier ? Certes ce n'était pas un gratte-ciel. Mais elle ne manquait pas de charme, cette simple maison de plain-pied, avec une grande pièce centrale dotée d'une large cheminée, deux chambres, une cuisine et une salle de bains, et aussi une large véranda face à la vallée. Michael contempla les terres qui s'offraient à sa vue. Deux ans plus tôt, elles étaient ravagées par la sécheresse, si bien que rien n'y poussait. Aujourd'hui, elles prospéraient. Grâce à l'ingénieux système d'irrigation qu'il avait lui-même conçu, la récolte était abondante, et d'excellente qualité. Tout cela ne constituait-il pas un succès ?

Michael soupira. Il ne savait pas. Il ne savait plus rien. Lui qui avait passé sa vie à courir après le savoir et la connaissance, il ne possédait aucune réponse concernant sa propre vie. C'était une brutale leçon d'humilité.

⁂

Vicki Ray avait tenu à venir en France pour effectuer un reportage sur le tournage de la dernière scène de *Camille*. Autant qu'elle pût en juger, ce film avait quasiment tué Charlotte Godfrey.

Joel Schaeffer, le metteur en scène, mû par le désir de créer un véritable chef-d'œuvre, menait ses acteurs et son équipe d'une main de fer. Tout le monde était sur le qui-vive. Les cameramen, les éclairagistes, les preneurs de son se tenaient au garde-à-vous, prêts à satisfaire ses moindres désirs.

Vicki se tenait au bord du plateau avec ses collègues de la presse. Il y avait aussi là une petite foule de Provençaux retenue par des barrières de gendarmerie. Tous avaient envie de voir la nouvelle star américaine, à la beauté stupéfiante, qui avait été choisie pour jouer la Dame aux camélias.

Tout à coup, les spectateurs poussèrent un cri d'enthousiasme, et les Français se mirent à murmurer entre eux en pointant le doigt vers la gauche du plateau. La porte de la caravane de Charlotte Godfrey venait de s'ouvrir. La star faisait son apparition.

Vicki avait une longue expérience du monde du show-business ; elle en avait croisé, des célébrités et des beautés fatales ! Mais là, elle devait admettre qu'elle n'avait jamais vu une actrice aussi éblouissante. Vicki écarquilla les yeux en regardant Charlotte s'avancer vers le plateau au bras de son garde du corps.

Elle portait une splendide robe de soie lavande et blanche qui méritait d'être admirée et gagnerait à coup sûr l'oscar du Meilleur Costume. Mais c'était sa présence exceptionnelle, son port royal, son magnétisme inouï qui rendaient l'assistance muette de stupeur. Vicki regarda rapidement autour d'elle. Les femmes contemplaient l'actrice bouche bée, avec une expression de profond respect mêlé de jalousie. Les hommes la dévoraient des yeux. Tout le monde était instantanément tombé amoureux d'elle.

Godfrey se laissa escorter jusqu'à ses marques sans même accorder un coup d'œil à la foule. Les yeux fixés droit devant elle, elle paraissait sereine et très concentrée — hypnotisée, presque. Vicki secoua la tête, puis sourit. Dans son reportage elle saurait mieux la décrire. Elle dirait que Godfrey « se déplaçait comme si elle était en transe ».

Ses admirateurs français ne parurent pas s'offusquer de constater qu'elle passait devant eux sans même les saluer. Vicki savait qu'ils voyaient dans son attitude une marque de professionnalisme, et ne l'en respectaient que davantage. C'était une réaction bien différente de celle des Américains, qui auraient agité la main frénétiquement, crié, réclamé son attention — et n'auraient pas du tout apprécié d'être ignorés. D'ailleurs, son air lointain, presque hautain, valait à Godfrey une certaine réputation de snob aux Etats-Unis... Mais Vicki ne croyait pas qu'elle possédât une telle personnalité. Elle supposait, pour avoir étudié la star et suivi son parcours depuis ses débuts, que ce n'était là qu'une façade. Et elle avait d'autant plus envie de découvrir ce qui se cachait dans sa vie privée.

Quoi qu'il en soit, il ne faisait aucun doute que Charlotte Godfrey était une actrice exceptionnelle. Vicki l'avait déjà deviné en voyant ses précédents films. Et elle en avait la confirmation à présent en assistant au tournage de *Camille*.

Joel filma la scène une première fois en plan large, puis recommença pour capter de près le magnifique visage de Charlotte, ainsi que celui de Leonardo DiCaprio. Ensemble, les deux acteurs faisaient des étincelles. Ils interprétaient à merveille les amants malheureux.

Mais il y avait un problème. Au bout de trois heures de

travail, Charlotte était livide. Elle paraissait épuisée — au bord de l'apoplexie. Dans ses yeux brillait une étrange lueur de souffrance mêlée d'effroi. Plusieurs fois, elle vacilla sur ses jambes, manquant de trébucher. Elle était tellement professionnelle qu'elle réussissait quand même à tenir le coup, et sans doute les spectateurs ne voyaient-ils aucun caractère de gravité à ces symptômes ; ils devaient juste se dire que la star jouait incomparablement le rôle de Marguerite. Mais ceux qui étaient informés que Godfrey était bel et bien malade ne pouvaient se contenter d'une telle interprétation. En tout cas, Vicki ne croyait pas un seul instant son agent quand il prétendait devant la presse qu'elle avait des allergies !

— Merveilleux ! Coupez ! C'est terminé ! annonça finalement un Joel Schaeffer radieux.

Toute l'équipe, ainsi que les spectateurs, applaudirent et poussèrent des cris de joie. Aussitôt, le garde du corps de Godfrey se précipita vers elle. Elle tenait à peine sur ses jambes. Il dut quasiment la porter jusqu'à sa caravane. Un assistant annonça à l'attention des journalistes que la star était fatiguée et qu'il n'y aurait pas d'interviews possibles aujourd'hui. Mais Vicki était déterminée à éclaircir ce mystère.

Elle se précipita vers le metteur en scène.

— Hé, Joel ! l'apostropha-t-elle. Un commentaire sur le tournage, s'il vous plaît ? Et sur Charlotte... ?

Schaeffer jeta un regard noir à l'homme qui se trouvait à côté de lui, un grand type blond à la mine désabusée : son attaché de presse. Vicki le connaissait bien pour l'avoir harcelé de questions toute la matinée.

— Dites-lui que je la verrai demain à 4 heures, à la conférence de presse, grogna le metteur en scène.

— Quoi ? Demain seulement ? s'insurgea-t-elle. Pourquoi ? Parce que vous voulez avoir le temps de mettre Godfrey dans un avion ? Pour que personne ne puisse l'interroger ?

Elle savait que les producteurs de *Camille* voulaient laisser filtrer le moins d'informations possibles sur le film tant que les premières bandes annonces, celles destinées aux médias, ne seraient pas prêtes. Cela se passait toujours ainsi pour les projets susceptibles de remporter des Oscars. On faisait monter la pression dans la presse et auprès du public en ne dévoilant le film qu'à des moments choisis.

— Allez, insista Vicki. Si vous refusez de parler de *Camille*, dites-moi au moins un mot sur Godfrey.

L'attaché de presse s'avança en lui faisant signe de s'éloigner. Vicki ne bougea pas d'un pouce. Elle faillit sauter de joie en voyant le visage de Schaeffer s'illuminer d'un large sourire.

— Je peux vous dire une chose, déclara-t-il. Je considère Charlotte Godfrey comme une actrice géniale. Elle est aussi douée que Garbo. Je dirais même...

Il marqua une pause, jetant un regard vers son attaché de presse.

— Je dirais même que, quand je vois Charlotte, j'ai le sentiment de voir la nouvelle Garbo...

Charlotte Godfrey, la nouvelle Garbo! annonçait deux jours plus tard la couverture du magazine *Variety*. Toute la presse reprit ce slogan, promettant à Charlotte une nomination aux Oscars et une carrière qui entrerait dans la légende du cinéma.

Le mystère qui entourait sa vie privée, son penchant pour la solitude, sa beauté absolue — Freddy exploitait tout cela pour lui construire la réputation d'une actrice aussi fascinante que Garbo. Et ça marchait! Les paparazzi étaient frénétiques. Les journalistes réclamaient des interviews par centaines. Les dirigeants de Miramax étaient ravis. L'adoration du public pour Charlotte allait porter *Camille* au sommet. Le film engrangerait sûrement des bénéfices records.

Quand elle arriva en Californie quelques jours après la fin du tournage, Charlotte portait — pour passer inaperçue à l'aéroport — une veste mal ajustée en velours noir, une chemise en jean, un pantalon de toile, des baskets rouges et d'énormes lunettes de soleil noires. Freddy, venu l'attendre avec une limousine, l'accueillit avec un éclat de rire. Il lui fit remarquer que dans cette tenue elle obtenait exactement l'inverse de ce qu'elle escomptait : elle ressemblait plus à une star que si elle s'était habillée en tailleur Chanel. Il se moqua aussi de ses lunettes. Charlotte jugea inutile de lui expliquer que ses yeux supportaient désormais si mal la lumière du soleil qu'elle avait constamment besoin de verres fumés.

Elle déclara à Freddy qu'elle voulait rentrer seule chez elle. Il protesta, insista pour l'accompagner, mais elle se montra ferme. Pour le moment, elle ne désirait qu'une chose : retrouver sa maison et une certaine tranquillité.

Plusieurs photographes de presse bondirent dans leurs voitures pour suivre la limousine, mais elle s'en fichait. Bientôt elle serait à l'abri derrière les murs qui entouraient à présent son jardin. Freddy avait insisté, quelques semaines plus tôt, pour faire sécuriser la propriété. Grâce à des caméras et à toute une batterie de détecteurs électroniques sensibles à la chaleur corporelle ou au mouvement, la propriété avait été transformée en une forteresse imprenable. Freddy affirmait que c'était absolument nécessaire, surtout depuis qu'elle recevait des tonnes de lettres d'admirateurs, dont certains se montraient un peu trop « familiers » à son égard. On n'était jamais assez prudent, disait-il. Certains détraqués se montraient capables de tout. Au début, Charlotte l'avait traité de paranoïaque. Maintenant elle le remerciait d'avoir pris ces mesures pour la protéger.

Le chauffeur arrêta la voiture devant la nouvelle — et immense — double porte d'entrée en acier qui remplaçait la petite barrière de bois d'autrefois. Ignorant la caméra et le clignotant rouge de l'Interphone sur le pilier gauche, Charlotte fixa son regard sur la luxuriante vigne vierge qui dissimulait le très haut mur d'enceinte.

Les portes s'ouvrirent en grand, la limousine pénétra à faible allure dans la propriété. Charlotte abaissa la fenêtre et inspira profondément, avec délectation. Enfin ! Elle était chez elle ! Son cœur se mit à battre plus fort. Cette maison et son jardin comptaient énormément pour elle — surtout depuis que Michael l'avait transformée et réaménagée, en mettant dans son projet tout l'amour qu'il lui vouait.

Elle descendit de la voiture sans attendre l'aide du chauffeur, et le congédia dès qu'il eut posé ses valises dans le vestibule. Elle était pressée de le voir partir. Un soupir s'échappa d'entre ses lèvres quand elle vit la porte d'acier se refermer sur le long véhicule noir. Enfin ! se répéta-t-elle. Solitude bienvenue, solitude bénie. Enfin plus personne n'était là pour lui dire où se placer, comment se tenir, quelles phrases précises prononcer. Elle était libre, elle n'avait plus à craindre les mille et une interventions de ce que l'on appelait pudiquement son « entourage » : Freddy, son assistante personnelle, sa coiffeuse, sa secrétaire, son attaché de presse, son garde du corps, son conseiller financier à New York, son avocat... Tous ces gens ne voyaient en elle qu'une source de revenus, une relation de travail. Aucun d'eux ne se souciait réellement de son bien-être. Aucun d'eux n'était son ami et n'avait jamais cherché à le devenir.

Charlotte porta la main à sa nuque. Une douleur sourde commençait de lui envahir le crâne, annonçant une migraine violente. Il lui fallait prendre très vite des antalgiques. Peut-être aussi manger quelque chose. Sinon la douleur la terrasserait, une fois de plus...

Elle soupira encore. Non, cela ne se passerait pas comme ça. Maintenant qu'elle était chez elle, nul doute qu'elle allait se sentir mieux. Etre seule ici, dans sa maison, au calme, voilà tout ce dont elle avait besoin. Elle inspira de nouveau très profondément, savourant les parfums délicats de son jardin portés par la brise tiède de juin. Comme c'était bon de ne plus être enfermée à l'hôtel ou dans sa loge ! Quel plaisir de ne plus être sous les feux des projecteurs !

Charlotte regarda sa maison et écarquilla les yeux. Les modifications que Michael y avait apportées étaient extraordinaires. Elle avait passé si peu de temps ici depuis le début des travaux qu'elle reconnaissait à peine les lieux. Elle s'avança jusqu'à la porte du salon. Les petites fenêtres d'autrefois avaient été remplacées par des baies vitrées qui occupaient toute la largeur du mur, offrant une vue spectaculaire sur le jardin. C'était superbe.

— Melanie ? cria Charlotte.

Pas de réponse. La maison était calme. Charlotte posa son sac à main et ses petits gants blancs sur la console du vestibule, puis passa rapidement en revue le courrier que son amie avait mis de côté pour elle. Il n'y avait aucune lettre de Michael.

Elle monta à la salle de bains, entièrement refaite aussi. Le plafond voûté que Michael avait imaginé donnait du volume à cette pièce aux dimensions modestes. Par la large fenêtre ménagée dans le mur, on pouvait admirer le jardin et la vallée en contrebas, tout en se prélassant dans la nouvelle baignoire circulaire. Bobby avait participé à la décoration, peignant sur les murs d'adorables petits chérubins potelés qui lui jetaient des regards malicieux en la montrant du doigt. Bobby avait précisé qu'elle avait ainsi une salle de bains qui aurait fait envie au pape et à tous les prélats du Vatican.

Charlotte prit deux calmants avec un peu d'eau. Elle vida son vanity case, se nettoya le visage, puis y appliqua de la crème hydratante. Demain, elle ferait venir la masseuse. Ah oui, se dit-elle en se passant la main sur la nuque. Les doigts magiques de Ruth et l'huile parfumée, voilà qui l'aiderait à évacuer sa tension.

Mais, pour le moment, un bain tiède suffirait. Elle ouvrit les robinets en grand et versa quelques gouttes de son parfum dans l'eau, avant de s'en mettre sur le cou et les poignets. Une vapeur délicieusement odorante envahit la pièce. Elle adorait ce parfum. C'était Michael qui le lui avait offert. Elle ferma les yeux, soupira doucement. Depuis combien de temps ne s'étaient-ils pas embrassés, n'avaient-ils pas fait l'amour ? Quatre mois...

Tout à coup, la nausée la saisit. Une violente douleur la prit au ventre. Elle se sentait mal. Très mal. En gémissant, elle se précipita jusqu'à la cuvette des toilettes, s'agenouilla juste à temps. Quatre mois de tournage, huit heures d'avion, deux analgésiques, des douleurs dans tout le corps qu'elle ne supportait plus. Et la trop longue séparation d'avec Michael. Tout cela eut raison de son estomac.

Melanie poussa un petit cri de joie en voyant les bagages de Charlotte dans le vestibule — un ensemble Louis Vuitton de douze pièces. Son amie était revenue ! Le sourire aux lèvres, elle posa sa sacoche par terre et se dirigea vers le salon.

— Charlotte ! Bienvenue à la maison, ma chérie ! Charlotte ? Où es-tu ?

Personne dans le salon. Melanie monta à l'étage, entra dans la chambre de Charlotte — vide. Elle en ressortait lorsqu'elle entendit son amie vomir dans la salle de bains.

— Oh, qu'est-ce qui t'arrive, ma jolie ? demanda-t-elle d'un ton compatissant en se précipitant dans la pièce.

La jeune femme était à genoux devant les toilettes, le corps secoué de spasmes violents. Melanie posa les mains sur ses épaules et réprima un cri de stupeur. Charlotte semblait avoir maigri de façon inquiétante.

Quand elle se renversa en arrière, Melanie lui essuya la bouche et le visage avec une serviette humide, puis l'aida à se relever. Elle écarquilla les yeux. Charlotte n'avait pas seulement maigri. Elle était décharnée. Et sa peau était d'une pâleur terrifiante.

En toute hâte, Melanie l'enveloppa dans un épais peignoir en éponge, puis la conduisit jusqu'à son lit.

— Ce Freddy, je vais le tuer, marmonna-t-elle. Tu vois dans quel état il te met ? Tu n'as plus que la peau et les os !

Charlotte se laissa tomber sur son lit. La nausée avait achevé de l'épuiser. Elle frissonnait de tout son corps. Melanie n'avait pas tort. Elle avait vu dans le miroir que des profonds cernes noirs bordaient ses yeux. Et ses joues paraissaient trop creuses, émaciées.

— Ce n'est pas la faute de Freddy, marmonna-t-elle. Il veille sur moi. Il m'avait même engagé un garde du corps, en France, pour satisfaire mes moindres désirs.

— Cesse de parler. Tu te fatigues. Je vais te chercher quelque chose à manger, affirma Melanie.

— Non, non. Je ne peux rien avaler.

Son amie la considéra d'un œil soucieux.

— Tu es devenue anorexique, ou quoi ?

— Non, ce n'est pas ça. Je... je suis malade.

— As-tu consulté un médecin ?

— Oh, oui. Plusieurs. Aucun d'eux n'a été capable de me dire de quoi je souffre. Il n'y a qu'un psy...

Charlotte marqua une pause, saisissant la main de son amie. A part Michael, il n'y avait que Melanie à qui elle pouvait faire ce genre de confidences. Elle se rendit compte tout à coup à quel point son métier l'avait privée, depuis plusieurs mois, du plaisir de pouvoir discuter librement avec les deux êtres qui comptaient le plus dans sa vie.

— Un psychologue m'a dit que je souffre de troubles émotionnels.

Elle poussa un petit rire étranglé, presque un gémissement de désespoir.

— En d'autres termes, il pense que je suis cinglée.

— Non, répliqua Melanie. Tu es la personne la plus équilibrée que j'aie jamais rencontrée. Ce psy est nul, si tu veux mon avis. Ton seul problème, c'est que tu es sous-alimentée. Tout ce dont tu as besoin, c'est de quelques repas copieux... et savoureux.

— Oui, grand chef gastronome, acquiesça docilement Charlotte, en se forçant à sourire.

Charlotte regarda son amie avec attention.

Melanie avait beaucoup changé ces derniers mois. Disparus, les vêtements moulants aux couleurs criardes. Disparus, aussi, le maquillage trop lourd et les talons aiguilles. Melanie s'était coupé les cheveux, leur redonnant leur teinte châtain clair naturelle, les coiffant en un séduisant carré court qui mettait en valeur son joli visage. Elle avait pris du poids — au moins cinq kilos, qu'elle portait splendidement, en courbes sensuelles, sous son pantalon de toile légère et son chemisier à fleurs. Elle n'avait plus ce look de fausse jeune branchée qu'elle avait quand elle portait des justaucorps et des chaussettes hautes. Elle avait l'air plus en harmonie avec elle-même, plus confiante, plus paisible. Elle avait l'air d'une femme qui n'avait plus besoin de s'inventer une façade extérieure, car elle avait trouvé la paix avec elle-même. Elle avait compris qu'elle possédait une vraie beauté intérieure. Sa métamorphose était fabuleuse.

Charlotte tira la couette jusque sous son menton, pour essayer de se réchauffer.

— Assez parlé de moi, déclara-t-elle. Raconte-moi tout ce qui t'est arrivé ces derniers temps. Comment est ton école de cuisine ?

Avec un immense sourire de plaisir, Melanie s'assit sur le lit à côté d'elle.

— Géniale, répondit-elle d'un ton enjoué. Plus que géniale, même. Tous les cours me plaisent. J'adore aller en classe. Et tiens-toi bien : j'adore me lever le matin ! Quel changement, tu ne trouves pas ?

Melanie pouffa, puis poursuivit :

— Je crois aussi que je suis plutôt douée pour la cuisine. Ça confirme ce qu'on espérait toutes les deux. Et avec mon ami Junichi, dont je t'avais un peu parlé, on va bientôt ouvrir notre restaurant japonais au bord de l'eau. On n'attend plus que la licence pour la vente de boissons alcoolisées. Le quai qui nous servira de terrasse a été magnifiquement restauré, et Junichi a dessiné des tables et des chaises splendides, dans le style japonais. Les clients pourront savourer leurs sushis en admirant le coucher de soleil. Je suis sûre que le restaurant va marcher du tonnerre. Il y a déjà des gens qui frappent aux fenêtres pour nous demander quand nos ouvrons. Les planètes sont dans l'alignement idéal, tu sais ? Et, bien sûr, tu seras notre première invitée.

— J'ai hâte de venir. Je suis heureuse de ne pas avoir manqué l'inauguration, précisa Charlotte.

— Jamais nous n'aurions ouvert en ton absence ! s'exclama Melanie. Tu es associée à cette entreprise, ne l'oublie pas.

— De loin.

— Sans ta participation financière...

Charlotte l'interrompit en souriant :

— Tu passes beaucoup de temps avec Junichi, n'est-ce pas ? En dehors de vos relations d'affaires, je veux dire.

Melanie fronça les sourcils ; elle parut hésiter. Charlotte savait qu'elle était devenue plus prudente qu'auparavant. Elle avait gardé son sens de l'humour, son entrain et ses aspirations New Age, mais elle avait tempéré son côté fofolle, et elle travaillait avec application et ténacité à l'Institut culinaire. Elle n'était plus du genre à vendre la peau de l'ours avant de l'avoir tué. Charlotte se souvenait cependant très clairement de la lueur d'enthousiasme qu'elle avait eue dans les yeux, cet hiver, quand elle lui avait parlé pour la première fois de son « merveilleux » professeur de cuisine japonaise, Junichi Takamoto.

— Nous sommes bons amis, répondit Melanie en haussant les épaules. Et il est très séduisant. Pas de quoi fouetter un chat.

Charlotte fit la moue.

— Bon, d'accord, convint son amie, il est possible qu'entre nous ça soit du sérieux. Junichi est vraiment... exceptionnel. Différent de tous les hommes que j'ai connus auparavant. Il est d'une gentillesse et d'une prévenance incroyables envers moi. Il me tient les portes ouvertes, il me prend le bras pour traverser la rue, il m'enlace par la taille quand nous nous promenons... Une attitude qui me rappelle celle de Michael avec toi. N'importe quelle fille rêve de trouver quelqu'un qui l'aime de cette façon-là, non ?

— Alors c'est vraiment fort, entre vous ?

Melanie sourit timidement.

— Je n'ose pas encore dire ça. Je prends les choses comme elles viennent, tu vois... de jour en jour.

Elle rit doucement.

— Mais j'avoue que j'ai compris en voyant son caddie de supermarché qu'il y avait de l'espoir pour nous deux, précisa-t-elle.

— Son caddie de supermarché ?

— Mais oui. Le contenu d'un caddie te donne une foule de renseignements sur la personne qui le pousse, expliqua-t-elle. Quand je vois un gars avec un caddie rempli de packs de bières et de hamburgers surgelés, ça me fait fuir illico. C'est le genre gros beauf vautré devant la télé sur son canapé.

— D'accord, je mords à l'hameçon, répondit Charlotte en lançant un clin d'œil à son amie. Qu'est-ce qu'il y avait dans le caddie de Junichi ?

— Du saumon. De la baguette. Une boîte de nourriture pour chien, énonça-t-elle avec un sourire fier. Une bonne bouteille de vin, aussi.

— Oh la la ! fit Charlotte en riant. J'ai encore beaucoup à apprendre.

— Pas la peine, ma jolie. Pour toi c'est cuit, de toute façon. Tu es condamnée à la tortilla et aux haricots rouges... A propos, as-tu appelé Michael depuis ton retour ?

— Non, j'arrive à l'instant.

— Rends-moi service et téléphone-lui immédiatement, déclara Melanie. Depuis que tu es partie, il a appelé ici presque chaque jour. Plus le temps passait, plus il avait l'air désespéré. Il disait qu'il n'arrivait pas à te joindre, il voulait savoir quand tu rentrais... Franchement, il était furieux. Ça m'a étonnée, parce que d'habitude il est plutôt calme et posé, non ?

Melanie fronça les sourcils.

— En fait, ça m'étonne qu'il n'ait pas déjà débarqué ici, conclut-elle.

Charlotte éprouva brusquement un désir irrésistible de parler à Michael. Elle saisit le téléphone sur sa table de chevet, le posa devant elle. Son cœur battait la chamade. Il y avait si longtemps qu'ils ne s'étaient vus... D'une main tremblante, elle commença de composer son numéro au cadran. Mais elle fut incapable de se rappeler les derniers chiffres. Elle reposa le combiné. Maudite mémoire, qui la trahissait si souvent ces derniers temps !

Elle se massa les tempes et inspira profondément. Puis, soudain, le numéro de Michael lui revint. Elle le tapota frénétiquement sur le clavier.

Le téléphone sonna trois fois, puis la voix de Michael, enregistrée sur répondeur, s'éleva dans l'écouteur. Charlotte poussa un soupir de déception. Mais elle ne raccrocha pas. Le simple fait de l'entendre ainsi la rendait heureuse. Elle attendit la fin du message et le bip.

Que dire, après tout ce temps ? Le silence se prolongea. Elle crispa les doigts sur le combiné. Elle se passa la langue sur les lèvres, puis hasarda :

— C'est moi, Charlotte... Je suis rentrée...

Aussitôt, la voix de Michael retentit à son oreille — passionnée, impatiente.

— Charlotte ?

— Oui.

— J'arrive.

Quand la sonnette de la porte se fit entendre un moment plus tard, Charlotte se sentait beaucoup mieux. Elle avait grignoté, s'était douchée, puis avait enfilé une robe Versace de soie. Elle avait attaché ses cheveux en chignon derrière sa nuque et s'était très légèrement maquillée. Elle était prête à accueillir Michael.

Comme elle se regardait dans le miroir, elle prit conscience qu'elle ne portait aucun bijou.

— Ma bague ! s'exclama-t-elle.

Elle renversa son coffret à bijoux sur son lit et saisit le petit écrin qui contenait le diamant que Michael lui avait offert pour leurs fiançailles — et qu'elle n'avait pas pu porter durant le tournage de *Camille*, pas même autour du cou. La sonnette retentit de nouveau. Charlotte enfila la bague en souriant et se précipita au rez-de-chaussée.

Prenant une profonde inspiration, elle posa la main sur

la clenche de la porte. Elle se sentait à la fois ravie et terriblement intimidée.

Elle tira le battant.

Michael se tenait sur le perron, un sourire ému aux lèvres.

Charlotte cilla. L'instant lui paraissait quelque peu irréel. Des mois d'attente, de trop longs mois pendant lesquels il lui avait manqué plus qu'elle n'aurait su l'exprimer, pendant lesquels elle s'était énormément interrogée sur leur avenir... Et tout à coup il était là, devant elle, en chair et en os ! C'était magique et étrange à la fois.

Elle le contempla en frissonnant. Son beau visage à la peau sombre, ses yeux noirs, ses cheveux tombant librement sur ses épaules... Il portait, comme à son habitude, une chemise blanche immaculée dont il avait relevé les manches sur ses avant-bras bronzés, un pantalon noir, des chaussures de cuir souple.

Elle plongea ses yeux dans les siens. Pendant un long moment, ils ne firent pas un geste. Ils étaient comme en état de choc. Les paroles qu'elle avait préparées pour leurs retrouvailles lui échappèrent ; elle était même incapable d'articuler un seul mot.

Lentement, le regard de Michael se détacha de son visage. Elle vit qu'il la contemplait tout entière. Son expression, alors, devint soucieuse. Il fronça les sourcils. Sans doute s'apercevait-il qu'elle avait maigri, qu'elle n'était pas en bonne forme physique. Charlotte ne voulait pas qu'il pense à cela. Pas maintenant.

Elle leva la main gauche et la posa sur la poitrine de Michael, à l'endroit de son cœur. Il baissa les yeux, aperçut le diamant. Une lueur de joie envahit ses pupilles.

— Je t'ai écrit, murmura-t-il d'une voix rauque. Je t'ai téléphoné. Je t'ai envoyé des fleurs.

— Des... des fleurs ? balbutia-t-elle, étonnée.

— Tu ne les as pas reçues ? Je ne comprends pas...

Charlotte secoua la tête.

— Nous verrons ça plus tard, chuchota-t-elle en faisant un pas vers lui. Michael... Viens... S'il te plaît.

Les yeux de son amant s'embrumèrent.

Dans un même élan, ils s'enlacèrent.

— Je vais tuer ce salopard, marmonna Michael en se laissant aller contre le dossier du canapé.

— Tout cela n'a plus d'importance, protesta Charlotte. Je suis ici, maintenant. Avec toi. C'est tout ce qui compte.

— Non, répliqua-t-il. Ce qu'il a fait est inadmissible !

— Je ne veux pas qu'il y ait des problèmes entre nous et Freddy. Encore moins entre vous deux, Michael, expliqua-t-elle d'un ton apaisant. Crois-moi, je lui ferai comprendre le plus clairement du monde qu'il ne doit plus jamais intervenir dans ma vie privée.

— Quoi ? Ne me dis pas que tu vas continuer à avoir des relations avec ce type ? s'insurgea-t-il. Pas après ça ! ?

Charlotte soupira..

— Je ne veux pas parler de cette histoire.

— Mais si, il le faut, Charlotte ! Ce fumier te fait du mal. Et il fait du mal à notre couple. Il essaie de nous séparer. Tu ne t'en rends pas compte ?

— Bien sûr que si, acquiesça-t-elle. Mais il n'y arrivera jamais, Michael. Je t'aime. Tu m'aimes. Il ne peut rien contre nous. Rassure-toi, je lui parlerai très vite pour qu'il cesse de se mêler de nos affaires.

Melanie apparut à la porte du salon.

— Je suis heureuse de te l'entendre dire, copine. Il est justement au téléphone.

Charlotte se leva.

— Je le prends dans la cuisine, déclara-t-elle. Je vais tirer tout ça au clair dès maintenant.

Michael soupira tandis que Charlotte s'éloignait. Melanie lui lança un clin d'œil compatissant, puis elle s'adossa au mur, les bras croisés sur la poitrine. Il se força à lui sourire. Saisissant son verre, il y fit tournoyer les glaçons jusqu'à ce que Charlotte revienne dans la pièce.

— Alors ? Qu'est-ce que ce salopard voulait ? demanda Melanie.

Charlotte se frotta les bras. Elle avait la chair de poule, tout à coup. Elle avait essayé de dire à Freddy ce qu'elle pensait de son comportement à l'égard de Michael ; il s'était énervé. Ils s'étaient brièvement, mais très violemment, disputés. Puis il lui avait annoncé que son prochain film était déjà programmé.

— Oh, il voulait me parler d'un nouveau contrat, répondit-elle d'un air désinvolte. Gros cachet à la clé, rôle de premier plan, tout le tra la la...

— Quand le tournage est-il prévu ? demanda Michael d'un ton sec.

— Je ne sais pas. Bientôt.

— Es-tu folle, Charlotte ? s'emporta Melanie. Si tu repars en tournage, tu vas y laisser ta vie ! Ce salopard de Freddy finira par t'avoir. Tu dois prendre du repos. Regarde-toi ! As-tu vu comme tu es maigre ? As-tu vu ta figure ? Tu es méconnaissable !

Charlotte baissa les yeux. Elle avait donné la même réponse à Freddy, affirmant qu'elle avait besoin d'un long repos, mais il avait ri. Quelques semaines de vacances lui suffiraient, avait-il précisé. Et tout se passerait bien. « Laisse Freddy s'occuper de tout, mon cœur... »

D'après lui, le nouveau contrat qu'il avait négocié en son nom était capital pour sa carrière. Elle ne pouvait se permettre de refuser ce film. Trop fatiguée pour se battre avec lui, elle avait coupé court à la conversation.

— Je dois partir d'ici, marmonna-t-elle d'un ton las. Il arrive.

— Tant mieux, grommela Michael. J'ai deux ou trois mots à lui dire, à ce salaud.

Charlotte s'assit au bord du canapé.

— Je ne veux pas le voir, avoua-t-elle d'une voix fêlée. Je n'aurai pas la force d'endurer une scène...

Michael se pencha vers elle.

— Alors prenons tes valises et partons, proposa-t-il. Partons sans lui laisser d'adresse.

— Pour aller où ? Pour faire quoi ?

Une expression à la fois choquée et anxieuse s'était peinte sur le visage de Charlotte. Michael prit ses mains dans les siennes, la fixa droit dans les yeux. Contrairement à Freddy, il ne voulait ni la manipuler, ni la contraindre à quoi que ce soit. Il souhaitait qu'elle prenne sa décision en toute liberté.

— Viens chez moi, à la pépinière, offrit-il. J'ai une petite maison, un bungalow de bois, au milieu de la propriété. C'est un endroit magnifique, entouré d'arbres. Tu y seras en sécurité. Tu pourras te reposer, reprendre des forces au milieu de la verdure. Ma mère cuisinera de bons petits plats mexicains pour te faire grossir. Bobby te fera rire. Et moi...

Il lui caressa la joue.

— Moi je me dresserai entre toi et tous ceux qui essaieront de t'importuner, conclut-il.

— Je... je ne peux pas disparaître comme ça, protesta-t-elle. J'ai des responsabilités. Il faudrait que je prévienne des tas de gens...

— Ça, je m'en charge, intervint Melanie. Je dirai à tes secrétaires et à tes attachés de presse d'annoncer que tu es en vacances et injoignable. Et ils géreront tes affaires seuls le temps qu'il faudra. C'est pour cela que tu les paies, non ?

— Charlotte..., reprit Michael. Oui ou non ?

— Tes valises sont prêtes, carillonna Melanie. Elles

sont encore dans le vestibule. Tu n'as qu'à les mettre dans le coffre de la voiture.

Charlotte ne put réprimer un sourire. Michael l'invitait à partir comme ça, sur une impulsion, sans prendre le temps d'en mesurer les conséquences. Elle n'avait pas l'habitude d'agir ainsi. Et elle ne pouvait nier que l'idée la tentait — la séduisait.

— C'est comme dans *La Dame aux Camélias*, murmura-t-elle. Marguerite est malade, et son amant l'emmène à la campagne pour la soigner...

Elle rit.

— Là où ça me plaît moins, c'est qu'elle finit quand même par mourir...

— Ecris toi-même la fin que tu veux pour toi, l'interrompit Melanie. Vas-y, Charlotte. Je me charge de retenir l'ennemi.

Charlotte ferma un instant les yeux. Devait-elle suivre son instinct ? Pouvait-elle vraiment s'enfuir, comme ça ?

— Alors ? demanda Michael avec impatience.

Elle le regarda droit dans les yeux.

— S'il te plaît, Melanie, déclara-t-elle, appelle Mme Cookson, ma secrétaire, et demande-lui de prévenir tout le monde que je prends un long, très long congé. Tu trouveras son numéro dans ma chambre.

Elle marqua une pause, songeuse. Si Freddy apprenait qu'elle se trouvait chez Michael, il la harcèlerait jusque-là-bas.

— Quand Walen arrivera, reprit-elle, dis-lui que je suis partie à la campagne, pour faire une cure. Je prends des vacances bien méritées et je ne veux être dérangée par personne, pas même par lui.

Le sourire aux lèvres, elle se leva et tendit ses mains à Michael.

16.

Michael l'invita à entrer dans le bungalow, adorable construction de bois, dont la véranda offrait une vue magnifique sur la vallée. Charlotte avait peine à croire qu'il l'avait bâtie seul, de ses propres mains. Dans le living-room, immense, trônait une belle cheminée en pierre de taille. Il donnait sur une cuisine indépendante, deux chambres spacieuses et une salle de bains. Pour le moment, le bungalow ne contenait presque aucun meuble — juste un lit double à colonnade, une grande table en chêne et quatre chaises.

Sitôt qu'ils eurent fait le tour du propriétaire, Michael l'invita à se coucher et lui ordonna gentiment d'oublier tous ses soucis et de se reposer. Charlotte obtempéra de bon cœur. Ici, elle se sentait en sécurité, protégée, comme dans un cocon. Elle voulut dire à Michael que la maison était merveilleuse, mais elle s'endormit si vite qu'elle ne sut jamais si elle réussit à prononcer la phrase qu'elle avait à l'esprit.

Elle dormit trois jours d'affilée, presque sans discontinuer. Pour ne pas la déranger, Michael passa les nuits sur un lit de camp dans la chambre voisine. Par la suite, elle devait vaguement se souvenir de s'être réveillée pour boire de l'eau, manger du ragoût de poulet épicé ou de la tortilla que Michael lui apportait sur un plateau, et pour se rendre à la salle de bains en chancelant.

Le matin du quatrième jour, elle se réveilla au bruit des arroseurs automatiques circulaires qui aspergeaient les plantations derrière la maison. Au loin, elle entendit le bourdonnement d'un tracteur, et des éclats de voix enjoués — sans doute ceux des employés de la pépinière qui bavardaient en travaillant.

Charlotte essaya de se redresser dans le lit. Elle poussa un énorme soupir. Elle avait l'impression que ses os s'étaient changés en plomb et que sa bouche était bourrée de coton.

Michael apparut sur le seuil de la chambre.

— Enfin, tu es réveillée, dit-il avec un sourire enchanté. Aimerais-tu faire quelques pas, pour tester tes jambes ?

— Je ne sais pas. Je me sens encore laminée de fatigue.

— Alors reste au lit. Tu n'as aucune obligation, rien qui t'attende.

Charlotte cilla. Ne rien faire du tout... Cette idée lui était tellement étrangère qu'elle avait un peu de mal à l'assimiler.

— Tu me manques, répondit-elle. Je crois que je vais quand même quitter ce lit. Au moins un petit moment.

Elle parvint à se lever — avec l'aide de Michael, car ses jambes étaient si faibles qu'elles la portaient à peine. Il lui fit couler un grand bain dans une baignoire en faïence avec des pieds en pattes de lion. Après lui avoir vigoureusement frotté le dos avec un luffa, il lui lava les cheveux avec un shampooing parfumé à la rose, massant si délicieusement ses tempes et sa nuque qu'elle en eut la chair de poule. Après qu'elle eut été rincée et eut enfilé le peignoir-éponge bleu marine de Michael, il lui apporta un grand verre d'eau glacée.

— Tu dois boire beaucoup d'eau. Pour évacuer les toxines. Bobby m'a donné des instructions précises pour te guérir, ainsi qu'un véritable stock de vitamines qu'il te conseille de prendre sans tarder.

— Tu me gâtes trop, répondit-elle.

— Non, *querida*. Laisse-moi m'occuper de toi. Je suis heureux de le faire. Maintenant, tu devrais te reposer encore. Bois cette eau. Je vais préparer le déjeuner.

Et cela continua ainsi pendant deux autres jours. Charlotte lâcha complètement prise, s'abandonna au vertige de la fatigue et du sommeil, laissant Michael la prendre entièrement en charge. Elle dormit dans cette maison comme elle n'avait jamais dormi ailleurs.

Pendant la journée, Michael venait la voir régulièrement. Et, quand il était occupé à la pépinière ou parti sur un chantier en extérieur, c'était son frère Bobby qui passait lui rendre visite et discuter avec elle. Le soir, Michael préparait un bon dîner, puis ils s'installaient sur le lit, enlacés, et il lisait à voix haute des poèmes de Robert Frost.

Le cinquième jour, elle se sentit enfin à peu près dans son assiette, et assez forte pour sortir de la maison. Tant mieux, car elle commençait à s'ennuyer.

A midi, tandis qu'ils prenaient le café sous la véranda, Michael l'informa que ses parents la conviaient à déjeuner chez eux dimanche. Le repas dominical était une tradition familiale inébranlable, précisa-t-il avec humour.

— Je suis flattée qu'ils m'invitent, mais c'est étrange, en un sens, observa-t-elle. As-tu souvent amené des femmes à ces déjeuners ?

— Non, répondit-il sans la moindre gêne. Jamais, à vrai dire. J'ai fait venir des filles... des femmes à la maison pour boire un verre, ou juste dire bonjour à mes parents. Mais j'ai toujours préféré séparer ma famille de mes amies. Elles n'appartenaient...

Il haussa les épaules, regarda ses mains et conclut d'une voix sourde :

— ... elles n'étaient pas du même monde que mes parents.

Charlotte cilla. Elle ne s'était pas attendue à une telle réponse. Elle aurait cru, au contraire, que Michael avait présenté des dizaines de petites amies à sa famille. Du coup, pensa-t-elle, l'invitation qu'elle recevait prenait un caractère beaucoup plus... solennel. Ou officiel.

— Peut-être qu'il vaudrait mieux attendre, objecta-t-elle. Que je sois vraiment requinquée.

— Si tu veux. Mais...

Il lui offrit un sourire plein de tendresse. Le cœur de Charlotte fit un petit bond dans sa poitrine.

— J'avoue que j'ai hâte que tu rencontres ma famille, ajouta-t-il.

Il inspira profondément, regarda au loin, vers la vallée. Charlotte perçut dans son expression un mélange d'enthousiasme fébrile et d'impatience.

— Je crois que nous avons déjà assez perdu de temps, reprit-il d'une voix ferme. J'ai trente ans. J'en ai marre de jouer à cache-cache et de ne pas pouvoir dire que nous sommes fiancés. Ces petits jeux, ça ne me ressemble pas. Je sais ce que je veux, Charlotte, et je le veux sans tarder. Jusqu'à présent j'ai été patient parce que tu disais que c'était nécessaire pour ta carrière. Mais...

Il plongea ses yeux dans les siens.

— Je crois que ta carrière peut parfaitement encaisser le choc de notre mariage. Moi, en revanche, je ne suis pas sûr de tenir si nous continuons à mentir. Tu portes la bague que je t'ai offerte. J'ai envie que tu la gardes. Je veux te présenter à ma mère et à mon père. Je souhaite annoncer nos fiançailles.

Il prit sa main, l'embrassa doucement.

— J'ai envie de dire au monde que tu es ma femme, Charlotte.

Elle sourit, la gorge nouée par l'émotion.
— Si tu présentes les choses ainsi..., murmura-t-elle. En effet, pourquoi ne pas commencer par annoncer la bonne nouvelle à tes parents ?
Il sourit et glissa un bras autour de ses épaules.
— Savent-ils que je suis ici ? demanda-t-elle.
— Bien sûr !
Charlotte fronça les sourcils. Sa mère n'aurait pas caché sa réprobation si elle avait appris que sa fille vivait avec un homme sans être mariée. Mais Helena n'avait-elle pas connu la passion, elle aussi, sans être passée devant le prêtre... ?
Elle chassa cette triste question de son esprit.
— Qu'est-ce qu'une petite gringa comme moi doit offrir comme cadeau à sa future belle-mère ? demanda-t-elle, le cœur léger.
— Un *bambino*, répondit Michael, et il l'embrassa avec ardeur.

Quand arriva le dimanche, Charlotte hésita longuement pour se choisir une tenue. Sur le lit s'empilaient les vêtements qu'elle rejetait au fur et à mesure. Elle écartait d'office toutes les robes au décolleté pigeonnant, ou encore trop courtes ou trop moulantes. Les couleurs vives risquaient de donner d'elle l'image d'une femme trop... voyante. Les coupes osées des grands couturiers seraient déplacées dans un environnement rural. Plantée devant le placard ouvert, en culotte et soutien-gorge, elle se tordait les mains d'inquiétude en inspectant le contenu des étagères et de la penderie. Il était bien loin le temps où la jeune Charlotte Godowski de Chicago n'avait qu'une seule et unique robe, qui devait « faire l'affaire » en toutes circonstances !
Michael vint derrière elle et l'enlaça par la taille. Il l'embrassa sur la nuque.

— Je ne vois pas pourquoi tu te tracasses tant. Ce n'est que ma famille, Charlotte.

— Je te remercie, ironisa-t-elle, appuyant la tête contre sa poitrine. On peut dire que tu m'aides.

Elle soupira.

— Tu as de la chance, Michael. Toi, il te suffit de prendre une bonne douche, de te donner trois coups de peigne, et ensuite d'enfiler...

Elle se tourna entre ses bras pour lui faire face.

— ... ta tenue habituelle, conclut-elle en désignant son pantalon de toile noire et sa chemise en coton blanc.

— Qu'y a-t-il de mal à cela ? J'aime être habillé de cette façon.

— C'est tellement facile d'être un homme. Tant que vous êtes propres et à peu près rasés, vous êtes supposés nous plaire.

Elle baissa les yeux et fronça les sourcils.

— Ah, mais je vois que tu as fait un effort, aujourd'hui ! reprit-elle en pouffant. Tu as troqué ton Dockers de tous les jours contre un pantalon Armani. Bravo !

— C'est dimanche, répondit-il avec un haussement d'épaules.

Charlotte finit par se décider pour une robe Chanel très simple, couleur pêche, qu'elle avait déjà portée lors d'une soirée organisée pour la promotion d'un film. Estelle, une costumière dont elle appréciait les conseils — et qui avait remporté déjà deux oscars pour son travail —, lui avait déclaré un jour qu'avec Chanel on avait le ton juste en toutes circonstances. Michael lui répéta que les membres de sa famille étaient des gens très simples, qui s'habillaient sans chichi, et qu'elle n'avait qu'à enfiler une simple jupe et un chemisier. Mais elle avait trop envie de faire bonne impression aux Mondragon. Une première rencontre avec sa future belle-famille, cela exigeait une préparation digne d'une soirée de gala. Comme collier, elle choisit un simple rang de perles — des perles de taille moyenne, pour ne pas faire m'as-tu-vu. Elle opta aussi pour des boucles d'oreilles en or incrusté de minuscules perles anthracite. Aux doigts, elle n'avait que sa bague de fiançailles. Les parents de Mondragon ne manqueraient sans doute pas de remarquer ce détail, signe de son attachement à leur fils.

Dès l'instant où elle pénétra dans la ferme des Mondragon, Charlotte comprit qu'elle avait tout faux. Elle s'était habillée avec beaucoup trop de recherche. Deux hommes, assis à une table près de la fenêtre, jouaient aux cartes. Ils portaient chacun un jean et une chemise à carreaux déboutonnée sur la poitrine, avec de grosses chaussures de cuir à lacets. Deux enfants en short et T-shirt, allongés par terre, jouaient au Monopoly d'un air très absorbé. Il n'y avait qu'une seule femme dans la pièce. Elle était grande, solidement charpentée, et dans ses traits presque masculins on devinait un caractère affirmé et autoritaire. Elle portait une longue jupe de coton rouge et un chemisier jaune dont le large col laissait voir de nombreuses taches de rousseur sur sa peau claire, à la naissance de sa poitrine. Ses cheveux châtain clair, mi-longs, étaient retenus en arrière par des barrettes. Pour tout bijou, elle avait des clips dorés aux oreilles et une large alliance à l'annulaire.

Charlotte replia ses orteils dans ses chaussures Ferragamo, regrettant de n'avoir pas mis de simples espadrilles. Elle songeait à retirer ses perles pour les fourrer dans son sac à main — et peut-être aussi ses boucles d'oreilles —, quand Bobby apparut sur le seuil de la cuisine.

— Ah, les voilà ! s'exclama-t-il avec un large sourire.

Il s'avança vers elle, les mains tendues.

— Nos petits soldats commençaient à s'impatienter, précisa-t-il en désignant les enfants assis par terre — dont les yeux écarquillés étaient à présent fixés sur elle. Mais ne t'en fais pas. Je les avais prévenus que les actrices aiment soigner leur entrée en scène.

Charlotte rougit et plaqua un sourire aimable sur ses lèvres. Elle jeta un regard implorant à Michael tandis que Bobby l'entraînait vers le centre de la pièce. Elle éprouvait soudain une profonde anxiété, qui lui nouait la gorge. Michael, lui, semblait parfaitement à l'aise, et plutôt amusé par la situation. Elle comprit qu'elle ne devrait pas trop compter sur son aide.

Les deux hommes assis près de la fenêtre posèrent leurs cartes et se levèrent en la dévisageant avec curiosité.

— Papa, Manuel, je vous présente Charlotte Godfrey, annonça Bobby, avant de préciser d'un ton malicieux : la célèbre Charlotte Godfrey.

Luis Mondragon lui serra la main en lui offrant un sourire de pure forme. Ses yeux restaient froids. Il la fixa attentivement, un peu comme Freddy lors de leur première rencontre. Charlotte soutint son regard et comprit qu'il se sentait parfaitement libre, en tant que maître de maison, de la jauger avec une telle franchise.

— Alors vous êtes la célèbre actrice Charlotte Godfrey ? répéta le vieil homme d'une voix tonitruante, avec un fort accent hispanique.

Il prononça le mot *actrice* comme il aurait pu dire *lépreuse*.

— Célèbre, je ne sais pas, répondit-elle d'un ton agréable, sans le quitter des yeux. Mais je suis actrice, en effet.

L'autre homme était petit, rondouillard, et il avait un visage porcin. Sa poitrine et ses bras tannés par le soleil étaient velus. Il la contemplait d'un air ébahi. Manifestement, la beauté et la renommée de l'invitée l'impressionnaient terriblement. Il marmonna quelques mots de bienvenue d'une voix rauque.

Les enfants se levèrent, s'approchèrent d'elle.

— Moi, je m'appelle Maria Elena ! annonça la petite fille avec aplomb, d'un ton chaleureux.

Charlotte lui rendit un sourire plein de reconnaissance. Les enfants étaient tellement plus simples et ouverts que les adultes !

— Maria Elena ? C'est un très joli prénom, répondit-elle. Comme une petite chanson à lui tout seul.

Le compliment parut ravir la fillette.

— Je suis la nièce de Tío Miguel, précisa-t-elle. J'ai huit ans.

Elle s'exprimait d'une voix assurée, en prenant un peu la pose, comme le font les enfants quand ils aiment avoir l'attention des grands sur eux.

— Moi aussi je veux devenir actrice quand je serai grande. Ou alors danseuse ! ajouta-t-elle, puis elle désigna le petit garçon qui se dandinait d'un pied sur l'autre à côté d'elle. Lui, c'est Francisco. Mais tout le monde l'appelle Cisco.

Charlotte sourit au frère de Maria Elena, auquel elle donna dix ou onze ans.

— Bonjour, Cisco.

— Salut, bafouilla-t-il en baissant les yeux, avant de retourner se coucher devant le Monopoly.

Charlotte s'efforça de cacher à quel point elle était nerveuse. Elle avait vraiment envie que la famille Mondragon l'apprécie et l'accepte en son sein. Mais quand elle fit la connaissance de Rosa, la sœur de Michael, elle se rendit compte que la bataille était loin d'être gagnée.

Rosa hocha la tête d'un mouvement brusque et lui serra la main du bout des doigts, sans dire un mot. Charlotte perçut dans son regard une lueur d'envie et de jalousie. Elle était habituée à ce genre de réaction : beaucoup de femmes lui en voulaient pour sa beauté et sa réussite. Mais elle regrettait qu'il en aille de même avec une personne qui deviendrait bientôt sa belle-sœur. Combien de temps faudrait-il avant que Rosa n'oublie sa rancœur contre elle et accepte de lui parler ?

Quand la mère de Michael entra dans la pièce et vint à sa rencontre pour la saluer, Charlotte perçut enfin une lueur d'espoir.

Marta, comme elle demanda à être appelée aussitôt que les présentations furent faites, était une femme petite et menue dont le sourire, les gestes, toute la personne dégageaient une chaleur et une générosité extraordinaires. Dans sa main, qu'elle lui tendit après l'avoir doucement essuyée sur son tablier blanc, Charlotte perçut une tendresse toute maternelle. Marta la dévisageait avec un sourire avenant et franc — dénué de la méfiance qu'elle avait perçue chez les autres membres du clan.

En regardant son visage mat, marqué d'une myriade de petites rides, et ses mains usées par le travail, Charlotte repensa soudain à sa propre mère. Son cœur se serra. Marta et Helena se ressemblaient — par certains aspects. Elles avaient toutes deux trimé leur vie durant pour faire vivre leur famille ; elles se donnaient tout entières à ceux qui leur étaient chers ; elles étaient fortes et courageuses.

Mais, se dit encore Charlotte en regardant la vieille femme qui se tenait devant elle dans sa petite robe très simple de couleur claire, la différence principale entre Marta et Helena, c'était qu'on sentait chez la première une sérénité et une joie de vivre qui manquaient cruellement à la seconde. Marta était heureuse parmi les siens, entourée d'un mari qu'elle aimait et d'enfants qui lui rendaient tout l'amour qu'elle leur donnait depuis toujours. Elle se consacrait entièrement à sa famille, docilement, peut-être même avec une pointe de servilité, mais dans le sens positif du terme. Cette femme connaissait simplement le sens des mots accueil, prévenance et savoir-vivre, et elle veillait de toute son âme au bien-être de ses proches comme de ses invités.

Par contraste, Helena était une personne usée et peureuse, que la solitude et les désillusions avaient rendue agressive.

— J'ai une annonce à faire ! déclara Michael au milieu de la famille rassemblée autour d'eux. Jamais je n'ai invité de femme ici, dans cette maison, pour partager notre repas...

Il eut un petit sourire.

— ... car jusqu'à ce jour, poursuivit-il, je n'avais pas rencontré de femme assez solide pour endurer toutes les misères que vous n'allez pas manquer de faire subir à Charlotte.

Un petit rire collectif ponctua brièvement sa plaisanterie. Tout le monde était tendu. Sans doute la famille Mondragon avait-elle déjà compris où Michael voulait en venir. Charlotte sentit ses joues s'empourprer. Elle regarda ses chaussures.

— J'ai demandé à Charlotte de devenir ma femme, reprit Michael. Et j'ai l'immense plaisir de vous annoncer qu'elle a accepté.

Un silence pesant tomba sur la pièce. Puis Bobby poussa un cri de joie.

— Enfin ! s'exclama-t-il d'un ton enthousiaste. Enfin vous osez vous montrer à la face du monde. Il était temps, mes enfants. Tu sais, Charlotte, que je commençais à désespérer de voir un jour cette bague à ton doigt.

Il lui lança un clin d'œil. Elle comprit que Michael l'avait mis dans la confidence au sujet du diamant qu'il lui avait offert.

— Ce grand dadet ne te mérite pas, ajouta Bobby. Mais, puisque tu es assez inconsciente pour l'épouser et entrer dans cette famille, approche donc que ton beau-frère t'étreigne comme un vrai Mexicain !

Il lui donna chaleureusement l'accolade, lui tapotant le dos avec vigueur. Charlotte le serra dans ses bras. Elle se sentait légère et confiante, tout à coup. La réaction de Bobby l'aidait à reprendre de l'assurance après l'accueil mitigé qu'elle avait reçu. Par-dessus son épaule, elle vit Luis et Marta échanger un regard quelque peu perplexe. Elle se répéta qu'il faudrait sans doute du temps pour qu'ils l'acceptent parmi eux.

Les enfants se ruèrent vers elle pour l'embrasser à leur tour, d'abord Maria Elena, puis Cisco.

Ensuite, Luis s'avança. Il étreignit sa main gauche entre ses deux énormes paumes calleuses, et lui donna un baiser sur la joue.

— Bienvenue dans la famille, déclara-t-il d'une voix distante, sans chaleur.

Charlotte se força à lui faire un large sourire, et le remercia.

Marta fit signe à Michael, qui s'inclina vers elle pour l'écouter tandis qu'elle lui murmurait quelque chose à l'oreille en espagnol. Il secoua doucement la tête, en souriant. Charlotte se demanda si Marta se souciait de savoir si elle était déjà enceinte.

La mère de Michael vint vers elle à petits pas, se hissa sur la pointe des pieds pour l'embrasser, puis elle lui adressa tous ses vœux de bonheur d'une voix émue. Elle souriait, mais ses yeux débordaient d'inquiétude.

Manuel s'approcha à son tour, plissant les lèvres, et lui plaqua un bref baiser sur la bouche. Rosa soupira et quitta la pièce sans un mot.

Ainsi, l'annonce de leur mariage ne suscitait guère d'enthousiasme chez les Mondragon. Charlotte dissimula le dépit profond qui l'envahissait. D'une part elle ne voulait pas les brusquer, d'autre part elle pensait pour se rassurer qu'il était plutôt naturel qu'ils se montrent méfiants envers elle — puisqu'ils ne la connaissaient pas.

Rompant le silence embarrassé qui était retombé entre eux, Luis déclara qu'il était temps de passer à table. Ce fut avec un immense soulagement que Charlotte se retrouva assise entre Michael et Bobby.

Au début du repas, Bobby s'évertua à détendre l'atmosphère en racontant de multiples et savoureuses anecdotes sur la famille — pour la mettre en garde, précisa-t-il avec ironie, contre les dangers qu'elle encourait en épousant un Mondragon. Tout le monde rit beaucoup. De temps en temps, Michael se penchait vers elle et lui lançait un clin d'œil encourageant ou lui tapotait affectueusement la jambe sous la table.

En tant qu'invitée d'honneur, elle était le centre d'intérêt de tous. Les uns et les autres se mirent à lui poser de nombreuses questions auxquelles elle s'appliqua à répondre agréablement.

— Pour quand, le mariage ? demanda Luis tout à trac, de son ton bourru.

— Je ne sais pas, convint-elle. Nous devons encore en parler...

— Bientôt, intervint Michael avec fermeté.

— Vous vous marierez à l'église ? s'enquit Marta.

Michael haussa les épaules.

— Je m'en fiche, du moment...

Cette fois, ce fut elle qui lui coupa la parole.

— Bien sûr, affirma-t-elle.

Elle soutint le regard de Marta et vit dans ses yeux qu'elle approuvait son choix.

— Vous êtes catholique ? demanda la mère de Michael.

— Oh, oui. Les Polonais sont de fervents catholiques.

— C'est bien, affirma Luis. Au moins, elle est catholique.

Il regarda sa femme, l'air de dire « peut-être qu'on pourra quand même faire quelque chose de cette fille-là ».

Marta acquiesça d'un hochement de tête.

Michael leva les yeux au ciel.

— Il paraît que vous êtes installée dans le bungalow? demanda Marta d'un ton hésitant. Vous ne seriez pas mieux dans cette maison, avec nous? Nous avons une chambre libre. Bien sûr, Michael est votre *novio*, mais...

Marta lança un coup d'œil inquiet vers son fils.

— Je pense que les deux frères pourraient rester ensemble dans le bungalow, ajouta-t-elle. Ce serait plus...

— Non, Mama, répliqua fermement Michael. Charlotte est très bien où elle est.

Charlotte jugea préférable de ne pas intervenir dans cet échange. Elle tournait sa fourchette dans son assiette, les yeux baissés.

— Rosa est restée dans la maison, ici, avec ses parents, jusqu'au jour du mariage. Nous l'avons donnée à Manuel sur les marches de l'église, expliqua Luis d'un ton solennel, comme si la virginité préservée de sa fille était un joyau inestimable, dont toute la famille devait s'enorgueillir.

Rosa eut un petit sourire suffisant. De toute évidence, elle aimait entendre son père la mettre ainsi en valeur — même pour un motif aussi étrange.

Charlotte frissonna, mal à l'aise. Devait-elle répondre qu'elle était une jeune fille très sage? Que Michael était non seulement son premier et unique amant, mais son premier flirt! Elle leva les yeux vers lui. Il sourit. Dans ses pupilles, elle vit une lueur amusée. Il semblait se soucier comme d'une guigne de l'attitude très traditionaliste de ses parents.

Par chance, Maria Elena posa à cet instant une question qui lança la conversation sur une voie radicalement différente.

— Comment tu es devenue actrice? voulut savoir la petite fille.

— Tais-toi, répliqua sèchement Rosa. Elle ne veut pas parler de ça.

— Mais si, ça ne me gêne pas du tout, répondit Charlotte, offrant un sourire avenant à la fillette.

Non seulement elle appréciait de parler d'autre chose que de son mariage avec Michael, mais elle ne demandait pas mieux que de satisfaire la curiosité de Maria Elena, qui la dévisageait avec des grands yeux pleins d'émerveillement. Dans son métier, on voyait trop souvent des gens qui, en arrivant au faîte de la renommée, devenaient distants, sinon méprisants envers les personnes qui n'étaient pas de leur milieu. Ils regardaient le monde de haut, ne « s'abaissaient » pas à communiquer simplement avec leur entourage. Ils se refusaient aussi à évoquer leur passé. Charlotte avait toujours considéré cette attitude comme la preuve d'un manque total de personnalité.

— Tout est allé très vite, expliqua-t-elle. Moi aussi, quand j'étais petite, je voulais être actrice. Un jour je suis venue en Californie et j'ai eu beaucoup, beaucoup de chance. Et j'ai aussi travaillé très, très dur. Je crois que c'est ça le secret, Maria Elena. Si tu veux une chose, tu dois d'abord la désirer très fort, et ensuite travailler comme il faut pour l'avoir. J'espère aussi que tu auras de la chance.

— Je ne veux pas que ma fille devienne actrice, intervint Rosa. J'ai des projets plus ambitieux pour elle.

Bobby décocha un regard incendiaire à sa sœur.

Charlotte sourit avec douceur.

— Ma mère ne voulait pas non plus que je fasse ce métier. Mais voilà, j'y suis quand même.

— Où est votre mère ? demanda Luis d'un ton impérieux.

— Elle vit à Chicago.

— Ah, Chicago... Et votre père ? Que fait-il ?

— Il est mort quand j'étais enfant. Je ne l'ai jamais connu.

Maria Elena poussa un soupir de compassion.

— J'espère que nous ferons la connaissance de votre maman, déclara gentiment Marta. Est-ce que le mariage aura lieu ici, ou à Chicago ?

— Ici, sans aucun doute, répondit Charlotte. Ma mère...

Elle regarda la table.

— ... ne viendra probablement pas à la cérémonie, conclut-elle.

Michael tourna subitement la tête vers elle, l'air surpris.

— Elle ne viendra pas ? rugit Luis, scandalisé. Elle ne viendra pas au mariage de sa fille ?

Manifestement, le maître de maison ne pouvait même pas imaginer un tel sacrilège.

Charlotte s'empourpra. Elle résolut de dire la vérité. L'idée d'entamer dans le mensonge sa relation avec ceux qui deviendraient bientôt sa seule famille lui était insupportable.

— Ma mère m'en veut d'être venue en Californie, bafouilla-t-elle. Elle n'approuve pas mes choix.

— Elle n'approuve pas mon Miguel ? s'exclama Luis d'une voix outrée.

— Oh, non, ce n'est pas ça ! s'empressa-t-elle de rectifier.

Etant donné que Michael avait vécu à Chicago, Luis supposait sans doute qu'ils s'étaient rencontrés là-bas.

C'était d'ailleurs le cas... Cependant, Charlotte n'était pas prête à raconter cette histoire maintenant.

— Ma mère ne connaît pas Michael, ajouta-t-elle. Mais je suis sûre qu'il lui plairait.

Luis hocha la tête, rassuré.

— Elle n'admet pas que je sois devenue actrice, poursuivit-elle en souriant à Rosa, qui l'écoutait avec attention. Elle pense que j'ai mal agi en venant en Californie seule. Elle ne m'a jamais pardonné. Elle refuse de me revoir. Elle refuse même... de me parler.

— *Virgencita* ! s'exclama Marta en portant les mains à ses tempes.

Il était clair qu'elle ne comprenait pas qu'une mère puisse rompre avec ses enfants. Mais elle était trop polie pour le dire à cette table.

Curieusement, l'évocation de cette petite tragédie sembla rompre la glace entre Charlotte et la famille Mondragon. Tout le reste du repas, Luis, Marta et leurs enfants se montrèrent beaucoup plus prévenants à son égard. Tout à coup, elle eut le sentiment d'être un petit chiot perdu recueilli par une gentille maisonnée. La conversation devint plus aisée, et l'on se mit à bavarder de choses et d'autres. Charlotte se risqua même à faire parler Luis de la pépinière et le flatta en lui demandant de raconter ses débuts en Californie.

Quand le déjeuner fut achevé, les Mondragon se levèrent de table et reprirent chacun leurs activités habituelles du dimanche après-midi. Luis proposa sur un ton autoritaire une partie de dominos à son gendre, qui obtempéra de bon cœur. Michael et Bobby se joignirent à eux, ce que leur père parut apprécier particulièrement. Les enfants se recouchèrent sur le tapis devant le Monopoly. Rosa, elle, prit place sur le canapé, le dos tourné à la pièce, et se mit à feuilleter un magazine.

— Rosa, va dans la cuisine aider ta mère, ordonna Luis.

— Pourquoi ? rétorqua-t-elle. Parce que je suis une femme. Non, Papa ! C'est trop facile. Tu as deux fils qui peuvent s'en charger, eux aussi. Et Cisco.

Elle tourna la tête vers son fils.

— Tu crois que, parce que tu es un garçon, tu n'as pas à faire la vaisselle ?

Cisco leva le menton avec aplomb.

— Non, je ne suis pas obligé. Et tu ne peux pas me forcer ! affirma-t-il.

— Qu'est-ce que tu dis ? Tu réponds à ta mère ! s'emporta Rosa en se levant du canapé.

Cisco pâlit.

— Tais-toi, Rosa ! tonna Luis. Le petit a raison. Chez nous, ça se passe d'une façon et pas d'une autre. Allez, Rosa, donne l'exemple à ta fille !

— Mais c'est exactement ce que je fais, marmonna Rosa. Je lui donne l'exemple. Le *bon* exemple !

Charlotte vit Bobby et Michael échanger un regard ennuyé. Intéressant...

— Ne parle pas comme ça à ton père, intervint Manuel en pointant un doigt accusateur sur sa femme.

Celle-ci ne parut pas le moins du monde impressionnée.

— Oh, je dis ce qui me plaît ! rétorqua-t-elle. Il sait très bien ce que je pense.

— Assez ! s'écria Luis, si fort que les enfants ouvrirent des yeux ronds de frayeur. Tiens-toi bien, Rosa ! Tu fais honte à la famille ! Nous avons une invitée !

Cette remarque acheva d'exaspérer Rosa. La mâchoire crispée, elle se renfonça dans le canapé et rouvrit le magazine.

— Tu n'as qu'à lui demander de faire la vaisselle, à ton invitée ! grommela-t-elle. C'est une femme ! Sa place est dans la cuisine !

Elle haussa les épaules.

— Mais peut-être que les mains d'une star de cinéma sont trop fragiles pour ce genre de boulot ? conclut-elle d'un ton narquois.

— Rosa ! s'exclama Michael d'une voix pleine de fureur. N'as-tu donc aucune retenue, aucune pudeur ? Charlotte est notre invitée. Elle n'a pas à lever le petit doigt...

— Michael, attends..., l'interrompit Charlotte.

Tous les regards se tournèrent vers elle. Charlotte baissa les yeux. Elle comprenait le sentiment d'injustice qui animait Rosa. Cependant, elle ne trouvait pas non plus normal que Marta soit seule à débarrasser la table et à laver la vaisselle. Elle ne comprenait pas pourquoi les Mondragon se permettaient de s'asseoir et de se détendre en lui laissant tout le travail. D'autant qu'elle avait déjà passé la matinée dans la cuisine à préparer le repas ! Homme ou femme, tous devaient à son avis participer aux tâches ingrates de la maison.

— J'aimerais donner un coup de main à Marta, déclara-t-elle.

Elle se tourna vers la mère de Michael, qui se tenait sur le seuil de la cuisine.

— Vous voulez bien, Marta ? demanda-t-elle en saisissant une pile d'assiettes sur la table.

La mère de Michael lui rendit un sourire plein de tendresse qui lui fit chaud au cœur.

— *Sí*, répondit-elle. C'est gentil.

Enhardie par son approbation, Charlotte engagea la conversation avec elle tandis qu'elles portaient la vaisselle dans la cuisine. Marta lui répondit avec enthousiasme. Charlotte était heureuse. Elle sentait un vrai courant passer entre elles. Pour le moment, elles ne discutaient que de piments et de poivrons — sujet sur lequel Marta faisait autorité —, mais c'était un début prometteur.

Comme elle revenait vers la table, Charlotte vit Rosa, affalée sur le canapé, lui jeter un regard hostile. Manifestement, la sœur de Michael se sentait trahie. Et il fallait bien admettre que l'attitude de Charlotte affaiblissait considérablement sa position dans la famille.

A la table de jeu, Luis les considérait l'une et l'autre avec un petit sourire amusé.

Soudain, Michael se leva, s'approcha de la table et y

saisit une pleine pile d'assiettes qu'il porta dans la cuisine.

Charlotte le suivit, le cœur battant de fierté et de bonheur. Elle sourit en se disant que Michael venait de lui donner là une des plus belles preuves d'amour qui se puissent rêver.

Ce soir-là, tandis qu'elle reposait entre ses bras dans leur chambre du bungalow, Michael commença de lui poser des questions au sujet de sa mère.

— Qu'est-ce que c'est que cette histoire de rupture entre vous ? demanda-t-il. Tu ne m'avais jamais dit qu'elle t'en voulait d'être venue en Californie. Ni qu'elle refusait de te parler.

Charlotte eut l'impression que les murs se resserraient autour d'elle. Sa gorge se noua.

— Non, en effet, bafouilla-t-elle. Ça... ça me gênait de t'en parler.

— Quoi ? Mais... je croyais qu'on pouvait tout se dire. L'honnêteté totale qui existe entre nous, c'est un des plus grands bonheurs que je trouve dans notre relation.

Elle frissonna. Les paroles de Michael ravivaient en elle une blessure profonde.

— Parfois la vérité est très dure à avouer, murmura-t-elle. Mais cela a-t-il vraiment de l'importance ?

Elle se redressa sur un coude pour le regarder. Michael la considérait d'un air intrigué.

— Qu'est-ce qui a de l'importance, *querida* ? Que tu me dises tout ? Bien sûr ! Je ne veux pas qu'il y ait de secrets entre nous.

— Et si... Enfin... Il y a quand même des histoires de notre passé qu'il est inutile de se raconter, non ? répliqua-t-elle, au comble de la gêne. Par exemple, je ne veux pas savoir le nombre de petites amies que tu as eues. Ça ne m'intéresse pas. Est-ce que tu as besoin de savoir ce genre de détail à mon sujet pour m'aimer ?

Il réfléchit un moment, puis secoua la tête.

— Il y a une grande différence entre se raconter peu à peu, c'est-à-dire dévoiler des bribes du passé au hasard des conversations, et cacher délibérément une information ou un pan important de notre vie. Entretenir des secrets, c'est refuser de nouer une relation complète, non... ?

Michael songea soudain à Bobby et à son père — au fait qu'ils n'avaient jamais pu se parler tout à fait franchement. A son avis, leur relation était terriblement affaiblie par les conséquences de ces mensonges.

— Faisons-nous une promesse, Charlotte, reprit-il. Nous nous dirons toujours la vérité. Même ce qui pourrait nous sembler douloureux. C'est très important pour moi.

Charlotte ferma les yeux. Devait-elle se confier à lui maintenant, lui avouer toute son histoire ? Non ! Il la haïrait, c'était certain. Et puis... Michael se trompait. Il avait tort. Il y avait quand même certains secrets qu'il valait mieux ne pas dévoiler. Quel intérêt aurait-il à apprendre qu'elle avait subi une opération de chirurgie réparatrice ? A quoi lui servirait d'entendre parler de la pitoyable créature qu'avait été Charlotte Godowski ? Il aimait celle qu'elle était maintenant, Charlotte Godfrey, la femme qu'elle avait inventée elle-même. Non, résolut-elle. Certains secrets devaient... rester secrets.

m'intéresse pas. Est-ce que j'avais besoin de savoir ce genre de détail à mon sujet pour m'aimer ?

Il réfléchit un moment, puis secoua la tête.

— Il y a une grande différence entre se raconter peu à peu, c'est-à-dire dévoiler des bribes du passé au hasard des conversations, et cacher délibérément une information qui a pas mal d'importance de notre vie. Entretenir des secrets, c'est refuser de nouer une relation complète, non ?

Michael songea soudain à Bobby et à son père — au fait qu'ils n'avaient jamais pu se parler tout à fait franchement. A son avis, leur relation était terriblement affaiblie par les conséquences de ces mensonges.

— Faisons-nous une promesse, Charlotte, reprit-il. Nous nous dirons toujours la vérité. Même ce qui pourrait nous sembler douloureux. C'est très important pour moi.

Charlotte ferma les yeux. Devait-elle se confier à lui maintenant, lui avouer toute son histoire ? Non ! Il la haïrait, c'était certain. Et puis... Michael se trompait. Il avait tort. Il y avait quand même certains secrets qu'il valait mieux ne pas dévoiler. Quel intérêt aurait-il à apprendre qu'elle avait subi une opération de chirurgie réparatrice ? A quoi lui servirait d'entendre parler de la pitoyable créature qu'avait été Charlotte Godowski ? Il aimait celle qu'elle était maintenant, Charlotte Godfrey, la femme qu'elle avait inventée elle-même. Non, résolut-elle. Certains secrets devaient rester secrets.

17.

— Non, non, pas comme ça, protesta Bobby. Tu peins comme dans les manuels pour débutants. Tout en lignes droites !

Charlotte posa son pinceau et se tourna vers Bobby. Assis à l'ombre d'un sapin, les jambes allongées, coiffé de son éternel panama, il lui dispensait des conseils précis et efficaces pour l'aider à faire ses premiers pas en peinture. De temps en temps, il s'impatientait quand elle ne réussissait pas à mettre en pratique ce qu'il lui disait.

— Oublie les livres ! insista-t-il. Marie les couleurs entre elles. Utilise tes doigts s'il le faut. N'aie pas peur...

Charlotte se pencha de nouveau sur la toile, s'efforçant d'assimiler les recommandations de Bobby. Peindre lui procurait une immense satisfaction, un frisson incomparable. Même si pour le moment ses « œuvres » en étaient au stade des balbutiements.

— Oui, comme ça..., approuva-t-il. C'est ça ! Bravo ! Conti...

Sa voix se fêla tout à coup, et une violente quinte de toux le saisit. Il se courba en deux, les mains sur les poumons, toussant si fort que son visage devint rouge pivoine.

Charlotte le regarda sans bouger. Elle savait qu'il n'aimait pas qu'elle se précipite vers lui pour l'aider. Il répétait que ces crises ne duraient pas et qu'on n'y pouvait rien. C'était vrai. Il n'empêchait qu'elle était très inquiète. Ces derniers temps, la santé de Bobby se dégradait de nouveau. Les médecins ne savaient dire s'il s'agissait d'une rechute passagère, ou si le sida se montrait plus fort que la trithérapie.

Bobby recouvra peu à peu son calme ; il se renversa contre le tronc de l'arbre en soupirant.

— Continue, ordonna-t-il d'un ton enjoué.

Elle lui offrit un sourire compatissant, puis se remit à sa peinture.

— N'oublie pas, Charlotte. Ici, tu n'as aucun rôle à jouer. Peins librement, comme tu le sens !

— J'essaie ! s'insurgea-t-elle en riant.

Bobby avait raison. Devant la toile, elle n'avait pas à devenir quelqu'un d'autre, à se fondre dans un personnage. C'était à la fois grisant et effrayant. Elle devait sonder celle qu'elle était vraiment, découvrir et exprimer ses émotions les plus profondes. Le résultat était pour le moins surprenant.

— Qu'est-ce que tu en penses ? marmonna-t-elle en s'écartant du chevalet. Ça m'a l'air tellement étrange...

— Qu'as-tu dessiné ?

Elle pencha la tête.

— Je n'ai pas la moindre idée de ce que c'est.

— Tu ignores ce que toutes ces lignes noires et ces tourbillons bizarres évoquent ? Ma chérie, je suis sûr que Freud s'en donnerait à cœur joie. Mais ne le laissons pas te voler ta spontanéité. Dis-moi ce que tu vois, simplement.

Elle plissa les yeux, se tapota la joue du bout des doigts.

— Je crois que cette boîte, ici, c'est ma vie. Ou peut-être... moi ?

Elle désignait une grande boîte de couleur foncée, aux

contours très définis, qu'elle avait entourée de volutes noires et jaunes.

— Et cette petite tache blanche, au milieu, c'est moi aussi, ajouta-t-elle.

Elle poussa un petit rire nerveux.

— Tu crois que c'est bien ça ?

Bobby haussa les épaules et sourit paisiblement.

— C'est ça si tu le penses, répondit-il d'une voix très douce. Ta peinture exprime ce que tu y vois.

Quelques semaines après son arrivée chez Michael, Charlotte aperçut Marta dans le petit jardin jouxtant la maison familiale. Courbée en deux, la mère de Michael arrachait des mauvaises herbes autour d'une statue de la Sainte Vierge comme on en trouvait un peu partout à travers le pays, notamment dans les écoles catholiques. Vêtue d'une robe bleue et coiffée d'une guimpe blanche, la Vierge tenait un rosaire à la main. Charlotte éprouva un petit pincement de nostalgie au cœur. Quand elle était enfant, elle cueillait parfois une fleur ou deux dans les jardins de son quartier pour les déposer au pied de la statue de son école...

Elle s'approcha de Marta, la salua, et se pencha pour l'aider à retirer les pissenlits à la base du socle de la Vierge. Depuis leur première rencontre, elle s'entendait de mieux en mieux avec la mère de Michael. Elles avaient passé de longues heures ensemble dans la cuisine ; Marta lui avait appris à malaxer la *masa harina* entre ses mains avant de cuire les tortillas, à préparer aussi de savoureuses sauces épicées.

Maintenant, Charlotte connaissait presque tous les noms des piments et poivrons que Marta utilisait pour sa cuisine. Elle sourit en se remémorant la réaction enchantée de Michael, quelques jours plus tôt, quand elle lui en avait dressé la liste de mémoire. Luis appréciait lui aussi de la voir si bien s'entendre avec Marta. L'intérêt qu'elle manifestait pour la culture mexicaine l'aidait considérablement à se faire aimer du patriarche.

— Tu as bonne mine, Charlotte, observa Marta en levant les yeux de sous son chapeau de paille à large bord. Tu as repris des formes. Tu te sens bien, aujourd'hui ?

Charlotte sourit encore. Depuis que Michael avait expliqué à ses parents qu'elle se trouvait au bungalow pour se refaire une santé, Marta et Luis manifestaient beaucoup de sollicitude à son égard.

— Oui, je me sens vraiment très bien, assura-t-elle d'un ton enjoué.

Marta tira d'un coup sec sur un pied de chiendent. Puis elle se redressa en portant une main à ses reins.

— Moi, je crois que la guérison doit se passer dans l'âme autant que dans le corps, expliqua-t-elle. Et je crois que tu es encore très triste à cause de ta mère, qui ne veut pas te parler. Non ?

Charlotte se mordit la lèvre. Elle détourna la tête, regardant la statue de la Vierge.

Marta lui toucha doucement le bras.

— Je me demandais si..., commença-t-elle d'une voix hésitante. Si... Tu aimerais venir avec moi à l'église, dimanche ?

Charlotte lui fit face, la gorge nouée. Elle éprouva soudain une immense bouffée de tendresse pour la mère de Michael.

— Oui, ça me ferait très plaisir, murmura-t-elle.

Quand elle en parla à Michael ce soir-là, il se renfrogna et pesta contre sa mère, déclarant qu'elle était ridicule de toujours s'imaginer qu'il fallait se rendre à l'église pour trouver le salut de l'âme.

— Je ne pense pas qu'elle s'inquiète pour le salut de mon âme, objecta gentiment Charlotte. A moins... à moins que ce soit parce que nous vivons ensemble sans être mariés. Ça, c'est vrai qu'elle a du mal à l'accepter.

Michael haussa les épaules.

— Te rends-tu compte que la seule raison pour laquelle elle tolère cette situation, c'est qu'elle veut absolument des petits-enfants ? observa-t-il d'un ton ironique.

— Oui, je crois que c'est en effet un de ses plus chers désirs. En tout cas, elle tient à ce que j'élève ses petits-enfants en bons catholiques.

— Pour moi, la question n'a pas lieu d'être, répliqua Michael d'un air grognon. La religion impose des interdits à n'en plus finir, introduit de la culpabilité dans la moindre situation...

Il soupira.

— J'ai passé la moitié de ma vie à me libérer de ce poids, et il n'est pas question que je l'impose à mes enfants, conclut-il.

— Je comprends ce que tu veux dire. Mais moi, je tiens quand même à ce que mes enfants grandissent dans la foi catholique. Le message de la Bible, la tradition... Tout cela est très important. Et puis, la religion joue un rôle capital dans l'unité de la famille.

Elle fronça les sourcils.

— Michael..., reprit-elle. Tu ne t'opposeras pas à ce que nos enfants soient baptisés et suivent l'enseignement catholique, n'est-ce pas ?

Il la considéra quelques instants en silence, ses pupilles brillant d'une lueur chaude. Puis un sourire tendre étira ses lèvres.

— C'est fou, murmura-t-il. Nous sommes en train de parler très concrètement de nos enfants, de notre famille... Ça me fait immensément plaisir, Charlotte.

Elle regarda Michael et s'imagina soudain tenant entre

ses bras un petit bébé à l'image de son mari. Cette vision lui parut tout à coup très, très réelle.

— Oui, moi aussi, répondit-elle en prenant sa main. Je suis heureuse...

Le dimanche suivant, Charlotte assista à la messe à l'église Notre-Dame-de-Lourdes en compagnie de Marta et de Luis. La mère de Michael était vêtue pour l'occasion d'une longue mantille noire, et tenait entre ses doigts un chapelet qui lui venait de sa grand-mère. Luis tournait consciencieusement les pages du missel entre ses grands doigts calleux, s'efforçant de réciter les prières avec le prêtre.

Charlotte était émue comme elle ne l'avait pas été depuis longtemps. L'odeur de l'encens, les couleurs vives des vitraux, les statues de la Vierge et de Joseph de part et d'autre de l'autel, le grand crucifix en marbre de Jésus dominant la nef, tout cela lui donnait le sentiment délicieux de revenir à l'essentiel, de retrouver ses racines au terme d'un long et difficile voyage.

Mais sa présence dans cette église ravivait aussi une douleur ancienne, que le temps n'avait pu estomper. Au cours de son voyage elle avait perdu une part essentielle d'elle-même : sa relation avec sa mère. Et il lui semblait que jamais elle ne réussirait à se remettre de cette déchirure.

Ce soir-là, tandis que Michael lisait des poèmes de Yeats sur le canapé de cuir qu'ils avaient acheté ensemble chez Gumps, Charlotte s'assit à la grande table en chêne et posa devant elle une feuille de papier à lettres Tiffany — le meilleur qu'elle eût trouvé —, un stylo à plume, et une tasse de camomille. Elle ferma les yeux et écouta la

Petite Musique de nuit de Mozart qui passait sur la chaîne hi-fi, essayant de se concentrer, de trouver la force d'écrire la lettre que son cœur et son amour pour sa mère la poussaient à rédiger.

— Tu sais que tu es assise là depuis une demi-heure et que tu n'as pas bougé le petit doigt ?

Charlotte sursauta. Elle regarda Michael en cillant. Il sourit.

— A quoi pensais-tu ? demanda-t-il encore.

— Je... je réfléchissais. A ma mère.

Michael posa son livre à côté de lui et la fixa en silence — signifiant ainsi qu'il lui accordait toute son attention. Charlotte fut émue par son attitude, qui prouvait qu'il la plaçait au premier rang de ses priorités.

— Je cherchais les mots justes pour écrire une lettre qui me permette de franchir la distance qui nous sépare. Ce matin, à l'église, j'ai repensé à certains souvenirs très heureux de ma jeunesse. Tous les samedis, avec ma mère, on faisait le ménage ensemble dans l'église près de chez nous. On polissait les chandeliers en cuivre de l'autel, on époussetait les bancs, on aérait les habits sacerdotaux du prêtre, on préparait aussi des bouquets de fleurs pour décorer la nef.

— Cela te plaisait ?

— Je crois que ce que j'aimais par-dessus tout, c'était l'attention et l'affection que ma mère me portait à ces moments-là. Je me souviens comme elle m'apprenait à frotter jusque dans les coins... Je regardais ses mains. Elle avait des grandes mains, usées par le travail. Elles me fascinaient. Ma mère répétait tout le temps qu'il était essentiel de ne pas laisser un seul mouton de poussière dans la maison de Dieu.

Elle soupira et fit tourner le stylo entre ses doigts.

— Ce sont de bons souvenirs. D'un autre côté, j'ai l'impression que nous passions tellement de temps à nettoyer l'église que nous n'avions plus une minute à consacrer à la relation qui nous unissait en tant que mère et fille.

— Pourquoi ne lui écris-tu pas tout cela ?

Elle fronça les sourcils.

— Quoi ?

— Je crois que tu viens d'exprimer précisément ce que tu souhaiterais dire à ta mère. Si tu veux améliorer la situation entre vous, commence par écrire ce que tu as sur le cœur.

— Elle va penser que je lui fais des reproches, objecta Charlotte.

— Est-ce le cas ?

Elle réfléchit, sondant ses émotions.

— Non, répondit-elle avec honnêteté. Plus maintenant. Je veux juste que nous nous retrouvions. Le bonheur que nous avons ensemble, toi et moi, m'a transformée. Le fait de parler de notre avenir, de nos enfants, tout cela m'a apaisée...

Elle marqua une pause, soupira doucement.

— Ma mère me manque, conclut-elle.

— Dis-le-lui. Tout simplement.

Une semaine plus tard, Michael et son père, qui étaient en grande conversation, s'interrompirent net en entrant dans le bungalow : Charlotte était assise à la table de la cuisine, un casque de baladeur sur les oreilles, un livre et un cahier d'exercice ouvert devant elle. L'air studieux, elle écoutait la cassette avec attention, puis elle y répondait — récitant des phrases d'une leçon d'espagnol pour débutant ! Et son accent était remarquable.

Michael fut à la fois surpris et profondément touché de la voir faire cet effort pour lui, pour sa famille. Son père aussi, manifestement, car il se gratta la tête d'un air admiratif.

— Je dois admettre qu'elle n'est pas celle que je croyais, marmonna-t-il. Tu sais, Michael, au début... une star de cinéma...

— Je sais, Papa.

Luis se balança d'un pied sur l'autre, sans quitter Charlotte des yeux.

— Elle est trop maigre, reprit-il. Mais elle a un grand cœur. Et elle apprend vite la cuisine mexicaine.

Il eut un large sourire.

— Peut-être qu'elle fera une bonne épouse.

Charlotte et Maria Elena s'activaient dans la cuisine de Marta pour préparer un copieux déjeuner. Aujourd'hui était un grand jour : c'était la fête de Maria Elena. Sur la cuisinière et dans le four mijotaient plusieurs plats en sauce qu'elles avaient préparés dans la matinée. De délicieuses odeurs épicées embaumaient l'atmosphère.

A présent, il fallait cuire les tortillas. Charlotte et Maria Elena étaient chargées de cette mission.

— Eteins le feu quand tu vois les premières bulles, précisa Marta.

— *Sí, yo sé!* répondit Charlotte en lançant un clin d'œil à la petite fille.

Marta poussa un soupir de contentement.

— Luis, il dit que tu fais du bon travail à la pépinière avec Miguel. Il est heureux parce que tu es dans l'entreprise de la famille. C'est bien qu'une femme participe aux affaires de la société, non ? Pour tenir les comptes...

Elle retourna la pâte à pain qu'elle était en train de malaxer et la tapota vigoureusement du plat de la main.

— La femme, elle sait tenir la maison et elle s'occupe de l'argent, reprit-elle. C'est nécessaire, pour le bien des enfants. Parce que l'homme, il risque toujours de perdre l'argent du ménage s'il joue aux cartes ou s'il boit...

— Je doute que Michael soit du genre à dilapider son argent au jeu, objecta gentiment Charlotte. Il fait trop d'efforts pour le gagner.

— Miguel ? Non, acquiesça Marta. Mais certains hommes, *sí*, ça arrive.

Elle désigna discrètement du menton la petite Maria Elena, qui surveillait la tortilla avec attention. Charlotte hocha la tête. Elle avait entendu dire que Manuel rentrait de plus en plus souvent chez lui ivre mort.

— Dans mon cœur, le Mexique reste le pays que j'aime, poursuivit Marta. C'est le pays de mes parents, mes sœurs et mon frère. C'est ma culture. Mais le pays de mes enfants c'est ici, en Amérique. Alors je me dis que c'est bien si je suis ici, moi aussi. Luis, il n'est pas d'accord, mais...

Elle haussa les épaules.

— ... je crois que les parents, ils doivent travailler dur pour que leurs enfants ils puissent connaître un meilleur sort, avoir une vie plus facile. C'est ainsi que cela doit être. Je voulais que mes enfants ils aillent dans une école catholique. Là-dessus, j'ai tenu ferme en face de Luis. Je ne voulais pas qu'ils quittent le lycée et finissent en prison comme certains enfants que j'ai connus dans le quartier où nous habitions avant. Comme on voit dans...

Elle fronça les sourcils.

— Quel est le mot quand on a des chiffres, beaucoup de chiffres qui disent des choses sur les gens ?

— Statistiques ? proposa Charlotte.

— *Sí*, approuva Marta en frappant de nouveau sur la pâte à pain. Les statistiques, elles sont mauvaises pour les enfants mexicains de Los Angeles. Beaucoup quittent l'école et entrent dans des gangs. Ce n'est pas bien. Nous avons beaucoup prié pour éviter cela à nos enfants. Luis, il a travaillé comme un *mule en el labor*, et moi je faisais de la couture pour gagner un peu plus. Et puis l'école elle a donné des... bourses, c'est le mot ? Des bourses pour les enfants. Parce qu'ils étaient très doués. *Sí*. Très intelligents. Mon Miguel, il est allé dans une université à Boston !

— Oui, je sais, acquiesça Charlotte en souriant. Harvard, c'est une université très prestigieuse. Vous pouvez être fière de lui.

— Oui, je suis fière. Mais je me demande aussi si je n'ai pas fait une erreur. Peut-être que Luis il avait raison. Miguel, quand il est devenu un homme, il avait le cœur déchiré en deux. Pendant longtemps, il a rejeté tout ce qui était mexicain. Il ne voulait ni notre langue, ni notre musique, ni notre nourriture. Ni même notre famille ! Il était amer, parce qu'il avait souffert du racisme anti-Mexicains.

Elle haussa les épaules.

— Mais lui aussi, il avait des préjugés et du racisme dans le cœur, reprit-elle d'une voix triste. Alors, il a fui sa famille. Il s'est cherché une autre maison...

— Tío Miguel il s'est enfui de la maison ? intervint Maria Elena d'un ton inquiet.

Charlotte et Marta rirent de bon cœur.

— Non, ma chérie. Il ne s'est pas réellement enfui. Mais moi, sa maman, c'est l'impression que ça m'a fait.

Elle souleva le couvercle d'une casserole sur la cuisinière, jeta un coup d'œil sur la sauce qui y chauffait.

— Mais je ne lui ai rien dit quand il est parti, reprit-elle. C'est mieux que les enfants ils reviennent à la maison par amour plutôt que par devoir, non ? Je veux dire... Miguel, il est revenu en Californie par devoir, pour aider la famille, mais maintenant il reste par amour.

Charlotte frissonna en voyant la tendresse qui s'était peinte sur les traits de Marta tandis qu'elle la dévisageait.

— Maintenant, il dirige l'entreprise, il parle *español*, et parfois il va à l'église avec toi. Je vois son cœur qui redevient entier. il n'est plus déchiré comme avant. Cela me donne beaucoup de joie.

Elle esquissa un sourire tremblant.

— Je crois qu'une bonne part de ce bonheur, c'est grâce à toi, ajouta-t-elle d'une voix émue. Tu fais du bien à mon fils. A la famille tout entière.

Charlotte sentit sa gorge se nouer.

— La tortilla elle fait des bulles ! s'écria tout à coup Maria Elena.

Charlotte saisit le manche de la poêle et fit sauter la tortilla d'un geste sûr, sous le regard approbateur de Marta.

— *Sí*, conclut cette dernière d'un ton enchanté, c'est bien que la femme elle tienne les comptes de la maison et de l'entreprise. Peut-être que tu essaieras, non ?

L'été touchait à sa fin. Désormais, Charlotte travaillait avec Michael à la pépinière. Chaque jour apportait sa pierre à la relation puissante qu'ils bâtissaient ensemble. Et, chaque jour, elle se disait que la vie qu'elle menait ici avec Michael et sa famille était plus heureuse qu'elle n'aurait jamais osé la rêver.

Sa participation aux affaires de l'entreprise débuta par de petites tâches. Elle aida à servir les clients à la boutique, elle tint la caisse, elle remplit les étagères de fleurs et de plantes. Peu à peu, tous les employés l'acceptèrent au sein de l'équipe, même les Mexicains qui la dévisageaient au début avec méfiance, l'air de se demander ce qu'une gringa blanche dans son genre faisait parmi eux.

Un soir, alors qu'elle savourait un moment de tranquillité sous la véranda en compagnie de Michael, elle lui demanda s'il serait content qu'elle s'occupe des finances de l'entreprise.

Comme il la dévisageait d'un air dubitatif, elle précisa :

— Avant d'être actrice, j'étais comptable certifiée.

Il sourit.

— Tu vois ? observa-t-il. C'est exactement ce que je te disais il y a quelque temps. Peu à peu, nous découvrons l'un et l'autre des aspects que nous ignorions.

Il fronça les sourcils.

— Alors comme ça, tu étais comptable, reprit-il avec une moue songeuse. Eh bien... C'est un renseignement qui n'est pas anodin, quand on y pense. Toi, comptable...

— Ne me dis pas que tu es comme ton père et que tu penses que les femmes ne sont bonnes que pour la cuisine et les enfants, répliqua-t-elle avec une pointe d'agacement.

— Non, je ne suis pas mon père. Quoique... Je ne vois pas le mal qu'il y a à s'occuper des enfants et...

Il se tut en s'apercevant qu'elle le fusillait des yeux. Il pouffa.

— O.K., O.K., ne tire plus ! Je cède. Les comptes sont pour toi. Je m'incline devant ton professionnalisme. Avec gratitude, précisa-t-il d'un ton sincère.

— Tu serais surpris d'apprendre ce que ta mère fait dans ce domaine, elle aussi, observa Charlotte.

— Rien de ce que ma mère fait ne peut me surprendre. Et, puisque tu tiens tant à te charger de la paperasse, tu pourras aussi t'occuper des déclarations d'impôts. N'oublie pas que, bientôt, nous aurons une déclaration de revenus commune...

Ainsi Charlotte s'impliqua-t-elle davantage dans le fonctionnement de l'entreprise Mondragon. Quand elle se plongea dans les comptes, elle découvrit que la terre de Luis représentait désormais une jolie fortune. S'il la vendait aujourd'hui, la famille serait très riche. Mais bien sûr, il n'en était pas question. La pépinière fonctionnait à merveille, de même que la société d'entretien de pelouses, dont Michael avait confié la direction à Rosa et à Manuel.

Elle apprit aussi l'existence de la source qui se trouvait sur leurs terres, et dont les Mondragon avaient la propriété exclusive. Quand elle interrogea Michael à ce sujet, ses yeux se mirent à briller.

— De l'eau de montagne fraîche et pure, répondit-il avec émotion. Une réserve quasi illimitée, qui n'attend qu'à être exploitée. C'est là...

Il l'attira contre lui et la serra dans ses bras.

— ... c'est là que se trouve notre avenir.

Charlotte frissonna. Elle adorait quand il parlait ainsi de leur avenir. Par ces simples mots, il comblait tous ses rêves.

Un soir particulièrement doux de la fin du mois d'août, alors qu'ils étaient assis sur la balancelle de la véranda, à écouter les cigales entonner leur chant d'adieu à l'été, Michael lui expliqua que son père désirait qu'il s'établisse définitivement sur leur terre, en hérite complètement, y donne naissance à une nouvelle génération de Mondragon.

— Pour être honnête, murmura-t-il, jamais je n'aurais cru que je pourrais un jour avoir envie de rester. Cet endroit, autrefois, je ne pensais qu'à le fuir. Je le détestais. Mais maintenant...

Il secoua la tête.

— J'ai changé. Parce que... Ici, maintenant, j'ai le sentiment de construire quelque chose. Il y a l'entreprise, bien sûr. Mais c'est toi, surtout, qui fais que je m'attache à cet endroit.

Il lui prit la main et la contempla comme elle avait toujours rêvé qu'un homme la contemple un jour : il ne regardait ni son visage, ni son corps, mais *elle* — la femme qu'elle était au plus profond d'elle-même.

— C'est toi, Charlotte, qui me donnes envie de rester.

Elle enfouit son visage au creux de son épaule et se mit à pleurer doucement. Saurait-elle jamais lui expliquer à quel point ce qu'il venait de dire était important pour elle ? Ici, elle avait de l'amour, un projet de vie, une famille... Elle faisait partie d'une communauté, elle marchait main dans la main avec d'autres... Elle partageait l'existence de ceux qui l'entouraient. La petite fille d'autrefois n'était plus exclue, rejetée. Enfin, on lui proposait de jouer...

Deux jours plus tard, Michael décida d'aborder une question qui l'avait troublé toute la journée. Charlotte avait eu le matin une conversation téléphonique avec Freddy Walen ; elle en était revenue perturbée et très agitée.

Il la regarda tandis qu'elle se coiffait devant le miroir de la salle de bains, songeant qu'il ne se lasserait jamais de la contempler. Cette femme était forte, déterminée, courageuse. Mais elle dégageait aussi une vulnérabilité qui donnait envie à Michael de la protéger, de tout faire pour la rendre heureuse et sereine. Aussi considérait-il doublement Freddy Walen comme un ennemi. Il souhaitait que cet homme sorte de la vie de Charlotte.

— Que voulait Walen ? demanda-t-il alors qu'ils se mettaient au lit.

Charlotte remonta la couette sous son menton et se serra contre Michael, frottant ses pieds l'un sur l'autre pour les réchauffer. Freddy... Il avait tant insisté auprès de Melanie pour savoir où la trouver que Charlotte s'était sentie contrainte de le joindre. Et de le rappeler plusieurs fois depuis quelques semaines. Afin de justifier sa longue disparition, elle lui avait expliqué qu'après son séjour en cure thermale elle était allée rendre visite à sa mère. Elle avait précisé qu'elle avait besoin de temps et de solitude, notamment pour se refaire une santé.

Freddy avait patienté tout l'été. Maintenant, il exigeait

qu'elle revienne à Los Angeles. Charlotte savait qu'elle devrait bientôt prendre une décision.

— Il veut me parler d'un projet de film, répondit-elle d'un ton détaché.

Elle porta une main devant sa bouche pour bâiller.

— Je ne peux pas l'éviter indéfiniment, ajouta-t-elle.

Michael poussa un soupir exaspéré.

— Pourquoi ne pas abandonner ta carrière? marmonna-t-il.

Charlotte se crispa. Elle savait qu'il désirait la voir renoncer au cinéma pour se consacrer à lui et à leur future famille. Mais elle n'était pas d'accord.

— Quelle carrière? répliqua-t-elle d'un air innocent. Ma carrière d'actrice, ou celle de comptable chez les Mondragon?

— Je crois que ton savoir-faire en matière de comptabilité convient tout à fait à l'existence que nous menons ici, affirma-t-il. Tu peux très bien continuer à vivre comme en ce moment, à gérer l'aspect financier de notre entreprise...

Il lui caressa l'épaule avec douceur.

— Mais, bien sûr, ta carrière la plus importante, c'est celle qui consiste à t'occuper de moi et de nos sept ou huit enfants, ajouta-t-il en pouffant.

Charlotte rit et lui donna un petit coup de poing sur la poitrine.

— Ça, monsieur Mondragon, il faudra en reparler...

— Il faudra surtout construire quelques chambres supplémentaires dans cette maison. Je nous vois bien ici dans une dizaine d'années, entourés d'une tripotée de *bambinos* qui nous grimperont dessus comme des petits chiots.

Il la regarda en lui offrant un sourire innocent.

Charlotte pouffa de nouveau. Elle ne pouvait s'empêcher d'être séduite par l'image qu'il évoquait.

— Je veux bientôt des enfants, ajouta Michael d'une voix ferme. Nos enfants. Pourquoi pas maintenant...?

Elle plongea ses yeux dans les siens. Il ne plaisantait pas. Et elle avait envie de lui répondre oui. Leur vie était un rêve, un conte de fées. Un bébé en serait le prolongement...

Mais c'était impossible pour le moment. Elle ne pouvait pas tomber enceinte tant qu'elle n'aurait pas réglé certains problèmes. Pris certaines décisions.

— Je ne suis pas prête à tout lâcher comme ça, objecta-t-elle en caressant la joue de Michael. Freddy est furieux que je ne sois pas encore rentrée. Il exige de me revoir avant le lancement de *Camille*, prévu au début de l'automne. Tu comprends ?

Michael s'empourpra et se redressa dans le lit.

— Oui, je comprends, grommela-t-il. Je comprends que tu fais passer ta carrière d'actrice avant notre amour et notre avenir.

— Non, ce n'est pas ça, répliqua-t-elle d'un ton apaisant. Michael... Je ne sais pas ce que je vais devenir. Mais pourquoi exiger que je renonce à ce métier pour lequel je me suis tant battue ? Nous sommes solides, toi et moi. Nous nous aimons, nous avons envie de fonder une famille. J'espérais que... que nous serions capables de faire front, de nous adapter à la fois aux exigences de la pépinière, de notre histoire... et de ma carrière d'actrice.

Elle tendit le bras, lui caressa la nuque.

— Tu ne penses pas que nous y arriverons ? murmura-t-elle.

Michael baissa les yeux. L'espace d'un instant, il ne répondit rien. Puis il hocha la tête, lentement. Un sourire apparut sur ses lèvres. Charlotte était soulagée ; ses arguments semblaient l'avoir touché.

Il l'enlaça et l'attira de nouveau contre lui, tendrement, amoureusement.

18.

Septembre touchait à sa fin. Charlotte était assise sur les marches de la véranda, la tête entre les mains, lorsque Bobby arriva pour lui donner une nouvelle leçon de peinture. Elle leva les yeux. Il s'immobilisa et la fixa d'un air inquiet.

— Qu'est-ce qui t'arrive, Charlotte ? demanda-t-il. Tu es pâle comme un linge.

— Je... je ne me sens pas bien, bafouilla-t-elle. J'ai la migraine.

— Et des cernes affreux, précisa-t-il. Et... mon Dieu, tu trembles ! Tu es en train de retomber malade ? C'est ça ?

Elle soupira. Depuis qu'elle habitait ici, elle avait recouvré peu à peu la santé. Elle avait repris du poids, et les symptômes qui l'avaient tant fait souffrir l'année passée s'étaient considérablement atténués. Ils n'avaient pas disparu, mais ne la gênaient plus dans sa vie quotidienne.

Et puis... ces derniers jours, subitement, elle rechutait. Les migraines avaient repris. Elle avait atrocement mal dans les articulations. Elle perdait l'appétit.

Elle ne comprenait pas ce qui lui arrivait.

— Ne t'inquiète pas, répondit-elle. Ça va passer.

Elle se força à sourire.

— Toi, tu es en forme, en revanche, ajouta-t-elle.

— Oui, je vais bien.

Il lui offrit sa main.

— Viens. Allons nous promener un moment, pour profiter de ce magnifique soleil. Nous pourrons bavarder tranquillement.

Tandis qu'ils déambulaient d'un pas nonchalant à travers la propriété, Bobby lui confirma qu'il avait repris du poil de la bête. Après la contre-attaque du virus dont il avait été victime au milieu de l'été, le traitement médical donnait de nouveau des résultats très satisfaisants. Il allait de mieux en mieux.

Au fil de la discussion, il en vint à lui parler de son compagnon, mort du sida comme tant d'autres de ses amis. Il lui raconta comment il l'avait vu s'enfoncer dans la maladie, dépérir, devenir l'ombre de lui-même. Il ne souhaitait à personne d'avoir à endurer l'expérience traumatisante de perdre l'amour de sa vie.

Enfin, il lui parla d'un médecin qu'il consultait en plus du spécialiste hospitalier qui lui prescrivait la trithérapie.

— C'est un Américain d'origine mexicaine, expliqua Bobby. Il s'appelle Xavier Navarro. Il exerce la médecine générale de façon très classique, et aussi diverses médecines parallèles, qu'il qualifie lui-même de complémentaires. Il a notamment intégré à ses connaissances des pratiques héritées de ses ancêtres mexicains, qui étaient des guérisseurs. Je ne sais pas comment il s'y prend, mais ça marche. Il est vraiment très brillant, très doué. J'ai entièrement confiance en lui.

Charlotte sourit. Elle avait compris où Bobby voulait en venir.

— Et tu penses qu'il pourrait m'aider, c'est ça? s'enquit-elle.

— Oui. S'il y a une personne qui peut quelque chose pour toi, c'est sûrement lui, assura Bobby d'une voix pleine de chaleur.

Charlotte hocha la tête. Elle craignait tellement de retomber malade, d'être encore la proie de souffrances qui finissaient par la clouer au lit, qu'elle était prête à tout tenter.

— Ecoute, reprit Bobby. Je ne vais pas te casser les oreilles à t'expliquer comment cet homme procède. Tout ce que je peux dire, c'est que c'est un guérisseur-né. Après m'avoir examiné, il m'a prescrit certains produits naturels qui ont énormément contribué à terrasser le virus. Depuis que je suis ses conseils, j'ai l'impression d'avoir regagné des siècles de jeunesse et de force physique. Je suis devenu un véritable Hercule !

— C'est ce que je vois, répondit Charlotte en regardant les bras minces mais musclés de Bobby.

— Veux-tu que je te prenne un rendez-vous ?

— D'accord, acquiesça-t-elle. Le plus tôt possible.

Le cabinet de Xavier Navarro se trouvait dans sa maison de famille. C'était une belle propriété de style méditerranéen, construite à flanc de colline, face à l'océan. Si la décoration de la salle d'attente était quelconque, avec son mobilier disparate et ses magazines périmés, la baie vitrée offrait sur le jardin et la mer une vue splendide que Charlotte résolut d'interpréter comme un signe positif.

Comme Bobby et elle prenaient place sur des chaises en plastique orange, elle se demanda quand même si elle avait bien fait de venir. Michael était furieux que Bobby l'ait persuadée de consulter ce « charlatan ». Il considérait que les anciens remèdes mexicains n'avaient aucune valeur médicale, et n'étaient que des « lubies de bonne femme ».

— Tu es nerveuse, observa gentiment Bobby. Essaie de te détendre.

— J'ai vu tellement de médecins l'année dernière que,

franchement, je n'ai plus aucune envie qu'on m'ausculte et qu'on me palpe partout. J'espère qu'il ne va pas me faire subir un examen complet. D'ailleurs, qu'a-t-il besoin de savoir, en dehors de ma taille et de mon poids, pour me prescrire un régime de vitamines ?

Elle haussa les épaules.

— En tout cas, j'espère qu'il ne va pas me dire comme tous les autres que je travaille trop et que je suis stressée. Parce que je ne me suis jamais autant reposée de ma vie que ces dernières semaines...

— Chut, fit Bobby en lui tapotant la main. Calme-toi. Tu veux des réponses ? Tu vas les avoir. Mais ne t'énerve pas à l'avance. Tiens... Prends un magazine et lis. Je suis sûr que tu brûles d'impatience de découvrir ce qui s'est passé dans le monde du sport il y a quatre mois.

Charlotte sourit et prit le journal qu'il lui tendait. Bobby sortit un roman de sa poche et se plongea aussitôt dans sa lecture.

Au bout de quelques minutes d'attente, la porte de communication avec le cabinet du médecin s'ouvrit sur une petite femme ronde et trapue, aux traits indiens, qui arborait une expression ravie. Elle les salua rapidement et traversa la pièce à grands pas. Charlotte fut rassurée par son attitude. Si une patiente était contente de Navarro, peut-être le serait-elle aussi...

Un homme très grand, à la forte carrure, apparut dans l'embrasure de la porte. Il avait la peau très halée, une moustache sombre — et un visage avenant. Ses yeux pétillaient d'intelligence et de gentillesse. Il portait un complet brun assorti d'une cravate jaune à motifs. Charlotte éprouva un immense soulagement. Elle sut d'instinct qu'elle pouvait lui faire confiance.

— Madame Godfrey ? demanda-t-il dans un anglais impeccable, sans la moindre trace d'accent.

Elle se leva.

— J'espère ne pas vous avoir fait attendre ? s'enquit-il.

— Non, pas du tout, répondit-elle.

Il sourit chaleureusement, puis se tourna vers Bobby. Ils se parlèrent en espagnol. L'aîné des Mondragon dut énoncer quelque bonne plaisanterie, car ils éclatèrent soudain de rire tous les deux. Charlotte sourit en regardant ses chaussures.

— Entrez donc, madame Godfrey, proposa enfin le Dr Navarro. Voyons en quoi je peux vous être utile.

Contrairement à ce qu'elle avait espéré, elle eut à peine expliqué la raison de sa visite qu'il la pria de se déshabiller pour qu'il l'examine. Cependant, sa bonhomie et sa courtoisie mirent Charlotte à l'aise, et elle se plia sans protester à sa requête. Elle réussit à se décrisper en l'écoutant lui décrire en détail ses méthodes de travail et son approche de la médecine. Le Dr Navarro ne semblait pas demander mieux que de satisfaire ses patients en leur racontant comment il mariait diverses techniques thérapeutiques, et comment il mêlait le savoir-faire de la science moderne à des connaissances qu'il avait héritées de ses propres ancêtres.

Le seul moment où elle redevint très nerveuse, ce fut quand il lui examina la tête, la mâchoire et le cou — en se penchant sur elle, les sourcils froncés, tandis qu'il palpait sa peau en un millier d'endroits. Elle dut produire un effort terrible sur elle-même pour ne pas repousser ses mains et lui ordonner de la laisser tranquille.

Après avoir touché le bas de son visage, il redressa le buste, se plaça derrière elle et posa les mains sur ses joues. Il ferma les yeux, se figea. Alors, quelque chose d'extraordinaire se produisit : Charlotte sentit une bouffée de chaleur émaner des paumes de Navarro et se répandre à travers tout son visage. C'était plus que la simple tiédeur de ses mains. C'était... comme s'il lui communiquait une vibration apaisante, qui pénétra au plus profond d'elle-même, soulageant la douleur qu'elle éprouvait au niveau de la mâchoire et du cou.

Cet examen terminé, l'assistante de Navarro lui fit une prise de sang. Puis Charlotte put se rhabiller.

Le médecin tira une chaise auprès d'elle et s'y assit avec aisance, un sourire affable sur les lèvres.

— Avez-vous subi une opération de chirurgie réparatrice, madame Godfrey ? demanda-t-il tout à trac.

Charlotte en resta quelques instants muette de stupeur. Sa première impulsion fut de répondre non. Mais, en regardant les yeux du médecin, elle comprit qu'il ne servait à rien de lui mentir.

— Les cicatrices sont visibles ? bafouilla-t-elle.

— Oh, non, pas du tout ! assura-t-il. Au contraire, je félicite le chirurgien, qui a fait un merveilleux travail. Non, c'est plutôt que j'ai... comment dire, *senti* l'opération. J'ai perçu les changements énergétiques qu'elle a induits dans votre visage. Cela m'a paru même très clair, évident. Qu'est-ce que c'était ? Votre mâchoire ?

— Oui. Et le menton, répondit-elle, stupéfiée par sa perspicacité.

— Ah, oui, je pensais bien avoir senti quelque chose de ce côté-là aussi. Mais... vos douleurs sont beaucoup plus prononcées sur la mâchoire et les joues, n'est-ce pas ? Ici, exactement...

Il tendit la main et désigna les deux points précis, à l'articulation de sa mandibule, qui lui faisaient mal.

— Oui. C'est là que c'est le plus douloureux, acquiesça-t-elle, troublée.

Il plissa les yeux.

— Ces symptômes m'inquiètent. Les douleurs, les migraines, la nausée, la fatigue... Tout cela est lié, j'en suis certain. Mais je dois effectuer quelques recherches. Accepteriez-vous de revenir... disons dans une semaine ou deux ?

— Oui, s'il le faut.

— Très bien. Pour le moment, je préfère ne pas m'avancer, précisa-t-il avec un sourire agréable. Je vous dirai tout à notre prochaine rencontre. D'ici là, je vous prescris un régime alimentaire particulier que vous commencerez dès aujourd'hui et qui devrait alléger vos souffrances.

Pendant un long moment, il lui expliqua en détail ce qu'elle allait devoir manger et boire pendant les prochaines semaines. Il lui fournit aussi une longue liste de vitamines, d'enzymes digestifs d'origine végétale, de plantes sous forme de gélules faciles à avaler.

— Dans l'immédiat, le principal est que vous vous sentiez mieux, conclut-il en la raccompagnant à la porte. Moi, de mon côté, je vais chercher la cause de votre maladie. Je vous appelle dès que j'ai du neuf.

En quittant le cabinet, Charlotte éprouvait un profond sentiment de confiance et de gratitude envers le Dr Navarro. Elle ne doutait pas que les remèdes qu'il lui avait prescrits auraient un résultat positif sur sa santé. Restait à connaître le résultat de ses analyses. Mais, là encore, elle était certaine qu'il la rassurerait très vite.

Dix jours plus tard, le Dr Navarro lui téléphona et demanda à la revoir immédiatement. C'était une journée pluvieuse et venteuse ; un ciel noir et lugubre recouvrait la ville. L'automne démarrait brutalement.

Une fois de plus, Bobby l'accompagna. Dans la voiture, elle lui confia qu'elle était un peu inquiète. Elle avait perçu une pointe d'anxiété dans la voix de Navarro. Et la hâte avec laquelle il voulait lui parler n'était pas de bon augure.

— Pourtant, je me sens beaucoup mieux, précisa-t-elle tandis qu'ils roulaient sur la chaussée étroite et sinueuse menant au cabinet du médecin. Son régime alimentaire et les pilules qu'il m'a données ont eu un effet spectaculaire. Mes symptômes ont presque disparu. Il y a des mois que je n'avais été aussi en forme.

— Ça se voit, ma jolie, approuva Bobby. J'en suis vraiment heureux pour toi. Mais ne te tracasse pas trop avant d'avoir entendu ce qu'il a à te dire.

Elle regarda par la vitre, se mordillant la lèvre.

— Oui, tu as raison, répondit-elle, essayant de refouler son angoisse. Je suis sûre que tout va bien. J'ai été malade, mais maintenant c'est fini. Navarro va sans doute me le confirmer.

Le Dr Navarro les accueillit à la porte de sa maison. La pluie tombait encore plus fort qu'en début de matinée. En pénétrant dans le vestibule, Charlotte et Bobby ôtèrent leurs imperméables, que l'assistante du médecin promit de faire sécher avant qu'ils ne repartent.

Contrairement à la première fois, il n'y avait personne dans la salle d'attente. Aussitôt après les salutations d'usage, Navarro proposa de passer dans son cabinet.

— J'attends ici, annonça Bobby, et il s'assit sur une chaise en plastique.

Il sortit un livre de sa poche.

— J'ai un bon bouquin pour m'occuper, ajouta-t-il.

Charlotte pénétra dans le bureau et Navarro referma la porte sur eux. Il était aussi calme et souriant que lors de leur première rencontre. Dans ses yeux, elle ne vit rien d'inquiétant. Elle se répéta qu'il s'agissait sans doute d'une visite de routine.

— Je me sens en bien meilleure forme, observa-t-elle. Votre traitement a fait des miracles, et je vous en remercie.

— Tant mieux, répondit poliment Navarro.

Elle porta la main à son pull, pour le retirer.

— Non, inutile de vous déshabiller, ajouta-t-il. Aujourd'hui, nous allons simplement parler.

Il lui désigna une chaise. Tout à coup, son expression s'assombrissait.

Charlotte frissonna. Un mauvais pressentiment la saisit. Que se passait-il ? Elle ne voulait pas s'asseoir. Elle ne voulait pas entendre ce que Navarro avait à lui dire.

Mais elle prit place en face de lui, docilement, joignant les mains sur ses genoux. Son esprit se mit à battre la campagne. Qu'allait-il lui annoncer ? Que ses symptômes étaient provoqués par une maladie rare, peut-être un virus, qui la rongeait de l'intérieur ? Ou peut-être avait-elle quelque affection horrible qui ne la tuerait pas, mais l'empêcherait d'avoir des enfants ! Toutes ses grossesses se solderaient par des fausses couches ! Mon Dieu, songea-t-elle, le cœur battant, pourvu que ce ne soit pas ça !

Ou alors, elle avait un cancer...

La voix grave de Navarro interrompit ses réflexions.

— J'ai effectué des recherches très précises, et très poussées, annonça-t-il. Je crois que je connais la cause de tous vos problèmes.

Il marqua une pause, inspectant ses ongles.

Charlotte eut l'impression que son cœur explosait dans sa poitrine. Elle fixa les doigts du médecin, s'efforçant de ne pas perdre contenance. Il disait qu'il savait ? Il y avait donc une explication ? Après avoir consulté tant de spécialistes qui n'avaient pu lui apporter la moindre explication, celui-là avait élucidé le mystère ? Elle réprima les nombreuses questions qui lui montaient aux lèvres et se tint droite sur sa chaise, attendant que Navarro reprenne la parole.

— Je suis désolé, mais les nouvelles ne sont pas bonnes. Lors de votre première visite, nous vous avons fait une prise de sang, vous vous en souvenez... ? Bien. Les résultats montrent que votre corps est la proie d'une réaction immunitaire anormale. Je crois que votre organisme produit des anticorps contre le silicone ou certains éléments constitutifs des implants qui ont été insérés dans votre visage pendant l'opération de chirurgie réparatrice.

Bien que Charlotte eût écouté attentivement le Dr Navarro, elle ne comprit pas le sens de ses paroles. Il lui semblait que son cerveau avait cessé de fonctionner.

— Les implants ? bafouilla-t-elle. Comment... ?

Il saisit un crayon et traça rapidement sur une feuille de papier un schéma stylisé de son visage.

— Quand le chirurgien...

— Le Dr Harmon, précisa-t-elle.

— Quand il a créé votre mâchoire, il a inséré des petits implants ici...

Il traça deux croix à l'endroit du maxillaire inférieur.

— ... et ici, ajouta-t-il, désignant le menton.

Charlotte sut d'instinct qu'il s'agissait des emplacements exacts où elle éprouvait les douleurs les plus violentes.

— L'objectif, avec ces implants, c'était de redessiner votre mâchoire, de créer des joues nettes, mieux définies, et de vous donner un menton. C'est une opération difficile mais classique, que votre chirurgien a réalisée à la perfection. Je pense même pouvoir dire que son travail est admirable.

— Alors... quel est le problème ? demanda-t-elle d'une voix tremblante.

Le Dr Navarro posa le stylo et croisa les mains devant lui.

— Le problème ne vient pas de l'opération de chirurgie plastique. Je me suis renseigné auprès d'un spécialiste. Les implants ont déclenché une réaction très violente de la part de votre organisme. Et... j'ai bien peur qu'il ne faille les retirer.

Charlotte eut l'impression de recevoir un coup de poing en plein estomac. Elle se renversa contre le dossier de sa chaise, les épaules voûtées. Oh, Seigneur, non ! pensa-t-elle en plaquant les mains sur ses joues. Cela voulait dire qu'elle devrait endurer une nouvelle opération pour changer les implants. Mais c'était impensable. D'une part elle ne voulait plus avoir affaire aux hôpitaux, à la souffrance que causait la chirurgie... Et puis... Comment pourrait-elle se faire réopérer sans en parler à Michael ?

— Je regrette de devoir vous annoncer cela, croyez-le-bien, ajouta le médecin.

— Non, non... Ne vous inquiétez pas, balbutia-t-elle en secouant lentement la tête.

En réalité, elle commençait tout juste à mesurer les conséquences de ce qu'elle venait d'apprendre. Et cela lui donnait le vertige.

— Merci, docteur, reprit-elle dans un souffle. Je... je vous suis reconnaissante d'avoir découvert ce qui me rend malade. Sincèrement. On m'avait presque convaincue que mes symptômes étaient... psychosomatiques.

— Je reconnais qu'au début j'étais sceptique. La plupart des affections dues aux implants en silicone sont anodines. Et, dans bien des cas, il ne s'agit en effet que de réactions passagères. On pense alors immédiatement à des symptômes d'origine psychique. Mais, chez vous, il est manifeste que la maladie est bien réelle. C'est votre système immunitaire qui est ébranlé.

— Je... Enfin... Vous pensez...

Charlotte se frotta le menton, songeuse. Elle essayait de mettre bout à bout les informations qu'elle venait d'entendre.

— Il y a une chose que je ne comprends pas, marmonna-t-elle finalement. Si mon corps rejette ces implants, avec quoi les remplacera-t-on ? Je veux dire... Existe-t-il différentes sortes d'implants ?

Le Dr Navarro la considéra soudain d'un air perplexe, presque surpris. Puis son visage se rembrunit. Il joignit posément les doigts de sa main gauche contre ceux de la droite, l'un après l'autre.

— Il me semble que vous n'avez pas encore mesuré exactement la situation, madame Godfrey, répondit-il, avant de secouer la tête avec compassion. Il sera impossible de remplacer les implants.

Charlotte cilla. Sa gorge se contracta douloureusement. C'était impossible. Elle avait dû mal entendre.

— Impossible de les... remplacer ? répéta-t-elle d'une voix entrecoupée.

— En effet. C'est infiniment regrettable, mais... il n'y a aucune solution. On ne pourra pas changer les implants.

Charlotte sentit son corps tout entier se tétaniser. On aurait dit que le monde, autour d'elle, s'arrêtait de tourner dans un grincement lugubre. Son esprit se révolta. C'était impossible ! Elle rêvait ! Elle allait se réveiller !

Elle regarda autour d'elle, hagarde. Ses muscles s'étaient engourdis au point qu'elle avait de la peine à tourner la tête.

— Et si je ne le fais pas ? s'entendit-elle protester. Si je ne retire pas les implants ?

Le médecin se pencha en avant pour attirer son attention. Il la regarda droit dans les yeux.

— Comprenez-moi bien, madame Godfrey. Plus le niveau des anticorps suscités par la présence des implants augmente, plus votre système immunitaire se dérègle.

— Jusqu'à quel point ?

— Votre santé empirera progressivement, et irrémédiablement.

Il cilla.

— Votre organisme ne résistera pas à la maladie, ajouta-t-il d'un ton posé.

— Non. Vous vous trompez, répliqua-t-elle d'un ton sec. Vous vous trompez !

— Je suis désolé.

Navarro lui sourit avec gentillesse.

— Cette réaction aux implants est inhabituelle. A vrai dire, elle est même très rare. Mais vous devez vous rendre compte que, dans votre cas, elle met sérieusement votre vie en danger.

Il s'éclaircit la voix.

— Permettez-moi d'être très clair, madame Godfrey. Si vous ne faites pas retirer les implants, j'ai la conviction que vous tomberez très grièvement malade, et que vous mourrez.

Tout à coup, Charlotte détesta cet homme. Elle méprisa ses manières affables, sa politesse, sa compassion ; elle le haït pour tout ce qu'il était et tout ce qu'il prétendait être.

— Vous êtes désolé ? rétorqua-t-elle. Mais vous ne savez pas de quoi vous parlez ! Vous n'êtes même pas chirurgien ! Ce n'est pas à vous que je devrais m'adresser. C'est au Dr Harmon !

— Il le faut. Le plus tôt possible, répondit-il avec un calme qui acheva d'exaspérer Charlotte.

— Il me dira que vous vous trompez, affirma-t-elle d'un air mauvais. Il me soignera. Il saura quoi faire.

Navarro ferma un instant les yeux, puis la regarda fixement.

— Madame Godfrey... J'ai pris de nombreuses précautions avant de vous parler. J'ai effectué toute une série d'analyses pour confirmer mon diagnostic. Je suis malheureusement certain de ne pas me tromper. Le Dr Harmon, comme n'importe quel médecin disposant des éléments dont je dispose, confirmera ce que je vous ai dit aujourd'hui. Je sais que c'est très difficile à entendre. Et encore plus difficile à accepter. Mais je ne veux pas que vous repartiez d'ici sur un malentendu.

Charlotte trembla furieusement. La panique commençait à lui nouer le ventre. Navarro semblait tellement sûr de lui... Avait-il raison ? Devait-elle envisager l'impossible ?

— Si les implants sont retirés..., balbutia-t-elle. Que deviendra ma mâchoire ? Mon visage ? Quelle tête sera la mienne ?

— Là, je ne peux vous répondre précisément...

Le médecin parut soudain embarrassé. Il posa les mains à plat sur son bureau.

— ... car je ne connais pas l'étendue exacte du travail qui a été fait, conclut-il.

— Si on retire les implants, que deviendra mon visage ? insista-t-elle d'un ton alarmé.

— Vous devriez en parler au Dr Harmon. Je ne suis pas...

— Que deviendra mon visage ? s'écria-t-elle.

— Je...

Il baissa les yeux sur ses mains. Elle s'interdit de perdre tout à fait espoir. Pas encore. Pas maintenant...

— Je suppose que votre visage redeviendra comme avant l'opération, répondit-il.

Charlotte sentit un froid terrible l'envahir, comme si Navarro lui avait versé un seau d'eau glacée sur la tête. Son cerveau nia ce qu'elle venait d'entendre. Non, c'était faux, se répéta-t-elle. C'était impossible.

Elle avait la gorge si serrée qu'elle avait de la peine à respirer. La pièce se mit à tourner, tourner, tourner devant ses yeux. Il lui semblait qu'elle s'éteignait, telle une bougie soufflée par une rafale. Elle mourait...

Mais... non. Elle vivait. La mort aurait été trop facile, trop belle. Il lui faudrait endurer cette tragédie, et continuer, hélas, à vivre.

QUATRIÈME PARTIE

Sa demeure est dans la Beauté — mortelle condition !

John Keats

19.

En quittant le cabinet du Dr Navarro, Bobby veilla à conduire à allure modérée, négociant en douceur les nombreux virages serrés de la petite route de montagne. Il ne voulait pas brusquer Charlotte, qui regardait droit devant elle, les yeux dans le vide, l'air hagard.

Que lui arrivait-il ? Quelle mauvaise, quelle terrible nouvelle le médecin lui avait-il annoncée ? Car il ne pouvait s'agir que de cela. Quand elle était sortie du cabinet, un chagrin immense se lisait sur son visage livide. Elle ne lui avait pas adressé la parole. Ses lèvres tremblaient comme si elle était sur le point d'éclater en sanglots. Et, depuis qu'ils étaient en voiture, elle n'avait pas décroché un mot. Bobby dissimulait son inquiétude derrière son affabilité coutumière, essayant d'arracher la jeune femme à son mutisme en lui posant des questions simples. Il risqua deux ou trois plaisanteries légères, pour tenter de détendre l'atmosphère. Mais rien ne marchait. Charlotte continuait de fixer la chaussée droit devant elle, sans rien dire. Au mieux, elle lui répondait par quelque monosyllabe incompréhensible.

Finalement, Bobby ne sut plus quoi inventer. Ne restait qu'une seule solution : la franchise.

— Bon, d'accord, Charlotte. Je l'avoue, je ne peux plus supporter ton silence une seconde de plus. Je suis un homme très curieux, confia-t-il. J'adore les secrets. Et quand on m'en confie un, je peux le garder. Surtout si j'aime la personne qui m'en fait part. Or tu sais que je t'adore...

Il se tut, jeta un regard vers Charlotte. Elle tourna très lentement la tête vers lui.

— Manifestement, tu viens d'entendre de mauvaises nouvelles, reprit-il. Je veux t'aider. Non, disons plutôt que j'ai *besoin* de t'aider. Je ne suis tout simplement pas capable de rester assis dans cette voiture à te voir souffrir le martyre sans savoir ce qui te rend si malheureuse.

Charlotte ferma les yeux, soupira profondément. A la plus grande surprise de Bobby, elle murmura :

— D'accord. J'ai moi-même besoin de parler à quelqu'un. Et je pense que... tu es la personne la mieux placée pour écouter ce qui m'arrive.

Bobby sentit un frisson de satisfaction le parcourir tout entier. Non seulement il avait réussi à la faire réagir, non seulement elle acceptait enfin de parler, mais surtout — et c'était peut-être le plus important —, pour la première fois depuis des mois et des mois, il pouvait lui-même se rendre utile.

Il se jura de ne pas décevoir Charlotte.

— Je connais l'endroit idéal pour discuter, annonça-t-il. C'est un petit café sur le chemin de la maison. Sa décoration intérieure est horrible, et la nourriture qu'on y sert est abominable, mais il y a une terrasse fermée qui offre une vue spectaculaire sur la vallée. Et quel mal le propriétaire du lieu peut-il faire à une bonne bouteille de champagne ?

— Je n'ai pas l'âme à fêter quoi que ce soit, murmura-t-elle d'une voix rauque.

— Le champagne ne sert pas uniquement à faire la fête, *querida*, objecta-t-il d'un ton apaisant. Les bulles délient la langue et allègent l'esprit. Nous nous installons là-bas, nous admirons la montagne, nous trinquons... Et puis tu pourras pleurer tout ton soûl sur l'épaule de frère Bobby.

Enfin, ses efforts furent récompensés : Charlotte esquissa un sourire timide. Mais dans ses yeux brillaient des larmes qu'elle s'efforçait de retenir. Bobby détourna la tête, essayant de dissimuler l'émotion qui l'envahissait.

Arrivés au café, ils s'assirent à une table près de la baie vitrée. La pluie avait cessé, les nuages s'étaient dissipés. Un magnifique soleil réchauffait la vallée aux couleurs automnales. La lumière était splendide. Pendant un moment, ils se contentèrent d'admirer le paysage dans un silence paisible.

Puis Charlotte se mit à parler. De Michael, tout d'abord. Bobby l'observa attentivement tandis qu'elle lui expliquait à quel point elle aimait son frère. Ses joues reprirent des couleurs, son visage s'anima. Elle lui raconta comment sa relation avec Michael la comblait de bonheur, précisant qu'elle chérissait d'autant plus ce qu'il y avait entre eux que jamais, avant de le connaître, elle n'avait osé rêver — même dans ses songes les plus fous — qu'un jour un homme comme lui puisse l'aimer.

Bobby l'écouta patiemment. Il comprenait qu'elle devait mener ce prologue à son terme avant d'arriver au cœur de son histoire et au problème qui la tourmentait. Enfin, après qu'elle lui eut décrit en détail tout ce qu'elle adorait chez son frère, elle orienta son récit vers sa propre enfance. Elle commença d'évoquer certains souvenirs heureux. Puis, tout à coup, Bobby vit ses doigts se crisper sur le pied de la flûte à champagne. Elle pinça les lèvres, inspira profondément comme pour rassembler ses forces. Il se pencha vers elle, l'interrogeant du regard.

— Quand j'étais petite, reprit-elle d'une voix fêlée, on m'appelait Face de Moineau...

⁂

Charlotte plongea ses yeux dans ceux de Bobby tandis qu'elle se lançait dans le récit de son enfance difficile. Il parut stupéfait quand elle lui raconta comment les petits garçons la pourchassaient jusque chez elle armés de bâtons — comme pour la punir d'avoir un visage difforme. Il se renversa contre le dossier de sa chaise, blême, lorsqu'elle en vint à son adolescence, époque où les commentaires des hommes au sujet de son physique étaient devenus méprisants, cinglants, d'une brutalité douloureuse.

Quand elle relata sa rencontre avec le Dr Harmon et l'opération de chirurgie réparatrice, Bobby se pencha vers elle par-dessus la table et lui prit les mains, l'air profondément ému. Elle décrivit en détail comment le praticien avait remodelé sa mâchoire et lui avait créé un menton digne de ce nom avec des implants en silicone — lui offrant ainsi le visage parfait, admiré par le monde entier, dont elle jouissait aujourd'hui. Enfin, elle conclut par la nouvelle terrible que le Dr Navarro lui avait annoncée un moment plus tôt.

Bobby hochait lentement la tête. Elle vit dans ses yeux qu'il la croyait et, surtout, qu'il ne la condamnait pas. Il comprenait, simplement, ce qu'elle avait enduré, pourquoi elle avait voulu changer de visage, pourquoi l'idée de perdre sa beauté à cause d'une mauvaise réaction immunitaire aux implants lui était insupportable. L'expression du frère de Michael s'adoucit, s'emplit de compassion. Il étreignit ses mains et murmura qu'il tenait tout d'abord à lui assurer qu'il serait toujours là pour elle, qu'elle pouvait lui demander n'importe quoi.

Charlotte fondit en larmes. Elle avait désiré lui raconter son histoire pour soulager sa souffrance. Mais elle ne s'attendait pas à une réaction aussi généreuse de sa part.

— Chez la grande majorité des patients, les implants ne posent aucun problème, gémit-elle en se prenant le visage dans les mains. Pourquoi moi, je fais exception ?

Elle renifla.

— Et pourquoi ça arrive maintenant ? Dans vingt ou trente ans, j'aurais pu mieux l'assumer. Perdre sa beauté quand on est vieille...

— Mais non, tu te trompes, l'interrompit doucement Bobby. La beauté, c'est important à tous les âges. On ne veut jamais la perdre, ma chérie, même quand on est très vieux.

Elle posa les mains à plat sur la table. Sans qu'elle pût expliquer pourquoi, sa colère contre le médecin se raviva.

— Qu'est-ce qu'il connaît à tous ces problèmes, Navarro ? marmonna-t-elle. Ce n'est qu'un petit médecin de campagne, après tout ! Ses analyses, c'est peut-être du bidon !

— Non, Charlotte. Navarro est très connu et très respecté dans la profession. Et, si son cabinet est au milieu de la verdure, ça ne l'empêche pas de mener des recherches très pointues à l'université et de suivre de près les progrès de la médecine. S'il t'a conseillé de faire retirer les implants, tu dois le croire, conclut Bobby d'un ton ferme.

Charlotte soupira. Le chagrin la rendait irrésistiblement agressive.

— Toi, tu es prêt à gober n'importe quoi parce qu'il te sert de guérisseur ! ne put-elle s'empêcher de répliquer. Tu as envie de croire que ses plantes et ses vitamines à la noix peuvent te guérir, alors tu le vois comme un saint !

Bobby fit calmement tourner son verre entre ses doigts.

— En effet, je pense que son traitement m'aide beaucoup, acquiesça-t-il. Mais je sais que ce n'est pas lui qui me guérit. J'ai tout à fait conscience que le sida ne se combat pas à coup de phytothérapie, Charlotte. Avec les tonnes de cachets que j'avale chaque jour, je ne risque pas de l'oublier.

Charlotte éprouva un violent pincement de culpabilité qui anéantit tout ressentiment en elle.

— Je suis désolée, Bobby, avoua-t-elle. Pardonne-moi. Je... Je suis à cran, parce que j'ai peur...

— Je comprends. Moi aussi, j'ai peur pour toi...

Il posa ses mains sur les siennes, les étreignant doucement.

— Je sais que le Dr Harmon a créé un véritable chef-d'œuvre sur ton visage, poursuivit-il d'une voix émue. Et je pense que c'est dramatique de devoir le détruire...

Il la regarda quelques instants droit dans les yeux.

— Mais tu dois le faire, affirma-t-il avec conviction. Tu dois retirer les implants et ne pas oublier qu'il ne s'agit pas seulement de ton visage. Mais aussi de ta vie.

— Non ! s'insurgea-t-elle. Si je perds mon visage, je meurs !

— Comment peux-tu dire une chose pareille ? rétorqua-t-il en se renversant subitement en arrière. C'est en gardant les implants que tu mourras, Charlotte !

Elle soupira, s'efforçant de refouler les larmes qui lui montaient de nouveau aux yeux.

— Et Michael ? bafouilla-t-elle, éperdue. Comment pourrai-je lui parler de tout ça ? Il adore mon visage. Il m'aime parce que je suis belle.

— Non, c'est *toi* qu'il adore ! Toi, la femme que tu es ! Son amour pour toi n'a rien à voir avec ta beauté.

Elle secoua la tête.

— Tu ne sais pas la tête que j'avais avant l'opération, marmonna-t-elle. Tu ne peux même pas imaginer à quoi je ressemblais.

— Je peux essayer, d'après ce que tu m'as dit...

— Non, Bobby. Je crois que tu ne te représentes pas ce que c'était. Je n'étais pas juste une fille un peu moche en quête de perfection physique. J'avais une vraie difformité faciale. J'étais affreuse. Il n'y a pas d'autre mot. Affreuse !

Il cilla.

— C'est difficile à imaginer, en effet, convint-il. Ton visage est tellement sublime, aujourd'hui...

— Je vois comment tu me regardes maintenant, comment tu essaies de retirer le masque de ma beauté pour tenter de saisir celle que j'étais autrefois. Et tu n'y arrives pas, évidemment ! Je sais très bien ce que tu ressens, parce que je suis passée par là après mon opération. Je me contemplais dans un miroir et je me disais : « Ce visage est réel. Il est vrai. Celle que j'étais avant, je ne peux même pas croire qu'elle ait existé... »

Charlotte se tut, la gorge nouée. L'évocation de sa laideur ravivait en elle de terribles souvenirs — lorsque les gens la dévisageaient non avec admiration comme aujourd'hui, mais avec une sorte de pitié perverse, pareille à celle qu'on accorde aux monstres de foire.

— Tu n'as aucune idée de ce que c'est que d'être laid jusqu'au grotesque, reprit-elle. D'en souffrir terriblement mais de devoir l'accepter, d'une façon ou d'une autre...

Elle s'éclaircit la voix.

— Puis la vie te donne une seconde chance. Tu reçois le cadeau d'une beauté incroyable, qui surpasse tout ce que tu pouvais imaginer. Tu t'y habitues, tu apprends à régler ton existence en fonction de ton nouveau visage... et, tout à coup, tu découvres que tu vas perdre cette beauté. En un instant, tu t'entends dire : désolé, mais c'est terminé. C'était joli, c'était même merveilleux, mais ça n'était qu'un rêve.

Elle frappa du poing sur la table.

— Alors tu ne veux pas te réveiller ! Tu comprends, Bobby...

— Charlotte, écoute-moi, l'interrompit-il, saisissant ses mains. La beauté, ce n'est pas une affaire de visage. Les gens que j'ai aimés, des hommes magnifiques, en pleine santé... Eh bien, je les ai vus se flétrir. J'ai vu leurs beaux visages défigurés par la maladie, rongés, émaciés, livides. Ils n'étaient que l'ombre d'eux-mêmes. Mais, pour moi, ils étaient encore beaux. Je ne les ai pas abandonnés parce que leurs traits avaient changé !

— Michael ne pourra pas m'aimer avec la tête que j'avais autrefois ! se récria-t-elle.

Charlotte baissa les yeux. Voilà. C'était dit. Elle avait exprimé sa pire crainte. Perdre sa beauté était une chose. Perdre Michael était... inconcevable.

— Si, répliqua Bobby. L'amour que Michael te porte va bien au-delà de ton apparence physique.

Il sourit gentiment.

— Tu ne le perdras pas, Charlotte, ne crains rien. Il comprendra à quel point ce sera dur pour toi de renoncer à ta beauté. Surtout en sachant par quoi tu es déjà passée...

— Il ne le sait pas, précisa-t-elle, penaude. Je ne lui ai jamais parlé de mon opération. Ni de ma laideur. Je... je voulais le faire, au début, mais... ça n'était jamais le bon moment, ou bien j'avais trop peur. Et puis j'ai fini par renoncer à lui dire la vérité.

Bobby fronça les sourcils.

— Il ne sait rien ? s'étonna-t-il.

— Absolument rien, confirma-t-elle en secouant la tête.

Charlotte vit dans le regard de Bobby qu'il était soudain moins sûr que son frère réagirait positivement en apprenant qu'elle devait repasser entre les mains du chirurgien.

— Il va te reprocher de ne lui en avoir jamais parlé.

— De lui avoir menti, tu veux dire, marmonna-t-elle.

— Tu n'as pas menti.

— Ne pas dire la vérité, c'est une forme de mensonge.

Bobby haussa les épaules.

— Oui, tu as peut-être raison, convint-il.

Charlotte se rendit compte qu'elle l'avait vexé par mégarde : sa remarque sous-entendait que lui-même mentait en ne parlant pas de son homosexualité et de sa maladie à la famille Mondragon.

— Je suis désolée, dit-elle vivement. Je ne voulais faire aucune comparaison...

— Ne t'inquiète pas, répliqua-t-il avec un sourire désabusé. Je sais que tu ne pensais pas à moi...

Bobby se tourna vers la vallée, l'air pensif. Puis il lui fit face, une expression déterminée sur le visage.

— Raconte tout à Michael le plus vite possible. Ce soir, déclara-t-il. Si tu attends, ça l'énervera encore plus. Il te soupçonnera de lui avoir caché la vérité parce que tu n'as pas confiance en lui, et ça le blessera terriblement.

— J'ai tellement peur, confessa-t-elle, tremblante. S'il me rejette, je ne pourrai pas le supporter. Je crois que j'en mourrai...

— N'aie pas peur. Regarde tout ce qu'il a fait pour moi, objecta Bobby d'une voix chargée d'émotion. Il a vendu son appartement de Chicago, il a tout abandonné pour payer mon traitement. Et pour rester ici, avec moi. Bien sûr, tu vas me dire que je suis son frère et qu'il m'aime...

Il lui offrit un sourire encourageant.

— Mais crois-tu sérieusement qu'il pourrait te repousser, toi la femme qu'il aime ? Perdre tout ce qu'il y a entre vous ? Ne te méprends pas sur Michael, Charlotte. Accorde-lui le respect et la confiance qu'il mérite. Permets-lui de te montrer à quel point il tient à toi.

— Je... je...

— N'oublie pas que les hommes aiment se voir en chevaliers intrépides capables de protéger leur dulcinée contre vents et marées, l'interrompit Bobby d'un air malicieux. Donne à Michael l'occasion d'être ton chevalier. Dis-lui la vérité, et laisse-toi aller...

Charlotte regarda attentivement Bobby. La conviction qui se lisait maintenant dans son regard lui redonna quelque espoir. Se pouvait-il vraiment qu'en fin de compte — alors qu'elle allait perdre sa beauté, sa carrière d'actrice, tout ce pour quoi elle avait si durement travaillé —, le plus grand rêve de toute sa vie se réalise ? Ce rêve si merveilleux et si terrifiant qu'elle n'aurait osé le formuler à voix haute... Ce rêve fou auquel elle avait cru devoir renoncer par un terrible soir d'hiver dans un parking de Chicago... Le rêve... *qu'un jour quelqu'un la regarde par-delà son visage et aime la femme qui était en elle...*

Dans la soirée, Michael arriva au bungalow, la mine ravie : il revenait d'un rendez-vous avec de nouvelles perspectives de travail.

Charlotte l'en félicita. Il l'enlaça et l'embrassa avec ardeur. Puis il sortit une bouteille de champagne du réfrigérateur.

— Je crois que je vais conclure le meilleur contrat de l'année, expliqua-t-il tandis qu'ils levaient leur verre. Tiens-toi bien, ma chérie. Aujourd'hui, j'ai vendu non seulement un projet de jardin, mais aussi une extension de la maison. Je vais lui dessiner toute une aile supplémentaire !

Il but une longue gorgée de champagne, se passa la langue sur les lèvres en souriant.

— Tu comprends ce que ça signifie pour moi ? Enfin, je vais faire les deux choses que j'aime en même temps. L'architecture, et mon boulot de paysagiste. *Les deux !* J'ai l'impression que, maintenant, je suis assez mûr pour réunir ces deux activités auxquelles j'ai consacré toute mon existence. Je suis tellement heureux, Charlotte ! Jamais je n'aurais cru que la vie en Californie pouvait être à ce point exaltante !

Charlotte plaqua un sourire enthousiaste sur ses lèvres. Mais, en son for intérieur, elle était désespérée. Michael lui annonçait une nouvelle qui le rendait ivre de joie, et elle, elle devrait tout à l'heure briser son bonheur en lui dévoilant une sombre vérité... Pourquoi le sort était-il si cruel ? Elle soupira, passa dans la cuisine en formant le vœu que tout aille le mieux possible, puis elle servit le dîner.

Elle avait préparé son plat préféré à Michael : une mouclade — élaborée selon les conseils de Marta. Pour l'accompagner, elle avait acheté une bonne bouteille de Montrachet. En guise de dessert, elle avait choisi de la glace au citron.

Tandis qu'ils dînaient, Michael se penchait souvent vers elle, les yeux brillants d'amour et de désir, pour l'embrasser. Elle lui rendait ses caresses avec la passion d'une femme qui sent un couperet au-dessus de sa tête. Quand devait-elle parler ? Quand rompre ces instants de délice ? Pas maintenant, pas maintenant..., se répétait-elle cependant que Michael l'attirait vers lui et unissait leurs lèvres.

Le repas s'acheva, Charlotte apporta la glace au citron, en servit dans des bols. Mais ils ne la goûtèrent pas. La musique de Mozart, que Michael aimait tant, emplissait la pièce. Ils se remirent à s'embrasser comme des adolescents fiévreux. Entre deux baisers, Charlotte buvait une grande gorgée de vin. Elle en avait besoin. Elle voulait se libérer l'esprit, ne plus avoir d'angoisses. Se donner tout entière à la passion, à Michael, à leur plaisir, sans plus penser à ce qu'elle devait lui annoncer...

La glace fondit dans les bols. Leur désir rugit. Ils se levèrent de table et passèrent dans la chambre, où ils tombèrent, enlacés, sur le lit à colonnade. Michael la déshabilla, ôta ses propres vêtements, s'allongea contre elle en couvrant son corps de caresses. Elle gémit, puis se redressa. Elle avait envie, elle avait *besoin* de l'embrasser à son tour, de toucher son corps, de le prendre dans sa bouche. C'était ainsi, songeait-elle confusément, qu'elle pourrait chasser les ténèbres qui cherchaient à envahir son âme. En se livrant entièrement à son désir, elle réussirait à ignorer sa terreur.

Ils firent l'amour avec une intensité rare, qui procura à Charlotte un plaisir incomparable. Elle eut le sentiment que leurs corps et leurs âmes se mêlaient, s'unissaient totalement. Après la jouissance, ils s'allongèrent paisiblement dans les bras l'un de l'autre. Charlotte appuya sa tête contre la poitrine de Michael, écoutant les battements puissants de son cœur.

— Mon dragon, murmura-t-elle avec délice.

— Ma Charlotte, murmura-t-il en lui caressant les cheveux. Ma belle Charlotte...

Belle... A ce mot, Charlotte frissonna. Tout à coup l'ivresse de leur étreinte s'évanouit. La réalité la prit subitement à la gorge. Elle se mit à trembler de tout son être. *Ma belle Charlotte,* avait-il dit ?

Charlotte Godowski. Voilà la femme qu'elle était. Et c'était de cette personne laide et fragile qu'elle devait à présent parler à Michael.

Il faisait noir dans la chambre. Tant mieux. Charlotte ne voyait pas son visage, il ne voyait pas le sien. Elle pria avec ferveur. *Seigneur, donnez-moi la force d'aller jusqu'au bout. Aidez-moi...*

Elle caressa le ventre de son amant.

— Michael..., murmura-t-elle. Je t'aime...

— Moi aussi, je t'aime.

— Michael, il... il faut que... Que je te dise quelque chose.

— Tout ce que tu voudras, mon amour.

Elle ferma les yeux, luttant contre le désespoir qui l'envahissait. Il était tellement tendre, tellement doux avec elle ! Il ne soupçonnait rien de ses mensonges... Et elle allait lui briser le cœur !

Cette fois, cependant, elle ne pouvait plus reculer.

Elle rassembla son courage, s'assit sur le lit en face de lui et raconta toute son histoire. Episode par épisode, année après année, étape après étape, elle répéta ce qu'elle avait relaté à Bobby dans l'après-midi. Ce soir, pourtant, l'enjeu était infiniment plus important. Michael l'écouta en silence ; il ne posa aucune question. Il resta allongé, calmement, les mains relevées derrière la nuque, fixant le plafond — presque comme s'il n'était pas avec elle.

Comme elle achevait son récit, un froid terrible la saisit, engourdissant son corps. Elle tira le drap sur sa poitrine. Elle patienta. Michael ne réagissait pas. Dans la pénombre, elle distinguait ses yeux, qui clignaient nerveusement.

— Michael, dis quelque chose ! l'implora-t-elle.

Il fronça les sourcils, abaissa les bras le long de son corps. Etait-ce une larme qu'elle voyait glisser sur sa joue ?

Il leva une main et se prit l'arête du nez entre le pouce et l'index. Un immense soupir s'échappa d'entre ses lèvres.

— Charlotte...

— Oui, Michael. Quoi ?

— Je... je ne sais pas. Franchement je ne sais pas quoi dire.

Il se redressa contre les oreillers et la regarda fixement.

— Tu dis que tu n'es pas celle que je vois ici. Que tu es une autre femme. Avec un autre visage. Un visage que je devrais apprendre à aimer...

— Je ne suis pas une autre femme. Je suis moi, Michael..., balbutia-t-elle.

Il ne répondit rien. Le silence s'étira entre eux, de plus

en plus pesant, douloureux. Charlotte avait l'impression que le monde s'effondrait autour d'elle.

— Ce chirurgien..., reprit-il finalement. Le Dr Harmon. L'as-tu revu?

— Non. Pas encore. Je lui téléphonerai demain.

Il hocha la tête.

— Bien.

Michael était d'un calme glacial. Charlotte éprouvait une terreur croissante. Elle se sentait de plus en plus mal à l'aise.

— Navarro est certain que le Dr Harmon confirmera son diagnostic, précisa-t-elle.

— Navarro est un charlatan, rétorqua-t-il d'un ton méprisant.

Elle sentit son cœur se figer dans sa poitrine. La réaction de Michael confirmait ses pires craintes. Il était loin, très loin de se comporter comme elle en avait besoin en ce moment. Elle voulait qu'il s'approche d'elle, la prenne dans ses bras, lui déclare qu'il l'aimait quoi qu'il arrive.

Ne me laisse pas tomber, Michael... Elle le fixa d'un regard suppliant, attendant qu'il prononce quelques mots de réconfort — au moins.

Il ne dit rien.

Elle se pencha vers lui et l'enlaça par le cou, caressant son dos et sa nuque. Il demeura immobile entre ses bras, comme un bloc de marbre.

— Michael, j'ai tellement peur, balbutia-t-elle. Tu restes là, sans rien dire... J'ai besoin d'entendre que tu m'aimes. Que tu m'aimeras quelles que soient les circonstances. Je t'en prie...

— Je ne peux pas.

Il s'écarta d'elle, détournant la tête.

Charlotte laissa échapper un cri de désespoir. Elle recula précipitamment vers le bout du lit, remonta les genoux contre sa poitrine.

Michael se leva. Elle vit sa silhouette imposante se déplacer à travers la chambre.

— Pourquoi ne m'avais-tu rien dit avant ? s'exclama-t-il tout à coup. Que je sois prévenu, au moins ! Pourquoi me racontes-tu cette histoire comme ça, au pire moment pour nous deux ?

Il brandit un doigt accusateur vers elle.

— Pourquoi n'as-tu pas été honnête avec moi ?

— J'avais peur, confia-t-elle. Peur que tu ne m'aimes pas...

— Tu as eu tort, Charlotte. Tort de me tromper. De me raconter toutes ces histoires fausses sur ta vie !

Charlotte baissa les yeux. Des larmes glissèrent sur ses joues.

— Je sais. Je regrette, Michael, je regrette comme je ne saurais jamais l'exprimer.

— Je n'arrive pas à y croire ! cria-t-il.

— Je suis toujours la même.

Il s'approcha de la fenêtre, regardant au-dehors.

— Ah oui ? Toujours la même ? répéta-t-il d'un ton cinglant. Mais qui es-tu, Charlotte ? Qui es-tu ?

Il tourna la tête dans sa direction. Le clair de lune illuminait son beau profil d'homme, ses lèvres charnues, ses cheveux de jais tombant sur ses épaules nues et musclées.

Dans ses yeux, Charlotte vit qu'il menait un terrible combat contre lui-même. Il essayait de comprendre, de s'expliquer la situation, de tirer les conséquences des révélations qu'elle venait de lui faire.

Quand elle aperçut des larmes au bord de ses yeux, elle éprouva une indicible terreur.

— Michael... Dis-moi que ça ne change rien. Dis-moi que tu m'aimes. Que tout va aller bien !

Il secoua lentement la tête, séchant ses joues avec ses doigts.

— Je t'en prie, Michael ! Tu ne comprends pas !

— Oh si, je comprends ! Je comprends que tout ce qu'il y avait entre nous n'était qu'un mensonge ! répliqua-t-il.

— Non ! Non ! Je t'en supplie, ne dis pas ça. Comment peux-tu dire une telle horreur ?

Il traversa la chambre et ramassa son pantalon.

— J'ai besoin d'air, annonça-t-il en l'enfilant. J'ai besoin de réfléchir.

Un silence de plomb tomba entre eux. Charlotte le regarda s'habiller rapidement. Pantalon, chemise, espadrilles.

— Je vais faire un tour, marmonna-t-il, et il se dirigea vers la porte.

En posant la main sur la clenche, il se figea et se tourna vers elle un instant, comme s'il hésitait à ajouter quelque chose. Puis il fit volte-face et quitta la pièce, claquant le battant derrière lui.

Charlotte se laissa tomber sur le lit, en sanglots. Michael ne reviendrait pas, elle en était certaine. Et, même s'il revenait, il ne serait plus jamais comme avant. C'était trop tard. C'était fini. Elle avait tout gâché, et lui, il l'avait laissée tomber.

Michael marchait à grands pas énergiques en direction de la forêt qui s'étendait derrière la maison. Il se sentait à la fois furieux et ivre de chagrin. Jamais il n'avait connu pareil tourment. Comment Charlotte avait-elle pu lui mentir ? Elle l'avait manipulé ! Et qu'est-ce que c'était que cette histoire de difformité faciale ? D'opération chirurgicale ? Charlotte, laide ? Impossible ! Il ne comprenait pas ce qu'elle avait dit. Sa Charlotte n'était pas laide !

Mais cette femme était-elle seulement celle qu'il avait cru... ?

Il secoua la tête en grimaçant. Bon sang ! Il ne savait plus qui elle était ! Il ne savait plus rien. Alors il n'avait d'autre solution que de marcher, marcher à allure forcée, pour brûler la colère et le dépit qui lui nouaient les entrailles.

Au bout d'un moment, il s'aperçut qu'il s'était avancé très profondément dans la forêt. Les bras ballants, il regarda autour de lui. Il faisait si sombre qu'il ne voyait quasiment rien. Mais les grands arbres qui l'entouraient eurent un effet bénéfique sur ses sens. Il sécha d'un revers de manche la sueur qui perlait à son front. Sa respiration s'apaisa. Il s'assit sur une souche au bord du sentier. Peu à peu, les pensées furieuses qui s'entremêlaient dans son esprit refluèrent. Plissant les yeux, il contempla les arbres. Dans le calme nocturne, ils lui apparaissaient comme des êtres nobles, forts et loyaux...

Forts et loyaux... ? Seigneur... Ces mots lui mirent soudain de la honte dans le cœur. Etre fort et loyal... Pouvait-il en dire autant de lui-même ? Il ferma les yeux et revit le visage inondé de larmes de Charlotte, tandis qu'elle l'implorait de la réconforter. Une violente culpabilité l'assaillit. Comment pouvait-il l'avoir abandonnée comme il l'avait fait ? se demanda-t-il tout à coup. Charlotte avait terriblement souffert. Elle était malade. Qu'avait-elle dit... ? Qu'elle risquait de mourir ? Il serra les poings, se frappa la cuisse avec colère. Mais, cette fois, c'était une colère contre lui-même et contre le sort qui les accablait, Charlotte et lui. Tout cela était tellement injuste. Comment Dieu pouvait-il être si cruel ?

Michael tressaillit. Une pensée atroce lui envahissait l'esprit. Et lui, comment avait-il pu être si cruel avec Charlotte ?

Il baissa la tête, terrassé par le désespoir. Dire qu'il n'aimait pas la beauté physique de Charlotte aurait été mentir. L'idée qu'elle perde ce visage qu'il adorait lui était insupportable. Et pourtant... Perdre Charlotte était encore pire. C'était inconcevable !

Il porta les mains à ses tempes, secouant la tête. Soudain, l'un des vers de Robert Frost qu'il préférait remonta à sa mémoire : *Nous aimons les choses que nous aimons pour ce qu'elles sont...*

Michael laissa retomber ses mains contre ses hanches. Bien sûr, il devait retourner auprès d'elle. Lui parler, et essayer de donner un sens à toute cette histoire. Il ignorait ce qu'il dirait, il ignorait comment réagir, mais il savait qu'il l'aimait. C'était ça, l'essentiel. Le reste avait peu d'importance.

Que diable fichait-il ici à ne penser qu'à lui alors que Charlotte pleurait toutes les larmes de son corps au bungalow ?

Il se mit debout et revint sur ses pas, longeant le sentier à vive allure. Priant de toute son âme pour qu'il ne soit pas trop tard — pour que Charlotte accepte de lui parler. Il lui semblait que, s'ils ne réussissaient pas à aplanir leurs difficultés, à surmonter ensemble ce drame, il ne s'en remettrait jamais.

Après avoir pleuré tout son soûl, Charlotte éprouva un engourdissement terrible, de l'esprit et du corps. Elle n'arrivait plus à réfléchir. Elle avait de la peine à se mouvoir.

Cependant, elle comprenait qu'elle devait absolument se protéger. Et, pour cela, elle n'avait qu'une seule solution ; partir, disparaître avant le retour de Michael.

Elle décida qu'elle enverrait quelqu'un récupérer ses affaires, plus tard, un autre jour. En ce qui la concernait, elle n'avait plus sa place dans cette maison. Tout était terminé. La réaction de Michael prouvait qu'ils n'avaient plus rien à se dire.

Elle sécha ses larmes, s'habilla rapidement, jeta quelques effets personnels dans un sac de voyage, puis appela la seule personne au monde qui fût prête à l'aider à n'importe quelle heure du jour ou de la nuit, en n'importe quel lieu du monde : Freddy.

Un moment plus tard, elle se tenait au pied des marches de la véranda, le sac de voyage à ses pieds, son sac à main sur l'épaule — prête à prendre la fuite. La Mercedes de Freddy apparut bientôt sur le chemin, montant la colline. Charlotte poussa un immense soupir de soulagement.

Il arrêta la voiture et se précipita vers elle, la prit dans ses bras.

— Quelle histoire, mon cœur..., murmura-t-il.

Charlotte s'interdit de pleurer encore.

— Tu m'expliques ce qui s'est... ?

— Allons-y, l'interrompit-elle. Tout de suite.

— Oui, bien sûr.

Il saisit son sac de voyage et le porta dans le coffre de la Mercedes.

Comme elle saisissait la poignée de la portière, Charlotte posa les yeux sur le diamant qui ornait son annulaire. Le clair de lune le faisait scintiller froidement dans la nuit. Elle repensa soudain à tous les rêves enfantins qu'elle avait nourris autrefois en contemplant ce bijou. Des rêves niais d'amour et de mariage, d'enfants, de promesses de bonheur éternel. Comme elle avait été stupide !

Elle ôta la bague en tirant dessus sèchement, puis retourna à la maison, où elle abandonna l'anneau sur la table du living-room. Avant de ressortir, elle embrassa les lieux d'un regard dépité. Dans cette pièce, Michael et elle avaient passé quelques mois idylliques — croyant fortifier leur relation et se construire un avenir durable.

Mais tout cela s'était effondré parce que les fondations de leur histoire étaient trop fragiles.

Charlotte quitta le bungalow en remerciant les ténèbres de masquer à sa vue le fil à linge tendu dans le jardin, le petit potager où elle avait elle-même planté des légumes, la balancelle de la véranda, les collines verdoyantes de la pépinière qu'elle aimait tant...

Elle éprouva soudain une sensation d'irréalité — comme si les mois qu'elle avait passés ici n'avaient été qu'un rêve, un songe creux. Tant mieux, se dit-elle. Tant mieux si elle réussissait à se persuader que tout cela n'avait pas vraiment existé.

C'était peut-être la seule solution si elle ne voulait pas perdre la tête.

20.

Melanie poussa un cri de joie en voyant Charlotte apparaître à la porte du salon. Elle se renfrogna quand elle s'aperçut que Freddy se trouvait avec elle. Puis elle prit peur : le désespoir et la tristesse se lisaient sur le visage de son amie. Que se passait-il ? Et comment se faisait-il que Walen la ramène ici — à minuit passé — alors qu'elle était censée vivre avec Michael ?

Quittant le canapé sur lequel elle avait passé la soirée en compagnie de Junichi, Melanie se leva et marcha à la rencontre de Charlotte, qu'elle étreignit affectueusement. Freddy posa le sac de voyage dans le vestibule.

— Si ça ne t'ennuie pas, mon chéri, dit-elle à Junichi, je crois qu'il vaudrait mieux que tu nous laisses.

Un drame couvait, elle en avait la certitude. Elle préférait éviter ce désagrément à son fiancé. En outre, elle sentait qu'elle allait devoir se consacrer à Charlotte, qui avait manifestement besoin de son aide.

Par bonheur, Junichi était un homme aussi compréhensif que diplomate.

— D'accord, répondit-il avec un sourire poli. Les préparatifs de notre mariage peuvent très bien attendre jusqu'à demain.

Il récupéra sa veste et salua Charlotte et Freddy, puis

Melanie le raccompagna à la porte d'entrée. Elle l'embrassa tendrement sur la bouche.

— Je m'occupe d'elle, Freddy, annonça-t-elle en revenant dans le salon. Merci et bye bye.

— C'est moi qu'elle a appelé, rétorqua-t-il. Je veux lui parler.

— De toute évidence, elle n'est pas en état de te parler pour le moment, répliqua-t-elle, et elle prit la main de Charlotte dans la sienne.

Depuis qu'il n'était plus son agent, Freddy la considérait de haut. En retour, elle le méprisait cordialement.

— C'est à moi d'en juger, marmonna-t-il.

— Ce que tu es buté ! Tu ne vois pas que... ?

— Je vous en prie, tous les deux, arrêtez ! l'interrompit Charlotte d'un ton anxieux, avant de prendre une profonde inspiration. S'il vous plaît, ne vous disputez pas. J'ai besoin de vous deux.

Elle regarda Freddy.

— Je suis épuisée, et il faut vraiment que je dorme, ajouta-t-elle. Ici, je serai très bien. Rentre chez toi, et je t'appelle dès demain matin. Nous aurons tout le temps de bavarder. Tu veux bien ?

Il se frotta le menton, puis acquiesça dans un soupir.

— Entendu. En tout cas, je suis content que tu ne sois plus chez ce crétin. Si j'avais su...

Il se tut. Les lèvres de Charlotte tremblotaient. Des larmes brillaient dans ses yeux. Melanie maudit Freddy de tout son cœur. Mais elle réprima l'insulte qui lui venait à l'esprit.

— O.K. On s'appelle demain matin, conclut-il.

— Merci, Freddy, bafouilla Charlotte.

Melanie étreignit sa main.

— Viens, ma chérie. Tu as la tête de quelqu'un qui a besoin d'un bon bain chaud. Je vais m'occuper de toi, tu vas voir...

Elle l'entraîna vers l'escalier.

— Ne claque pas la porte trop fort en sortant ! lança-t-elle par-dessus son épaule à l'agent.

Freddy regarda les deux femmes monter les marches et se diriger vers la porte de la salle de bains.

— Oui, connasse, murmura-t-il.

Puis il prit soudain conscience de l'aménagement de la pièce où il se trouvait et écarquilla les yeux.

— Nom de Dieu..., marmonna-t-il.

La maison avait subi une transformation radicale depuis sa dernière visite. D'immenses baies vitrées avaient été ouvertes dans le mur, et donnaient à présent sur le jardin. Freddy s'avança sur le seuil de la cuisine. Cette pièce-là aussi avait été complètement redessinée.

L'amertume l'envahit. Tout à coup, il comprenait qui était responsable de ce petit miracle. Mondragon, fils de pute, pensa-t-il. C'est toi qui as changé ce bouge en petit palais, n'est-ce pas ?

Il faudrait que Charlotte déménage. Impérativement. Sinon, les moindres détails de cette baraque lui rappelleraient son gogo mexicain, et elle n'arriverait pas à l'oublier. Or Freddy voulait que cet homme sorte de sa vie pour de bon, une fois pour toutes. Quelle était la meilleure tactique pour y parvenir ? se demanda-t-il en s'approchant du minibar — encore une nouveauté — pour se servir un verre de whisky.

La sonnette de la rue carillonna, l'arrachant à ses réflexions. Qui pouvait bien venir ici à cette heure de la nuit ? Intrigué, Freddy se précipita vers l'Interphone.

— Hmm ? fit-il.

— C'est moi. Michael. Laisse-moi entrer, Charlotte. Je veux te parler.

Freddy sentit sa pression artérielle grimper en flèche. Il fulmina. Ainsi ce fumier les avait suivis jusqu'ici ? Bon sang ! Quand diable cesserait-il d'enquiquiner le monde, celui-là ?

— Charlotte ? insista la voix de Mondragon dans l'Interphone.

Freddy tourna la tête vers l'escalier. Ni Melanie ni Charlotte ne semblaient avoir entendu la sonnette. Un sourire lui monta aux lèvres. Il remercia silencieusement le Seigneur et tous ses anges. Et le pape, aussi. Parfois, dans la vie, les meilleures idées se présentaient d'elles-mêmes. Pour en tirer profit, il suffisait d'avoir le cran de les saisir au vol.

Ricanant en lui-même, il poussa le bouton qui commandait l'ouverture de la grille. Viens, Mondragon, viens...

S'il voulait que son plan fonctionne, il devait se dépêcher. S'emparant du sac de voyage de Charlotte, il l'ouvrit et en tira un soutien-gorge en dentelle, une culotte, une paire de bas et une robe. Ces trucs-là feraient parfaitement l'affaire. Il glissa le sac derrière le canapé, puis, en partant du seuil, dispersa les pièces de son larcin sur la moquette du salon ; il suivit ainsi une ligne qui se terminait par la petite culotte, devant le canapé. Il donna ensuite quelques coups de poing sur les coussins pour donner l'impression qu'on s'y était adonné à un délicieux remue-ménage. Puis, pour parfaire le tableau, il en jeta un par terre. Enfin, il baissa la lumière au variateur : un halo ambré, sensuel, baigna le salon.

Freddy regarda autour de lui. Mondragon allait frapper à la porte d'une seconde à l'autre. Il n'avait plus guère le loisir de peaufiner. Néanmoins...

Sur la table basse, il y avait deux verres à vin et une bouteille de blanc ouverte. Parfait, ça aussi ! L'un des verres portait même une petite trace de rouge à lèvres. Le magazine *Mariage*, en revanche, devait disparaître. Freddy le glissa sous le canapé.

Il se précipita vers la cage d'escalier, grimpa quelques marches et tordit le cou pour regarder au-dessus : la porte de la salle de bains était fermée. De l'eau coulait à gros bouillons bien bruyants dans la baignoire. Bien, bien, songea-t-il en ôtant son veston. L'excitation lui donnait de l'entrain et de l'aplomb. Sa ruse pouvait tout à fait fonctionner, s'il la jouait fine. Il retira sa cravate, déboutonna le haut de sa chemise. Repassant dans le salon, il alluma la radio — pas trop fort, pour que ces dames de l'étage ne l'entendent point.

Juste à l'instant où il détachait la boucle de sa ceinture, deux petits coups secs retentirent à la porte de la maison.

Timing idéal, pensa-t-il avec satisfaction. Il baissa sa braguette et tira un pan de sa chemise par-dessus le pantalon. Il se passa une main dans les cheveux pour les ébouriffer. Maintenant il fallait désarçonner Mondragon d'un seul coup. Il ouvrit le battant en grand, subitement, et s'écria d'un ton furieux :

— Qu'est-ce que vous voulez, vous ?

Freddy eut peine à se retenir de rire. Il aurait payé pour voir la tête du macaque : en un éclair, les yeux de Mondragon s'emplirent de fureur et d'animosité ! Là-dessus, d'ailleurs, ils étaient quittes.

Les yeux de Mondragon le toisèrent des pieds à la tête. Freddy fit semblant d'essayer de remonter précipitamment sa braguette. Il sut que son apparence débraillée obtenait l'effet escompté en voyant les pupilles de son interlocuteur s'embraser.

D'un geste brusque, le Mexicain lui agrippa l'épaule, le forçant à s'écarter, et pénétra dans le vestibule. Freddy le suivit.

— Où est-elle ? demanda Mondragon d'une voix autoritaire, les poings serrés, en s'avançant vers le salon.

— Hmm... Je ne crois pas que le moment soit bien choisi pour la réclamer, répondit Freddy d'un ton narquois.

Mondragon fit volte-face et pointa un doigt menaçant sur lui.

— Ne me cherchez pas, Walen. Tout ce que je veux savoir, c'est où elle est.

Freddy leva les yeux au ciel et tendit la main, désignant le salon.

Michael jeta un regard par-dessus son épaule, puis se tourna lentement. Il entra dans la pièce. Freddy l'y accompagna et se plaça de façon à bien voir son visage pâlir tandis qu'il découvrait les vêtements de Charlotte étalés sur le sol — et tout le reste de sa mise en scène géniale.

Les épaules de Mondragon s'affaissèrent. Sa lèvre inférieure se mit à trembler. Walen se retint de ricaner. A la radio, Bessie Smith susurrait une chanson douce qui parlait d'amour et de fidélité. Comme cela tombait bien ! Freddy était ravi. Il aurait pu faire durer la scène des heures durant, pour le plaisir. Hélas, il devait accélérer le mouvement : les filles risquaient de redescendre. Le moment était donc venu d'assener le coup de grâce à Mondragon.

— Vous avez compris, cher ami, n'est-ce pas ? Alors soyez gentil et laissez-nous, je vous prie.

Le macaque tourna la tête vers lui. Ses yeux brillaient de chagrin.

— Je n'y crois pas, marmonna-t-il.

— Alors posez-lui vous-même la question. Elle est là-haut, dans la baignoire.

Freddy marqua une pause, avant d'ajouter avec gourmandise :

— Elle avait envie de se rafraîchir.

Les narines de Mondragon se dilatèrent. Sa mâchoire se crispa furieusement. L'espace d'un instant, Freddy crut qu'il allait lui sauter à la gorge. Mais non. Il tourna les talons. Et sortit du salon, sortit de la maison, sortit pour de bon, du moins pouvait-on l'espérer, de la vie de Charlotte.

— Allô, docteur Harmon ? Charlotte Godfrey à l'appareil... Godowski ? précisa-t-elle pour raviver la mémoire du chirurgien.

— Mais oui, bien sûr ! Charlotte ! Comment allez-vous ? Il y a si longtemps qu'on ne s'est parlé. J'ai bien suivi votre carrière. Toutes mes félicitations. Je savais que vous réussiriez...

— Dr Jacob..., l'interrompit-elle d'une voix pressante.

Elle n'avait pas le temps de discuter de sa carrière.

— Il m'est arrivé quelque chose, ajouta-t-elle.

Elle lui décrivit rapidement les symptômes dont elle souffrait, puis les analyses effectuées par Navarro et son diagnostic.

— Il affirme que je dois faire retirer les implants, conclut-elle. Bien sûr, il se trompe. Mais j'avoue qu'il m'a beaucoup inquiétée. Que me conseillez-vous ?

Le Dr Harmon ne répondit qu'après un long silence.

— Il m'est difficile de vous donner un avis par téléphone, confia-t-il d'un ton qui trahissait une certaine nervosité. Ce Dr Navarro... vous dites qu'il s'est renseigné auprès des Dr Haverhill et Quinn ? A Los Angeles ?

— Oui. Mais ces derniers ne m'ont pas vue...

— Ce sont d'excellents spécialistes. Mon confrère s'est renseigné auprès des meilleurs, à vrai dire. Cela dit...

Le Dr Harmon se racla la gorge.

— Les implants ne provoquent que très rarement des réactions immunitaires comme celle que vous me décrivez, poursuivit-il. Mais votre situation est particulière... Naturellement il faut que je vous voie. Pouvez-vous venir à Chicago ? Immédiatement ? Je prends mon carnet de rendez-vous, si vous voulez bien...

— Attendez !

Elle prit une profonde inspiration.

— Etes-vous en train de me dire que Navarro pourrait avoir raison ?

— En affirmant... qu'il faudrait retirer les implants ? Si les chiffres des anticorps sont aussi élevés que ceux que vous venez de me citer, alors oui. Cependant, je veux faire moi-même de nouvelles analyses. Cette situation me bouleverse, croyez-moi. Il n'y avait aucun moyen de prévoir que votre organisme réagirait ainsi aux implants. Mais venez à Chicago, Charlotte. Je veux vous examiner.

— Mais moi, je ne veux pas que les implants soient retirés ! protesta-t-elle. A moins que vous ne puissiez en mettre d'autres à la place ?

— Malheureusement, non. Pas dans votre cas. Vu les symptômes, je peux d'ores et déjà affirmer que votre organisme rejetterait n'importe quel type d'implant.

— Et, si je garde quand même ceux que j'ai, je mourrai ? demanda-t-elle.

Le silence qui suivit sa question lui déchira le cœur. Quand il répondit, le Dr Harmon parla d'une voix tellement solennelle qu'elle crut y entendre sa propre oraison funèbre.

— Oui. Vous mourrez.

Elle porta la main à sa bouche pour retenir un cri de désespoir.

— Mais il faut que je vous voie, insista-t-il. La meilleure solution, c'est que vous veniez à Chicago le plus tôt possible. Laissez-moi...

— Adieu, docteur Harmon.

— Quoi ? Allô ? Charlotte, ne raccrochez pas ! Vous devez...

— Je pense que tu as tort de reprendre le travail si tôt, protesta Melanie. Ça ne fait même pas une semaine que tu es revenue ici ! Tu as besoin de temps pour te retrouver...

— Non.

Charlotte soupira et se regarda dans le miroir en pied de son placard. Sa mise était splendide. Digne de la star qu'elle s'apprêtait à redevenir : un élégant tailleur en cachemire, des escarpins, et pour parfaire le tableau... Elle enfila ses doigts dans les gants en veau assortis au sac à main qu'elle avait choisi de porter aujourd'hui.

— Ce dont j'ai besoin, c'est de travailler, affirma-t-elle. Je n'ai besoin de rien d'autre.

Elle tourna la tête vers Melanie, en espérant que l'amertume et le dépit qui la tenaillaient ne se voyaient pas trop dans ses yeux.

— Je pense que j'ai eu des vacances suffisamment longues, conclut-elle. Pas toi ?

— Et qu'est-ce que je lui dis, s'il vient ici ? objecta son amie. Car il viendra, tu peux en être sûre. Il t'aime !

Charlotte s'efforça de garder un visage impassible. Il était sans doute normal que Melanie lui fasse ce genre de remarque — mais l'entendre rappeler que Michael l'aimait lui cisaillait le cœur.

— S'il te plaît, ne dis pas ça, bafouilla-t-elle. Tu ne me facilites pas les choses !

— Je ne pense pas que les choses soient faciles pour lui non plus, rétorqua son amie. Tu l'as quitté, tout de même !

— Non.

Elle ferma les yeux et lutta contre le chagrin qui menaçait de la submerger. Elle saisit son sac à main.

— Je ne l'ai pas quitté, ajouta-t-elle d'une voix fêlée. C'est plutôt le contraire. Il m'a laissée tomber. Mon erreur, c'est de lui en avoir donné l'occasion...

— Mais tu l'aimes, Charlotte ! Bats-toi pour préserver votre merveilleuse relation !

— Mon amour pour lui n'a aucune importance pour le moment, répliqua-t-elle, puis elle soupira de nouveau. La cassure qui s'est produite entre nous est... définitive. Et je pense que je n'ai plus la force de me battre pour...

Elle se tut, mordit sa lèvre inférieure qui tremblait. Melanie s'approcha d'elle, sourcils froncés.

— Je ne te reconnais plus, ma chérie, observa-t-elle doucement. Avant, tu voyais toujours le verre à moitié plein. Tu te souviens ? « Si tu désires vraiment quelque chose, fais ce qu'il faut pour l'avoir, et tu l'auras. » Voilà ce que tu disais, et tu me le répétais sans cesse. Je pense, Charlotte... que tu devrais mettre tes idées en pratique dans ta propre vie. Non ?

Charlotte haussa les épaules. Elle se demandait bien comment elle avait pu tenir des discours aussi stupides à Melanie. Désirer quelque chose, se battre et l'obtenir... Foutaises ! Niaiseries !

— Si ma mémoire est bonne, objecta-t-elle, toi tu disais que les hommes ne sont que des porcs et ne valent pas la peine qu'on se fasse du mal pour eux. Eh bien... je viens de découvrir que tu as raison.

— Je m'en veux d'avoir tenu ce genre de discours, Charlotte. J'avais tort. Je le sais, aujourd'hui. Enfin... Certains hommes sont des imbéciles, d'accord. Mais pas tous. Et Michael n'en est pas un, c'est évident. Ne te braque pas contre lui, ma chérie. Ensemble, vous viviez vraiment un amour exceptionnel. Va le retrouver.

— Non. C'est mon travail que je vais retrouver.

— Charlotte...

— Arrête, Melanie ! l'interrompit-elle d'une voix trop aiguë, qui trahissait son désespoir. Je sais que tu veux m'aider, mais... ça ne sert à rien. Je me fiche de tout, tu ne comprends pas ? Je me fiche de Michael, de mon visage, je me fiche de tout ! Ma vie est incontrôlable et cruelle. O.K., je l'accepte. Mais, au moins, qu'on me laisse travailler.

Une expression résignée se peignit sur le visage de Melanie.

— Tu ne m'as toujours pas dit quoi faire s'il appelle ou s'il vient ici. Je sais qu'il le fera. Tu ne l'as pas vu quand tu étais en tournage en France ! Il venait tout le temps, il téléphonait... Il était comme fou !

Charlotte se renfrogna.

— Et toi, tu ne l'as pas vu après que je lui ai parlé de mon opération. Quand il était allongé sur le lit, sans dire un mot, à me fixer avec des yeux froids...

Elles se regardèrent en silence.

— Bon, marmonna Melanie. Vas-tu rappeler le Dr Harmon, aujourd'hui ?

— Non, j'ai décidé de ne pas me faire réopérer.

— Quoi ? s'exclama son amie avec colère. Mais tu es folle ou quoi ?

— Je serais folle de retourner chez ce chirurgien. Ma beauté, c'est tout ce qui me reste. Je n'ai aucune intention de la perdre.

— Tu es cinglée, grommela Melanie, puis elle lui toucha affectueusement le bras. Non, je suis désolée d'avoir dit ça. Tu es juste malheureuse.

— Oui, peut-être, admit Charlotte d'un ton las. Mais je suis surtout réaliste. Il faut regarder la situation en face.

Melanie s'assit sur le lit, songeuse.

— Tu as tort, Charlotte. Ta beauté n'est qu'une façade. Un emballage. Tu n'as pas le droit de tout lui sacrifier. La vie est trop précieuse pour qu'on la perde ainsi... Pense à la chance que tu as d'être venue au monde...

— Quoi ? s'exclama Charlotte. Tu parles de chance, maintenant ? Mais c'est toi qui es cinglée.

Elle repensa tout à coup au personnage de Marguerite, dans *Camille*, qui avait mis fin à ses souffrances en laissant simplement la maladie la ronger inexorablement.

— La mort aussi est une chance, bafouilla-t-elle.

Melanie pâlit.

— Tu n'es pas sérieuse...

— Très sérieuse. Mais ne te tracasse pas. Je suis certaine de ne même pas avoir la chance d'en arriver là. Je m'attends plutôt à devoir souffrir indéfiniment.

Elle consulta sa montre.

— Je vais être un retard à mon rendez-vous.

Elle descendit au rez-de-chaussée, sortit de la maison. Melanie la suivit. Avant de monter dans la limousine qui l'attendait devant la porte, Charlotte se tourna vers son amie.

— Je sais ce que je fais, assura-t-elle. Et ne t'inquiète pas pour M. Mondragon. Je vais charger ma secrétaire d'annuler le contrat d'entretien qui nous lie à son entreprise. Il n'aura aucune raison de venir t'importuner.

Elle ouvrit la portière du véhicule.

— Une dernière chose, Melanie, ajouta-t-elle d'une voix ferme. Promets-moi de ne pas lui téléphoner.

Son amie eut une mine déconfite. De toute évidence, c'était exactement ce qu'elle avait envisagé de faire.

— Promets-le, insista Charlotte.

— Tu seras maudite, grommela Melanie. D'accord. Je te le promets.

Charlotte sourit brièvement, avant de s'installer dans la limousine et de prier le chauffeur de la conduire à Los Angeles.

En retournant vers la maison, Melanie poussa un profond soupir. Puis son visage s'éclaira. Certes, elle avait promis à Charlotte de ne pas chercher à joindre Michael. Mais elle n'avait pas promis de ne pas lui parler s'il appelait lui-même ! Rien ne l'empêchait de se tenir prête à répondre au téléphone...

⁂

Michael plongea la pelle dans la terre noire, lui donna une forte poussée, puis souleva une énième motte, accentuant le fossé qu'il creusait depuis le matin. De grosses gouttes de sueur roulaient sur son front, lui piquaient les yeux. Sa chemise était trempée. Il y avait plusieurs heures qu'il s'exténuait au travail. Mais il en avait besoin. Il voulait atteindre la limite de ses forces physiques. Ne plus pouvoir réfléchir, ni même penser. Voilà la seule solution qu'il avait trouvée pour oublier la douleur qui lui déchirait le cœur. A chaque coup de pelle, il s'imaginait que le métal était son propre poing et que la terre était le visage de Walen. Et il cognait, cognait, cognait toujours plus fort et plus vite, haletant et grognant comme un lutteur.

Levant les yeux, il aperçut Bobby qui venait à sa rencontre.

— Qu'est-ce que tu fais ? demanda celui-ci d'une voix paisible.

— Je creuse, tu vois bien, répliqua-t-il. Pour le drainage des eaux.

Il planta la pelle au bord du fossé. S'appuyant sur le manche de l'outil, il s'épongea le front avec un mouchoir.

— Qu'est-ce que tu veux, Bobby ?

— Moi, rien. Je viens te prévenir que Mama vous attend pour le repas, Charlotte et toi. Vous êtes en retard.

— Nous ne viendrons pas.

Bobby parut étonné, puis une expression suspicieuse se peignit sur son visage. Michael baissa les yeux sous le regard perçant de son frère. Il savait qu'il n'avait pas bonne mine. Ses cheveux étaient gras, il n'était pas rasé. Pas très propre non plus. En somme, il avait l'air d'avoir dormi dans le fossé qu'il creusait. Bobby tourna la tête vers le bungalow, au sommet de la colline.

— Où est Charlotte ? demanda-t-il.

Michael s'éclaircit la voix. Sa bouche était soudain sèche, râpeuse.

— Elle est partie, marmonna-t-il.

Bobby le considéra en silence, bouche bée.

Michael s'empara de la pelle et, avant de reprendre son travail, tordit le cou en tous sens pour délasser ses muscles tendus. Il ne voulait plus penser à ce qu'il avait éprouvé quand il était rentré dans le bungalow vide — où la bague de fiançailles de Charlotte avait été abandonnée sur la table... Il s'était aussitôt précipité chez elle, et avait été accueilli par ce fumier de... Non ! S'il y songeait encore, il en perdrait la tête.

— Quand est-elle partie ? s'enquit doucement Bobby.

Michael enfonça la pelle dans la terre, avec une brutalité à la mesure de son chagrin.

— Cette nuit.

— Et... tu l'as laissée partir ? s'étonna son frère.

— J'étais sorti faire un tour. Quand je suis revenu, elle avait disparu.

— Quoi ? Qu'est-ce que c'est que cette histoire ?

Michael jeta une pelletée de terre par-dessus le talus. En revenant de chez Charlotte, il avait pris la bague au creux de sa main et s'était assis sur leur lit, dans le noir, essayant de comprendre ce qui s'était passé — retournant infiniment dans sa tête des questions auxquelles il ne trouvait aucune réponse. Pourquoi lui avait-elle menti ? Pourquoi était-elle partie ? Et, surtout, comment pouvait-elle l'avoir trahi — trompé — si vite, si peu de temps après leur séparation ? Avec Freddy Walen, par-dessus le marché ! Quand les premières lueurs de l'aube avaient pénétré dans la pièce, il n'avait toujours pas compris ce qui leur était arrivé. Il était juste épuisé, ivre de chagrin et de désespoir.

— Elle est partie, voilà tout ! affirma-t-il.

— Mais tu es fou ! s'exclama Bobby d'un ton accusateur. Comment as-tu pu l'abandonner maintenant, au moment où elle a le plus besoin de toi ?

Michael se figea. Il regarda fixement son frère.

— Tu... tu étais au courant, pour son visage ?

— Oui. Je l'ai accompagnée chez le Dr Navarro.

Bobby secoua la tête.

— Elle était désespérée, Michael. Elle avait peur pour son visage, pour sa vie aussi... Mais, par-dessus tout, elle avait peur que tu ne la quittes. J'ai été stupide de lui conseiller de tout te raconter. Je croyais que tu serais à la hauteur...

— Tu ne sais pas de quoi tu parles, l'interrompit-il d'une voix sourde. Tais-toi.

— Tu sais à qui tu me fais penser ? rétorqua Bobby, l'air soudain furieux. Tu me fais penser à certains malades du sida que je connais. Quand ils découvrent que leur traitement est efficace et que finalement ils ne vont pas mourir, ils se sentent pousser des ailes et rompent avec leur ancien compagnon. Bye bye, mon chéri ! J'ai ma vie à vivre, je veux m'éclater. Toi, tu as fait ton temps, je n'ai plus besoin de toi. Et, surtout, je n'ai vraiment plus envie de voir ta vilaine figure.

— Tu es injuste de dire ça. Ce n'est pas une question de physique.

— Ah oui ? railla Bobby.

— Elle m'a menti ! explosa Michael. Elle a fait semblant d'être quelqu'un qu'elle n'est pas.

— Ça, c'est un argument bidon. Et tu le sais, rétorqua calmement son frère. Bon sang ! Ne vois-tu pas que tu es en train de répéter un de tes schémas habituels ? Quand quelque chose ne te plaît pas — ne correspond pas à tes critères —, tu fuis. Tu ne supportais pas ta famille mexicaine, tu es parti. Tu ne supportais pas mon homosexualité, tu es parti...

— Je suis revenu.

— Oui, c'est vrai. Tu as fait amende honorable. Après y avoir longuement réfléchi. Tu peux te féliciter d'avoir su dépasser tes blocages. Mais...

Bobby soupira. Leurs regards se rivèrent l'un à l'autre.

— J'espère que tu sauras agir de même avec Charlotte, conclut son frère.

— Ce n'est pas pareil ! répliqua Michael avec obstination.

— Idiot. Tu me fais penser à une statue maya. Intangible. Impassible. Pétrifiée comme si elle n'avait que des certitudes.

— J'aimerais avoir la chance de posséder un cœur de pierre, comme ces statues, crois-moi. En tout cas, ça ne change rien. Charlotte est partie, il n'y a rien à ajouter.

Bobby regarda son frère avec dépit. Puis il haussa les épaules, tourna les talons et s'éloigna. Cet imbécile refusait d'ouvrir les yeux. Tant pis pour lui.

Comme il passait près du bungalow, il jeta un regard par-dessus son épaule, en direction de Michael. Et se figea.

Michael se tenait immobile, appuyé sur le manche de la pelle. Son torse était secoué de tremblements violents. Il sanglotait.

Bobby en eut le cœur brisé. Pour Michael. Pour Charlotte. Pour tout ce qui aurait pu être entre eux — et s'était peut-être volatilisé à cause d'un malentendu.

Freddy sourit en voyant Charlotte faire irruption dans son bureau. La jeune femme semblait remontée à bloc.

— Je veux du travail, Freddy. Beaucoup de travail, annonça-t-elle avec détermination. Fais en sorte que je sois très, très occupée au cours des prochains mois.

— Ah, ma gentille petite chérie ! s'exclama-t-il, ravi. Voilà ce que j'attendais de toi.

Il s'approcha d'elle et l'étreignit chaleureusement. Puis il recula d'un pas pour scruter son visage avec attention.

— Tu as l'air en forme, observa-t-il. Tu es splendide.

Elle avait attaché ses cheveux en un chignon élaboré. Ses grands yeux bleus illuminaient son magnifique visage. Du point de vue vestimentaire, elle était aussi racée et sophistiquée qu'à son habitude. Il sourit encore.

— Magnifique, ajouta-t-il, puis il fronça les sourcils. Tes douleurs ? Où en es-tu ?

— Mes douleurs, répondit-elle d'un air détaché, elles me cassent les pieds. J'ai décidé de ne plus y penser.

Charlotte s'assit sur le canapé.

— Plus sérieusement, ajouta-t-elle, disons que ça va bien. Ça va même très bien.

Elle retira ses gants, songeant qu'elle était pressée d'en finir avec les bavardages inconsistants.

— Je prends des vitamines et des gélules à base de plantes, précisa-t-elle. En fait, il y avait longtemps que je ne m'étais sentie aussi en forme. Je suis prête à travailler.

Elle lui offrit ce qu'elle espérait être un sourire à la fois enthousiaste et résolu — un sourire qui signifiait qu'elle avait totalement repris le contrôle d'elle-même. Il lui semblait que, si elle jouait à fond le rôle de l'actrice confiante et heureuse, elle réussirait peut-être à atténuer le désespoir qui lui tenaillait le cœur. Et, qui sait, à trouver un jour une certaine forme de paix de l'esprit...

— Qu'as-tu à me proposer ? demanda-t-elle. Je t'écoute.

Les yeux brillant de plaisir, Freddy se pencha vers l'Interphone, sonna sa secrétaire.

— Apportez-moi du café, ordonna-t-il, avant de l'interroger du regard.

— De l'eau minérale, pour moi, répondit-elle. Non, rien d'autre. Merci.

Freddy transmit sa requête à la secrétaire. Puis il vint s'asseoir en face d'elle, dans un fauteuil, posant un dossier cartonné sur la table basse.

— Je dois t'avouer que j'étais un peu inquiet..., commença-t-il.

Charlotte le regarda attentivement. Il avait l'air fatigué. Ses joues étaient plus creuses qu'auparavant. Manifestement, il avait encaissé avec difficulté sa longue disparition.

— Je sais. Et je regrette de t'avoir causé ce dérangement, admit-elle d'un ton sincère.

Freddy eut un sourire désabusé. Il ouvrit le dossier, le feuilleta.

— J'ai conclu avec John LaMonica et Paramount, annonça-t-il fièrement. T'en ai-je déjà parlé ?

— Non, Freddy, répondit-elle en feignant d'être très intéressée. De quoi s'agit-il ?

— Voilà. Un soir, j'étais en train de dîner avec Michael Kuhn. On discutait de la distribution de nos films, quand LaMonica s'est pointé dans le restau et s'est installé avec nous. Il était fier comme Artaban, parce que tous ses films récents avaient connu un immense succès au box-office. Avec lui, il y avait...

— S'il te plaît, Freddy, l'interrompit-elle gentiment. Donne-moi juste les infos qui nous concernent.

Freddy cilla, la mine quelque peu déconfite, puis acquiesça.

— D'accord, bien sûr..., marmonna-t-il.

Il se renversa contre le dossier du fauteuil et tira d'un petit coup sec sur le nœud de sa cravate. Charlotte remarqua qu'il s'était acheté un gros diamant qu'il portait à l'annulaire.

— Le fin mot de l'histoire, c'est que tu as maintenant une cote énorme, mon cœur, expliqua-t-il. Tout le monde sait que tu as des chances de remporter un oscar pour *Camille*. LaMonica te veut pour un film d'action intitulé *Ouragan*, dont le tournage doit démarrer prochainement. J'ai pensé que ce serait bien que tu fasses quelque chose d'un peu différent. Pour montrer l'étendue de ton répertoire.

Charlotte hocha la tête.

— C'est un contrat très, très juteux, poursuivit Freddy avec enthousiasme. Avec un cachet record. La distribution du film est extraordinaire. Tu auras Johnny Depp comme partenaire principal. Vous deux, vous allez très bien ensemble. Tout le monde le dit.

Tandis qu'elle observait son agent qui gesticulait dans son fauteuil comme un pantin survolté, Charlotte eut l'impression de se détacher d'elle-même, de s'élever au-dessus de la pièce. « Est-ce cela, mon existence ? se demanda-t-elle confusément. Des contrats et de la promotion. Des idylles inventées avec des acteurs que je ne connais pas, des potins sur ma vie privée... ? Est-ce cela que je visais en arrivant en Californie ? »

Elle frissonna, saisie par un froid glacial qui se répandit à travers tout son corps. Un insoutenable sentiment de solitude l'envahit.

— Alors, qu'est-ce que tu en dis ? conclut Freddy.

Charlotte se força à se concentrer sur la discussion.

— C'est parfait, répondit-elle. Je commence quand ?

Freddy la regarda bouche bée. Il se pencha en avant, posant les mains sur la table basse.

— Parfait ? Je commence quand ? répéta-t-il. C'est tout ce que tu trouves à dire ? Te rends-tu compte que pour ce contrat je me suis démené comme jamais ?

— Qu'est-ce que tu veux que je dise de plus ? répliqua-t-elle d'un ton désinvolte, puis elle lui accorda un sourire agréable. O.K... J'ai hâte de voir le scénario.

Freddy fronça les sourcils. Cette précision ne lui suffisait guère, manifestement

— Je t'en dirai davantage quand je saurai de quoi il s'agit, ajouta-t-elle. J'aime bien Johnny Depp. Je suis sûre qu'on fera du bon boulot. Et puis... je n'ai jamais tourné dans un film d'action, mais... je ferai de mon mieux. Voilà. Tu es content, là ?

Freddy la dévisagea d'un air songeur.

— Tu es encore sur les nerfs à cause du Latino Bandito ? marmonna-t-il. Hein ? Mais je croyais que c'était terminé, cette histoire.

Charlotte refusa de mordre à l'hameçon. Elle se réfugia derrière un sourire détaché. Une expression gênée se peignit sur le visage de Freddy.

— Ne me dis pas que tu t'es remise avec ce type ?

— Non. Nous sommes séparés. Définitivement. Tu n'as plus aucune raison de t'inquiéter.

— Je suis heureux de l'entendre. Je commençais à croire que toi et lui...

— Freddy, l'interrompit-elle d'un ton sec, tenons-nous-en à nos relations professionnelles, d'accord ? Qu'as-tu d'autre à m'annoncer ? Je veux travailler le plus possible.

Le regard de son agent s'adoucit. Il hocha la tête et examina les papiers étalés devant lui. Elle comprit qu'il n'insisterait pas. Tout ce qui importait, pour lui, c'était qu'elle ne soit plus avec Mondragon et se donne à fond à la carrière qu'il lui construisait. Ses états d'âme, après tout, il s'en fichait...

En descendant de la limousine, Freddy prit le bras de Charlotte et l'entraîna jusqu'à l'entrée du *Cilantro*, le nouveau restaurant branché que Junichi et Melanie ouvraient sur les quais. Une interminable guirlande de Rolls Royce et de voitures de grande remise s'étirait le long du trottoir, avançant au pas pour débarquer les uns après les autres, devant un tapis rouge, les invités du couple et ceux de Charlotte. En effet, les deux copines avaient organisé l'événement de façon à fêter en même temps le lancement du restaurant et la sortie en salle de *Camille*. Les convives étaient triés sur le volet ; tout ce que Los Angeles comptait de personnalités investissait les lieux.

Freddy s'avança avec Charlotte vers la maîtresse des lieux. Ces derniers mois, Melanie était devenue de plus en plus séduisante. La bombe hystérique et aguicheuse d'autrefois avait cédé la place à une femme mûre, sophistiquée, qui dégageait une grande impression de sérénité. Sans doute, songea Freddy, une conséquence de son succès dans le domaine culinaire et de son idylle avec le Japonais tout sourire qui se tenait à côté d'elle. Il salua le couple, et aussitôt Melanie le toisa d'un regard peu amène. Il haussa les épaules. Il se fichait de cette fille. Elle était insignifiante.

Il s'éloigna, se mêlant à la foule des invités. Là, en revanche..., se dit-il en regardant tout autour de lui, il y avait les gens qui comptaient. Des joueurs de haut vol dans le business de l'industrie cinématographique. Freddy éprouva un intense frisson de satisfaction. Il avait travaillé dur pour s'assurer la présence de certains types qu'il voyait siroter du champagne dans cette salle. Il pouvait être fier de lui. Son seul regret, en fin de compte, c'était que Charlotte ait insisté pour lancer *Camille* ici. O.K., le restau de Junichi et Melanie était très correct. Question déco, ils avaient fait les choses en grand. On pouvait supposer que, d'ici peu, cet endroit serait l'un des repaires favoris du gratin hollywoodien. Mais pour le moment... ça n'était pas Spago, tout simplement !

Enfin ! La réception avait l'air de bien se passer. Et tout ce qui importait, c'était que le haut du panier soit présent. Freddy s'approcha du bar pour consulter le plan de table. A la centrale, il y aurait Joel Schaeffer et plusieurs très grosses pointures de la production, dont les Weinstein, de Miramax. Ils tiraient une belle gloire de la « standing ovation » que *Camille* avait reçue cet après-midi à la fin de l'avant-première. « Tant mieux pour eux, et tant mieux pour moi », pensa Freddy. A côté, il y aurait des brochettes d'avocats, de financiers, d'acteurs, de techniciens — rien que les stars des différents métiers, bien sûr !

Ouais, se dit-il avec un large sourire. C'était une bien belle soirée pour le show-biz. L'atmosphère était déjà électrique. Tout le monde avait envie de s'amuser. Le champagne coulait à flots. Rien ne stimulait autant le milieu du cinéma que la certitude d'un nouveau succès au box-office. Car c'était certain : *Camille* allait casser la baraque. Tout était réuni pour ça : scénario impeccable, mise en scène talentueuse, et surtout, surtout, premier rôle féminin tenu par une actrice dont la beauté aurait excité un eunuque.

Et à qui elle appartenait, cette perle de star ? A lui, Freddy Walen, agent de génie. Tout simplement. « Sortez vos chéquiers, gentils messieurs et gentilles dames, se dit-il en revenant vers Charlotte. C'est avec moi qu'on négocie le droit d'avoir cette beauté-là dans son film. C'est moi qui en suis le créateur, c'est moi qui vous dirai combien elle vaut. »

Prenant le bras de la jeune femme, il la conduisit en souplesse à travers la foule. C'était si bon de l'exhiber ainsi, en saluant comme des amis cent célébrités qu'il ne connaissait pas, en échangeant des blagues stupides avec ceux qu'il connaissait, en captant des sourires envieux sur le visage des hommes — qui ne pouvaient s'empêcher de la dévorer des yeux !

Jetant un regard vers Charlotte, il s'aperçut avec plaisir qu'elle se tenait bien droite, l'air très digne, les pupilles fixes, comme si elle évoluait dans un monde dont elle était la seule souveraine. Hmm... Freddy sourit. Cette expression distante, ces lèvres un peu pincées, cela ajoutait à sa prestance. Quelle classe elle avait !

Et cette sirène était à lui, rien qu'à lui. Mondragon était

éjecté pour de bon du circuit. Les autres hommes... aucune importance. Il la tenait.

Il la tenait pour toujours.

Le mariage de Melanie et de Junichi fut l'événement de la période de Noël.

Charlotte, vêtue d'un tailleur rouge, se tenait à côté de son amie devant l'autel. Melanie avait tenu à se marier en blanc — avec Junichi, disait-elle, elle se sentait pure. Leur bonheur à tous deux était d'ailleurs manifeste ; ils rayonnaient véritablement de joie et de plaisir. Et, quand Melanie dit « oui », elle parla de la voix claire et ferme d'une femme qui a surmonté triomphalement de nombreux obstacles pour trouver l'amour et la paix de l'âme.

Après l'église, tous les invités se rendirent au Cilantro pour une grande réception qui commença par les habituelles félicitations aux mariés et à la famille. Quelle ironie, pensa Charlotte en observant le visage radieux de son amie. Contrairement à ce que Melanie avait craint pendant si longtemps, l'âge ne l'avait pas privée de sa beauté. Au contraire. Elle était plus belle aujourd'hui qu'elle ne l'avait jamais été. Ses rides n'étaient pas des marques de vieillissement, mais des signes de maturité, de courage et de beauté intérieure. Sa chevelure était celle d'une femme posée et digne. Ses yeux brillaient d'amour et de confiance — envers Junichi, bien sûr, mais surtout envers elle-même.

Charlotte était tellement bouleversée qu'elle ne put s'empêcher de pleurer dans son mouchoir.

— Tu es la plus belle mariée que j'aie jamais vue, murmura-t-elle à Melanie.

Celle-ci lui prit la main et noua leurs doigts ensemble.

— Permets-moi de te rappeler ce que tu m'as dit un jour, copine. Que la vraie beauté, dans la vie, c'est celle que l'on tire de l'affection que nous portent nos amis.

Elles s'étreignirent un long moment, partageant en silence cet amour unique que seuls des intimes peuvent partager.

— Tu es ma meilleure amie, lui chuchota Melanie à l'oreille. C'est toi qui m'as rendue belle.

Melanie sourit.

— Et ton cadeau de mariage... Les parts du restaurant dont tu étais propriétaire... C'est vraiment très généreux. Je ne sais pas quoi dire.

— Promets-moi juste d'être heureuse.

— Je suis heureuse, acquiesça Melanie, avant de s'esclaffer. Mais ne pense pas un seul instant que je t'abandonne, ma chérie. Je serai toujours là pour toi.

Elle prit ses deux mains dans les siennes.

— Tu ne seras jamais seule.

Charlotte sentit des larmes lui monter aux yeux. Elle les refoula, plaquant un sourire courageux sur ses lèvres.

— Je sais.

Junichi s'approcha. Il s'excusa d'interrompre leur conversation et entraîna Melanie vers un couple d'amis qui désirait les féliciter. Charlotte les regarda échanger de cordiales accolades. Puis elle s'éloigna, pour que Melanie ne se sente pas obligée de venir la retrouver immédiatement.

Tandis qu'elle se frayait un passage dans la foule, elle s'aperçut que la grande majorité des invités lui jetaient des regards à la dérobée, ou chuchotaient entre eux en la montrant du doigt. Evidemment, ils la reconnaissaient. Et ils étaient fiers de la voir parmi eux. Mais ils n'osaient pas venir lui parler pour autant. Sans doute craignaient-ils de la déranger ; ou alors ils estimaient faire preuve d'une grande politesse en gardant leurs distances avec la célébrité qu'elle était. En tout cas, leur attitude soulignait qu'elle n'était pas des leurs.

Charlotte se posta dans un coin de la salle. Tandis

qu'elle observait les invités qui allaient et venaient, formaient des groupes, bavardaient avec aisance, elle se remémora tout à coup une autre fête de Noël, à laquelle elle avait assisté quatre ans plus tôt, à Chicago. Un frisson glacial la saisit, venant du cœur de son être. Car elle se rendait compte dans un terrifiant éclair de lucidité qu'en fin de compte elle était aussi isolée dans sa beauté qu'elle l'avait été dans sa laideur.

qu'elle observait les invités qui allaient et venaient, formaient des groupes, bavardaient avec aisance, elle se remémora tout à coup une autre fête de Noël à laquelle elle avait assisté quatre ans plus tôt, à Chicago. Un frisson glacial la saisit, venant du cœur de son être. Car elle se rendait compte, dans un terrifiant éclair de lucidité, qu'en fin de compte elle était aussi isolée dans sa beauté qu'elle l'avait été dans sa laideur.

21.

A peine deux mois après le début du tournage d'*Ouragan*, l'aventure avait viré à la catastrophe. Charlotte, qui tenait le rôle principal, avait craqué. On la supposait malade — sans trop savoir de quoi elle souffrait. En tout cas, elle parvenait de moins en moins à jouer le personnage pour lequel elle avait été engagée. Conséquence : le travail était paralysé. Le réalisateur, les acteurs, l'équipe technique, tout le monde était à cran. Et John LaMonica, le producteur, bouillait de colère.

Freddy ne prêtait aucune attention à la somptueuse décoration intérieure du bureau de LaMonica, qui l'y avait convoqué séance tenante à la première heure de la journée.

Il écoutait le producteur en blêmissant.

— Il m'a fallu deux ans pour mettre ce film sur pied ! grommela LaMonica. Deux ans ! Les droits d'adaptation du livre, le casting, le financement, tout a été difficile sur ce coup. Vous devez faire quelque chose, Walen, et vite !

LaMonica saisit son cigare sur le bord du cendrier.

— Autrement, je n'aurai pas le choix. Je la ficherai dehors, assena-t-il en portant le Havane à ses lèvres.

— Quoi ?

Freddy se pencha en avant, posant les mains sur l'imposante table de bois et de verre qui le séparait de son interlocuteur.

— Vous ne pouvez pas faire ça, s'insurgea-t-il. Le film est à moitié tourné !

— Je peux le faire, et je le ferai s'il le faut.

LaMonica se renversa dans son fauteuil, très sûr de lui.

Freddy saisit son verre à whisky et y fit tournoyer les glaçons, jaugeant le producteur du coin de l'œil. Il n'avait pas l'air de plaisanter du tout.

Freddy décida de jouer la carte de la conciliation.

— Qu'est-ce que vous y gagneriez ? demanda-t-il d'une voix apaisante. Vous perdriez...

— Je préfère tirer un trait sur ce film et toucher l'assurance plutôt que de laisser les semaines passer sans qu'une seule scène soit correctement tournée, ce qui causerait une perte sèche de plusieurs dizaines de millions. Si on continue comme ça, c'est la faillite du projet. A cause de Godfrey...

Freddy hocha lentement la tête, songeur. LaMonica faisait partie de cette nouvelle race de producteurs hollywoodiens qui mettaient un point d'honneur à réduire le plus possible les budgets de leurs films, principalement en évitant toute dépense superflue et tout gaspillage. Il avait bâti sa réputation en donnant la preuve d'un talent exceptionnel dans ce domaine. Aussi virait-il à la paranoïa dès qu'il s'agissait de dépenser un dollar de plus que prévu pour un film, quel qu'il fût.

Or, il était manifeste que les dépenses grimpaient en flèche sur le plateau d'*Ouragan*. Freddy avait entendu parler des récents problèmes de Charlotte, bien sûr. Mais sa protégée était une professionnelle accomplie. D'habitude, elle ne décevait pas ses collaborateurs. Pourquoi arrivaient-ils cette fois à une telle extrémité ? Il réfléchit à toute allure.

— Allons, John, protesta-t-il d'un ton aimable. Charlotte n'est pas seule responsable des dépassements budgétaires. Les effets spéciaux du film sont extrêmement sophistiqués. Ils doivent pomper du fric comme...

— Ce n'est pas le problème, Freddy, l'interrompit LaMonica. Les effets spéciaux sont budgétés. Tout était prévu. Il n'y a pas de dépassement de ce côté-là.

Il pointa un index accusateur vers lui.

— C'est votre star qui nous coûte beaucoup trop cher. Et, franchement, je ne saisis pas son problème...

LaMonica se renfrogna, puis reprit d'une voix sourde :

— Qu'est-ce que c'est, Freddy ? Elle prend de la drogue ?

— Non, non, absolument pas. J'en suis certain. Mais... pour être franc moi aussi, John, je ne comprends pas plus que vous ce qui se passe. Tout ce que je peux dire, c'est que c'est physique. Elle n'est ni droguée, ni alcoolique, ni dépressive, ni névrosée, ni quoi que ce soit de ce genre. Elle est tombée malade, et... ça ne fait qu'empirer. Nous avons consulté des tas de médecins. Aucun d'eux n'a pu mettre le doigt sur ce qui cloche. Dès la fin du tournage, nous irons voir d'autres spécialistes. Mieux, nous la ferons entrer à l'hôpital pour qu'elle soit véritablement soignée.

LaMonica haussa un sourcil perplexe.

— Et quand je dis hôpital, s'empressa d'ajouter Freddy, je ne parle pas de centre de désintoxication. Je vous le répète, ce n'est ni la drogue ni l'alcool. Charlotte est clean, là-dessus. Il s'agit de tout autre chose. De l'arthrite, peut-être... Ou bien une maladie du sang... Ou alors... Je ne sais pas, John...

Le producteur posa ses mains sur le bureau et les regarda un moment, pensif. Freddy s'efforça de ne pas montrer son angoisse. Un visage impassible, voilà ce qu'il lui fallait afficher. Il savait que LaMonica ne croyait pas à cette histoire d'arthrite ou de maladie du sang ; il supposait sans doute qu'il s'agissait du sida, ou d'un virus quelconque. La question était de savoir s'il allait *faire semblant* de le croire, d'accepter son explication.

Comme son interlocuteur relevait les yeux et se raclait la gorge, Freddy pencha légèrement le buste en avant, en signe de respect.

— Pourriez-vous la remettre sur pied et la maintenir en état assez longtemps pour boucler le tournage ? demanda le producteur.

— Oui. Je vous en donne ma parole.

LaMonica s'accorda un long moment pour méditer cette assertion. Freddy était de plus en plus mal à l'aise. La vérité, c'était qu'il ne savait pas comment guérir Charlotte. Contrairement à ce qu'il avait répondu à John, il pensait qu'elle souffrait de dépression — c'était au moins la moitié de son mal. Il ne reconnaissait que trop bien chez l'actrice les symptômes qu'il avait vus des années durant chez son ex-femme, Ali. Pour le reste... Freddy soupira en son for intérieur. Toutes ces conjectures ne lui apportaient aucune solution. Si Charlotte ne se ressaisissait pas très, très vite, son contrat serait résilié. A Hollywood, cela équivalait à un suicide. Et, si elle tombait, il tombait lui aussi. Or, il n'en était pas question.

— Vous me donnez votre parole, Freddy, déclara LaMonica en pointant de nouveau vers lui un index qui désignait très clairement le coupable à punir au cas où la situation ne se redressait pas.

L'agression était légitime — en tant qu'agent, Freddy était responsable de son actrice —, mais désespérante.

— Ecoutez, John, répondit-il d'une voix qui, espérait-il, ne trahissait pas la peur qui lui nouait le ventre. Faites juste en sorte que les médias soient tenus à l'écart du plateau. Depuis que Charlotte a été nominée pour les oscars, ces chacals la harcèlent. Ils sont à l'affût du moindre détail sur sa vie et son travail.

— Peut-être aurait-elle intérêt à tenir une conférence de presse, suggéra le producteur. Au lieu d'alimenter les spéculations...

— Vous savez aussi bien que moi que c'est impossible en ce moment. Elle n'est pas en état de parler devant les journalistes.

LaMonica hocha la tête et tira sur son cigare.

— Interdisez l'accès au plateau, reprit Freddy.

— C'est déjà fait.

Freddy cilla.

— Ah oui ? Alors comment Vicki Ray a-t-elle pu raconter qu'on avait vu Charlotte trébucher sur le plateau comme une alcolo ?

— Vicki Ray est une surdouée. Elle a des informateurs partout. Et il est malheureusement exact que Charlotte chancelait entre les caméras, incapable de réciter son texte... Nous lui avons proposé un prompteur, mais elle est montée sur ses grands chevaux, affirmant qu'elle n'avait pas besoin qu'on lui dicte ses répliques, qu'elle avait une excellente mémoire, qu'elle était en forme, etc. Franchement, Freddy, je sais que d'habitude Charlotte est une excellente professionnelle. Mais sur ce film...

LaMonica se tut et poussa un grognement de colère en guise de conclusion. Freddy songea qu'il était temps de lever le camp. Si la conversation s'envenimait et que le producteur s'emportait, ils se retrouveraient l'un et l'autre dans l'impasse.

— O.K., je vois le tableau, convint-il. Je vais voir ce que je peux faire, John. Je vous dis à plus tard.

Il se leva et se tourna vers la porte du bureau.

— Attendez, marmonna son interlocuteur.

Freddy pivota sur ses talons. Le producteur lui fit signe de s'approcher, puis de se pencher vers lui.

— Nous savons tous que c'est un film difficile, expliqua-t-il sur le ton de la confidence. Même pour une actrice en super forme. Il y a des tas de cascades, des scènes hyper-rythmées... Il faut beaucoup d'énergie pour tenir le coup sur un tournage pareil.

Il marqua une pause, regardant ses doigts. Puis il releva les yeux et reprit à mi-voix :

— Avant de me donner votre parole, Freddy, allez voir Charlotte. Evaluez la situation. Puis revenez me faire un compte rendu, en toute franchise. Aujourd'hui même. O.K. ?

Freddy retint son souffle. Il avait peine à en croire ses oreilles. LaMonica lui donnait une seconde chance de tirer son épingle du jeu ; il l'invitait à laisser Charlotte couler toute seule, sans périr avec elle. Bon sang, pensa-t-il, stupéfait. Si John lui faisait cette proposition, c'était au nom de leur longue collaboration. Ils bossaient ensemble depuis des années et des années, ils étaient presque amis. Sa remarque signifiait aussi — surtout — que la catastrophe provoquée par Charlotte était encore pire que ce que Freddy imaginait.

Il soutint le regard du producteur et hocha la tête. Ils se serrèrent la main pour conclure leur pacte.

Charlotte vit Freddy approcher de la maison avec la démarche d'un homme investi d'une mission. Une expression aussi déterminée que mécontente se lisait sur son visage. Elle laissa le rideau retomber devant la fenêtre et porta la main à sa mâchoire pour y masser doucement, du bout des doigts, les emplacements des implants en silicone. C'était là qu'elle éprouvait la souffrance la plus vive.

Elle savait ce que Freddy allait lui dire. Des choses qu'elle s'était répétées cent fois à elle-même. « Remue-toi, ma fille ! Rassemble tes forces ! Tu as signé, tu t'es engagée à tourner ce film, alors ne me déçois pas ! »

Elle soupira. Le problème, c'était qu'elle se fichait de tout cela. Le film, Freddy, sa carrière..., plus rien n'avait d'importance à ses yeux.

Elle avait perdu l'amour qui donnait un sens à son existence. Sa beauté, qui lui avait permis de devenir celle qu'elle était aujourd'hui, devait disparaître — ou l'entraîner dans la mort. Elle était en deuil. Elle éprouvait un désespoir tenace, qui pesait lourdement sur son âme, paralysait son corps. Il lui semblait qu'elle n'était plus qu'une coquille vide, un trou noir d'humanité. Et il n'y avait aucune issue à son tourment.

Son état de santé empirait. Elle sombrait lentement, inexorablement dans la maladie. Le traitement du Dr Navarro, qui avait entraîné une amélioration miraculeuse les premiers temps et l'avait maintenue en bonne forme pendant des semaines, ne faisait désormais plus d'effet. Comme il l'avait prédit, les symptômes revenaient — avec une force décuplée. Autrefois, elle avait des bons jours et des mauvais jours. Maintenant, toutes ses journées étaient détestables. Elle se sentait faible, elle avait mal, elle souffrait comme elle n'aurait jamais imaginé qu'on pût souffrir. Elle n'avait même plus assez d'énergie pour apprendre son texte — sans parler de le jouer sur le plateau ! Et, la nuit, elle dormait à peine, car les ténèbres réveillaient en elle des angoisses suffocantes, contre lesquelles elle était incapable de lutter.

Elle ouvrit la porte de la maison pour Freddy et retourna dans le salon, où elle s'affala sur le canapé, se recroquevillant au milieu des coussins, les genoux remontés contre la poitrine. Quelle solution avait-elle ? Retrouver le visage d'autrefois — et la vie qui allait avec — était impensable. Or, c'était ce qui l'attendait si elle acceptait l'opération. D'un autre côté, garder les implants signifiait, à plus ou moins long terme, la mort.

Elle n'avait pas peur de mourir. A quoi bon vivre, si elle n'avait pas l'amour de Michael ? A quoi bon se lever le matin ? Elle n'avait aucune raison de continuer ainsi. Aucune...

— Voilà, tu sais tout, conclut-elle d'une voix fêlée.

Freddy la dévisageait, les yeux écarquillés.

— Et tu me dis que, d'après ce type, tu dois enlever ces implants et... et puis quoi ? Ne rien faire d'autre ?

Il s'empourpra, et sa voix grimpa d'un ton :

— Merde, tu auras le menton qui te tombera sur la poitrine !

Charlotte détourna la tête. La réaction de Freddy la bouleversait. Mais elle comprenait qu'il s'emporte ainsi, en un sens.

— Pas question ! explosa-t-il. Pas question que tu fasses cette connerie ! Bon sang, Charlotte, pourquoi tu ne m'as pas parlé de ce problème plus tôt ?

Il poussa un profond soupir.

— Attends..., marmonna-t-il. Laisse-moi une minute pour me calmer. J'ai la tête qui tourne. J'ai besoin de réfléchir.

Portant une main à son front, il se mit à marcher de long en large dans la pièce. Charlotte, qui n'avait pas bougé du canapé, l'observa en silence. Au bout d'un moment, il s'assit dans un fauteuil en face d'elle. Il la fixa attentivement — froidement. Elle comprit qu'il essayait d'imaginer son visage avant l'opération.

C'était normal. Il avait sûrement besoin de passer par là pour la comprendre. Elle le laissa faire sans protester.

Puis il se mit à l'interroger sur son opération, sa maladie, les avis des différents médecins qu'elle avait consultés, ainsi que sur son passé. Pendant près d'une heure, il enchaîna question sur question, implacablement, pour connaître son histoire dans les moindres détails. Charlotte lui répondit avec franchise, sans rien cacher.

Finalement, Freddy se pencha en avant, les coudes sur les genoux, et la dévisagea encore, l'air songeur. Charlotte vit dans ses yeux qu'il échafaudait un plan pour résoudre cette crise.

— Je vais téléphoner à un spécialiste de chirurgie esthétique qui habite en Amérique du Sud. Je le connais personnellement. C'est un plasticien de renommée internationale, un type de première classe. Il ne prend que des clients triés sur le volet. Il connaît son affaire. Il retirera les mauvais implants et les remplacera par des bons.

Elle leva une main.

— Freddy, je te l'ai déjà dit, ce n'est pas aussi facile, protesta-t-elle d'un ton las. On ne peut pas...

— Si, c'est très facile, l'interrompit-il avec fermeté, puis il secoua la tête d'un air agacé. Un médecin, un seul petit médecin de rien du tout prétend que tu dois perdre ton visage, et tu voudrais que je réponde : « Ah d'accord, c'est dommage mais tant pis » ?

Il fendit l'air avec le tranchant de la main.

— Dans cette histoire, il n'y a pas de demi-mesure, mon cœur. Si tu perds ton visage, tu perds ta carrière. Pense à ça avant de gober le pronostic de ce Dr Navarro.

— Et du Dr Harmon, ajouta-t-elle. C'est très sérieux, Freddy...

— En effet, la coupa-t-il encore, c'est très sérieux. Trop sérieux pour qu'on s'en tienne à l'avis d'un ou deux bonshommes. Crois-moi, Charlotte. Nous allons nous rendre chez mon spécialiste, et il arrangera ton problème, j'en suis certain. C'est un génie, ce type ! Fais-moi confiance.

Charlotte hocha la tête. La conviction et la volonté de Freddy s'imposaient inexorablement à elle, la privant de toute résistance. Dans le passé, elle avait su s'opposer à lui quand il le fallait, parce qu'elle avait de la personnalité, une grande force de caractère. Elle l'avait parfois laissé croire qu'il réussissait à la manipuler, mais c'était uniquement parce que cela servait ses intérêts. Leurs intérêts à tous les deux.

Il n'y avait guère que pour Michael qu'elle ne l'avait pas du tout écouté. Mais c'était une autre histoire...

Désormais, elle n'avait plus la force de résister à quiconque. Elle était trop fatiguée, trop triste...

— Que dois-je faire, Freddy ? demanda-t-elle calmement. Parle, je t'écoute.

Il pencha la tête de côté. Un léger sourire plissa ses lèvres.

— Tu vas m'épouser.

Elle laissa échapper un halètement de stupeur.

— Quoi ? T'épouser ?

— C'est la seule solution. Quand nous serons mariés, je pourrai te protéger, m'occuper de toi comme tu en as besoin.

— Mais... je ne t'aime pas.

Fermant les yeux, il se massa un instant l'arête du nez entre le pouce et l'index. Puis il poussa un petit soupir impatient.

— Cela n'a aucune importance.

Charlotte sentit le désespoir lui envahir le cœur.

— Aucune... importance ? bafouilla-t-elle.

— Non.

Freddy la regardait fixement, d'un air impassible. Seul un muscle de sa joue tressaillait. Charlotte eut l'impression qu'il s'efforçait de dissimuler quelque émotion profonde. Mais laquelle ? Elle s'avisa alors qu'elle ne savait rien de la vie privée de cet homme.

— Cela n'a pas d'importance, reprit-il d'un ton désinvolte, parce que ce mariage sera une façade. A vrai dire, nous ne sommes même pas obligés de l'officialiser, si cela t'ennuie. Voilà ce que j'envisage : nous partirons en Amérique du Sud juste après les oscars. Naturellement, ce sera une période où la presse nous harcèlera constamment. Si nous nous marions, nous pourrons prétexter une lune de miel pour quitter le pays. Nous resterons au Brésil le temps qu'il faudra. Pour l'opération, et pour que tu te reposes. Nous reviendrons quand tu seras prête. Je me charge de régler tous les détails de notre voyage. A ton retour, tu tourneras *Tess*, et nous ferons aboutir les négociations pour *La Belle et la Bête*. Après quoi tu enchaîneras sur un autre film, puis un autre encore. Personne ne se souciera plus de savoir si nous sommes réellement mariés ou pas.

— Donc... nous nous contenterons d'annoncer notre mariage ?

Il fit la moue.

— Oui. Si tu préfères, nous ne passerons pas vraiment devant le maire.

— Je préfère, en effet, affirma-t-elle.

Freddy rougit. Puis il haussa les épaules.

— Toi et moi, nous n'avons pas besoin d'un morceau de papier pour être liés l'un à l'autre. Nous formons une équipe solide. Nous sommes comme le yin et le yang, deux moitiés d'un même tout, précisa-t-il avec un sourire fier.

Charlotte croisa les bras sur sa poitrine et le dévisagea, les yeux plissés. Elle se rendait compte qu'il nourrissait à son égard des sentiments réels — qu'elle n'avait jamais soupçonnés. C'était pour le moins... touchant.

— Toi, Freddy, tu m'aimes, murmura-t-elle.

Il soupira encore.

— Bien sûr que je t'aime, mon cœur. A ma façon. Depuis le jour où tu es entrée pour la première fois dans mon bureau, avec ton horrible tailleur et ta démarche de vilaine starlette, je tiens à toi. J'ai tout de suite vu que tu avais quelque chose d'unique. D'exceptionnel. C'était... dans tes yeux. Je ne sais pas comment expliquer ce que j'ai ressenti. Mais je peux te dire que je le ressens toujours...

L'expression de Freddy devint plus tendre. Il se leva et s'approcha d'elle, tendant la main pour lui caresser le front.

Elle détourna la tête. Elle ne voulait pas qu'il la touche ainsi. Ce contact lui paraissait... déplacé. Incongru.

Freddy se rassit dans son fauteuil.

— Je veux être ton protecteur, poursuivit-il d'une voix qui trahissait une certaine émotion. Je... C'est moi qui t'ai donnée au monde, tu comprends ? Tu...

Il serra les poings et les plaqua contre sa poitrine.

— Tu m'appartiens, conclut-il.

Charlotte le regarda avec stupeur. Seigneur... Il pensait vraiment ce qu'il disait. Il était persuadé qu'elle lui appartenait. D'abord, elle se révolta contre cette idée presque trop effrayante pour être énoncée. Puis elle éprouva un étrange bien-être, un agréable sentiment de sécurité. Elle s'en voulut de s'abandonner ainsi, mais c'était plus fort qu'elle.

La plupart des personnes qu'elle côtoyait se moquaient éperdument de son sort. Tous ces gens de

Hollywood ne la fréquentaient que dans la mesure où elle était susceptible de les enrichir, de favoriser leur propre carrière. Ils n'étaient jamais là dans les moments difficiles. Et, si elle craquait, ils la lâchaient.

Freddy, lui, l'aimait — *à sa façon*, comme il disait. Et il désirait sincèrement la protéger, l'entourer de son affection. Elle détourna les yeux, regarda les rideaux tirés sur les baies vitrées pour empêcher le soleil d'envahir le salon. Peut-être Freddy avait-il raison. Le fait qu'elle ne l'aime pas n'avait aucune importance. Qu'est-ce que c'était, l'amour, de toute façon ? On en ressortait toujours blessé, humilié, brisé... La solution que son agent lui proposait n'avait pas l'attrait du désir et de la passion, mais elle avait le mérite de lui ouvrir la perspective d'une existence simple et paisible, sans danger.

La voix profonde de Freddy interrompit le cours de ses réflexions.

— Peux-tu terminer le film ? demanda-t-il avec douceur. Réponds-moi franchement, Charlotte.

Elle secoua la tête.

— Non. Je n'en ai pas la force. J'ai besoin... de repos. Je suis désolée.

Une moue de dépit passa sur le visage de Freddy. Puis il lui offrit un sourire désabusé.

— Au moins, tu es honnête. Bon...

Il frappa ses paumes l'une contre l'autre.

— Si nous nous retirons maintenant, de notre plein gré, LaMonica réussira à trouver une actrice de remplacement, et nous pourrons sans doute sauver ta carrière. En tout cas, il appréciera qu'on lui dise la vérité en face.

Charlotte hocha la tête. Freddy se mit debout.

— Maintenant, reprit-il en marchant de long en large dans la pièce, il faut gérer les conséquences de cette catastrophe. En premier lieu, nous allons faire savoir que tu es grièvement malade.

Il fronça les sourcils.

— Ce qui est la stricte vérité. Sauf que nous annoncerons une pneumonie. Je ferai en sorte que plusieurs médecins confirment ce diagnostic aux médias. Ensuite, tu restes cachée jusqu'aux oscars, et tu reprends des forces. Ça, c'est le plus important. Nous devons absolument franchir en beauté l'étape de la cérémonie. Si tu remportes la statuette, tous nos problèmes se régleront d'eux-mêmes. Nous serons certains de pouvoir relancer ta carrière...

— Ma santé ne se rétablira pas, Freddy, objecta-t-elle. Au mieux, je peux me reposer un peu.

— C'est déjà ça. Moi, je m'occupe de préparer ta nouvelle opération de chirurgie plastique.

Charlotte frissonna, saisie par un intense froid intérieur. Elle s'enveloppa dans son plaid préféré, celui que sa mère lui avait tricoté. Freddy lui décrivit en détail le programme qu'il envisageait jusqu'à la remise des oscars. Il isolait chaque problème et lui trouvait une solution. En procédant ainsi, affirmait-il, ils n'auraient aucun mal à mener leur plan à son terme.

Puis Freddy aborda la question de la cérémonie elle-même, se posant à voix haute de nombreuses questions — quelle place elle occuperait dans la salle, devait-elle ou non participer à une remise de statuette, quelles personnes elle avait intérêt à rencontrer pour préparer l'événement, etc. Charlotte l'écouta d'une oreille distraite. Son esprit s'évadait ; il lui semblait qu'elle se détachait d'elle-même et de la star dont son agent organisait l'avenir.

Tournant la tête, elle aperçut soudain son reflet dans le verre de la baie vitrée : ses grands yeux bleus lumineux, ses pommettes ciselées, son menton délicat, sa bouche lippue... Imposture ! se dit-elle. La Belle qu'elle voyait là était une imposture. En réalité, elle était plutôt la Bête. Et c'était pour cela que, malgré la perfection de ses traits, malgré le masque séduisant qui couvrait son visage, personne ne l'aimait véritablement. C'était pour cela que sa vie n'était qu'un échec. Elle avait cru devenir une autre femme en transformant son visage. Mais rien n'avait changé, en définitive.

Et elle éprouvait le même besoin déchirant qu'autrefois d'être reconnue, désirée, chérie.

Mais ce miracle ne se produirait jamais. Elle en avait désormais la certitude. Elle ne méritait pas d'être aimée. Si son histoire avec Michael avait échoué, ce n'était pas sa faute à lui. Le responsable, c'était elle — elle qui n'avait que du vide et du mensonge à offrir.

22.

Accoudé à la rambarde de la véranda, devant le bungalow, Michael écoutait les coyotes entonner leurs chants d'amour à travers les collines. C'était un rite immuable qui se produisait au début du printemps, quand la nature renaissait. Grands ou petits, les animaux poussaient des cris puissants, émouvants, ou paradaient d'une façon ou d'une autre pour se trouver un compagnon. Chez les coyotes, on disait les couples fidèles...

A cette pensée, Michael éprouva un violent pincement de chagrin. Chez les humains, pensa-t-il avec amertume, les histoires d'amour étaient beaucoup plus compliquées — et beaucoup plus douloureuses.

Il avait espéré qu'après plusieurs mois de séparation Charlotte finirait par lui sortir de la tête. Il voulait réussir à l'oublier, à tirer un trait sur leur aventure. Mais cette femme avait planté des racines trop profondes dans son âme. Elle était devenue une partie de lui-même. Chaque soir, avant de se coucher, il s'efforçait de se convaincre que tout était terminé entre eux, qu'il devait passer à autre chose, réinventer sa vie sans Charlotte. Chaque matin, au réveil, il se tournait dans le lit avec l'espoir fou qu'elle serait là, à côté de lui... Il l'aimait trop, tout simplement, pour renoncer à elle !

Durant l'hiver, il avait vu son visage partout : dans les

journaux, à la télévision, sur de multiples panneaux d'affichage. La campagne publicitaire de *Camille* allait bon train. Charlotte avait été nominée aux Oscars dans la catégorie Meilleure Actrice, et de nombreux commentateurs prédisaient qu'elle remporterait la statuette.

Il était allé voir le film. Pendant deux heures, il s'était torturé à contempler sur l'écran le visage qu'il adorait. C'était une folie, d'accord, mais il n'avait pu s'en empêcher. Quand il était d'humeur charitable, il pensait comme les critiques que Charlotte était une actrice géniale. Quand le désespoir et le ressentiment l'emportaient dans son cœur, il songeait qu'elle n'avait sans doute pas dû forcer beaucoup sur sa nature pour interpréter le rôle de la beauté perfide et manipulatrice qu'elle tenait dans *Camille*.

Une des répliques de Marguerite à Armand lui revenait sans cesse à l'esprit : « Je ne suis pas toujours sincère. Dans ce monde, il faut savoir mentir... »

Michael se renfrogna. Il avait la conviction qu'elle n'avait eu aucun mal à réciter ce texte, qui résumait parfaitement l'attitude qu'elle avait eue envers lui !

Mais cette certitude ne l'empêchait pas de continuer à l'aimer. Ni de penser à elle. Charlotte le hantait irrémédiablement. Et puis...

Et puis certains détails l'intriguaient dans son comportement actuel. Quand il la voyait à la télévision, il était surpris par la tristesse qu'il lisait sur son visage. Pour un observateur non concerné, cette émotion était invisible. Pour lui qui la connaissait bien, elle était évidente. Charlotte semblait... malheureuse. Il devinait cela à d'infimes gestes qu'elle faisait malgré elle, comme de porter une main à sa tempe en clignant des yeux, ou à certaines expressions qui marquaient de temps en temps ses traits. Dans ces moments-là, il s'inquiétait pour elle. Pourquoi était-elle si affligée ? Pourquoi lui donnait-elle l'impression de se forcer à jouer la comédie de la star épanouie devant les caméras ? Que se passait-il ?

Il était alors assez stupide pour s'imaginer qu'elle avait des remords, qu'elle regrettait leur séparation...

De son côté, il déplorait la réaction qu'il avait eue le soir où elle lui avait confié tous ses secrets. Il était furieux contre lui-même. Il cherchait sans cesse une solution pour la retrouver. En contemplant le bas du visage de Charlotte, il se demandait quelle différence cela ferait si elle perdait sa beauté. Un soir, tandis que la caméra la filmait en gros plan, il s'était approché de la télévision et avait couvert sa bouche et son menton avec sa main, pour ne plus voir que ses yeux. Oui, Charlotte était toujours là, avait-il pensé. Il lui semblait qu'à travers ses pupilles bleues très lumineuses il regardait la jeune femme jusqu'au plus profond de son âme.

Un coyote poussa un cri mélodieux dans la nuit douce. Michael soupira profondément. Auraient-ils pu trouver une solution s'ils ne s'étaient pas disputés ? se demanda-t-il. Depuis leur séparation, cette question le torturait sans relâche.

— Dépêchez-vous, *mi'jos* ! cria Luis avec enthousiasme en prenant place au volant de la camionnette. Ce soir, vous allez voir des oiseaux magnifiques !

Michael s'avança sous la véranda et annonça à son père qu'il arrivait. Puis il rentra dans la maison chercher sa veste.

Luis avait insisté pour passer une soirée avec ses fils. Il voulait faire quelque chose qui leur permette de se retrouver entre hommes, de partager un moment de complicité — sans les femmes, qui n'étaient bien souvent qu'une source d'ennuis. Or Luis n'avait rien trouvé de mieux pour retrouver l'harmonie filiale qu'il désirait que de leur proposer un spectacle somme toute insolite : des combats de coqs.

Michael avait néanmoins accepté d'accompagner Luis, car il était tout simplement content de quitter la maison pour la soirée. Leur destination importait peu. S'il était resté chez lui, il n'aurait pu s'empêcher de regarder la cérémonie des Oscars à la télévision. Il aurait sombré dans un chagrin sans nom en voyant Charlotte, belle à mourir dans sa robe de couturier, sourire aux caméras tandis qu'on lui remettait la statuette dorée — car il ne faisait aucun doute, à son avis, qu'elle remporterait le prix. L'idée d'assister à des combats de coqs, même s'ils étaient violents, lui faisait moins peur que celle de contempler le visage radieux de la femme qu'il aimait.

— Et la gagnante est... Charlotte Godfrey, pour *Camille* !

Le public poussa un rugissement d'approbation. Charlotte sentit son cœur s'affoler dans sa poitrine. Comme un cameraman se précipitait vers elle pour la filmer en gros plan, elle plaqua spontanément un énorme sourire sur ses lèvres. Mais, en son for intérieur, elle était terrorisée.

Elle avait entendu dire qu'au moment où l'on s'entendait décerner l'oscar on avait l'impression que le temps s'arrêtait et que l'on se détachait de soi-même. C'était exactement ce qu'elle ressentait. L'orchestre jouait le thème principal du film, un tonnerre d'applaudissements envahissait la salle, mais elle n'arrivait pas à associer ces deux phénomènes à sa propre personne.

Freddy lui tapota discrètement la main.

— Lève-toi ! murmura-t-il d'une voix pressante.

Elle se mit debout avec peine. Son corps lui semblait peser des tonnes. Ses muscles étaient engourdis. Dans ses longs gants de soie ivoire, ses paumes étaient affreusement moites. Elle crispa les doigts sur sa splendide robe de soie et taffetas blanc et rouge — des couleurs de camélia, bien entendu : l'interprète de Marguerite ne pouvait porter d'autre teinte. Vingt personnes avaient collaboré à la confection de cette merveille à bustier moulant et à jupe longue, que Freddy avait jugée parfaite pour son « époustouflante star ».

Freddy... Charlotte se tourna vers lui, le souffle court. Il la couvait d'un regard plein de fierté. Une larme brillait même au bord de ses yeux. Souriant, il lui donna une petite poussée sur le bras : il était temps qu'elle aille recevoir son oscar.

Elle prit une profonde inspiration, hocha la tête, puis repéra l'emplacement qu'elle devait atteindre sur la scène. Heureusement, Freddy lui avait fait avaler une amphétamine avant de quitter la maison. Elle n'appréciait pas de se « doper » ainsi, d'autant que ce produit tirait inexorablement sur ses ultimes réserves énergétiques. Mais il fallait admettre que, sans lui, elle n'aurait pas pu tenir jusqu'au bout de la cérémonie.

Elle s'avança dans la travée. Tout autour d'elle, ce n'était que visages souriants, mains tendues pour la saluer ou même la toucher, murmures de félicitations. Elle monta gracieusement les marches et s'approcha d'un pas aisé de Mel Gibson, qui lui tendait la statuette tant convoitée.

Quand elle prit l'objet entre ses mains, elle regarda la salle avec un large sourire qui, espérait-elle, exprimait une joie et un bonheur sincères. Mais elle ne voyait pas réellement la décoration du théâtre, ni le millier de personnes assis devant elle, qui la regardaient, l'admiraient. Elle ne songeait pas non plus au milliard de téléspectateurs qui, à travers le monde, suivaient ses moindres gestes par liaison satellite.

Elle, Charlotte Godfrey, star adulée et enviée, ne pensait plus qu'à Michael Mondragon.

⁂

Dans la camionnette, Luis klaxonna de nouveau.

— *Vamonos!* cria-t-il d'un ton exaspéré. Nous allons être en retard! Vous croyez qu'ils vont nous attendre? Montez, il faut partir!

Michael échangea un regard mi-amusé, mi-exaspéré avec son frère Bobby, puis ils descendirent les marches de la véranda et montèrent dans le véhicule à côté de leur père.

Au bout d'une heure de route, ils arrivèrent à destination : un petit ranch perdu au milieu d'une vallée de la Californie profonde. La nuit était tombée. Des dizaines de voitures et de camionnettes étaient garées sur un immense terrain poussiéreux au centre duquel s'élevait une grange ronde de bois, d'aspect plutôt miteux. Luis leur expliqua qu'on appelait ce lieu le Pavillon. Devant l'entrée grouillait une foule d'hommes survoltés. Il y avait là plusieurs rangées de cages qui renfermaient des coqs de combat. Luis frappa avec enthousiasme sur le volant. Les deux frères se regardèrent avec perplexité. Michael comprit à l'expression de Bobby que celui-ci était très mal à l'aise à l'idée de pénétrer dans un endroit pareil.

Luis gara le véhicule, puis ils s'approchèrent du Pavillon. Tout autour d'eux, une foule de durs à cuire, la plupart mexicains — des hommes aux ventres arrondis par la bière, aux bras musculeux et à la mine patibulaire — jouaient des coudes pour entrer dans le bâtiment.

Près de la porte se tenait un videur qui mesurait près de deux mètres de haut et devait peser dans les cent vingt kilos. Une grosse barbe couvrait la moitié de son visage. Ses yeux disparaissaient presque sous la visière de sa casquette de base-ball. Il portait une veste de cuir tellement sale et graisseuse qu'on aurait pu la gratter au couteau. Il arborait une grimace féroce, qui semblait dire : « Me cherchez pas, les mecs ». A côté de lui, un écriteau rédigé au marqueur avait été placardé sur le chambranle. « Interdit aux trouillards, aux pédés et aux cœurs sensibles ! » proclamait-il.

Michael jeta un regard par-dessus son épaule pour voir comment Bobby encaissait ce témoignage de bienvenue. Son frère lui lança un clin d'œil et croisa les doigts.

Il franchit la porte. Michael se plaça juste derrière lui, au cas où, et entra dans le bâtiment.

Il y régnait un vacarme étourdissant. Les combats avaient commencé, et les hommes étaient déjà surexcités. Ils s'égosillaient pour placer leurs paris, encourager les coqs qu'ils voulaient voir gagner, houspiller ceux qui perdaient. Une odeur pestilentielle envahit les narines de Michael, mélange de sueur, de relents de bière, de senteurs d'oiseaux.

— Par ici ! cria leur père en leur faisant signe de le suivre.

Il les entraîna de l'autre côté du Pavillon. Michael aperçut Manuel, qui se tenait à côté de cages où trépignaient de superbes coqs.

— Mon gendre a gardé mes oiseaux ! déclara fièrement Luis. De vraies beautés, vous allez voir !

— *Tes* oiseaux ? s'étonna Michael d'une voix qui trahissait un profond dégoût. Tu participes à ces combats ?

Luis haussa les épaules et pressa le pas pour rejoindre Manuel.

— Enfin, vous voilà ! Juste à temps ! s'exclama celui-ci. C'est votre tour, Luis !

Michael s'immobilisa devant Manuel ; ils se saluèrent d'un hochement de tête. Depuis qu'ils avaient eu des mots à l'automne, ils étaient mal à l'aise l'un avec l'autre.

— Les oiseaux sont nerveux, observa Manuel. Nous risquons de perdre...

— Non, non, l'interrompit Luis d'un air confiant. Ne te tracasse pas.

Il ouvrit une cage et en sortit un coq, qu'il serra presque affectueusement contre sa poitrine.

— Tu me coûtes beaucoup d'argent, mon joli, dit-il à l'animal en lui caressant le cou. Alors tu dois gagner, tu entends ?

Michael se demanda quelle somme exactement son père avait investie dans ces coqs. En tout cas, c'était un passe-temps qui n'apparaissait pas dans les comptes de leur entreprise !

Luis ouvrit une boîte que lui tendait Manuel, y choisit une petite lame effilée, légèrement recourbée, dont il testa le tranchant sur son pouce calleux. Satisfait, il hocha la tête, puis fixa cette arme meurtrière à la patte gauche du coq à l'aide d'une petite courroie de cuir.

— Regarde-le, Miguel ! s'exclama-t-il d'un air ravi, en caressant encore l'oiseau. Il est magnifique, hé ? Un vrai conquistador !

Il flatta le coq sur son flanc, d'une tape pleine de tendresse.

— Personne ne peut leur apprendre à se battre, tu sais, ajouta-t-il. C'est un don de Dieu.

Il les regarda tour à tour, Bobby et lui, avec des yeux brillants.

— Ils ont ça dans le sang ! conclut-il.

Un rugissement enthousiaste retentit dans le Pavillon. Un combat venait de s'achever. Les hommes qui avaient misé sur le gagnant se précipitaient vers les bookmakers pour encaisser leurs paris. Le meneur de cérémonie fit signe à Luis, qui entra dans l'arène avec son coq. Simultanément, un autre propriétaire, un homme rubicond coiffé d'un chapeau de cow-boy, marcha à sa rencontre.

Michael s'approcha de l'arène. Excités par les bookmakers, les spectateurs se mirent à crier tous en même temps pour placer leurs paris.

— Cinquante dollars sur le cow-boy ! vociféra un homme.

— Cinquante sur la veste rouge ! beugla un autre en désignant Luis.

Tandis que la foule évaluait les oiseaux et se rassemblait autour du cercle de terre grise, Luis et son adversaire se toisaient mutuellement en se balançant d'un pied sur l'autre. Les oiseaux piaffaient furieusement et se fusillaient du regard. Ils percevaient l'imminence du combat ; ils étaient électrisés par l'odeur du sang des coqs qui les avaient précédés dans l'arène.

Malgré le dégoût que lui inspirait ce spectacle, Michael ne pouvait s'empêcher d'être fasciné. Son père avait raison : les coqs étaient des guerriers. Le problème, c'était qu'ils faisaient naître chez tous les hommes rassemblés dans le pavillon un désir de violence inouï. La tension grimpait, irrésistiblement.

Et devrait se finir par une mort. C'était cela que ces hommes voulaient, c'était cela qu'ils attendaient. Ils ne seraient pas déçus : il suffisait de regarder les coqs pour comprendre qu'ils ne s'arrêteraient qu'en rendant leur dernier souffle.

Soudain, le meneur de cérémonie leva un bras. La foule se tut. Luis et l'homme au chapeau de cow-boy posèrent leurs oiseaux par terre, chacun derrière une ligne tracée dans la terre. Aussitôt, leurs crêtes se dressèrent. Le coq de Luis passa immédiatement à l'attaque, entaillant le poitrail de son adversaire d'un sévère coup de lame. L'oiseau recula, puis riposta en battant furieusement des ailes. Il s'éleva au-dessus du sol, mais, comme le coq de Luis s'écartait, il manqua son coup et retomba sans avoir pu le frapper. Puis les deux animaux se jetèrent l'un sur l'autre, poignardant et esquivant tour à tour, soulevant une nuée de plumes autour d'eux.

Le combat s'acheva quelques instants plus tard. Le coq de l'homme au chapeau de cow-boy tomba à terre, le cou ensanglanté. La foule applaudit à tout rompre. Michael eut un haut-le-cœur. L'homme s'avança vers son oiseau, lui criant en espagnol de se relever. En vain : il était mort. Le coq de Luis prit son envol et se posa, la crête frétillante, sur l'adversaire qu'il avait terrassé. Le chef du clan Mondragon commença à se pavaner tout autour de l'arène en exhortant les spectateurs à féliciter son animal.

Comme après chaque mise à mort, les billets circulèrent de main en main, pour régler les paris du dernier combat et préparer le suivant. L'homme au chapeau de cow-boy prit son oiseau, lui tordit le cou d'un coup sec, puis jeta son cadavre sur une pile de coqs morts, sur le côté de l'arène.

Michael en avait vu assez. Il rejoignit Bobby, qui était resté à l'écart.

— Alors c'est ça le don de Dieu, hein ? marmonna son frère en désignant les oiseaux vaincus, ainsi que les monceaux de canettes de bière vides qui jonchaient le sol. Et dire que j'avais réussi à éviter ça pendant trente-trois ans !

Michael secoua la tête en soupirant.

— Quelle bande de dégénérés, grommela-t-il. Je ne comprends pas comment on peut avoir envie de mettre les pieds ici. Tu as vu le videur, à l'entrée ? Pour être aussi crasseux, ce salopard a dû naître dans un égout. J'ai hâte de ficher le camp.

— On a eu tort de venir avec Papa, gémit Bobby. On aurait mieux fait de prendre deux voitures. Maintenant, on est coincés.

— Combien d'autres combats va-t-il falloir qu'on supporte encore ?

La foule rugit. Dans l'arène, quelqu'un brandit le cadavre d'un coq vaincu.

— Encore un qui n'aura plus l'occasion d'être invité dans ce lieu magique, observa Michael avec ironie.

— Jamais plus je ne mangerai de poulet, grogna Bobby en grimaçant.

— Ne dis pas ça trop vite. Je vois Papa qui arrive avec une pleine assiette de volaille rôtie et des bières. Hmm, je me demande d'où cette viande peut venir ?

— Ah ! Vous voilà ! cria Luis, dont les joues étaient brillantes de plaisir. Je vous ai apporté à manger.

D'un même geste, Michael et son frère levèrent les mains en signe de refus.

— Pour moi, rien qu'une bière, dirent-ils à l'unisson.

Luis fronça les sourcils et leur tendit deux canettes. Ils burent tous trois en silence.

— Nous restons ici encore combien de temps ? demanda ensuite Michael.

Luis cilla.

— Quoi ? Mais ça commence à peine ! J'ai encore plusieurs coqs, et puis il y a tous ceux des amis !

— Formidable, rétorqua Michael.

Il soupira, se résignant à passer encore un long moment dans cet enfer.

— Retourne à tes coqs, lança-t-il à son père. Bobby et moi, nous t'attendons ici.

— Manuel est là-bas, tout seul avec les oiseaux, protesta Luis. Pourquoi vous ne restez pas avec lui ? Pourquoi vous ne venez pas voir les combats ?

Michael toisa son père d'un regard dur, pour lui suggérer de ne pas insister. Luis haussa les épaules et s'éloigna.

A l'extérieur, et malgré le brouhaha qui résonnait dans le Pavillon, Michael entendit le tonnerre gronder. Depuis le milieu de l'après-midi, de gros nuages noirs s'étaient formés dans le ciel. La radio annonçait un violent orage qui risquait de se transformer en tempête. A l'intérieur, le taux d'humidité grimpait en flèche, et l'atmosphère devenait suffocante.

Pendant près d'une heure, Michael regarda de loin son père évoluer dans cet univers brutal, sinon bestial. Il se rendit compte, sans trop d'étonnement, que Luis était tenu en grand respect par les participants aux combats, ainsi que par leurs admirateurs. Il semblait d'autant plus estimé que tous ses oiseaux remportèrent leurs combats. L'un d'eux dut être abattu, cependant, car il était trop grièvement blessé. Quand le dernier eut terrassé son adversaire et que Luis toucha son pourcentage des paris, il avait gagné une très belle somme. Les hommes se massaient autour de lui pour admirer ses animaux, le congratuler, lui donner de vigoureuses tapes dans le dos.

Pauvre vieux fou, se dit Michael. Ici, son père se sentait tout à son aise. Il aimait cette ambiance de violence, de rapports virils, de mort.

En cela, ils ne se ressemblaient guère. Michael se promit solennellement que jamais plus il ne viendrait dans cet endroit, jamais plus il n'assisterait à cette boucherie macabre.

Les combats étaient maintenant terminés. La foule se dispersait, quittait le pavillon. Les hommes avaient les yeux injectés de sang, leur haleine empestait le rhum bon marché et la bière. Violence et alcool, se dit Michael en secouant la tête. C'était un mélange qui n'augurait jamais rien de bon. Mieux valait quitter cet endroit rapidement, au cas où certains esprits échauffés par le spectacle décideraient de chercher noise au premier venu.

Il se tourna vers son frère.

— Viens, fichons le camp d'ici.

Bobby se passa une main sur le visage, soupira.

— Pas trop tôt. J'ai besoin d'un grand bain. Peut-être même deux coup sur coup, pour être sûr de me débarrasser de cette crasse. Préviens Papa qu'on s'en va. Moi, je vais chercher la camionnette. J'ai les clés.

Michael se dirigea vers son père, qui bavardait en riant avec ses copains.

— O.K., O.K. ! répliqua Luis d'un air agacé. Nous partons, si vous voulez. Laisse-moi juste le temps de recompter mon argent. Toi, aide donc Manuel à porter les coqs à la camionnette.

Michael rejoignit son beau-frère. Sans un mot, Manuel lui mit deux cages entre les mains, attrapa les deux autres, puis ouvrit la marche en se frayant un chemin entre les canettes vides qui jonchaient le sol.

En sortant du Pavillon, Michael inspira profondément, avec délectation. Le vent frais, bienvenu, lui fouettait le visage. Mais le tonnerre grondait de plus en plus. Déjà, des éclairs lointains zébraient le ciel. La tempête approchait. Il fallait qu'ils se dépêchent, avant l'arrivée de la pluie.

La plupart des véhicules qui se trouvaient sur le champ en début de soirée avaient disparu. Quelques voitures étaient encore garées devant la porte du Pavillon. Elles démarraient subitement, dans des crissements de pneus assourdissants. Chacune transportait quatre ou cinq hommes hilares et passablement éméchés. Tout le monde voulait rentrer chez soi avant l'averse.

La camionnette de Manuel était garée tout près du bâtiment. Ils s'y rendirent directement, et posèrent les oiseaux à l'arrière, sur le plateau.

Michael scruta le terrain enténébré. Il aperçut son père qui venait à sa rencontre. Et, de l'autre côté, cinq ou six hommes regroupés près d'une berline marron, la tête rentrée dans les épaules, semblaient échanger des liasses de billets — peut-être même autre chose.

Il tourna la tête de droite et de gauche. Tout à coup, sans raison précise, un mauvais pressentiment l'envahissait. Où était Bobby ? Il aurait déjà dû les avoir rejoints avec la camionnette.

— Bobby ? cria-t-il.

Un éclair blanc illumina la nuit ; le tonnerre roula sourdement. Michael se dirigea vers l'endroit où son père s'était garé en début de soirée. Sa gorge se noua. Bobby n'était pas du genre fier-à-bras. Et les types qui se trouvaient ici ce soir ne réfléchiraient pas longtemps avant de tabasser un homme qu'ils considéraient comme plus faible qu'eux — surtout s'ils soupçonnaient qu'il était homosexuel ! Ils jugeraient même très drôle de « casser du pédé ». Bon sang, pourquoi fallait-il que Bobby porte toujours ces pantalons en toile légère, presque féminins... ?

De nouveau, un éclair crépita dans le ciel. A la faveur de l'intense lueur ainsi projetée sur le terrain, Michael aperçut deux véhicules quelques mètres devant lui : la camionnette de son père et une voiture décapotable. A côté, il y avait trois..., non quatre hommes. Les pointes de leurs cigarettes brillaient dans la nuit. Ils partirent soudain d'un gros rire sarcastique. Puis Michael entendit un cri de douleur.

— Bobby !

Mû par son seul instinct, Michael se mit à courir vers ces hommes. Jetant un regard par-dessus son épaule, il s'aperçut que Luis et Manuel le suivaient. En s'approchant de la décapotable, il distingua mieux la scène : les quatre hommes encerclaient Bobby — qu'ils rouaient de coups de pied !

Il accéléra et fonça dans le tas, donnant un violent coup d'épaule au fumier qui se trouvait le plus près de son frère, le faisant trébucher. Il s'arrêta une fraction de seconde pour regarder Bobby : il était couché sur le côté, les genoux remontés sur la poitrine, un bras replié devant le visage. Il semblait déjà saigner abondamment de la tête.

Michael sentit une fureur indicible le gagner. La frustration et la colère qu'il avait accumulées depuis des mois à cause du départ de Charlotte lui firent tout à coup bouillir les sangs. Poussant un grognement menaçant, il leva le poing et se jeta sur le premier homme qui fut assez stupide pour essayer de lui résister. C'était un type plus grand et plus gros que lui, mais la rage qui animait maintenant Michael décuplait ses forces. Il le cogna en plein dans la mâchoire, l'assommant d'un seul coup.

Il se tourna vers les trois autres.

— Allez, venez ! hurla-t-il en leur faisant signe d'approcher. Trouillards ! *Cholos* !

Ses adversaires se dandinèrent d'un pied sur l'autre, puis chargèrent. A cet instant, heureusement, Luis et Manuel le rejoignirent, se jetant avec ardeur dans la bataille. C'était une question d'honneur, de dignité pour toute la famille Mondragon. Les coups de poing et les coups de pied fusèrent. Michael en reçut plusieurs, dont certains lui firent voir des étoiles, mais il ne flancha pas.

Au bout de quelques instants, la bagarre se termina par la fuite de leurs adversaires. Détalant comme des lapins, ils bondirent dans la décapotable : le premier homme que Michael avait terrassé s'était relevé, avait démarré, et exhortait ses comparses à le rejoindre.

Michael voulut les poursuivre dans la camionnette, mais Luis lui agrippa le bras avant qu'il n'ouvre la portière du véhicule.

— Assez ! cria-t-il. Laisse !

Luis haletait. Sa chemise était déchirée à la manche et sur la poitrine. Il avait un œil au beurre noir. Mais il arborait un large sourire, et son visage rayonnait de fierté.

— Nous les avons eus, *mi'jos* ! Ensemble ! Les Mondragon sont des *conquistadores*.

Manuel rit. D'un revers de manche, il s'essuya le nez, où perlaient quelques gouttes de sang.

— Ils n'ont pas intérêt à repasser par ici, marmonna-t-il. Sinon, on leur botte le cul.

Michael se précipita vers Bobby, qui s'était redressé en position assise, mais semblait incapable de se mettre debout. Sa tête retombait sur sa poitrine. Un sifflement rauque s'échappait d'entre ses lèvres, comme s'il avait de la peine à respirer. Il semblait très, très mal en point.

— Comment te sens-tu ? demanda-t-il d'un ton alarmé.

Bobby releva péniblement la tête, et Michael eut l'impression que son cœur se déchirait. Le beau visage de son frère n'était plus qu'une masse informe de chair tuméfiée. Ses lèvres étaient entaillées et sanguinolentes, son œil gauche, bleui, l'arête de son nez partait de travers — cassée —, et des plaies ruisselantes marquaient ses joues. Ivre de dépit, Michael le saisit doucement par les épaules et essaya de le serrer contre lui.

— Non, protesta Bobby d'une voix balbutiante. Le sang...

— Je fais attention, ne t'inquiète pas.

— Je crois...

Bobby toussa, et cracha une dent.

— Je crois que j'ai une ou deux côtes cassées, bafouilla-t-il.

Michael l'étreignit. Son corps était violemment meurtri. Et son âme ? Comment Bobby affronterait-il la souffrance morale que ces salopards lui avaient infligée ?

Luis s'approcha et jura bruyamment en voyant dans quel état était son fils.

— *No le creo...* Regarde ce qu'ils ont fait à mon garçon ! La camionnette, Manuel. Je vais les rattraper et les tabasser jusqu'à...

— Non, l'interrompit Michael. Le plus important, c'est de faire soigner Bobby.

— *Sí*, tu as raison, approuva son père après un instant d'hésitation. A la maison, vite ! Mama le soignera bien.

— A l'hôpital, rectifia Michael.

— Non. Pas l'hôpital !

Luis éprouvait une haine tenace contre les hôpitaux américains. Ils n'étaient pas faits pour les Mexicains, affirmait-il depuis toujours. Un jour, dans sa jeunesse, un médecin avait refusé de le soigner parce qu'il était immigré ; Luis ne s'était pas remis de cette douloureuse humiliation.

— Tu as mal ? demanda-t-il à Bobby.

— Pas trop...

— Tu peux tenir le coup ?

— Oui, je crois.

Luis hocha la tête, une lueur d'orgueil brillant dans ses yeux sombres.

— Un homme vaincu, souvent il n'a plus de courage et plus de force, assena-t-il. Mais toi, *mi'jo*, tu as les deux !

Souriant, il se pencha pour étreindre Bobby.

— Non, recule ! se récria celui-ci en détournant la tête. Il y a du sang ! Du sang !

Luis se figea, l'air blessé, perplexe. Il ne comprenait pas.

Michael ne comprenait, hélas, que trop bien.

— Tu es blessé, expliqua-t-il. Tu as des plaies ouvertes. A la lèvre et à la joue.

Luis se toucha le visage du bout des doigts. Il fronça les sourcils. Il ne comprenait toujours pas.

Il se pencha de nouveau vers Bobby.

— Non ! cria ce dernier en se recroquevillant par terre. Recule, Papa ! Attention au sang !

Il toussa violemment, puis redressa la tête pour ajouter d'une voix tremblante :

— J'ai le sida.

Luis ouvrit des yeux ronds comme des soucoupes. Il écarta sa main comme s'il craignait d'être mordu par Bobby, et recula d'un pas. Michael lut dans son regard une question que son père osait à peine se formuler.

— Comment ? Quand ? bafouilla Luis.

— Tu sais très bien comment, répliqua Bobby dans un

murmure douloureux. Tu l'as toujours su, Papa. Mais tu refusais de l'admettre.

Il fixa Luis d'un air à la fois plein d'attente, se raccrochant sans doute à l'espoir que son père réagirait positivement à cette annonce, et totalement désenchanté, conscient aussi de ce qui risquait de se passer maintenant.

Luis laissa échapper un cri de stupeur, et recula encore, en titubant sur ses jambes. Il agita les mains devant lui, semblant repousser quelque fantôme abominable.

Bobby s'effondra par terre, en sanglots. Michael fut bouleversé de le voir ainsi.

— Ne t'en va pas ! cria-t-il à Luis, qui s'éloignait en chancelant. Espèce de salopard ! Ne t'en va pas, tu entends ? Il a besoin de toi. Maintenant, plus que jamais ! C'est ton fils ! Reviens...

— Non, ce n'est pas mon fils ! rétorqua Luis avec dédain.

Dans le ciel, le tonnerre gronda sourdement. Michael et son père se dévisagèrent en silence quelques instants.

— Ce n'est pas mon fils, répéta Luis d'un ton plein de rancœur et de mépris, et il continua de reculer.

Manuel le rattrapa en trottinant et lui dit quelque chose que Michael n'entendit pas.

— Oui ! vociféra Luis. Ils se débrouillent !

— Vieux fou ! lança Michael avec colère. Va au diable !

Les deux hommes se dirigèrent vers la seconde camionnette, celle où ils avaient posé les cages des coqs.

— Hé, Manuel ! cria encore Michael à l'adresse de son beau-frère. Quel effet ça te fait d'avoir quelques bleus ? Hein ? Ça te plaît ? Tu aimes bien avoir mal comme tu fais mal à Cisco ?

Manuel fit soudain volte-face et revint vers lui, les poings serrés contre les hanches, le visage convulsé de rage. Croyant qu'il allait le frapper, Michael leva un bras pour se défendre.

— *Esse* ! beugla Manuel avec fureur, en s'immobilisant devant lui, puis sa voix se teinta de ressentiment. Ce n'est pas moi qui bats Cisco ! C'est Rosa. Ta sœur ! Avec un fouet !

Michael eut l'impression d'avoir reçu un nouveau coup, en plein estomac. Cette révélation le choquait tellement qu'il ne sut que répondre. Manuel tourna les talons et se mit à courir pour rattraper Luis.

— Mince ! Merde ! s'exclama Michael en se frappant le front. Qu'est-ce que c'est que cette histoire ? Le monde est devenu dingue, ou quoi ?

Il poussa un rire nerveux — parce que, s'il ne riait pas, il allait pleurer.

— Et c'est comme ça que Papa veut faire de nous des hommes ? s'emporta-t-il. Vous êtes des trouillards ! Aussi trouillards que ces salopards qui ont attaqué Bobby. Des trouillards homophobes !

Son frère s'assit par terre en se tenant les côtes à deux mains. Michael l'enlaça par la taille pour l'aider à se mettre debout.

— Non, laisse-moi, répliqua Bobby d'un air mauvais, en le repoussant. Tu crois donc que mon sang ne peut pas te contaminer ? Tu te crois invincible ?

Avec un terrible soupir de douleur, il s'agenouilla dans la poussière, puis essaya de redresser le buste.

— Bon sang, Bobby, je veux t'aider ! explosa Michael.

— Je n'ai pas besoin de ton aide ! Je n'en veux pas, de ton aide. Je ne veux l'aide de personne.

Ignorant ses protestations, Michael se pencha vers lui et le souleva pour le mettre sur ses jambes. Puis il l'entraîna à tout petits pas jusqu'à la camionnette. Quand Bobby fut installé sur le siège passager, il retira sa veste et la lui posa sur le buste pour le réchauffer. Comme il refermait la portière, il sentit les premières gouttes de pluie lui tomber sur les épaules.

— Essuie-toi les mains, le supplia Bobby quand il s'assit derrière le volant.

Michael actionna le plafonnier. La lumière qu'il diffusait était pâlotte, mais suffisante pour éclairer leurs coupures et leurs ecchymoses.

— *Madre de Dios*, grogna Bobby. Regarde tes mains !

— Ne t'inquiète pas pour moi, rétorqua Michael. Penche la tête en arrière pour arrêter de saigner du nez. Et essuie-toi le visage avec la manche de ma veste.

— Ça va abîmer le cuir...

— Je m'en contrefiche. Utilise la doublure, ça sera plus doux.

Bobby obtempéra dans un soupir résigné. Michael mit la clé de contact. D'abord, se dit-il, se rendre le plus vite possible à l'hôpital le plus proche...

Où diable y en avait-il un, à propos ? Le mieux était de repartir vers Los Angeles. Ce n'était pas dans ce trou perdu qu'il trouverait un bon médecin !

Le moteur rugit. Michael démarra en trombe, les roues dérapant sur la terre humide. Tandis qu'il s'engageait sur la route, il aperçut le Pavillon dans le rétroviseur, illuminé par un éclair d'orage. Il pria de tout son cœur pour que cet endroit maudit soit frappé par la foudre et réduit en cendres.

— Je voudrais rentrer à la maison, marmonna Bobby.

— Non, je t'emmène à l'hôpital.

Pendant quelques minutes, ils roulèrent en silence. Michael conduisait sur les chapeaux de roues.

— Ah, l'hôpital..., gémit son frère. Peut-être qu'avec de la chance j'y mourrai.

— Tais-toi. Je n'ai pas besoin d'entendre ça.

Il négocia un virage en épingle à cheveux, puis écrasa de nouveau l'accélérateur.

— Et toi non plus, tu n'as pas besoin de te faire du mal de cette façon. Papa n'en vaut pas la peine.

Il secoua la tête avec colère.

— Quand je pense que ce salopard t'a laissé tomber...

— Parce que toi, tu crois que tu es très différent ? l'interrompit Bobby.

Michael le considéra avec une moue perplexe.

— Quoi ? Qu'est-ce que tu veux dire ?

L'ombre d'un sourire apparut sur les lèvres tuméfiées de son frère.

— Tu répètes toujours que tu n'es pas comme Papa. Mais es-tu aveugle, Michael ? Ne vois-tu pas, au contraire, que tu lui ressembles énormément ? Par bien des aspects, vous êtes pareils, tous les deux !

Michael serra les dents en entendant ces propos désagréables, qui le meurtrissaient intensément. Mais il se retint d'ordonner à Bobby de se taire. Il voulait connaître le fond de sa pensée.

Il pleuvait à verse, maintenant. Michael régla les essuie-glaces sur la vitesse maximale. Il maudit les cieux responsables de cette tempête qui le forçait à réduire l'allure.

— Continue, grommela-t-il.

— Ce soir, j'ai dit la vérité à Papa parce que je n'avais pas le choix, expliqua son frère. Pour le protéger du risque de contamination. J'ai fait cela par amour pour lui. Auparavant, ça ne me gênait pas de ne lui avoir rien dit. Je sais que toi, tu ne comprenais pas. Tu pensais que je vivais dans le mensonge et que c'était... inadmissible.

Bobby ferma les yeux et prit une profonde inspiration.

— Je ne vivais pas dans le mensonge, Miguel, reprit-il d'un ton las. Je vivais, tout simplement. Ou je survivais. J'ai préféré ne rien dire parce que je jugeais inutile de leur faire du mal, à lui et à Mama. Et aussi parce que je ne voulais pas souffrir... J'étais sûr qu'il me rejetterait, vois-tu... Oui, d'une certaine façon, j'avais très peur. Et quand j'ai vu ses yeux, ce soir, le chagrin qu'ils exprimaient...

Sa voix se brisa sur un sanglot. Michael essaya de refouler les larmes qui lui brûlaient les yeux.

— C'est dur, tu sais, murmura Bobby en reniflant. Etre rejeté comme ça, c'est vraiment douloureux...

Michael se passa une main dans les cheveux. Il ne savait trop quoi dire.

— C'est... D'accord, je comprends, bafouilla-t-il.

Ils roulèrent de nouveau en silence pendant un moment. Au bout de quelques kilomètres, ils quittèrent les collines enténébrées et aperçurent les lumières d'une ville. La chaussée s'aplanit, les virages disparurent. Michael engagea la camionnette sur une autoroute.

A côté de lui, Bobby poussait maintenant des gémissements de souffrance, dodelinant de la tête. Sa peau était d'une pâleur cendreuse, très inquiétante. Avait-il déjà perdu trop de sang ? Que lui arrivait-il ? Malgré la pluie et le risque d'aquaplaning, Michael accéléra à fond sur l'autoroute.

Pauvre Bobby, songea-t-il avec dépit. Comment Luis pouvait-il avoir abandonné son propre fils ? Comment avait-il osé partir alors que Bobby était peut-être condamné ?

Il le regarda en fronçant les sourcils. La comparaison que Bobby avait établie entre leur père et lui, Michael, lui restait en travers de la gorge. Il voulait davantage d'explications. Pour comprendre.

— Pourquoi affirmes-tu que je suis comme Papa ? demanda-t-il.

Bobby ouvrit des yeux étonnés. Il laissa retomber la manche de la veste de cuir sur ses genoux. Son visage ne saignait plus, semblait-il.

— Tu ne vois vraiment pas ? répliqua-t-il faiblement.

— Non, je ne vois pas.

Bobby cilla. Sa tête vacilla entre ses épaules. Ses paupières retombèrent lourdement devant ses yeux.

— Tu es... comme une... putain de statue... maya, bafouilla-t-il.

Il poussa un immense soupir et s'avachit contre la portière du véhicule. Michael eut l'impression qu'il était au bord de l'évanouissement.

— Miguel, Miguel..., souffla-t-il. Toi aussi, tu as tourné le dos... à Charlotte. Tu as fait... comme Papa...

Michael tressaillit comme s'il avait reçu une décharge électrique.

— Quoi ? s'exclama-t-il. Que... ?

Il se tut. La tête de Bobby tombait mollement contre sa poitrine, et il s'effondrait dans le siège tel un pantin désarticulé. Michael prit peur. Tendant la main, il tapota fermement la cuisse de son frère — qui ne réagit pas. Michael se pencha et lui saisit le poignet. Sa peau était encore chaude. Son pouls était faible, mais son cœur battait toujours...

— Ne le laissez pas mourir, Seigneur, implora-t-il.

Il crispa les mains sur le volant et appuya à fond sur l'accélérateur, filant à toute allure sur la chaussée inondée. A cette heure tardive, heureusement, il n'y avait presque pas de circulation. Même si la visibilité était très réduite à cause de la pluie battante, il pouvait rouler tout droit sans craindre une collision.

— Permettez-moi de l'amener jusqu'à un médecin. Je vous en prie, Seigneur, faites que tout aille bien ! supplia-t-il encore à voix haute.

Il y avait des années qu'il n'avait prié ; d'ordinaire, il ne pensait guère au Tout-Puissant. Mais ce soir il priait comme un enfant de chœur, avec une ferveur et une foi absolues.

Enfin, il aperçut un panneau annonçant qu'il approchait d'un hôpital. Il se trouvait là à mi-chemin entre Los Angeles et la propriété Mondragon.

Il quitta l'autoroute à la sortie indiquée, se dirigea droit vers l'entrée des urgences, pilant entre deux ambulances.

Sitôt qu'il descendit de la camionnette, deux infirmiers se précipitèrent à sa rencontre. Il ouvrit la portière passager.

— Il a le sida, annonça-t-il en désignant Bobby. Il a été agressé, et il est grièvement blessé.

— Entendu. Nous nous chargeons de lui, répondit l'un des hommes.

Michael s'adossa un instant à la camionnette en regardant les infirmiers emporter Bobby sur un brancard. La soirée avait été longue et pénible. Plusieurs membres de sa famille avaient souffert, d'une façon ou d'une autre. Son frère avait enduré une torture inadmissible. Le simple fait de revoir par la pensée ses agresseurs penchés sur lui, en train de le rouer de coups, lui déchirait le cœur.

Oui, c'était une sale journée. Et ce n'était pas la pluie torrentielle s'abattant des cieux qui risquait de nettoyer le sang et la douleur des dernières heures.

Pendant que Bobby se trouvait au bloc opératoire, Michael patienta dans la salle d'attente du service des urgences.

Dès leur arrivée, un médecin avait examiné ses propres blessures et pansé les ecchymoses les plus graves, constatant avec bonheur qu'il n'avait aucune plaie ouverte. Par précaution, on lui avait quand même proposé un test de dépistage du sida.

L'attente fut longue. Bobby était dans un tel état que les chirurgiens le gardèrent de longues heures sur le billard. Michael somnola sur sa chaise, sans réussir à se reposer vraiment. Aux premières lueurs de l'aube, on l'autorisa enfin à se rendre au chevet de son frère.

Quand il poussa la porte de la chambre que lui avait désignée l'infirmière, il fut soulagé de constater que le lit voisin de celui de Bobby était inoccupé. Tant mieux.

Ainsi, ils seraient plus libres de se parler. Il entra dans la pièce sur la pointe des pieds, refermant le battant derrière lui.

Le visage de son frère disparaissait presque entièrement sous les pansements. On ne voyait que l'ouverture de sa bouche, ses narines et l'œil droit, qui n'était pas tuméfié. L'infirmière avait expliqué à Michael que les médecins avaient fait un gros travail de réparation faciale, mais qu'il était encore trop tôt pour dire si Bobby retrouverait naturellement ses traits normaux ou s'il lui faudrait subir une vraie opération de chirurgie plastique. En tout cas, il était absolument hors de danger. Hormis ses atteintes à la tête, ses blessures étaient sans réelle gravité.

Elle avait aussi précisé que, pour le moment, il était un peu assommé par l'anesthésie. Cependant, rien n'interdisait à Michael de lui parler un peu.

— Bobby ? Tu m'entends ? murmura-t-il en se penchant au-dessus du lit.

L'œil intact de son frère s'ouvrit. Au coin de sa bouche, Michael crut distinguer l'esquisse d'un sourire.

— Hé..., souffla Bobby.

— Salut, grand frère. Alors, il paraît que tu es plutôt en forme... ?

— Hmm... On s'en est... bien tirés, murmura Bobby avec difficulté.

Michael réprima les larmes qui lui montaient aux yeux. Il se jura solennellement que, s'il en avait un jour l'occasion, il ferait chèrement payer les salopards qui avaient tabassé son frère.

— Ouais, acquiesça-t-il d'un ton enjoué. On s'en est bien tirés.

Il saisit la main de Bobby, l'étreignit affectueusement.

— Je suis désolé, ajouta-t-il. Je n'ai pas su te protéger. J'aurais dû être là, pour toi...

— Je ne... suis pas une victime, l'interrompit son frère. C'est arrivé... voilà tout.

Son œil se ferma. Une larme apparut au coin de sa paupière.

— Cette fois, pourtant..., reprit-il dans un murmure douloureux, c'était... violent.

— Cette fois ? s'exclama Michael, stupéfait. Tu as déjà été agressé ?

— Oui... Mais pas à ce point-là.

— Oh, Bobby..., se lamenta-t-il. J'ai tellement de peine pour toi.

— Ils ont eu... mon nez. D'habitude, je réussis à le sauver.

— On te l'a remis en place. On m'a assuré qu'il était maintenant comme neuf.

— Ah. Bien. Je préfère... respirer droit.

Michael refoula un sanglot. Comment Bobby faisait-il pour avoir la force, le courage de plaisanter en un moment pareil ?

— Mama est au courant ? demanda son frère d'une voix soudain plus triste.

— Bien sûr. Je lui ai téléphoné. Elle arrive.

— Qu'est-ce qu'elle sait... au juste ? Pour...

— Elle sait tout. Je lui ai tout expliqué, précisa Michael, avant de pousser un soupir. Papa était soûl, quand il est rentré. Il lui a interdit de venir. Mais rien à faire...

Il esquissa un sourire et tapota la main de Bobby.

— ... Pour une fois, elle l'a envoyé sur les roses.

Bobby détourna la tête.

— Je ne voulais pas en arriver là, protesta-t-il.

— Mama se doit de venir ! objecta Michael. Franchement, je suis très fier d'elle.

— Je ne veux pas... qu'elle me voie dans cet état. Je suis... affreux.

— Comment peux-tu dire ça ? Tu es son fils. Elle t'aime. Tu seras toujours beau, pour elle ! Dans n'importe quelle situation !

Son frère le regarda — intensément. Michael comprit ce qu'il pensait : *Charlotte sera-t-elle toujours belle, pour toi — dans n'importe quelle situation — parce que tu l'aimes ?*

— J'ai entendu dire qu'elle s'est fiancée, murmura Bobby. Avec son agent.

— C'est ce qu'on raconte, marmonna-t-il.

— Et tu ne vas pas... réagir ?

— Entre nous, c'est terminé, répliqua-t-il, le cœur brisé. Il s'est passé... des choses que tu ne peux pas comprendre.

Bobby prit une profonde inspiration.

— Tout ce que je comprends, c'est que tu l'aimes encore, affirma-t-il.

— Elle m'a quitté.

— Non. Tu l'as laissée partir.

— Ça ne change rien. Ça n'a pas d'importance.

— Si l'amour n'a pas d'importance... Qu'est-ce qui en a ?

Michael hocha faiblement la tête. Une grande sagesse se lisait maintenant dans le regard de son frère. Et, tout à coup, il se demanda s'il ne s'était pas trompé, depuis toujours, en croyant qu'il protégeait Bobby contre les agressions du monde. N'était-ce pas plutôt l'inverse qui s'était produit ? N'était-ce pas Bobby qui avait été là pour lui, chaque fois qu'il avait besoin d'aide ou de soutien ? Que ce soit pour soigner l'aile d'un oiseau blessé quand il était petit, pour lui tenir la main le premier jour de l'école primaire, pour l'accompagner au match de base-ball parce que son père n'en avait pas le temps, et dans une infinité d'autres circonstances... Oui, Bobby l'avait toujours soutenu et encouragé, avait compris pourquoi il avait eu envie de s'acheter une veste de cuir, pourquoi il avait renié la famille et demandé une bourse d'études. Il savait également pourquoi, en définitive, il était revenu en Californie...

Encaisser des coups de poing et se dresser contre les méchants, c'était très facile, au fond. Michael avait toujours pensé qu'il rendait le plus grand service à son frère, comme un vrai héros, quand il repoussait ceux qui lui voulaient du mal. Mais cela impliquait qu'il considérait Bobby comme une personne fragile. Ou même une victime. Or, Bobby était tout sauf une victime ! Il le disait lui-même. C'était lui le héros, en réalité. Car les coups qu'il recevait ne l'atteignaient pas ; il restait toujours lui-même, avec cette force de caractère inouïe qui lui permettait de tout endurer — et de les aimer sans condition, son père, sa mère, sa sœur et lui. Il encaissait toutes les souffrances parce qu'il savait qui il était, parce qu'au terme d'un long et difficile chemin il avait appris à se connaître.

Michael baissa les yeux. Et lui, où en était-il de ses propres combats ? se demanda-t-il avec dépit. Pourquoi avait-il l'impression de ne pas savoir qui il était ? Pourquoi se sentait-il si fragile ?

— Je ne sais pas quoi faire, avoua-t-il.

— Tu trouveras..., murmura Bobby. Tu trouveras la solution.

Quelques heures plus tard, Michael se réveilla subitement. On lui tapotait doucement l'épaule. Il ouvrit un œil pour voir sa mère penchée sur lui, une expression à la fois tendre et soucieuse sur le visage.

— Miguel, réveille-toi..., murmura-t-elle.

Il se passa une main sur le visage, bâilla, puis étira les bras pour se dégourdir les muscles. Regardant autour de lui, il s'aperçut qu'il se trouvait encore dans la chambre d'hôpital. Bobby dormait paisiblement dans le lit à côté de lui. Une lumière lugubre, triste, baignait la pièce. Dehors, la pluie battante fouettait agressivement les fenêtres. Dans le lointain, le tonnerre grondait.

— J'ai dû m'endormir, marmonna-t-il. Quelle heure est-il ?

— Presque midi.

— Quoi ? Si tard ?

— *Sí. Virgencita...*

Sa mère soupira et se signa.

— Les routes, elles sont terribles à cause de la tempête. Beaucoup sont déjà fermées. Il m'a fallu des heures pour venir jusqu'ici. *Si Dios quiere.* Le niveau des rivières monte. *Muy mal.* Et il paraît que la pluie va continuer !

Marta parlait en se tordant les mains. Elle semblait épuisée et accablée.

— La météo a dit qu'il y avait déjà des inondations, précisa-t-elle.

— Bon sang, marmonna Michael. Quand ? Quand ont-ils annoncé ça ?

— Ce matin. Ils disent que c'est la tempête du siècle ! s'exclama sa mère d'un air apeuré. La vallée va être inondée, Michael !

— Ouais, la tempête du siècle pour la troisième fois, tu veux dire, grommela-t-il.

Il se gratta la tête.

— Où est Papa ? demanda-t-il en se redressant.

— Il refuse de quitter la maison. Quand je suis partie, il mettait des planches en travers des vitres. Il a dit qu'il n'allait pas fuir sa terre à cause d'une petite averse.

Elle secoua la tête.

— Ce n'est pas une petite averse, Miguel. La rivière en bas de la route, elle déborde déjà ! J'ai très peur. Et les enfants sont encore là-bas.

— Et Rosa et Manuel ?

— Ils ont préféré rester avec Papa.

Michael s'efforça de dissimuler son inquiétude. Il ne voulait pas accroître l'angoisse de sa mère.

— J'ai peur pour Cisco et Maria Elena, Miguel, bafouilla-t-elle... Nous devons...

Trop émue pour continuer en anglais, elle se mit à parler rapidement en espagnol, l'implorant de sauver les enfants.

— Assieds-toi, maman, l'exhorta-t-il en lui tapotant affectueusement la main. Reste avec Bobby. Il a besoin de toi, maintenant. Je m'en vais tout de suite à la maison. Je te promets de mettre les enfants à l'abri.

Elle lui agrippa le bras.

— *Mi hijo*, je suis fière de toi. Ton père, il a eu tort de faire du mal à son fils. Moi aussi, je me sens honteuse. Mais Luis, tu sais que c'est un homme bon. Il...

Sa voix se brisa; elle détourna les yeux.

— Tout ira bien, maman, ne t'inquiète pas, assura-t-il en posant un baiser sur sa joue. Je t'en prie, ne te fais plus de souci. Je ne le laisserai pas là-bas, lui non plus. Il quittera sa terre, ce vieil obstiné. Même si je dois le porter pour ça.

23.

C'était une tempête infernale. Des vents démentiels fouettaient les collines, et des cataractes de pluie s'abattaient du ciel, transformant la terre en torrents de boue, faisant jaillir les cours d'eau de leurs lits avec une soudaineté et une violence stupéfiantes. La météo exhortait la population à évacuer les vallées, et à chercher refuge soit à l'extérieur de la zone de mauvais temps, soit le plus en hauteur possible.

Michael tenait le volant à deux mains, fermement, et roulait aussi vite que les bourrasques et les trombes d'eau qui secouaient la camionnette le lui permettaient. Il venait de s'engager sur la route secondaire menant à la pépinière, et priait pour que sa famille se soit décidée à suivre les conseils des autorités — donc, à s'enfuir. Mais son intuition lui soufflait que son père devait être encore là-bas. L'imbécile ! Il était vraiment capable de risquer sa propre vie et celle des siens pour se glorifier de ne pas quitter sa terre !

Mais le moment était mal choisi pour pester contre Luis. Il devait se concentrer sur la conduite. Il pleuvait si fort qu'une cascade d'eau dévalait parfois la chaussée. Quand la camionnette dérapait et glissait sur plusieurs mètres, Michael ralentissait et réussissait par miracle à reprendre le contrôle de son véhicule. Quant à savoir s'il pourrait faire le chemin en sens inverse, c'était une autre histoire ! Cela deviendrait même tout à fait impossible dans peu de temps. La radio venait d'annoncer que le barrage de la rivière Prajaro — située au nord de la propriété — avait cédé sous la pression d'une monstrueuse coulée de boue qui roulait maintenant vers le centre de la vallée. Les routes ne tarderaient pas à être coupées.

Tous les habitants de la région s'enfuyaient. Michael croisait de nombreuses voitures et camionnettes dans lesquelles des familles entières s'étaient entassées avec leurs biens les plus précieux — un meuble, une télévision, une machine agricole pour les fermiers, un animal domestique, etc. Tous ces gens, sans exception, agitaient la main et lui criaient des choses qu'il n'entendait pas, mais dont le sens ne laissait aucun doute : ils l'exhortaient à faire demi-tour, à ne pas foncer droit vers le cœur de la tourmente.

Michael secoua la tête, plissant les yeux pour distinguer la chaussée à travers le rideau de pluie. Oui, il aurait dû faire demi-tour. Le bons sens lui dictait d'agir ainsi. Mais, pour une fois dans sa vie, il devait agir de façon irrationnelle, et continuer de rouler. Sa famille comptait plus que le danger qui le menaçait.

Michael pila devant la maison, dont toutes les fenêtres étaient entièrement planchéiées. La camionnette de Manuel était garée devant la véranda. Il prit une profonde inspiration, puis sortit de l'habitacle sous les trombes d'eau et courut jusqu'à la maison. Lorsqu'il entra dans le salon, il était trempé jusqu'aux os. Ses cheveux mouillés lui collaient au visage ; il les attacha rapidement derrière sa nuque.

Cisco et Maria Elena étaient assis devant la télévision, à regarder la chaîne météo. Quand ils l'entendirent entrer, ils se levèrent d'un bond et coururent à sa rencontre, l'étreignant de leurs petits bras.

— Tío Miguel, ils disent qu'on doit s'en aller tout de suite ! s'exclama Maria Elena d'une voix angoissée.

— Oui, je sais. Nous allons partir. Avez-vous préparé vos bagages ?

Les yeux de Cisco brillaient de frayeur. Mais il prit l'air d'un grand garçon courageux.

— C'est fait, répondit-il en bombant le torse. Maman a mis nos sacs dans la camionnette. Et aussi de quoi manger.

— Bien. Où est votre mère, alors ?

— A la grande serre. Ils sont en train de monter le stock de plantes au sommet de la colline.

— O.K., fit Michael. Ecoutez-moi, vous deux. J'ai besoin de votre aide. Toi, Maria Elena, tu vas chercher la trousse à pharmacie, ainsi que des torches électriques et des piles. Et une radio portable. Il y en a une dans la cuisine, je crois. Tu l'allumeras et tu écouteras ce qu'ils disent au sujet de la circulation. Note bien les routes qu'ils conseillent de prendre pour se mettre au sec. Toi, Cisco, tu descends à la cave et tu éteins l'alimentation électrique, l'eau et l'arrivée du gaz. Tu sais comment faire tout cela ?

L'enfant redressa le menton.

— Bien sûr !

— Parfait. Tu t'en charges, donc. Vois aussi dans la grande cave si Mama a de l'eau potable en réserve. Si la pièce est inondée, tu laisses tomber. Compris ?

Cisco hocha vigoureusement la tête. Il paraissait très soulagé d'avoir une importante mission à remplir.

Dans le grand placard de la cuisine, Michael trouva un épais ciré et de hautes bottes en caoutchouc. il les passa rapidement. Puis, ayant constaté que son neveu et sa nièce étaient bien occupés à leurs tâches, il ressortit braver la tempête.

Il trouva son père devant la grande serre. Luis se tenait debout sur le plateau d'une des camionnettes Mondragon. Agitant furieusement les bras, vociférant, il ordonnait à Manuel et à Rosa de se dépêcher. Ils étaient tous trois en train de charger sur le véhicule des dizaines et des dizaines de cagettes de plantes.

— Qu'est-ce que tu fais, nom de Dieu ? cria Michael à Luis. C'est dangereux de rester ici ! Nous devons partir !

— Non, c'est pas dangereux ! répliqua Luis de sa voix tonitruante, et il rit aux éclats. Tu crois qu'un peu d'eau va me faire du mal ?

— Vieil imbécile, rétorqua Michael. Ce n'est pas pour toi que je m'inquiète. C'est pour les enfants !

Luis s'essuya le visage d'un revers de manche, haussant les épaules. Manuel et Rosa approchèrent du véhicule.

— La police dit qu'il faut évacuer immédiatement, déclara Michael.

Il s'intima l'ordre de se calmer. Ils n'avaient pas le temps de se chamailler. Ils devaient au contraire coopérer, sinon ils ne survivraient pas à cette épreuve.

— Dans très peu de temps, les routes seront complètement inondées, ajouta-t-il. Ou bien noyées sous la boue. Nous ne pourrons plus passer. Il faut partir.

— Je ne partirai pas ! beugla Luis.

Un éclair fendit le ciel, illuminant l'expression de détermination féroce qui se lisait sur son visage. Une étincelle de folie brillait dans ses yeux.

— Alors reste, rétorqua Michael, puis il se tourna vers Manuel et Rosa. Mais vous deux, vous devez mettre vos enfants à l'abri. Partez, et prenez la route que la police recommande. Allez !

— Je ne quitterai pas papa ! hurla Rosa par-dessus le rugissement du vent.

Elle posa les plantes sur le plateau de la camionnette.

— Je n'ai jamais quitté cet endroit, et je ne partirai pas maintenant ! cria-t-elle encore. Va-t'en, toi ! Ce ne sera pas la première fois !

Michael soupira. La rancœur, la jalousie, la colère que Rosa éprouvait à son égard débordaient dans ses yeux. Pourquoi fallait-il qu'elle choisisse de l'accabler en ce moment de désespoir et de danger pour toute la famille ?

— Tu vois, papa ? reprit-elle. C'est *moi*, ta fille, qui reste avec toi ! C'est moi qui fais ce que tu veux. Pas tes fils. Regarde-moi, papa !

Elle se frappa la poitrine. Sur ses joues, des larmes se mêlaient à la pluie.

— *Moi* ! Pas tes fils ! conclut-elle d'une voix revendicatrice, où pointait cependant un immense dépit.

Luis bondit du plateau de la camionnette et se précipita vers Rosa, les bras grands ouverts. Ils s'étreignirent.

Michael secoua la tête, dégoûté. Il sauta à terre, s'approcha de Manuel, qui le considéra d'un air méfiant. Il semblait toutefois, lui aussi, sur le point d'exploser de rage.

— Manuel..., commença Michael d'une voix calme. C'est le moment de te comporter non plus en simple gendre, mais en père. Ne réagis pas comme ce vieux fou...

Il désigna Luis d'un geste de la main, et soupira.

— Rosa ne veut pas partir. Elle restera ici, reprit-il. Tu sais comme elle est entêtée. Mais n'abandonne pas tes enfants dans un moment pareil, Manuel. Tu dois les emmener en lieu sûr. Il n'est pas trop tard. Sauve-les !

— J'ai besoin de lui, ici, avec nous ! protesta Luis d'un ton hargneux.

— Va, insista Michael. Moi, je reste à ta place.

Manuel baissa un instant les yeux, puis acquiesça d'un battement de cils. Son expression devint soudain plus conciliante. Il tendit la main, et Michael la saisit, la serrant avec reconnaissance.

Manuel tourna les talons et partit en courant vers la maison.

Luis leva le visage vers le ciel et éclata de rire.

— Cette femme, c'est elle l'homme de la famille ! s'exclama-t-il en brandissant le poing. Toi, Miguel, et ton frère, vous n'êtes pas des hommes ! Vous êtes des lavettes !

Michael soutint le regard de son père.

— Qu'est-ce que c'est, un homme ? répliqua-t-il. Un vrai homme ?

Il fit un pas vers Luis, qui recula, l'air surpris.

— Est-ce qu'un vrai homme tourne le dos à son fils ? reprit-il d'une voix sourde. Est-ce qu'un vrai homme abandonne ses enfants face au danger ? Si tu ne protèges pas ta famille, quel genre d'homme es-tu ?

— Je suis un homme qui se bat pour sa propriété ! hurla Luis à pleins poumons. Cette terre, c'est toute ma vie ! Tu entends, fils stupide ? Toute ma vie ! Je ne partirai pas ! Jamais !

Il fit volte-face et se dirigea vers la serre. Il en ressortit un instant après avec une pleine cagette de plantes qu'il déposa avec un grognement de détermination sur le plateau de la camionnette.

— Moi non plus, je ne partirai pas, assena Rosa, et elle emboîta le pas de Luis qui disparaissait de nouveau dans la serre.

Michael jura entre ses dents. Ces deux-là étaient tellement survoltés qu'ils n'étaient même plus en état de l'entendre. Mais tant pis. L'essentiel, pour le moment, c'était que Manuel emmène les enfants en lieu sûr. La tempête continuait de faire rage. Les inondations devenaient cataclysmiques. L'eau bloquait déjà le bas du chemin d'accès à la maison. A ce rythme, elle atteindrait dans quelques heures le seuil de la bâtisse...

Luis ressortit de la serre. Michael décida de tenter sa chance une dernière fois.

— Papa, nous devons partir !

— Va, va, toi ! Tu n'es rien, Miguel ! Tu n'es pas de notre culture. Notre langue, tu la refuses. Notre famille, tu la renies ! Pars ! Fiche-moi la paix !

Michael serra les poings et s'efforça de se calmer. Il avait promis à sa mère d'aider son père — en dépit de tout. Il tiendrait cette promesse. Ensuite... il ignorait ce qui arriverait entre son père et lui.

A 5 heures de l'après-midi, après plusieurs heures de travail acharné, ils abandonnèrent dans les serres et les réserves ce qui restait du stock de la pépinière. Ils avaient quand même réussi à en monter la plus grande partie au sommet de la colline.

La nuit approchait. En réalité, à cause des nuages noirs qui roulaient dans le ciel, il faisait déjà presque noir. Tout autour de la maison, le vent et la pluie avaient dévasté les champs.

Et, comme Michael l'avait craint, l'eau avait monté, irrésistiblement. A la hauteur de la grande serre, le niveau de l'inondation atteignait déjà cinquante centimètres au-dessus du niveau du sol !

Après un ultime chargement de plantes, ils abandonnèrent la camionnette au sommet de la colline, puis ils redescendirent vers la maison à pied, pataugeant dans la boue. Par bonheur, l'édifice était situé sur une petite éminence, suffisamment au-dessus des bâtiments de la pépinière pour qu'ils puissent espérer y rester au sec un moment.

Sauf que... Michael leva les yeux et poussa un immense soupir. Sauf que la pluie ne s'arrêtait pas. Au contraire, elle paraissait redoubler d'intensité.

Ils entrèrent dans la maison et refermèrent soigneusement la porte sur eux.

— Mince, marmonna Rosa en actionnant un interrupteur. Il n'y a plus d'électricité.

— J'ai chargé Cisco de la couper, précisa Michael.

— On va remettre le compteur en marche, alors. Il nous faut du chauffage, sinon nous allons mourir de froid.

— L'eau est très conductrice. Si l'inondation parvient jusqu'ici, nous risquons de nous faire électrocuter. La seule façon d'être en sécurité, c'est de se priver de courant.

— Je porterai des bottes en caoutchouc, répliqua Rosa.

— Non, ça ne suffira pas. En plus, tu es trempée...

— Miguel a raison, intervint Luis d'une voix lasse. Mais où sont les torches électriques, nom d'un chien ?

Michael se fraya un chemin dans l'obscurité jusqu'à la table de la salle à manger. En tâtonnant, il réussit à trouver une lampe, qu'il alluma aussitôt. Un cône de lumière rassurant traversa la pièce. Maria Elena et Cisco avaient fait du bon boulot, pensa-t-il avec un sourire en regardant la table. Il y avait là tout ce dont ils avaient besoin pour affronter la tempête : des jerricanes d'eau, des boîtes de conserve, une trousse de soins, des lampes, des bougies, et même des fusées de détresse !

— Une radio ! s'exclama Rosa avec soulagement. On va écouter ce qu'ils disent à la météo.

Ils se rassemblèrent tous trois autour de la table, frissonnant de froid et de fatigue. Les nouvelles n'étaient pas bonnes. Elles étaient même désespérantes. Les niveaux pluviométriques battaient tous les records. L'orage était d'une intensité inégalée. C'était réellement la plus grosse tempête du siècle. Plusieurs digues ou barrages avaient cédé sous la pression des eaux. Des vagues de boue hautes de plusieurs mètres déferlaient dans les vallées, détruisant ponts et routes, envahissant les villages. La plupart des habitants avaient fui la zone, et la police exhortait ceux qui étaient encore chez eux à partir ou à essayer de trouver refuge en altitude.

Rosa éteignit la radio. Pendant de longues secondes, aucun d'eux ne dit un mot.

— Nous devrions partir, non ? bafouilla Rosa d'une voix anxieuse, avant de se diriger vers la porte.

— Non ! s'écria Michael. C'est trop tard. Nous n'arriverons jamais à sortir de la vallée. Nous sommes forcés de rester ici jusqu'à la fin de la tempête.

— Mais c'est beaucoup trop dangereux ! s'exclama Rosa. Ils disent que la pluie n'est pas près de s'arrêter. L'eau est presque arrivée à la véranda. C'est sûr qu'elle va envahir la maison. Il n'est pas question que je reste plantée ici à attendre d'être noyée dans la boue ! Je vais appeler les secours.

Elle courut jusqu'au téléphone, décrocha le combiné.

— La... la ligne est coupée, balbutia-t-elle, livide.

Michael soupira en son for intérieur. Rosa s'était emportée contre lui parce qu'elle voulait rester avec son père. Maintenant, elle se rendait compte du danger et elle paniquait. Décidément, elle manquait de discernement.

Mais le moment était mal choisi pour lui en faire la remarque. Il s'approcha de sa sœur et la prit dans ses bras.

— Ça va aller, Rosa. On va s'en tirer.

Il désigna la table.

— Regarde, poursuivit-il d'un ton rassurant, nous avons toutes les provisions qu'il faut. La maison est en hauteur, et nous pourrons monter à l'étage s'il le faut. Oui, l'eau va sans doute entrer ici, mais ce n'est pas grave.

Bien qu'il s'efforçât de parler d'une voix ferme et sûre, ses propres paroles lui faisaient l'effet de vœux pieux. Ils se trouvaient en très, très mauvaise posture. Si la tempête durait encore longtemps, ils ne s'en sortiraient pas.

Quand il sentit que Rosa se calmait entre ses bras, il la lâcha et lui offrit un sourire confiant. A son grand soulagement, elle le regarda d'un air apaisé. Elle s'efforçait de reprendre courage.

— Essayons de nous sécher, ajouta-t-il. La nuit va être longue.

Rosa hocha la tête.

— Je vais chercher des vêtements pour nous trois. Les vêtements de Papa, précisa-t-elle avec un rire forcé. Je ne crois pas que toi et moi nous pourrions mettre ceux de maman ou de Bobby.

Elle se dirigea vers la chambre de leurs parents.

— Saloperie de climat californien, pesta Luis en ôtant sa parka. Une année, on manque de pluie et c'est la sécheresse ! L'année d'après, on a trop de pluie, c'est l'inondation. Et, entre les deux, c'est des tremblements de terre ou des incendies. Putain de saloperie de Californie !

— C'est vrai, Papa, répondit Michael, conciliant.

Il s'approcha de la porte d'entrée et l'ouvrit, braquant sa lampe vers l'extérieur. Ce qu'il vit lui donna la chair de poule. L'eau atteignait déjà la véranda. Et elle semblait monter très, très vite !

Il claqua la porte.

— L'eau arrive, Papa ! Viens, aide-moi à monter toutes les provisions à l'étage.

Rosa revint à cet instant dans la pièce, les bras chargés de vêtements.

— Nous allons être inondés ? bredouilla-t-elle.

— Ne pensons pas à ça, et prenons simplement le maximum de précautions. Montons tous ces trucs là-haut, O.K. ?

Elle hocha la tête, les yeux brillant de frayeur.

En la regardant monter l'escalier, Michael prit conscience, tout à coup, que c'était la première fois depuis trois ans qu'ils faisaient quelque chose dans un véritable esprit d'équipe, chacun voulant le bien de l'autre. Ça, c'était... curieux, pensa-t-il. Ainsi, il fallait une catastrophe naturelle pour qu'ils mettent de côté leurs divergences et se comportent en frère et sœur. La vie prenait vraiment des détours étranges...

Luis entra dans le bureau. A travers la porte ouverte, Michael le vit fourrer précipitamment des photographies, des documents importants et quelques objets dans un grand sac de toile.

Sans s'y attarder, Michael s'empara d'un jerricane, de lampes et de boîtes de conserve et les monta à l'étage. Puis il fit un second voyage. Comme il redescendait, il vit de l'eau s'infiltrer sous la porte d'entrée.

— Papa ! cria-t-il. Est-ce que tu as un canot gonflable ?

Rosa apparut dans l'escalier. Elle écarquilla les yeux en voyant la nappe d'eau s'agrandir sur le sol.

— Oh, mon Dieu...

— J'ai un canot gonflable dans le garage, oui, répondit Luis en revenant vers le salon, le sac entre les bras.

— Laisse tomber, marmonna Michael. On ne peut pas aller le chercher. Montons là-haut immédiatement. Vite !

Luis se renfrogna.

— C'est toi qui donnes les ordres, maintenant ? rétorqua-t-il en posant son sac sur la table, et il se dirigea vers la porte. J'ai dit que j'avais un canot. Je vais le chercher.

Il n'avait pas remarqué que l'eau s'était infiltrée dans la pièce. Avant que Michael ait pu l'en empêcher, il ouvrit le battant en grand. Un mur liquide d'un mètre de haut s'abattit sur lui, le déstabilisant.

— Papa ! hurla Rosa tandis que l'eau s'engouffrait dans la pièce.

Luis tomba à la renverse, emporté par la déferlante comme un pantin désarticulé.

Michael poussa un cri de terreur. En trois secondes, l'eau boueuse lui arriva à la taille. Il jeta la torche électrique à Rosa et s'élança vers son père, luttant contre le courant puissant qui pénétrait par la porte ouverte.

L'eau tourbillonnait à travers la pièce, emportant avec elle meubles et objets divers. Comme il agrippait le bras de son père, Michael éprouva une violente douleur à la cuisse, aussitôt suivie par une sensation de chaleur. Quelque chose lui avait lacéré la jambe. Grimaçant, il ignora la souffrance et tira Luis jusqu'à lui. Puis il l'entraîna vers l'escalier, suivant le faisceau de la lampe que tenait Rosa.

L'eau montait rapidement. Il avait de plus en plus de peine à tenir son père. Et sa jambe lui faisait horriblement mal.

— Aide-moi ! cria-t-il à sa sœur.

Alors, pour la première fois de sa vie, Rosa eut toutes les raisons d'être fière de la force presque masculine qu'elle possédait. Agrippant la rampe d'une main, elle se pencha vers lui et saisit le col de chemise de Luis. Elle le tira vigoureusement jusqu'à elle, puis le porta aussitôt jusqu'en haut de l'escalier.

Michael monta les marches à son tour.

Luis toussa et éructa ; il avait bu la tasse, mais il semblait indemne. Epuisés, transis de froid et de peur, ils s'assirent tous trois sur le palier, adossés au mur, l'un à côté de l'autre. Michael s'efforça de reprendre son souffle. Il inspecta sa jambe. Il saignait abondamment.

— Je suis désolé, bafouilla Luis. *Lo siento.*

Michael glissa un bras autour des épaules de son père, l'autre autour de celles de Rosa.

Ils restèrent un long moment sans bouger, sans parler, s'efforçant de recouvrer leurs esprits. Dehors, la tempête continuait de faire rage. La pluie cinglait le toit. Rosa braqua la lampe vers les marches. L'eau continuait de monter. Elle atteignait presque la moitié de l'escalier !

— Nous allons mourir ? demanda-t-elle d'une voix vibrante de terreur.

— Pas question, marmonna Michael. *Ojala !* Trimer

comme un âne pour cette pépinière, c'est une chose. Mais je n'ai pas du tout l'intention de lui donner ma vie.

Il se leva et passa dans la chambre de Bobby, où il avait déposé la trousse de soins. Rapidement, il déchira son pantalon pour avoir accès à sa blessure, puis la désinfecta et la pansa.

Il revint ensuite s'asseoir entre son père et sa sœur, qui contemplaient l'escalier avec des yeux pleins de frayeur.

— Au moins, Maria Elena et Cisco sont en sécurité, observa Michael. Dieu merci, Manuel a eu le courage de s'opposer à toi, pour une fois, et de protéger ses enfants.

Il tourna la tête pour soutenir le regard de sa sœur.

— Pense à ce qui serait arrivé s'ils n'étaient pas partis, ajouta-t-il d'un ton dépité. Crois-tu que tu aurais pu les sauver de cette... marée ?

Rosa secoua la tête en soupirant.

— Fiche-moi la paix, Michael. Ce n'est pas le moment. Et ne fourre pas le nez dans mon couple, s'il te plaît. Ça n'est pas tes affaires.

Michael dévisagea Rosa, pensif. Puisqu'ils étaient réunis par le hasard malheureux d'une catastrophe naturelle, peut-être fallait-il en profiter pour tout dire, essayer de régler les vieux conflits...

— Depuis que je suis revenu ici il y a trois ans, tu ne te gênes pas, toi, pour fourrer ton nez dans mes affaires, répliqua-t-il. Tu es aigrie et tu te comportes avec moi comme si j'étais un ennemi. Alors je crois que ça me donne le droit de te parler franchement, Rosa. Il n'est pas question que je reste les bras croisés à voir tes enfants payer pour ton mauvais caractère. Aujourd'hui, ils ont failli mourir à cause de ton entêtement. Et... Je suis au courant, pour Cisco. Je sais que tu le bats. C'est inadmissible...

Il baissa un instant les yeux, avant d'ajouter :

— Tu reportes tes problèmes personnels sur tes

enfants. Au lieu de prendre soin d'eux, d'être douce et affectueuse, tu es agressive. Ton problème, je crois, c'est que tu souffres de ne pas être reconnue et appréciée comme tu le voudrais par Papa. Et puis... tu m'en veux d'être revenu...

— Oui je t'en veux, s'emporta soudain sa sœur, d'un ton plein de rancœur. Tu reviens ici et tout à coup tu deviens *el patron* ! Le grand homme responsable de toute l'entreprise. Et pourquoi ? Uniquement parce que tu es un mâle, un fils !

— J'ai juste essayé de faire correctement mon travail, répondit-il.

— Tais-toi, Rosa ! marmonna Luis. Ce n'est pas le moment de parler de ces histoires.

Son intervention parut décupler la colère de Rosa.

— Une fois de plus, tu me dis ce que j'ai à faire ! explosa-t-elle. Mais non, Papa ! Au contraire, c'est le moment idéal pour parler de tout ça. Nous sommes coincés ici, et nous allons peut-être mourir. Alors pour une fois, puisque Michael a abordé la question, je veux que vous m'écoutiez !

— Quoi ? rugit Luis. Tu réponds encore à ton père...

— Laisse-la, Papa, l'interrompit Michael. Elle a raison. Il faut qu'elle dise ce qu'elle a sur le cœur.

Rosa poussa un profond soupir.

— Miguel a raison, confessa-t-elle d'un ton plus calme. Je suis en colère contre lui depuis qu'il est revenu, et malgré moi je suis agressive avec mes propres enfants. Mais le vrai problème, Papa, il est entre toi et moi.

Elle soutint le regard de Luis.

— Depuis toujours, je ne suis pas assez bien pour toi. Miguel et Roberto ont la première place dans ton cœur. Tu préfères tes fils, parce que ce sont des hommes. Et moi, je n'entends que des reproches.

Michael vit une larme rouler sur la joue de sa sœur.

— Toute ma vie, j'ai eu l'impression de ne pas exister à tes yeux, poursuivit-elle. Parce que... pour toi, une femme ne vaut pas grand-chose.

— Mais non ! répliqua Luis d'un ton furieux. J'ai toujours dit qu'une femme valait son pesant d'or. Mais ton problème, Rosa, c'est que tu ne te comportes jamais comme une femme !

— Si, affirma-t-elle. Je suis une femme, et je vis comme une femme...

Elle secoua furieusement la tête.

— Mais toi, reprit-elle avec lassitude, tu as des idées complètement dépassées sur le rôle de la femme. Tu vis au Moyen Age, Papa... Quand j'étais plus jeune, je rêvais de faire des études supérieures, comme mes frères. Mais toi, tu as dit non. Une femme n'a pas besoin d'être éduquée pour s'occuper de sa famille, voilà ton credo !

Elle haussa tristement les épaules.

— Je t'ai obéi en tout, papa. Je me suis mariée. Je t'ai donné des petits-enfants. J'ai travaillé pour toi dans l'entreprise quand tes fils t'ont abandonné. Et pourtant, ça n'a pas suffi. Dès qu'ils sont revenus, tu m'as tout repris.

Elle frappa du poing sur le sol.

— Est-ce que tu te rends seulement compte du mal que tu m'as fait ? Je suis sûre que non. Et ça me rend folle de rage, Papa. J'essaie de me contenir. Je lutte contre moi-même pour ignorer à quel point je souffre. Mais parfois je n'arrive plus à me contrôler. J'explose...

— Et c'est Cisco qui encaisse, murmura Michael.

Rosa baissa les yeux.

— Je ne le bats pas vraiment. Je le frappe, oui, mais... Ce que Papa nous faisait, à toi, à Bobby et à moi quand nous étions petits, c'était bien pire.

— Ce n'est pas une excuse, objecta-t-il. As-tu envie que Cisco batte ses enfants quand il sera adulte ?

Luis poussa un grognement de colère.

— Alors c'est encore ma faute ? Tout est toujours ma faute !

— Non..., balbutia Rosa. Non, c'est ma faute à moi. Quand je pense au danger que j'ai fait courir à mes enfants. Quand je pense qu'ils pourraient être ici, à l'heure qu'il est. Mes bébés, mes chéris...

Sa voix se brisa. Elle éclata en sanglots.

— Cisco te ressemble beaucoup, observa gentiment Michael en la prenant dans ses bras. Tu peux être fière de lui.

— Je l'aime, mon petit garçon, tu sais, répondit-elle entre deux hoquets.

— Je sais, Rosa, je sais. Et je crois que c'est bien que tu nous aies dit tout cela ce soir.

En prononçant ses mots, il regarda son père.

Celui-ci baissa les yeux, l'air quelque peu perdu, et tapota maladroitement le bras de sa fille.

Une heure plus tard, l'averse diminua d'intensité. Le vent baissa. Enfin, il cessa tout à fait de pleuvoir.

Il était temps, pensa Michael en regardant la cage d'escalier. L'eau avait monté jusqu'à l'avant-dernière marche. Encore un moment, et l'étage aurait été inondé. Il retourna à la chambre de Bobby, où Rosa, son père et lui s'étaient réfugiés pour se reposer et se restaurer. Par la fenêtre, il constata que les nuages commençaient de se disperser dans le ciel. Le pire était passé. La tempête s'éloignait. Quelqu'un viendrait sans doute prendre bientôt de leurs nouvelles.

— Nous avons réussi, murmura-t-il d'une voix altérée par la fatigue. La maison est en mauvais état, mais tant pis. L'important, c'est que nous soyons vivants.

— Nous avons tenu bon, acquiesça Rosa en levant la main en signe de victoire. Ensemble ! Les Mondragon sont forts, n'est-ce pas ?

Luis secoua la tête.

— Non, nous ne sommes pas tous ensemble, répliqua-t-il. *Mi hijo*, il n'est pas ici. Mon Roberto. Et ma femme...

Michael observa son père. Il paraissait... changé. Plus humble. Plus apaisé, aussi.

— Tu as eu raison de dire à Manuel et à Rosa de protéger leurs enfants, reprit Luis d'un air contrit. Ma bêtise et mon entêtement ont failli vous tuer, tous.

Il soupira.

— Tu as raison, Michael, répéta-t-il. Quel genre de père peut mettre sa famille en danger comme je l'ai fait ? Abandonner son fils parce qu'il est... homosexuel ? Briser le cœur de sa fille ? Quel genre d'homme est-ce que je suis, Miguel... ?

Une semaine plus tard, l'eau s'était retirée de la vallée, les rivières ne débordaient plus. Un soleil radieux brillait sur les villages et la campagne dévastés. Il faudrait des mois pour tout nettoyer, reconstruire les maisons, les écoles et les commerces que la boue avait emportés.

Michael, Luis et Rosa, qui avaient été évacués le lendemain de la tempête, revinrent à la pépinière avec Manuel, Marta et les enfants. Bobby était encore à l'hôpital. Les premiers instants furent très pénibles. Les dégâts étaient dramatiques.

Marta, qui n'avait pas été présente pendant l'inondation et ne savait pas à quoi s'attendre, resta un long moment figée sur le seuil de la maison, pleurant à chaudes larmes. Une épaisse couche de boue recouvrait le sol, les murs, ainsi que les meubles et les menus objets, dont beaucoup étaient détruits.

Sans un mot, ils montèrent tous ensemble au sommet de la colline, là où ils avaient déposé le stock des serres. Hélas, la pluie et la boue avaient eu raison des cagettes. La plus grande partie des plantes était ravagée.

De là où ils se tenaient, ils avaient une vue dégagée sur la propriété. Michael écarquilla les yeux. La pépinière, pour laquelle il avait renoncé à sa carrière d'architecte, qu'il avait passé quatre ans à bâtir au lieu de concevoir des gratte-ciel, n'existait plus. Aussi loin que son regard portait, il ne voyait que des champs boueux couverts d'une végétation pourrissante, qui dégageaient une odeur presque insoutenable.

Son père, tétanisé par le désespoir, paraissait avoir subitement vieilli de dix ans.

— La nature nous a souvent fait du mal, balbutia-t-il. Mais, d'habitude, il reste quelque chose à sauver. Là...

Il leva un poing vers le ciel.

— Pourquoi, Seigneur? cria-t-il. Pourquoi est-ce que tu nous as tout pris?

— Nous sommes ruinés, murmura Rosa en sanglotant. Nous n'avons plus de récolte. Plus rien! Tout est perdu!

Manuel lui glissa un bras autour de la taille. Elle se serra contre lui, le laissant la réconforter.

Michael était un peu étonné. Au lieu d'être désespéré, ou fou de rage, il ne ressentait rien. Ou plutôt, il s'apercevait qu'il prenait cette catastrophe avec philosophie. La nature était une maîtresse imprévisible. Elle faisait ce que bon lui semblait, et c'était à eux de s'adapter. Soit ils maudissaient les dieux et se lamentaient sur leur sort, soit ils remontaient leurs manches et entreprenaient de rebâtir. Michael avait déjà testé la première solution. De nombreuses fois, il s'était mis en rage contre le destin. Mais, aujourd'hui, il était un peu plus âgé, un peu plus sage aussi, et il considérait qu'il pouvait réagir avec plus de calme. Les jurons et les cris ne servaient à rien. Tout ce qu'il fallait, maintenant, c'était travailler pour remettre cette pépinière sur pied.

— Ma terre, ma belle terre, gémit Luis en se laissant tomber à genoux. Regardez-la... Elle est perdue. Pourrie.

Son odeur est horrible. Nous n'avons plus rien, mes enfants...

Michael s'accroupit à côté de son père. Il plongea la main dans la terre, en saisit une pleine poignée. Elle était humide, mais, contrairement à ce qu'affirmait Luis, il la sentait encore riche, fertile. Il ferma les yeux et inspira profondément. Non, elle n'était pas perdue... L'odeur nauséabonde était superficielle. Un large sourire lui étira les lèvres.

— Ne t'inquiète pas, Papa, répondit-il. Notre terre est encore belle. Regarde-la mieux. Respire-la...

Il tendit la main vers lui. Luis fronça les sourcils, puis inspira à son tour, profondément. Il grimaça.

— Elle est perdue, je te dis, grommela-t-il.

— Non.

Michael lui agrippa le bras.

— Je te dis qu'elle est fertile, affirma-t-il d'une voix pleine de conviction. Sens-la encore, Papa. Ferme les yeux, et pense à la future récolte Mondragon. Dans quelques semaines, avec beaucoup de travail, nous aurons de belles plantes. Et nos vergers repousseront. Et Mama, toi, les enfants, nous tous, nous reconstruirons la propriété comme elle était avant la tempête. Aie confiance, Papa...

Son père le considéra d'un air méfiant, puis se pencha vers sa main. Il prit une grande inspiration. Alors, une lueur d'espoir apparut dans son regard. Il respira de nouveau, profondément. Des larmes envahirent ses yeux. Un sourire illumina son visage.

Manuel et Rosa s'approchèrent et prirent à leur tour de la terre dans leurs mains pour la sentir.

— Elle est douce, murmura Luis. Elle est belle, tu as raison, Miguel !

— Oui, la terre des Mondragon est encore fertile et généreuse, acquiesça Michael avec émotion. Nous rebâtirons la pépinière. Nous rebâtirons nos vies, vous verrez...

Il regarda au loin, et soudain il eut le cœur léger. Car il savait qu'en promettant de reconstruire sa vie il ne parlait pas seulement de la propriété, de la pépinière. Il se rendait compte qu'il pensait aussi à une certaine femme — une femme que la nature n'avait pas épargnée, elle non plus, mais qu'il aimait de toute son âme et qu'il voulait chérir pour l'éternité.

Oui, il aimait Charlotte. C'était tout simple. Les épreuves de la vie, aussi dures que la tempête qui s'était abattue sur leur vallée, les avaient séparés. Mais il l'aimait, et il comprenait qu'il ne pouvait vivre sans elle.

Pourtant, l'amour seul ne suffirait pas à aplanir leurs difficultés. Il devait maintenant se battre pour retrouver Charlotte.

Il l'aimait. Il espérait, il osait croire qu'elle l'aimait encore. Si le soleil printanier pouvait redonner vie à la nature, leur amour ne pourrait-il faire renaître leur belle histoire ?

24.

Il y avait bien longtemps qu'il n'avait emprunté la route menant à la maison de Charlotte. C'était un vrai plaisir que de la suivre à présent, par cette belle journée de printemps. Son cœur battait avec enthousiasme dans sa poitrine. Il avait hâte d'arriver là-bas, de parler à la jeune femme, de contempler ses yeux d'azur. Plus les kilomètres passaient, plus sa détermination se renforçait : il devait la convaincre qu'il l'aimait. Que les malentendus du passé n'avaient plus lieu d'être. Qu'ensemble ils feraient face aux problèmes de santé de Charlotte, et se construiraient à deux l'avenir qu'ils désiraient.

Pour l'en persuader, il ne prendrait pas de détours. Il serait franc et honnête. Tout était clair dans sa tête.

Arrivé devant la grille de la propriété, il sonna à l'Interphone d'un geste presque impatient.

Au bout de quelques instants, la voix de Melanie s'éleva dans l'appareil :

— Qui est-ce ?

— Michael Mondragon. Je viens voir Charlotte.

Un long silence suivit.

— Melanie... ?

— Dieu merci, tu es venu, murmura-t-elle. Entre vite !

La barrière s'ouvrit. Il roula vers la maison qu'il avait

transformée lui-même, conçue comme un havre de paix pour Charlotte.

Le jardin était magnifique — un véritable éden de printemps. Michael l'admira en songeant que ce spectacle était de bon augure pour ses retrouvailles avec la femme qu'il aimait.

La porte du pavillon s'ouvrit à l'instant où il descendait de voiture. Melanie se précipita vers lui et l'étreignit avec fougue. Comme elle le lâchait, il la considéra en écarquillant les yeux. Il y avait presque un an qu'il ne l'avait vue : elle était métamorphosée. La starlette exhibitionniste d'autrefois avait fait place à une femme mûre, séduisante, qui semblait enfin réconciliée avec elle-même.

— Je savais que tu viendrais, déclara-t-elle d'un air soulagé. Tu as mis le temps, mais je savais que tu finirais par venir.

Elle lui prit le bras et l'entraîna vers la maison.

— Où est Charlotte ? demanda-t-il d'une voix pressante.

Melanie soupira. Elle fouetta l'air avec le torchon qu'elle tenait à la main.

— Elle est partie, répondit-elle en passant dans la cuisine.

Michael la suivit.

— Partie ? répéta-t-il. Partie où ?

— A Chicago, marmonna-t-elle, avant de tourner vers lui des yeux pleins de frayeur. Oh, Michael, j'espère que tu n'arrives pas trop tard. Tu dois l'arrêter. Il va finir par la tuer !

— De quoi parles-tu ? répliqua-t-il d'un ton angoissé.

— Freddy, grommela Melanie en grimaçant, comme si le simple fait de prononcer ce nom lui écorchait la bouche. Charlotte est de plus en plus malade. Elle passe ses journées au lit. Elle s'est rendue aux Oscars, mais elle a failli s'évanouir en plein milieu de la cérémonie. Depuis l'interruption du tournage de son dernier film, elle ne sort pas, elle ne voit personne. Et ce salopard de Freddy l'a complètement vampirisée. Elle refuse de m'écouter. Elle ne se fie qu'à lui, lui obéit aveuglément. Si on me disait qu'il l'avait hypnotisée, je n'en serais pas étonnée.

Michael eut l'impression que son cœur se déchirait. Ce n'était pas du tout ce qu'il avait espéré entendre en venant ici.

— Bien, fit-il d'une voix rauque. Je vois... Et... Ils sont fiancés, n'est-ce pas ?

— Non, répliqua-t-elle. Cette histoire de mariage, c'est pour tromper les médias. Charlotte ne va sûrement pas épouser ce type. Que tu es bête, Michael ! Ne sais-tu pas que c'est toi qu'elle aime ? Que, malgré tout ce qui s'est passé entre vous, elle continue de n'aimer que toi ?

Il fronça les sourcils.

— Attends..., objecta-t-il, perplexe. Tu dis qu'elle ne va pas se marier avec Freddy ? Alors pourquoi part-elle en Amérique du Sud avec lui ? Dans les journaux, on dit qu'ils vont là-bas en lune de miel.

— Pas du tout. Ce voyage de noces, c'est une couverture. Ils vont au Brésil parce que Freddy y connaît un spécialiste en chirurgie esthétique qui promet d'enlever les implants de Charlotte et de lui en poser de nouveaux.

— Ils vont remplacer les implants ? Je croyais que c'était impossible ?

— C'est impossible, en effet, confirma Melanie. Mais Freddy a convaincu Charlotte que ce charlatan en était capable. Et elle est tellement désespérée qu'elle y croit. Elle s'imagine que son visage est tout ce qui lui reste dans la vie.

— C'est ridicule ! s'exclama-t-il. Charlotte est une femme merveilleuse...

— Elle n'est plus elle-même, Michael ! l'interrompit

Melanie avec une pointe de réprobation. Et, si tu lui avais dit plus tôt qu'elle est « merveilleuse », elle ne serait peut-être pas dans la situation désastreuse où elle se trouve aujourd'hui !

Un silence tendu tomba entre eux. Michael baissa les yeux. Cette accusation lui faisait mal. Mais il ne pouvait nier qu'elle était sans doute justifiée.

— Pardonne-moi de m'être emportée, reprit Melanie d'une voix conciliante. Mais... je suis tellement inquiète, tu comprends ? Autrefois, Charlotte savait tenir Freddy à distance. Ou plutôt, elle savait se servir de lui autant qu'il se servait d'elle. Chacun permettait à l'autre d'assouvir son ambition. Mais depuis que vous avez rompu... elle se laisse totalement dominer.

Elle haussa les épaules, l'air dépité.

— On dirait qu'elle a renoncé à tout, reprit-elle. Et... elle est en train de se tuer, Michael. Ou de laisser Freddy la tuer. Ça revient au même. Si les implants ne sont pas retirés, elle mourra. Le Dr Harmon l'a confirmé. Si tu l'avais vue ces derniers temps... tu comprendrais qu'elle est perdue...

Melanie se rembrunit. Michael sentit qu'elle s'énervait de nouveau contre lui.

— Pourquoi n'es-tu pas venu plus tôt ? demanda-t-elle. Depuis des mois, je la vois dépérir et j'attends désespérément que tu te manifestes ! Pourquoi n'as-tu pas appelé ? Junichi et moi, nous passons plus de temps dans cette maison que dans la nôtre parce que nous avons peur de laisser Charlotte seule.

Elle s'approcha de lui en le fusillant du regard.

— Pourquoi as-tu mis si longtemps à revenir ? Réponds, Michael.

Il se renfrogna.

— Je suis venu, figure-toi ! Dès la nuit où elle est partie, précisa-t-il avec colère.

Melanie cilla.

— Tu es venu ? A quel moment ? Cette nuit-là j'étais ici, moi aussi.

— Ça m'étonnerait, répliqua-t-il d'un ton railleur. Quand je suis arrivé, j'ai été accueilli par Freddy. Charlotte était en haut, elle prenait un bain. Ses vêtements et ses sous-vêtements étaient éparpillés dans le salon. Il y avait deux verres à vin sur la table basse. Freddy était à moitié déshabillé. Crois-moi, je n'ai pas eu besoin que ce salopard me fasse un tableau de ce qui s'était passé.

Il détourna la tête. L'évocation de ce souvenir ravivait en lui une douleur poignante.

— Il n'y avait pas trois heures qu'elle m'avait quitté, conclut-il d'une voix sourde. Alors... Tu comprends qu'il faut du temps pour surmonter un choc pareil.

— Attends un peu, répliqua-t-elle en agitant une main. Il y a un truc qui cloche... Tu dis que tu es venu ici la nuit où Freddy a ramené Charlotte à la maison ? La même nuit, tu es sûr ?

— Oui. Après qu'elle m'a révélé la vérité au sujet de son visage, je suis parti marcher dans la forêt...

— Tu l'as laissée tomber, assena Melanie.

Il soupira.

— O.K., je l'admets. Ce n'était ni très intelligent, ni très gentil de ma part. C'était même... inadmissible. Je le reconnais, et je m'en veux. Tout ce que je peux dire pour ma défense, c'est que j'ai eu la trouille. Je ne savais pas quoi dire. Charlotte a eu des mois, et même des années pour accepter sa transformation. Moi, j'ai eu quelques minutes. Je ne me cherche pas d'excuses, mais... Je ne suis qu'un homme, Melanie, avec mes forces et mes faiblesses.

Il s'assit sur une chaise.

— Quand je suis revenu, j'ai trouvé sa bague de fiançailles sur le table. J'ai compris qu'elle était partie. Pendant un moment j'ai ruminé mon désespoir, puis j'ai décidé de venir ici... Voilà.

— J'étais à la maison cette nuit-là. Et je peux t'assurer qu'il ne s'est rien passé entre Charlotte et Freddy.

— Comment expliques-tu qu'il y avait ses vêtements partout dans le salon ? Et le vin ?

— Ecoute-moi bien, Michael. J'ai passé la soirée ici avec Junichi. Nous avons parlé des préparatifs de notre mariage. Les verres de vin, c'étaient les nôtres. J'ai demandé à Junichi de nous laisser quand Charlotte est arrivée avec Freddy. Nous avons échangé quelques mots, et puis j'ai dit à Freddy que j'allais m'occuper d'elle et qu'il pouvait disparaître. Nous sommes montées dans la salle de bain... Nous devions être là-haut quand tu es arrivé...

Elle se tapota les lèvres du bout de l'index.

— Maintenant que j'y repense... Quand je suis redescendue, je me souviens de m'être mise en colère contre Freddy. Non seulement parce qu'il n'était pas parti, mais parce que j'ai eu l'impression qu'il était en train de fouiller dans le sac de voyage de Charlotte. J'ai trouvé ça plutôt bizarre, mais bon...

Elle leva les yeux au ciel.

— ... Avec ce taré, il ne faut s'étonner de rien. Il a toujours eu le béguin pour Charlotte, tu sais ? marmonna-t-elle. Je me rappelle avoir dit à Charlotte en remontant à l'étage que ce tordu lui avait sans doute piqué une de ses petites culottes.

Michael grimaça. La simple idée d'imaginer cet homme en train de toucher les sous-vêtements de Charlotte le mettait en rage.

— Je ne comprends pas pourquoi elle se raccroche à ce fumier, grommela-t-il. En tout cas, il m'a piégé, ce soir-là... C'est ce que tu veux me faire comprendre, n'est-ce pas ?

— C'est la seule explication, acquiesça Melanie. Ça lui ressemble bien, en plus, d'avoir mijoté une mise en scène pareille. Tu n'ignores pas qu'il te déteste, j'imagine.

— C'est réciproque.

Michael s'efforça de refouler la fureur sourde qui l'envahissait — tout en se promettant de se venger un jour de Freddy Walen.

Mais sa jalousie était encore à vif, de sorte qu'il ne put s'empêcher de remettre en question la version de Melanie.

— Ils n'ont peut-être rien fait cette nuit-là, murmura-t-il. Mais Charlotte est une très belle femme... Et...

Melanie le regarda comme s'il était stupide.

— Tu te demandes encore s'ils ont couché ensemble ? répliqua-t-elle d'un ton narquois.

Il hocha la tête.

— Ecoute-moi bien, Michael. Finissons-en avec ça une bonne fois pour toutes. Charlotte et Freddy n'ont jamais couché ensemble, ne le feront jamais et ne pourront jamais le faire. Parce que Freddy est impuissant. Impuissant, tu comprends ?

Michael en resta bouche bée.

— Tu... tu... ?

— J'en suis certaine, oui. Fais-moi confiance.

Michael ferma les yeux, la gorge nouée. Charlotte et lui s'étaient bêtement disputés, puis séparés en dépit de leur amour. Et, depuis des mois, il l'avait évitée à cause d'un malentendu. Comme il avait été bête ! Bobby avait raison : il était aussi rigide et stupide qu'une statue maya.

Mais, maintenant, tout cela était terminé. Il s'était juré de s'amender et de retrouver Charlotte. Il tiendrait parole, coûte que coûte.

— Je dois l'aider, déclara-t-il.

— Je ne vois pas comment, répliqua Melanie. Quand

elle n'est pas ici, Freddy organise ses journées dans les moindres détails. Il fait littéralement barrage entre elle et le monde extérieur. Sois sûr qu'il ne laissera rien ni personne se mettre en travers de son chemin. Surtout pas toi.

— Je trouverai le moyen de lui parler, affirma-t-il avec conviction. Que fait-elle à Chicago ? Dis-moi tout ce que tu sais. Le moindre détail peut m'aider.

Melanie s'assit en face de lui.

— Eh bien... Ils sont partis ce matin. Ils doivent descendre au Drake Hotel. Demain, elle a une interview télévisée avec Vicki Ray. Tu connais son talk-show ?

— Oui.

— Elle court depuis un bon moment après Charlotte, reprit Melanie. Elle enquête constamment sur sa vie, son métier, tout ce qu'elle peut trouver. Je crois qu'elle a senti que quelque chose clochait dans l'existence de Charlotte. Quoi qu'il en soit, Freddy a décidé de lui accorder une interview exclusive. Il compte sur cette émission pour faire taire toutes les vilaines rumeurs qui courent sur le compte de Charlotte. Notamment au sujet de sa santé. Pas mal de gens pensent qu'elle se drogue, tu sais... Freddy veut donner un grand coup de balai pour effacer tout ça. Et, après-demain, ils partent au Brésil. Ils ne reviendront pas avant un bon moment.

— A quelle heure a lieu l'émission ?

— 19 heures. Mais... Michael, Freddy ne te laissera jamais l'approcher. Rends-toi compte que, quand il n'est pas avec elle, il la fait surveiller par un garde du corps !

Michael se leva et se mit à marcher de long en large à travers la cuisine. Il lui fallait réfléchir, trouver un plan d'action... Jamais, jamais, se jura-t-il, il ne permettrait plus que ce salopard contrôle la vie de Charlotte. Quand il l'aurait libérée de son emprise, il veillerait à ce qu'elle se débarrasse de lui une fois pour toutes. Mais d'ici là...

Il s'immobilisa, tournant la tête vers Melanie, qui l'observait en silence.

— Aurais-tu un numéro de téléphone auquel je puisse joindre Vicki Ray ? Directement, je veux dire, sans passer par la chaîne de télévision. Je veux l'adresse du studio, aussi.

— Je devrais pouvoir trouver ça dans les papiers de Charlotte, répondit Melanie.

Puis sa voix se fit inquiète.

— Mais à quoi cela te servira-t-il, Michael... ? Vicki Ray ne te laissera pas entrer sur le plateau. Tu aurais plutôt intérêt à essayer de rencontrer Charlotte à l'hôtel.

— Va me chercher ce numéro de téléphone, l'interrompit-il d'un ton ferme. Ensuite, tu croiseras les doigts et tu me souhaiteras bonne chance.

— Qu'est-ce que tu vas faire ? insista-t-elle. Freddy a programmé ses journées à la minute près ! Charlotte est une star, Michael ! Elle n'aura pas une seconde pour toi...

Il lui offrit un sourire confiant.

— Dans ce cas, je me ferai une joie de bousculer un peu le programme de la star.

Le studio était déjà presque plein ; les projecteurs éclairaient le plateau, au centre duquel trônait un confortable fauteuil de cuir blanc — pour l'invitée. Le Vicki Ray Show allait bientôt commencer.

Michael prit place tout en haut des gradins, au dernier rang. Il s'assit calmement dans le siège étroit, étendant ses jambes dans la travée latérale. Il soupira d'aise. C'étaient ses premières minutes de détente depuis qu'il avait quitté Los Angeles la veille au soir.

Jusqu'à présent, tout s'était passé comme il l'avait souhaité. Il n'avait même pas essayé de joindre Charlotte au Drake. D'une part il préférait ne pas prendre le risque d'être remarqué par les paparazzi qui faisaient le siège de l'hôtel. D'autre part, il connaissait suffisamment le Drake et la police de Chicago pour savoir qu'il ne devait pas tenter l'impossible : Charlotte Godfrey, star « oscarisée » et adulée, était protégée aussi bien qu'un chef d'Etat.

Non, il ne servait à rien de chercher à entrer en contact avec Charlotte. En revanche, il était allé rendre visite à sa mère, Helena Godowski.

Michael sourit en se remémorant sa brève rencontre avec cette femme. D'abord, il avait eu toutes les peines du monde à trouver une place de stationnement près de chez elle. Harlem Avenue était une des principales artères de l'ouest de la ville. Les six immeubles identiques qui s'y alignaient étaient un véritable cauchemar d'architecte. Ces monstruosités à quatre étages, en brique jaune, étaient caractéristiques des H.LM. des années soixante-dix. Les façades avaient été vaguement ravalées. Mais pas les intérieurs. En pénétrant dans le hall, Michael avait eu un haut-le-cœur : sol en linoléum vert maculé de taches, peintures murales écaillées et taguées, boîtes aux lettres déglinguées pour la plupart, et Interphone en acier brut, conçu non pour plaire au regard, mais tout bêtement pour résister le plus longtemps possible aux vandales. Fallait-il s'étonner, pensa-t-il en montant au second étage par l'escalier, que Charlotte se soit inventé une enfance dans le riche et agréable quartier de Oak Park, plutôt que de lui avouer qu'elle avait vécu ici ?

Quand il frappa à la porte, Helena l'entrebâilla juste assez pour le gratifier d'un regard soupçonneux. Il lui expliqua rapidement la raison de sa visite.

— Je n'ai pas de fille ! répliqua-t-elle, acide. Vous faites erreur.

Elle essaya de lui claquer la porte au nez. Mais il tendit le bras et la retint.

— Attendez ! s'exclama-t-il d'un ton péremptoire.

Il sourit aimablement et supplia Mme Godowski de lui accorder une minute. Lorsqu'il précisa que Charlotte était très malade, il vit une lueur anxieuse apparaître dans ses yeux. Il reprit espoir.

Elle céda et le laissa entrer dans l'appartement — à condition qu'il ne reste pas plus de cinq minutes. Il pénétra dans un petit salon sombre, trop meublé, où planait une forte odeur de produit ménager. Il s'assit poliment sur un vieux canapé à fleurs recouvert d'un immense plaid tricoté. Puis il raconta à Helena ce qui arrivait à sa fille.

Tout en parlant, il scrutait la pièce, essayant de s'y représenter Charlotte quand elle était jeune.

Soudain, il tressaillit. « Non, c'est impossible... » Son cœur se mit à battre la chamade. Là-bas, sur la télévision, il y avait la photographie en gros plan d'une jeune femme — une femme qui lui était à la fois inconnue et familière. Elle avait de longs cheveux blonds et de grands yeux bleus, très lumineux, aussi beaux et expressifs que ceux de Charlotte. Son regard intense, qui témoignait d'une forte personnalité, attirait l'attention. Et tant mieux, pensa-t-il avec tristesse. Tant mieux si elle avait ces yeux pour la sauver. Car le bas de son visage... était inexistant. A partir de sa bouche, il n'y avait qu'une pente de chair qui tombait à l'oblique vers sa gorge.

— C'est Charlotte ? murmura-t-il.

Helena suivit son regard.

— Oui, c'est ma Charlotte. Le jour de la remise de son diplôme. Avant cette maudite opération.

Michael ne voulait pas qu'elle voie à quel point cette photographie le bouleversait. Il s'efforça de ne pas perdre contenance, et de s'exprimer d'une voix normale.

— Je peux la regarder de plus près ? demanda-t-il.

Helena se leva et traîna les pieds jusqu'à la télévision, avant de revenir vers le canapé avec le cadre. D'une main tremblante, Michael posa le cliché sur ses genoux. Il contempla d'un œil hagard ce visage étrange, qu'il avait l'impression de connaître... à moitié seulement. Son nez, constata-t-il, avait été refait, lui aussi... Mais où était la Charlotte qu'il était venu retrouver à Chicago ?

Alors, il eut une inspiration. Il couvrit le bas du visage de la femme et contempla ses yeux. Il trouva là ce qu'il cherchait. Sa respiration s'apaisa, l'étau d'anxiété qui comprimait sa gorge se desserra. La Charlotte qu'il aimait et qu'il aimerait toujours était là, dans ces yeux clairs, ouverts sur son âme. Le bas de son visage ne changeait rien aux sentiments qu'il éprouvait pour elle.

Il rendit calmement la photographie à Helena et se lança de tout son cœur dans la mission qui l'avait amené dans cet appartement : il pria, implora, exhorta la vieille dame à l'accompagner au studio de télévision en fin d'après-midi afin d'y rencontrer Charlotte et de la convaincre de retirer les implants.

Immobile sur sa chaise, les mains à plat sur ses genoux, les lèvres pincées, Helena écouta calmement son plaidoyer sans dire un mot, sans l'interrompre une seule fois. Michael songea en la regardant qu'elle était l'image même de la vieille femme solitaire et acariâtre, qui s'est refermée sur elle-même et ne sait plus comment réagir quand le monde se tourne vers elle.

Quant à sa réponse... Encore maintenant, Michael avait peine à croire ce qu'il avait entendu. S'exprimant sur un ton froid, monocorde, comme elle aurait pu le faire en présence d'un représentant de commerce, elle l'avait « remercié de l'attention qu'il portait à Charlotte », puis elle s'était levée — signe qu'elle le congédiait — en précisant qu'il ne devait pas compter sur sa présence au studio de télévision.

A cet instant, Michael avait senti son cœur se serrer de dépit pour la petite fille que Charlotte avait été autrefois. Si elle avait été élevée par une femme si dure, si austère, fallait-il s'étonner qu'aujourd'hui elle essaie de toujours faire plaisir aux autres avant de satisfaire ses propres désirs, de trouver dans l'approbation d'autrui la reconnaissance qu'Helena ne lui avait peut-être jamais donnée ? Fallait-il s'étonner aussi, songea-t-il pour la seconde fois de sa visite, qu'elle se soit inventé une enfance radieuse, souriante, pleine d'amour et de joie, pour remplacer les souvenirs tristes et sombres qu'elle avait hérités de sa relation avec cette mère trop exigeante ?

Déçu, il s'apprêtait à quitter l'appartement des Godowski, lorsqu'il perçut une lueur soucieuse dans les yeux d'Helena. Des yeux, pensa-t-il avec émotion, qui ressemblaient beaucoup à ceux de Charlotte. La vieille dame s'aperçut qu'elle s'était trahie et essaya de se composer un masque impénétrable. Mais il était trop tard. Ne voulant pas la brusquer pour autant, Michael l'informa simplement, avec douceur, qu'il enverrait une limousine l'attendre devant sa porte au cas où elle changerait d'avis. Puis il la remercia de son accueil et s'en alla.

Michael soupira et reporta son attention sur le plateau de Vicki Ray. Il se frotta la joue. Le doute l'envahissait. Ici, Charlotte allait subir un interrogatoire difficile. Avait-il fait le bon choix en venant ? L'épreuve qu'il prévoyait de lui infliger ne serait-elle pas trop pénible ?

Un jeune homme vêtu d'un uniforme du studio beaucoup trop grand pour lui s'approcha et lui tendit un laissez-passer qui, l'informa-t-il, lui permettrait d'accéder aux coulisses quand il le souhaiterait.

— Mme Ray demande si vous avez besoin d'autre chose, monsieur Mondragon, ajouta-t-il. De l'eau ? Du café ?

— Non, merci, ça va bien. Et dites à Mme Ray que, de mon côté, tout est prêt.

— Entendu. L'émission commence dans quelques minutes.

Michael hocha la tête, tandis qu'un sourire désabusé lui montait aux lèvres. L'émission, oui, mais pas n'importe laquelle. Car, si tout se passait comme il le voulait, ce numéro du Vicki Ray Show marquerait pour longtemps les mémoires...

Helena Godowski écarta le rideau de sa fenêtre pour regarder dans la rue. La longue voiture noire était encore là ! Incroyable ! Combien de temps le chauffeur attendrait-il encore devant sa porte ? se demanda-t-elle, puis elle haussa les épaules. De toute façon, il n'était pas question qu'elle se rende au studio de télévision. Elle lâcha le rideau et tripota nerveusement les boutons de son chemisier amidonné. Quel culot il avait, ce jeune homme, tout de même ! Envoyer cette voiture alors qu'elle lui avait clairement répondu qu'elle ne viendrait pas ! En plus, une limousine comme celle-là, cela devait coûter une fortune. Quel gaspillage !

Un pincement de culpabilité la saisit. Il fallait admettre que le jeune homme lui avait fait bonne impression. Il était séduisant, poli, avait l'air honnête. Et il savait se montrer persuasif. Mais cela ne changeait rien à l'affaire. Elle ne voulait pas intervenir dans la vie de Charlotte. Sa fille avait décidé de se passer d'elle ; à présent elle n'avait qu'à se débrouiller.

Helena traversa la pièce, s'assit sur le canapé. De nouveau, elle fut tiraillée par la culpabilité qu'elle s'efforçait d'ignorer depuis des années. Elle en eut la gorge nouée. Quoi qu'elle en dise, Charlotte demeurait sa fille. Son unique enfant — l'enfant de son seul amour. Peut-être avait-elle mal réagi à cette histoire de chirurgie esthétique. Et maintenant, se dit-elle, le cœur lourd, son enfant était loin, très loin, et le contact était rompu entre elles...

Elle se leva et s'assit sur une chaise devant la télévision éteinte en se tordant les mains. Quel mal cela ferait-il si elle regardait un petit peu Charlotte à son émission ? se demanda-t-elle. Personne n'en saurait rien. Elle avait bien envie d'allumer le poste, juste quelques minutes, pour voir si sa petite fille était aussi malade que le prétendait ce jeune Mondragon.

L'écran s'éclaira juste au moment où Charlotte traversait le plateau sous les applaudissements nourris du public. Helena se ratatina sur elle-même, ébahie, terriblement impressionnée. Elle avait ressenti la même chose, le soir des Oscars, quand la caméra s'était tournée vers la splendide femme qu'on appelait Charlotte Godfrey. La nouvelle grande star de Hollywood. Sa fille.

Elle n'écouta que d'une oreille les commentaires de Vicki Ray. Elle contemplait d'un regard ému le visage indiscutablement magnifique de Charlotte — en se remémorant l'enfant qu'elle avait été. Soudain, elle entendit la journaliste parler de mariage, et mentionner le nom d'un homme, l'agent de l'actrice, un certain Freddy Walen. Helena se redressa sur sa chaise, stupéfaite. Son agent ? Qu'est-ce que c'était que cette histoire ? Comment était-ce possible ? Charlotte ne devait-elle pas épouser ce gentil M. Mondragon ?

Alors, la caméra pivota pour se fixer, en bordure de plateau, sur un homme d'une cinquantaine d'années, dont le beau visage était encadré de cheveux poivre et sel coiffés en arrière. Il avait d'épais sourcils bruns, une moustache taillée avec soin, et un nez droit, patricien, absolument inoubliable.

Helena sentit le sang refluer de ses joues. Elle porta une main à sa gorge et se pencha vers l'écran en réprimant un cri. Son cœur se mit à battre la chamade.

— Grand Seigneur tout-puissant ! s'exclama-t-elle.

Elle tendit le bras, toucha la télévision — et le visage de l'homme. Puis la caméra revint sur Charlotte, assise au milieu de la scène, les jambes croisées. Elle parlait d'une voix sereine de son mariage, de sa relation avec Freddy Walen. Helena eut un haut-le-cœur. Elle se mit debout, chancelante, et marcha sans but à travers le salon. Il lui semblait qu'elle avait été avalée par un grand trou noir dont elle n'arrivait pas à s'échapper.

Que devait-elle faire, maintenant ? Le monde était-il devenu fou ? Pourquoi Dieu lui infligeait-Il cette nouvelle épreuve ?

Il n'y avait cependant pas à hésiter. Elle se précipita dans le vestibule, enfila son manteau et son chapeau, puis descendit dans la rue aussi vite que ses vieilles jambes le lui permettaient. Elle courut jusqu'à la limousine qui, Dieu merci, n'était pas partie ! Haletante, elle s'engouffra dans la voiture et cria au chauffeur de l'emmener au studio de télévision. Il démarra aussitôt, à toute vitesse.

— S'il vous plaît, Seigneur, pria-t-elle en plaquant les mains sur ses yeux mouillés de larmes. Faites que je n'arrive pas trop tard. Je vous en prie, permettez-moi d'éviter ce malheur. Charlotte ! Charlotte ! Je suis désolée, ma petite chérie !

25.

Un martèlement violent ébranla la porte. Charlotte se força à sortir de l'apathie dans laquelle elle était plongée. Elle ouvrit un œil, regarda lentement autour d'elle, et se rappela où elle se trouvait. Le studio de Vicki Ray. Depuis combien de temps était-elle affalée sur ce canapé ? Elle porta une main à sa tempe. Elle éprouvait encore des élancements douloureux dans le crâne. Et il lui semblait que les souvenirs qu'elle venait de réveiller dansaient une folle sarabande dans son esprit, achevant de troubler sa perception du monde qui l'entourait...

Des coups retentirent de nouveau à la porte. Quelqu'un criait son nom. Elle eut l'impression qu'on lui broyait la tête.

— Laissez-moi tranquille ! hurla-t-elle en se couvrant les oreilles.

La clenche de la porte tourna. Charlotte entendit un bruit de clés, puis un grincement de serrure. Elle poussa un soupir de résignation. Hélas, il n'y avait plus moyen de les empêcher d'entrer. Elle se redressa sur le siège, s'assit, se frotta les paupières et les joues du bout des doigts pour tenter d'effacer les traces des larmes qu'elle avait versées. Quand son index passa sur sa mâchoire enflammée, elle tressaillit. Elle ferma les yeux. Aux points de contact des implants, la douleur devenait insoutenable.

La porte s'ouvrit à la volée et un courant d'air froid envahit la pièce. Puis un vacarme terrible lui brisa les oreilles tandis que plusieurs personnes se ruaient vers elle en l'apostrophant, en l'exhortant à leur répondre. De toutes les voix qui lui parvenaient, elle n'en écouta qu'une seule : celle de Michael — vibrante d'inquiétude, chaleureuse, réconfortante. Elle rouvrit les yeux et soudain il était là, penché vers elle, prenant sa main, caressant doucement son front et ses cheveux...

— Charlotte, murmura-t-il en approchant son visage du sien. Comment te sens-tu ? Mon Dieu... Ton visage est en feu !

Elle frissonna. Les caresses de Michael lui chaviraient le cœur. Il ne fallait pas. Il devait s'écarter, sinon elle perdrait la tête.

— Ecartez-vous, saleté de Latino ! grogna tout à coup Freddy.

A la périphérie de son champ de vision, elle le vit s'avancer vers Michael pour lui agripper l'épaule. Michael fit volte-face en levant le poing.

— Arrêtez ! hurla-t-elle.

Ils se figèrent. Charlotte rassembla ses forces et se mit debout.

— Je ne veux pas vous voir vous battre, ajouta-t-elle d'une voix entrecoupée. Arrêtez ça immédiatement !

Elle leur parlait à tous les deux, mais elle regardait Michael. Elle plongea ses yeux dans les siens, avec l'espoir fou d'y lire... Quoi, au juste ? De la tendresse ? De l'amour ? Seigneur, pensa-t-elle avec dépit, pourquoi le simple fait de se tenir devant cet homme la déstabilisait-il à ce point ? Pourquoi était-elle encore si vulnérable face à lui ?

Elle devait se ressaisir. Souhaiter à Michael autant de

souffrance qu'elle en avait enduré. C'était la seule solution pour oublier l'amour qu'elle éprouvait à son endroit...

Vicki Ray s'avança, s'interposant entre Freddy et Michael.

Ce dernier laissa ses mains retomber.

— Je ne suis pas ici pour me battre avec ce type, marmonna-t-il.

— Pourquoi es-tu venu, Michael ? demanda Charlotte aussi posément que possible.

— Pour t'empêcher de détruire ta vie, répondit-il du tac au tac.

Elle croisa les bras sur sa poitrine, le toisa d'un regard dur.

— Je vois. Et tu comptais y parvenir en m'humiliant publiquement sur une chaîne de télévision nationale ?

Il baissa les yeux, soupira.

— Je suis désolé d'avoir agi ainsi, Charlotte, expliqua-t-il calmement. Mon intention n'était pas du tout de te faire du mal, bien au contraire.

Il soutint son regard.

— Mais... je n'avais que très peu de temps pour trouver une solution. Il fallait absolument que je t'empêche de partir avec cet homme, ajouta-t-il, avant de lui saisir soudain les bras. Charlotte, écoute-moi... Ce type ne sert que ses propres intérêts, pas les tiens. Je me devais de le démasquer. De mettre un terme à cette mascarade, à ces mensonges...

Il esquissa un sourire désabusé.

— Entre nous, Charlotte, conclut-il d'une voix émue, il ne doit plus y avoir de mensonges.

Elle le repoussa et recula d'un pas, en secouant furieusement la tête. Il n'était pas question qu'elle laisse Michael envisager une réconciliation entre eux. Il était trop tard.

— Ne te mêle pas de mes affaires, rétorqua-t-elle. Tu m'as déjà assez compliqué la vie !

— Charlotte, écoute, s'il te plaît, insista-t-il. Quels que soient tes sentiments pour moi, tu ne dois pas croire que ce médecin brésilien pourra te soigner. Walen t'a menti. Tu sais très bien qu'il faut retirer les implants. Regarde-toi ! Tu es brûlante de fièvre, tes mains tremblent ! Ne joue pas avec ta vie, Charlotte.

— On peut savoir ce qui fait de vous un expert en matière d'implants ? rétorqua Freddy d'un ton narquois. Non seulement vous êtes jardinier, mais vous êtes aussi médecin, maintenant ? Pour votre gouverne, sachez que j'emmène Godfrey chez un des meilleurs chirurgiens du monde. Et ce n'est pas parce qu'il n'est pas d'accord avec l'autre, le Dr Harmon, qu'il a tort. N'avez-vous jamais entendu parler de diagnostics contradictoires ?

Une expression exaspérée envahit les traits de Michael.

— O.K. Vous avez raison, je ne suis pas médecin, marmonna-t-il. Mais... Charlotte, si tu veux bien attendre ici une seconde...

Il tourna les talons et sortit dans le couloir, pour en revenir quelques instants plus tard en compagnie d'un homme de petite taille, mince, vêtu d'un élégant complet, et dont le visage évoquait un éternel adolescent.

— Docteur Harmon ! s'exclama Charlotte.

Elle n'en croyait pas ses yeux. C'était bien la dernière personne qu'elle se serait attendue à voir dans cette pièce. Pourtant... En son for intérieur, elle ne pouvait s'empêcher d'être heureuse de cette rencontre imprévue. Tandis qu'il s'avançait vers elle, elle repensa soudain à leur première rencontre dans le cabinet de Michigan Avenue, puis à la longue aventure qu'ils avaient partagée pour transformer son visage.

— Qu'est-ce que vous faites ici, docteur ? demanda-t-elle d'une voix éraillée.

— M. Mondragon a eu la gentillesse de m'inviter à venir vous parler, répondit-il.

Charlotte tressaillit. Comme au temps de leur tout premier entretien, il la dévisageait froidement, d'un regard clinique, s'attardant sur son menton et sa mâchoire.

— M. Mondragon m'a informé de votre intention de vous rendre au Brésil, reprit-il. Il fallait donc absolument que je vous voie. Vous êtes ma patiente, Charlotte. Et comme vous refusiez de répondre à mes appels téléphoniques...

Il lui offrit un sourire chaleureux. Charlotte fut soulagée de constater qu'il semblait avoir grand plaisir à la retrouver. Cependant, il y avait aussi une certaine réserve dans ses yeux. Manifestement, il réprouvait son attitude envers lui, et celle qu'elle avait adoptée envers sa maladie.

— Charlotte, ajouta-t-il de sa voix neutre, presque mécanique, je suis venu pour vous répéter en personne qu'aller au Brésil maintenant serait non seulement inutile, mais franchement dangereux. Le temps presse. Je me sens responsable, bien sûr, de la façon dont les implants ont été rejetés par votre organisme. Certes, je ne pouvais pas le deviner à l'avance. Mais j'aimerais avoir une chance de corriger le problème.

— Non, objecta-t-elle. C'est hors de question.

— Je vous en conjure. Retardez au moins votre voyage de quelques jours et venez à la clinique pour que nous pratiquions des analyses complémentaires. Nous pourrons alors établir un diagnostic définitif.

— Non, non, nous n'avons pas le temps ! intervint Freddy avec impatience. Après la bombe que Mondragon a lâchée en pleine émission aujourd'hui, nous avons intérêt à disparaître le plus vite possible.

Il jeta un regard quelque peu inquiet en direction de Vicki Ray — qui écoutait la conversation avec beaucoup d'attention.

— Viens, mon cœur, ajouta-t-il. Dépêchons-nous. Notre avion décolle dans quelques heures.

Michael s'avança, les poings serrés.

— Si vous pensez que je vais vous laisser faire...

— Et vous êtes qui, vous, pour me parler ainsi ? l'interrompit Freddy sur un ton mauvais.

Michael se planta devant lui, le toisant d'un air menaçant. Il était plus grand que lui, beaucoup plus jeune, infiniment plus musclé. Charlotte vit à son expression furieuse qu'il n'hésiterait pas à frapper Freddy si celui-ci s'obstinait à le provoquer.

— Ne touchez pas à Charlotte, ordonna Michael.

— Charlotte est *ma* fiancée, pas la vôtre ! Rentrez-vous ça dans le crâne, *bandito* !

Michael n'eut pas le temps de réagir. Un cri rauque, angoissé, venait de s'élever à l'entrée de la pièce.

— Non ! C'est impossible !

Tous les regards se tournèrent vers la dame aux cheveux gris qui se tenait dans l'embrasure de la porte, un doigt pointé sur Freddy.

Charlotte eut l'impression que son cœur explosait dans sa poitrine.

— Maman ! s'exclama-t-elle. Maman !

Elle fixa Helena, bouche bée. Pourquoi sa mère se trouvait-elle ici, elle aussi, alors qu'elle avait refusé tout contact avec elle depuis des années ?

Charlotte fronça les sourcils. Et pourquoi, à cet instant critique, sa mère ne la regardait-elle pas ? Pourquoi ses yeux bleus étaient-ils fixés sur Freddy ?

Elle tourna la tête vers son agent. De son côté... il dévisageait Helena d'un air perplexe, comme s'il la reconnaissait vaguement et essayait de se rappeler où il avait bien pu la rencontrer.

Un silence tendu tomba sur la pièce. Helena semblait ne pas se rendre compte de la réaction qu'elle avait suscitée. Elle n'avait d'yeux que pour Freddy.

— C'est bien toi ! s'exclama-t-elle d'une voix rauque.

Charlotte regarda tour à tour sa mère, puis son agent. Celui-ci clignait des yeux, troublé.

— Frederic, tu ne me reconnais pas ? C'est moi, Helena ! Helena Godowski. De Pologne.

Freddy blêmit. Il se redressa de toute sa hauteur, secouant résolument la tête.

— Non, objecta-t-il. Non, ce n'est pas possible.

— Mais si ! C'est moi ! Je t'ai cherché, Frederic... Depuis vingt-cinq ans je te cherche !

Elle s'avança lentement dans la pièce. Quand elle s'immobilisa devant Freddy, elle tendit la main et effleura sa poitrine du bout des doigts, comme pour s'assurer qu'il n'était pas un fantôme, qu'il était bien réel. Puis elle écarta sa main, la porta à sa gorge.

Freddy la considérait à présent avec une grimace intriguée.

— Tu m'as cherché ? marmonna-t-il. Mais pourquoi ? Et comment m'as-tu trouvé, finalement ?

— Grâce à M. Mondragon. Il voulait que je vienne. J'ai répondu non, et puis j'ai allumé la télévision pour regarder Charlotte, à l'émission, et c'est alors que je t'ai vu !

Les yeux d'Helena se mouillèrent de larmes. Elle cilla.

— Oui, oui... Charlotte, reprit-elle nerveusement. C'est pour cela que je suis venue...

Charlotte tremblait de tout son corps tandis que sa mère tournait vers elle un regard plein de désarroi.

— Tu ne peux pas épouser Charlotte, déclara-t-elle en fixant de nouveau Freddy. Ce serait un grand péché !

— Mais de quoi parles-tu ? s'emporta Freddy. Tu es folle !

— Charlotte est ta fille ! s'exclama Helena. Notre fille !

Charlotte eut l'impression que le sol s'ouvrait sous ses

pieds, comme une immense bouche, pour l'avaler tout entière. Ses jambes flageolantes se dérobèrent sous elle et, perdant l'équilibre, elle tomba à la renverse sur le canapé. *Freddy était son père?* Impossible! C'était absurde — tout simplement absurde.

En même temps, comment sa mère aurait-elle osé une telle affirmation, si ce n'était pas vrai?

Et puis... Charlotte ferma un instant les yeux. Même si elle refusait d'y croire, quelque chose, en son for intérieur, lui disait que ce n'était peut-être pas impossible, après tout...

Un épais brouillard avait envahi son cerveau, l'empêchant de réfléchir. Elle fit un terrible effort de volonté pour reprendre le contrôle d'elle-même, tenter de mettre de l'ordre dans ses idées, essayer de donner un sens à toutes ces incohérences...

D'abord, elle savait qu'elle était née hors des liens du mariage. Et qu'elle n'avait jamais vu de photographie de son père. Ensuite... il y avait cette étrange connexion entre Freddy et elle, depuis le premier jour. Son comportement possessif envers elle. Certaines paroles qu'il avait dites. *Je t'aime à ma façon à moi*, par exemple. Quelle façon? Celle d'un père?

Elle regarda Freddy. Il était livide, pétrifié, et fixait Helena d'un air hagard. Mon Dieu, songea-t-elle tout à coup. *Son nez.* Elle n'avait jamais remarqué ce détail, sans doute parce qu'elle n'avait jamais eu de raison de le faire, mais le nez de Freddy était comme le sien avant l'opération. C'était le nez que sa mère ne lui avait jamais pardonné d'avoir modifié. Elle avait autrefois le nez de Freddy — le nez de son père!

Freddy secoua la tête.

— Vous êtes cinglée, ma petite dame, s'exclama-t-il. Désolé, mais je n'ai pas d'enfants. Je ne peux pas avoir d'enfants.

— Tu ne le savais pas ! riposta Helena avec conviction. Tu ne l'as jamais su ! J'ai découvert que j'étais enceinte après ton départ de Pologne. Ma famille m'a rejetée. Un prêtre m'a emmenée à Varsovie. Mais il voulait donner mon bébé à une famille d'adoption. Je ne pouvais pas accepter ça. J'ai parlé à ta mère. Elle m'a dit que tu avais fui en Amérique, pour échapper à la police. Elle m'a aidée, Freddy. Elle m'a offert le billet d'avion et un peu d'argent, pour me permettre de te trouver.

Helena renifla, les larmes aux yeux.

— Mais je n'ai jamais réussi à te trouver, reprit-elle d'un ton dépité. J'ai cherché, cherché, cherché... Sans résultat. Et puis Charlotte est née. Alors je ne pouvais plus te chercher. Je devais travailler pour vivre. Jamais je n'ai cessé d'espérer te revoir un jour. Mais... mais pas comme ça !

Elle pointa de nouveau un doigt accusateur vers lui.

— C'est un péché, ce que tu veux faire ! Tu ne peux pas prendre ta propre fille pour épouse.

— Seigneur... Non, évidemment, répliqua Freddy d'une voix tremblante. Je ne l'épouserai pas. Non ! Je veux dire... Je ne savais pas... Il ne s'est rien passé entre nous, tu sais... Jamais nous n'avons... Enfin...

Il jetait des regards éperdus autour de lui et agitait la main frénétiquement — sans doute pour dissiper l'idée terrible qui traversait l'esprit de chacun à cet instant.

L'idée qui donnait la nausée à Charlotte. Elle s'efforça de refouler le jet de bile acide qui remontait dans sa gorge. Heureusement, il ne s'était rien passé. Elle revit soudain Freddy en train de lui caresser les cheveux, de la serrer dans ses bras tout en lui parlant des préparatifs de leur « voyage de noces ». Cette seule pensée suffisait à lui tordre le ventre. Elle crispa les bras sur sa poitrine.

— Notre projet de mariage n'était même pas sérieux ! ajouta Freddy en bafouillant. En fait, c'était un canular, une excuse bidon pour nous permettre de partir en Amérique du Sud tranquillement, sans risquer d'être harcelés par les médias jusqu'à l'hôpital. Seigneur...

Il s'essuya le front d'un revers de manche.

— ... Si j'avais su, balbutia-t-il.

Charlotte s'aperçut que Michael fixait Freddy d'un air à la fois étonné et méfiant. Il était clair que, s'il acceptait de croire l'extraordinaire révélation d'Helena, cela ne changeait rien au jugement qu'il portait sur Freddy.

— Charlotte Godfrey, murmura ce dernier, comme s'il se parlait à lui-même. Charlotte Godowski. Tu as changé ton nom, bien sûr...

Il la regarda quelques instants, songeur.

— Si tu m'avais dit ton vrai nom dès notre première rencontre, j'aurais tout de suite compris, ajouta-t-il. Tu sais, c'est étrange, parce que... J'ai toujours senti qu'il y avait quelque chose entre nous. Surtout quand j'admirais tes yeux. Mais je ne comprenais pas pourquoi. Maintenant je sais. C'est parce que tu as les yeux de ta mère.

Il se tourna vers Helena. Charlotte se demanda comment il la voyait. Sans doute, pensa-t-elle avec une pointe de tristesse, comme une grande femme aux cheveux gris coiffés sans fantaisie, au visage ridé et pâle, aux jambes striées de varices. Une femme usée par le travail, accablée par le poids d'une existence morne, âpre, privée de satisfactions. Une femme qui paraissait beaucoup plus vieille que son âge. Qui n'était plus que l'ombre de la jolie Polonaise qu'il avait rencontrée autrefois.

Charlotte sentit son cœur se serrer en s'apercevant que Freddy toisait Helena d'un air dédaigneux. Il n'avait aucune compassion pour elle. C'était tout juste s'il se demandait quelle vie elle avait pu mener durant toutes ces années pour en arriver à offrir une image si désolante d'elle-même. Charlotte s'empourpra. Spontanément, elle prenait la défense de sa mère. Helena avait l'apparence d'une vieille et pauvre femme parce qu'elle s'était abîmé les mains et la santé à nettoyer les maisons des riches, voulut-elle crier. Et pourquoi cela ? Parce qu'elle avait été abandonnée par son amant, le père de son enfant — « par toi, Freddy ! Par toi qui as profité d'elle et as pris la fuite sans te soucier de ce qu'elle devenait. » Charlotte était indignée. Comment osait-il la mépriser aujourd'hui, alors qu'il était responsable des malheurs qu'elle avait endurés ?

— Eh bien ! conclut-il en poussant un petit rire ironique. On n'est jamais au bout de ses surprises, n'est-ce pas ? Moi qui croyais mourir sans descendance, j'apprends que j'ai une fille... Tu conviendras que c'est une sacrée journée, Charlotte !

Elle haussa un sourcil. A cet instant, elle n'éprouvait que très peu de sympathie et de tendresse envers lui. A vrai dire, elle ignorait ce qu'elle ressentait à l'égard de cet homme. La révélation que sa mère venait de faire éveillait en elle des émotions intenses, mais si nouvelles et si étranges qu'elle était incapable d'y réfléchir maintenant. Elle verrait tout cela plus tard, au calme. En tout cas, elle doutait de pouvoir jamais aimer Freddy comme une fille aime son père. Lui-même réagissait trop froidement, trop agressivement, pour susciter de l'amour dans son cœur.

Le Dr Harmon s'éclaircit la voix, puis déclara poliment :

— Je pense que ce que nous venons d'entendre change la situation. En tant que père de Charlotte, monsieur Walen, vous ne voudrez sûrement pas mettre sa santé en péril.

— Il a raison, Frederic, intervint Helena. Elle est malade. Il faut la soigner comme le docteur dit.

— Mais je sais ce que j'ai à faire, répliqua-t-il d'un ton presque désinvolte. Je suis son père, en effet. Ça me donne plus que jamais le droit de m'occuper d'elle comme je l'entends. Je sais de quoi elle a besoin. Mon chirurgien, au Brésil, la soignera sans problème.

Michael s'empourpra.

Le Dr Harmon cilla comme s'il n'était pas sûr d'avoir bien entendu.

Charlotte ouvrait la bouche pour répondre, lorsque sa mère prit les devants :

— Non ! Que dis-tu ?

Charlotte connaissait cette intonation. Combien de fois sa mère lui avait-elle parlé ainsi dans son enfance, quand elle attendait d'elle une obéissance sans réplique ?

Freddy lui-même parut décontenancé par cette marque d'autorité.

— Tu es le même qu'autrefois, reprit-elle. Mais je ne suis plus la jeune fille que tu as su tromper si facilement. La vie m'a endurcie, et m'a aussi rendue plus sage. Je te vois tel que tu es, maintenant...

Elle soupira, posa ses mains sur ses hanches.

— Tu es égoïste. Tu ne penses qu'à toi, Frederic ! Tu m'as fait beaucoup de mal, mais je ne te laisserai pas faire de mal à mon enfant.

Charlotte cessa de respirer en voyant sa mère s'approcher d'elle. C'était la première fois qu'elles se tenaient face à face depuis leur effroyable dispute, la veille de son départ de Chicago. Ce soir-là, elles avaient échangé des propos terribles, impardonnables.

Cependant, tout cela paraissait bien lointain, insignifiant même, par rapport à ce qui se passait à présent.

— Je suis désolée..., bafouilla Charlotte.

Désormais, elle ne voulait plus d'affrontement avec Helena. Elle souhaitait de toute son âme mettre un terme à leur conflit détestable. Cette femme, avec toutes ses qualités et tous ses défauts, était sa mère. Charlotte l'aimait de tout son cœur.

— Non, non... Ne dis pas cela, murmura Helena en levant une main pour lui caresser la joue.

Charlotte la dévisagea avec étonnement. Ses yeux n'exprimaient ni colère, ni rancœur, mais... du regret. Du repentir.

— C'est moi qui ai eu tort, poursuivit la vieille dame. Moi seule !

Elle inspira profondément. Charlotte sentit qu'elle s'efforçait de maîtriser ses émotions. Helena n'aimait pas les débordements d'affection — surtout en public.

— J'aurais dû te parler de ton père. Et de ta naissance, poursuivit-elle. Je me suis comportée bêtement. J'ai eu tort de penser que ce qui m'était arrivé était un péché répugnant. Et... Pendant trop longtemps, j'ai regretté de n'avoir pas Frederic avec moi, alors que j'aurais dû simplement être heureuse de t'avoir, toi, ma chérie. Je disais que tu étais ma punition. C'est faux. Tu étais un cadeau, Charlotte. Une bénédiction...

Elle lui saisit les mains, les étreignit maladroitement.

— C'est moi qui te supplie de me pardonner, conclut-elle d'une voix brisée.

Charlotte sentit des larmes lui monter aux yeux. Sa mère lui demandait pardon ? Jamais elle ne l'avait entendue parler ainsi — et jamais elle n'aurait osé le rêver. Elle eut envie de l'enlacer, mais elle se retint, pour ne pas l'embarrasser davantage.

Une fois de plus, Helena la surprit : ce fut elle qui, soudain, la prit dans ses bras et la serra, fort, longtemps. Charlotte eut l'impression de remonter dans le temps. Elle redevenait la petite fille d'autrefois, qui appuyait sa tête sur l'épaule de sa maman en respirant le parfum de savon dans son cou...

Sauf... sauf qu'elle n'était plus une petite fille, pensa-t-elle. Il était temps, maintenant, de grandir. De gagner en assurance, d'oublier les anxiétés de l'enfance, de ne plus être dépendante, et de prendre des décisions de femme.

Elle se redressa, sécha ses yeux et se tourna vers

Michael. Il se tenait en retrait. L'espace d'un instant, elle se revit à la pépinière Mondragon, le cœur débordant d'amour pour cet homme qui la comblait, heureuse et sereine, confiante dans l'avenir. Elle le revit gravir le chemin en direction du bungalow à la fin de sa journée de travail, marcher vers elle...

Comme il le faisait, là, tout de suite, le sourire aux lèvres, pour s'immobiliser devant elle. Elle plongea ses yeux dans les siens. Elle prenait conscience que c'était lui qui avait orchestré ce dénouement extraordinaire, en invitant le Dr Harmon et Helena au studio...

Cela voulait-il dire qu'il l'aimait ? Qu'il l'aimait vraiment, *elle*, la femme qu'elle était derrière son visage parfait ? Elle ne pouvait s'empêcher de nourrir cet espoir fou. Mais elle ne voulait plus souffrir comme par le passé. Elle avait donc besoin de savoir. Une fois pour toutes.

— Pourquoi es-tu revenu ? murmura-t-elle. Réponds-moi en toute franchise.

Il n'hésita pas, pas même une fraction de seconde.

— Parce que je t'aime, Charlotte.

— Même sans ce visage ? insista-t-elle d'une voix fêlée.

Il tendit les bras, posa doucement les mains sur ses épaules.

— Je te dis que je t'aime, *toi*. Oui, j'ai été attiré par ton visage. Mais ensuite, je suis tombé amoureux de toi, de la personne que tu es. Si ton visage change, Charlotte, mon amour ne variera pas.

Elle refusa de se laisser gagner par le frisson d'exaltation que sa réponse faisait naître en elle. Elle hocha simplement la tête, en scrutant les traits de Michael pour s'assurer, une dernière fois, que le cadeau merveilleux qu'il lui offrait était bien réel.

— Ne crois pas ce qu'il raconte, grommela Freddy en s'approchant d'eux.

Elle sursauta. Il était rouge de colère — et manifestement très inquiet de la tournure que prenaient les événements. Elle sentit qu'il avait très peur de la perdre.

Michael fusilla Freddy du regard.

— Attends une seconde, ordonna-t-elle à son agent, puis elle se tourna de nouveau vers son amant. Michael, je ne vois qu'un seul moyen d'avoir la preuve définitive que tu pourras m'aimer... sans condition.

Elle pivota sur elle-même et saisit son sac à main sur le canapé. Elle en sortit son portefeuille. Sous son permis de conduire, elle avait glissé une photographie de son visage d'avant l'opération. Elle la gardait toujours sur elle pour se rappeler d'où elle venait.

Elle baissa un instant les yeux sur le cliché, et éprouva un pincement de tendresse pour la pauvre « Face de Moineau » qui offrait un sourire timide et enjoué à l'objectif. Puis elle rassembla son courage.

— Tiens, reprit-elle. Je veux que tu me voies avant ma métamorphose. Regarde cette image un bon coup. Et, pour notre bien à tous les deux, réponds-moi avec honnêteté. Je ne t'en voudrai pas si tu préfères en rester là...

Elle lui tendit la photo.

— Penses-tu pouvoir aimer cette fille ?

Michael repoussa sa main en souriant.

— Je te le répète, je t'aime.

— Non, je veux dire la fille qui est là-dessus, protesta-t-elle. Regarde...

— J'ai déjà vu une photo de toi avant ton opération, l'interrompit-il calmement. Chez ta mère.

Charlotte porta une main à sa bouche, bouleversée. Ainsi, c'était donc vrai ? Les sentiments de Michael étaient intacts... ? Elle avait tellement envie d'y croire !

— Je savais bien que j'avais déjà vu cette fille quelque part, ajouta-t-il avec un sourire malicieux. Ça m'a turlupiné toute la journée, mais je n'arrivais pas à me rappeler où c'était. Et puis tout à l'heure, sur le plateau, alors que tu répondais aux questions de Vicki Ray, j'ai eu une étincelle. C'est ton expression stoïque, et cette flamme courageuse, très personnelle, dans tes yeux, qui a fait resurgir un souvenir dans mon esprit. Je me suis rappelé que c'était la même expression, et la même flamme que celle de la fille que j'avais rencontrée dans un ascenseur, un soir de Noël. Ici, à Chicago. T'en souviens-tu, Charlotte ? Je t'ai demandé si tu avais besoin d'aide, et tu as répondu non.

— J'aurais dû dire oui, balbutia-t-elle.

— Dis oui maintenant, murmura-t-il, les yeux brillants. Dis oui, ma chérie. J'ai laissé tomber cette fille une fois. Ça n'arrivera plus.

— Montrez-moi cette photo, grogna Freddy en se rapprochant d'elle.

Il lui arracha le cliché des doigts. Puis il ouvrit des yeux ronds comme des soucoupes. Il poussa un cri de stupeur indignée.

— Tu te fiches de moi, ou quoi ? s'exclama-t-il. Et tu hésites encore à venir au Brésil ? Mais... Il suffit de jeter un seul coup d'œil à cette photo pour décider ce que tu as à faire ! Harmon... Nom de Dieu, vous êtes un génie !

— Tais-toi, Frederic, rétorqua Helena. Ma Charlotte a toujours été belle. Je le lui disais autrefois, et je le répète maintenant. L'important, c'est qu'elle sauve sa vie !

Charlotte soupira. Brusquement, tout le monde se mit à parler en même temps pour lui donner des conseils. Freddy — son agent, son père — criait qu'elle devait l'accompagner en Amérique du Sud pour être opérée. Le Dr Harmon — le créateur de son nouveau visage — l'exhortait à rester. Helena s'emportait contre Freddy. Vicki Ray demandait à voir la photo, et assurait qu'elle devait d'abord penser à sa santé.

Charlotte n'écouta aucun d'eux. Elle se tourna vers

Michael. Il attendait patiemment qu'elle prenne une décision. Elle comprit soudain, dans un éclair de lucidité, que la boucle de son existence était bouclée — et qu'en définitive tout revenait à lui, Michael.

— Taisez-vous ! hurla-t-elle.

Un silence stupéfait se fit autour d'elle.

— Je ne veux pas vous entendre me dire ce que j'ai à faire, déclara-t-elle. C'est *mon* visage. C'est *ma* vie. C'est une décision qui ne concerne que moi. Sortez, s'il vous plaît. Allez dans le couloir. Tous. J'ai besoin de réfléchir.

Pendant quelques instants, personne ne dit un mot. Freddy serrait et desserrait les poings en grimaçant. Puis Helena brandit un doigt en direction de la porte.

— Vous l'avez entendue ? Dehors ! ordonna-t-elle avec son fort accent polonais.

— Non, répliqua Freddy. Il faut que tu comprennes une chose, Charlotte. Si tu perds ta beauté, tu perds tout. Ta carrière sera terminée.

— Sa vie passe avant sa carrière, marmonna Michael.

— S'il te plaît, dit-elle doucement en lui prenant la main. Laisse-moi régler ça moi-même.

Elle fit face à Freddy.

— Pendant l'émission, j'ai déclaré que la beauté justifiait tous les sacrifices. J'ai eu tort. J'aurais dû dire que l'amour passe avant le reste, y compris la beauté.

Freddy explosa.

— Tu veux tout mettre à la poubelle, alors ! Tout ce pour quoi nous avons tant travaillé ! Et pour aller où ? Pour devenir une rien du tout ! Pour finir par te marier avec ce type, avoir des gamins, devenir aussi vieille et moche que ta mère !

— Frederic ! s'insurgea Helena.

Il pinça les lèvres. L'espace d'un instant, Charlotte crut qu'il allait pleurer. Mais il reprit, d'un ton plus acerbe que jamais :

— Quand nous avons commencé notre collaboration, tu as juré que tu ferais tout ce que je te dirais. Tu as juré !

— Tu n'avais pas le droit de me demander cela. Et je n'aurais pas dû accepter, répondit-elle calmement. Je suis désolée. C'est une erreur dont je suis complètement responsable.

— C'est moi qui ai fait de toi celle que tu es aujourd'hui ! hurla-t-il. C'est moi qui t'ai créée. Tu me dois tout. Tu m'appartiens.

Michael fit un pas vers lui. Charlotte le retint par la main, lui intimant en silence de ne pas s'emporter.

Puis elle frissonna. Le discours autoritaire de Freddy avait un mérite : il lui faisait prendre conscience que depuis plusieurs mois, sinon des années, elle vivait sous sa domination. Peu à peu, elle l'avait laissé prendre le contrôle de sa vie, de ses choix, de ses envies. Aujourd'hui, elle se réveillait. Et elle éprouvait un étrange et enivrant sentiment d'exaltation à l'idée de ne plus jamais obéir à cet homme. Enfin, elle découvrait la liberté. L'indépendance.

— Pour t'appartenir, répliqua-t-elle, il aurait fallu que je me sois volontairement donnée à toi. Ça n'a jamais été le cas, Freddy.

— Alors tu vas te donner à ce minable ? pesta-t-il en désignant Michael.

— Je crois qu'il est temps que tu t'en ailles, répondit-elle d'un ton qui ne souffrait aucune contestation.

— Si je m'en vais, il s'en va aussi, s'obstina Freddy.

— Je te dis de partir ! cria-t-elle.

— Je pars. Mais ce sera définitif.

Elle prit une profonde inspiration.

— Comme tu veux. Adieu, Freddy, acquiesça-t-elle en songeant que jamais elle ne pourrait appeler cet homme « papa ».

Il ferma un instant les yeux, soupira. Mais ne parla pas.

Il comprenait qu'il n'y avait rien à ajouter. Charlotte songea en le dévisageant qu'il avait soudain l'air très vieux — tout aussi usé et triste qu'Helena. Quand il lui tourna le dos et sortit de la pièce, elle s'imagina à la place de sa mère, abandonnée par lui alors qu'elle portait son enfant... La rupture était irrémédiable.

A peine se retrouva-t-elle seule dans le salon que Charlotte se laissa choir sur le canapé en respirant profondément. Elle venait de vivre la scène la plus difficile de sa vie.

Elle ferma les yeux, se massa les tempes du bout des doigts. Il y avait des tas de choses auxquelles il lui fallait réfléchir — mais ce serait pour plus tard. Quand elle serait reposée, et tout à fait seule. Pour le moment, elle devait se ressaisir afin de prendre une grave décision...

Elle rouvrit les yeux, et le visage de Michael s'imposa à son esprit.

Un sourire lui monta aux lèvres. La réponse était simple, en fait. Simple et belle comme l'amour qui les unissait.

26.

Trois semaines plus tard, à la clinique du Dr Harmon, Charlotte marchait de long en large dans sa chambre en se tordant les mains. Elle attendait le praticien, qui devait lui retirer ses pansements. Les implants avaient été retirés, l'opération était un succès, il ne restait plus qu'à dévoiler son visage. Son deuxième nouveau visage.

— Charlotte, essaie de te calmer, l'exhorta Michael. Il va arriver d'une seconde à l'autre.

— Je ne peux pas me calmer. Tu ne comprends pas.

— Je comprends que tu t'inquiètes de savoir quel visage tu as maintenant. A ta place, je serais sans doute dans le même état. Mais qu'est-ce que tu crains, au juste ?

— C'est très simple, répondit-elle d'un ton dépité. Je vais avoir la même tête qu'avant la première opération.

— Le Dr Harmon t'a assuré que ce ne serait pas le cas. Même si les implants ont été retirés, il reste tout le travail de reconstruction faciale qu'il avait fait à l'époque. Au pire, tu auras le menton fuyant. Ce n'est pas bien grave. Tu as de la chance.

— D'accord, bafouilla-t-elle. Mais.. ce n'est pas ce qui me tracasse le plus.

Quatre ans plus tôt, tandis qu'elle attendait qu'on enlève ses pansements, elle n'avait eu à s'inquiéter que pour elle-même. Cette fois, l'enjeu était plus important.

Malgré tous les témoignages et tous les gages d'amour que Michael lui offrait, elle ne pouvait s'empêcher de redouter sa réaction.

— Oh, je comprends, acquiesça-t-il. C'est encore à cause de moi, n'est-ce pas ?

— Oui, murmura-t-elle. J'ai si peur que tu ne m'aimes plus, Michael.

Il secoua la tête.

— Viens, ordonna-t-il gentiment en lui tendant la main.

Elle s'avança vers lui, croyant qu'il allait la prendre dans ses bras pour la réconforter. Au lieu de cela, il l'entraîna jusqu'à la salle de bains, la plaça devant le miroir du lavabo.

— Regarde-toi, Charlotte.

Elle contempla le reflet que lui renvoyait la glace. Sa tête disparaissait complètement sous les bandages blancs. Seuls ses yeux étaient visibles, ainsi que ses narines et sa bouche.

— Je ne me vois pas, répondit-elle sur le ton de l'évidence.

— Faux. Regarde encore, insista-t-il en s'écartant d'elle. Si tu ne peux pas aimer ce que tu vois maintenant, c'est que tu te fiches de mon amour pour toi.

Charlotte fixa plus attentivement son reflet. Au milieu des bandages immaculés, ses yeux semblaient posséder encore plus de couleur, encore plus d'éclat et de lumière que d'habitude. Et... Elle se pencha en avant. C'était comme s'ils l'invitaient à regarder plus en profondeur, derrière la façade du visage, à l'intérieur d'elle-même — là où résidait la véritable Charlotte. Alors, en se laissant aller à cette contemplation, elle eut soudain un aperçu de ce qu'était la vraie beauté, une beauté qui n'avait rien à voir avec la perfection des traits de Charlotte Godfrey, star de cinéma.

Elle tendit la main vers le miroir, pour toucher le reflet de ses yeux. Toute sa vie, elle avait tenu un rôle derrière un masque. Cela avait commencé à Chicago, le soir où elle s'était juré de transformer sa vie. Elle avait d'abord changé de visage. Elle ignorait alors qu'elle devait aussi changer la façon dont elle se voyait — l'opinion qu'elle avait d'elle-même. Comme la Bête du célèbre conte, elle n'avait jamais cru qu'elle méritait d'être aimée. Elle savait maintenant que ce n'était pas la métamorphose de la Bête, son accession à la beauté, qui lui valait la suprême récompense de l'amour.

L'amour se gagnait à la dure, par des qualités qui n'avaient rien à voir avec l'apparence physique.

Elle se tourna. Michael était en train de serrer la main du Dr Harmon à la porte de la chambre. Quand elle s'approcha d'eux, ils ne purent remarquer que, sous ses bandages, elle souriait.

ÉPILOGUE

La Beauté est vérité, la vérité est Beauté,
Voilà tout ce que connaît l'humain,
Et tout ce qu'il doit savoir.

John Keats

Charlotte se servit à boire dans le petit réfrigérateur de la limousine, puis se renversa contre le confortable fauteuil de cuir. L'aéroport de L.A., dont elle arrivait, était déjà loin. Le chauffeur la conduisait à bonne allure vers les riches et fertiles vallées de Californie du sud qu'elle considérait désormais comme sa terre d'élection. Déjà, ils roulaient sur la petite route sinueuse qui menait à la propriété Mondragon — et qu'elle connaissait presque comme si elle y était née. Elle sourit en passant devant la grande prairie où Michael lui avait appris le ball-trap. Un peu plus haut, il y avait le petit bois où elle se rendait parfois pour méditer. Elle aimait se dire que ces arbres lui offraient un espace d'intimité privilégié, qu'elle ne partageait même pas avec son mari.

Une vague de bonheur lui chavira le cœur. Depuis deux ans qu'elle avait subi sa seconde opération, chaque instant de sa vie avait été un instant de joie. Michael et elle s'étaient bâti une existence riche, intense, qui la comblait.

Une partie de ce bonheur lui venait de ce qu'elle avait aidé Michael et les Mondragon à reconstruire la pépinière. L'entreprise était de nouveau prospère. Et encore plus puissante qu'auparavant, puisqu'elle était enrichie des quatre-vingts hectares de terre et de forêt que Charlotte avait offerts à Michael en cadeau de mariage. Ce vaste terrain, la famille en rêvait depuis longtemps. Aussi, voyant qu'elle tirait de juteux bénéfices de ses investissements, Charlotte avait-elle pu en faire profiter l'homme qu'elle aimait en lui donnant ce morceau supplémentaire de propriété.

Lui, de son côté, il lui apportait tout l'amour qu'elle pouvait désirer. Elle avait déclaré autrefois à Vicki Ray qu'une femme devait faire tout et n'importe quoi pour la beauté. Plus tard, elle avait compris qu'elle se trompait. Et depuis son mariage elle découvrait que l'amour rend beau tout ce qu'il touche.

Tournant son regard vers la vitre fumée, elle y aperçut le reflet de son visage. La seconde opération avait été plus qu'un succès. Elle lui avait permis de rester séduisante, même si Charlotte Godfrey ne représentait plus l'idéal esthétique qu'elle avait incarné par le passé. Le Dr Harmon avait su lui conserver un profil correct, avec un menton et une ligne de mâchoire réels. De toute façon, se dit-elle avec un petit soupir de plaisir, jamais elle n'avait souhaité devenir la plus belle femme du monde. Elle inclina la tête pour mieux admirer son profil dans la vitre. Tout à fait acceptable. Peut-être même joli. Non, rectifia-t-elle aussitôt. Son visage était magnifique, parce que c'était le visage que Michael Mondragon aimait.

C'était aussi le visage que des millions de téléspectateurs avaient pu contempler la veille au soir. Charlotte avait accordé une interview exclusive à Vicki Ray. La première depuis sa disparition — laquelle disparition, comme celle de Garbo, avait mis en délire les tabloïds et le public. Vicki avait eu un comportement irréprochable après la scène de confrontation tumultueuse qui avait eu lieu deux ans plus tôt dans son studio. Elle en avait pourtant entendu assez pour nourrir la machine à potins pendant des mois et des mois, si elle l'avait voulu ! Mais elle avait gardé le silence, sans plus chercher à s'immiscer dans sa vie privée. Cette pudeur, cette marque de respect et cette générosité avaient touché Charlotte. C'était pour cette raison qu'elle avait appelé Vicki pour lui proposer une interview.

Son objectif était d'attirer l'attention du public sur les miracles de la chirurgie réparatrice — dans l'intérêt des enfants souffrant de difformités faciales. Charlotte espérait qu'en racontant son histoire elle encouragerait davantage de gens à donner de l'argent aux associations caritatives qui s'occupaient de ce problème. Epargner à des petits garçons et à des petites filles — ne fût-ce qu'à quelques-uns — une enfance comme celle qu'elle avait eue, voilà tout ce qu'elle désirait.

Même si, somme toute, elle ne regrettait pas vraiment son enfance, elle n'éprouvait aucune tristesse quand elle l'évoquait. Parce que c'était cette enfant, ce passé, après tout, qui l'avait conduite à ce qu'elle était aujourd'hui.

Ils franchirent l'entrée de la propriété Mondragon. Charlotte ordonna au chauffeur de s'arrêter là. Il déchargea son bagage et repartit aussitôt. Elle avait envie de monter à pied jusqu'à la maison, en savourant la caresse de ce magnifique début de soirée sur son visage. Elle posa sa valise dans une cabane à outils près de la grille, ôta ses bijoux qu'elle glissa dans son sac à main, puis retira ses épingles à cheveux, secouant la tête pour laisser sa « crinière blonde », comme disait Michael avec admiration, tomber sur ses épaules.

Ah, oui, c'était bon d'être chez soi. Loin de la foule et de la ville. Loin de l'atmosphère confinée des avions et des studios. Ici, elle pouvait respirer à pleins poumons, emplir ses narines du parfum délicieux du jasmin. Son cœur tangua doucement dans sa poitrine. Elle était chez elle et elle se sentait ivre de joie.

Le sourire aux lèvres, elle s'engagea sur le chemin, en direction de sa maison, de Michael, de sa famille.

Dans la maison des parents, Luis et Manuel devaient jouer aux cartes, en sirotant une bière. Cisco, qui entrait dans l'âge ingrat, était sans doute affalé devant la télévision, un grand bol de crème glacée entre les mains. Marta, un petit air mexicain sur les lèvres, s'activait devant ses fourneaux, préparant de divines sauces pour le repas. Maria Elena, qui avait décidé qu'elle adorait cuisiner, se trouvait forcément avec elle. Quant à Rosa... Plus personne ne la contraignait aux tâches ménagères qu'elle détestait. Elle avait repris des études, et, quand elle ne travaillait pas pour la société d'entretien de pelouses — dont Manuel et elle étaient aujourd'hui seuls propriétaires —, elle avait le nez dans un bouquin. Bobby la taquinait souvent, affirmant qu'en définitive c'était elle la véritable intellectuelle de la famille.

Cher, cher Bobby, pensa Charlotte en s'arrêtant à la lisière de la forêt pour reprendre son souffle. Il allait très bien, aujourd'hui. Il avait fait la paix avec son père, et avec lui-même. Pour son sida, eh bien... Tout le monde était optimiste. Le Dr Xavier Navarro et la trithérapie l'entretenaient en excellente forme. Il vivait maintenant dans le bungalow, et tirait un confortable revenu de l'exploitation de l'eau de la source — que Michael lui avait offerte. Comme l'entreprise d'embouteillage qu'il avait créée marchait presque toute seule, il avait le temps qu'il voulait pour peindre.

Une chauve-souris passa en virevoltant au-dessus de sa tête. Charlotte se remit en marche. Michael se tenait probablement sous la véranda, accoudé à la rambarde, guettant son arrivée. Aussi loin que portait son regard, il pouvait admirer sa terre et les vigoureuses récoltes qu'il en tirerait bientôt.

Depuis deux ans qu'ils étaient mariés, ils travaillaient pour la pépinière avec autant d'acharnement que Luis et Marta un quart de siècle plus tôt. Et leurs efforts étaient fort bien récompensés. Au rythme des saisons, ils labouraient, semaient, récoltaient, vendaient. Bien sûr, ils n'étaient pas naïfs ; ils savaient que la nature n'était pas qu'harmonie et générosité. A n'importe quel moment, des catastrophes pouvaient survenir et mettre en péril leur entreprise. Mais ils avaient appris à accepter cette incertitude, à l'intégrer au cycle de leur vie. Ils avaient foi en l'avenir. Et puis... Ce qu'ils partageaient leur permettait d'affronter n'importe quoi. Qu'y avait-il à craindre, quand ils avaient leur couple, leur amour, leur famille ?

Elle passa devant la borne de pierre qui marquait la limite de leur terrain privé, au centre duquel se dressait leur maison — une vaste construction de plain-pied, de style hispano-californien, dont le toit de tuile rouge prenait en cet instant les nuances du crépuscule. Le chemin bifurqua derrière un fourré, et Charlotte sourit. Là-bas, sous la véranda, elle apercevait la haute silhouette de Michael. Elle pressa le pas. Un aboiement puissant s'éleva dans les airs, alertant la famille de son arrivée. Puis elle entendit le cri de joie haut perché de sa fille. Elle éclata de rire en voyant ses petites jambes potelées s'agiter frénétiquement pour que son papa la pose sur le sol. A un an, elle marchait déjà très convenablement et adorait gambader.

— Maman ! Maman !

Charlotte courut vers la véranda, lâchant son sac à main au pied des marches. Nounours, leur gros Berger des Pyrénées, se précipita sur elle et faillit la renverser. Il se lança dans un concert d'aboiements, tournant autour d'elle et frétillant de la queue. Charlotte ouvrit les bras pour accueillir sa fille — en admirant ses cheveux noirs pareils à ceux de son père, et ses grands yeux bleus lumineux, identiques aux siens. Ce qu'elle adorait par-dessus tout chez son enfant, cependant, c'était son petit menton délicat, parfaitement formé.

Elle prit sa fille dans ses bras, l'embrassa, et l'étreignit comme elle avait toujours rêvé d'étreindre son enfant. Elle leva les yeux et sourit à Michael, qui les couvait toutes deux d'un regard débordant d'amour. Il lui avait tout donné. Il était l'homme de sa vie. Grâce à lui, pensa-t-elle avec une pointe d'autodérision savoureuse, elle pouvait de nouveau croire aux contes de fées et aux histoires qui se terminaient bien.

Il plissa les yeux, et une lueur chaude apparut dans ses iris. Elle frissonna. Ils savaient tous deux que, pas plus tard que tout à l'heure, ils mettraient leur petite boule d'énergie dans son lit, puis feraient l'amour dans l'intimité de leur chambre, la chambre de leur maison, la maison qui se dressait sur leur terre. Ensuite, dans la sérénité voluptueuse qui suivrait leur étreinte, Michael la prendrait entre ses bras et lui caresserait les cheveux tandis qu'elle lui raconterait son voyage à Chicago et tout ce qui lui était arrivé pendant qu'elle était loin d'ici. Car il voudrait tout savoir, et dans les moindres détails, bien entendu.

Sa fille toujours serrée contre elle, Charlotte porta son regard derrière les larges épaules de Michael, en direction des collines. Elle admira en silence l'infinie beauté de la nature. Le crépuscule brillait de tous ses feux. Ses couleurs majestueuses se fondaient les unes dans les autres pour créer une palette de contrastes à l'harmonie parfaite.

Elle leva le visage vers le ciel, accueillant sa lumière flamboyante au plus profond de son cœur.

À PARTIR DE CE MOIS-CI

4 BEST-SELLERS À L'AFFICHE

Vous qui aimez les romans captivants, qui vous tiennent en haleine jusqu'à la dernière page, vous qui aimez vivre des moments de lecture intenses, des émotions fortes, des rebondissements inattendus, vous avez depuis 1993, année de lancement des Best-Sellers, fait le succès de ce programme.

Nous vous invitons dès le 1er janvier 2000 à découvrir tous les deux mois un programme éditorial exceptionnel, avec 4 titres Best-Sellers.

En effet, afin de vous satisfaire et de couvrir les registres les plus variés –comédies dramatiques, drames psychologiques, policiers, thrillers médicaux, sagas... – nous vous proposons 3 Best-Sellers inédits + 1 Best-Seller spécialement réédité.

RENDEZ-VOUS CE MOIS-CI AVEC :

Les ombres du doute,
de Helen R. Myers n° 106

Une proie de rêve,
de Laura Van Wormer n° 107

Métamorphose d'une femme,
de Mary Alice Monroe n° 108

L'impossible pardon,
de Francis Roe n° 21 (spécialement réédité)

Secrets et trahisons

Jennifer Blake

Lorsque April Halstead revient s'installer dans la région de Turn-Coupe, en Louisiane, Luke Benedict ne cherche pas à la voir. Des années plus tôt, ils ont connu une folle passion, pleine de fougue et d'absolu, dans laquelle ils se sont investis corps et âme. Jusqu'à ce qu'un terrible accident de voiture vienne y mettre un terme, provoquant une séparation teintée de malentendus. Aujourd'hui, Luke sait tout juste, au travers des rumeurs, qu'April sort d'un mariage désastreux, qu'elle est devenue une romancière à succès et qu'elle mène une vie retirée dans la grande maison qu'elle a achetée. Certes, il n'a jamais oublié ce qu'ils ont partagé, mais il ne se sent pas le droit de troubler la solitude d'April.

Jusqu'au jour où il entend, lors d'une émission de radio, un inconnu s'en prendre à la jeune femme. Est-ce un mauvais plaisant? Un maniaque sexuel? Ou bien une inimitié qu'April aurait suscitée à son insu? Luke est bien résolu à trouver l'explication. Et même si April le repousse, il va faire l'impossible pour la protéger. Confusément, il sent qu'il est le seul à pouvoir s'acquitter de cette mission; il sent aussi que le destin, peut-être, s'est arrangé pour leur laisser une seconde chance. Et cette fois, il ne veut pas la manquer.

BEST-SELLERS N°109

À PARAÎTRE LE 1ER MARS 2000

LA DERNIÈRE PROMESSE

Elizabeth Gage

Ils étaient deux filles et un garçon... Rien ne semblait pouvoir menacer la formidable amitié de ces enfants que la solitude et les aléas de leurs vies déjà tourmentées avaient réunis. Pourtant, au seuil de l'adolescence, la séparation devint inéluctable, et ils prirent l'engagement solennel de se retrouver dans cet immense golf désaffecté, en bord de mer, qui leur servait de terrain de jeu.
Un jour. Dans quinze ans.
Puis chacun alla son chemin...

Quinze ans plus tard, Kate retourne dans la ville de son enfance. Elle n'a oublié ni Lily France ni Jordan Brady, ces deux êtres auprès de qui elle a connu les plus beaux moments de son existence. Et si elle n'a pas oublié non plus la promesse qu'ils se sont faite une éternité plus tôt, elle a la certitude d'être la seule...
Or une surprise l'attend.
Une surprise qui va lui entrouvrir une porte qu'elle croyait fermée et qu'elle s'était elle-même interdite. Mais avant de la franchir vraiment, il lui faudra traverser des épreuves, en passer par des joies et des peines, et lever bien des malentendus. Avec le risque que l'amitié d'autrefois ne survive pas à tant de bouleversements.

BEST-SELLERS N°110

À PARAÎTRE LE 1ER MARS 2000

R.J. Kaiser

DANGEREUSE ALLIANCE

Ayant hérité d'une immense fortune – vingt millions de dollars – à la mort de son mari, Stephanie Reymond se croit libre d'en jouir à sa guise. Erreur. De son vivant, Jean-Claude Reymond avait fait des placements malheureux pour une bande de truands soucieux de blanchir leur argent.

Leur seule piste, désormais, c'est Stephanie. Et ils sont prêts à tout pour récupérer leur magot.

Y compris à tuer. Ils l'ont prouvé. Sur le chemin de sa course effrénée pour leur échapper, Stephanie croise un marin de fortune au passé trouble, qui affiche un dangereux penchant pour l'alcool.

Et pour les femmes. Mais le temps n'est pas aux états d'âme. Jack Kidwell possède un bateau, le Lucky Lady, et il accepte de l'emmener aux Caraïbes.

Attirée par le charme de son compagnon, Stephanie a cependant toutes les raisons de se méfier de cet aventurier sans illusions.

Et s'il n'en voulait qu'à son argent, lui aussi ?

Et s'il était de mèche avec la bande d'Oscar Barbadillo ?

Alors, Stephanie le sait, sa fortune serait menacée. Et même sa vie...

BEST-SELLERS N°111

À PARAÎTRE LE 1ER MARS 2000

LES BEST-SELLERS

Commandez sans plus attendre ces romans signés des meilleurs auteurs de la littérature féminine.

PENNY JORDAN	❑ n°74	*"L'honneur des Crighton"*
FRANCIS ROE	❑ n°80	*"Soupçons à l'hôpital"*
H. GRAHAM POZZESSERE	❑ n°78	*"L'ennemi sans visage"*
JOANN ROSS	❑ n°69	*"Passions rebelles"*
	❑ n°98	*"Trois sœurs"*
JANICE KAISER	❑ n°94	*"La fille de l'accusé"*
TAYLOR SMITH	❑ n°97	*"Kaléidoscope"*
LYNN ERICKSON	❑ n°68	*"La femme piégée"*
	❑ n°101	*"Délit d'innocence"*
MARGOT DALTON	❑ n°76	*" L'enfant du chantage"*
	❑ n°91	*"Enquête sous tension"*
	❑ n°103	*"Un homme disparaît"*
ERICA SPINDLER	❑ n°34	*"Destinées"*
EMILIE RICHARDS	❑ n°66	*"Louisiane Story"*
	❑ n°75	*"Le testament d'Aurore"*
ANNE MATHER	❑ n°67	*"Dangereuse liaison"*
DEBBIE MACOMBER	❑ n°70	*"Le mariage à tout prix"*
RACHEL LEE	❑ n°71	*"La proie des ombres"*
JASMINE CRESSWELL	❑ n°72	*"Le passé déchiré"*
	❑ n°92	*"La clandestine"*
JENNIFER BLAKE	❑ n°77	*"Le jardin des passions"*
	❑ n°104	*"Mensonge et passion"*
SHANNON OCORK	❑ n°81	*"Les secrets du Titanic"*

Composé sur le serveur d'EURONUMÉRIQUE, À MONTROUGE
PAR LES ÉDITIONS HARLEQUIN
Achevé d'imprimer en décembre 1999
sur les presses de l'Imprimerie Bussière
à Saint-Amand-Montrond (Cher)
Dépôt légal : janvier 2000
N° d'imprimeur : 2636 — N° d'éditeur : 7967

Imprimé en France